岩 波 文 庫

30-005-5

万　　葉　　集

（五）

佐竹昭広・山田英雄
工藤力男・大谷雅夫
山崎福之
校注

岩 波 書 店

凡例

一、本書は、新日本古典文学大系『萬葉集』(佐竹昭広・山田英雄・工藤力男・大谷雅夫・山崎福之校注、全四冊・別巻一、一九九九―二〇〇四年、岩波書店刊、以下「新古典大系版」と略記)に基づき、万葉集全二十巻の全作品四千五百首余の訓み下し文と注釈を、文庫版(全五冊)として刊行するものである。

一、底本には、西本願寺本万葉集を使用した。

一、原文は、別に刊行する岩波文庫『原文 万葉集』(上下)に掲載した。

一、目録は、各冊の冒頭に訓み下して掲載した。

一、歌には、『国歌大観』による歌番号を付した。

一、文字は、訓み下し文・注釈ともに、原則として通行の字体を使用した。

一、仮名遣いは、訓み下し文、および注釈に引用した詩歌などでは歴史的仮名遣いを、注釈の地の文においては現代仮名遣いを用いた。

一、目録・題詞・左注などの漢文は、『文選』の篇題の平安時代における訓読法を範として、「…の作りし歌」のように、過去の助動詞「き」を補読して訓み下した。文字の音と訓については、必ずしも古音・古訓に拠らなかった。

一、見開きの右頁に訓み下し文を、左頁にその注釈を収めることを原則とした。紙幅の制約のため、注釈には繁簡同じからざるところがある。

一、見開き左頁の注釈には、歌番号の下に口語訳を示し、題詞・左注の口語訳はその前後に配した。その後に▽印を付して注釈を記した。ただし、紙幅の制約のため、題詞・左注の口語訳を省略したところが少なくない。

一、枕詞は、歌の口語訳の中では原則として（　）を付して示したが、枕詞としての認定が微妙なものは、一つの章句として扱っている場合もある。

一、訓み下し文および歌意の解釈は、新古典大系版から改めたところがある。口語訳・注釈も、新古典大系版から適宜、削除・修正・加筆を行った。

一、注釈に引用する諸注釈書の多くは、「万葉」「万葉集」の語を略し、「代匠記」「新考」「講義」などの略称を用いた。「古典文学大系」「古典文学全集」などは、それらの古典叢書中の『万葉集』を指す。

一、万葉集の重要な用語、注釈に引用した基本文献についての解説を末尾に付し、注釈中には「(→一〇頁)」などの形で記した。第二分冊には、万葉集の諸本についての簡略な解説を付した。

一、各巻の特徴を概説する文章を、それぞれの巻頭に載せた。

一、万葉集に関わる年表を第一・五分冊に、系図を第一分冊に、地図を第二―五分冊に付した。

一、各分冊の末尾に、文庫版のために新たに解説を付した。

一、各分冊に収めた収録巻は次のとおりである。

　第一分冊　巻第一―巻第四
　第二分冊　巻第五―巻第八
　第三分冊　巻第九―巻第十二
　第四分冊　巻第十三―巻第十七
　第五分冊　巻第十八―巻第二十

一、初句索引と人名索引を、第五分冊に付した。人名索引には、作者の簡便な伝も付載した。

目　次

凡　例
目　録（巻第十八―巻第二十）
巻第十八 …… 三
巻第十九 …… 一〇三
巻第二十 …… 一九五
用語解説 …… 三〇五
文献解説 …… 三〇九
地　図 …… 三一九
年　表 …… 三三一
〔解説5〕万葉集の歌を学ぶ人々（山崎福之） …… 三四一

萬葉集

巻第十八〜第二十

目　録

萬葉集《まんえふしふ》巻第十八

4032-35 天平《てんぴやう》二十年の春三月二十三日、左大臣《さだいじん》橘《たちばな》卿《きやう》の使《つか》ひ、田辺史福麻呂《たなべのふひとさきまろ》の、越中守大伴家持《ゑつちうのかみおほとものやかもち》の館《むろつみ》に饗《きやう》せられし時に、新《あらた》に作り、幷《あは》せて古詠《こえい》を誦《うた》ひ、各《おのおの》心緒《しんしよ》を述《の》べし歌四首

4036-43 時に、明《あ》くる日《ひ》将《まさ》に布勢《ふせ》の水海《みづうみ》に遊覧《いうらん》せむことを期《ちぎ》り、仍《すなは》ち懐《おもひ》を述《の》べて各《おのおの》作りし歌八首

4044-45 二十五日、大伴宿祢家持《おほとものすくねやかもち》の、布勢《ふせ》の水海《みづうみ》に往《ゆ》く道中《だうちう》の馬上《ばじやう》に口号《こうがう》せし二首

4046-51 水海《みづうみ》に至《いた》りて遊覧《いうらん》せし時に、各《おのおの》懐《おもひ》を述《の》べて作りし歌六首

4052-55 掾久米朝臣広縄《じようくめのあそみひろなは》の館《むろつみ》に宴《えん》して、田辺史福麻呂《たなべのふひとさきまろ》を饗《きやう》せし歌四首

太上皇《だいじやうわう》の、難波宮《なにはのみや》に御在《いま》しし時の歌七首

4056 左大臣《さだいじん》橘《たちばなの》宿祢《すくね》の歌一首
4057 御製《ぎよせい》の和《わ》せし歌一首
4058 御製《ぎよせい》の歌一首
4059 河内女王《かふちのおほきみ》の奏《そう》せし歌一首
4060 粟田女王《あはたのおほきみ》の奏《そう》せし歌一首
4061-62 御船《みふね》の、綱手《つなて》を以《もち》て江《かは》を泝《さかのぼ》りて遊宴《いうえん》せし時に、史福麻呂《ふひとさきまろ》の伝《つた》へ誦《よ》みし歌二首
4063-64 後《のち》に橘《たちばな》に追和《ついわ》せし大伴家持《おほとものやかもち》の歌二首
4065 山上臣《やまのうへのおみ》の、射水郡《いみづのこほり》の駅館《えきくわん》の屋柱《をくちゆう》に題著《だいちよ》せる歌一首
4066-69 四月一日、掾《じよう》久米朝臣広縄《くめのあそみひろなは》の館《むろつみ》に宴《えん》せし歌四首
4070 先《さき》の国師《こくし》の従僧《じゆうそう》の京《みやこ》に入《い》らむと欲《し》て、飲饌《いんせん》を設《まう》けて饗宴《きやうえん》せし時に、主人《あろじ》大《おほ》伴家持《とものやかもち》の、庭《には》の中《うち》の牛麦《なでしこ》の花《はな》を詠《よ》みし歌一首
4071-72 大伴家持《おほとものやかもち》の重《かさ》ねて作りし歌二首
4073-75 三月十五日、越前国掾大伴池主《ゑちぜんのくにのじようおほとものいけぬし》の来贈《らいぞう》せし歌三首
4076-79 十六日、越中守大伴家持《ゑつちうのかみおほとものやかもち》の報贈《ほうぞう》せし歌四首

4080-81 姑《をば》大伴《おほとも》氏《うぢ》坂上郎女《さかのうへのいらつめ》の、越中守大伴家持《ゑつちうのかみおほとものやかもち》に来贈《らいぞう》せし歌二首

4082-83 大伴家持《おほとものやかもち》の報《こた》へし歌二首

4084 また別《べつ》に所心《しよしん》の歌一首

4085 天平感宝《てんぴやうかんぽう》元年五月五日、東大寺《とうだいじ》の占墾地使《せんこんぢし》の僧平栄《そうへいえい》を饗《きやう》せし時に、守大伴家持《かみおほとものやかもち》の、酒《さけ》を送《おく》りし歌一首

4086-88 同《おな》じ九日、諸僚《しよれう》、少目《せうさくわん》　秦伊美吉石竹《はたのいみきいはたけ》の館《むろつみ》に会《くわい》して飲宴《いんえん》せし時に、百合《ゆり》の花縵《はなかづら》を造《つく》り、賓客《ひんかく》に捧《ささ》げ贈《おく》り、この縵《かづら》を賦《ふ》せし歌三首

4089-92 十日、大伴家持《おほとものやかもち》の、独《ひと》り幄《とばり》の裏《うち》に居《ゐ》て、遥《はる》かに霍公鳥《ほととぎす》の喧《な》くを聞《き》きて作りし歌一首　短歌を幷《あは》せたり

4093 英遠《あを》の浦《うら》に行《ゆ》きし日に作りし歌一首

4094-97 陸奥《みちのく》に金《くがね》を出《い》だしし詔書《せうしよ》を賀《よろこ》びし歌一首　短歌を幷《あは》せたり

4098-100 芳野離宮《よしののりきう》に幸行《みゆき》したまふ時に、儲《まう》け作りし歌一首　短歌を幷《あは》せたり

4101-05 十四日、大伴家持《おほとものやかもち》の、京《みやこ》の家《いへ》に贈《おく》らむが為《ため》に真珠《しんじゆ》を願《ねが》ひし歌一首　短歌を幷《あは》せたり

4106-09 十五日、大伴家持《おほとものやかもち》の、史生尾張少咋《ししやうをはりのをくひ》を教《をし》へ喩《さと》しし歌一首　短歌を幷《あは》せたり

4110 十七日、大伴家持《おほとものやかもち》の、先妻《せんさい》の夫君《ふくん》の使《つか》ひを待《ま》たずして自《みづか》ら来《き》たりし時の歌一首

4111-12 二十三日、大伴家持《おほとものやかもち》の橘《たちばな》の歌一首 短歌を幷《あは》せたり

4113-15 二十六日、大伴家持《おほとものやかもち》の、庭《には》の中《うち》の花《はな》を詠《よ》みて作りし歌一首 短歌を幷《あは》せたり

4116-18 掾《じよう》久米朝臣広縄《くめのあそみひろなは》の、天平《てんびやう》二十年に朝集使《てうしふし》に附《つ》きて京《みやこ》に入《い》り、天平感宝《てんびやうかんぽう》元年閏《うるふ》五月二十七日に本任《ほんにん》に還《かへ》りし時に、守大伴家持《かみおほとものやかもち》の作りし歌一首 短歌を幷《あは》せたり

4119 霍公鳥《ほととぎす》の歌一首

4120-21 二十八日、大伴家持《おほとものやかもち》の、京《みやこ》に向《む》かひて貴人《きじん》に見《まみ》え、及《およ》び美人《びじん》を相《み》て飲宴《いんえん》する日に懐《おもひ》を述《の》ぶる為《ため》に儲《まう》け作りし歌二首

4122-23 六月朔日《さくじつ》の晩頭《ばんとう》に、守大伴家持《かみおほとものやかもち》の、忽《たちま》ちに雨雲《ううん》の気《き》を見《み》て作りし歌一首 短歌一絶《いちぜつ》

4124 四日、大伴家持《おほとものやかもち》の、雨《あめ》の落《ふ》りしを賀《よろこ》びし歌一首

4125-27 七月七日、大伴家持《おほとものやかもち》の七夕《たなばた》の歌一首 短歌を幷《あは》せたり

4128-31 越前国大掾大伴池主《ゑちぜんのくにのだいじようおほとものいけぬし》の来贈《らいぞう》せし戯《たはむ》れの歌四首

4132-33 更《さら》に来贈《らいぞう》せし歌二首

4134 天平勝宝《てんぴやうしようほう》元年十二月、大伴家持《おほとものやかもち》の、雪《ゆき》、月《つき》、梅《うめ》の花を詠《よ》みし歌一首

4135 少目《せうさくわん》秦伊美吉石竹《はたのいみきいはたけ》の館《むろつみ》に宴《えん》して、守大伴家持《かみおほとものやかもち》の作りし歌一首

4136 同《おな》じ二年正月二日、国庁《こくちやう》に於《お》て饗《きやう》を諸郡司《しよぐんじ》に給《たま》ひし時に、大伴家持《おほとものやかもち》の作りし歌一首

4137 五日、判官久米朝臣広縄《はんぐわんくめのあそみひろなは》の館《むろつみ》に宴《えん》せし時に、大伴家持《おほとものやかもち》の作りし歌一首

4138 二月十一日、守大伴家持《かみおほとものやかもち》の、忽《たちま》ちに風雨《ふうう》起《お》こり、辞去《じきよ》すること得《え》ずして作りし歌一首

萬葉集《まんえふしふ》巻第十九

4139-40 天平勝宝《てんぴやうしようほう》二年三月一日の暮《くれ》に、桃李《たうり》の花《はな》を詠《よ》みし歌二首

4141 翻《ひるがへ》り翔《かけ》る鴫《しぎ》を見《み》て作りし歌一首

4142 二日、柳黛《りうたい》を攀《よ》ぢて京師《みやこ》を思ひし歌一首

4143 堅香子《かたかご》草の花《はな》を攀《よ》ぢ折《を》りし歌一首

4144-45 帰雁《きがん》を見《み》し歌二首
4146-47 夜裏《やり》に千鳥《ちどり》の喧《な》くを聞《き》きし歌二首
4148-49 暁《あかとき》に鳴《な》く雉《きぎし》を聞《き》きし歌二首
4150 遥《はる》かに江《かは》を泝《さかのぼ》る船人《ふなびと》の唱《うた》を聞《き》きし歌一首
4151-53 三日、越中守大伴家持《えつちうのかみおほとものやかもち》の館《むろつみ》に宴《えん》せし歌三首
4154-55 八日、白《しろ》き大鷹《おほたか》を詠《よ》みし歌一首 短歌を并《あは》せたり
4156-58 鸕《う》を潜《かづ》けし歌一首 短歌を并《あは》せたり
4159 渋谿《しぶたに》の埼《さき》を過《す》ぎて巌《いはほ》の上の樹《き》を見《み》し歌一首
4160-62 世間《よのなか》の無常《むじやう》を悲《かな》しみし歌一首 短歌を并《あは》せたり
4163 予《あらかじ》め作りし七夕《たなばた》の歌一首
4164-65 勇士《ゆうし》の名《な》を振《ふ》るふことを慕《ねが》ひし歌一首 短歌を并《あは》せたり
4166-68 霍公鳥《ほととぎす》と時《とき》の花《はな》とを詠《よ》みし歌一首 短歌を并《あは》せたり
4169-70 家婦《かふ》の京《みやこ》に在《あ》る尊母《そんぼ》に贈《おく》る為《ため》に、誂《あとら》へられて作りし歌一首 短歌を并《あは》せたり
4171-72 二十三日、霍公鳥《ほととぎす》を詠《よ》みて作りし歌二首
4173 京《みやこ》の丹比《たぢひ》の家に贈《おく》りし歌一首

4174 二十七日、筑紫《つくし》の大宰《ださい》の時の春苑《しゅんゑん》の梅《うめ》の歌に追和《ついわ》せし一首
4175-76 霍公鳥《ほととぎす》を詠《よ》みし歌二首
4177-79 四月三日、越前判官大伴池主《ゑちぜんのはんぐわんおほとものいけぬし》に贈《おく》りし霍公鳥《ほととぎす》の歌。感旧《かんきう》に勝《た》へずして懐《おもひ》を述《の》べし歌一首　短歌を并《あは》せたり
4180-83 霍公鳥《ほととぎす》を感《たの》しむ情《こころ》に飽《あ》かずして懐《おもひ》を述《の》べて作りし歌一首　短歌を并《あは》せたり
4184 四月五日、京師《みやこ》より贈《おく》り来《き》たりし歌一首
4185-86 山振《やまぶき》の花《はな》を詠《よ》みし歌一首　短歌を并《あは》せたり
4187-88 六日、布勢《ふせ》の水海《みづうみ》に遊覧《いうらん》して作りし歌一首　短歌を并《あは》せたり
4189-91 九日、水鳥《う》を越前判官大伴池主《ゑちぜんのはんぐわんおほとものいけぬし》に贈《おく》りし歌一首　短歌を并《あは》せたり
4192-93 霍公鳥《ほととぎす》と藤《ふぢ》の花《はな》とを詠《よ》みし一首　短歌を并《あは》せたり
4194-96 更《さら》に霍公鳥《ほととぎす》の哢《な》くことの晩《おそ》きを怨《うら》みし歌三首
4197-98 京《みやこ》の人《ひと》に贈《おく》りし歌二首
4199-202 十二日、布勢《ふせ》の水海《みづうみ》に遊覧《いうらん》して、藤《ふぢ》の花《はな》を望《のぞ》み見《み》、各《おのおの》懐《おもひ》を述《の》べし歌四首
4203 霍公鳥《ほととぎす》の喧《な》かざることを恨《うら》みし歌一首
4204-05 攀《よ》ぢ折《を》りたる保宝葉《ほほがしは》を見《み》し歌二首

4206 守大伴家持《かみおほとものやかもち》の、月《つき》の光《ひかり》を仰《あふ》ぎ見《み》し歌一首

4207-08 二十二日、大伴家持《おほとものやかもち》の、判官《はんぐわん》久米広縄《くめのひろなは》に贈《おく》りし霍公鳥《ほととぎす》の怨恨《うらみ》の歌一首 短歌を并《あは》せたり

4209-10 二十三日、掾《じよう》久米広縄《くめのひろなは》の、家持《やかもち》の作りし歌に和《わ》せし一首 短歌を并《あは》せたり

4211-12 五月六日、大伴家持《おほとものやかもち》の、処女《をとめ》の墓《はか》の歌に同《どう》ぜし一首 短歌を并《あは》せたり

4213 京《みやこ》の丹比《たぢひ》の家《いへ》に贈《おく》りし歌一首

4214-16 二十七日、大伴宿祢《おほとものすくね》家持《やかもち》の、聟《むこ》の南右大臣家《みなみうだいじんけ》の藤原二郎《ふぢはらのじらう》の慈母《じぼ》を喪《うしな》ひしを弔《とぶら》ひし挽歌《ばんか》一首 短歌を并《あは》せたり

4217 霖雨《ながあめ》の晴《は》れたる日に作りし歌一首

4218 漁夫《ぎよふ》の火光《くわくわう》を見《み》し歌一首

4219 六月十五日、芽子《はぎ》の早花《はつはな》を見《み》し歌一首

4220-21 大伴氏坂 上郎女《おほとものうぢさかのうへのいらつめ》の、京師《みやこ》より女子大嬢《むすめだいぢやう》に来賜《らいし》せし歌一首 短歌を并《あは》せたり

4222-23 九月三日、宴《えん》せし歌二首

4224 芳野宮《よしののみや》に幸《みゆき》したまひし時に、藤原皇后《ふぢはらくわうごう》の御作《つく》りたまひし歌一首

4225 十月十六日、朝集使《てうしふし》少 目《せうさくわん》秦伊美吉石竹《はたのいみきいはたけ》を餞《せん》せし時に、大伴家持《おほとものやかもち》の作り

し歌一首
4226 十二月、大伴家持《おほとものやかもち》の、雪《ゆき》の日に作りし歌一首
4227-28 三形沙弥《みかたのさみ》の、左大臣《さだいじん》に贈《おく》りし歌二首
4229 天平勝宝《てんぴやうしようほう》三年正月二日、零《ふ》る雪殊《ゆきこと》に多《おほ》く、守大伴宿祢《かみおほとものすくね》家持《やかもち》の館《むろつみ》に宴《えん》せし歌一首
4230 三日、介《すけ》内蔵忌寸《くらのいみき》縄麻呂《なはまろ》の館《むろつみ》に宴楽《えんらく》せし時に、大伴家持《おほとものやかもち》の作りし歌一首
4231 同《おな》じ日、掾《じよう》久米朝臣《くめのあそみ》広縄《ひろなは》の作りし歌一首
4232 遊行女婦《いうかうぢよふ》蒲生娘子《かまふのをとめ》の歌一首
4233 同《おな》じ日、酒酣《さけたけなは》にして更深《かうふか》く鶏鳴《にはとりな》き、内蔵伊美吉《くらのいみき》縄麻呂《なはまろ》の作りし歌一首
4234 守大伴家持《かみおほとものやかもち》の和《わ》せし歌一首
4235 太政大臣《だいじやうだいじん》藤原《ふぢはら》の家《いへ》の県犬養命婦《あがたのいぬかひのみやうぶ》の、天皇《てんわう》に奉《たてまつ》りし歌一首
4236-37 死にし妻《つま》を悲傷《ひしやう》せし歌一首 短歌を并《あは》せたり
4238 二月二日、判官《はんぐわん》久米広縄《くめのひろなは》の正税帳《しやうぜいちやう》を以《もち》て応《まさ》に京師《みやこ》に入《い》るべきに、仍《すなは》ち大《おほ》伴家持《とものやかもち》の作りし歌一首
4239 四月十六日、大伴家持《おほとものやかもち》の、霍公鳥《ほととぎす》を詠《よ》みし歌一首

4240 春日《かすが》に神《かみ》を祭《まつ》りし日に、藤原太后《ふぢはらたいこう》の、入唐大使《にふたうたいし》藤原朝臣清河《ふぢはらのあそみきよかは》に賜《たま》ひて御《つ》
作《く》りたまひし歌一首

4241 大使《たいし》藤原朝臣清河《ふぢはらのあそみきよかは》の歌一首

4242–44 大納言藤原《だいなふごんふぢはら》の家《いへ》にして入唐使《にふたうし》を餞《せん》せし歌三首

4245–46 天平《てんぴやう》五年、入唐使《にふたうし》に贈《おく》りし歌一首 短歌を幷《あは》せたり

4247 阿倍朝臣老人《あべのあそみおゆひと》の、唐《たう》に遣《つかは》されし時に母《はは》に奉《たてまつ》りし悲別《ひべつ》の歌一首

4248–49 七月十七日、越中守家持《ゑつちうのかみやかもち》の、少納言《せうなふごん》に遷任《せんにん》し、悲別《ひべつ》の歌を作りて、朝集《てうしふ》
使掾《しじよう》久米広縄《くめのひろなは》の館《むろつみ》に贈《おく》り貽《のこ》し二首

4250 八月四日、内蔵伊美吉縄麻呂《くらのいみきなはまろ》の館《むろつみ》にして国厨《こくちう》を設《まう》けて、大帳使大伴家持《だいちやうしおほとものやかもち》
を餞《せん》せし時に、家持の作りし歌一首

4251 五日の平旦《へいたん》、大帳使大伴家持《だいちやうしおほとものやかもち》の、内蔵伊美吉縄麻呂《くらのいみきなはまろ》の盞《さかづき》を捧《ささ》げし歌に和《わ》
せし一首

4252 正税使掾久米朝臣広縄《しやうぜいしじようくめのあそみひろなは》の、事畢《ことを》はり任《にん》より退《しりぞ》き、越前国掾大伴池主《ゑちぜんのくにのじようおほとものいけぬし》
の館《むろつみ》に遇《あ》ひし時に、久米広縄の、芽子《はぎ》の花《はな》を詠《よ》みて作りし歌一首

4253 大伴家持《おほとものやかもち》の和《わ》せし歌一首

4254-55 京《みやこ》に向《む》かふ路上《ろじやう》、興《きよう》に依《よ》りて預《あらかじ》め作りし侍宴応詔《じえんおうせう》の歌一首　短歌を并《あは》せたり

4256 左大臣《さだいじん》　橘卿《たちばなきやう》を寿《ことほ》く為《ため》に、預《あらかじ》め作りし歌一首

4257-59 十月二十二日、左大弁《さだいべん》紀飯麻呂朝臣《きのいひまろあそみ》の家《いへ》に於《おき》て宴《えん》せし歌三首

4260-61 壬申《じんしん》の年の乱《らん》の平定《へいてい》して以後《のち》の歌二首

4262-63 閏《うるふ》三月、衛門督《ゑもんのかみ》古慈悲宿祢《こじひすくね》の家《いへ》に於《おき》て、入唐副使《にふたうふくし》同胡麻呂等《どうこまろら》を餞《せん》せし歌二首

4264-65 高麗朝臣福信《こまのあそみふくしん》を難波《なには》に遣《つかは》し、肴酒《かうしゆ》を入唐使《にふたうし》藤原朝臣清河《ふぢはらのあそみきよかは》等に賜《たま》ひし御歌《みうた》一首　短歌を并《あは》せたり

4266-67 大伴家持《おほとものやかもち》の、詔《みことのり》に応《こた》へむ為《ため》に儲《まう》け作りし歌一首　短歌を并《あは》せたり

4268 天皇《てんわう》、太后《たいこう》共《とも》に大納言藤原卿《だいなふごんふぢはらきやう》の家《いへ》に幸《みゆき》したまひし時に、黄葉《もみち》せる沢蘭《たくらん》を大納言藤原卿と陪従《ばいじゆう》の大夫《だいぶ》に賜《たま》ひし御歌《みうた》一首

4269-72 十一月八日、太上天皇《だいじやうてんわう》の、左大臣《さだいじん》　橘朝臣《たちばなのあそみ》の宅《いへ》に於《おき》て肆宴《しえん》したまひし歌四首

4273-78 二十五日、新嘗会《しんじやうゑ》の肆宴《しえん》にして詔《みことのり》に応《こた》へし歌六首

4279-81 二十七日、林王《はやしのおほきみ》の宅《いへ》に、但馬按察使《たぢまのあんせつし》　橘奈良麻呂朝臣《たちばなのならまろあそみ》を餞《せん》して宴《えん》せし

歌三首

4282-84 五年正月四日、治部少輔《ぢぶのせうふ》石上《いそのかみの》朝臣《あそみ》宅嗣《やかつぐ》の家《いへ》に於《おき》て宴《えん》せし歌三首

4285-87 十一日、大雪《おほゆき》に拙懐《せつくわい》を述《の》べし歌三首

4288 十二日、内裏《だいり》に侍《じ》して千鳥《ちどり》の喧《な》くを聞《き》きし歌一首

4289 二月十九日、左大臣《さだいじん》橘《たちばな》の家《いへ》に於《おき》て宴《えん》して、柳《やなぎ》の条《えだ》を攀《よ》ぢ折《を》るを見《み》し歌一首

4290-91 二十三日、興《きよう》に依《よ》りて作りし歌二首

4292 二十五日、鶬鶊《うぐひす》を詠《よ》みし歌一首

萬葉集《まんえふしふ》巻第二十

4293 山村《やまむら》に幸行《いでま》しし時に、先太上天皇《さきのだいじやうてんわう》の、陪従《ばいじゆう》の王《わう》に詔《みことのり》して和《わ》する歌を賦《ふ》せしめたまひし時に天皇の御口号《うた》ひたまひし一首

4294 舎人親王《とねりのみこ》の、詔《みことのり》に応《こた》へて和《わ》し奉《たてまつ》りし歌一首

4295-97 天平勝宝《てんぴやうしようほう》五年八月十二日、二三《にさん》の大夫《だいぶ》等《ら》の、各《おのおの》壺酒《こしゆ》を提《と》りて高円《たかまと》の野《の》

に登《のぼ》り、聊《いささ》かに所心《しよしん》を述《の》べて作りし歌三首
4298-300 同《おな》じ六年正月四日、氏族《しぞく》の人等《ひとら》の、少納言《せうなふごん》大伴宿祢《おほとものすくね》家持《やかもち》の宅《いへ》に賀集《がしふ》して
宴飲《えんいん》せし歌三首
4301 同《おな》じ七日、天皇《てんわう》と太上天皇《だいじやうてんわう》と皇大后《わうたいごう》と、東《ひむがし》の常宮《つねのみや》の南大殿《みなみのおほとの》に在《あ》りて肆《し》
宴《えん》したまひし歌一首
4302-03 三月十九日、家持《やかもち》の庄《しやう》の門《もん》の槻樹《つきのき》の下《もと》に宴飲《えんいん》せし歌二首
4304 同《おな》じ月の二十五日、左大臣《さだいじん》橘卿《たちばなきやう》の、山田御母《やまだのみおも》の宅《いへ》に宴《えん》せし時に、少納言《せうなふごん》
大伴家持《おほとものやかもち》の、時の花《はな》を矚《み》て作りし歌一首
4305 霍公鳥《ほととぎす》を詠《よ》みし歌一首
4306-13 七夕《たなばた》の歌八首
4314 同《おな》じ月の二十八日、大伴宿祢家持《おほとものすくねやかもち》の歌一首
4315-20 兵部少輔《ひやうぶのせうふ》大伴宿祢《おほとものすくね》家持《やかもち》の、独《ひと》り秋《あき》の野《の》を憶《おも》ひて、聊《いささ》かに拙懐《せつくわい》を述《の》べて作
りし歌六首
天平勝宝七歳乙未《てんぴやうしようほうしちさいいつぴ》の二月、相替《あひか》はりて筑紫《つくし》に遣《つか》はされし諸国《しよこく》の防人等《さきもりら》の
歌

4321-27 二月六日、防人《さきもり》の部領使《ことりづかひ》遠江国《とほつあふみのくに》史生坂本朝臣人上《ししやうさかもとのあそみひとかみ》の進《たてまつ》りし歌七首

4328-30 二月七日、相模国《さがむのくに》の防人《さきもり》の部領使《ことりづかひ》守従五位下《かみじゆごゐげ》藤原朝臣宿奈麻呂《ふぢはらのあそみすくなまろ》の進《たてまつ》りし歌三首

4331-33 二月八日、兵部少輔《ひやうぶのせうふ》大伴家持《おほとものやかもち》の、防人《さきもり》の悲別《ひべつ》の心《こころ》を追《お》ひ痛《いた》みて作りし歌一首 短歌を并《あは》せたり

4334-36 同《おな》じ九日、大伴宿祢家持《おほとものすくねやかもち》の作りし歌三首

4337-46 同《おな》じ七日、駿河国《するがのくに》の防人《さきもり》の部領使《ことりづかひ》守従五位下《かみじゆごゐげ》布勢朝臣人主《ふせのあそみひとぬし》の進《たてまつ》りし歌十首

4347-59 同《おな》じ九日、上総国《かみつふさのくに》の防人《さきもり》の部領使《ことりづかひ》少目《せうさくわん》従七位下《じゆしちゐげ》茨田連沙弥麻呂《まむだのむらじさみまろ》の進《たてまつ》りし歌十三首

4360-62 同《おな》じ十三日、兵部少輔《ひやうぶのせうふ》大伴家持《おほとものやかもち》の、私《わたくし》の拙懐《せつくわい》を陳《の》べし歌一首 短歌を并《あは》せたり

4363-72 同《おな》じ十四日、常陸国《ひたちのくに》の防人《さきもり》の部領使《ことりづかひ》大目《だいさくわん》正七位上《しやうしちゐじやう》息長真人国島《おきながのまひとくにしま》の進《たてまつ》りし歌十首

4373-83 同《おな》じ日、下野国《しもつけのくに》の防人《さきもり》の部領使《ことりづかひ》正六位上《しやうろくゐじやう》田口朝臣大戸《ぐちのあそみおほへ》の進《たてまつ》りし歌十一首

4384-94 同《おな》じ十六日、下総国《しもつふさのくに》の防人《さきもり》の部領使《ことりづかひ》少 目《せうさくわん》 従七位下《じゆしちゐげ》 県 犬養宿祢浄人《あがたのいぬかひのすくねきよひと》の進《たてまつ》りし歌十一首

4395-97 同《おな》じ十七日、兵部少輔《ひやうぶのせうふ》大伴家持《おほとものやかもち》の作りし歌三首

4398-400 同《おな》じ十九日、大伴家持《おほとものやかもち》の、防人《さきもり》の情《こころ》と為《な》りて思ひを陳《の》べて作りし歌一首 短歌を幷《あは》せたり

4401-03 同《おな》じ二十二日、信濃国《しなののくに》の防人《さきもり》の部領使《ことりづかひ》の進《たてまつ》りし歌三首

4404-07 同《おな》じ二十三日、上野国《かみつけののくに》の防人《さきもり》の部領使《ことりづかひ》大 目《だいさくわん》 正六位下《しやうろくゐげ》上毛野君駿河《かみつけののきみするが》の進《たてまつ》りし歌四首

4408-12 同《おな》じ二十三日、兵部少輔《ひやうぶのせうふ》大伴宿祢家持《おほとものすくねやかもち》の、防人《さきもり》の悲別《ひべつ》の情《こころ》を陳《の》べし歌一首 短歌を幷《あは》せたり

4413-24 同《おな》じ二十日、武蔵国《むざしのくに》の部 領 防人使《さきもりのことりづかひ》掾《じよう》 正六位上《しやうろくゐじやう》安曇宿祢三国《あづみのすくねみくに》の進《たてまつ》りし歌十二首

4425-32 昔年《せきねん》の防人《さきもり》の歌八首

4433-35 三月三日、防人《さきもり》を撿挍《けんかう》せしときに、勅使《ちよくし》と兵部《ひやうぶ》の使人《しじん》等《ら》と、同《おな》じく集《つど》ひて飲宴《いんえん》して作りし歌三首

4436 昔年《せきねん》に相替《あひか》はりし防人《さきもり》の歌一首

4437 先太上天皇《さきのだいじやうてんわう》の御製《ぎよせい》の霍公鳥《ほととぎす》の歌一首

4438 薩妙観《さつのめうくわん》の、詔《みことのり》に応《こた》へて和《わ》し奉《たてまつ》りし歌一首

4439 冬の日に靫負《ゆけひ》の御井《みゐ》に幸《みゆき》したまひし時に、内命婦石川朝臣《ないみやうぶいしかはのあそみ》の、詔《みことのり》に応《こた》へて雪《ゆき》を賦《ふ》せし歌一首

4440-41 上総国《かみつふさのくに》の朝集使大掾大原真人今城《てうしふしだいじようおほはらのまひといまき》の、京《みやこ》に向《む》かひし時に、郡司《ぐんじ》の妻女《さいぢょ》等《ら》の餞《せん》せし歌二首

4442-45 五月九日、兵部少輔大伴宿祢家持《ひやうぶのせうふおほとものすくねやかもち》の宅《いへ》に集飲《しふいん》せし歌四首

4446-48 同《おな》じ月の十一日、左大臣橘卿《さだいじんたちばなきやう》の、右大弁丹比国人真人《うだいべんたぢひのくにひとまひと》の宅《いへ》に宴《えん》せし歌三首

4449-51 十八日、左大臣《さだいじん》の、兵部卿奈良麻呂朝臣《ひやうぶのきやうならまろあそみ》の宅《いへ》に宴《えん》せし歌三首

4452-53 八月十三日、内《うち》の南安殿《みなみのやすみどの》に在《あ》りて肆宴《しえん》したまひし歌二首

4454 十一月二十八日、左大臣《さだいじん》の、兵部卿橘奈良麻呂朝臣《ひやうぶのきやうたちばなのならまろあそみ》の宅《いへ》に集《つど》ひて宴《えん》せし歌一首

4455 天平《てんぴやう》元年の班田《はんでん》の時に、使《し》葛城王《かづらきのおほきみ》の、山背国《やましろのくに》より薩妙観命婦等《さつのめうくわんみやうぶら》の所《ところ》

に贈《おく》りし歌一首
4456 薩妙観命婦《さつのめうくわんみやうぶ》の報贈《ほうぞう》せし歌一首
4457-59 天平勝宝八歳丙申《てんぴやうしようほうはちさいへいしん》の二月朔《ついたち》乙酉《いついう》の二十四日戊申《ぼしん》、太上天皇《だいじやうてんわう》と天皇《てんわう》と大后《たいこう》と、河内《かふち》の離宮《りきう》に幸行《いでま》し、経信《けいしん》して壬子《じんし》を以《もち》て難波宮《なにはのみや》に伝幸《でんかう》したまひき。三月七日、河内国伎人郷《かふちのくにくれのさと》の馬国人《うまのくにひと》の家《いへ》に於《おき》て宴《えん》せし歌三首
4460-64 二十日、大伴宿祢家持《おほとものすくねやかもち》の、興《きよう》に依《よ》りて作りし歌五首
4465-67 族《やから》を喩《さと》しし歌一首 短歌を并《あは》せたり
4468-69 大伴宿祢家持《おほとものすくねやかもち》の、病《やまひ》に臥《ふ》して無常《むじやう》を悲《かな》しみ、道《みち》を修《をさ》めむことを欲《ねが》ひて作りし歌二首
4470 同《おな》じ家持《やかもち》の、寿《いのちなが》きを願《ねが》ひて作りし歌一首
4471 冬十一月五日、小雷《せうらい》の夜《よる》に、兵部少輔大伴宿祢家持《ひやうぶのせうふおほとものすくねやかもち》の作りし歌一首
4472-73 八日、讃岐守安宿王等《さぬきのかみあすかべのおほきみら》の、出雲掾安宿奈杼麻呂《いづものじようあすかべのなどまろ》の家《いへ》に集《つど》ひて宴《えん》せし歌二首
4474 兵部少輔大伴宿祢家持《ひやうぶのせうふおほとものすくねやかもち》の、後《のち》の日《ひ》に出雲守山背王《いづものかみやましろのおほきみ》の作りし歌に追和《ついわ》せし一首

4475-76 二十三日、式部少丞大伴宿祢池主《しきぶのせうじようおほとものすくねいけぬし》の宅《いへ》に集《つど》ひて飲宴《いんえん》せし歌二首

4477 智努女王《ちぬのおほきみ》の卒《しゆつ》せし後《のち》に、円方女王《まとかたのおほきみ》の悲傷《ひしやう》して作りし歌一首

4478 大原桜井真《おほはらのさくらゐま》人《ひと》の、佐保川《さほがは》の辺《ほとり》を行《ゆ》きし時に作りし歌一首

4479 藤原夫人《ふぢはらぶにん》の歌一首

4480 作者《さくしや》の未《いま》だ詳《つまび》らかならざる歌一首

4481 三月四日、兵部大丞大原真《ひやうぶのだいじようおほはらのま》人今城《ひといまき》の宅《いへ》に於《お》きて宴《えん》せし歌一首

4482 播磨介藤原朝臣執弓《はりまのすけふぢはらのあそみとりゆみ》の、任《にん》に赴《おもむ》きて別《わか》れを悲《かな》しみし歌一首

4483 勝宝九歳《しようほうきうさい》六月二十三日、大監物三形王《だいけんもつみかたのおほきみ》の宅《いへ》に於《お》きて宴《えん》せし歌一首

4484-85 大伴宿祢家持《おほとものすくねやかもち》の歌二首

4486-87 天平宝字《てんぴやうほうじ》元年十一月十八日、内裏《だいり》に於《お》きて肆宴《しえん》したまひし歌二首

4488-90 十二月十八日、大監物三形王《だいけんもつみかたのおほきみ》の宅《いへ》に於《お》きて宴《えん》せし歌三首

4491 年月未《いま》だ詳《つまび》らかならざる歌一首

4492 二十三日、治部少輔《ぢぶのせうふ》大原今城真《おほはらのいまきま》人《ひと》の宅《いへ》に於《お》きて宴《えん》せし歌一首

4493-94 二年の春正月三日、王臣等《わうしんら》の、詔《みことのり》の旨《むね》に応《こた》へて各心緒《おのおのしんしよ》を陳《の》べし歌二首

4495 六日、内庭《ないてい》に仮《かり》に樹木《じゆもく》を植《う》ゑ、以て林帷《りんゐ》と作《な》して、肆宴《しえん》を為《な》したまひし歌

一首
4496-505 二月、式部大輔《しきぶのだいふ》中臣清麻呂《なかとみのきよまろ》朝臣《あそみ》の宅《いへ》に於《お》て宴《えん》せし歌十首
4506-10 興《きよう》に依《よ》りて各《おのおの》高円《たかまと》の離宮《りきう》の処《ところ》を思ひて作りし歌五首
4511-13 山斎《しま》を属目《しよくもく》して作りし歌三首
4514 二月十日、内相《ないしやう》の宅《いへ》に於《おき》て、渤海大使《ぼつかいたいし》小野田守朝臣等《をののたもりあそみら》を餞《せん》して宴《えん》せし歌一首
4515 七月五日、治部少輔《ぢぶのせうふ》大原今城真人《おほはらのいまきまひと》の宅《いへ》に於《おき》て、因幡守大伴宿祢家持《いなばのかみおほとものすくねやかもち》を餞《せん》して宴《えん》せし歌一首
4516 三年の春正月一日、因幡《いなば》の国庁《こくちやう》に於《おき》て、饗《きやう》を国郡《こくぐん》の司《つかさ》等に賜《たま》ひて宴《えん》せし歌一首

萬《まん》葉《えふ》集《しふ》　巻第十八

大伴家持《おおとものやかもち》の越中《えっちゅう》での作を中心に、天平二十年（七四八）三月から天平勝宝二年（七五〇）二月までの歌を収める。長歌十三首、短歌九十四首の計百七首。

大伴家持が、橘諸兄《たちばなのもろえ》の使者として都から訪れた田辺福麻呂《たなべのさきまろ》を饗応し、景勝地である布《ふ》勢《せ》の水海《みずうみ》に遊覧する歌や、宴席で田辺福麻呂が伝誦した橘諸兄の歌などを集めた歌群（四〇三二－四〇六二）に始まり、大伴家持と越前掾《えちぜんのじょう》に転じていた大伴池主《いけぬし》との贈答歌（四〇七三－四〇七九）、都の大伴坂上郎女《さかのうえのいらつめ》との贈答歌（四〇八〇－四〇八四）、大伴家持の詠んだ東大寺占墾地使《せんこんじし》・平栄《へいえい》の饗応歌（四〇八五）、家持が詠んだ東大寺大仏造立のための黄金が陸奥《みちのく》から産出したことを賀する歌（四〇九四－四〇九七）、史生《ししょう》尾張少咋《おわりのおくい》の重婚を戒め教諭する歌（四一〇六－四一〇九）、日照りに苦しむ百姓を憂えて雨雲を願い、雨を賀する歌（四一二二－四一二四）、そして再び大伴池主との戯れの贈答歌（四一二八－四一三三）と続く。この巻は宴席歌や贈答歌でほぼ占められることになる。

特徴の一つに儲作《ちょさく》（予作）歌がある。帰京後に予想される吉野行幸のために（四〇九八－四一〇〇）、また都に上って貴人や美人に逢って宴席をともにする日のために（四一二〇・四一二一）、あらかじめ用意された歌からは、帰京への強い思いが読みとれよう。

なおこの巻には平安時代になってから補修を受けたと考えられる箇所が五群ある（四〇四四－四〇四九、四〇五五、四〇八一・四〇八二、四一〇六、四一一一－四一一八）。これらの箇所には上代特殊仮名遣の誤りや特殊な仮名の使用、仮名の清濁の違例が見られる。

天平《てんぴやう》二十年の春三月二十三日、左大臣《さだいじん》橘家《たちばなけ》の使者《ししや》、造酒司《さけのつかさの》令史《さくわん》田辺福麻呂《たなべのさきまろ》、守大伴宿祢家持《かみおほとものすくねやかもち》の館《むろつみ》に饗《きやう》せられき。ここに新《しん》歌《か》を作り、幷《あは》せて便《すなは》ち古詠《こえい》を誦《うた》ひ、各《おのおの》心緒《しんしよ》を述《の》べき

4032 奈呉《なご》の海《うみ》に船しまし貸《か》せ沖に出《い》でて波立ち来《く》やと見て帰り来《こ》む

4033 波立てば奈呉《なご》の浦廻《うらみ》に寄る貝《かひ》の間《ま》なき恋にそ年は経《へ》にける

4034 奈呉《なご》の海に潮《しほ》のはや干《ひ》ばあさりしに出でむと鶴《たづ》は今そ鳴くなる

4035 ほととぎす厭《いと》ふ時なしあやめ草《ぐさ》かづらにせむ日こゆ鳴き渡れ

右の四首は、田辺史福麻呂《たなべのふひとさきまろ》。

時に、明《あ》くる日《ひ》将《まさ》に布勢《ふせ》の水海《みづうみ》に遊覧《いうらん》せむことを期《ちぎ》り、仍《すなは》ち懐《おもひ》を

◆天平二十年(七四八)春三月二十三日、左大臣橘家(諸兄)の使者、造酒司の令史である田辺福麻呂が国守大伴宿祢家持の館で饗応をうけた。そこで新しい歌を作り、あわせて古歌を誦詠して各人が思いを述べた

4032 奈呉の海に船をしばらくの間貸してくれ。沖に出て、波が立って来るかと見てこよう。

▽巻十七の巻末は天平二十年の春の歌であった。その続きで、この巻は同年三月の歌に始まる。

以下、四〇六四までの三十三首は、左大臣橘諸兄の使者として越中国府を来訪した田辺福麻呂を歓迎する饗宴および遊覧の歌と伝誦歌が並ぶ。諸兄は、家持にとって政治的・精神的に大きな支えとなった人物。「造酒司」は宮内省の役所で、酒類の醸造を司る。「令史」はその三等官で大初位上相当。この題詞(→三〇七頁)は四〇三五まで四首のものであろうが、そうすると「各心緒を述べき」とするにもかかわらず、四〇三五の左注(→三〇七頁)に四首を田辺福麻呂の作とするのが不審である。主人の家持や列席者の歌が脱落したか。「心緒」は思いの意。

「奈呉の海」は国府の東方、庄川の河口を隔てた、射水(いみず)市の放生津潟(ほうじょうづがた)一帯の海。家持の館からも眺められたか。都人にとって海は珍しかったので、船で沖合まで出て、波が立って来る様子をこの目で見たいと詠ったのだろう。

4033 波が立つと奈呉の浦辺に貝が絶えず寄るように、絶え間なく恋しているうちに、年月が経ってしまった。

▽長らく家持を恋してきたことを詠う。第三句まで、絶え間なく波が貝を打ち寄せる意から「間なき」を導く序詞。ただし、「間なき」につながる語は「…寄する波」「…しく波の」などと「波」であることが普通。前歌の「波立ち来や」を受けて「波立てば」と歌い起こしたために、波ではなく、波に寄せられる貝を詠む珍しい表現となったのだろう。

4034 奈呉の海に潮が引いたらすぐに餌を捜しに出ようと、鶴が今鳴いている。

▽第二句の「はや」は、潮が早く引かないか、引いたらすぐに出ようという気持。「あさる」は餌を求める意。結句の助動詞ナリは聴覚の表現。海辺から鶴の声だけが聞こえている。春の鶴→三五九五注。

4035 ホトトギスは、いつ聞いても嫌な時などない。しかし、菖蒲をかずらにする日にはきっとここを通って鳴いて行ってくれ。

▽一九五五に重出。題詞に言う「古詠」に当たる。前歌の鶴の鳴き声からの連想でホトトギスの声を待望する歌を続け、五月五日の節句を予祝したのであろう。誰もがよく知る歌は宴会の場などで朗唱された。この次に本来は主人家持、列席者の応答歌があったのだろう。

述《の》べて各《おのおの》作りし歌

4036 いかにある布勢《ふせ》の浦《うら》もここだくに君が見せむと我《われ》を留《とど》むる

右の一首は、田辺史福麻呂《たなべのふひとさきまろ》。

4037 乎布《をふ》の崎《さき》漕《こ》ぎたもとほりひねもすに見《み》とも飽《あ》くべき浦にあらなくに 一に云ふ、「君が問《と》はすも」

右の一首は、守大伴宿祢家持《かみおほとものすくねやかもち》。

4038 玉くしげいつしか明《あ》けむ布勢《ふせ》の海《うみ》の浦を行《ゆ》きつつ玉も拾《ひり》はむ

4039 音《おと》のみに聞きて目に見ぬ布勢《ふせ》の浦《うら》を見ずは上《のぼ》らじ年は経《へ》ぬとも

4040 布勢《ふせ》の浦《うら》を行《ゆ》きてし見てばももしきの大宮人《おほみやひと》に語《かた》り継《つ》ぎてむ

4041 梅《うめ》の花咲《さ》き散《ち》る園《その》に我行《われゆ》かむ君が使ひを片待《かたま》ちがてら

4042 藤波《ふぢなみ》の咲き行《ゆ》く見ればほととぎす鳴くべき時に近《ちか》づきにけり

◆その時、明日は布勢の水海に遊覧しようと約束して、各人が思いを述べて作った歌

4036 どんなにすばらしい布勢の浦なのだろうか、これほどあなたが見せたいと、私をひき留めるからには。

▽福麻呂の歌。以下の八首は、二十四日の宴の作(→四〇四三左注)。題詞の「時に」は唐突すぎる。その前に、前日二十三日にひき続いて二十四日にも家持、福麻呂らが宴会をしたことを述べる必要がある。前歌との間に脱落があったのだろう。

　この歌の下三句は、布勢の水海の勝景を賛嘆し、遊覧を誘いかける家持の歌がこの前にあったことを示唆する。「ここだくに」は、これほどに、はなはだしくの意。結句に掛かる。「ここだく」「ここだくも」の例は少なくないが、これは唯一の例。

4037 乎布の崎を漕ぎまわりながら、一日中見ていても飽きるような浦ではないのです〈一本に「あなたがお尋ねになることだ」と言う〉。

▽家持の歌。「乎布の崎」は、布勢の水海の東南部にあった岬。既出(三九九三)。船あそびには必ず漕ぎめぐる勝景だったらしい。一云は、これが第六句としてあり、元来は仏足石歌(→三〇七頁)体だったと見る説、第二句の別案(原型)と見る説がある。

4038 (玉くしげ)いつになったら夜が明けるのかなあ。布勢の海の浦をめぐりながら玉なども拾おう。

▽以下五首は福麻呂の歌。「玉くしげ」は櫛箱を「開(あ)く」の同音で「明く」の枕詞。布勢の海の遊覧を待ちかねる気持を詠う。「玉」は鮑玉(あわびたま)。

4039 噂にだけ聞いてまだ見たことのない布勢の浦を、見ぬままに帰京はすまい、年は過ぎても。

▽上二句は、かねてあこがれの勝景だったことを言う。三月末に年を越してもと言うのは、布勢の遊覧に勇み立つ思いを大げさに表現する。

4040 布勢の浦を行って見ることができたら、(ももしきの)大宮人に語り伝えよう。

▽結句は、勝景を賛嘆する表現の型。富士山(三一七)、立山(四〇〇〇・四〇〇三)の場合も小異。

4041 梅の花の咲いては散る園に私は行こう。君の使いをひたすら待ちながら。

▽一九〇〇に既出。その結句は「片待ちがてり」。三月下旬は梅の季節ではない。遊覧を待望する気持を、よく知られた古歌によって表現したのであろう。

4042 藤の花が次第に咲いて行くのを見ると、ホトトギスの鳴くべき時に近づいたのだなあ。

▽家持の布勢の水海の遊覧賦に和した大伴池主の歌(三九九三)の冒頭に「藤波は咲きて散りにき、卯の花は今そ盛りと、あしひきの山にも野にも、ほととぎす鳴きしとよめば」とあった。福麻呂の念頭にはその歌があったかも知れない。「ほととぎす鳴くべき時」は四月。→四〇六六。

右の五首は、田辺史福麻呂《たなべのふひとさきまろ》。

4043 明日《あす》の日の布勢《ふせ》の浦廻《うらみ》の藤波《ふぢなみ》にけだし来鳴《きな》かず散らしてむかも 一に頭《かみ》に云《いは》く、「ほととぎす」

右の一首は、大伴宿祢家持《おほとものすくねやかもち》の和《わ》せしものなり。

前《さき》の件《くだり》の十首の歌は、二十四日の宴《えん》に作りしものなり。

二十五日、布勢《ふせ》の水海《みづうみ》に往《ゆ》く道中《だうちう》の馬上《ばじやう》に口号《こうがう》せし二首

4044 浜辺《はまへ》より我《わ》が打《う》ち行《ゆ》かば海辺《うみへ》より迎へも来《こ》ぬか海人《あま》の釣舟《つりぶね》

4045 沖辺《おきへ》より満《み》ち来《く》る潮《しほ》のいや増《ま》しに我《あ》が思《も》ふ君がみ船かもかれ

水海《みづうみ》に至《いた》りて遊覧《いうらん》せし時に、各《おのおの》懐《おもひ》を述べて作りし歌

4046 神《かむ》さぶる垂姫《たるひめ》の崎漕《さきこ》ぎめぐり見れども飽《あ》かずいかに我《われ》せむ

右の一首は、田辺史福麻呂《たなべのふひとさきまろ》。

4043
明日という日の布勢の浦辺の藤の花に、ひょっとして来て鳴かず、散らせてしまうのではないだろうか〈一本に初句が「ほととぎす」と言う〉。

◇右の一首は、大伴宿祢家持が答えた。

前の一連の十首の歌は、二十四日の宴席で作った。

▽福麻呂の前歌に答えた家持の作。「来鳴かず」の主語が示されていないが、福麻呂の歌の「ほととぎす」を受ける。明日の遊覧の日にホトトギスが来て鳴かず、藤の花を空しく散らせてしまうのではないかと心配した。下二句、家持に類句がある。「我がやどの花橘をほととぎす来鳴かず地(つち)に散らしてむとか」(一四八六)。初句が一云の「ほととぎす」ならば、いっそうこれに近い。一云の形が初案で、この場では遊覧を控えて、「明日の日の」と詠み代えたのであろうか。

左注に「十首」とあるのは、現状の八首(四〇三六—四〇四三)と合わない。四〇三七と四〇四三の一云をそれぞれ一首として数えて十首としたか。または二首の脱落があったか。

◆二十五日、布勢の水海に行く道の途中、馬上で声に出して歌った二首

4044
浜辺を通って我らが行く時には、沖の方から迎えに来てくれぬものか、海人の釣舟が。

▽四〇五一までの八首は布勢の水海遊覧の歌。作者名がないが、目録(→三〇七頁)には次歌とともに家持作とする。「口号」は声に出して歌う意。巻十八には、特殊仮名遣の誤りなどの集中する箇所があり、写本の破損を平安時代に大幅に補修したあとと考えられる。四〇四四から四〇四九までもそれ。「より」のヨは甲類なのに、乙類仮名の「余」で記される。

4045
沖のあたりから満ちて来る潮のように、いよいよますます私が大切に思うあなたのお船なのでしょうか、あれは。

▽前歌に続いて、早く遊覧の船に乗りたいと願う。上二句は潮の満ちるさまから思いの増すさまを導く譬喩の序詞。結句の「かれ」は代名詞。最後に代名詞を置いて強調する形である。「鳴かましやそれ」(一四九七)、「むざさびそこれ」(一〇二八)など。

◆水海に着いて遊覧した時に、各人が思いを述べて作った歌

4046
神々しい垂姫の崎は、ずっと漕ぎ巡って見ても飽きはしない、私はどうしたものだろう。

▽福麻呂の歌。布勢の水海をついに実見した感動を詠う。下二句は四〇三七を受けて、本当にそのとおりだ、一体どうしたらいいかと驚き呆れる気持。「垂姫の崎」は布勢の水海の一景。乎布の崎の近くか。地名「たるひめ」から「息長足日女命(おきながたらしひめのみこと)」のような神名を連想し、「神さぶる」を冠したものか。

4047
垂姫《たるひめ》の浦《うら》を漕《こ》ぎつつ今日《けふ》の日《ひ》は楽しく遊べ言《い》ひ継《つ》ぎにせむ

右の一首は、遊行女婦《いうかうぢよふ》土師《はじ》。

4048
垂姫《たるひめ》の浦を漕ぐ船梶《かぢ》間《ま》にも奈良の我家《わぎへ》を忘れて思《おも》へや

右の一首は、大伴家持《おほとものやかもち》。

4049
おろかにそ我《われ》は思ひし乎《を》布《ふ》の浦の荒磯《ありそ》のめぐり見れど飽《あ》かずけり

右の一首は、田辺史福麻呂《たなべのふひとさきまろ》。

4050
めづらしき君が来《き》まさば鳴けと言ひし山《やま》ほととぎす何《なに》か来鳴《きな》かぬ

右の一首は、掾《じよう》久米朝臣広縄《くめのあそみひろなは》。

4051
多祜《たこ》の崎木《さきこ》の暗《くれ》茂《しげ》にほととぎす来鳴《きな》きとよめばはだ恋ひめやも

右の一首は、大伴宿祢家持《おほとものすくねやかもち》。

前《さき》の件《くだり》の十五首の歌は、二十五日に作りしものなり。

4047 垂姫の浦を漕ぎながら、今日の日は楽しく遊んでください。ずっと語り継ぐことにしましょう。
▽遊行女婦の土師の歌。「遊行女婦」は遊女。既出(九六六左注)。この土師は四〇六七の歌も詠んでいる。第四句は、楽しく宴飲することを誘いかける表現。家持も後に「楽しく遊ばめ」(四〇七一)と詠う。船中で遊女を伴う宴があったのだろう。

4048 垂姫の浦を漕ぐ船の櫓をひとこぎする間でさえも、奈良の我が家を忘れたりしようか。
▽家持の歌。上三句は、時間の短さを表す譬喩の序詞。類例、「淡路島門(と)渡る船の梶間にも」(三八九四)。結句は反語表現。「家なる妹を忘れて思へや」(六八)の他に五例(五〇二・二四〇四・二四一〇・三六〇四・四〇三〇)ある常套句。すべて妻を忘れられないと詠う例である。酒宴を盛り上げようとする遊行女婦の前歌に対して、いやいや故郷の妻のことが忘れられようかと機知で応じたものであろう。

4049 軽々しく私は思っていた。乎布の浦の荒磯のあたりは、いくら見ても飽きないなあ。
▽福麻呂の歌。乎布の浦の美景に感激し、これほどとは思ってもみなかったと自らの不明を恥じ、家持の賞賛(→四〇三七)に納得した。「おろか」は、おろそかの意。緊密でなく疎略であることを言う。名義抄(→三二二頁)には「略」「愚」「癡」にオロカニの訓があり、新撰字鏡(→三一二頁)にも、「闇、明らかならざる皃(まさ) 於呂加奈利(おろかなり)」とある。

4050 すばらしいあなたが来られたら鳴けと言っておいた山ホトトギスよ、なぜ来て鳴かないのか。
▽前歌の福麻呂の謙遜に対して、「めづらしき君」と讃辞を返して、饗応のために用意したホトトギスが一向に鳴かないことを責める歌。前日の宴でホトトギスの初音が待望され(→四〇四二)、次の歌で家持も鳴き声がまだ聞こえないことを恨む。作者の掾久米朝臣広縄は、越前掾に遷任した大伴池主(→四〇七三題詞)の後任となった人物。饗応の実務担当者としての立場で詠ったという趣。池主の越前転勤の時期は、この左注によって天平二十年三月二十五日以前であったことが知られる。

4051 多祜の崎の木陰の茂みに、ホトトギスが来て鳴き響かせたら、こうもひどく恋しがったりするだろうか。
◇右の一首は、大伴宿祢家持。
以上の一連の十五首の歌は、二十五日に作った。
▽「多祜の崎」も布勢の水海の景勝地の一つ。前歌に続いて、ホトトギスが鳴いて興を添えてくれないことを恨めしく思う気持。接待の主人としての家持の作。第二句は既出、「桜花木の暗茂に」(二五七)。「はだ」は、非常にの意。左注には「十五首」とあるが、実際には四〇四四からは八首しかない。

掾《じよう》久米朝臣広縄《くめのあそみひろなは》の館《むろつみ》に、田辺史福麻呂《たなべのふひとさきまろ》を饗《きやう》して宴《えん》せし歌四首

4052 ほととぎす今《いま》鳴かずして明日《あす》越えむ山に鳴くとも験《しるし》あらめやも

右の一首は、田辺史福麻呂。

4053 木《こ》の暗《くれ》になりぬるものをほととぎす何《なに》か来鳴《きな》かぬ君に逢へる時

右の一首は、久米朝臣広縄。

4054 ほととぎすこよ鳴き渡れ灯火《ともしび》を月夜《つくよ》になそへその影も見む

4055 可敝流廻《かへるみ》の道行《ゆ》かむ日は五幡《いつはた》の坂に袖《そで》振れ我《われ》をし思《おも》はば

右の二首は、大伴宿祢家持《おほとものすくねやかもち》。

前《さき》の件《くだり》の歌は、二十六日に作りしものなり。

太上皇《だいじやうわう》の、難波宮《なにはのみや》に御在《いま》しし時の歌七首　清足姫天皇《きよたらしひめのすめらみこと》なり

左大臣《さだいじん》　橘宿祢《たちばなのすくね》の歌一首

◆掾久米朝臣広縄の館で、田辺史福麻呂に饗応した宴の歌四首

4052 ホトトギスよ、今鳴かないで、明日越えて行く山で鳴いても、そのかいがあるだろうか。

▽客人の福麻呂の歌。四〇五六左注によれば、この四首は布勢遊覧翌日の二十六日の作。二十三日、二十四日の家持の館での宴とは場所を変え、掾久米朝臣広縄の館で催された。

「明日越えむ」の主語は福麻呂。翌日帰京の途につくことが決まっているので、その前に今、このお別れの宴でホトトギスの声が聞きたいと詠う。

4053 木立が茂って暗がりになる季節になったのに、ホトトギスよ、なぜ来て鳴かないのか、君に逢っているこの時に。

▽主人の広縄の歌。上二句は、木々の葉が生い繁る木下闇(このしたやみ)の季節はホトトギスが鳴くべき時なのに、という思い。「今こそ鳴かめ友に逢へる時」(一四八一・大伴書持)、「木の暗のかくなるまでになにか来鳴かぬ」(一四八七・大伴家持)など、ホトトギスを待つ歌にならって詠うのであろう。

4054 ホトトギスよ、ここを通って鳴いてゆけ。灯火を月に見立てて、その姿も見よう。

▽家持の歌。二十六日は月の出が遅いので、宴の時は闇夜であった。弟書持の「我がやどに月おし照れりほととぎす心あれ今夜(こよひ)来鳴きとよもせ」(一四八〇)は、月あかりの中でホトトギスの声を聞きたいと詠うが、この歌は、灯火を月の代わりにして、声ばかりでなく、その鳴く姿まで客人に見せたいと願う。第二句は家持自身の類句、「ほととぎす雨間(あま)も置かずこゆ鳴き渡る」(一四九一)がある。灯火を月に見立てることは詩に例がある。「灯光恰(あたか)も月に似たり」(初唐・高瑾「上元夜効小庾体」)。「なそふ」は見なす、見立てる意。家持の好んだ語であった。→一四四八・四三〇七・四四五一。

4055 可敝流山あたりの道を行く日には、五幡の坂で袖を振ってください。私を思ってくれるなら。

◇右の二首は、大伴宿祢家持。

以上の一連の歌は、二十六日に作った。

▽帰京前日の宴の締めくくりに、国守として惜別の思いを詠んだ歌。「可敝流」は、福井県南条郡南越前町南今庄の地。「廻」は「浦廻」「磯廻」などのミ。「〜のめぐり」の意。「五幡の坂」は、福井県敦賀市五幡付近の山坂。正確な場所は未詳。「いつはた山、かへる山」(枕草子・山は)。いずれも都に帰る福麻呂が必ず通る険しい山坂。そこで私のことを思い出し、こちらに向かって袖を振ってくださいと願う。「可敝流」には「帰る」、「五幡」には「何時(いつ)」の意が意識されていたであろう。

◆太上天皇(元正)が難波宮におられた時の歌七首〈清足姫天皇である〉

4056 堀江《ほりえ》には玉敷《たまし》かましを大君《おほきみ》を御船《みふね》漕《こ》がむとかねて知りせば

御製《ぎよせい》の歌一首 和《わ》せしものなり

4057 玉敷かず君が悔《く》いて言ふ堀江《ほりえ》には玉敷き満《み》てて継《つ》ぎて通《かよ》はむ 或《ある》いは云ふ、「玉扱《こ》き敷きて」

右二首。件《くだり》の歌は、御船《みふね》の江《かは》を泝《さかのぼ》りて遊宴《いうえん》せし日、左大臣《さだいじん》の奏《そう》せしものと御製なり。

御製《ぎよせい》の歌一首

4058 橘《たちばな》のとをの橘八《や》つ代《よ》にも我《あれ》は忘れじこの橘を

河内女王《かふちのおほきみ》の歌一首

4059 橘の下照《したで》る庭に殿建《とのた》てて酒《さか》みづきいます我《わ》が大君《おほきみ》かも

粟田女王《あはたのおほきみ》の歌一首

左大臣橘宿祢(諸兄)の歌一首

4056 堀江には玉を敷くべきでした。大君よ、御船を漕がれると、あらかじめ知っておりましたら。

▽元正上皇を指す「太上皇」は万葉集ではここだけに見られる呼称。日本書紀や続日本紀にも例はない。漢籍では皇帝の父を指して言う。日本では「太上天皇」が普通である。あるいは「天」字の脱落か。以下の七首は、久迩京から難波に都が遷された天平十六年(七四四)の夏頃の作と考えられる。その遷都の詔は元正上皇が下したという説がある。詔を宣布したのは諸兄。前歌までの田辺福麻呂の越中訪問の四年前のことである。四〇六二左注によれば、七首は田辺福麻呂の伝誦による。橘家から越中への使者を務めた(→四〇三二題詞)福麻呂が、家持との宴席でこれらの歌を暗誦したのであろう。

「堀江」は難波の堀割。「玉敷く」は貴人を迎えるための用意をする意。「大君を」のヲは間投助詞。詠嘆的に用いる。諸兄は八年後の天平勝宝四年(七五二)十一月にも、聖武上皇を迎えて「大君しまさむと知らば玉敷かましを」(四二七〇)と詠んでいる。

◆御製の歌一首〈和した歌〉

4057 玉を敷かなかったとあなたが悔やんで言う、その堀江には玉を敷きつめて通い続けましょう〈或る本には「玉を緒から解いて敷いて」と言う〉。

◇右二首。一連の歌は、御船が川を遡って遊宴した日に、左大臣が奏上した歌と上皇の御歌である。

▽前歌を受けて、玉を敷かなかったと後悔するには及ばない、自分で敷いて通うからと慰めつつ応じた歌。初句は「玉敷かずと」の意。助詞のトが省略されている。→三九四九注。第四句の下二段活用の「満つ」は他動詞。満たす、いっぱいにする意。或本の「玉扱き敷きて」は、緒に貫かれた玉をしごいて取り出して敷いて、の意。

◆御製の歌一首

4058 橘の、そのたわむほどに豊かな橘。後々の代までも私は忘れまい、この橘を。

▽橘に託して、橘家すなわち諸兄を讃め称え、変わらぬ寵恩を約する歌。「とを」は「とをを」「たわわ」の意。ここは橘の実が枝もたわむほどに豊かに成るという讃辞である。実際に実の成っている橘を目にしているとすれば冬の歌となるが、ここは橘家の象徴として橘の実を詠ったものか。

◆河内女王の歌一首

4059 橘の木の下も明るく輝くこの庭に御殿を建てて、酒宴を催しておられるわが大君よ。

▽一首全体、元正上皇を主体として表現する。「下照る」は、橘の赤い実、または白い花が地を照らすさま。「酒みづき」は酒盛りをする意であろう。作者は高市皇子の娘。当時、従四位上。

4060 月待ちて家には行《ゆ》かむ我《わ》が挿《さ》せるあから橘《たちばな》影《かげ》に見えつつ

右の件《くだり》の歌は、左大臣《さだいじん》橘卿《たちばなきやう》の宅《いへ》に在《あ》りて肆宴《しえん》したまひしときの御歌《みうた》と奏《そう》歌《か》なり。

4061 堀江《ほりえ》より水脈《みを》引《び》きしつつ御船《みふね》さす賤男《しづを》の伴《とも》は川の瀬申《まう》せ

4062 夏の夜《よ》は道たづたづし船に乗り川の瀬ごとに棹《さを》さし上《のぼ》れ

右の件《くだり》の歌は、御船《みふね》の、綱手《つなて》を以《もち》て江《かは》を泝《さかのぼ》りて遊宴《いうえん》せし日に作りしものなり。伝《つた》へ誦《よ》みし人は田辺史福麻呂《たなべのふひとさきまろ》これなり。

後《のち》に橘《たちばな》の歌に追和《ついわ》せし二首

4063 常世《とこよ》物《もの》この橘のいや照《て》りにわご大君《おほきみ》は今も見るごと

4064 大君《おほきみ》は常磐《ときは》にまさむ橘の殿《との》の橘ひた照《て》りにして

右の二首は、大伴宿祢家持《おほとものすくねやかもち》の作りしものなり。

4060 ◆粟田女王の歌一首
月の出を待って家に帰ろう。私が髪に挿している明るく美しい橘を、月の光の下に照らさせて。
◇右の一連の歌は、左大臣橘卿の家にいらっしゃって御宴をお催しになった時の御歌と、奏上した歌である。
▽終宴の時の歌か。橘の枝を挿して帰る道すがら、月の光によってその美しい色を見せるようにして、と詠う。「見ゆ」は人に見えるようにするの意。「あから」は「赤(あか)ら」で、橘の実の赤い色とすることが一般。しかし、「明(あか)ら」で、橘の花や蕾の白い色とも解される。以上三首、実でなく花や蕾とすれば、四〇六二の「夏の夜」の季節に合致する。川での遊宴があり、諸兄邸でも酒宴が催されたらしい。作者は系譜未詳。当時、従四位上。

4061 堀江から水脈をたどりつつ、御船を進めて行く下々の者どもは、川の瀬のありかを申し上げよ。
▽これと次歌とは、本来、堀江の船あそびを詠う四〇五六・四〇五七に続く歌。作者名がないが、ともに結句が命令形なので、橘諸兄の立場で詠まれたのだろう。「水脈引き」は上るべき川筋をたどる意。既出(三六二七)。「賤男(しづを)」は身分低い男の意であろう。「しづのを」は平安時代以後の語形。

4062 夏の夜は道もよくわからない。船に乗って、川の瀬ごとに棹をさして上って行け。
◇右の一連の歌は、御船が曳き綱によって堀江の川を遡り、遊宴を催した日に作った。以上を伝誦した人は田辺史福麻呂である。
▽「たづたづし」は、おぼつかない、はっきりせずに頼りない意。左注に言うように岸から曳き綱を曳いて川を遡っていたのだが、暗くて道がたどりにくいので、船に乗って棹をさして上れと詠う。伝誦した歌とは、四〇五六以下の七首を指すのだろう。

◆後に橘の歌に追和した歌二首

4063 常世のものであるこの橘がいよいよ照り映えるように、ますます立派に、わが大君は今見るようにいつまでも。
▽田辺福麻呂が伝誦した四〇五八-四〇六〇の橘の歌に和した家持の作。「追和」は後になって唱和すること。→一四五題詞。「常世物」は、田道間守(たじまもり)が橘を常世の国に取りに行ったという伝承(日本書紀・垂仁天皇九十年)によって言う。その伝承は、家持自身が後に詠んでいる(→四一一一)。「大君」は元正上皇。

4064 我が大君はいつまでも変わりなくいらっしゃるだろう。橘卿のお屋敷の橘も一面に照り輝いて。
◇右の二首は、大伴宿祢家持が作った。
▽上二句は、前歌の下二句を承ける。恒久の繁栄を祈念する表現である。「ひた照り」の語は「橘の歌」(四一一一)にも見られるが、ここは皇統と橘家の双方に対する讃辞となっている。

射水郡《いみづのこほり》の駅館《えきくわん》の屋柱《をくちゆう》に題著《だいちよ》せる歌一首

4065 朝開《あさびら》き入江《いりえ》漕《こ》ぐなる楫《かぢ》の音《おと》のつばらつばらに我家《わぎへ》し思《おも》ほゆ

右の一首は、山上臣《やまのうへのおみ》の作。名《な》を審《つまび》らかにせず。或《ある》いは云《いは》く、「憶良大夫《おくらだいぶ》の男《をのこ》なり」といふ。但《ただ》しその正《まさ》しき名《な》は未《いま》だ詳《つまび》らかならず。

四月一日、掾《じよう》久米朝臣広縄《くめのあそみひろなは》の館《むろつみ》に宴《えん》せし歌四首

4066 卯《う》の花の咲く月立ちぬほととぎす来鳴《きな》きとよめよ含《ふふ》みたりとも

右の一首は、守大伴宿祢家持《かみおほとものすくねやかもち》の作りしものなり。

4067 二上《ふたがみ》の山に隠《こも》れるほととぎす今も鳴かぬか君に聞かせむ

右の一首は、遊行女婦《いうかうぢよふ》土師《はじ》の作りしものなり。

4068 居《を》り明《あ》かしも今夜《こよひ》は飲まむほととぎす明けむ朝《あした》は鳴き渡らむそ　二日は立夏《りふか》の節《せつ》に応《あた》る。故に明《あ》けむ旦《あした》に喧《な》かむと謂《い》ふ

◆射水郡の駅館の柱に書き付けてあった歌一首

4065 朝明けに船出して入江を漕いで行く、その楫(いか)の音のように、細やかにしんみりと我が家のことが思われる。

◇右の一首は、山上臣の作である。名前は明らかでない。また別に、「憶良大夫の子息である」という。但し、その本当の名は未詳。

▽宿駅の壁に旅情を詠う詩を書き付けることが初唐・宋之問らの作に見られる。その中国の風流にならう歌であろう。「朝開き」は朝早く船を漕ぎ出すこと。既出(一六七〇・三五九五)。第三句まで、楫の音が絶え間なくずっと聞こえて来るという意で「つばらつばらに」の序詞となる。「つばらつばらに」は、つくづくと長く続くさま。「つばら」を楫の音の擬音語とする説もある。左注は、この歌が山上憶良に縁のある作とする所伝を記す。憶良の子息は、夭折した「古日」(九〇四)がそれかと推測されている以外は知られていない。

◆四月一日、掾久米朝臣広縄の館で宴席を設けた時の歌四首

4066 卯の花の咲く月になった。ホトトギスよ、来て鳴き響かせてくれ。まだ蕾のままであっても。

▽主賓の国守大伴家持の歌。前月の末、田辺福麻呂を饗応した時には待望しながらも鳴き声は聞けなかった。しかし、いよいよ卯の花の咲く四月になった。「卯の花の共」(一四七二)に来るとされるホトトギスよ、さあ今こそ鳴いてくれという気持である。「含む」は蕾がふくらむ意。咲く直前の状態を言う。卯の花はまだ十分咲き匂っていないとしても、とにかく早く来て鳴けという思いを詠う。

4067 二上山に籠もっているホトトギスよ。今こそ鳴いてくれないか。あなたにお聞かせしよう。

▽宴席に侍っていた遊行女婦の歌。この人は先の田辺福麻呂饗応の宴でも詠歌した(→四〇四七左注)。ホトトギスがいつまでも山に籠もっているので鳴き声が聞かれないのだと詠う。この三年後(天平勝宝三年〔七五一〕)、家持の歌にも「二上の峰(を)の上の繋(げし)に隠りにしそのほととぎす待てど来鳴かず」(四二三九)と言う。「君」は主賓の家持を指すか。

4068 寝ずに夜を明かしてでも今夜は飲もう。ホトトギスは夜の明けた朝にはきっと鳴いて渡るだろう〈二日は立夏の節に当たる。それゆえに夜が明けたら鳴くだろうと言った〉。

▽家持の歌。ホトトギスは立夏の日に鳴くという考え方があった。→三九八四左注。天平二十年(七四八)はこの翌日の四月二日が立夏の節に当たった。初句の「居り明かす」は、寝ないで一夜を過ごすこと。「居り明かして君をば待たむ」(八九)。ここは、飲み明かして明け方の初音を聞こうと詠う。

右の一首は、守大伴宿祢家持《かみおほとものすくねやかもち》の作りしものなり。

4069
明日《あす》よりは継《つ》ぎて聞こえむほととぎす一夜《ひとよ》のからに恋ひ渡るかも

右の一首は、羽咋郡《はくひのこほり》の擬《ぎ》主帳《しゆちやう》能《の》登臣乙美《とのおみおとみ》の作。

庭《には》の中《うち》の牛麦《なでしこ》の花《はな》を詠《よ》みし歌一首

4070
一本《ひともと》のなでしこ植《う》ゑしその心誰《たれ》に見せむと思ひそめけむ

右は、先《さき》の国師《こくし》の従僧清見《じゆうそうせいけん》の京師《みやこ》に入《い》るべきに、因《よ》りて飲饌《いんせん》を設《まう》けて饗宴《きやうえん》しき。時に主人大伴宿祢家持《あろじおほとものすくねやかもち》この歌詞《かし》を作りて、酒《さけ》を清見に送《おく》りしものなり。

4071
しなざかる越《こし》の君らとかくしこそ柳《やなぎ》かづらき楽《たの》しく遊《あそ》ばめ

右は、郡司《ぐんじ》已下《いか》子弟《してい》已上《いじやう》の諸人《しよにん》多《おほ》くこの会《くわい》に集《つど》ふ。因《よ》りて守大伴宿祢家《かみおほとものすくねやか》持《もち》この歌を作りしものなり。

4069 明日からは続けて聞こえるだろうホトトギスを、あと一晩のことで恋しく思うことだ。

▽立夏となる明日からは、ずっと聞けるはずなのに、たった一夜を越さないだけでまだ鳴かず、こんなにも恋しく思うと詠う。前歌に呼応する歌。第四句のカラニは軽い原因が重い結果をもたらす場合に用いる。「手に取るがからに」(二一九七)など。

　左注の「羽咋郡」は能登国の四郡の一。この時、能登国は越中国に合併されていた。「擬」は準じる役の意。「主帳」は郡司の四等官で、帳簿を司る。作者の能登臣乙美は伝未詳。宴に列席する人物としてはもっとも卑官であったか。

◆庭の中のなでしこの花を詠んだ歌一首

4070 一本のなでしこを植えたその心は、誰に見せようと思ってのことだったのか。

◇右は、先の国師の従僧の清見というものが都に帰ることになり、飲食の用意をして饗宴を開いた。その時に主人の大伴宿祢家持がこの歌を作って、酒を清見に回したのである。

▽家持の宴席歌。前歌は天平二十年(七四八)四月一日の久米広縄宅での宴席の作。四〇七三は翌二十一年三月十五日の大伴池主の作。この歌が、その一年間のいつ頃の作かは未詳。なでしこは夏から秋にかけて花を開くが、三、四月にその苗を植えたことを詠うとすれば、天平二十一年三月の作でありうる。次歌の「柳」の時節にも自然に続く。

　題詞の「牛麦」は歌の語句からなでしこのことと考えられる。なでしこは万葉集では漢語の「石竹」「瞿麦」で書かれる。代匠記(→三二三頁)に、梵語の「瞿(ぐ)」は漢語の「牛(ぎう)」と同じ意で、音も通じるので、ここでは「瞿麦」を「牛麦」と記したと説くが、わざわざそのような表記をした理由は未詳。

　歌は、帰京する清見に対して、あなたのためにと思ってなでしこを植えたのに、その花も見ないで去るのかとなごりを惜しむ。家持はなでしこの花を特に愛した。→四〇〇八注。左注の「酒を清見に送り」とは、宴の大盃を清見に回したことを言う。

4071 (しなざかる)越中の国の皆さんと、こうやって柳を縵にし、愉快に酒盛りをしよう。

◇右は、郡司以下、その子弟たちまでの諸人がたくさんこの会に集まった。そこで守大伴宿祢家持がこの歌を作った。

▽左注に「この会」とあるのは唐突で、題詞が脱落したのであろう。送別の宴であった前歌とは異なって、これは国中の役人の謁見、もしくは公的な行事の後の宴と思われる。目録には次歌とともに家持の作とする。「郡司」は郡務に当たった官。地方の有力者、豪族出身者が任命された。柳を縵にするのは、大和では一、二月だが、越中では三月になってからであった(→四一三八左注)。

4072
ぬばたまの夜《よ》渡る月を幾夜《いくよ》経《ふ》と数《よ》みつつ妹《いも》は我《われ》待つらむそ

右は、この夕《ゆふべ》、月光《げつくわう》遅《おそ》く流《なが》れ、和風《わふう》稍《やや》く扇《あふ》ぐ。即《すなは》ち属目《しよくもく》に因《よ》りて、聊《いささ》かにこの歌を作りしものなり。

越前国掾《ゑちぜんのくにのじよう》大伴宿祢《おほとものすくね》池主《いけぬし》の来贈《らいぞう》せし歌三首

今月十四日を以《もち》て、深見村《ふかみのむら》に到《いた》り来《き》たり、かの北方を望拝《ばうはい》す。常《つね》に芳徳《はうとく》を念《おも》ふこと、何《いづ》れの日にか能《よ》く休《や》まむ。兼《か》ねて隣近《りんきん》なるを以《もち》て忽《たちま》ちに恋緒《れんしよ》を増《ま》す。加以《しかのみにあらず》、先《さき》の書《しよ》に云《いは》く、「暮春《ぼしゆんを》惜しむべし、膝《ひざ》を促《ちかづ》くること未《いま》だ期《とき》あらず、生別《せいべつ》は悲しきかも、それまた何《なに》をか言はむ」といふ。紙《かみ》に臨《のぞ》みて悽断《せいだん》し、状《じやう》を奉《たてまつ》ること不備《ふび》なり。

三月十五日、大伴宿祢池主

一　古人《こじん》の云《いは》く

4072
(ぬばたまの)夜空を渡る月を、幾夜過ぎたかと数えながら、妻は私を待っていることだろう。

◇右は、この夜、月光はゆったりと流れ、春風はのどかに吹いている。そこで目に映る物を題としてこの歌を作ってみたのである。

▽家持の作。都の妻も、この月を見あげながら、もう幾夜が過ぎたかと、私が帰京する日を指折り待っているだろうと思いやる。家持は、天平十九年(七四七)の三月にも「春花のうつろふまでに相見ねば月日数みつつ妹待つらむそ」(三九八二)と詠んだ。
　左注の「月光遅く流れ」は、月光が空をゆっくりと移ることをいう漢語表現。「和風」は春の穏やかな風。「扇」は風が吹き起こること。「和風八荒に扇ぐ」(唐・太宗「春日望海」)。

◆越前国の掾大伴宿祢池主が送ってきた歌三首

今月十四日に深見村に着き、そちらの北方を遥かに眺めました。ご恩徳をたえずお慕いすることは、いつの日に止むことでしょうか。まして間近な地なのでお目にかかりたい思いがつのります。しかも先のお手紙には、「過ぎ行く春が惜しまれるが、膝を近づけ親しく面会できるのはいつとも知れない、生き別れていることの悲しみは、どう言い表したらいいものか」とありました。紙を前にして心を痛め、お手紙を記すことも拙いままです。

　三月十五日、大伴宿祢池主

▽家持あての池主の書簡。天平二十一年(七四九)三月十五日付。三首の歌を付す。池主は、四〇一〇左注にその名前の見える十九年五月から、後任の掾の名が記される二十年三月(→四〇五〇左注)までの間に、越中国掾から越前国掾へ転任していた。その池主が、公務で越中との国境に近い深見村(石川県河北郡津幡町)に来た時に書き送った。
　「芳徳」は相手の徳を讃めて言う。「忽ちに恋緒を増す」の原文は諸本「忽増恋」。四文字の句が期待されるので、「恋」の下に「緒」が脱落したとする古義(→三二四頁)の説による。「恋緒」は池主の漢文書状に既出(三九六七前文)。ただし、「恋心」「恋情」の可能性もある。「加以」は名義抄にシカノミナラズの訓が見える。それに加えての意。「先の書」は、万葉集には載せられていない、家持の書状であろう。「暮春…」「膝を促く…」は、池主の「暮春の風景最も怜(あはれ)むべし」「淡交に席を促け」(三九六七前文)に、また「生別…」も、やはり池主の「生別悲しくして」(四〇〇八題詞)に共通する常用表現。「紙に臨みて悽断し」は、いざ書状を書こうとしても心が痛むばかりという、これも常用表現の一。「紙に臨みて咽塞(えつそく)す」(晋・王羲之「君服帖」「官奴帖」)。

4073 月見れば同じ国《くに》なり山こそば君があたりを隔《へだ》てたりけれ

一　物《もの》に属《つ》けて思ひを発《おこ》しき

4074 桜花《さくらばな》今ぞ盛《さか》りと人は言へど我《われ》はさぶしも君としあらねば

一　所心《しょしん》の歌

4075 相思《あひおも》はずあるらむ君をあやしくも嘆《なげ》き渡るか人の問《と》ふまで

越中国守大伴家持《えつちうのくにのかみおほとものやかもち》の報贈《ほうぞう》せし歌四首

一　古人《こじん》の云《いは》くに答《こた》へき

4076 あしひきの山はなくもが月見れば同じき里《さと》を心隔《へだ》てつ

一　属目《しょくもく》して思ひを発《おこ》ししに答へ、兼《か》ねて遷任《せんにん》せし旧宅西北隅《きうたくせいほくぐう》の桜樹《あうじゅ》を詠《よ》みて云《い》ひき

4077 わが背子《せこ》が古き垣内《かきつ》の桜花《さくらばな》いまだ含《ふふ》めり一目《ひとめ》見に来《こ》ね

「不備」は書簡の結びに用いる語。「不一」「不宣」の類。意を尽くさないことを言う。「白牋不備、羲之頓首」（王羲之「東書堂帖」）。

◆一　古人の言うことには

4073 月を見ると国は同じである。山こそは君のおられる辺りを隔ててはいるが。

「一…」の箇条書きの形式は、正倉院文書に散見する。ただし、それらは法令などの文書であり、詩文を列挙する例は和漢ともに知られない。題詞に「越前国掾」とあり、四〇七六-四〇七九の家持の報贈歌の題詞にも「越中国守」とある。わざと公式の文書の大仰な形をとって戯れて記したものであろう。「古人の云く」は、古歌を引用する意か。「月見れば国は同じそ山隔（へな）り愛（うつく）し妹は隔りたるかも」（二四二〇）がこれに近い。第二句は、同じ越（こし）の国だという気持か。三月十五日、満月の夜の歌。

◆一　物に寄せて思いを起こした

4074 桜花は今こそ盛りだと人は言うけれど、私は寂しくてならない。あなたと一緒でないので。

▽題詞は既出（三六二七題詞）。桜の花盛りを見て、かつて越中の館に咲いていた桜を思い起こした。家持もそれを感じて、返歌している（→四〇七七）。下二句の類例、「我はさぶしゑ君にしあらねば」（四八六）、「見れどもさぶし君にしあらねば」（三二九〇）。

◆一　心に思うところの歌

4075 思ってもくれないあなたを、不思議なことにも、嘆き続けることか、人が問うまで。

▽「所心」は心に思うこと。既出（三七八八題詞など）。第四句までは類型的な表現を取り混ぜたものだが、結句「人の問ふまで」は万葉集ではここだけの珍しい表現。平安朝の歌には散見する。

◆越中国の国守大伴家持が返し贈った歌四首

一　古人の言うことに答えた

4076 （あしひきの）山はなければよいがなあ。月を見ると同じ里なのに、心までも隔ててしまった。

▽四〇七三に答えた歌。この山は礪波（となみ）山。「同じき」は万葉集に唯一の例。訓読語では例が多い。

◆一　目についた物に寄せて思いを起こしての歌に答え、合わせて転任したもとの屋敷の西北隅の桜の木を詠んだ

4077 あなたの以前の屋敷の庭の桜の花は、まだ蕾のままです。一目見に来なさいな。

▽四〇七四に答えた歌。その題詞の「物に属けて（属物）」をここでは「属目」とする。あなたが住んでおられた家の桜はこれからが見頃ですよ、一緒に見ましょう、と誘う。宅地の西北隅に樹木を植えるのは、乾の方位を神聖視する観念と関わるか。「向（むかひ）の僧都殿の戌亥（いぬゐ）の角（すみ）には大きに高き榎の木有けり」（今昔物語集二十七ノ四）など。

一　所心《しよしん》に答へき。即《すなは》ち古人《こじん》の跡《あと》を以《もち》て今日《けふ》の意《こころ》に代《か》へき

4078 恋ふといふはえも名付《なづ》けたり言ふすべのたづきもなきは我《あ》が身なりけり

一　更《さら》に矚目《しよくもく》しき

4079 三島野《みしまの》に霞《かすみ》たなびきしかすがに昨日《きのふ》も今日《けふ》も雪は降《ふ》りつつ

三月十六日

姑大伴氏坂上郎女《をばおほとものうぢさかのうへのいらつめ》の、越中守大伴宿祢家持《ゑつちうのかみおほとものすくねやかもち》に来贈《らいぞう》せし歌二首

4080 常人《つねひと》の恋ふといふよりは余《あま》りにて我《われ》は死ぬべくなりにたらずや

4081 片思《かたおも》ひを馬《うま》にふつまに負《お》ほせ持《も》て越辺《こしへ》に遣《や》らば人かたはむかも

越中守大伴宿祢家持《ゑつちうのかみおほとものすくねやかもち》の報《こた》へし歌と所心三首

4082 天離《あまざか》る鄙《ひな》の奴《やつこ》に天人《あめひと》しかく恋《こひ》すらば生《い》ける験《しるし》あり

◆一 心に思うところの歌に答えた。すなわち古人の歌によって今日の思いに代えた

4078 「恋ふ」とは、まことにうまく言ったものだ。どう言えばいいか何の手立てもないのは、この我が身なのでした。

▽四〇七六に答え、古歌によって今の思いを表した歌。該当する古歌は未詳。気持をどう表現すればいいか分からないこの体たらくを、「恋ふ」とはうまく言ったものだと詠う。第二句の「え」は可能の意の副詞。「面忘れだにもえすやと」(二五七四)など。「たづき」は方法。常に否定の表現に呼応する語。

◆一 更に見た物に寄せた

4079 三島野に霞がたなびいていて、それなのに昨日も今日も雪が降り続いています。

▽春の三月十六日になお雪の降りやまぬ越中の風土を詠う。「しかすがに」はその前後の逆接性を強調する語。「梅の花散らくはいづくしかすがにこの城(き)の山に雪は降りつつ」(八二三)など。

◆姑大伴氏坂上郎女が越中守大伴宿祢家持に贈ってよこした歌二首

4080 世の常の人が恋すると言うのにもさらに増して、私は死にそうになっているではありませんか。

▽「姑大伴氏坂上郎女」は三九二七題詞に既出。郎女は家持にとって父旅人の妹であり、妻大嬢の母親であった。「常人」は世間一般の人の意。家持だけが後にも使用(→四一三五・四一七二)。「余り」は、それを越えて、納まり切らないほどの意。「なりにたらずや」は反語。「なりにてあらずや」(八二九)の約。

4081 片思いを馬の背にごっそりと荷なわせて、越中の方に遣わしたら、人は「かたはむ」だろうか。

▽恋の思いを重荷になぞらえる例、「恋草(こひぐさ)を力車(ちからぐるま)に七車(ななくるま)積みて恋ふらく我が心から」(六九四)。第二句の「ふつまに」は難解。「都 スベテ・フツニ・フツト」(名義抄)により、すっかり、ことごとくの意の「ふつ」に接尾語マの接したものと見る説による。第四句まで、私の恋の思いを馬に荷なわせてそちらに送ったら、の意。結句の「かたはむ」は解釈を保留する。片方に心寄せる意ともされるが、確証がない。八音の字余りも疑問。原文は「比登加多波牟可母」。誤写があったか。

◆越中守大伴宿祢家持が答えた歌と思うところを述べた三首

4082 (天離る)鄙の下郎に天人がこのように恋をするとは、生きているかいがあります。

▽四〇八〇に答えた歌。坂上郎女を「天人」と、自らを田舎に住む「奴」と称する。第四句の「恋すらば」の原文は「古非須良波」。類例のない形であり、文法的に説明できない。「恋すれば」「恋せば」の誤りか。今は、「恋すらむは」の意とする解によっておく。

4083 常《つね》の恋いまだ止《や》まぬに都《みやこ》より馬に恋来《こ》ば荷《に》なひあへむかも

別《べつ》に所心《しよしん》一首

4084 暁《あかとき》に名告《なの》り鳴くなるほととぎすいやめづらしく思ほゆるかも

右は、四日に使《つか》ひに附《つ》けて京師《みやこ》に贈《おく》り上《のぼ》せしものなり。

天平感宝《てんぴやうかんぽう》元年五月五日、東大寺《とうだいじ》の占墾地使《せんこんぢし》の僧平栄等《そうへいえいら》を饗《きやう》しき。時に守大伴宿祢家持《かみおほとものすくねやかもち》の、酒《さけ》を僧《そう》に送りし歌一首

4085 焼《や》き大刀《たち》を礪波《となみ》の関《せき》に明日《あす》よりは守部《もりへ》遣《や》り添《そ》へ君を留《とど》めむ

同じ月の九日、諸僚《しよれう》、少目《せうさくわん》秦伊美吉石竹《はたのいみきいはたけ》の館《むろつみ》に会して飲宴《いんえん》しき。時に、主人《あろじ》百合《ゆり》の花縵《はなかづら》三枚を造《つく》り、豆器《とうき》に畳《かさ》ね置《お》き、賓客《ひんかく》に捧《ささ》げ贈《おく》りき。各《おのおの》この縵《かづら》を賦《ふ》して作りし三首

4086 油火《あぶらひ》の光に見ゆる我《わ》が縵《かづら》さ百合《ゆり》の花の笑《ゑ》まはしきかも

4083 いつもの恋がまだ治まらないのに、都から馬で恋が来たら、背負い切れるでしょうか。

▽四〇八二に答えた歌。いつも恋しくてならないのに、その上また恋の重荷がどっさり来たらたまらない、と言う。親しい戯れの気分が横溢する。

◆別にまた思うところを述べた一首

4084 暁に名のって鳴いているホトトギスのように、ますます心ひかれて思われることです。

◇右は、四日に使いに託して都に贈ったものである。

▽二首ずつの贈答歌とは別に、思いを述べた歌。「四日」は四月四日であろう。ホトトギスという鳥名は鳴き声の聞きなしによるものであり、四月になってのその初声を、ホトトギスが自ら名のって鳴いていると詠んだ。郎女からの便りをホトトギスの初音に譬えて、それに魅惑されたことを言う。

◆天平感宝元年(七四九)五月五日、東大寺の占墾地使の僧平栄らに饗応した。その時、守大伴宿祢家持が、酒を僧に回した歌一首

4085 (焼き大刀を)礪波の関所に、明日からは番人を増やして、あなたを留めさせよう。

▽天平二十一年四月十四日に改元があり、天平感宝元年となった。四月一日の宣命に「寺寺に墾田の地許し奉り」とあるように、寺院の墾田開発が許され、その土地占定の状況を把握するための使者(寺家野占使)が諸国に派遣された。東大寺の平栄がその任に当たって北陸地方に出向いたことは、正倉院文書によって知られる。酒を送った歌とは、平栄のもとに宴席の大盃を回した時に、この歌を詠んだということであろう(→四〇七〇左注)。

歌は越中から越前に向かう平栄の送別の宴での作。礪波山の東麓にあった関所を簡単には通さないぞと戯れて、惜別の念を表す。初句の「焼き大刀を」のヲは間投助詞。焼きを入れた大刀は刃が鋭いので「鋭(と)し」の同音で「礪波」の枕詞となる。

◆同じ月の九日に、国府の役人たちが少目秦伊美吉石竹の館に集まって宴会を開いた。その時主人が百合の花縵を三枚作って、高坏に重ね置いて客人に贈呈した。各々がこの縵を歌に詠んで作った三首

4086 灯火の光に映えて見える私の縵の百合の花の、思わずほほえむほどに美しいことだ。

▽家持の作。「百合の花縵」は未詳。四月は百合の花期にはまだ早いか。「豆器」は足の付いた食器。「花縵」を贈られたのは家持と縄麻呂、もう一人は、上京中の掾の広縄に代わって大目の八千島であったか。歌は、その百合の花縵を讃めた挨拶。「油火」は油で灯した火。「さ百合」は歌語。

右の一首は、守《かみ》大伴《おほとも》宿祢《すくね》家持《やかもち》。

4087 灯火《ともしび》の光に見ゆるさ百合花《ゆりばな》ゆりも逢はむと思ひそめてき

右の一首は、介《すけ》内蔵伊美吉《くらのいみき》縄麻呂《なはまろ》。

4088 さ百合花《ゆりばな》ゆりも逢はむと思へこそ今のまさかも愛《うるは》しみすれ

右の一首は、大伴宿祢家持《おほとものすくねやかもち》。和《わ》せしものなり。

独《ひと》り幄《とばり》の裏《うち》に居《ゐ》て、遥《はる》かに霍公鳥《ほととぎす》の喧《な》くを聞きて作りし歌一首

短歌を并《あは》せたり

4089 高御座《たかみくら》　天《あま》の日継《ひつぎ》と　皇祖《すめろき》の　神の命《みこと》の　聞《き》こし食《を》す　国のまほらに
山をしも　さはに多みと　百鳥《ももとり》の　来居《きゐ》て鳴く声　春されば　聞きの
かなしも　いづれをか　別《わ》きてしのはむ　卯《う》の花の　咲《さ》く月立てば
めづらしく　鳴くほととぎす　あやめ草《ぐさ》　玉貫《ぬ》くまでに　昼暮《ひるく》らし

4087 灯火の光に映えて見える百合の花のように、後(ゆり)にも逢おうと思い始めたのでした。

▽介内蔵伊美吉縄麻呂の作。これも百合の花縵を讃めた挨拶の歌。第三句までが「百合」から、後の意の「ゆり」を導く序詞にもなっている。既出(一五〇三・二四六七)。ただ既出の二例は相聞(→三〇五頁)歌。また、後出の相聞歌に「ゆりも逢はむ」があり、類似表現にも「後(のち)も逢はむ」(七三七など)があるが、それらは「今は逢えないが、後には逢いたい」の意に用いられる。この歌の「ゆりも逢はむ」は、宴席の歌にふさわしく、今逢っていて、しかも後々もまた逢おうという意で用いたつもりであろう。歌の主題となるべき百合の花の、その「ゆり」を何とか詠み込もうとして、やや無理な表現となっている。結句の「思ひそめてき」は万葉集では珍しい形だが(→二四三〇)、平安朝では例の多い表現。

4088 (さ百合花)後(ゆり)にも逢おうと思うからこそ、今のこの時も親愛の情を交わしているのです。

▽家持が前歌に和した歌。本来なら三番目の官である大目の歌があるはず。それが欠ける理由は未詳。前歌の「ゆりも逢はむ」が、今逢えないことを前提にして用いられる恋歌の表現であり、宴席の歌としては落ち着かないことを意識したのか、後々も絶えず逢おうと願うがために、今まさに親愛の情を尽くしているのだと詠う。「まさか」は現実、まさにこの時の意。既出(三九六五)。類歌、二八六六。

◆一人で帳の内に居て、遠くにホトトギスの鳴くのを聞いて作った歌一首と短歌

4089 高御座にいまして皇位を継がれるかたとして代々の天皇が、治めてこられたこの国のうるわしい地に、山々がたくさんあるので、多くの鳥がやってきて鳴く声、その声を春になって聞くとしみじみとする。どの鳥を特別に愛(め)でようか。それは卯の花の咲く四月になれば心ひかれるほど鳴くホトトギスだ。菖蒲を玉に貫く五月頃まで、昼の間ずっと夜も夜通し聞くけれど、聞くたびに胸がどきどきし、ため息まで出て、何といとしい鳥よと、言わない時もないほどだ。

▽題詞の「幄の裏」は部屋の垂れ幕の中の意。「帷幄の裏」(三九六五前文)に同じ。部屋の中に居て、遠くホトトギスの鳴く声に耳を傾けて作った歌。「高御座」は天皇の御座。「天の日継」は、天つ神の系統を継ぐ天皇の位。上四句は天皇の御代を讃める表現だが、以下のホトトギスの声を聞く内容から見れば大げさすぎる。陸奥国の黄金産出を喜んだ歌(四〇九四)には宣命第十三詔と関わる表現が多いが、その二日前に詠まれたこの歌にも宣命が意識されていたか。「天皇(すめら)」が御世御世(みよみよ)、天

夜渡《よわた》し聞けど　聞くごとに　心つごきて　うち嘆《なげ》き　あはれの鳥《とり》と
言はぬ時なし

反　歌

4090 行《ゆ》くへなくあり渡《わた》るともほととぎす鳴きし渡らばかくやしのはむ

4091 卯《う》の花《はな》の共《とも》にし鳴けばほととぎすいやめづらしも名告《なの》り鳴くなへ

4092 ほととぎすいとねたけくは橘《たちばな》の花散《はなぢ》る時に来鳴《きな》きとよむ

右の四首は、十日に大伴宿祢家持《おほとものすくねやかもち》の作りしものなり。

英遠《あを》の浦《うら》に行《ゆ》きし日に作りし歌一首

4093 英《あ》遠《を》の浦に寄する白波《しらなみ》いや増しに立ちしき寄《よ》せ来《く》あゆをいたみかも

右の一首は、大伴宿祢家持の作りしものなり。

陸奥国《みちのくのくに》に金《くがね》を出《い》だしし詔書《せうしよ》を賀《よろこ》びし歌一首　短歌を幷《あは》せたり

つ日嗣《ひつぎ》高御座に坐《いま》して」（第十三詔）。
第六句の「まほら」は優れて良い所の意（→八〇〇）。「いづれをか別きてしのはむ」は、多くの鳥の中でも、どの鳥を特別に賞玩しようかの意。「卯の花の咲く月立てば」は、四月になること。既出（四〇六六）。「あやめ草玉貫くまでに」は五月になる頃までの意。類歌、四〇三五。「心つごきて」の「つごく」は、万葉集をはじめ上代に唯一の例。日本霊異記（→三一〇頁）・上・序の訓釈に「悸、去々呂津古支之《こころつごき》」とある。胸がどきどきする意であろう。「あはれの鳥」も他に例がない。「あはれその鳥」（一七五六）とはあった。ここは「あはれの鳥や」の意の詠嘆。

4090　何をするというあてもなく生き続けるとしても、ホトトギスが鳴いて飛び渡って来たら、こうして心ひかれることであろうか。
▽反歌（→三〇六頁）二首。題詞には「短歌」とあった。上二句は相聞歌に類句が見られる。「行くへもなくや恋ひわたりなむ」（三〇七二）、「生きても我《あれ》はあり渡るかも」（二五〇四）など。ここは地方官暮らしの続く自らの失意のさまを言うようにも見える。しかし、このひと月前の四月一日に作者家持は従五位下から従五位上に昇進している（→四〇九四注）。高揚した気分もあったと思われる。

4091　卯の花が咲くのに合わせて鳴くので、ホトトギスはますますすばらしい。名のって鳴く上に。
▽自作の四〇八四を踏まえて詠んだものか。上二句は一四七二に類例がある。ナヘは二つの事態が並行して進行することを言うのが普通だが、ここは名のり鳴く上に、の意。その上に、卯の花が咲くのと同時に鳴くのでますます心が惹かれると詠う。

4092　ホトトギスのひどく嫌なところは、橘の花が散る時になって来て鳴き響かせることだ。
▽橘はもう散りがたになった、そんな時にやって来て鳴くなんて、とホトトギスの初鳴きの遅いことを恨む歌。「ねたけく」は「ねたし」のク語法。第四句の「散る」の原文は「治流」。「治」は濁音仮名でヂ。「はなぢる」は既出（三六・三四八）。以上は、家持が五月十日に作った長歌（→三〇六頁）と短歌二首。

◆英遠の浦に行った日に作った歌一首

4093　英遠の浦に寄せる白波は、いよいよ立ちまさってしきりに寄せてくる。東風が激しいからだろうか。
▽家持の作。「英遠の浦」は、富山県氷見市阿尾の海岸。日付がないが、前四首の天平感宝元年五月十日と、後の四首の同十二日との間にあるので、十一日であろう。結句の「あゆ」は越中の言葉で東風を言う。→四〇一七。家持はこの翌年にも「あゆをいたみ奈呉《なご》の浦廻《うらみ》に寄する波いや千重しきに恋ひわたるかも」（四二一三）と詠んでいる。

4094
葦原《あしはら》の　瑞穂《みづほ》の国を　天降《あまくだ》り　知らしめしける　皇祖《すめろき》の　神《かみ》の命《みこと》の　御代《みよ》
重《かさ》ね　天《あま》の日継《ひつぎ》と　知らし来《く》る　君の御代御代《みよみよ》　敷《し》きませる　四方《よも》の国に
は　山川《やまかは》を　広《ひろ》み厚《あつ》みと　奉《たてまつ》る　御調宝《みつきたから》は　数《かぞ》へ得《え》ず　尽《つ》くしもかねつ
然《しか》れども　我《わ》が大君《おほきみ》の　諸人《もろひと》を　誘《いざな》ひたまひ　良《よ》き事を　始めたまひて
金《くがね》かも　確《たし》けくあらむと　思ほして　下悩《したなや》ますに　鶏《とり》が鳴く　東《あづま》の国の
陸奥《みちのく》の　小田《をだ》なる山に　金《くがね》ありと　申《まう》したまへれ　御心《みこころ》を　明《あき》らめたまひ
天地《あめつち》の　神相《かみあひ》うづなひ　皇祖《すめろき》の　御霊《みたま》助けて　遠き代《よ》に　かかりしことを
朕《わ》が御代《みよ》に　顕《あら》はしてあれば　食《を》す国は　栄《さか》えむものと　神《かむ》ながら　思ほ
しめして　もののふの　八十伴《やそとも》の男《を》を　まつろへの　向《む》けのまにまに　老《おい》
人《ひと》も　女童《をみなわらは》も　しが願《ねが》ふ　心足《こころだ》らひに　撫《な》でたまひ　治《をさ》めたまへば　ここ
をしも　あやに貴《たふと》み　嬉《うれ》しけく　いよよ思ひて　大伴《おほとも》の　遠《とほ》つ神祖《かむおや》の　そ

◆陸奥国で金を産出したという詔書をことほいだ歌一首と短歌

4094 葦原の瑞穂の国を、天から下ってお治めになった天孫の神々が、御代を重ねて天皇の位について統治なさってきたその御代ごとに、お治めになっている四方の国々には、山も川も広々と豊かなので、奉る珍しい貢ぎ物は数えきれず、言い尽くすこともできない。しかしながら、我が大君が民衆をお導きになり、大仏建立の盛事をお始めになって、黄金が確かにあるかと思ってひそかに心配しておられたところ、〈鶏が鳴く〉東の国の陸奥の小田郡の山に黄金があると奏上したので、ご安心なさり、天地の神々もお喜びになり、皇祖の神霊もお助けになり、遠い昔にもあったこのようなことを我が御代にも実現したので、お治めになるこの国は栄えるだろうと、神の御心のままお思いになり、あらゆる官人たちをお従えなさるままに、老人も女子供もそれぞれの願う心が満ち足りるまで、慈しみくださりお治めになるので、このことが何ともありがたく嬉しいことと、いっそう思いを強くし、大伴の遠い祖先の、その名を大久米主と名のり仕えた役目で、海を行くならば水に浸かった屍、山を行くならば草むした屍となっても、大君のお側でこそ死のう、我が身を顧みたりしない、と誓いの言葉を述べて、ますらおの清いその名を昔からこの今日の世に伝えて来た家柄の子孫なのだ。大伴と佐伯の氏族は、その先祖の立てた誓いに、子孫は先祖の名を絶やさず、大君に従うものだと言い伝えてきた役目の家柄なのだ。梓弓を手に持ち剣大刀を腰につけて、朝の守りも夕べの守りも、大君の御門の警護は我らの他に誰もあるまいと、さらに誓い、思いがまさって行く。大君のありがたい仰せが〈一本に「を」と言う〉聞くとかたじけなくて〈一本に「かたじけないので」と言う〉。

▽家持にとって最大の長歌。四〇九七左注によれば天平感宝元年（七四九）五月十二日の作。題詞に言う「詔書」は、前月の四月一日に出された宣命のこと。陸奥に黄金を産出したことを東大寺大仏に奏上する第十二詔と、天下の人々にその慶事を告げる長大な第十三詔である。叙位もあり、家持は佐伯宿祢毛人とともに従五位下から従五位上に昇進した。この年は、四月十四日に天平を天平感宝に、さらに七月二日には天平勝宝と改元した。

この長歌には、第十三詔の詞句が随所に用いられている。第七〜十句「御代重ね…君の御代御代」は、第十三詔に「天皇（すめ）らが御世御世…」とある。

第十八句までの第一段は、天皇の御代の讃辞。「葦原の瑞穂の国」は常用句（→一六七ほか）。葦の原の中にある稲穂豊かな国の意で、日本国の美称。

の名をば　大久米主《おほくめぬし》と　負《お》ひ持ちて　仕《つか》へし官《つかさ》　海行《ゆ》かば　水漬《みづ》く屍《かばね》　山行《ゆ》かば　草生《む》す屍　大君《おほきみ》の　辺《へ》にこそ死なめ　顧《かへり》みは　せじと言立《ことだ》て　ますらをの　清《きよ》きその名を　古《いにしへ》よ　今の現《をつつ》に　流《なが》さへる　祖《おや》の子どもそ　大《おほ》伴《とも》と　佐伯《さへき》の氏《うぢ》は　人の祖《おや》の　立つる言立《ことだ》て　人の子は　祖《おや》の名絶《た》たず　大君《おほきみ》に　まつろふものと　言《い》ひ継《つ》げる　言《こと》の官《つかさ》そ　梓弓《あづさゆみ》　手に取り持ちて　剣大刀《つるぎたち》　腰に取《と》り佩《は》き　朝守《あさまも》り　夕《ゆふ》の守りに　大君の　御門《みかど》の守り　我《われ》をおきて　人はあらじと　いや立《た》てて　思ひし増《ま》さる　大君の　命《みこと》の幸《さき》の　一に云ふ、「を」　聞けば貴《たふと》み　一に云ふ、「貴《たふと》くしあれば」

反歌三首

4095 ますらをの心思《おも》ほゆ大君《おほきみ》の命《みこと》の幸《さき》を　一に云ふ、「の」　聞けば貴《たふと》み　一に云ふ、「貴くしあれば」

「山川を広み厚み」の「広み」「厚み」はミ語法。「厚し」は大きく豊かであることを言う。

　第二段は、しかし豊かな国とは言え、造仏に必要な黄金が足りるかと聖武天皇は御心を悩ましていた、と続く。「我が大君の…下悩ますに」は、第十三詔の「朕（われ）は金（くがね）少なけむと念（おもほ）し憂へつつ在るに」による。「確（たし）けく」は、確かに、十分にの意。「鶏が鳴く」は「東」の枕詞。「小田」は倭名抄（→三二頁）の「陸奥国小田郡」。宮城県遠田郡涌谷町の黄金山神社付近に黄金を産出したという。「神相うづなひ」は、神が嘉納するの意。第十三詔に「天に坐（ま）す神、地（くに）に坐す神の相うづなひ奉（まつ）りさきはへ奉り」による。「遠き代にかかりしこと」とは、大宝元年（七〇一）に対馬から金を献上した事例を指すか。続日本紀の同年三月二十一日条に、それにより年号を大宝に改元したことを記す。ただし、同年八月七日条の分注に「詐欺発露（あらは）れぬ」と、その虚偽が後に発覚した。ここは、神の恩寵により過去の瑞祥が今また現れたことを言う。「しが願ふ」の「し」は、それの意の代名詞。上の「老人」と「女童」を指す。「撫でたまひ」も第十三詔に「天皇が御霊（みたま）たちの恵（うつくし）び賜ひ撫で賜ふ事に依りて」とある。

　第三段は「大伴の」以下。第十三詔が「海行かば…王（おほきみ）のへにこそ死なめ、のどには死なじ」と大伴氏の先祖の誓言を引用するのに感激して、それを受け継ぎ、ますます朝廷の守りに精励しようと誓いを述べる。大伴氏の祖先とされる「大久米主」の名は古事記および日本書紀には見えない。別に固有の伝承があったものか。「大伴と佐伯」と並称するのは、第十三詔に「大伴、佐伯宿祢は、常も云はく、天皇が朝（みかど）守り仕へ奉る」と、代々両氏が宮門の警護に当たってきたと伝えることによる。「朝守り夕の守りに大君の御門の守り」も、その伝承による表現。「言立て」は誓言。「言の官」は誓言を担ってきた役目の意。「我をおきて人はあらじと」は既出（八九二）。「人は」の原文は「比等波」。西本願寺本にその上に「且」字があるのを誤入の文字と見る。「いや立てて」の原文は諸本「伊夜多弖」。下に「ミ」を補う。「命の幸」は、詔書における大伴氏と佐伯氏との光栄。末尾は本文と一云とが錯綜している。語法としては「命の幸の貴くしあれば」か、「命の幸を聞けば貴み」のいずれかが自然。次の反歌の本文と一云の形が正しい。

◆反歌三首

4095　ますらおとしての心が湧いてくることだ。大君のありがたい仰せを〈一本に「が」と言う〉聞けばありがたくて〈一本に「ありがたいので」と言う〉。
▽長歌の第三段を受ける。「ますらをの心」は、武門の家名にふさわしくあるべしという心構え。

4096 大伴《おほとも》の遠《とほ》つ神祖《かむおや》の奥《おく》つ城《き》は著《しる》く標立《しめた》て人の知るべく

4097 天皇《すめろき》の御代《みよ》栄《さか》えむと東《あづま》なる陸奥山《みちのくやま》に金《くがね》花咲く

天平感宝元年《てんぴやうかんぽう》五月十二日、越中国守《ゑつちうのくにのかみ》の館《むろつみ》に於《お》て、大伴宿祢家持《おほとものすくねやかもち》の作りしものなり。

芳野離宮《よしののりきう》に幸行《みゆき》したまふ時の為《ため》に、儲《まう》け作りし歌一首 短歌を并《あは》せたり

4098 高御座《たかみくら》 天《あま》の日継《ひつぎ》と 天《あめ》の下《した》 知らしめしける 皇祖《すめろき》の 神《かみ》の命《みこと》の 恐《かしこ》くも 始《はじ》めたまひて 貴《たふと》くも 定めたまへる み吉野《よしの》の この大宮《おほみや》に あり通《がよ》ひ 見《め》したまふらし もののふの 八十伴《やそとも》の男《を》も 己《おの》が負《お》へる 己《おの》が名《な》負ひて 大君《おほきみ》の 任《ま》けのまにまに この川の 絶《た》ゆることなく この山の いやつぎつぎに かくしこそ 仕《つか》へ奉《まつ》らめ いや遠長《とほなが》に

4096 大伴氏の遠い先祖の御墓には、目にたつように印を立てよ。人が知るように。

▽長歌の第三段の始めに大伴氏の先祖の忠義の思いを述べたのを受けて、そのご先祖の墓所をあきらかに顕彰せよと詠う。「奥つ城」は墓所。祖霊を祭る聖域。既出(四三一・四七四・一八〇一など)、後出(四二一一)。第四句の「立て」は下二段動詞の「立つ」の命令形。

4097 天皇の御代が栄えるであろうと、東国の陸奥の山に、黄金が花の咲き出るように現れた。

◇天平感宝元年(七四九)五月十二日に、越中国守の館で大伴宿祢家持が作った。

▽黄金の産出を、御代をことほぐ祥瑞として讃め称える。「金花咲く」は、黄金の輝きを花の麗しさになぞらえた表現。「金の花が咲いた」の意ではなく、「金が、花の咲くように表に出た」の気持であろうが、漢語「金華(花)」も意識されていただろう。「金華(金の花)の舃(くつ)、趾(あと)を動かし光を遺す」(魏・曹植「七啓」・文選〔→三二五頁〕三十四)、「金華(花模様のある金)銀樸、紫貝流黄」(晋・左思「呉都賦」・文選五)などの例がある。

4098 ◆吉野の離宮に行幸なさる時のために、準備して作っておいた歌一首と短歌

高御座にいまして皇位をお継ぎになるかたとして、天下をお治めになった歴代の天皇が、恐れ多くもご創建なさり、立派にお定めになった、み吉野のこの大宮に、ずっと通い続けてご覧になるらしい。もろもろの官人たちも、それぞれに負う名に恥じぬ役目を負い、大君の仰せのままに、この川のように絶えることなく、この山のようにますます続いて、このようにしてお仕え申し上げるであろう、ずっといつまでも。

▽題詞に作者名がない。四一〇五左注に、右は大伴家持が興に依って作ったものと言うのは、ここからの八首。黄金の産出を祝賀しての吉野行幸を予想し、供奉して歌を奉る機会に備えた作か。題詞の「儲」は、将来に備え、たくわえること。これ以降、家持には「儲け作りし」(四二三〇題詞・四二六六題詞)、「予め作りし」(四一六三題詞)、「預め作りし」(四一六八左注・四二五四題詞・四四九四左注)など、事前に用意した作が多い。「幸行」は「行幸」に同じ。→二九五注。

歌は柿本人麻呂の吉野讃歌(三六-三九)などの表現に学び、先の「詔書を賀びし歌」(四〇九四)に続いて大伴氏の気概を詠う。上六句は四〇八九・四〇九四の冒頭部と小異。「あり通ひ」の「あり」は継続の意。→一四五注。「見したまふ」の「見(め)す」は「見る」の尊敬語。既出(五二・四七九)。その主語は「大君」すなわち聖武天皇。結びは、山部赤人の吉野讃歌の「その山のいやますますに、この川の絶ゆることなく、ももしきの大宮人は、常に通はむ」(九二三)にも似る。

反歌

4099 古《いにしへ》を思ほすらしもわご大君《おほきみ》吉野の宮をあり通《がよ》ひ見《め》す

4100 もののふの八十《やそ》氏人《うぢひと》も吉野川絶《た》ゆることなく仕《つか》へつつ見む

京《みやこ》の家《いへ》に贈《おく》らむが為《ため》に真珠《しんじゅ》を願《ねが》ひし歌一首 短歌を并《あは》せたり

4101 珠洲《すず》の海人《あま》の 沖つ御神《みかみ》に い渡りて 潜《かづ》き取るといふ 鮑玉《あはびたま》 五百箇《いほち》も
がも はしきよし 妻《つま》の命《みこと》の 衣手《ころもで》の 別れし時よ ぬばたまの 夜床《よとこ》片《かた》
去《さ》り 朝寝髪《あさねがみ》 掻《か》きも梳《けづ》らず 出《い》でて来《こ》し 月日《つきひ》数《よ》みつつ 嘆《なげ》くらむ 心
なぐさに ほととぎす 来鳴《きな》く五月《さつき》の あやめ草《ぐさ》 花橘《はなたちばな》に 貫《ぬ》き交《ま》じへ
縵《かづら》にせよと 包《つつ》みて遣《や》らむ

4102 白玉《しらたま》を包《つつ》みて遣《や》らばあやめ草《ぐさ》花橘《はなたちばな》に合《あ》へも貫《ぬ》くがね

4103 沖《おき》つ島《しま》い行《ゆ》き渡りて潜《かづ》くちふ鮑玉《あはびたま》もが包みて遣《や》らむ

4099 いにしえをお思いになるらしい。我が大君は絶えず通って吉野の宮をご覧になる。

▽反歌二首の第一。曾祖父母の天武天皇・持統天皇がしばしば吉野行幸をした往事を思って、宮の様子をご覧になることだろうと、聖武天皇の御心を思いやる歌。下二句は長歌の「み吉野のこの大宮に、あり通ひ見したまふらし」を言い換える。

4100 もろもろの官人たちも、吉野川の流れが絶えないごとく、お仕えしては宮を見ることだろう。

▽長歌の後半部をまとめた形。「八十氏人」は長歌の「八十伴の男」の言い換え。

◆都の家へ贈るために真珠を手に入れたいと願った歌一首と短歌

4101 珠洲の海人が沖の神の島に渡って潜って取るという、真珠がたくさん欲しいもの。いとしい妻が、その袖から別れてきた日以来、(ぬばたまの)夜の床の片方を空けて休み、朝の寝乱れ髪を櫛梳(す)きもしないで、私が都を出てから幾月幾日になると月日を数えながら嘆いているだろう、その妻の心を慰めるために、ホトトギスの鳴く五月の菖蒲や花橘に交えて緒に通して縵にしなさいと、包んで送ってやりたい。

▽都に残って寂しい思いをしている妻坂上大嬢に、ここ越中の真珠を送ってやりたいと願う。「珠洲」は能登半島の先端部にある郡の名。前年の天平二十年(七四八)二月、家持は出挙(すいこ)の巡行でこの郡を訪れている(→四〇二九左注)。能登は当時、越中国に属していた。→四〇二一注・四〇六九注。「沖つ御神」は、能登半島の輪島の沖の七つ島か、または舳倉島(へぐらじま)に祭られる神を言うのであろう。転じてその島を指す。「鮑玉」は、鮑の貝の腹中に生じる玉。真珠のこと。「五百箇」の「箇(ち)」は助数詞。「湊は八十(やそ)ち」(一一六九)のチに同じ。「妻の命の」は、下の「夜床片去り」「掻きも梳らず」「月日数み」「嘆く」の主語。「ぬばたまの」から「嘆くらむ」までは、都に一人残る妻の夜床の様子を思いやって言う。「心なぐさに」は慰めのための意。

4102 真珠を包んで送ってやったら、菖蒲や花橘と一緒に緒に通すことだろう。

▽長歌末尾部分の繰り返しの形。「包む」は手にとって大切にくるむ意。家人への「家づと(土産)」にすると詠う例が多い。歌末のガネは願望の終助詞だが、ここは仮定条件を受けて、「もし送ったら～してくれるだろう」という期待を込めた推量。

4103 沖の島に渡っていって潜って取るという真珠が欲しいものだ。包んで送ってやろう。

▽長歌の冒頭部分に結句を加えた形。第三句の「潜くちふ」は長歌の「潜き取るといふ」を五音に縮めた表現。「ちふ」は「といふ」の約音形。「とふ」(三六三八など)もある。「てふ」は古今集以後の形。

4104 我妹子《わぎもこ》が心なぐさに遣《や》らむため沖《おき》つ島《しま》なる白玉《しらたま》もがも

4105 白玉《しらたま》の五百《いほ》つ集《つど》ひを手に結びおこせむ海人《あま》はむがしくもあるか　一に云ふ、「我家牟伎波母」

右は、五月十四日に、大伴宿祢家持《おほとものすくねやかもち》の興《きよう》に依《よ》りて作りしものなり。

史生尾張少咋《ししやうをはりのをくひ》を教《をし》へ喩《さと》しし歌一首　短歌を并《あは》せたり

七出例《しちしゆつれい》に云《いは》く、

「但《ただ》し一条《いちでう》を犯《をか》すときは即《すなは》ちこれを出《い》だすべし。七出《しちしゆつ》なくして輒《ほしきまま》に棄《す》つる者《ひと》は徒《づ》一年半」といふ。

三不去《さんふきよ》に云く、

「七出《しちしゆつ》を犯《をか》すと雖《いへど》も、これを棄《す》つべからず。違《たが》へる者《ひと》は杖《ぢやう》一百。唯《ただ》し、犯姧《はんかん》と悪疾《あくしつ》とはこれを棄《す》つること得《う》」といふ。

4104 私の妻の心の慰めに送ってやるために、沖の島にある真珠が欲しいものだ。

▽長歌全体の趣意を詠う。元暦校本では前歌とこの歌の順が逆だが、このままでも特に問題はない。広瀬本もこの順。

4105 真珠のたくさんの玉を手にすくい取り、こちらによこしてくれる海人がいたら、ありがたいことなのだが〈一本に「我家牟伎波母」と言う〉。

◇右は、五月十四日に大伴宿祢家持が興に乗じて作ったものである。

▽上二句は三〇三に同じ。結句の「むがし」は万葉集に唯一の例。ありがたい、心満たされる思いの意か。日本霊異記・上・序の訓釈に「幸、牟我之久母(むがしくも)」と見える。天平二十一年(七四九)四月一日の詔(第十三詔)に、「宇牟賀斯美(うむがしみ)」と見える「うむがし」、または「偉　ウレシ・オムカシ」(名義抄)と見える「おむがし」という古代語も同義か。一云の「我家牟伎波母」は結句の別伝であろうが、訓義未詳。元暦校本は「伎」を欠き、類聚古集は「伎」を欠く上に「波」を「流」のように記す。広瀬本は「波」を欠く。何らかの誤写、誤脱が想定される。左注は四〇九八からの八首を指すか。「依興」は既出(三九八七左注)。家持のみ使用している。

◆史生尾張少咋を教え諭した歌一首と短歌

七出例に言う、「このうちの一条でも犯せば妻を離別してもよい。この七条のどれにも当たらないのに軽々に捨てた者は、一年半の懲役に処する」。三不去に言う、「七出の例に当たっても、この場合は捨ててはならない。違反すれば杖百たたきに処する。但し妻に姦淫と悪疾がある時は離別してもよい」。両妻例に言う、「妻をもちながら重ねて婚姻した者は一年の懲役。相手の女は杖百たたき。その上で離別させる」。詔書に言う、「天皇は義夫節婦を憐れみなさる」と。

謹んで考えるに、以上の数条は、世に法を敷く礎(いしずえ)であり、人を道に導く源である。したがって義夫の道とは、妻と別れることなきをいつも思い、一つの家で財をともにすることなのだ。古い妻を忘れ新しい女に愛着する気持など、どうして持つことがあろうか。このような次第で、いくつかの歌を作り、旧妻を捨てる心の惑いを後悔させせようとした。その言葉に言う、

▽大伴家持が国守として下役の非行を見とがめ、教戒を与えた歌の前文。令を逐一挙げた上で、夫婦関係を守ることの大切さを説く。山上憶良の「或(まど)へる情を反さしめし歌」(八〇〇)に学ぶ趣向であろう。「史生」は書記の役。既出(三九五五左注)。

両妻例《りやうさいれい》に云く、

「妻《つま》有りて更《さら》に娶《めと》る者《ひと》は徒《づ》一年。女家《ぢよか》は杖《ぢやう》一百。これを離《はな》て」といふ。

詔書《せうしよ》に云く、

「義夫《ぎふ》節婦《せつぷ》を愍《めぐ》み賜《たま》ふ」といふ。

謹《つつし》みて案《かむが》ふるに、先《さき》の件《くだり》の数条《すうでう》は、法《はふ》を建《た》つるの基《もとゐ》、道《みち》を化《をし》ふるの源《みなもと》なり。然《しか》るときは則《すなは》ち、義夫《ぎふ》の道《みち》は情別《じやうわか》ることなきに存《そん》し、一家《いちか》財《ざい》を同《おな》じくす。豈旧《あにふる》きを忘《わす》れ新《あらた》しきを愛《あい》する志《こころ》有らめや。所以《このゆゑ》に数行《すうかう》の歌を綴《つづ》り作《な》し、旧《ふる》きを棄《す》つる惑《まど》ひを悔《く》いしむ。その詞《ことば》に云く、

4106
大汝《おほなむち》　少彦名《すくなびこな》の　神代《かみよ》より　言《い》ひ継《つ》ぎけらく　父母《ちちはは》を　見れば尊《たふと》く　妻子《めこ》
見れば　かなしくめぐし　うつせみの　世《よ》の理《ことわり》と　かくさまに　言ひける
ものを　世の人の　立つる言立《ことだ》て　ちさの花　咲ける盛《さか》りに　はしきよし

「七出例」は養老戸令に「凡そ妻棄てむことは、七出の状(じやう)有るべし。一には子無き。二には婬泆(いむしち)。三には舅姑(きうこ)に事(つか)へず。四には口舌。五には盗窃。六には妬忌。七には悪疾。皆夫(をふと)手書(てふみ)して棄てよ」とある。この養老令は当時まだ施行されておらず、大宝令では「六出」の定めであったらしいが、右の条目は部分的に行われていたものか。

「三不去」も同条の「妻、棄つる状有りと雖も、三の去(す)てざること有り。一には舅姑の喪持(たす)くるに経(へ)たる。二には娶(ま)いし時に賤しくして後に貴き。三には受けし所有りて帰す所無き」に当たる。

「両妻例」は重婚についての規定。「女家」は女性。唐の戸婚律に「諸(もろもろ)、妻有りて更に妻を娶る者は徒一年、女家は一等を減ず」とある。

「詔書」以下は、養老賦役令に、孝子、順孫、義夫、節婦などの評判の高い人がいる場合は、天皇に上聞した上で、その家や里に「孝子門」「孝子里」などと記した柱を立てて表彰し、その一家の課役を免除するという決まりがあり、聖武天皇もそれに基づく詔をしばしば下したことを言う。

「情別ることなき」の「別」は分け隔ての意に解されることが多いが、ここは妻との離別の意。

「所以」以下は、八〇〇の序に似る。

4106 大汝と少彦名の神代より言い伝えたことに、「父母を見れば尊く、妻子を見ればせつなくいとしい。それが(うつせみの)世の道理なのだ」と、このように言ってきたのに、世の人の立てる誓いの言葉であるはずだが、ちさの花の咲いている盛りの時に、いとしいその妻である人と、朝夕に笑顔であったり真顔(まがお)であったり、嘆きながらも語り合ったことは、「いつまでもこんなに貧しいままなものか。天地の神々の御はからいによって、春の花のような盛りの時もあるだろう」と、お待ちであった盛りの時なのだ。離れていて嘆いておられる妻が、いつになったら使いが来るかと、待っておられる心は寂しいことだろうよ。南風が吹いて雪解けの水が溢れ、射水川の流れに浮かぶ水の泡のように、拠り所もなくて左夫流という名の女に、(紐の緒の)つながっていて、(にほ鳥の)二人並んで(奈呉の海の)心の奥底までも惑うたままの君の心の、何ともどうしようもないことよ〈左夫流というのは遊行女婦の呼び名である〉。

▽初句の「大汝」は大国主神。少彦名神と協力して国造りをしたと伝えられる(→三五五注)。「父母を」から「かなしくめぐし」までが、神代より変わらぬ世の道理。八〇〇の冒頭にほぼ同じ。「言立て」は誓言。既出(四〇九四)。ここは、世の人の誓言であるはずだのに、の意。「ちさの花」は今のチサか。「山

その妻《つま》の児《こ》と　朝夕《あさよひ》に　笑《ゑ》みみ笑まずも　うち嘆《なげ》き　語《かた》りけまくは　とこしへに　かくしもあらめや　天地《あめつち》の　神言寄《かみことよ》せて　春花《はるはな》の　盛《さか》りもあらむと　待《ま》たしけむ　時の盛《さか》りそ　離れ居《ゐ》て　嘆《なげ》かす妹《いも》が　いつしかも　使《つか》ひの来《こ》むと　待たすらむ　心さぶしく　南風《みなみ》吹き　雪消溢《ゆきげはふ》りて　射水川《いみづかは》　流《なが》る水沫《みなわ》の　寄るへなみ　左夫流《さぶる》その児《こ》に　紐《ひも》の緒《を》の　いつがりあひて　にほ鳥《どり》の　二人《ふたり》並び居《ゐ》　奈呉《なご》の海の　奥《おき》を深《ふか》めて　さどはせる　君が心の　すべもすべなさ　「左夫流《さぶる》」と言ふは遊行女婦《いうかうぢよふ》の字《あざな》なり

反歌三首

4107 あをによし奈良にある妹《いも》が高々《たかたか》に待つらむ心然《しか》にはあらじか

4108 里人《さとびと》の見る目恥《は》づかし左夫流《さぶる》児《こ》にさどはす君が宮出後姿《みやでしりぶり》

4109 紅《くれなゐ》は移《うつ》ろふものそ橡《つるはみ》のなれにし衣《きぬ》になほ及《し》かめやも

ぢさ」(一三六〇・二四六九)はエゴノキとも、イワタバコとも言われるが、これと同種か、判然としない。いずれも夏季に小花をつける。華やかではないが、満ち足りたさまの譬えか。夫婦の日常を描き、ともかくも二人、神の導きによって将来の栄達を願っていたという。「神言寄せて」は、神が言葉によって取りもって下さって、の意。既出(五四六)。

「盛りもあらむと待たしけむ」の「あら」の下の原文は諸本「多之家牟」。京都大学本頭書の書入によって「牟等末」三文字を上に補って訓む。「離れ居て」の原文も諸本は「波居弖」。代匠記(精撰本)の「奈礼」二字を補う説によって解く通説に従った。しかし、万葉考(→三一三頁)には「波」を「放」の誤字と見る説があり、略解(→三一三頁)・古義もそれに従って、「放居弖」で「放(さか)り居て」と訓む。そちらの本文校訂もありうる。

「南風吹き」から「流る水沫の」まで、射水川の雪解け水の情景描写から「寄るへなみ」を導く序詞。「流る」は、音数律の関係で原文の「流」をそう訓んだ。「左夫流」は末尾の注にあるように遊行女婦の呼び名。その名は、「寄るべなく寂しい様」の意とも、日本霊異記・上二の訓釈に「窈窕、佐備(さび)」と言うような「美しい様」の意とも解しうる。「紐の緒の」は、紐がつながるの意で「いつがる」の枕詞。「いつがる」は、くっつき寄り添う意か。既出(一七六七)。「にほ鳥の」は、水鳥のカイツブリが雌雄つがいでいることが多いので「二人並び居」の枕詞。「さどはす」は、他に四一〇八だけに見える語。「さどふ」の敬語で、「さどふ」は「まどふ」と同じく心乱れる意とされるが、未詳。あるいは「問ふ」に接頭語サが付いた形か。結句は七九六に同じ。

4107　(あをによし)奈良にいる妻が首を長くして待っているだろうその心よ。今のままではいけないのではないか。

▽第三・四句は、伸び上がるような思いで、まだかまだかとひたすらに待つさま。既出(三六九二)。結句は「かにかくに欲しきまにまに然にはあらじか」(八〇〇)をまねる。尾張少咋の現状を非難して言う。

4108　里人の見る目が恥ずかしいではないか。左夫流という女に惑う君の出仕する後ろ姿は。

▽官人として里人の批判的な視線を受けることを恥じる。「見る目」は万葉集に唯一の例。「しり」は後ろ。「ふり」は様子の意。「都のてぶり」(八八〇)。

4109　紅というのは色褪せるものだ。橡染めの着馴れた衣にやはり及ぶことがあろうか。

◇右は、五月十五日に、守大伴宿祢家持が作った。

▽紅に染めた衣(左夫流)も一時のもの。慣れ親しんだ橡染めの衣(妻)には及ばないと結論する。橡の衣は普段着であった(一三一一・一三一四)。

右は、五月十五日に、守大伴宿祢家持《かみおほとものすくねやかもち》の作りしものなり。

先妻《せんさい》の、夫君《ふくん》の喚使《くわんし》を待たずして自《みづか》ら来たりし時に作りし歌一首

4110 左夫流児《さぶるこ》が斎《いつ》きし殿《との》に鈴掛《すずか》けぬ駅馬《はゆまくだ》下れり里もどろに

同じ月の十七日に、大伴宿祢家持の作りしものなり。

橘《たちばな》の歌一首 短歌を并《あは》せたり

4111 かけまくも あやに恐《かしこ》し 天皇《すめろき》の 神の大御代《おほみよ》に 田道間守《たぢまもり》 常世《とこよ》に渡り 八矛《やほこ》持ち 参《ま》ゐ出来《でこ》し時 時じくの 香久《かく》の菓子《このみ》を 恐《かしこ》くも 残したまへれ 国も狭《せ》に 生《お》ひ立ち栄《さか》え 春されば 孫枝《ひこえ》萌《も》いつつ ほととぎす 鳴く五月《さつき》には 初花《はつはな》を 枝《えだ》に手折《たを》りて 娘子《をとめ》らに つとにも遣《や》りみ 白《しろ》たへの 袖《そで》にも扱入《こき》れ かぐはしみ 置《お》きて枯《か》らしみ あゆる実《み》は 玉に貫《ぬ》きつつ 手に巻《ま》きて 見れども飽《あ》かず 秋付《づ》けば しぐれの雨降《ふ》り あしひ

4110
◆本妻が夫からの迎えの使者を待たずに自分からやって来た時に作った歌一首

左夫流という女が大事に守ってきた家に、鈴を掛けない駅馬が着いた。里に響くばかりに。

◇同月十七日に、大伴宿祢家持が作った。

▽題詞の「先妻」は、漢語では「亡くなった妻」の意。ここでは、現地で娶った「左夫流」が「後の妻」であるのに対して、都にいた「前の妻」の意。

歌は、教諭にもかかわらず、尾張少咋が左夫流との関係を改めなかったばかりに、少咋の妻がいきなり乗り込んできて大騒ぎになったことを詠う。「鈴が音(ね)の駅家(はゆまうまや)の」(三四三九)とあるように、公用の使者は駅馬にその印として鈴を付けたが、都の本妻はそれを私用に用いたので「鈴掛けぬ」と言ったのであろう。おそらくは虚構であろうが、その鈴を付けない駅馬が尾張少咋の家に突然現れて、里中にとどろいたという滑稽である。

4111
◆橘の歌一首と短歌

口に出して言うのもまことに恐れ多い。皇祖の神の御代に、田道間守が常世に渡り、八矛を持って帰参して来た時に、いつという時を定めない香久の木の実を、恐れ多くもお残しになったので、国も狭くなるほどいっぱいに生い茂り、春になると枝先に小枝がつぎつぎ芽生え、ホトトギスが鳴く五月には、咲いたばかりの花を枝ごと手折って娘たちに贈り物としてやったり、(白たへの)袖にもしごき入れて、香りがいいので枯れるまで入れておいたり、落ちた実は玉に貫いては手に巻いて見ても飽きることがない。秋になると時雨が降って、(あしひきの)山の梢は紅に色づいて散るが、橘の成っているその実は、輝くばかりでますます見ていたいほどで、雪の降る冬になると、霜は置くけれどもその葉も枯れず、変わることなく栄えるばかりである。それだからこそ神代の昔から、まことにふさわしく、この橘を時じくの香久の木の実と名づけたらしいことよ。

▽橘を誉め、その橘を名に負う橘家、中でも橘諸兄の繁栄を祝う歌。田辺福麻呂の伝誦した橘諸兄関係歌(四〇五六-四〇六二)や家持自ら追和した歌(四〇六三・四〇六四)の気分を引き継いだもの。作歌した天平感宝元年(七四九)閏五月二十三日は太陽暦では七月十六日に当たり、すでに花はなく、実が育っている頃であろう。伝承にいう「時じくの香久の菓子」を強く意識しての作になっている。冒頭の二句は、畏まった表現で神代の伝承から歌い起こす常套句。この五年前の家持の歌にも同じ表現がある(→四七五・四七八)。第五句「田道間守」から第十二句「残したまへれ」までは、古事記および日本書紀(垂仁)の伝承による。垂仁天皇の御代、田道間守は勅命を

きの　山の木末《こぬれ》は　紅《くれなゐ》に　にほひ散れども　橘《たちばな》の　成《な》れるその実《み》は　ひた
照《て》りに　いや見《み》が欲《ほ》しく　み雪降《ふ》る　冬に至れば　霜置《しもお》けども　その葉も
枯《か》れず　常磐《ときは》なす　いやさかばえに　然《しか》れこそ　神の御代《みよ》より　宜《よろ》しなへ
この橘を　時《とき》じくの　香久《かく》の菓子《このみ》と　名付《なづ》けけらしも

反歌一首

4112 橘は花にも実《み》にも見つれどもいや時じくになほし見が欲《ほ》し

閏《うるふ》五月二十三日に、大伴宿祢家持《おほとものすくねやかもち》の作りしものなり。

庭《には》の中《うち》の花《はな》の作歌一首 短歌を幷《あは》せたり

4113 大君《おほきみ》の　遠《とほ》の朝廷《みかど》と　任《ま》きたまふ　官《つかさ》のまにま　み雪降る　越《こし》に下《くだ》り来《き》
あらたまの　年の五年《いつとせ》　しきたへの　手枕《たまくら》まかず　紐解《ひもと》かず　丸寝《まろね》をすれ
ば　いぶせみと　心なぐさに　なでしこを　やどに蒔《ま》き生《お》ほし　夏の野の

受けて非時香菓《ときじくのかくのみ》を探しに常世の国へ行き、十年後にその「縵《かげ》八縵、矛八矛」(古事記)を持ち帰ったが、その時すでに天皇は崩御していたので陵の前に泣き伏して死んだという。「八矛」の「矛」は、橘の実を竿に付けたものかと言う。第九句「時じくの」の原文は諸本に「時支能」とあるが、「支」は「士久」二字の誤りとする説による。「香久」は香りの意か。「残したまへれ」の主語は垂仁より後の代々の天皇。第十五〜四十六句「春されば…いやさかばえに」は四季ごとの橘のうるわしさを称揚する。「孫枝」は枝先からさらに分かれた小枝。既出(八一〇前文)。「萌ゆ」は下二段が普通だが、ここは上二段活用。「〜遣りみ〜枯らしみ」は、「〜したり〜したり」の意。「あゆ」は落ちる意。完全に熟さないうちに落ちた実を、緒に通して手に巻くのであろう。「紅に」の原文は「久礼奈為尓」。ただし元暦校本・類聚古集・広瀬本には「久尓」の二字のみ。特に元暦校本では「久」の下に十二、三字分の空白があり、「尓」は次行の行頭に書かれている。文字の誤脱が想定される。現在採用される「久礼奈為尓」の「礼奈為」の三字は、西本願寺本などには朱で書かれており、仙覚によって補われたことが知られる。万葉集註釈(→三三頁)に考証が見える。「然れこそ」以下の末尾は、春夏秋冬に橘の枝葉と花実が美しいことを承けて、「時じくの香久の菓子」の名にふさわしい橘の不変を賞讃する。

4112 橘は花でも実でも見たけれども、変わらずにもっと見ていたいものだ。

◇閏五月二十三日に、大伴宿祢家持が作った。

▽橘諸兄が橘姓を賜わった時の御製歌「橘は実さへ花さへその葉さへ枝《え》に霜降れどいや常葉《とこは》の木」(一〇〇九)にならうところがあるか。

◆庭の中の花の歌一首と短歌

4113 大君に遣わされて遠くへ出向く官人として、任命なさった役目のままに、雪の降る越の国に下って来て、(あらたまの)五年の間、(しきたへの)妻の手枕もせず、紐も解かずに独り寝をすると、気が滅入るのでその心を慰めようと、なでしこを庭に蒔いて育て、夏の野の百合の花を引き抜いて移植して、咲く花を庭に出て見るたびに、なでしこのような美しい妻に、百合のように後《ゆり》にでも逢おうと、慰めになる思いでもなければ、(天離る)鄙の地に一日でもいられるだろうか。

▽題詞の原文は「庭中花作歌」。目録は「詠庭中花作歌」であり、「庭の中の花を詠みて作りし歌」となる。題詞は「詠」字を脱落したものであろう。

橘に続いて、今度は自らの好尚によって、なでしこと百合の花を詠み、都にいる妻をしのぶ。第六句の「越に下り来」まで、まず自分の公の立場か

さ百合《ゆり》引《ひ》き植《う》ゑて　咲く花を　出《い》で見るごとに　なでしこが　その花妻《はなづま》に
さ百合《ゆり》花《ばな》　ゆりも逢はむと　慰《なぐさ》むる　心しなくは　天離《あまざか》る　鄙《ひな》に一日《ひとひ》も
あるべくもあれや

反歌二首

4114 なでしこが花見るごとに娘子《をとめ》らが笑《ゑ》まひのにほひ思ほゆるかも
4115 さ百合《ゆり》花《ばな》ゆりも逢はむと下延《したは》ふる心しなくは今日《けふ》も経《へ》めやも

同じ閏《うるふ》五月二十六日に、大伴宿祢家持《おほとものすくねやかもち》の作りしものなり。

国《くに》の掾《じよう》久米朝臣広縄《くめのあそみひろなは》、天平《てんぴやう》二十年を以《もち》て朝集使《てうしふし》に附《つ》きて京《みやこ》に入《い》りき。その事畢《ことを》はりて天平感宝元年《てんぴやうかんぽう》閏《うるふ》五月二十七日に、本任《ほんにん》に還《かへ》り到《いた》りき。仍《すなは》ち長官《ちやうくわん》の館《むろつみ》に、詩酒《ししゆ》の宴《えん》を設《まう》けて楽飲《らくいん》す。時に主人守大伴宿祢家持《あろじかみ》の作りし歌一首　短歌を幷《あは》せたり

ら詠い起こす。「任き」は後にも例(四一二六)があるが、「任け」とあるべきところ。「任けたまへば」(一九九)など。第八句、「五年」とあるが、実際にはまだ三年。国守の任期は時期により異なるが、四年から六年。ここは任期五年という前提で表現したものか。家持が越中守に任ぜられたのは、天平十八年(七四六)六月であった(→三九二七注)。第十一・十二句の「紐解かず丸寝をすれば」は独り寝のさま。既出(一七八七)。第十四句「心なぐさに」も既出(四一〇一・家持)。なでしこは家持が特に好んで庭に植えた花であった。→一四四八・四〇七〇。ここではその花を妻になぞらえて「花妻」と言う。「百合」を「後(ゆり)」と掛詞にすること、既出(一五〇三・四〇八七)。

4114 なでしこの花を見るたびに、あの娘子の笑顔の華やかさが思われることだ。

▽反歌二首は、庭に植えた二種類の花をそれぞれ詠み込む。この年の「閏五月二十六日」(四一一五左注)は太陽暦の七月十九日。なでしこ、百合の花期に当たる。恋しい女性の笑顔を美しい花に譬えること、「花笑み」(一二五七・四一一六)、「花のごと笑みて」(一七三八・一八〇七)とあった。この歌は、逆に花から娘子の笑顔を思う。「娘子ら」は、妻大嬢を指す。ラは複数を意味しない。→四〇一一注。

4115 (さ百合花)後(ゆり)にでも逢おうと、心中ひそかに思っているのでなければ、今日一日も過ごせようか。

◇同じ閏五月二十六日に、大伴宿祢家持が作った。

▽長歌末尾の内容を繰り返した形になっている。上二句は既出(四〇八七)。「下延ふ」は、心の底深くにずっと思い続ける意。既出(一七九二・一八〇九・三三七一・三三八二)。「逢はむ」の原文は「相」。助動詞ムに当たる仮名がないのは、音仮名を主とする巻十八の表記としては異例。脱落したか。あるいは平安時代の補修(→四〇四四注)の折に、長歌の同じ箇所の原文「安波無」を「相」と改めたものか。

◆国の掾久米朝臣広縄は天平二十年(七四八)に朝集使になって都へ上った。その仕事が終わって天平感宝元年(七四九)の閏五月二十七日に本務に戻った。そこで長官の館で詩酒の宴を催して楽しく飲んだ。その時に主人の守大伴宿祢家持が作った歌一首と短歌

4116 大君の仰せのままに、任務にあたってお仕えする国の、一年の間の官事すべてを取りまとめて、(玉桙の)旅路に出て、岩を踏み山を越え野を進んで、都に上った君を、(あらたまの)年が改まり、何か月も過ぎて逢えない日が続いて、恋しく思う心は安らぐことがないので、ホトトギスがやって来て鳴く五月の菖蒲や蓬を縵(かずら)にして、酒盛り

4116 大君《おほきみ》の 任《ま》きのまにまに 取り持ちて 仕《つか》ふる国の 年《とし》の内《うち》の 事かたね持ち 玉桙《たまほこ》の 道に出《い》で立《た》ち 岩根踏《いはねふ》み 山越え野行《のゆ》き 都辺《みやこへ》に 参《ま》ゐし我が背《せ》を あらたまの 年行《ゆ》き反《がへ》り 月重《かさ》ね 見ぬ日さまねみ 恋ふるそら 安くしあらねば ほととぎす 来鳴《きな》く五月《さつき》の あやめ草《ぐさ》 蓬《よもぎ》かづらき 酒《さか》みづき 遊び和《な》ぐれど 射水川《いみづかは》 雪消溢《ゆきげはふ》りて 行《ゆ》く水の いや増《ま》しにのみ 鶴《たづ》が鳴く 奈呉江《なごえ》の菅《すげ》の ねもころに 思ひ結《むす》ぼれ 嘆きつつ 我《あ》が待つ君が 事終《を》はり 帰り罷《まか》りて 夏の野の さ百合《ゆり》の花の 花笑《ゑ》みに にふぶに笑《ゑ》みて 逢はしたる 今日《けふ》を始めて 鏡なす かくし常《つね》見む 面《おも》変《が》はりせず

反歌二首

4117 去年《こぞ》の秋相見《あひみ》しまにま今日《けふ》見れば面《おも》やめづらし都方人《みやこかたひと》

をして宴席の楽しみに紛らわそうとするが、射水川の雪解け水が溢れて、流れる水のようにますますひどく、鶴が鳴く奈呉江の菅の、その根のようにねんごろに、恋に悩んで嘆きつつ待っていた君が、務めを終えて帰って来て、夏の野の百合の花の、その花のようににこやかに笑って、姿を見せてくれた今日からは、(鏡なす)こうしていつも逢いましょう、そのままのお顔で。

▽朝集使として上京した掾久米朝臣広縄の帰任を慰労する家持邸における宴の作。「朝集使」は、国郡司の考課のほか、国政全般の状況報告に当たる朝集帳を都に持参する役目(考課令)。正税帳(三九〇左注など)を運ぶ税帳使、大帳使(三九六一左注など)、貢調使とともに四度使(しどのつかい)と言う。「朝集使に附きて」の「附」字は既出(三九六一左注)。「本任」は本来の職。「長官」は一等官の一般称。ここは守のこと。二等官以下は、次官(四二〇〇左注)、判官(四一三七題詞)、主典(四四三二左注)と言う。この巻で池主が「越前国掾」(四〇七三前文など)と、広縄が「国掾」とされるのは、越中国守の家持の立場からの書き分け。

　歌は広縄の任務を叙述し、不在の間の寂しさを強調した後、帰任、再会の喜びで締めくくる。第二句の「任き」は「任け」とあるべきところ。既出(四一一三)。第六句の「事かたね持ち」の動詞「かたぬ」は、一括する意であろう。万葉集で唯一の例。「酒みづき」は酒宴をする意。広縄帰任の前月にあった端午の酒宴が寂しかったことを言う。

　「射水川」からの三句は「いや増し」の、「鶴が鳴く」からの二句は「ねもころ」の、さらに「夏の野の」からの三句は、「笑み」の序詞。「にふぶに笑みて」は、にこにこ笑うこと。既出(三八一七)。

　第十句の「山越え」の原文は「也末古衣」。「越え」のエは本来はヤ行音のはずだが、原文の「衣」はア行音の仮名であり、違例である。エについてア行音とヤ行音が混同するのを、平安時代の天慶・天暦年間(九三八-九五七)に始まることとして、巻十八の補修(→四〇四四注)の実施された時期をそれ以降と見る説(古典文学大系「校注の覚え書」)がある。

4117

　去年の秋に逢ったままで、今日見ると、顔もまあ、見違えるほど立派だ、都ぶりの人だ。

▽朝集使は十一月一日までに都に到着する定めであった。翌天平勝宝二年(七五〇)の朝集使少目秦伊美吉石竹の送別の宴は十月十六日であった(→四二二五左注)。その頃に別れて、翌年閏五月に再会したのだが、およそ八か月のあいだに広縄がすっかり都人風になったことを言う。「面や」のヤは間投助詞。あるいは「面わ」(四一九二)のワと同じとする説もある。結句の「都方人」は七音に熟した複合名詞。他に例は見えない。家持には同様の複合名詞として「宮出後姿(みやでしりぶり)」(四一〇八)の例があった。

4118 かくしても相見《あひみ》るものをすくなくも年月経《ふ》れば恋《こひ》しけれやも

霍公鳥《ほととぎす》の喧《な》くを聞きて作りし歌一首

4119 古《いにしへ》よ偲《しの》ひにければほととぎす鳴く声聞きて恋《こひ》しきものを

京《みやこ》に向《む》かふ時に、貴人《きにん》に見《まみ》え、及《およ》び美人《びじん》を相《み》て飲宴《いんえん》する日に懐《おもひ》を述《の》ぶる為《ため》に、儲《まう》け作りし歌二首

4120 見まく欲《ほ》り思ひしなへに縵《かづら》かげかぐはし君を相見《あひみ》つるかも

4121 朝参《てうさん》の君が姿《すがた》を見ず久《ひさ》に鄙《ひな》にし住めば我《あれ》恋ひにけり 一に云ふ、「はしきよし妹《いも》が姿を」

同じ閏《うるふ》五月二十八日に、大伴宿祢家持《おほとものすくねやかもち》の作りしものなり。

天平感宝元年《てんぴやうかんぽう》閏《うるふ》五月六日より以来《このかた》、小旱《せうかん》を起《お》こし、百姓《ひやくせい》の田畝《でんぽ》稍《やうや》くに彫色《てうしよく》有りき。六月朔日《さくじつ》に至りて忽《たちま》ちに雨雲《ううん》の気《き》を見、仍《すなは》ち

4118 こうして逢えるものなのに、年月を経たので本当に恋しかったのだ。

▽君の任務が終われぱこのようにして逢えるはずだとは分かっていても、やはり恋しかったと言う。第三句は結句にかかる。結句は反語。わずかに恋しかったろうか、いやひどく恋しかったのだの意。「すくなくも」は「～なくに」で受けるのが通例(→二九六・二五三・二五八一・二九二一・三七四三)。反語の「やも」にかかる例は他にはない。

◆ホトトギスが鳴くのを聞いて作った歌一首

4119 昔からずっと心ひかれてきたので、ホトトギスの鳴く声を聞いて恋しいことだ。

▽第二句の原文は「之怒比尓家礼婆」。「偲ひにければ」と訓めるが、そのニは完了の助動詞ヌの連用形。一般に「偲ふ」は、「かけて偲ひつ」(六)、「偲ひつるかも」(三八四九)など、完了の助動詞ではツをとってヌはとらない。ここは例外的にヌをとって、「偲ふ」を意志的な行為ではなく自発的な行為として表現したものか。ホトトギスの鳴き声に魅惑されることを言う。「恋しきものを」は、他に「行きや別れむ恋しきものを」(一九二三)など五例、反語表現をうけることが多く、恋しいのにという逆接の意を含む結句であるが、ここは詠嘆である。

◆都に上って貴人にお目にかかったり、美人に逢って飲宴したりする日に思いを述べるために、あらかじめ作っておいた歌二首

4120 逢いたいと思っていた折も折、髪に縵飾りを付けた美しいあなた様にお逢いしたことです。

▽越中守の任解けて帰京する日を思いやって詠む。「儲作」は前もって作ること。→四〇九六注。「なへに」は、ここでは「ちょうど～しているところに」の意。「縵かげ」は、頭髪につけた蔓草などの飾り。「かぐはし」は、優れているの意のシク活用形容詞の語幹。続く「君」とで複合語になっている。「うらぐはし山そ」(三三三二)。まず着飾った貴人を詠む。

4121 朝礼に参列されるあなた様のお姿をずっと見ないで田舎住まいをしていたので、私は恋しくてなりませんでした〈一本に「美しいあなたのお姿を」と言う〉。

◇同じ閏五月二十八日に、大伴宿祢家持が作った。

▽初句の原文は「朝参」。「まゐいり」「まゐり」「みやで」などと訓読する説があるが、今は公式令に見られる公用語として音読する。官人が朝廷の朝礼に参列すること。公式令・文武職事条に、官人が「朝参に行立(ぎやうりふ)」する時は、それぞれの位の順に従うことが定められている。上二句の本文は、前歌と同じく貴人に会った場合の歌詞。一云は美人の場合に詠う替え詞であろう。

作りし雲の歌一首 短歌一絶《いちぜつ》

4122 天皇《すめろき》の 敷《し》きます国の 天《あめ》の下《した》 四方《よも》の道には 馬の爪《つめ》 い尽《つ》くす極《きは》み
船舳《ふなのへ》の い泊《は》つるまでに 古《いにしへ》よ 今の現《をつ》に 万調《よろづつき》 奉《まつ》るつかさと 作りた
る その生業《なりはひ》を 雨降らず 日の重《かさ》なれば 植ゑし田も 蒔《ま》きし畑《はたけ》も 朝
ごとに 凋《しぼ》み枯《か》れ行《ゆ》く そを見れば 心を痛《いた》み みどり子《こ》の 乳乞《ちこ》ふがご
とく 天《あま》つ水 仰《あふ》ぎてそ待つ あしひきの 山のたをりに この見ゆる
天《あま》の白雲《しらくも》 わたつみの 沖つ宮辺《みやへ》に 立ち渡り との曇《ぐも》りあひて 雨も賜《たま》
はね

反歌一首

4123 この見ゆる雲ほびこりてとの曇《ぐも》り雨も降らぬか心足《こころだ》らひに

右の二首は、六月一日の晩頭《ばんとう》に、守大伴宿祢家持《かみおほとものすくねやかもち》の作りしものなり。

◆天平感宝元年(七四九)閏五月六日よりこのかた、日照りがやや続き、民の田は次第に生気を失っていた。ところが六月朔日になって突然雨雲の立つ気配が見えた。そこで作った雲の歌一首と短歌一首

4122　天皇のお治めになる国の、天下の四方に広がる道の国々には、馬の爪がすり減ってなくなる地の果てまで、船の舳先が行き着ける海の彼方まで、昔から今に至るまで、あらゆる貢ぎ物の中でも第一として奉るその農作物であるのに、雨が降らず日が重なって行くので、苗を植えた田も種をまいた畑も、朝ごとにしおれ枯れて行く。それを見ると心が痛むので、幼な子が乳をほしがるように、天からの水を振り仰いで待っているのだ。(あしひきの)山のくぼみに今見えている天の白雲よ、海神の沖の宮の辺りまで立ち渡っていって、一面に空を曇らせて雨をお与えください。

▽旱魃に際して、為政者が祈雨の祭を主催することは、二年前の天平十九年七月に、聖武天皇が「雨を諸社に祈(こ)ふ」たが、その験(しる)がなかった例(続日本紀)などがある。しかし、この歌は、たまたま山の端に雲を見て作った即興の作。「小旱」は日照りがしばらく続く意の漢語。原文の「起小旱」を「小旱を起こし」と訓読したが、「起」字は本来は不要。「彫色」は衰えた様子。「彫」は「凋」に同じ。「一絶」は短歌を絶句と見なした言い方。

歌は、古今東西において、最も秀れた貢ぎ物である稲などの農作物の重要性を述べた上で、日照りで田畑が枯れ行くさまを描写する。そして、嶺にかかった白雲に向かって、海神の力をも頼んでさらに広がって雨を降らせてほしいと願う。海神は、古事記の海幸山幸の話で「水を掌(し)れる」と自称するように、晴雨を司る神と信じられた。

「馬の爪」「船舳の」の表現は、祝詞の「祈年祭」の詞を借りて、全国の津々浦々を表したもの。「万調奉るつかさ」の「つかさ」は高い所の意。既出(五三九)。ここは多くの貢納物の中でその筆頭に挙げられる農作物、特に稲を指す。「生業」は、「日本紀私記云、農　奈利波比(なりはひ)」(倭名抄)。農業を主に言う。「山のたをり」は、山の稜線のたわんで低くなったところ。国府から西方に望む二上山の鞍部を言うのであろう。その北方は海も近い。

4123　今ここに見えている雲が広がっていって一面に曇り、雨が降ってくれないかなあ、心満ち足りるまでに。

◇右の二首は、六月一日の暮れ方に、守大伴宿祢家持が作った。

▽長歌末尾の、現れた雲に雨を待望する箇所を繰り返す。「ほびこる」は「はびこる」に同じか。どんどん広がるさま。左注の「晩頭」は夕方の意。

雨の落《ふ》りしを賀《よろこ》びし歌一首

4124 我《わ》が欲《ほ》りし雨は降り来《き》ぬかくしあらば言挙《ことあ》げせずとも稔《とし》は栄《さか》えむ

右の一首は、同じ月の四日に、大伴宿祢《おほとものすくね》家持《やかもち》の作りしものなり。

七夕《たなばた》の歌一首 短歌を并《あは》せたり

4125 天照《あまで》らす　神の御代《みよ》より　安《やす》の川《かは》　中に隔《へだ》てて　向かひ立ち　袖《そで》振りかは
し　息《いき》の緒《を》に　嘆《なげ》かす児《こ》ら　渡り守《もり》　舟も設《まう》けず　橋だにも　渡してあら
ば　その上《へ》ゆも　い行《ゆ》き渡らし　携《たづさ》はり　うながけり居《ゐ》て　思《おも》ほしき　言《こと》
も語らひ　慰《なぐさ》むる　心はあらむを　なにしかも　秋にしあらねば　言問《ことど》ひ
の　乏《とも》しき児《こ》ら　うつせみの　世の人我《われ》も　ここをしも　あやに奇《くす》しみ
行《ゆ》き変《か》はる　年のはごとに　天《あま》の原　振《ふ》り放《さ》け見つつ　言《い》ひ継《つ》ぎにすれ

反歌二首

4124

◆雨が降ったのを喜んだ歌一首

私が待ち望んだ雨は降ってきた。こうなれば改めて唱え言をしなくとも実りは豊かであろう。

◇右の一首は、同じ月の四日に、大伴宿祢家持が作った。

▽願いがかない、雨が降ったことを喜ぶ。題詞の「賀」は名義抄に「ヨロコブ」の訓が見える。唐代には「賀雨」を題とする詩賦が多い。「言挙げせずとも」は、改めて豊作を祈る言葉を口にせずとも自然にの意。「稔(しと)」は稲の実り。

4125

◆七夕の歌一首と短歌

天照大神の御代から、天の安の川を中に隔てて、向かい合って立ち、袖をたがいに振り合って、息も絶え絶えにお嘆きの男女よ。渡し守は船の用意もしないし、せめて橋だけでも渡してあれば、その上を渡っていって、手を取り合い、うなじを寄せ合うようにして、思いを語り合い、気を晴らすこともあるだろうに、どうして秋でなければ、言葉を交わすことの稀な男女なのか。(うつせみの)この世のわれわれも、このことがまことに不思議で、改まる年ごとに、天の原を振り仰いで見ては、語り継いでいるのだ。

▽家持の七夕歌は、天平十年(七三八)にもあった(→三九〇〇)。またこの五年後の天平勝宝六年(七五四)には短歌八首がある(→四三〇六-四三一三)。

初句の原文は「安麻泥良須」。「泥」は濁音仮名。七夕を日本古来の伝承として詠むことは「八千桙(やちほこ)の神の御代より」(二〇〇二)、「天地と別れし時ゆ」(二〇〇五)などにもあった。ここも天照大神の御代からのこととして、天の川を高天原の天の安の川(古事記・上)と見て詠む(→二〇〇〇・二〇八九)。

この歌の主題は「どうして秋のこの日でないと逢えないのか」ということ。七夕の日でないと船頭が船を出してくれないし、せめて橋さえ渡してあればそれを通って渡って行けるのに、それもかなわないという状況を恨めしく詠う。

七夕の二人のことを「嘆かす児ら」、「乏しき児ら」と六音の字足らず句で繰り返したのは、あえて変調して強調する意図によるものか。「嘆かす」のスは軽い敬意を表す助動詞。下の「渡らし」のシも同じくスの連用形。「うながける」は項(うな)を交わす(顔を寄せ抱擁する)意か。「うなげる」(三二四三・三八七五)と関連する語であろう。「年のはごとに」は、「年のは」が年ごとに(毎年)の意(→四一六八)なのだから、それにさらに「ごとに」を付けた重複表現。

結句「すれ」と已然形で結ぶのは異例。「こそ」を含む句が脱落した可能性もあるが、「ここをしも」からここまで、七夕に対する不審の思いを強調して異例の結び方をしたのかも知れない。

4126 天《あま》の川橋《がは》渡せらばその上《へ》ゆもい渡らさむを秋にあらずとも

4127 安《やす》の川《かは》い向《む》かひ立ちて年の恋日《け》長《なが》き児《こ》らが妻問《つまど》ひの夜《よ》そ

右は、七月七日に、天漢《あまのがは》を仰《あふ》ぎ見て、大伴宿祢家持《おほとものすくねやかもち》の作りしものなり。

越前国掾《ゑちぜんのくにのじよう》大伴宿祢池主《いけぬし》の来贈《らいぞう》せし戯《たはむ》れの歌四首

忽《たちま》ちに恩賜《おんし》を辱《かたじけな》くし、驚欣《きやうきん》已《すで》に深し。心中《しんちう》に咲《ゑ》みを含《ふく》み、独座《どくざ》稍《やうや》くに開《ひら》くに、表裏《へうり》同《おな》じからず、相違《さうい》何《なん》ぞ異《こと》なれる。所由《そのよし》を推量《すいりやう》するに、率尓《ゆくりな》く策《さく》を作《な》せしか。明《あき》らかに知《し》りて言《こと》を加《くは》ふること、豈他意《あにたい》有らめや。凡《およ》そ本物《ほんもつ》を貿易《ぼうえき》すること、その罪軽《つみかる》からざればなり。正贓倍贓《しやうざうばいざう》、宜《よろ》しく急《きふ》に并満《ひやうまん》すべし。今風雲《いまふううん》を勒《ろく》して徴使《ちようし》を発遣《はつけん》す。早速《さうそく》に返報《へんぱう》せよ。須《すべから》く延《えん》廻《くわい》すべからず。

勝宝《しようほう》元年十一月十二日、物《もの》の貿易《ぼうえき》せられし下吏《かり》、

4126 天の川に橋を渡してあったら、その上を通ってお渡りになろうものを、秋でなくても。

▽長歌の主題を繰り返す反歌。表現も似る。また、二〇八一の七夕歌と共通する表現も見られる。

4127 安の川に向かい合い立って、一年間ずっと長く恋し続けてきた二人の、逢瀬を果たす夜なのだ。

◇右は、七月七日に、天の川を仰ぎ見て大伴宿祢家持が作った。

▽上二句の類例、「天の川い向かひ立ちて」(二〇一一)など。「年の恋」は一年間続く恋の意。既出(二〇三七)。長く恋してきた二人の、今夜が逢瀬の時だと詠う。

◆越前国の掾大伴宿祢池主が贈って来た戯れの歌四首

思いがけずもありがたい贈り物を頂戴し、大いに驚き喜んでおります。心中にんまりとし、一人座っておもむろに封を開いて見ますと、表書と中身とが違っております。どうしてこんな間違いが生じるのでしょうか。そのわけを推量してみると、うっかり荷札を作ってしまったからでしょうか。誤りとはっきりとわかったことを指摘することに他意はありません。そもそも本物を別物とすり替えることは罪が軽くないからです。まさにその物の返却、また倍に当たる物の返却をただちに実行しないといけません。今、風雲を駆って徴収の使いを派遣します。すぐに返事をなさるように。ぐずぐずしてはいけません。

天平勝宝元年(七四九)十一月十二日、物を取り替えられた下役が、謹んで物をすり替えた張本人を裁判官殿の御許に訴えます。

別に申し上げます、あまりの面白さに黙っていることができず、とりあえず四つの歌を作り、お目醒ましにもしようと存じます。

▽越前国の掾に転出していた大伴池主の戯れの書簡。家持から贈り物が届いて喜んだものの、表書とは違って中身は池主には不似合いな針袋であった。そのことを、あたかもすり替え事件があったかのように言いなし、その犯人になる家持を、国守として裁くべき家持本人に対して訴え出ようと、大仰な法律用語をわざと並べ立てて言う。

「貿易」は交換すること。たとえば、私有の財物を官物に「貿易」することとは、盗に準じて罰する定めがあった(賊盗律)。「正贓倍贓」の「贓」は不正に得た財貨。「正贓」はその同額を返済すること。「倍贓」は倍額にして返すこと。「幷満」は、「重贓を以て軽贓に幷満す」(名例律)というように、二つ以上の罪がある場合、そのうち最も重い罪を以て処断すること。「風雲」は、人の便りを運ぶものと考えられた(→一五二二注・四二二四注)。「勒」は、ここ

謹《つつし》みて貿易《ぼうえき》の人《ひと》を断官司《だんくわんし》の庁下《ちやうか》に訴《うた》ふ。
別《べつ》に白《まう》さく、可怜《かれい》の意《こころ》に黙《もだ》し止《や》むこと能《あた》はず、聊《いささ》かに四詠《しえい》を述《の》べて睡覚《すいかく》に准擬《なぞ》らふといふ。

4128 草枕《くさまくら》旅の翁《おきな》と思ほして針《はり》そ賜《たま》へる縫《ぬ》はむ物もが

4129 針袋《はりぶくろ》取り上げ前《まへ》に置き返《かへ》さへばおのともおのや裏《うら》も継《つ》ぎたり

4130 針袋帯《お》び続《つつ》けながら里《さと》ごとに照《て》らさひあるけど人も咎《とが》めず

4131 鶏《とり》が鳴く東《あづま》をさしてふさへしに行《ゆ》かむと思《おも》へどよしもさねなし

右の歌の返報《へんぱう》の歌は、脱漏《だつろう》して探《さぐ》り求《もと》むること得《え》ず。

更《さら》に来贈《らいぞう》せし歌二首

駅使《えきし》を迎《むか》ふる事に依《よ》りて、今月十五日、部下《ぶか》の加賀郡《かがのこほり》の境《さかひ》に到《いた》り来《き》たる。
面蔭《おもかげ》に射水《いみづ》の郷《さと》を見《み》、恋緒《れんしよ》は深海《ふかみ》の村《むら》に結《むす》ぶ。身は胡馬《こば》に異《こと》なれども、

では「風雲」を使っての意。

「下吏」は下級役人の意。池主の謙称。「貿易の人」はすり替え犯人のこと。「断官司」は、正式の律令用語ではなく、裁断を下す司(裁判所)の意の造語。「庁下」は敬意をこめた脇付け。「侍史」の類。

「別に」以下は追伸に当たる。「可怜の意」は、間違って届いた針袋を愛でる気持であろう。「睡覚に准擬らふ」は、あなたの目を覚まさせるものになればいいと思うの意。

4128 (草枕)旅の老人とお思いになって、針をくださった。縫う物が欲しいものだが。
▽四首の歌の第一首は、間違いにせよ、ともあれ、家持からの針袋の贈り物に感謝する。針は旅中の必需品であった。「紐絶えば我(あ)が手と付けろこれの針持し」(四四二〇)。針袋の贈り物は、私を旅の老人と思ってのご親切かと戯れる。次に贈る歌の四一三三でも「翁さびせむ」と言う。池主は家持より数歳の年長者だったと推測する説がある。

4129 針袋を取り上げて前に置き、裏返して見ると、あれあれ何と、裏地まで付いている。
▽これも針袋を誉める。戯れの気分もあふれる。第二句「取り上げ前に置き」は、句中に単独母音が二つ(ア・オ)あるので字余りが許されるが、それにしても例のないぎこちない表現。「おの」は「あな」の母音交替形であろう。驚きを表す感動詞。

4130 針袋を身に付けたままで、里ごとに見せて回ったが、誰も不審にも思わない。
▽針袋をわざと身に付けて歩いてみせたが、なぜか誰も変だと気づかなかったと不思議がる。表書には官人が身につける品物の名が記されていたので、針袋をその通りにしてみたという戯れであろうか。第二句の「続け」の原文は「都ゝ気」。上代はツツケで、ツヅケと濁音になるのは平安時代以降と見られる。この句は句中に単独母音のない字余り。「つつ」により字余りが許容されたという説もあるが、むしろ、初句末の「ろ」の母音オと第二句頭の母音オとが連続するからか。あるいは、原文の「ゝ」が誤入であり、「帯付けながら」であったか。「照らさふ」は衆目にさらして行く意。

4131 (鶏が鳴く)東の方を指して、「ふさへしに」行こうと思うが、行くすべがまったくない。
◇右の歌の返しの歌は、漏れていて探し出すことができない。
▽「東(あづま)」は普通は東国を言うが、ここは越前から東の越中を指して言ったか。「ふさへしに」は語義未詳。「ふさへ」は「ふさふ(ふさわしい)」と関連する語か。歌意もとらえにくいが、この針袋を自ら東方の越中まで返しに行こうと思うが、それもできない、の意だろうか。左注は、これに対する家持自身の返歌が見つからないことを言う。

心は北風《ほくふう》を悲《かな》しむ。月に乗《じやう》じて徘徊《たちもとほ》り、曾《かつ》て為《な》す所なし。稍《やうや》く来封《らいふう》を開《ひら》くに、その辞《こと》云々《うんぬん》とは、先《さき》に奉《たてまつ》りし所の書《ふみ》、返《かへ》りて畏《おそ》るらくは疑《うたが》ひに度《わた》りしかと。僕《やつかれ》、羅《ら》を嘱《あつら》ふることを作《な》し、且《しばら》く使君《しくん》を悩《なや》ましむ。それ水を乞《こ》ひて酒を得《う》ること、従来《もとより》能《よ》き口《くち》なり。時を論《ろん》じて理《ことわり》に合《かな》へしむるのみを、何《なん》ぞ強吏《きやうり》に題《だい》せむや。尋《つ》ぎて針袋《はりぶくろ》の詠《えい》を誦《うた》ふに、詞泉《しせん》酌《く》めども渇《つ》きず。膝《ひざ》を抱《いだ》き独《ひと》り咲《ゑ》み、能《よ》く旅の愁《うれへ》を蠲《のぞ》く。陶然《たうぜん》として日を遣《おく》り、何をか慮《はか》り何をか思《おも》はむ。短筆不宣《たんぴつふせん》

勝宝《しようほう》元年十二月十五日、物《もの》を徴《はた》りし下司《げし》

謹上《きんじやう》　伏《ふく》せざる使君《しくん》 記室《きしつ》

別《べつ》に奉《たてまつ》る云々《うんぬん》歌二首

4132
縦《たた》さにもかにも横《よこ》さも奴《やつこ》とそ我《あれ》はありける主《ぬし》の殿戸《とのど》に

◆更にまた贈って来た歌二首

駅使を迎えるために、今月十五日に領内の加賀郡の境にやって来ました。面影に越中国府のある射水の郷を見て、恋しい思いの糸が深海の村に結ばれます。我が身は胡馬でもないのに心は北風に悲しみます。月の光を頼んでうろうろと歩き回るばかりで、どうすることもできません。そうしてお手紙を開くと、そこには云々と書いてありましたので、先日差し上げた手紙には疑わしい点があったかと恐れます。私が羅(うすぎぬ)をお願いしたばかりに国守様をお悩ませしました。そもそも水を願って酒を得るのは昔から口達者の手柄。どうして時世を論じて道理にかなう者だけが、優秀な官吏の名を得るでしょう。続いて針袋の御歌を誦(とな)えて見ますと、言葉の泉は酌めども尽きません。膝を抱いて独り笑いし、旅の愁いを忘れることができました。うっとりとして日を過ごし、何の思い煩うこともありません。拙文で意を尽くしません。

勝宝元年(七四九)十二月十五日、物を取り立てた下司が従わざる国守の書記に謹んで奉ります。

追伸云々　歌二首

▽脱漏した家持の手紙と返歌には、おそらく針袋は取り違えではないことが記されていたのであろう。それに対して、池主が再び贈った手紙。

「加賀郡」は越前国北方。越中との国境近くにあり、ここに出張した越前国掾の池主は越中国府の家持を慕ったという。「面影に」の原文の「面蔭」は、万葉集に例の多い和語「おもかげ」に漢字を当てた和製漢語。「射水の郷」は越中国府のあった地。「恋緒」の「緒」は「結ぶ」と縁語で、地名「深海」は恋の思いが深いことを連想させる。「深見」の文字で既出(四〇七三前文)。「身は胡馬に」以下の二句は、北風を慕う北方産の胡馬でもないのに、前年まで家持と共にいた北の越中の国を思って悲しむの意。「胡馬は北風に依り、越鳥は南枝に巣くふ」(「古詩十九首」・文選二十九)。「月に乗じて徘徊り」も、「明月何ぞ皎皎たる…衣を攬(と)りて起きて徘徊す」(同)に依る表現であろう。「来封」は、家持から届いた返書を指す。「その辞云々」として省略されている家持のその返書は、針袋は間違いでなかったと主張していたのだろう。「返りて畏るらくは疑ひに度りしかと」は、「貿易」と述べた前便の内容に疑いが生じたことを言う。弁明の口吻。「羅を嘱ふ」は、池主の元来の要望を指すか。十二月に衣を作るための薄絹を請うのは不自然。「羅」で作った何か身につけるものだろう(→四一三〇注)。「水を乞ひて」以下の二句は、遊仙窟(→三一六頁)の

4133 針袋《はりぶくろ》これは賜《たば》りぬすり袋《ぶくろ》今は得てしか翁《おきな》さびせむ

宴席《えんせき》にして雪《ゆき》、月《つき》、梅《うめ》の花を詠みし歌一首

4134 雪の上《うへ》に照れる月夜《つくよ》に梅の花折《を》りて送らむ愛《は》しき児《こ》もがも

右の一首は、十二月に大伴宿祢《おほとものすくね》家持《やかもち》の作りしものなり。

4135 わが背子《せこ》が琴《こと》取るなへに常人《つねひと》の言ふ嘆《なげ》きしもいやしき増すも

右の一首は、少目《せうさくわん》秦《はたの》伊美吉《いみき》石竹《いはたけ》の館《むろつみ》に宴《えん》して、守大伴宿祢《かみおほとものすくね》家持《やかもち》の作りしものなり。

天平勝宝《てんぴやうしようほう》二年正月二日、国庁《こくちやう》に於《おき》て饗《きやう》を諸郡司《しよぐんじ》等《ら》に給ひて宴《えん》せし歌一首

4136 あしひきの山の木末《こぬれ》のほよ取りてかざしつらくは千年《ちとせ》寿《ほ》くとそ

右の一首は、守大伴宿祢《かみおほとものすくね》家持《やかもち》の作。

「漿(こみづ)を乞ふに酒を得る、旧来(もとより)、神口(あやしきこと)なり」による。「神口」は口達者なこと。それを「能き口」と言い換える。家持に羅を願ってそれより素晴しい針袋を手に入れたことを、あたかも自分の弁舌の手柄のように言う。「強吏」は「能吏」に同じ。時世を正論するだけでは勝れた官吏とは言えず、自分のように口が巧いことも「強吏」の一要件なのだと戯れに誇らしげに言う冗談。「膝を抱き」は、相手がなくて一人自分の膝を抱えているさま。「短筆不宣」は、書簡用語。→「不備」(四〇七三前文)。

「伏せざる」は、みずからの誤りを認めないこと。家持が自分は「貿易」したわけではないと言ってきたことを指す。「記室」は脇付け。「別に」以下は、ここにもあった追伸を略したもの。

4132 縦からでも、どっちであれ横からでも、どう見ても奴という者でございました、私は。ご主人のお館にお仕えする者で。

▽私はあなたの奴なのだと言って詫びる気持。親しい間柄ゆえの大げさな謝罪の言葉。上二句は例のない表現。「かにも」は、「かにもかくにも」(四三など)の略。ああであれ、こうであれの意。「縦さ」と「横さ」は、針からの縁で言ったものか。

＊＊＊＊＊

4133 針袋、これは頂戴しました。すり袋が今は欲しいものです。老人らしくいたしましょう。

▽「すり袋」は老人の持ち物なのだろうが、未詳。四一二八前文に「表裏同じからず」とあった、荷物の表書に「すり袋」と記されていたのかも知れない。

◆宴席において雪、月、梅の花を詠んだ歌一首

4134 雪の上に月が照る夜に、梅の花を折って贈ってやるような、いとしい子がいたらなあ。

▽十二月の宴席における家持の作。雪、月、梅の花の三つを一首に詠み込んだ歌。そういう題の下に詠まれた歌であろうか。梁・庾肩吾の「和徐主簿望月」に「楼上徘徊の月、窓中愁思の人、雪を照して光偏(ひと)へに冷(すさま)じ、花に臨んで色転(うた)た春なり」(芸文類聚〔→三六頁〕・月)の句がある。

4135 あなたが琴を手にして奏でるままに、世の人がよくいう嘆きとかが、いよいよ増して来るよ。

◇右の一首は、少目秦伊美吉石竹の館の宴において守大伴宿祢家持が作った。

▽この歌には題詞がなく、左注にも日付がない。前歌と同じ宴席と考えることもできるが、確実ではない。琴の声が悲しみを掻き立てると詠うのは、その演奏への称賛である。琴の名手の雍門周に対して、あなたの琴は私を悲しませることができるかと問うた孟嘗君は、その演奏を聴いて果して涕泣したという(説苑・芸文類聚・琴)。

判官《はんぐわんく》久米朝臣広縄《めのあそみひろなは》の館《むろつみ》に宴《えん》せし歌一首

4137 正月《むつき》立つ春の初めにかくしつつ相《あひ》し笑《ゑ》みてば時《とき》じけめやも

同じ月の五日に、守大伴宿祢家持《かみおほとものすくねやかもち》の作りしものなり。

墾田地《こんでんち》を撿察《けんさつ》する事に縁《よ》りて、礪波郡《となみのこほり》の主帳《しゆちやうた》多治比部北里《ぢひべのきたさと》の家に宿《やど》りき。時に忽《たちま》ちに風雨《ふうう》起《お》こり、辞去《じきよ》すること得《え》ずして作りし歌一首

4138 荊波《やぶなみ》の里に宿《やど》借り春雨に隠《こも》り障《つつ》むと妹《いも》に告《つ》げつや

二月十八日に、守大伴宿祢家持の作りしものなり。

萬葉集巻第十八

◆天平勝宝二年(七五〇)正月二日に、国庁で諸郡司らに饗応して宴を催した歌一首

4136 (あしひきの)山の梢のほよを取って、挿頭(かざし)にしているのは、千年の寿命を願う心からだ。

◇右の一首は、守大伴宿祢家持の作。

▽家持の国守としての正月の肆宴歌。第三句の「ほよ」はヤドリギ科のホヤ。冬枯れの中に鮮やかな緑の葉を見せるので、強い生命力の象徴とされたのだろう。それを髪に付けることによって力を得て、千年もの寿命を得たいと詠う。類歌、「青柳のほつ枝攀(よ)ぢ取りかづらくは君がやどにし千年寿くとそ」(四二八九・家持)。正月の肆宴の祝言の歌は、翌年(四二二九)、九年後(四五一六)にも見える。

*****

◆判官久米朝臣広縄邸で宴を催した歌一首

4137 正月となる春の初めに、こうやって互いに笑い合うならば、よい時でない時などあろうか。

◇同月五日、守大伴宿祢家持が作った。

▽これも祝言の歌。父大伴旅人の館での梅花宴歌の冒頭歌にも「正月立ち春の来たらばかくしこそ梅を招(を)きつつ楽しき終へめ」(八一五)とあった。第四句は、笑うことで邪気を払い幸福を招く、現在まで各地に残る初笑い神事にも関わる表現であろう。「千年寿(ほ)き寿きとよもし、ゑらゑらに仕へ奉るを」(四二六六)も家持の歌。結句の「時じけめやも」は反語。既出(四九一・一九三二)。

◆墾田地を検察するために礪波郡の主帳多治比部北里の家に泊まった。その時、にわかに風雨が起こり、帰れなくなって作った歌一首

4138 荊波の里に宿を借り、春雨に降り込められていると、妻に報せてくれたか。

◇二月十八日に、守大伴宿祢家持が作った。

▽「墾田」は開墾によって得られた田。養老七年(七二三)の三世一身の法、さらに天平十五年(七四三)の墾田永年私財法の施行によって増加し、国守はその検察に当たった。「礪波郡」は越前国との境(→四〇二一題詞)。東大寺の墾田が越中国内、特に礪波郡内に多かった(→四〇八五題詞)。「主帳」は郡の四等官。

歌は、急な風雨で今日は妻の待つ家に帰れなくなったと言う。「荊波」は、富山県砺波市池原の地か。家持の妻大嬢は、翌三月下旬には越中に来ていたことが確実(→四一六九)。この時すでに越中にいたという説もあるが、三月九日に妻の形見の衣を詠む歌(四一五六)があるので、いまだ在京中なのだろう。結句は、離れた地にある者に伝えたいと願う表現の型。「妹に告げこそ」(三二四九)など。

左注の「十八日」は諸本同じ。一方目録には「十一日」とあり矛盾する。目録の誤りか。あるいは、この「十八日」は、すぐ左横の巻尾の「萬葉集巻第十八」の「十八」の文字に目移りしたための誤写か。

萬《まん》葉《えふ》集《しふ》 巻第十九

前巻に続いて、天平勝宝二年（七五〇）三月から同三年七月までの越中《えっちゅう》での作と、それ以降大伴家持《おおとものやかもち》が帰京してから同五年二月までの歌を収める。長歌二十三首、短歌百三十一首の計百五十四首。その多くが家持作。

家持の越中での作は、桃李以下の花鳥を愛でる歌（四一三九―四一四九）に始まり、世間《よのなか》の無常の歌（四一六〇―四一六二）、山上憶良《やまのうえのおくら》歌に追和した勇士の名を願った歌（四一六四・四一六五）などが続く。そして布勢《ふせ》の水海《みずうみ》遊覧の歌や鵜を越前掾《えちぜんのじょう》大伴池主《いけぬし》に贈った歌などの多彩な歌が並ぶ。妻坂上《さかのうえの》大嬢《だいじょう》が母の坂上郎女《いらつめ》へ、また都に留守居する家持の妹へ送った歌の代作（四一六九・四一七〇と四一九七・四一九八）もある。ホトトギスを詠む歌が、藤花との取り合わせの歌やその鳴かぬことを恨む歌などとあり、また宴席で披露された伝誦歌（吉野行幸歌四二二四、雪歌四二二七・四二二八、遣唐使関連歌四二四〇―四二四七など）も多い。モ・ノなどの助詞を使わぬ戯歌（四一七五・四一七六）も詠む。

都への帰還（四二四八以下）に際しては、越中の官人との送別歌、帰路越前の大伴池主の館での宴歌があり、まだ都に着かぬ前に侍宴応詔の歌や橘諸兄《たちばなのもろえ》を祝う歌を予作している。その後はほぼ様々な宴席の歌で占められるが、伝誦歌の採録も続く。壬申《じんしん》の乱平定以後の歌二首（四二六〇・四二六一）を載せるのは、大叔父である大伴御行《みゆき》の歌を含むからか。

巻末の三首（四二九〇―四二九二）は、漢籍の知識を生かしつつ、鳥の鳴き声、風の音にも耳を澄まして春の愁いを詠んだ、家持の繊細な感覚が窺われる佳作として知られる。

天平《てんぴやう》勝宝《しようほう》二年三月一日の暮《くれ》に、春苑《しゆんゑん》の桃李《たうり》の花を眺矚《てうしよく》して作りし二首

4139 春の園紅《そのくれなゐ》にほふ桃《もも》の花下照《したで》る道に出《い》で立つをとめ

4140 わが園の李《すもも》の花か庭に降《ふ》るはだれのいまだ残りたるかも

翻《ひるがへ》り翔《かけ》る鴫《しぎ》を見て作りし歌一首

4141 春まけてもの悲《がな》しきにさ夜《よ》ふけて羽《は》ぶき鳴く鴫誰《しぎた》が田にか住《す》む

二日、柳黛《りうたい》を攀《よ》ぢて京師《みやこ》を思ひし歌一首

4142 春の日に張《は》れる柳を取り持ちて見れば都《みやこ》の大路《おほち》し思ほゆ

堅香子《かたかご》草の花を攀《よ》ぢ折《を》りし歌一首

4139 ◆天平勝宝二年(七五〇)三月一日の暮に、春の庭の桃と李の花を見わたして作った二首

春の園の、紅に色づいた桃の花が下まで照りはえる道に出て立っている娘子よ。

▽題詞の「眺矚」は高処から眺望する場合に用いられる漢語。春苑を見下ろす視線で桃花と李花とを眺めたことを言うのだろう。歌詞の「春の園」は題詞の漢語「春苑」の、また「紅にほふ桃の花」も漢語「紅桃」の翻訳語。「下照る道」は、桃の花の輝きに照り映える道の意。「初桃新采を麗(つ)け、地を照らしてその芳(なは)を吐く」(梁・簡文帝「詠初桃」・芸文類聚・桃)。下二句の「道に出で立つ」は、万葉集では、家を出て道に立つの意に用いられる語。

4140 わが庭の李の花だろうか、庭に降った薄雪がまだ残っているのだろうか。

▽二句切れ。第三句の「降る」の原文は「落」。これをチルと訓み、李の花が散ることとして三句切れとする説もあるが、今は雪が降ることで「はだれ」に掛かる句と解する。咲く花を地面に残る雪に見あやまる表現は、大伴旅人の梅の歌の一六四〇、また李の花を詠む「暁は沙場の雪に似たり」(中唐・呂温「道州城北楼観李花」)などに類想が見られる。

◆飛び翔る鴫を見て作った歌一首

4141 春になってもの悲しいのに、夜も更けたいま羽ばたきをしながら鳴く鴫よ。いったい誰の田に住んでいるのだ。

▽題詞の「鴫」は田に住む鳥の意で作られた国字。その文字から発想された歌か。もの思いをつのらせる鳥の鳴き声を迷惑に感じることは、「ほととぎす物思(も)ふ時に鳴くべきものか」(三七八四)などともあるが、この歌も、「誰が田にか住む」と田の持ち主への怨み言としてそれを表現する。題詞は「見て」と言い、歌は聞くことを詠う。昼間の姿を見て夜中の鳴き声を想像して作った歌か。第四句の「羽ぶき」の原文は「羽振」。羽を振り動かす意。

◆二日に、眉のような柳の葉を手にとり都を思った歌一首

4142 春の陽に芽をふくらませた柳の枝を手にとって見ると、奈良の都の大路が思われることだ。

▽題詞の「柳黛」は眉の形の柳葉。「攀」は手で引き寄せること。初句の「春の日に」は万葉集にこの一例のみ。「これを暖むるに春日を以てすれども、猶ほ枯槁を救はず」(「六代論」・文選五十二)の「春日」に同じく、春の日差しの意であろうか。類例、「春雨に萌(も)えし柳か」(三九〇三)。中国の都にならって、奈良の朱雀大路の両側にも柳が街路樹として植えられていたらしい。「道を夾(さは)みて未央(あびう)に連なる」(梁・沈約「詠柳」・玉台新詠〔→三二五頁〕五)。都の柳を思うこと、右の沈約の詩の結句にも「これ(柳)が為に故郷に帰らん」とある。

4143 もののふの八十《やそ》をとめらが汲《く》みまがふ寺井《てらゐ》の上《うへ》の堅香子《かたかご》の花

帰雁《きがん》を見し歌二首

4144 燕《つばめ》来《く》る時になりぬと雁《かり》がねは国偲《しの》ひつつ雲隠《くもがく》り鳴く

4145 春まけてかく帰るとも秋風にもみちの山を越え来《こ》ざらめや 一に云ふ、「春されば帰るこの雁」

夜裏《やり》に千鳥《ちどり》の喧《な》くを聞きし歌二首

4146 夜《よ》ぐたちに寝覚《ねさ》めてをれば川瀬《かはせ》尋《と》め心もしのに鳴く千鳥かも

4147 夜《よ》くたちて鳴く川千鳥《かはちどり》うべしこそ昔の人も偲《しの》ひ来《き》にけれ

暁《あかとき》に鳴《な》く雉《きぎし》を聞きし歌二首

4148 杉《すぎ》の野にさ躍《をど》る雉《きぎし》いちしろく音《ね》にしも鳴かむ隠《こも》り妻《づま》かも

4149 あしひきの八《や》つ峰《を》の雉《きぎし》鳴きとよむ朝明《あさけ》の霞《かすみ》見れば悲しも

4143 ◆カタクリの花を引き折った歌一首

(もののふの)たくさんのおとめらがいり乱れて汲みあう、み寺の井戸ばたのカタクリの花よ。

▽「堅香子草」はカタクリ。ユリ科の多年草。春、紅紫色の六弁の花が下に向いて開く。

4144 ◆帰る雁を見た歌二首

燕がやって来る時になったと、雁は故郷を偲びながら雲に隠れて鳴くよ。

▽春、南から渡来する燕と北へ帰る雁が交替するとは詩文の発想。「春燕節に応じて起ち…辺雁所無きを悲しみ、代謝して北郷に帰る」(東晋・陶淵明「雑詩十二首」)。家持の詩にも「来燕は泥(ひぢ)を銜(ふく)み宇(いへ)を賀して入り、帰鴻は蘆を引きて迥(はる)かに瀛(おき)に赴く」(三九七六の前の詩)とある。

4145 春になってこうして帰って行っても、秋風とともに黄葉の山を越えて来ないことがあるだろうか〈一本に「春になると帰るこの雁」と言う〉。

▽雁が黄葉の時に来ることは、一五一三・一五七五・二二九五などに詠まれていた。「秋風に」は、「越え来ざらめや」に掛かる。第四句の原文は「黄葉山」。「もみたむ山」と訓み、秋風に色づく山の意とする解釈もあるが、万葉集の諸本すべてに「もみちのやま」と訓むのに従う。「毛美知能山(もみちのやま)」(三七一六)の仮名書もある。春の帰雁を見て秋の来雁を思いやることは、詩に「飛び去りなば復た飛び還らん」(北周・庾信「詠雁」・芸文類聚・雁)とあった。

4146 ◆夜中に千鳥が鳴くのを聞いた歌二首

夜更けに眠れないでいると、川瀬を伝って、心切なくなるまでに鳴く千鳥だよ。

▽「夜ぐたち」は、夜中を過ぎた頃。動詞「くたつ」は盛りを過ぎること。原文は「夜具多知」。一語の名詞になって、ヨグタチと連濁する。「川瀬尋め」は、千鳥が川瀬づたいに移動することを言う。

4147 夜が更けて鳴く川千鳥、なるほど昔の人もこの声にずっと心惹かれてきたのだな。

▽今の自分の思いを、古人も同様に経験したものと想像する。→四九七・一二一。初句の原文は「夜降」。ここは、夜が「くたつ」という動詞で濁音化しない。

4148 ◆暁に鳴く雉の声を聞いた歌二首

杉の野にはねまわる雉(きじ)がはっきりと声に立てて鳴くのだろう。隠り妻がいるのだろうか。

▽雄雉の鋭い鳴き声を耳にして、隠した妻(雌雉)がいるのだろうか、それならなおのこと思いを表に出してはいけないのにと、とがめる気持で詠う。「きぎし」はキジの古称。

4149 (あしひきの)峰々の雉の鳴き声が響いている朝方の霞は見るとうら悲しい。

▽家持は霞の中の鳥の声を好んで歌に詠んだ。→四二九〇・四三九九。「霧を隔てて近く相鳴く」(梁・元帝「飛来双白鶴」)などの詩の表現に学ぶものか。

遥《はる》かに江《かは》を泝《さかのぼ》る船人《ふなびと》の唱《うた》を聞きし歌一首

4150 朝床《あさとこ》に聞けば遥《はる》けし射水川《いみづかは》朝漕《こ》ぎしつつ唱《うた》ふ船人

三日、守大伴宿祢家持《かみおほとものすくねやかもち》の館《むろつみ》に宴《えん》せし歌三首

4151 今日《けふ》のためと思《おも》ひて標《し》めしあしひきの峰《を》の上《うへ》の桜かく咲きにけり

4152 奥山《おくやま》の八《や》つ峰《を》の椿《つばき》つばらかに今日は暮らさねますらをの伴《とも》

4153 漢人《からひと》も筏《いかだ》浮かべて遊ぶといふ今日そ我《わ》が背子《せこ》花《はな》かづらせよ

八日、白《しろ》き大鷹《おほたか》を詠みし歌一首 短歌を并《あは》せたり

4154 あしひきの　山坂《やまさか》越えて　行《ゆ》き変《か》はる　年の緒《を》長く　しなざかる　越《こし》に
住めば　大君《おほきみ》の　敷《し》きます国は　都《みやこ》をも　ここも同《おや》じと　心には　思ふも
のから　語り放《さ》け　見放《さ》くる人目　ともしみと　思ひし繁《しげ》し　そこ故《ゆゑ》に
心和《な》ぐやと　秋《あき》づけば　萩《はぎ》咲きにほふ　石瀬野《いはせの》に　馬だき行《ゆ》きて　をちこ

4150 ◆川を遡ってゆく船人の歌声を遥かに聞いた歌一首

朝の床に聞けば遠いよ。射水川を朝漕ぎしながら歌う船人の声は。

▽「船人」は船頭。「朝床」は朝寝をする床。船頭の歌声は珍しい歌材。中国の羈旅詩に「川を瞰(がん)めては棹謳(たうおう)を悲しむ」(南朝宋・鮑照「登黄鶴磯」)など、舟歌を詠うのと関係があるか。

4151 ◆三日に、守大伴宿祢家持の館で宴会をした歌三首

今日の日のためにと思って標をした(あしひきの)峰の上の桜は、こんなにも咲いたなあ。

▽「三日」はいわゆる「上巳」(三九七二の次の詩の序)。初句は六音句になるが、助詞トを第二句に付けて「と思ひて標めし」として考えれば、その八音句の中には母音オが含まれて字余り法則に当てはまる。「標めし」は、心ひそかに、あの花の木こそ我がものと定めたことを言う。結句の「かく」は、遠目にもまざまざと見るという気持の表現。

4152 奥山の峰々の椿の、つばらかに、思う存分に今日はお過ごしなされよ、ますらおたちよ。

▽上二句は「椿」の同音により「つばらかに」を導く序詞。「つばらかに」は、心残りなく存分にの意。

4153 唐の人々もいかだを浮かべて遊ぶという今日こそ、みなさん、花かずらをお付けなさいな。

▽三月三日に船遊びが行われたことは、三九七二の次にある大伴池主「晩春三日の遊覧」の詩句にも「桃源(たうげん)海に通ひて仙舟を泛(かう)ぶ」とある。第二句の「いかだ」の原文は「筏」。和語「いかだ」、漢語「筏」は、ともに材木を繋いで川に流すもの。舟遊びには用いない。ただし、漢語「津筏(しんばつ)」は人を乗せて川を渡すことから、人を導く手段の譬えとされることがあり、また「いかだ」も、「住吉(すみのえ)にいかだ(伊賀太)浮べて渡りませ住吉がせこ」(住吉大社神代記)のように用いる場合がある。

4154 ◆八日に、白い大鷹を詠んだ歌一首と短歌

(あしひきの)山坂を越えて、過ぎてはまた来る年々を長く経て、(しなざかる)越の国に住んでいるので、大君の治めておられる国は、都もここも同じだと、心には思うのだけれど、話しかけたり逢ったりする人が少ないので、もの思いが多い。それゆえに心が慰められるかと、秋になると、萩が美しく咲く石瀬野に馬を乗り進め、あちらこちらで鳥を追い立て、白塗りの鈴をチリチリと鳴らして、鳥に合わせて飛び立たせ、それを振り返り遠く見やっては、ふさぎがちな心を晴らして嬉しく思いながら、(枕づく)妻屋の中に止まり木を作り、そこに据えて私が飼う、真白斑の鷹。

▽家持はこの三年前に蒼鷹(おおたか)の「大黒」を失ったことを悲しむ長短歌を作った(四〇一一―四〇一五)。その

ちに　鳥踏み立て　白塗《しらぬり》の　小鈴《こすず》もゆらに　あはせ遣《や》り　振り放《さ》け見つつ
憤《いきどほ》る　心の内《うち》を　思ひ延《の》べ　嬉《うれ》しびながら　枕《まくら》づく　妻屋《つまや》のうちに　と
ぐら結《ゆ》ひ　すゑてそ我《あ》が飼《か》ふ　真白斑《ましらふ》の鷹《たか》

4155 矢形尾《やかたを》の真《ま》白《しろ》の鷹《たか》をやどにすゑ搔《か》き撫《な》で見つつ飼《か》はくし良《よ》しも

鸕《う》を潜《かづ》けし歌一首 短歌を幷《あは》せたり

4156 あらたまの　年行《ゆ》き変《か》はり　春されば　花のみにほふ　あしひきの　山下《やました》
とよみ　落ちたぎち　流《なが》る辟田《さきた》の　川の瀬に　鮎子《あゆこ》さ走《ばし》る　島《しま》つ鳥《とり》　鵜飼《うかひ》
伴《ともな》へ　篝《かがり》さし　なづさひ行《ゆ》けば　我妹子《わぎもこ》が　形見《かたみ》がてらと　紅《くれなゐ》の　八入《やしほ》に
染《そ》めて　おこせたる　衣《ころも》の裾《すそ》も　通りて濡れぬ

4157 紅《くれなゐ》の衣にほはし辟田川《さきたがは》絶ゆることなく我《われ》かへり見む

4158 年のはに鮎《あゆ》し走らば辟田川鵜《う》八《や》つ潜《かづ》けて川瀬《かはせ》尋ねむ

後にこの白い大鷹を飼ったのだろう。第七句から第十句までは、父旅人の「やすみしし我が大君の食(を)す国は大和もここも同じとぞ思ふ」(九五六)に学ぶ。「おやじ」は「おなじ」の古形か。「語り放け見放くる人目」の「放く」は、「問ひ放くる親族兄弟(うがらはらがら)なき国に」(四六〇)などに同じく、「相手に向かって〜する」意か。「石瀬野」は、国府の南の高岡市石瀬(いしぜ)の野であろう。「馬だき行きて」の「だき」は語の複合により連濁した形。動詞「たく」は操る意か。「白塗の小鈴もゆらに」の「ゆら」は擬声語。鷹の鈴は、先の「放逸せし鷹」を詠った長歌にも「白塗の鈴取り付けて」(四〇一一)とあった。「あはせ遣り」は、鷹を飛び立たせて獲物に向かわせること。「憤る」は心がふさぐこと。「思ひ延べ」は、思いを伸びやかに晴らす意。「妻屋」は普通は夫婦の寝室のことだが、ここは別棟の部屋の意であろう。「真白斑の鷹」は純白の斑点のある鷹か。

4155 矢形尾の真っ白な鷹を家に置いて、撫でて世話をしながら飼うのはいいものだ。

▽「矢形尾」は矢の形をした尾羽か。既出(四〇一一)。

◆鵜飼をした歌一首と短歌

4156 (あらたまの)年が過ぎてはまた来て、春になると花が一面に咲く、(あしひきの)山のふもとをとどろかせて、激しく流れおちる辟田川の、川の瀬に小鮎がさっと走る。(島つ鳥)鵜匠たちを従えて、篝火をともして水に浸かりながら歩いてゆくと、我妹子が形見にでもするようにと、いくども紅に染めなして送ってくれた衣の裾も、下まで濡れ通った。

▽作者自ら流れに入って鵜飼したことを詠う。第八句の原文は「流辟田乃」。「流」を、七音句の音数の制約から、連体形「流るる」ではなく終止形「流る」で訓んだ。→一三八二・四〇〇六。「辟田川」は所在未詳。衣が紅色であるのは、妻が形見がわりに送ってきた彼女自身の衣だからであろう。大嬢は、天平感宝元年(七四九)五月には都に居り(→四一〇二)、翌天平勝宝二年三月二十日頃までには越中に来ていた(→四一六九)。この時はまだ在京中か。→四二三八注。

4157 紅の衣を川面に照り映えさせて、この辟田川を、絶えることなく私は来て眺めよう。

▽衣の紅の色が川面に「にほふ」ことは四〇二二にも詠われていた。上二句は結句に掛かる。

4158 毎年鮎が泳ぎ走る頃になったら、辟田川に鵜をたくさん潜らせて川瀬をたどってゆこう。

▽上二句は「年のはに春の来たらばかくしこそ梅をかざして楽しく飲まめ」(八三三)に学ぶものか。第四句は既出、「鵜を八つ潜け」(三三三〇)。結句の「尋ぬ」は、鵜を操りながら川瀬に添って行くことを言う。「叔羅川(しくらがは)瀬を尋ねつつ我が背子は鵜川立たさね心なぐさに」(四一九〇)。

季春《きしゆん》三月九日、出挙《すいこ》の政《せい》に、旧江村《ふるえのむら》に行《ゆ》かむとするに、道《みち》の上《ほとり》に
物花《ぶつくわ》を属目《しよくもく》せし詠《うた》。興中《きようちう》に作りし所《ところ》の歌を并《あは》せたり

渋谿《しぶたに》の埼《さき》を過《す》ぎて巌《いはほ》の上の樹《き》を見し歌一首　樹の名は都万麻《つまま》

4159 磯《いそ》の上《うへ》のつままを見れば根を延《は》へて年深《ふか》からし神《かむ》さびにけり

世間《よのなか》の無常《むじやう》を悲しみし歌一首　短歌を并《あは》せたり

4160 天地《あめつち》の　遠き初めよ　世の中は　常《つね》なきものと　語り継ぎ　流らへ来《き》たれ
天《あま》の原　振《ふ》り放《さ》け見れば　照る月も　満《み》ち欠《か》けしけり　あしひきの　山の
木末《こぬれ》も　春されば　花咲きにほひ　秋づけば　露霜《つゆしも》負ひて　風交《かざま》じり
黄葉《もみち》散りけり　うつせみも　かくのみならし　紅《くれなゐ》の　色もうつろひ　ぬば
たまの　黒髪変《か》はり　朝の笑《ゑ》み　夕変《ゆふへか》はらひ　吹く風の　見えぬがごとく
行《ゆ》く水の　止《と》まらぬごとく　常もなく　うつろふ見れば　にはたづみ　流

◆季春三月九日に、出挙の政により旧江村に赴こうとする途中の道で、景色を眺めた歌と感興を催して作った歌

渋谿の崎を通り過ぎる時に岩の上の木を見た歌一首〈樹の名は「つまま」〉

4159 海岸の岩の上のつままを見ると、根をのばして久しい歳月を経ているらしい。神々しいさまだ。

▽「季春」は三月。以下、「興中に作りし所の歌を幷せたり」までは、四一六五までの七首全体の題詞。うち、「道の上に物花を属目」した歌はこの四一五九のみ。「出挙」は既出(四〇二九左注)。「旧江村」も既出(三九九一題詞)。「物花」は自然の景色。「物華」(三六九七題詞)に同じ。「属目」は、視線を注ぐこと。既出(四〇二九左注)。「興中」は感興を催している間。

第二句の「つまま」はクスノキ科の常緑高木のタブノキ。土の少ない岩の上にも根を張って老木になるという。第四句の「年深からし」は漢語「年深」と関係する表現か。→三七八・一〇四二。「歳積みて松方(さま)に偃(ふ)し、年深くして椿(ちん)秋ならんと欲す」(隋・孔徳紹「南隠遊泉山」)。

◆世の中の無常を悲しんだ歌一首と短歌

4160 天地の始まった遠い昔から、世間は常のないものだと語り継ぎ、ずっと伝えられてきたように、大空を振り仰いで見ると、照る月も満ちたり欠けたりしている。(あしひきの)山の梢も、春になると花が美しく咲き、秋になると露に降られて、風のまにまに黄葉は散るのだ。人の世もそれと同じことだろう。紅顔の色が消え、(ぬばたまの)黒髪も白く変わり、朝の笑顔が夕方には移ろって、吹く風が目に見えずに過ぎるように、流れる水が止まらないように、常もなく変わって行くのを見ると、(にはたづみ)流れる涙を留められないのだ。

▽「世間の無常」は既出(三八四九題詞)。「咄(ああ)」、世間の無常、水月芭蕉の如し」(法苑珠林十二)。

「天地の遠き初めよ」の助詞ヨはヨリに同じ。「語り継ぎ流らへ来たれ」に掛かる。第三句の「世の中」の原文は「俗中」。俗世の意の漢語。第六句の「流らへ来たれ」の「流らふ」は、ここでは語り伝えられるの意。漢語「流伝」「流播」などの「流」の語義の影響を受けた用法か。「来たれ」は已然形で言い放つ語法。月の満ち欠けを人の世の無常の譬えとすることは既出、「世の中は空しきものとあらむとそこの照る月は満ち欠けしける」(四四二)。仏典(→三二七頁)の影響を受ける表現であろう。→一二七〇。「満ち欠け」の原文は「盈昃」。「昃」は「昃」に同じ。千字文(→三二五頁)に「日月盈昃(えいしよく)す」とある。散る黄葉を無常の譬えとすることは、人の死を「黄葉(もみちば)の散りて過ぎぬと」(三三三三)とする挽歌(→三〇五頁)の表現に関連する。第十七句の原文は「風交」。「かざまじり」と訓むこと→八九二注。「紅の色もうつ

る涙《なみだ》　留《とど》めかねつも

4161 言問《ことと》はぬ木すら春咲き秋づけば黄葉《もみち》散らくは常《つね》をなみこそ　一に云ふ、「常なけむとそ」

4162 うつせみの常なき見れば世の中に心付けずて思ふ日そ多き　一に云ふ、「嘆く日そ多き」

予《あらかじ》め作りし七夕《たなばた》の歌一首

4163 妹《いも》が袖我枕《われまくら》かむ川の瀬に霧立ち渡れさ夜《よ》ふけぬとに

勇士《ゆうし》の名《な》を振《ふ》るふことを慕《ねが》ひし歌一首　短歌を幷《あは》せたり

4164 ちちの実《み》の　父の命《みこと》　ははそ葉《ば》の　母の命《みこと》　おほろかに　心尽《つ》くして　思ふらむ　その子なれやも　ますらをや　空《むな》しくあるべき　梓弓《あづさゆみ》　末《すゑ》振り起《お》こし　投矢《なげや》持ち　千尋《ちひろ》射渡し　剣大刀《つるぎたち》　腰に取り佩《は》き　あしひきの　八《や》つ

ろひ、ぬばたまの黒髪変はり」は、山上憶良の「世間の住(とど)まり難きを哀しみし歌」の「蜷(みな)の腸(わた)か黒き髪に、何時(いつ)の間か霜の降りけむ、紅の面(おもて)の上に、いづくゆか皺(しわ)が来たりし」(八〇四)に、また「吹く風の見えぬがごとく、行く水の止まらぬごとく」は、「古挽歌」の「行く水の帰らぬごとく、吹く風の見えぬがごとく」(三六二五)に、それぞれ学ぶものか。末三句も、日並(草壁)皇子挽歌の「み立たしの島を見る時にはたづみ流るる涙止めそかねつる」(一七八)を摂取するか。↓四二一四注。

4161 ものを言わない木ですら、春に咲いて、秋になると黄葉が散るのは、常がないからなのだ〈一本に「常がないからだろう」と言う〉。

▽人でない木すら無常なのだから、まして人はという気持。長歌の「あしひきの…黄葉散りけり」の部分をぬきだして反歌の形とした。

4162 人生が無常であるのを見ては、この世に執着せずに、もの思いをする日が多い〈一本に「嘆く日が多い」と言う〉。

▽下三句は、世俗の栄辱にはもはや思いをかけず、無常の身であることを悲哀する日が続くの意。

◆前もって作った七夕の歌一首

4163 妹の袖を私は枕にして寝よう。川の瀬に霧よ立ちひろがれ、夜が更けないうちに。

▽彦星の立場で詠む。天の川に霧が立つのを見て、彦星の渡河の時と知る歌がある。「天の川霧立ち渡る今日今日と我(あ)が待つ君し船出すらしも」(一七六五)、二〇四五。その川霧を、人目を忍ぶのに都合のよい条件と考えた。歌末のトニは、打消の語をうけて、「〜しない間に」の意を表す。↓一八二一注。

◆勇士という名声をあげることを願った歌一首と短歌

4164 (ちちの実の)父君が、そして(ははそ葉の)母さまが、おざなりな心の痛めようで思う、そんな子どもであるものか。ますらおたる者は、何の手柄もなしでいいものか。梓弓の弓末を振り起こして、投矢を手に持って千尋の遠くまで射通し、剣大刀を腰にさして、(あしひきの)多くの尾根を踏み越え、下命をうけた志を貫いて、後世の人々が語り継ぐように、高い名を立てるべきなのだ。

▽題詞の「名を振るふ」は名声をあげること。四一六五左注に言う「山上憶良臣の作りし歌」は重病の憶良が作った、「士(をのこ)やも空しくあるべき万代(よろづよ)に語り継ぐべき名は立てずして」(九七八)であろう。「ちちの実」は、諸説があるが、未詳。「ははそ」は、クヌギやナラなどのブナ科の落葉高木。それぞれ同音で父、母の枕詞。「おほろかに心尽くして思ふ」は、やや不自然な語の繋がりであるが、「心尽くして思ふ」ことが不十分なという意味であろう。「その子なれやも」は反語。「梓弓末振り起こし」は

峰《を》踏み越え　さしまくる　心障《さや》らず　後《のち》の世の　語り継ぐべく　名を立つ
べしも

4165 ますらをは名をし立つべし後《のち》の世に聞き継《つ》ぐ人も語り継ぐがね

右の二首は、山上憶良《やまのうへのおくら》臣《おみ》の作りし歌に追和《ついわ》せしものなり。

霍公鳥《ほととぎす》と時の花とを詠《よ》みし歌一首 短歌を幷《あは》せたり

4166 時ごとに　いやめづらしく　八千種《やちくさ》に　草木《くさき》花咲き　鳴く鳥の　声も変《か》は
らふ　耳に聞き　目に見るごとに　うち嘆き　萎《しな》えうらぶれ　しのひつつ
争ふはしに　木《こ》の暗《くれ》の　四月《うづき》し立てば　夜《よ》ごもりに　鳴くほととぎす
古《いにしへ》ゆ　語り継ぎつる　うぐひすの　現《うつ》し真子《まこ》かも　あやめ草《ぐさ》　花橘《はなたちばな》を
をとめらが　玉貫《ぬ》くまでに　あかねさす　昼はしめらに　あしひきの　八
つ峰《を》飛び越え　ぬばたまの　夜《よる》はすがらに　暁《あかとき》の　月に向かひて　行《ゆ》き帰《かへ》

矢を射る動作。「ますらをの弓末(ゆずゑ)振り起こし射つる矢を」(三六四)とあった。「投矢」は、既出(三三四五)の例は手で投げた矢と思われるが、ここは、転じて弓で射る矢のことを言う。「さしまくる心」は難解な語であるが、「指し任くる心」の意か。その「指す」は既出、「官(さつか)こそ指しても遣らめ」(三八六四)。指名されて職責を課されたますらお自身の心を言うか。「障らず」とは、越中国守に任ぜられ、険しい山々を物ともしないで来たその勇んだ心を、今後も妨げられることなく貫いてゆこうという気持を言うのであろう。「後の世」は後世の人々。次の短歌の「後の世に聞き継ぐ人」に当たる。

4165 ますらおたる者は名をこそ立てるべきだ。後の世に伝え聞いた人も、さらに語り継ぐように。

◇右の二首は、山上憶良臣の作った歌に追和した。

▽歌末のガネは、願望の意を表す助詞。憶良の歌に追和するとともに、笠金村の「後見む人は語り継ぐがね」(三六四)をも手本とするのかも知れない。

◆ホトトギスと季節の花を詠んだ歌一首と短歌

4166 季節ごとにいよいよ珍しく、さまざまに草木は花を開いて、鳴く鳥の声もつぎつぎに変わって行く。それを耳に聞き目に見るごとに、ため息をつき、うち萎れて切なくなり、賞美して競いあい見聞きしようとするその折々に、木陰が深い四月になると、夜更けに鳴くホトトギスは、昔から語り継いできた鶯の実の子なのだろうか。あやめ草や花橘をおとめたちが玉に貫くまで、(あかねさす)昼は一日中(あしひきの)多くの峰を飛び越え、(ぬばたまの)夜は夜もすがら暁の月に向かって、行き帰りに鳴きとどろかすけれども、どうして飽き足りることであろうか。

▽「萎えうらぶれ」は、花や鳥を恋するありさま。「君に恋ひ萎えうらぶれ我が居れば」(二二九八)。「争ふはしに」は、人より先に花や鳥を見聞きしようと心がけている折にの意であろう。「行く鳥の争ふはしに」(一九九)。「夜ごもり」は夜更け。「夜ごもりに出で来る月の」(二九〇)。「うぐひすの現し真子かも」は、鶯の巣の中に託卵されて孵(かえ)ったホトトギスの雛が、鶯を我が親として育つゆえに言う。「うぐひすの卵(かひご)の中に、ほととぎすひとり生まれて、己(な)が父に似ては鳴かず、己が母に似ては鳴かず」(一七五五)。「玉貫くまでに」は、五月の節句までの意。ホトトギスは節句の後も鳴き続けるが、節句にはホトトギスの声が特に期待されたので、その日まで鳴き続けると詠われることがあった(→四〇八九・四一七七)。「昼はしめらに」と「夜はすがらに」は、昼と夜をそれぞれずっとの意に対句的

り　鳴きとよむれど　なにか飽《あ》き足《だ》らむ

反歌二首

4167 時ごとにいやめづらしく咲く花を折《を》りも折《を》らずも見らくし良《よ》しも

4168 年のはに来鳴《きな》くものゆゑほととぎす聞けばしのはく逢はぬ日を多み　毎年、これを「としのは」と謂《い》ふ

右は、二十日に、未《いま》だ時に及《およ》ばずと雖《いへど》も、興《きよう》に依《よ》りて預《あらかじ》め作りしものなり。

家婦《かふ》の京《みやこ》に在《あ》る尊母《そんぼ》に贈《おく》る為《ため》に、誂《あとら》へられて作りし歌一首　短歌を幷《あは》せたり

4169 ほととぎす　来鳴く五月《さつき》に　咲きにほふ　花橘《はなたちばな》の　かぐはしき　親《おや》の御言《みこと》
朝夕《あさよひ》に　聞かぬ日まねく　天離《あまざか》る　鄙《ひな》にし居《を》れば　あしひきの　山のたを
りに　立つ雲を　よそのみ見つつ　嘆くそら　安《やす》けなくに　思ふそら　苦《くる》

に用いる。家持の作に「この夜すがらに眠(い)も寝ずに、今日もしめらに恋ひつつそ居る」(三九六九)とあった。「しめら」は「しみら」の転であろう(→三七〇・三二九七)。ホトトギスが月に向かって鳴くとする表現は、「ぬばたまの月に向かひてほととぎす鳴く音遥けし里遠(ほど)みかも」(三九八八)、「夕さらば月に向かひて」(四一七七)などにも見える。

4167　季節ごとにますます目にも新たに咲く花を、折っても折らないでも、見るのは心地よいものだ。
▽長歌と同じ上二句を用いた反歌。長歌は全体にホトトギスのことを詠うのに対して、これは「時の花」を取りあげる。第四句の「折りも折らずも」は、花を手折っても、手折らなくてもの意。

4168　毎年来て鳴くものだけれど、ホトトギスの声には聞き惚れることよ、久しく逢わなかったので〈「毎年」は「としのは」と言う〉。
◇右は、(三月)二十日に、まだホトトギスの鳴く季節にはなっていないけれども、興を覚えてあらかじめ作った。
▽「しのはく」は「しのふ」のク語法。賞美すること。結句の「逢はぬ日を多み」は、「逢はぬ日まねく月の経(へ)ぬらむ」(一七九三)や二六七九の例に準ずれば、月日久しくホトトギスの声を聞かないので、と解釈される。夏にも稀にしか聞けないからではなく、秋から春までずっと聞けなかったからの意か。

◆妻が都にいるお母さんに贈るために、頼まれて作った歌一首と短歌

4169　ホトトギスが来て鳴く五月に美しく咲く花橘のように、香り高い親の御言葉を、朝夕に聞かない日が久しく、(天離る)田舎にいるので、(あしひきの)山の端の窪みに立つ雲を遠く見るばかりで、嘆く心も安らかでなく、思う心も苦しいものですが、奈呉の海人が潜って取るという真珠のように、目にしたいお顔を、まのあたり見る時までは、(松柏の)若々しくいらっしゃってください。大切なお母さま〈「御面」は「みおもわ」と言う〉。
▽この時、家持の妻坂上大嬢が越中に来ており、大嬢から都の母坂上郎女へ贈る歌を家持が代作した。歌の第三句の「咲きにほふ」は、花が色づき咲く表現であることが多いが、橘の花の場合はその香りについて言う。「橘のにほへる香かも」(三九一六)。第六句の「親の御言(みこと)」は六音の句で字足らず。諸本は下に「の」を補読し、新考は「乎(を)」の字を補う。「山のたをり」は山の鞍部。既出(四一二二)。山に立つ雲を見て思い嘆くとは、雲を見て人を偲ぶという歌(二二五)、また「春日なる三笠の山に居る雲を出で見るごとに君をしそ思ふ」(三二〇九)などに関係する表現であろう。「嘆くそら安けなくに、思ふそら苦しきものを」は家持の歌に既出(三九六九)。「思ふそら安けなくに、嘆くそら苦しきものを」(五

しきものを　奈呉《なご》の海人《あま》の　潜《かづ》き取るといふ　白玉《しらたま》の　見が欲《ほ》し御面《みおも》わ
直向《ただ》かひ　見む時までは　松柏《まつかへ》の　栄《さか》えいまさね　尊《たふと》き我《あ》が君　御面、こ
れを「みおもわ」と謂《い》ふ

反歌一首

4170 白玉の見が欲し君を見ず久《ひさ》に鄙《ひな》にし居《を》れば生けるともなし

二十四日は立夏《りふか》四月の節《せつ》に応《あた》る。これに因《よ》りて二十三日の暮《くれ》に、忽《たちま》ちに霍公鳥《ほととぎす》の暁《あかとき》に喧《な》く声を思ひて作りし歌二首

4171 常人《つねひと》も起きつつ聞くそほととぎすこの暁《あかとき》に来鳴《きな》く初声《はつこゑ》

4172 ほととぎす来鳴きとよめば草取らむ花橘《はなたちばな》をやどには植ゑずて

京《みやこ》の丹比《たぢひ》の家に贈《おく》りし歌一首

4173 妹《いも》を見ず越《こし》の国辺《くにへ》に年経《ふ》れば我《あ》が心どの和《な》ぐる日もなし

三四)などと語の組合せ・順序が違っている。「見が欲し御面わ」の「見が欲し」は、シク活用形容詞語幹の連体用法。類例、「かぐはし君」(四三〇)など。「面わ」は顔のこと。→一八〇七注。「松柏の」は「栄ゆ」の枕詞。松と柏(かへ)とは常緑の木。東晋の顧悦之は、同年の簡文帝が若々しく見えるのを、「松柏の質、霜を経て弥(いよいよ)茂し」(世説新語〔→三一四頁〕・言語)と讃えた。日本の柏(かしわ)は落葉樹で別の木。

4170 真珠のような、見たいと思うお母さまを長く見ずに田舎にいるので、生きた気もありません。

▽長歌の「白玉の見が欲し御面わ」の句を承けた反歌。結句は既出(三二)。「と」は、しっかりした心の意の「利心(とごころ)」(二四〇〇)の名詞「と」にあたる。

◆二十四日は立夏四月の節に当たる。そこで二十三日の日暮れに、ふとホトトギスが明け方に鳴く声を思って作った歌二首

4171 世間の人も起きたまま聞いているぞ。ホトトギスがこの明け方に来て鳴く初声を。

▽この天平勝宝二年(七五〇)は三月二十四日が立夏の節にあたった。「霍公鳥(ほととぎす)は立夏の日に来鳴くこと必定なり」(三九八四左注)。寝ずに待って、二十四日に日付が変わるその時の初声を聞くことを想像して詠った。ホトトギスは夜中、明け方にも鳴く。ホトトギスの初声は、「ほととぎす汝が初声は我にもが」(一九三九)、四一八〇などと好んで詠まれた。中国の詩の「杜鵑」「子規」が千声万声啼きやまない鳥と詠まれるのとは対照的である。

4172 ホトトギスが来て鳴き声を響かせたら、草を手に取ろう。花橘を家の庭に植えないでいて。

▽ホトトギスが鳴く時に草を取るという表現は、「月夜(つくよ)良(よ)み鳴くほととぎす見まく欲(ほ)り我(われ)草取れり見む人もがも」(一九四三)にも見えるが、何の草か未詳。四一一三や四一一六のように、ホトトギスと取り合わされることの多い「あやめ草」であろうか。ホトトギスが住みついて鳴くという花橘の木(→三九〇九)を庭に植えなかったので、せめてあやめ草を手にとってホトトギスを招きよせようという歌意か。家持の公舎の庭には橘が植わっていた(→四二〇七)らしいから、これは想像による作であろう。

◆都の丹比の家に贈った歌一首

4173 あなたに逢わないで越の国に何年もいるので、私の心のなごむ日もない。

▽「京の丹比の家」は後出(四二一三左注)。「丹比」は「多治比」(四二六二左注)とも記す。その家と家持との関係、初句の「妹」が誰かなどは未詳。「心ど」は他に六例、「心どもなし」(四五七・四七一・三二五五・三九七二)など。しっかりした心の意。しかし、ここでは、単に心、精神を言うようであり、他例とやや異なる。「和ぐる」は心が静まる意の動詞「なぐ」の連体形。

筑紫《つくし》の大宰《ださい》の時の春苑《しゆんゑん》の梅《うめ》の歌に追和《ついわ》せし一首

4174 春のうちの楽しき終《を》へは梅の花手折《たを》り招《を》きつつ遊ぶにあるべし

右の一首は、二十七日に興《きよう》に依《よ》りて作りしものなり。

霍公鳥《ほととぎす》を詠みし二首

4175 ほととぎす今来鳴《きな》きそむあやめ草《ぐさ》かづらくまでに離《か》るる日あらめや

も・の・は、三箇《みつ》の辞《こと》を欠く

4176 わが門《かど》ゆ鳴き過《す》ぎ渡るほととぎすいやなつかしく聞けど飽《あ》き足《だ》らず

も・の・は・て・に・を、六箇《むつ》の辞《こと》を欠く

四月三日、越前判官《ゑちぜんのはんぐわん》大伴宿祢《おほとものすくね》池主《いけぬし》に贈りし霍公鳥《ほととぎす》の歌。感旧《かんきう》の意《こころ》に勝《た》へずして懐《おもひ》を述《の》べし一首 短歌を并《あは》せたり

4177 わが背子《せこ》と　手携《てたづさ》はりて　明け来《く》れば　出《い》で立ち向かひ　夕されば　振《ふ》り

◆筑紫の大宰府にいた時の春苑の梅歌に追和した一首

4174 春のうちの楽しさの極みは、梅の花を手折って招きながら遊ぶことであるに違いない。

◇右の一首は、二十七日に興に乗じて作った。

▽この二十年前の天平二年(七三〇)正月十三日、作者の父大伴旅人が大宰府の自邸で開いた宴の「梅花の歌三十二首」(八一五-八四六)に追和した歌。その最初の歌、「正月(むつき)立ち春の来たらばかくしこそ梅を招きつつ楽しき終へめ」(八一五)の下二句を踏まえる。「終へ」はここでは名詞で、極まりの意か。「手折り招きつつ」は、梅の枝を手折りかざして遊ぶことを、梅を擬人化して「招く」と表現する。十年前には、弟書持も「み冬継ぎ春は来たれど梅の花君にしあらねば招く人もなし」(三九〇一)以下の六首の追和を試みている。

◆ホトトギスを詠んだ歌二首

4175 ホトトギスが今来て鳴き始めた。あやめ草をかずらにするまでにここを離れてしまう日があろうものか〈モ・ノ・ハの三語を用いない〉。

▽結句の「離る」は、「山ほととぎす離れず来むかも」(三九一〇)、「離れず鳴くがね」(四一八二)など、ホトトギスが立ち去らないことを言う例のように、ここも主語はホトトギス。前後の日付から見てこの歌は三月末か四月初めの作。あやめ草をかずらにするのは五月五日の節句の習俗。↓一九五五。それまでのひと月余りはここを去らずに鳴き続けてほしいと願う。モ・ノ・ハの三語を使わないとは、歌に特に多用する三つの助詞を使用しないこと。次歌ではさらにテ・ニ・ヲも用いないが、この歌にもすでにテ・ヲがない。

4176 我が家の門の前を鳴きながら通り過ぎてゆくホトトギスは、ますます心ひかれて、いくら聞いても飽きることがない〈モ・ノ・ハ・テ・ニ・ヲの六語を用いない〉。

▽第二句、「鳴き過ぎ渡る」はこの例のみ。「鳴き渡る」が普通。「門」との関連で「過ぎ」が入ったのだろう。「ほととぎす…我が門過ぎじ」(四四六三)。結句は「聞けど飽かぬかも」(二二五九)が自然だが、助詞モが使えないので見慣れない形になった。

◆四月三日に、越前判官大伴宿祢池主に贈ったホトトギスの歌。過ぎた日を懐かしむ気持に堪えずに思いを述べた一首と短歌

4177 あなたと手を取り合って、朝になると立ち出て向かい合い、夕方になるとふり仰いで見ながら、思いを晴らし、見て心を慰めた山に、峰々には霞がたなびき、谷のあたりには椿の花が咲く、うら悲しい春が過ぎさると、ホトトギスがいよいよし

放《さ》け見つつ　思ひ延《の》べ　見和《な》ぎし山に　八《や》つ峰《を》には　霞たなびき　谷辺《たにへ》には　椿花咲《つばきはなさ》く　うら悲《がな》し　春し過ぐれば　ほととぎす　いやしき鳴きぬ　ひとりのみ　聞けばさぶしも　君と我《あれ》と　隔《へだ》てて恋ふる　礪波山《となみやま》　飛び越え行《ゆ》きて　明け立たば　松のさ枝《えだ》に　夕さらば　月に向かひて　あやめ草《ぐさ》　玉貫《ぬ》くまでに　鳴きとよめ　安眠寝《やすいね》しめず　君を悩ませ

4178 ひとりのみ聞けばさぶしもほととぎす丹生《にふ》の山辺《やまへ》にい行《ゆ》き鳴かにも

4179 ほととぎす夜鳴きをしつつ我《わ》が背子《せこ》を安眠《やすい》な寝しめゆめ心あれ

霍公鳥《ほととぎす》を感《たの》しむ情《こころ》に飽《あ》かずして懐《おもひ》を述《の》べて作りし歌一首　短歌を并《あは》せたり

4180 春過ぎて　夏来向《きむ》かへば　あしひきの　山呼びとよめ　さ夜中に　鳴くほととぎす　初声《はつこゑ》を　聞けばなつかし　あやめ草《ぐさ》　花橘《はなたちばな》を　貫《ぬ》き交《ま》じへ　か

きりに鳴くようになった。ただ一人聞くと寂しいことだ。あなたと私を隔てて恋しく思わせる礪波山を飛び越えて行って、夜が明けたら松の枝に、夕方になったら月に向かって、あやめ草を玉に貫く時まで鳴きとどろかし、ゆっくりと眠らせずにあなたを悩ますがよい。

▽池主は越中国掾として国守家持に仕えていたが、二年前の天平二十年(七四八)三月二十五日までに礪波山を隔てた隣国、越前国に遷任していた(→四〇五〇注)。「判官」は令制の三等官の掾の漢名。

題詞の前半は、以下四一八三までの総題。「感旧の意」は、旧交をなつかしむ心。越中でともにホトトギスを聞いたことを思い出しつつ詠う。

「うら悲し」は、「春の日のうら悲しきに」(三七五二)などの春愁の発想に基づき、あたかも枕詞のように「春」に冠している。「隔てて恋ふる」の「隔て」は他動詞。二人を隔て、その結果私たちが互いに恋しく思うことになった礪波山の意。「明け立たば」の「明け立つ」は夜が明け始めること。「安眠寝しめず君を悩ませ」は、ホトトギスに対して、越前の友人池主にもおまえの声を聞かせて、寂しさに眠れぬ気持を彼にも味わわせてくれと頼む。

4178　一人で聞くと寂しい。ホトトギスよ、丹生の山辺に行って鳴いておくれ。

▽初句の原文は「吾耳」。「われのみし」または「われのみ」と訓む説もあるが、諸本の多くにヒトリノミの訓があるのに従う。長歌の「ひとりのみ(独耳)」に同じ。「ひとりのみ見れば恋しみ」(三二二四)のほか、「ひとりのみ」を初句とする歌は数多い。結句の「鳴かにも」は未詳。動詞「鳴く」の未然形「鳴か」にニモが付いた形か。既出、「妻賜はにも」(一六七九一云)。ニモは願求の助詞ナモと同義か。

4179　ホトトギスよ、夜中に鳴き続けてあの方を安眠なんかさせるな。きっと心得よ。

▽長歌の末三句の内容を短歌の形で詠った反歌。結句の副詞「ゆめ」は禁止の表現と呼応する語。既出(三〇五ほか)。第四句の「安眠させるな」を念押しする気持。「心あれ」は、「ほととぎす心あれ今夜来鳴きとよもせ」(一四八〇)とあった。

◆ホトトギスを愛でる気持の尽きないままに思いを述べて作った歌一首と短歌

4180　春が過ぎて夏がやって来ると、(あしひきの)山に響かせて夜中に鳴くホトトギス、その初声を聞くと心ひかれる。あやめ草や花橘を糸に貫いて縵にするまで、里を響かせてあちこちで鳴くけれども、それもまたいいものだ。

▽山辺に鳴き始めたホトトギスが、五月の端午の節句まで里に来て鳴き続けるという時の経過を、「山呼びとよめ」と「里とよめ」とで表現している。第二句の「来向かふ」は、こちらに向かって近づく

づらくまでに　里とよめ　鳴き渡れども　なほししのはゆ

反歌三首

4181 さ夜《よ》ふけて　暁月《あかときづき》に　影《かげ》見えて　鳴くほととぎす　聞けばなつかし

4182 ほととぎす　聞けども飽《あ》かず　網捕《あみと》りに　捕りてなつけな　離《か》れず鳴くがね

4183 ほととぎす　飼《か》ひ通《とほ》せらば　今年経《へ》て　来向《きむ》かふ夏は　まづ鳴きなむを

京師《みやこ》より贈《おく》り来《き》たりし歌一首

4184 山吹《やまぶき》の　花とり持ちて　つれもなく　離《か》れにし妹《いも》を　偲《しの》ひつるかも

右は、四月五日に、留女《りうぢよ》の女郎《いらつめ》より送《おく》りし所なり。

山振《やまぶき》の花を詠《よ》みし歌一首　短歌を并《あは》せたり

4185 うつせみは　恋を繁《しげ》みと　春まけて　思ひ繁《しげ》けば　引き攀《よ》ぢて　折《を》りも折らずも　見るごとに　心和《な》ぎむと　繁山《しげやま》の　谷辺《たにへ》に生《お》ふる　山吹を　やど

の意。既出、「み狩立たしし時は来向かふ」(四九)。「呼びとよめ」は、ホトトギスの鳴き声を、何かを呼んでいるように聞いた表現。その「初声」は、既出(四一七一)。端午の節句には、あやめ草と橘を糸に通して髪飾りとした。既出(四二三・四一〇一)。

4181 夜が更けて、暁方の月明かりに姿を見せて鳴くホトトギスは、声を聞けば心がひかれる。
▽夜にも暁にも鳴くホトトギスだが、人前にはめったに姿を現さない。たとえ月夜にしろ、「影見えて鳴く」とは考えにくい。しかも四月三日(→四一七七題詞)ごろの月は宵のうちに沈んでしまい、暁は闇のはずである。ホトトギスを視覚に捉えることにこだわった想像の作であろう。類例、「ほととぎすこよ鳴き渡れ灯火《ともしび》を月夜《つくよ》になそへその影も見む」(四〇五四)。

4182 ホトトギスはいくら聞いても飽きない。網で捕まえて馴らしたいなあ、ここを去らずに鳴くように。
▽歌末のガネは願望の助詞。意志・命令・禁止の表現を承けて、その目的や理由を表すことがある。類歌、「ほととぎす夜声なつかし網ささば花は過ぐとも離れずか鳴かむ」(三九一七)。

4183 ホトトギスをずっと飼い続けたら、今年が過ぎ、次にくる夏には真っ先に鳴くだろうけれど。
▽手元に飼い続けたら来年の夏には誰よりも早くホトトギスの声を聞くことができるのにと、その「初声」に執着する気持を表す。歌末のヲは逆接。鳴くだろうけれど、それは不可能だという余意。

◆都から贈って来た歌一首

4184 山吹の花を手に取り持って、澄ました顔で行ってしまったあなたのことを思っております。
▽左注の「留女の女郎」は四一九八左注にも見え、そこには「女郎は即ち大伴家持の妹」とある。「留女」は留守居の女の意か。家持の妹が、兄の妻の大嬢に贈った歌。上二句は結句に掛かる。花を見て人を思うことは、「桜花咲かむ春へは君を偲はむ」(一七七六)など例が多い。「つれもなく」は、都にのこる私には何の関心もないようだったと恨む言葉。既出、「つれもなくあるらむ人を片思《かたも》ひに我は思へば苦しくもあるか」(七一七)。

◆山吹の花を詠んだ歌一首と短歌

4185 人の身は恋が多いので、春が来てもの思いが頻りなままに、枝を引いて折ったり、または折らずとも、それを見るたびに恋心は慰められるだろうと、繁った山の谷辺に生える山吹を庭に移し植えて、朝露に色美しい花を見るたびに、思いはやまず、恋は絶えないことだ。
▽留女の女郎への返歌としては、妻に頼まれた家持の代作が後にある(→四一九七・四一九八)。ここは、前

に引き植ゑて　朝露に　にほへる花を　見るごとに　思ひは止《や》まず　恋し繁《しげ》しも

4186 山吹《やまぶき》をやどに植ゑては見るごとに思ひは止《や》まず恋こそまされ

六日、布勢《ふせ》の水海《みづうみ》に遊覧《いうらん》して作りし歌一首　短歌を幷《あは》せたり

4187 思ふどち　ますらをのこの　木《こ》の暗《くれ》　繁《しげ》き思ひを　見明《あき》らめ　心遣《や》らむと　布勢《ふせ》の海に　小舟《をぶね》つら並《な》め　ま櫂《かい》掛け　い漕《こ》ぎめぐれば　乎布《をふ》の浦に　霞たなびき　垂姫《たるひめ》に　藤波《ふぢなみ》咲きて　浜清《きよ》く　白波騒《さわ》き　しくしくに　恋はまされど　今日のみに　飽《あ》き足《だ》らめやも　かくしこそ　いや年のはに　春花《はるはな》の　繁き盛りに　秋の葉の　もみたむ時に　あり通《がよ》ひ　見つつしのはめ　この布勢の海を

4188 藤波の花の盛《さか》りにかくしこそ浦漕《こ》ぎ廻《み》つつ年にしのはめ

歌への直接の返歌ではなく、それに触発されて家持が山吹の花を詠んだものか。「繁み」「繁けば」「繁山」「繁しも」と同語を繰り返すのは、意識的な技巧であろう。初句の「うつせみ」は人の身。後出の家持の歌にも「うつせみは物思(も)ひ繁し」(四一八九)とある。山吹を庭に移植して恋心を慰めようと思ったのに、かえって思いが止まなかったという歌意は、「山吹」の語に「止む」の意を重ねたことから発想されたのだろう。「かくしあらばなにか植ゑけむ山吹の止む時もなく恋ふらく思へば」(一九〇七)。

4186 山吹を家の庭に植えたら、見るたびにもの思いは止まず、恋心が募るのだ。

▽長歌の後半部を短歌の形にした。下二句は、類例、「今夜(こよ)の暁(あかとき)ぐたち鳴く鶴(たづ)の思ひは過ぎず恋こそまされ」(二二六九)。結句は慣用句。

◆六日に、布勢の水海に遊んで作った歌一首と短歌

4187 仲のよい者どうし、立派な男たちが、木の下闇のように暗くしきりなもの思いを、景色を見て明るくして、思いを晴らそうと、布勢の水海に小舟をたくさん連ね、櫂を取り付けて漕ぎまわると、乎布の浦には霞がたなびき、垂姫には藤が花を開いて、浜は清く、白波は立ち騒ぎ、その波のように恋心はしきりに募るけれども、今日だけで満足することはとてもできそうにない。こんな風にこれからも毎年、春の花がいっぱいに咲く時に、また秋の木の葉が色づく時に、ずっと通ってきて見て楽しもう、この布勢の水海を。

▽四月六日の遊覧の歌。「木の暗」は、春や夏の繁った木の下が暗いこと。ここは「繁き思ひ」を導く譬喩。字足らずなので、原文の「許能久礼」の下にノの仮名「能」「乃」などを補う説がある。「霞」は普通春の景色であるが、ここは初夏。藤の花は、「春へ咲く藤の末葉(うらば)の」(三五〇四)とある一方で、巻八や巻十の四季別の部立では夏の雑歌(→三〇五頁)の中に詠まれる。春と夏の季節の変わり目の情景。「しくしくに…飽き足らめやも」は、この好景を恋い思う心はいよいよ募りこそすれ、一日ばかりの遊びだけではとても満足できそうにないという気持。「見つつしのはめ(む)」は慣用句。何かを見てそばにない別の何かを偲ぼうという意の場合(四三七など)もあるが、ここは布勢の水海の景色(→四〇三六-四〇五一)を賞美していたいの意。

4188 藤の花が満開の時に、このように浦を漕ぎまわりながら、毎年見て楽しもう。

▽結句の「年に」は一年の間の意ともなるが(→二〇二五・三〇六七)、ここは毎年の意。「年に装(そお)ふ我が舟漕がむ」(二〇五八)は彦星の舟。「しのはめ」は、長歌の結びの「見つつしのはめこの布勢の海を」の意。

水鳥《う》を越前判官《ゑちぜんのはんぐわん》大伴宿祢《おほとものすくね》池主《いけぬし》に贈《おく》りし歌一首 短歌を幷《あは》せたり

4189 天離《あまざか》る 鄙《ひな》にしあれば そこここも 同じ心そ 家離《いへざか》り 年の経《へ》ゆけば
うつせみは 物思《ものも》ひ繁《しげ》し そこ故《ゆゑ》に 心なぐさに ほととぎす 鳴く初声《はつこゑ》
を 橘《たちばな》の 玉に合《あ》へ貫《ぬ》き かづらきて 遊ばむはしも ますらをを 伴《ともな》へ
立てて 叔羅川《しくらがは》 なづさひ上《のぼ》り 平瀬《ひらせ》には 小網《さで》さし渡し 速《はや》き瀬《せ》に 鵜《う》
を潜《かづ》けつつ 月に日に 然《しか》し遊ばね 愛《は》しき我《わ》が背子《せこ》

4190 叔羅川《しくらがは》瀬を尋ねつつ我《わ》が背子《せこ》は鵜川《うかは》立たさね心なぐさに

4191 鵜《う》川《かは》立ち取らさむ鮎《あゆ》のしが鰭《はた》は我《われ》にかき向け思《おも》ひし思《おも》はば

右は、九日、使《つか》ひに附《つ》けて贈《おく》りしものなり。

霍公鳥《ほととぎす》と藤《ふぢ》の花とを詠《よ》みし一首 短歌を幷《あは》せたり

4192 桃の花 紅色《くれなゐいろ》に にほひたる 面《おも》わのうちに 青柳《あをやぎ》の 細き眉根《まよね》を 笑《ゑ》み

4189 ◆鵜を越前判官大伴宿祢池主に贈った歌一首と短歌

(天離る)田舎なので、あなたも私も同じ気持でしょう。家を離れて何年も過ぎてゆくので、人はみな物思いが多いのです。それゆえ御心を慰めるために、ホトトギスの鳴く初声を、橘の玉と一緒に糸に貫いてかずらにして遊ぶ時にも、みんなにお供をさせて叔羅川を水に浸かりながら上ってゆき、なだらかな瀬では小網をさし渡したり、流れの急な瀬では鵜を潜らせたりして、月ごと日ごとにそうしてお遊びなさいな。いとしいあなた。

▽家持は、さきに「島つ鳥鵜飼伴へ、篝(かがり)さしなづさひ行けば」(四一五六)と、自ら川瀬に入って鵜飼する楽しみを詠っていたが、ここは、越前判官に転任した池主に鵜を贈り、川遊びで田舎暮らしの憂さを晴らすことを勧めている。第三句の「そこ」は越前の池主を、「ここ」は家持自身を指し、ともに「同じ心」、都を離れてもの思いが多い身であることを言う。ホトトギスの鳴き声を五月の節句の薬玉に貫くことは、「ほととぎすいたくな鳴きそ汝(な)が声を五月(さつき)の玉に合(あ)へ貫くまでに」(一四六五)などと詠われた。「遊ばむはしも」の「はし」は時点、その折の意。既出、「しのひつつ争ふはしに」(四一六八)。「伴へ」は、引き連れる意の下二段活用動詞の連用形。既出(四一五六)。「叔羅川」は、越前国府のあった福井県越前市を流れる日野川か。「小網さし渡し」は、上流で鵜に魚を追わせ、その魚を待ちうける網を下流に一面に張り設けること。「上つ瀬に鵜川を立ち、下つ瀬に小網さし渡す」(三八)とあった。

4190 叔羅川の瀬をたどりながら、あなたは鵜飼をなさいな、心を晴らすために。

▽第四句の「鵜川立つ」は、鵜飼を催すこと。一人で一羽の鵜を使う漁である。→三九一注。「立たさね」は、「立つ」の敬語「立たす」の未然形に、他への希望を表す終助詞ネの付いた形。

4191 鵜飼をしてお取りになった鮎のその鰭(ひれ)は、私に手向けなさい、心から思ったら。

▽第三句の「し」は、それの意の代名詞。「はた」は魚の鰭。「かき向け」のカキは接頭語。類例、「かき結び」(一七四〇)、「かき抱(だむ)き」(三四〇四)。「向く」は、ここでは神仏に供物を手向けること。家持と池主は戯れの歌をやりとりする仲であったが(→四一二八―四一三三)、ここも、おどけて、本当に感謝する気持があったら、その印に鮎の鰭を私のいる越中に向けて手向けなさいと言うものか。

4192 ◆ホトトギスと藤の花を詠んだ一首と短歌

桃の花のような紅色の美しい顔の中に、青柳のような細い眉を曲げてにっこりと朝の顔を映し

曲《ま》がり　朝影《あさかげ》見つつ　をとめらが　手に取り持てる　まそ鏡　二上山《ふたがみやま》に
木《こ》の暗《くれ》の　繁《しげ》き谷辺《たにへ》を　呼びとよめ　朝飛び渡り　夕月夜《ゆふづくよ》　かそけき野辺《のへ》
に　はろはろに　鳴くほととぎす　立ち潜《く》くと　羽触《はぶ》れに散らす　藤波《ふぢなみ》の
花なつかしみ　引き攀《よ》ぢて　袖に扱《こ》き入れつ　染《し》まば染《し》むとも

4193 ほととぎす鳴く羽触《はぶ》れにも散りにけり盛《さか》り過ぐらし藤波の花　一に云ふ、
「散りぬべみ袖に扱《こ》き入れつ藤波の花」

同じ九日に作りしものなり。

更《さら》に霍公鳥《ほととぎす》の哢《な》くことの晩《おそ》きを怨《うら》みし歌三首

4194 ほととぎす鳴き渡りぬと告《つ》ぐれども我《われ》聞き継《つ》がず花は過ぎつつ

4195 我《わ》がここだ偲《しの》はく知らにほととぎすいづへの山を鳴きか越ゆらむ

4196 月立ちし日より招《を》きつつうち偲《じの》ひ待てど来鳴《きな》かぬほととぎすかも

ている、おとめたちが手に取る鏡の箱のふたの二上山に、木の下暗く繁った谷のあたりを鳴き響かせて朝に飛び渡ってゆき、夕方の月の光ほのかな野に遠くで鳴くホトトギスが、その下を飛びくぐっては羽を触れて散らす藤波の、その花が慕わしく、引き寄せて袖にしごいて入れた。花の色に染まるなら染まってもよい。

▽初句から「まそ鏡」までの十一句は、鏡の箱のふたの意で「二上山」を導く序詞。「桃の花…青柳の…」は、女性の美貌の形容、「柳葉を眉中に開き、桃花を頬上に発(ひら)く」(八五三の前文)のような詩文の慣用句を下敷きにする表現。「笑み曲がり」は、笑って眉が曲がること。ホトトギスが「立ち潜く」とは、「あしひきの木の間たち潜くほととぎすかく聞きそめて後恋ひむかも」(一四九五)に学び、花を「袖に扱入れつ」以下は、「引き攀(よ)ぢて折らば散るべみ梅の花袖に扱入れつ染(し)まば染むとも」(一六四四)にならう表現であろう。

4193　ホトトギスが鳴く羽のふるえに触れただけで散ってしまった。盛りを過ぎたらしいな、藤波の花は〈一本に「散りそうなので袖にしごき入れた、藤波の花を」と言う〉。

▽家持は、この七年前の天平十五年(七四三)にも、「さ雄鹿の胸分(むなわ)けにかも秋萩の散り過ぎにける盛りかも去ぬる」(一五九九)と類想の歌を作った。

◆更にホトトギスの鳴くのが遅れていることを恨んだ歌三首

4194　ホトトギスが鳴いて通ったと人が知らせてきたが、私はそれに続いて聞いていない、花は散りかかっているのに。

▽「卯の花の咲き散る岡ゆほととぎす鳴きてさ渡る君は聞きつや」(一九七六)のように、ホトトギスが鳴いてそちらに行ったと告げる人があったのだろう。これより前のホトトギス詠は仮想であった。

4195　私がこんなに慕っているのも知らないで、ホトトギスはどのあたりの山を鳴きながら越えているのだろうか。

▽第二句の「偲ふ」は、恋慕すること。既出の「ほととぎす聞けばしのはく」(四一六八)は賞美することであった。ホトトギスが山を越えて鳴くこと、「朝霧の八重山越えてほととぎす」(一九四五)とある。

4196　新しい月の朔日から、来てくれと慕い待っているのに、一向に来て鳴かないホトトギスだなあ。

▽四月九日(四一九三左注)から十二日(四一九九題詞)までの間の作。「月立ちし日」とは四月朔日の意。「卯の花の咲く月立てば、めづらしく鳴くほととぎす」(四〇八九)のように、ホトトギスは四月になれば鳴き始めるものと考えられた。第二句の「招く」は、ホトトギスを擬人化する。第三句の原文は「敲自努比」。「自」は濁音の仮名。連濁してジとなった。

京《みやこ》の人《ひと》に贈《おく》りし歌二首

4197 妹《いも》に似る草と見しより我《わ》が標《し》めし野辺《のへ》の山吹《やまぶき》誰《たれ》か手折《たを》りし

4198 つれもなく離《か》れにしものと人は言へど逢はぬ日まねみ思ひそ我《あ》がする

右は、留女《りうぢよ》の女郎《いらつめ》に贈《おく》らむが為《ため》に、家婦《かふ》に誂《あとら》へられて作りしものなり。女郎は即《すなは》ち大伴家持《おほとものやかもち》の妹《いもうと》なり。

十二日、布勢《ふせ》の水海《みづうみ》に遊覧《いうらん》して、多祜《たこ》の湾《みづのほとり》に船泊《ふなどま》りして藤《ふぢ》の花を望《のぞ》み見、各《おのおの》懐《おもひ》を述《の》べて作りし歌四首

4199 藤波《ふぢなみ》の影なす海《うみ》の底清《きよ》み沈《しづ》く石をも玉とそ我《あ》が見る

守大伴宿祢家持《かみおほとものすくねやかもち》。

4200 多祜《たこ》の浦《うら》の底さへにほふ藤波をかざして行《ゆ》かむ見ぬ人のため

次官内蔵忌寸縄麻呂《じくわんくらのいみきなはまろ》。

◆都の人に贈った歌二首

4197 あなたに似た草だと見た時から私が印をつけておいた野辺の山吹を、いったい誰が手折ったのですか。

▽都の「留女の女郎」が、越中に下った坂上大嬢に贈った四一八四番歌に答える歌。贈答歌として並べられて良いはずだが、日付を追って歌を配列する巻十七以降の方針が貫かれた結果、離ればなれの位置に置かれた。「君に似る草と見しより我が標めし野山の浅茅(あさぢ)人な刈りそね」(一三四七)を模倣する作であろう。留女の女郎が「山吹の花とり持てて」と詠ったのを、私が占有した山吹をいったい誰が折り取ったのですかと戯れに咎(がと)めた。

4198 平気な顔で行ってしまったと人は言うけれども、逢えない日が多いので私は物思いをしています。

◇右は、留女の女郎に贈るために妻に頼まれて作った。女郎とはすなわち大伴家持の妹である。

▽上二句は留女の女郎の歌の第三・四句「つれもなく離(か)れにし妹を」(四一八四)による。第三句の「人は言へど」の「人」は、相手の留女の女郎を「妹」と呼ばず、わざとよそよそしく言った。「あさりする漁夫(まあ)の子どもと人は言へど」(八五三)の「人」も同様であった。第四句の「まねみ」は、数が多いの意の形容詞「まねし」のミ語法。理由を表す。

◆十二日に、布勢の水海に遊び、多祜の入り江に船を泊め、はるかに藤の花を見てそれぞれに思いを述べて作った歌四首

4199 藤波が影を映す海の底が清らかなので、沈んでいる石をも玉のように私は見るのだ。

▽四月十二日の家持の歌。題詞の「水海」は汽水湖。既出(三九九一題詞)。「多祜の湾」は布勢の水海の東南部にあった湾。「氷見の江過ぎて多祜の島」(四〇一一)などと見える。歌の「藤波の影なす海の底」は、水に映った藤の花影が水底にあるかのように見えることを言う。詩句の類例、「水底に行雲を見、天辺に遠樹を看る」(梁・何遜「暁発」)。「沈く」は海の底に沈んでいる意の動詞。「海の底」の原文「海之底」はワタノソコとも訓めるが、「大き海(みう)の水底(みなそこ)」(一三一九)によりウミノソコと訓む。

4200 多祜の浦の底までも美しく輝く藤波を、髪に挿して行こう、まだ見ぬ人のために。

▽内蔵縄麻呂の詠。第二句の「底さへにほふ」は、藤の花影の映る水底までが花の色になることを言う。拾遺集・夏に「柿本人麻呂」の歌として、また和漢朗詠集・藤に「縄丸」の歌として収められ、紀貫之の「吉野河岸の山吹ふく風に底の影さへうつろひにけり」(古今集・春下)などの王朝和歌の発想の源となった歌。左注の「次官」は令制の二等官の一般称。ここは越中国の介。「忌寸」は姓(かばね)。

4201 いささかに思ひて来《こ》しを多祜《たこ》の浦《うら》に咲ける藤見て一夜《ひとよ》経《へ》ぬべし

判官《はんぐわん》久米朝臣広縄《くめのあそみひろなは》。

4202 藤波《ふぢなみ》を仮廬《かりほ》に造《つく》り浦廻《うらみ》する人とは知らに海人《あま》とか見らむ

久米朝臣継麻呂《くめのあそみつぎまろ》。

霍公鳥《ほととぎす》の喧《な》かざることを恨《うら》みし歌一首

4203 家に行《ゆ》きて何を語らむあしひきの山ほととぎす一声《ひとこゑ》も鳴け

判官《はんぐわん》久米朝臣広縄《くめのあそみひろなは》。

攀《よ》ぢ折《を》りたる保宝葉《ほほがしは》を見し歌二首

4204 わが背子《せこ》が捧《ささ》げて持てるほほがしはあたかも似《に》るか青き蓋《きぬがさ》

講師《かうじ》僧恵行《そうゑぎやう》。

4205 皇祖《すめろき》の遠御代《とほみよ》御代《みよ》はい敷《し》き折《を》り酒《き》飲むといふそこのほほがしは

4201 ほんのしばらくのつもりで来たけれど、多祜の浦に咲いている藤を見たら一夜を過ごしてしまいそうだ。

▽初句「いささかに」は、俊頼髄脳(→三〇頁)などに所載の歌には「いささめに」とある。「いささめ」は「いささか」と同根の語。「いささめに」はかりそめにの意。既出(一三五五)。「いささかに」は歌に用いられた例が他にないが、しばらくの間の意に理解できる。名義抄には、「聊」「尠」などに「イサヽカニ」の訓が見える。平安時代、和文には「いささか」、漢文訓読には「いささかに」と、おおよその使い分けがあった。類想歌、山部赤人の「春の野にすみれ摘みにと来し我そ野をなつかしみ一夜(ひとよ)寝にける」(一四二四)。左注の「判官」→四一七七注。

4202 藤波を仮廬に作って浦めぐりする人とは知らないで、海人だと人は見ているだろうか。

▽前歌の「一夜経ぬべし」を承け、藤の陰で遊ぶことを、藤を仮廬に作ると表現したのだろう。「浦廻」は入り江の海岸線を言う語だが、ここはサ変動詞「す」を付して、浦をめぐり歩く意に用いる。結句は海人と見られることを恐れる気持か→三五二。

◆ホトトギスが鳴かないことを恨んだ歌一首

4203 家に帰って何を土産話にしようか、(あしひきの)山ホトトギスよ、一声だけでも鳴いてくれ。

▽引き続いて四月十二日の布勢の水海の遊覧の歌。万葉集のホトトギスの歌は百五十首を超えるが、その「一声」を詠むのは四二〇九とこれだけ。平安時代以降、ホトトギス詠の典型的な歌語となる「一声」の初出例である。拾遺集・夏に「夏山をこゆとて」の詞書で「家にきて何を語らむあしひきの山ほととぎす一声もがな」の形で収められる。

◆引き折った朴柏の葉を見たときの歌二首

4204 あなたが捧げ持っている朴柏(ほほがしわ)は、まさに青いきぬがさそっくりですね。

▽第四句の「あたかも」は、まさしくの意。万葉集および平安時代の歌や和文に他例がない。漢文訓読語であろう。「恰 アタカモ」(名義抄)。「恰も〜に似たり」の表現が漢詩文には多い。「ほほがしは」はモクレン科の落葉樹のホオノキ。葉は大きく、食べ物を包むのにも用いられた。「青き蓋」は漢語「青蓋」の翻訳語か。儀制令に「凡そ蓋は…一位は深き緑。三位以上は紺。四位は縹(はなだ)」とある。緑・紺・縹は古代日本語の「青し」に属する色。あなたがかざし持つ朴柏の葉は、まるで貴人の頭上の「青蓋」のようだと賞賛する。「秋荷漸(やうや)く蓋の如し」(南朝斉・謝朓「後斎迥望」)。左注の「講師」は僧官の一。「国師」(四〇七〇左注)と同じか。

4205 代々の帝の遠い御代御代には広げて折って、酒を飲んだということだ、この朴柏は。

▽柏(かしわ)の葉を酒器としたことは、「天皇、豊明

守大伴宿祢家持《かみおほとものすくねやかもち》。

還《かへ》る時に、浜《はま》の上《ほとり》に月の光を仰《あふ》ぎ見し歌一首

4206 渋谿《しぶたに》をさして我《わ》が行《ゆ》くこの浜に月夜《つくよ》飽《あ》きてむ馬しまし止《と》め

守大伴宿祢家持《かみおほとものすくねやかもち》。

二十二日、判官《はんぐわんく》久米朝臣広縄《めのあそみひろなは》に贈《おく》りし霍公鳥《ほととぎす》の怨恨《うらみ》の歌一首 短

歌を并《あは》せたり

4207 ここにして　そがひに見ゆる　わが背子《せこ》が　垣内《かきつ》の谷に　明けされば　榛《はり》のさ枝に　夕されば　藤の繁《しげ》みに　はろはろに　鳴くほととぎす　我《わ》がやどの　植木《うゑき》橘《たちばな》　花に散る　時をまだしみ　来鳴《きな》かなく　そこは怨《うら》みず　然《しか》れども　谷片付《かたづ》きて　家居《いへゐ》せる　君が聞きつつ　告《つ》げなくも憂《う》し

反歌一首

（とよのあかり）聞こし看（め）しし日に、髪長比売に大御酒の柏を握（と）らしめて、その太子（ひつぎのみこ）に賜ひき」（古事記・中〔応神〕）などと見える。第三句の「い敷き折り」のイは接頭語。「敷き折り」は、酒の器とするために、平らに広げた上で葉を折ることを意味するか。第四句の「酒（き）飲む」の原文は「酒飲」。ほかにサケノム、過去形のキノミキと訓む説もある。「相飲まむ酒（き）そこの豊御酒（とよみき）は」（九七三）。

◆帰途、浜辺で月光を仰ぎ見た歌一首

4206 渋谿を目指して私たちが行くこの浜で、月を飽きるまで見よう。馬をしばらく止めよ。

▽四月十二日の布勢の水海の行楽からの帰り、渋谿海岸の道を経由して国府に帰る途中の歌。

第二句の原文は「指而吾行」。下の「この浜」の連体修飾語と考えられるので、「吾行」は、「われゆく」ではなく「わがゆく」と訓む。「我が（和我）行く道に」（三四三）。第四句の「月夜飽きてむ」の動詞「飽く」は、満足する意。その完了の意を表すのに、ヌではなく、ツ（テはその連用形）を用いるのは珍しい。意志性を明らかにした語法であり、心ゆくまで眺めようの意。馬を止めて好景を楽しもうという歌には、「馬の歩み押さへ留めよ住吉（すみのえ）の岸の黄土（はにふ）ににほひて行かむ」（一〇〇二）がある。

◆二十二日に、判官久米朝臣広縄に贈ったホトトギスの怨恨の歌一首と短歌

4207 ここから後ろに見えるあなたの御領地の谷で、夜明けには榛の枝で、夕方には藤の繁みで、はるかに鳴くホトトギス。我が家に植えた橘が、花に開きながら散ってゆく時がまだ来ないので、来て鳴かないこと、それは怨まない。けれども、谷に接して住んでいるあなたが、聞いていながらそれと知らせてくれないのは残念なことです。

▽作者大伴家持の住む国守公館は南面して建っており、掾広縄の公館はその斜め背後の西北の山腹にあったのだろう。「そがひに見ゆる」は、背中の方に見えること。既出（三五七など）。「垣内」は垣で仕切られた土地。広縄の屋敷地をその領地と誇張して言ったのだろう。「はろはろに鳴くほととぎす」は、谷のホトトギスがはるか遠くで鳴くのを聞いて言う。橘の花は五弁の白い小花。柑橘類は花期が長く、その間、散りつつ、また一方で新たに花が開く。「花に散る」とは、全体に花が咲いたまま、落ちてゆく花のあるさまである。広縄の屋敷の方に響くホトトギスの声を聞きつけて、あなたはどうして、「ほととぎす鳴きてさ渡る君は聞きつや」（一九七六）のように一言知らせてくれないのかと咎める気持を、戯れに詠った。「谷片付きて」は、ここでは広縄の家の一方が谷に接していることを言う。「海片付きて」（一〇六二）。「家居せる」の原文は「家居有」。イヘヲレルの訓もある。

4208 我《わ》がここだ待《ま》てど来鳴《きな》かぬほととぎすひとり聞きつつ告《つ》げぬ君かも

霍公鳥《ほととぎす》を詠《よ》みし歌一首 短歌を并《あは》せたり

4209 谷近く 家は居《を》れども 木高《こだか》くて 里はあれども ほととぎす いまだ来鳴かず 鳴く声を 聞かまく欲《ほ》りと 朝《あした》には 門《かど》に出で立ち 夕《ゆふへ》には 谷を見渡し 恋ふれども 一声《ひとこゑ》だにも いまだ聞こえず

4210 藤波《ふぢなみ》の茂《しげ》りは過ぎぬあしひきの山ほととぎすなどか来鳴かぬ

右は、二十三日に、掾久米朝臣広縄《じようくめのあそみひろなは》の和せしものなり。

処女《をとめ》の墓《はか》の歌に追同《ついどう》せし一首 短歌を并《あは》せたり

4211 古《いにしへ》に ありけるわざの くすばしき 事と言ひ継《つ》ぐ 千沼壮士《ちぬをとこ》 菟原《うなひ》壮士《をとこ》の うつせみの 名を争《あらそ》ふと たまきはる 命《いのち》も捨てて 争ひに 妻《つま》問《ど》ひしける 処女《をとめ》らが 聞けば悲しさ 春花《はるはな》の にほえ栄《さか》えて 秋の葉の

4208 私がこんなに待っているのに来て鳴かないホトトギスを、一人聞きながら知らせてくれない、あなただなあ。

▽長歌の結びの部分を短歌の形にして反歌とした。初句の「ここだ」は、こんなにも甚だしくの意。

◆ホトトギスを詠んだ歌一首と短歌

4209 谷近くに住んでいるけれども、また里は木高く繁っているけれども、ホトトギスはまだ来て鳴きません。鳴く声を聞きたいと、朝には門前に出て立ち、夕方には谷を見わたして待ち恋うているけれども、一声さえもまだ聞こえません。

▽広縄の弁明の歌。ホトトギスが鳴くのをどうして教えてくれなかったのかという家持の歌に対して、自分もその声をまだ聞かないのですと真っ正直に応えた。「君が聞きつつ」という家持の句に対して、それはいったい誰が聞くのでしょうねと、一ひねりして応酬してもよかった。「木高くて里はあれども」は、類例、「荒野らに里はあれども」(九二九)。ホトトギスの「一声」→四二〇三注。

4210 藤波の繁る時期は過ぎました。(あしひきの)山ホトトギスよ、どうして来て鳴かないのだ。

▽第二句の「茂りは過ぎぬ」は珍しい表現。「盛り過ぐらし藤波の花」(四一九三)などが普通。結句の「など」はナニトの約。理由を問う語。既出(五〇九)。この久米広縄の長短歌は完全な音仮名表記になっている。音仮名に正訓表記を交え用いる巻十九にあって、ここと、後出の四二三〇-四二三三の計六首が異例である。

◆処女の墓の歌に唱和した歌一首と短歌

4211 昔あった事の、不思議な事と語り継ぐ、千沼壮士と菟原壮士とが、負けては一生の名折れだと、(たまきはる)命も捨てて、競い合って求婚したおとめの物語を聞くと悲しいことだ。春の花のように美しく、秋の葉のような色に照り映える、惜しい身の盛りであったのに、男たちの言葉を申し訳なく思い、父母に別れを告げて、家を離れて海辺に出て立って、朝に夕に満ち来る潮の、幾重にも重なる波に靡く玉藻の、その節の間も惜しい命なのに、露霜のように消えておしまいになった。その墓をここと定めて、後の世に聞き継ぐ人も遠い将来までも偲んでくれと、黄楊小櫛をこんなふうに挿したらしい。大きくなって靡いている。

▽題詞の「追同」は既出(五二〇題詞)。例の多い「追和」(一四五題詞)に同じ。田辺福麻呂歌集(→三〇八頁)の「葦屋の処女の墓に過(きよ)りし時に作りし歌」(一八〇一題詞)、または高橋虫麻呂歌集(→三〇七頁)の「菟原処女の墓を見し歌」(一八〇九題詞)に、家持が後に和した歌。葦屋処女(菟原処女)は、二人の男の求愛の板挟みになって自殺した娘。

にほひに照れる　あたらしき　身の盛《さか》りすら　ますらをの　言《こと》いたはしみ
父母《ちちはは》に　申《まを》し別れて　家離《いへざか》り　海辺《うみへ》に出《い》で立ち　朝夕《あさよひ》に　満ち来る潮《しほ》の
八重《やへ》波に　なびく玉藻《たまも》の　節《ふし》の間《ま》も　惜しき命を　露霜《つゆしも》の　過ぎましにけ
れ　奥《おく》つ城《き》を　こと定《さだ》めて　後《のち》の世の　聞き継ぐ人も　いや遠《とほ》に　偲《しの》ひ
にせよと　黄楊小櫛《つげをぐし》　然挿《しかさ》しけらし　生《お》ひてなびけり

4212
処女《をとめ》らが後《のち》のしるしと黄楊小櫛《つげをぐし》生《お》ひ変《か》はり生《お》ひてなびきけらしも

右は、五月六日に、興《きよう》に依《よ》りて大伴宿祢《おほとものすくね》家持《やかもち》の作りしものなり。

4213
あゆをいたみ奈呉《なご》の浦廻《うらみ》に寄する波いや千重《ちへ》しきに恋ひわたるかも

右の一首は、京《みやこ》の丹比《たぢひ》の家に贈《おく》りしものなり。

挽歌《ばんか》一首　短歌を幷《あは》せたり

4214
天地《あめつち》の　初めの時ゆ　うつそみの　八十伴《やそとも》の男《を》は　大君《おほきみ》に　まつろふもの

第三句の「くすばしき」は他例のない語だが、「奇(くす)し」などと同源の語で、霊妙不可思議なの意か。「うつせみの名を争ふ」は、二人の男がこの世に生きる者としての名誉をかけて娘を争ったことを言う。「処女ら」は葦屋処女。その接尾語ラは複数を表さない。「春花のにほえ」の「にほえ」は、色美しく映える意の「にほゆ」の連用形。「ますらをの言いたはしみ」の「いたはし」は、二人の男の求愛の言葉に恐縮し、どちらに靡くわけにもいかない立場を申し訳なく思う娘の気持。「父母に申し別れて」は両親に別れを告げたこと。その別れの言葉は、一八〇九には、「倭文(しつ)たまき賤(いや)しき我が故、ますらをの争ふ見れば、生けりとも逢ふべくあれや、ししくしろ黄泉(みよ)に待たむ」と詳しく記されていた。逆に一八〇九では「妹が去(い)ぬれば」と朧化されたその死を、ここでは「海辺」「満ち来る潮の八重波になびく玉藻の」により入水(じゅすい)死であったことを示唆する。「節の間も惜しき命を」は、節の間のように短くて惜しい命なのに、の意。逆に「たまきはる短き命も惜しけくもなし」(三七四四)と惜しくないと詠った例もある。「過ぎましにけれ」は、係助詞コソなしに已然形で結ぶ。マシは死者に対する敬意の表現。「後の世の」云々は、一八〇九にも「永き代に標(しるし)にせむと、遠き代に語り継がむと」とあった。

処女の墓に「黄楊小櫛」を挿したことは、荒波を鎮めるために走水(はしりみず)の海に入水した弟橘比売(おとたちばなひめ)の櫛を収めて御陵としたという倭建命の話(古事記・中〔景行〕)に通じる。一八一一に「墓の上の木(こ)の枝なびけり」とあるのを、この「黄楊小櫛」の成長した木と見なした。地に投じた櫛が筍(たけのこ)や竹になる話は古事記に見える。墓に挿した櫛が木となり繁ったことも「くすばしき事」であった。

4212　おとめを後の世に知らせるようにと、黄楊小櫛は木に生え変わって伸びて靡いているらしい。

◇右は、五月六日に興味を覚えて大伴宿祢家持が作ったものである。

▽第四句は「枯れても又生かはり生かはりして」(略解)と解されることが多い。しかし、家持の「興」の中心は、処女の話の「くすばしき事」(四二一一)にある。その霊妙不可思議さは、むしろ、墓に挿された黄楊小櫛が木となり繁った点に著しい。

4213　あゆの風がはげしいので奈呉の浦辺に寄せる波のように、ますますしきりに恋い続けています。

◇右の一首は、都の丹比の家に贈った。

▽「越の俗語に東の風を「あゆのかぜ」と謂ふ」(四〇一七の初句の細注)。類歌、「沖つ藻を隠さふ波の五百重(いほへ)波千重しくしくに恋ひわたるかも」(二四三七)。左注の「丹比の家」は既出(四一七三題詞)。

あと　定《さだ》まれる　官《つかさ》にしあれば　大君《おほきみ》の　命恐《みことかしこ》み　鄙離《ひなざか》る　国を治《をさ》むと　あしひきの　山川隔《やまかはへな》り　風雲《かぜくも》に　言《こと》は通《かよ》へど　直《ただ》に逢はず　日の重《かさ》なれば　思ひ恋ひ　息《いき》づき居《を》るに　玉桙《たまほこ》の　道来《く》る人の　伝《つ》て言《こと》に　我《われ》に語らく　はしきよし　君はこのころ　うらさびて　嘆《なげ》かひいます　世の中の　憂《う》けく辛《つら》けく　咲く花も　時にうつろふ　うつせみも　常なくありけり　たらちねの　御母《みはは》の命《みこと》　なにしかも　時しはあらむを　まそ鏡　見れども飽《あ》かず　玉《たま》の緒《を》の　惜《を》しき盛《さか》りに　立つ霧の　失《う》せゆくごとく　置く露の　消《き》えゆくがごと　玉藻なす　なびき臥《こ》い伏《ふ》し　行《ゆ》く水の　留《とど》めもえぬと　狂《たは》言《こと》か　人の言ひつる　逆言《およづれ》か　人の告げつる　梓弓《あづさゆみ》　爪引《つまび》く夜音《よおと》の　遠音《とほおと》にも　聞けば悲しみ　にはたづみ　流るる涙《なみだ》　留《とど》めかねつも

反歌二首

4214
◆挽歌一首と短歌

天地の始まった時から、この世の多くの官人たちは、大君にお仕えするものだと決まっている役なのだから、大君のご下命を慎んでうけ、遠い辺地の国を治めようとして、(あしひきの)山や川が間を隔てて、風や雲によって言葉は通い合うにしても直接には逢えない日が続くので、心に思い恋い、ため息をついているときに、(玉桙の)道をこちらに来る人が便りを聞かせるには、「ああお気の毒に、わが君は最近しょんぼりとして嘆いておられます。この現世の憂いこと辛いことには、咲く花もその時になれば散ってしまい、人の世も常に変わらぬものではないのでした。(たらちねの)ご母堂は、どうしたことでしょう、ほかに時もあるでしょうに、(まそ鏡)見ても見飽きず、(玉の緒の)惜しまれる年の盛りなのに、立つ霧が消えてゆくように、置く露が消えてゆくように、玉藻のように力なく臥せってしまい、流れる水のように留めることも出来ませんでした」と、ふざけたことを人が言うのか、でたらめを人が告げたのか。梓弓を爪で弾き鳴らす夜の音のように、遠くの噂話としても聞けば悲しくて、(にはたづみ)流れる涙を留められません。

▽都から届いた藤原二郎の母親の訃報を聞いて、弔問する歌(→四二一六左注)。第三句の「うつそみ」は、この世。「うつせみ」に同じ。「うつせみ(打蟬)と思ひし時に」(二一〇)の異文に「うつそみ(宇都曾臣)と思ひし時に」とある。この歌の半ばにも「うつせみ(宇都勢美)」の語形が見える。「まつろふ」は服従すること。同じ家持の歌に「人の子は祖《おや》の名絶たず、大君にまつろふものと」(四〇九四)の例があった。「鄙離る」は都から田舎のほうへ離れるの意であろう。「風雲に言は通へど」は、風や雲を人の便りを運ぶものと考えた表現(→一五二一・二一七八注)。「道来る人」は、都から来た人。その使者が伝えた言葉の冒頭の「はしきよし君は」の「君」は、家持がこの歌を贈る相手の藤原二郎のこと。

「行く水の留めもえぬと」は仏典に頻出する無常の譬え。「医薬験(しるし)なく、逝水留まらず」(四一五九左注)。家持は「世間の無常を悲しみし歌」(四一六〇)でも「行く水の止まらぬごとく」と詠っていた。「留めもえぬと」の原文は「留不得常」。「とどめかねつと」などと訓まれることが多いが、「不得」を上の「なにしかも」の係助詞カを承けた係り結びと見て、「えぬ」と訓んでおく。挽歌の長歌に用いられる「なにしかも」は、死ぬことの間接表現である「朝宮を忘れたまふや、夕宮を背きたまふや」(一九六)や、「白雲に立ちたなびくと」(三九五七)に、遥かに句を隔てて掛かる例があった。後者は、弟書持の死を悼む家持の挽歌である。

4215 遠音《とほおと》にも君が嘆くと聞きつれば音《ね》のみし泣かゆ相思《あひおも》ふ我《われ》は

4216 世の中の常《つね》なきことは知るらむを心尽《つ》くすなますらをにして

右は、大伴宿祢家持《おほとものすくねやかもち》の、聟《むこ》の南右大臣家《みなみうだいじんけ》の藤原二郎《ふぢはらのじらう》の慈母《じぼ》を喪《うしな》ひし患《うれ》へを弔《とぶら》ひしものなり。五月二十七日

霖雨《ながあめ》の晴《は》れたる日に作りし歌一首

4217 卯《う》の花を腐《くた》す霖雨《ながめ》の始水《みづはな》に寄《よ》ることつみなす寄《よ》らむ児《こ》もがも

漁夫《ぎよふ》の火光《くわくわう》を見し歌一首

4218 鮪突《しびつ》くと海人《あま》の燭《とも》せるいざり火《ひ》のほにか出《い》でなむ我《あ》が下思《したも》ひを

右の二首は、五月。

4219 我《わ》がやどの萩咲きにけり秋風の吹かむを待たばいと遠みかも

右の一首は、六月十五日に、芽子《はぎ》の早花《はつはな》を見て作りしものなり。

4215　遠くの噂としても、あなたがお悲しみと聞いたので、声をあげて泣けてしまいます、あなたを思う私は。

▽長歌の結びを短歌の形にして反歌とした。「音のみし泣かゆ」は、志貴皇子挽歌にも「聞けば音のみし泣かゆ、語れば心そ痛き」(二三〇)とあった。

4216　人の世の無常であることはご存じでしょう、そうお嘆きなされるな、立派な男子なのだから。

◇右は、大伴宿祢家持が、聟の南右大臣家の藤原二郎が慈母を亡くした悲しみを弔問したものである〈五月二十七日〉。

▽「心尽くす」は、千々に悩み、思い乱れること。「心乱れて」(一八〇五)の表現を、一云に「心尽くして」とする例があった。類義なのであろう。左注の「藤原二郎」は未詳。藤原継縄説、あるいは七八六題詞に見える藤原久須麻呂とする説などがある。

◆長雨が晴れた日に作った歌一首

4217　卯の花を腐らす長雨の水の出鼻に流れ寄る木っ端のように寄ってくる娘がいたらなあ。

▽題詞の「霖雨」は長雨の意の漢語。「霖雨川沢と成る」(魏・曹植「贈丁儀」・文選二十四)。「晴」は「晴」あるいは「霽」の異体字か。「晴　ハレ・ハル」(名義抄)。第三句の諸本の原文は「始水逝」。「逝」を「迩」の誤りと見て改める説による。その訓、西本願寺本などにミツハナニ。「始水　ミヅバナ」(書言字考節用集)。ハナミヅニと訓む説もある(古典文学全集)。「はな」はものの先端を言う。「こつみ」は木片。万葉集ではすべて「寄る」ものとされる。既出(一一三七・二七二四)、後出(四三九六)。「五月の長雨の異名を今卯花くたしと連歌などにするも、此歌を本とせるなり」(代匠記〔精撰本〕)。

◆漁夫の漁り火を見た歌一首

4218　鮪を突くとて海人が灯している漁り火のように、表に出してしまおうか、私の秘めた心を。

◇右の二首は、五月。

▽初句は、「大魚(おふを)よし鮪突く海人よ」(古事記・下〔清寧〕・歌謡)による表現。「しび」は鮪(まぐろ)の類の称。上三句は、「火の穂」から、表に出すの意の「ほに出づ」の表現を導く序詞。門部王が難波で「漁父の燭光(ともしび)を見て作」った歌、「見渡せば明石の浦にともす火のほにそ出でぬる妹に恋ふらく」(三二六)を模して作ったものであろう。

4219　我が家の萩が咲いたよ。秋風が吹くのを待っていたら、待ち遠しいからだろうか。

◇右の一首は、六月十五日に萩の初花(はつはな)を見て作った。

▽晩夏六月、秋を待ちきれずに咲いた萩を詠う。萩は秋風とともに咲くものと考えられた。「秋風に萩咲きぬれや」(一四六八)。待ち遠しい気持の表現は、「松が根の待つこと遠み」(三二五八)ともある。

京師《みやこ》より来贈《らいぞう》せし歌一首 短歌を并《あは》せたり

4220 わたつみの 神の命《みこと》の 御《み》くしげに 貯《たくは》ひ置きて 斎《いつ》くとふ 玉にまさり
て 思へりし 我《あ》が子にはあれど うつせみの 世の理《ことわり》と ますらをの
引きのまにまに しなざかる 越路《こしぢ》をさして 延《は》ふつたの 別れにしより
沖《おき》つ波《なみ》 とをむ眉引《まよび》き 大船《おほぶね》の ゆくらゆくらに 面影《おもかげ》に もとな見えつ
つ かく恋ひば 老《お》いづく我《あ》が身 けだし堪《あ》へむかも

反歌一首

4221 かくばかり恋しくしあらばまそ鏡見ぬ日《ひ》時《とき》なくあらましものを

右の二首は、大伴氏坂上郎女《おほとものうぢさかのうへのいらつめ》の、女子大嬢《むすめだいぢやう》に賜《たま》ひしものなり。

九月三日、宴《えん》せし歌二首

4222 このしぐれいたくな降《ふ》りそ我妹子《わぎもこ》に見せむがために黄葉《もみち》取りてむ

◆都から贈ってきた歌一首と短歌

4220 海の神様が櫛箱にしまって大切にしているという、その真珠にもまさって思ってきた我が子ではあるけれども、(うつせみの)世の道理として、夫の呼び寄せるままに、(しなざかる)越路を目指して、(延ふつたの)別れていった日から、(沖つ波)そのたわんだ眉の様子が、(大船の)ゆらゆらと面影にばかりやたらと見えて、こんなにも恋しがってばかりいると、年老いた我が身は、はたして堪えられるものでしょうか。

▽越中赴任中の夫家持のもとに行った坂上大嬢のところへ、都の母親坂上郎女が贈ってよこした長歌。大嬢はこの年の三月二十日頃までには越中に下向していた(→四一六九)。

「わたつみの神の命」は海の神。海の神が玉をもつことは「海神(わたつみ)の手に巻き持てる玉ゆゑに」(一三〇一)などと、また玉を櫛箱に収めることは「櫛笥の内の玉こそ思ほゆれ」(六三五)とあった。「貯ひ置きて」の「たくはひ」は四段活用。「たくはへ」の古形か。「斎く」は大切に祀ること。ここは玉を秘蔵すること。「世の理」は、妻は夫に従うべしという世の道理。→「紅顔は三従とともに長く逝き」(七九四の前文)。「延ふつたの」は、蔦(つた)の蔓が分かれて広がるので「別れ」の枕詞。「沖つ波」は、波のうねるさまから「とをむ」の枕詞。「とをむ眉引き」はゆるやかな曲線を描く眉。それが面影に見えるとは、「我妹子が笑まひ眉引き面影に」(二九〇〇)による表現か。「老いづく」は、年寄ること。「けだし」は、もしかすると、と推量する気持。「堪へむかも」は反語。恋には堪えられそうもないの意。

4221 こんなに恋しいのなら、(まそ鏡)見ない日も時もないように一緒におればよかったのに。

◇右の二首は、大伴氏坂上郎女が娘の大嬢に下さった。

▽「まそ鏡」は「見」の枕詞。「見ぬ日時なく」は、大嬢の顔を見ない日や時もなくの意。その表現の縮約は、「いかにあらむ年月日にか」(四四三)に類似する。左注の「賜」は、天皇または皇族からの下賜について用いる語だが、同様に坂上郎女から娘大嬢に贈った七二三の題詞にも用いられている。ともに家持の表現意識を反映するものか。

◆九月三日に宴会をした歌二首

4222 この時雨よ、そうひどく降るな。我妹子に見せるために黄葉(もみ)を取りたいので。

▽久米広縄の歌。都の妻へ送る手紙に黄葉を同封したいと考えたのだろう。黄葉が散るのを惜しんで、時雨に向かって「な降りそ」と願う表現は、「しぐれの雨間(ま)なくな降りそ紅ににほへる山の散らまく惜しも」(一五九四)などがある。「しぐれ」に「この」を冠する類例、「この春雨に」(一八六四)など。

右の一首は、掾久米朝臣広縄《じようくめのあそみひろなは》の作りしものなり。

4223 あをによし奈良人《ならひと》見むと我《わ》が背子《せこ》が標《し》めけむ黄葉《もみち》地《つち》に落ちめやも

右の一首は、守大伴宿祢家持《かみおほとものすくねやかもち》の作りしものなり。

4224 朝霧《あさぎり》のたなびく田居《たゐ》に鳴く雁《かり》を留《とど》め得《え》むかも我《わ》がやどの萩《はぎ》

右の一首の歌は、芳野宮《よしののみや》に幸《みゆき》したまひし時に、藤原皇后《ふぢはらくわうごう》の御作《つく》りたまひしものなり。但《ただ》し、年月未《いま》だ審詳《つまび》らかならず。

十月五日、河辺朝臣東人《かはへのあそみあづまひと》伝《つた》へ誦《よ》みきと云爾《いふことしかり》。

4225 あしひきの山の黄葉《もみち》にしづくあひて散らむ山路《やまぢ》を君が越《こ》えまく

右の一首は、同じ月の十六日、朝集使少目《てうしふしせうさくわん》秦伊美吉石竹《はたのいみきいはたけ》を餞《せん》せし時に、守大伴宿祢家持《かみおほとものすくねやかもち》の作りしものなり。

雪《ゆき》の日に作りし歌一首

4223 (あをによし)奈良人が見るだろうとあなたが標(しめ)を結んだ黄葉は、土の上に落ちることなどありましょうか。

▽九月三日の宴における家持の歌。「奈良人」は、前歌の「我妹子」を承けて、すなわち久米広縄の妻を指すのだろう。結句の「地に落ちめやも」は反語。既出(一〇一〇・一六五三)。新考に「奈良人ニ見セムトといふことを奈良人ミムトといへるは拙し」と言うが、この「見む」の用法は、「凡(おほ)ならば誰(た)が見むとかもぬばたまのわが黒髪をなびけて居らむ」(二五三二)にもあった。

4224 朝霧のたなびいている田んぼで鳴く雁を、引き留められるだろうか、我が家の萩は。

◇右の一首の歌は、芳野の宮に行幸があった時に、藤原皇后がお作りになった。但し年月は分からない。十月五日に、河辺朝臣東人が伝え誦んだという。

▽越中に下向していた河辺東人が伝誦した光明皇后の歌。東人は、天平五年(七三三)、藤原八束の使者として山上憶良の病気見舞に赴いている(→九六八左注)。藤原家に関係の深い官人だったらしい。

万葉集では、雁の初声とともに萩の花が咲き(→二二七六)、散り(→二一二六・二二二四)、雁の寒声とともに萩の葉が黄葉する(→一五七五・四二九六)と詠われる。「我がやどの萩」は萩の花と解されることが多いが、前後が黄葉の歌であり、しかも冬十月に「伝へ誦」まれたものだから、萩の黄葉と見ることも可能であろう。左注の「審詳」は明らかである意の漢語。「詳審」の例は既出(三九二四左注・三九二五左注)。「云尓」は、文章を結ぶ言葉。「名づけて文選と曰ふこと云尓」(文選序)の例も「イフコトシカリ」と訓読されている。既出(三九七二の次の詩の序)。

4225 (あしひきの)山の黄葉に、しずくもまじって散る山道をあなたは越えてゆくのですね。

◇右の一首は、同じ月の十六日に、朝集使少目秦伊美吉石竹を餞別した時に、守大伴宿祢家持が作った。

▽しずく混じりの黄葉が散りかかる山道を、これからあなたは越えて行くのかと、上京の旅の辛さを思いやる。山のしずくは既出、「あしひきの山のしづくに」(一〇七)。山越えの道で濡れる旅人を思いやること、「真土山(まつちやま)越ゆらむ今日そ雨な降りそね」(一六八〇)などとあった。左注の「朝集使」は既出(四一一六題詞)。「秦伊美吉石竹」も既出(四〇八六題詞・四一三五左注)。石竹は、越中国の「少目」(国司四等官)として、国政全般の報告書である朝集帳を都に持参する役目に付き、その送別の宴を国守の家持が催したのであろう。

4226 この雪の消《け》残る時にいざ行《ゆ》かな山橘《やまたちばな》の実の照るも見む

右の一首は、十二月に大伴宿祢《おほとものすくね》家持《やかもち》の作りしものなり。

4227 大殿《おほとの》の　このもとほりの　雪な踏《ふ》みそね　しばしばも　降《ふ》らぬ雪そ　山のみに　降りし雪そ　ゆめ寄るな　人や　な踏みそね　雪は

反歌一首

4228 ありつつも見《め》したまはむそ大殿《おほとの》のこのもとほりの雪な踏みそね

右の二首の歌は、三形沙弥《みかたのさみ》の、贈左大臣藤原北卿《ぞうさだいじんふぢはらのほくきやう》の語《こと》を承《う》けて作り誦《よ》みしものなり。これを聞《き》きて伝《つた》へし者《ひと》は笠朝臣子君《かさのあそみこきみ》にして、また後《のち》に伝へ読みし者《ひと》は越中国掾《ゑつちうのくにのじよう》久米朝臣広縄《くめのあそみひろなは》これなり。

天平勝宝《てんぴやうしようほう》三年

4229 新《あらた》しき年の初めはいや年に雪踏み平《なら》し常かくにもが

◆雪の日に作った歌一首

4226 この雪が消え残っている間に、さあ行こう、山橘の実が照りはえているのも見よう。

▽十二月の家持の作。後出(四二八七)。「この雪」は目前に積もった雪を指して言う。「このしぐれ」(四二三二)。家持は六年後にもよく似た内容の歌、「消残りの雪にあへ照るあしひきの山橘をつとに摘(つ)み来(こ)な」(四四七二)を作っている。「山橘」はヤブコウジ。夏に白い花が咲き、秋から冬にかけて実が赤く色づく。

4227 大殿のこの周りの雪は踏んではいけない。しばしば降る雪ではない。山にばかり降った雪だ。決して近寄るな、皆の者よ。踏んではいけない、雪は。

▽次歌の左注によれば、「贈左大臣藤原北卿」、すなわち藤原房前の命を承けて「三形沙弥」が作った歌。「三形沙弥」は「三方沙弥」(一二三題詞ほか)。珍しい積雪の喜びを詠えという命を受けたのだろう。定型を踏まず、短句を連ねた変則的な形であるのは、即興的な口吟だからか、または房前のもの言いをそのまま歌に取り込んだせいか。

初句の「大殿」は房前の邸宅を言うのだろう。「もとほり」は周囲をめぐる意の動詞「もとほる」の名詞形。後に家持が「大宮の内にも外(と)にもめづらしく降れる大雪な踏みそね惜し」(四二八五)と詠うのはこの模倣であろう。

4228 このままにして御覧になるだろうよ。大殿のこの周りの雪は踏んではいけない。

◇右の二首の歌は、三形沙弥が贈左大臣藤原北卿の言葉を承けて作り誦した。それを聞き伝えたのは笠朝臣子君であり、さらに後に伝え誦したのは越中国掾久米朝臣広縄である。

▽「ありつつも」は、雪が降り積もったままの意。この句を含む歌には、句切れをもち、命令、禁止の句を伴うことがある(→五二九など)。「見し」は「見る」の敬語。原文は「御見」。主語は、「大殿」の主人の藤原房前。「笠朝臣子君」は伝未詳。久米広縄が四二二六の歌に応えて伝誦したものか。

◆天平勝宝三年(七五一)

4229 新しい年の初めは、これからも毎年、雪を踏みならしてこうして集まりたいものだね。

◇右の一首の歌は、正月二日に守の館で宴会を開いた時に、ちょうど雪がたくさん降って四尺も積もっていた。そこで主人の大伴宿祢家持がこの歌を作った。

▽正月に国庁で公宴が催されたことは、儀制令の元日国司条に「凡(およ)そ、元日には国司、皆僚属郡司等を率ゐて、庁に向かひて朝拝せよ。訖(をは)りなば長官賀受けよ。宴を設くることは聴(ゆる)せ」と

右の一首の歌は、正月二日、守《かみ》の館《むろつみ》に集宴《しふえん》せしに、時に零《ふ》る雪殊《こと》に多《おほ》く、積《つ》むこと四尺《ししやく》有りき。即《すなは》ち主人《あろじ》大伴宿祢《おほとものすくね》家持《やかもち》この歌を作りき。

4230 降る雪を腰《こし》になづみて参《まゐ》り来《こ》し験《しるし》もあるか年の初めに

右の一首は、三日に介《すけ》内蔵忌寸《くらのいみき》縄麻呂《なはまろ》の館《むろつみ》に会集《くわいしふ》して宴楽《えんらく》せし時に、大《おほ》伴宿祢《とものすくね》家持《やかもち》の作りしものなり。

時に積雪《せきせつ》をもちて重巌《ちようがん》の起《た》てるを彫《ゑ》り成《な》し、奇巧《きかう》をもちて草樹《さうじゆ》の花を綵《いろど》り発《ひら》く。これに属《つ》きて掾《じよう》久米朝臣《くめのあそみ》広縄《ひろなは》の作りし歌一首

4231 なでしこは秋咲くものを君が家の雪の巌《いはほ》に咲けりけるかも

遊行女婦《いうかうぢよふ》蒲生娘子《かまふのをとめ》の歌一首

4232 雪の山斎《しま》巌《いはほ》に植《う》ゑたるなでしこは千《ち》代《よ》に咲かぬか君がかざしに

ここに諸人《しよじん》酒酣《さけたけなは》にして更深《かうふか》く鶏鳴《にはとりな》く。これに因《よ》りて主人《あろじ》内蔵伊《くらのい》

ある。前年の二日の宴の歌は四一三六に見え、また八年後の元旦のそれは四五一六に見える。

新年の積雪は瑞祥として喜ばれた(→三九二五・四五一六)。「雪踏み平し」は積雪を踏んで人びとが国庁に参集したことを言う。結句の「かくにもが」は他例がない。原文は諸本「如此尓毛我」。副詞「かく」が願望の助詞モガに続く時は、「かくしもが」(九二〇・一七三五・三三三四)となるのが通例なので、古義は「尓」を「志」か「之」の誤写として「かくしもが」と訓んだ。

4230 降り積もった雪の中を腰まで埋もれて難儀して参上したかいがありましたね、年の初めに。

◇右の一首は、三日に介内蔵忌寸縄麻呂の邸宅に集まって宴会をした時に、大伴宿祢家持が作った。

▽正月二日の国庁での公宴に引き続いて、三日は介内蔵忌寸縄麻呂の私邸で宴会を催した。「介」は次官。→四二〇〇左注。まずは主賓の家持の歌。

上二句の類例、「夏草を腰になづみ」(三二九五)。「しるし」は効果。「御民(みたみ)我生けるしるしあり」(九九六)。左注の「宴楽」は既出(三八〇七左注)。「徒(いたづ)らに恨むらくは、宴楽始めて酣(たけなは)にして、白日夕べに傾き」(魏・応璩「与満公琰書」・文選四十二)。

◆その時、積もった雪によって重畳とそびえる岩山を削りなし、巧みな技によって草木の花を彩り咲かせた。それについて、掾久米朝臣広縄が作った歌一首

4231 なでしこは秋咲く花なのに、あなたの家の雪の岩山に咲いていたのですね。

▽題詞の「重巌」は幾重にも重なる岩山。「奇巧」はすばらしい技術。「なでしこ」は、この題詞に「綵り」とあるので、雪の山に挿した造花と解されることが多い。しかし、次歌の「千代に咲かぬか」から、現実にはすぐに融けてなくなる、雪山に彩り描かれた花とも考えうる。「なでしこ」は秋の七種の花の一つ。「萩の花尾花(をばな)葛花(くずはな)なでしこが花」(一五三八)。宴の主賓であった大伴家持の特に好んだ花である。→一四九六・四〇〇八・四一一三。

◆遊行女婦蒲生娘子の歌一首

4232 雪の庭園の、岩山に植えたなでしこは、千代に咲いてくれないかなあ、あなたの髪飾りとして。

▽「山斎」は庭園。既出(四五二など)。第四句の「千代に咲かぬか」のヌカは、否定の助動詞ズの連体形のヌに終助詞カが付いた形。人為では不可能なことを願望する気持を表す。

◆この時、人びとの酒興たけなわにして夜深くに鶏が鳴いた。そこで主人内蔵伊美吉縄麻呂が作った歌一首

4233 羽をふるわせて鶏は鳴くけれど、これほどに降り積もった雪の中を、どうしてあなたはお帰りになれましょうか。

美吉縄麻呂《みきなはまろ》の作りし歌一首

4233 うち羽振《はぶ》き鶏《かけ》は鳴くともかくばかり降り敷《し》く雪に君いまさめやも

守大伴宿祢家持《かみおほとものすくねやかもち》の和《わ》せし歌一首

4234 鳴く鶏《かけ》はいやしき鳴けど降る雪の千重《ちへ》に積めこそ我《わ》が立ちかてね

太政大臣藤原《だいじやうだいじんふぢはら》の家《いへ》の県犬養命婦《あがたのいぬかひのみやうぶ》の、天皇《てんわう》に奉《たてまつ》りし歌一首

4235 天雲《あまくも》をほろに踏みあだし鳴る神も今日《けふ》にまさりて畏《かし》けめやも

右の一首は、伝《つた》へ誦《よ》みし掾久米朝臣広縄《じようくめのあそみひろなは》なり。

死にし妻を悲傷《ひしやう》せし歌一首 短歌を并《あは》せたり。作主未《さくしゆいま》だ詳《つまび》らかならず

4236 天地《あめつち》の　神はなかれや　愛《うつく》しき　わが妻離《さか》る　光《ひか》る神《かみ》　鳴りはた娘子《をとめ》　携《たづさ》はり　共にあらむと　思ひしに　心違《たが》ひぬ　言はむすべ　せむすべ知らに　木綿《ゆふ》だすき　肩に取り掛け　倭文幣《しつぬさ》を　手に取り持ちて　な放《さ》けそと

▽題詞の「更深く」は夜中。「かけ」はニワトリ。「かけ(可鶏)も鳴くさ夜は明け」(三三一〇)。結句の「います」は行くの敬語。ヤモは反語。「雨も降る夜もふけにけり今さらに君去(い)なめやも紐解き設(ま)けな」(三三二四)のような恋歌に似せて詠んだ。

◆守大伴宿祢家持が唱和した歌一首

4234 鳴く鶏は繰り返し鳴くけれど、降る雪が千重に積もっているので、私は立ち去りかねています。

▽第二句の「いやしき」は、ますます頻りにの意。「積めこそ」は「積めばこそ」の意。結句の「我が」の原文は「吾等」。一同が終宴を惜しんでいる気持を表す用字か。「立ちかてね」の「かて」は可能の意の「かつ」の未然形。ネは上代語の打消の助動詞ヌの已然形。「こそ〜ね」で係り結び。

◆太政大臣藤原家の県犬養命婦が天皇に奉った歌一首

4235 空の雲をばらばらに蹴ちらして鳴る雷すらも、今日の畏(かしこ)さには及ばないでしょう。

▽この正月三日の宴席で久米広縄が伝誦した歌。題詞の「太政大臣」は藤原不比等。「県犬養命婦」は不比等の妻、光明皇后の母である県犬養三千代。「太政大臣藤原の家の県犬養命婦」と言うのは、彼女が天皇に歌を奉ったのが不比等邸への行幸の折であったことを示すのであろう。五位以上の女官を「内命婦」と言うが、正三位に至った彼女はそれに当たる。天平五年(七三三)薨。「天皇」は、彼女の婿にあたる聖武天皇であろう。

第二句の「ほろに」と「あだし」は、ともに他に用例なく語義未詳。「ほろに」は、古事記・上に「沫雪(あわゆき)なす蹶(くゑ)散(はらら)かして」とある「はらら」と同じで、「あだし」は散らす意、ともに雷のはげしい勢いを言う表現とする本居宣長の説がある(略解所引)。「あだす」は、方言では京都府・岡山県・広島県でこの意に用い、秋田県では振り落とすの意で「ほろぐ」という語を用いる。結句は反語。

◆死んだ妻を悲しみ悼んだ歌一首と短歌。作者は分からない

4236 天地の神はないのか。いとしい我が妻が去って行く。光る神が鳴りはためくというはた娘子は、手を取り合って一緒にいようと思っていたのに、その心は裏切られてしまった。何とも言いようもなく、しようもないので、木綿だすきを肩に取り掛け、倭文幣を手に取り持って、引き離さないで下さいと私は祈るけれども、手枕にした妻の腕は、雲となってたなびいている。

▽前歌に続いて、三日の宴で伝誦された歌。作者のことを「作主」と言うのは中国に例の見られない用語。伝誦者は遊行女婦の蒲生(→四二三二左注)。正月の賀宴に挽歌が誦されたことは注目される。

上二句は、妻が死んだのは神がいないせいかと

我《われ》は祈れど　まきて寝《ね》し　妹《いも》が手本《たもと》は　雲にたなびく

反歌一首

4237 現《うつつ》にと思ひてしかも夢《いめ》のみに手本《たもと》まき寝《ぬ》と見ればすべなし

右の二首は、伝《つた》へ誦《よ》みしは遊行女婦《いうかうぢよふ》蒲生《かまふ》これなり。

二月二日、守《かみ》の館《むろつみ》に会集《くわいしふ》して宴《えん》して作りし歌一首

4238 君が行《ゆ》きもし久《ひさ》にあらば梅柳《うめやなぎ》誰《たれ》と共《とも》にか我《わ》がかづらかむ

右は、判官《はんぐわん》久米朝臣《くめのあそみ》広縄《ひろなは》の正税帳《しやうぜいちやう》を以《もち》て応《まさ》に京師《みやこ》に入るべきに、仍《すなは》ち守《かみ》大伴宿祢《おほとものすくね》家持《やかもち》のこの歌を作りしものなり。但《ただ》し越中《ゑつちう》の風土《ふうど》は、梅花《ばいくわ》と柳《りう》絮《じよ》とは三月に初《はじ》めて咲《さ》くのみ。

霍公鳥《ほととぎす》を詠《よ》みし歌一首

4239 二上《ふたがみ》の峰《を》の上《うへ》の繁《しげ》に隠《こも》りにしそのほととぎす待《ま》てど来鳴《きな》かず

疑い、怨む表現。「なかれや」は「なかればや」の意。「なかれ」は「なし」の已然形。「妻離る」は、ここでは妻が去ることで、妻が死ぬことの敬避表現。「光る神鳴り」は、雷が「鳴りはためく」の意で「はた娘子」を導く序詞。「はためく」の「はた」は雷の擬音語。文選(九条本)に「雷硠」を「ナリハタメイテ」と訓む(呉都賦)。「はた娘子」の「はた」は語義未詳。「心違ひぬ」は、期待が裏切られたことを言う。日並(草壁)皇子挽歌にも「天地と共に終へむと思ひつつ仕へまつりし心違ひぬ」(一七六)とあった。「木綿だすき」「倭文幣」は、斎瓮(いわいべ)や竹玉などとともに神事に必ず用いた。→三八六・三八八。「手本」は妻の腕。それによって妻その人を示すこと、「玉藻なす寄り寝し妹を」(一三一)の一云に「はしきよし妹が手本を」とするのに同じ。「雲にたなびく」は火葬の煙を間接的に言う。→四二八。

4237　本当のことと思いたいものだ。夢でだけ手枕を交わして寝ると見るのはどうにも切ない。

▽類想の恋歌、「現(うつ)にも今も見てしか夢のみに手本まき寝(ぬ)と見れば苦しも」(二八八〇)は、遠くに離れた妻に今すぐ逢いたいという表現。この「現にと思ひてしかも」は、夢に見た共寝を現実と思いたいと言うものであり、挽歌にふさわしい。

◆二月二日に、守の館に集まって宴会をして作った歌一首

4238　あなたの旅がもし長くなったら、梅と柳を、誰と一緒に私は縵にしたらいいだろうか。

◇右は、判官久米朝臣広縄が正税帳を持って都に上ることになったので、守大伴宿祢家持がこの歌を作った。但し、越中の地の気候では、梅の花と柳絮は三月にやっと咲き始めるものである。

▽判官(三等官)の久米広縄が一年間の租税出納簿の「正税帳」(三九九〇左注)を持参して上京する時の別宴の歌。柳の枝で縵を作り、それに梅の枝を挿して飾りとしたことは、「春柳縵(かづら)に折りし梅の花」(八四〇)と見えた。「風土」は、土地の気候。既出(三九八四左注)。「胡中の風土花柳無し」(中唐・劉商「胡笳十八拍・第六拍」)。「柳絮」は綿毛に包まれた柳の種が空中を浮遊するもの。中国の詩には桃の花と共に詠われることが多い。しかし、縵にするのは柳の若枝である。越中では三月に梅の花が咲き、柳の枝が伸びると言うべきであろう。「柳絮」は、種類の異なる日本の柳にはないので、柳の芽の意に誤解したのかも知れない。ともあれ、この左注と上二句によれば、家持は、広縄が三月を過ぎても帰らないことを心配していたことになる。

◆ホトトギスを詠んだ歌一首

4239　二上山の峰の上の繁みに隠れてしまったあのホトトギスは、待っても待っても来て鳴かない。

右は、四月十六日に、大伴宿祢《おほとものすくね》家持《やかもち》の作りしものなり。

春日《かすが》に神《かみ》を祭《まつ》りし日に、藤原太后《ふぢはらたいこう》の御作《つく》りたまひし歌一首
即《すなは》ち入唐大使《にふたうたいし》藤原朝臣清河《ふぢはらのあそみきよかは》に賜《たま》ひしものなり。 参議《さんぎ》従四位下《じゆしゐげ》遣唐使《けんたうし》

4240 大船《おほぶね》にま梶《かぢ》しじ貫《ぬ》きこの我子《あご》を唐国《からくに》へ遣《や》る斎《いは》へ神たち

大使藤原朝臣清河《たいしふぢはらのあそみきよかは》の歌一首

4241 春日野《かすがの》に斎《いつ》く三諸《みもろ》の梅の花栄《さか》えてあり待て帰り来るまで

大納言藤原《だいなふごんふぢはら》の家《いへ》にして入唐使等《にふたうしら》を餞《せん》して宴《えん》せし日の歌一首 即《すなは》ち
主人卿《あろじきやう》の作りしものなり

4242 天雲《あまくも》の行き帰りなむものゆゑに思ひそ我《あ》がする別れ悲しみ

民部少輔《みんぶのせうふ》多治比真人《たぢひのまひと》土作《はにつくり》の歌一首

4243 住吉《すみのえ》に斎《いつ》く祝《はふり》が神言《かむごと》と行《ゆ》くとも来《く》とも船は早《はや》けむ

▽四月十六日(太陽暦五月十九日)の家持の作。第三句の「隠りにし」は、夏鳥のホトトギスが姿を消したのを、峰の繁みに身を隠したものと見なして言う。第四句の「その」は、昨年親しんだあのホトトギスという気持。万葉集の歌には遠称の指示語「か」はほとんど例がなく、多くは「そ」で表現した。「思ひつつぞ来(こ)しその山道を」(二五)。

◆春日で神を祭った日に、藤原太后のお作りになった歌一首
すなわち入唐大使藤原朝臣清河にお下しになった〈参議従四位下遣唐使〉

4240 大船に左右の楫(かい)をいっぱいに差して取り付け、この我が子を唐国へ送り出します。守って下さい、神たちよ。

▽以下四二四七までの八首は、「越中大目高安倉人種麻呂」によって伝誦された(→四二四七左注)、遣唐使に関係する歌。そのうち四二四四までの五首は、天平勝宝二年(七五〇)九月に、大使藤原清河らの拝命した遣唐使に関わる歌。題詞の「春日に神を祭りし日」は、遣唐使の無事を祈って祭事を行った日。続日本紀に、養老元年(七一七)「二月壬申の朔、遣唐使、神祇を蓋山(みかさやま)の南に祠(まつ)る」とあり、宝亀八年(七七七)の「二月戊子」にも同様の記事がある。ともに二月であるのは偶然ではなく、春日大社の例祭が二月にあったのだろう。次歌の「梅の花」から、この祭事も、翌天平勝宝三年の梅の開く二月に行われたことが推察される。第三句の「この我子を」は、清河が作者の藤原光明子の甥に当たるので言う。「唐国」の原文は「韓国」。ここは中国の唐を言う。

◆大使藤原朝臣清河の歌一首

4241 春日野に祀る神社の梅の花よ、いっぱいに花開いたまま待ち続けておくれ、帰ってくるまで。

▽類歌、一八六など。第二句の「三諸」は神のいます所。ここは神社を言う。清河は房前の子。天平勝宝四年に入唐し、玄宗皇帝に謁見。その翌年の帰途に遭難し、長安に戻って秘書監として唐朝に仕え、帰国できないまま彼の地に没した。

◆大納言藤原家において入唐使等の餞別の宴を開いた日の歌一首〈すなわち主人の卿が作った〉

4242 (天雲の)行っては帰ってくるものなのに、私はもの思いをする。別れが悲しいので。

▽「天雲の」は「行き帰り」の枕詞。類似の発想は、「み空行く雲にもがもな今日行きて妹に言問ひ明日帰り来む」(三五一〇)にもあった。モノユヱニは、「〜であるのに」の意の接続助詞。万葉集にはこの例のみ。平安朝の歌の第三句の常套句となる。作者の「主人卿」は大納言藤原仲麻呂であろう。

◆民部少輔多治比真人土作の歌一首

大使《たいし》藤原朝臣清河《ふぢはらのあそみきよかは》の歌一首

4244 あらたまの年の緒《を》長く我《あ》が思《も》へる児《こ》らに恋ふべき月近づきぬ

天平《てんぴやう》五年、入唐使《にふたうし》に贈《おく》りし歌一首 短歌を并《あは》せたり。作主《さくしゆ》未《いま》だ詳《つまび》らかならず

4245 そらみつ　大和《やまと》の国　あをによし　奈良《なら》の都《みやこ》ゆ　おしてる　難波《なには》に下《くだ》り　住吉《すみのえ》の　御津《みつ》に船乗《ふなの》り　直渡《ただわた》り　日の入《い》る国に　任《ま》けらゆる　わが背《せ》の君をかけまくの　ゆゆし恐《かしこ》き　住吉の　我《わ》が大御《おほみ》神《かみ》　船舳《ふなのへ》に　うしはきいまし　船艫《ふなども》に　立たしいまして　さし寄らむ　磯《いそ》の崎々《さきざき》　漕《こ》ぎ泊《は》てむ　泊《とま》り泊《とま》りに　荒き風　波にあはせず　平《たひ》らけく　率《ゐ》て帰りませ　もとの国家《くにいへ》に

反歌一首

4243 住吉の神にお仕えする神官が神のお告げとして言った、行きも帰りも船は速やかであるぞと。

▽住吉社の神は、特に航海の神として崇敬された。「かけまくもゆゆし恐(かしこ)し、住吉(すみのえ)の現人神(あらひとがみ)、船舳(ふなのへ)にうしはきたまひ」(一〇二〇・一〇二一)。「神言」は神の言葉。人の口を介して託宣される。ここは「祝」すなわち神官が、神の言葉を仲介して告げたのである。下二句は、類句が、「入唐使に贈りし歌」の「わたつみのいづれの神を祈らばか行くさも来(く)さも船の早けむ」(一七六四)にあった。

◆大使藤原朝臣清河の歌一首

4244 (あらたまの)年月長く私が思ってきた妻を恋しく思う月が近づいてきた。

▽「恋ふべき月」は、遣唐使として船出して、妻に逢えずに恋することになる月。旅立ちの日を境にして「妻を思ふ」が「妻に恋ふ」に変わるのである。下二句は、十八年前の遣唐使の時の歌の「君に別れむ日近くなりぬ」(四二四七)を模したものか。

四二四七左注に言うように、四二四〇からの一連の遣唐使関係の歌は、高安種麻呂が伝誦したもの。その八首は、天平勝宝三年(七五二)の「四月十六日」(四二三九左注)から「七月十七日」(四二四八題詞)までの間に収録された。従って、ここで「月近づきぬ」と詠まれた遣唐使の出港は同年中の予定だったと考えられる。しかし、作者が実際に遣唐大使として正四位下を授けられたのは翌四年の閏三月(続日本紀)。何らかの事情で出発が遅れたのであろう。

◆天平五年(七三三)、入唐使に贈った歌一首と短歌。作者は分からない

4245 (そらみつ)大和の国、(あをによし)奈良の都から、(おしてる)難波に下って、住吉の御津で船に乗り、まっすぐに海を渡って、日の沈む国に派遣される我が夫の君を、口にするのも恐れ多い住吉の我が大御神よ、船の舳先で導き、船尾にお立ちになって、近く漕ぎ寄る磯の崎ごとに、入港する港ごとに、激しい風や波に遭わせないようにして、どうぞ無事につれて帰ってきてください、もとの国に。

▽天平勝宝三年(七五二)から十八年前にあたる天平五年の遣唐使の歌。高安種麻呂(→四二四七左注)がこの順序で伝誦したのだろう。第十句の「日の入る国」は唐を言う。聖徳太子が遣隋使に託した国書に「日出づる処の天子、書を日没(い)る処の天子に致す。恙(つつが)無きや」とあったと伝える(隋書・倭国伝)。その次の句は原文「所遣」。「遣之万ゝ(まけのまにまに)」(三二九一)を参照して、五音の「任けらゆる」の句に訓む。「わが背の君を」は「荒き風波にあはせず、平らけく率て帰りませ」に掛かる。結句の「もとの国家」は「本郷」(六三二題詞など)の意。「国家」は原文の表記。類句、「本の国辺に」(一〇二〇・一〇二一)。

4246 沖つ波辺《へ》波《なみ》な立《た》ちそ君が船漕《こ》ぎ帰り来て津《つ》に泊《は》つるまで

阿《あ》倍朝臣老人《べのあそみおゆひと》の、唐《たう》に遣《つかは》されし時に母《はは》に奉《たてまつ》りし悲別《ひべつ》の歌一首

4247 天雲《あまくも》のそきへの極《きは》み我《あ》が思《も》へる君に別れむ日近くなりぬ

右の件《くだり》の歌は、伝《つた》へ誦《よ》みし人は越中大目高安倉人種麻呂《あつちうのだいさくわんたかやすのくらひとたねまろ》これなり。但《ただ》し年月の次《ついで》は聞きし時に随《したが》ひてここに載《の》せたり。

七月十七日を以《もち》て少納言《せうなふごん》に遷任《せんにん》しき。仍《すなは》ち悲別《ひべつ》の歌を作りて、朝《てう》集使《しふし》掾《じよう》久米朝臣広縄《くめのあそみひろなは》の館《むろつみ》に贈《おく》り貽《のこ》しし二首

既《すで》に六載《ろくさい》の期《とき》に満《み》ち、忽《たちま》ちに遷替《せんたい》の運《めぐり》に値《あ》ふ。ここに旧《きう》を別《わか》るる悽《かな》しみ、心中《しんちう》に鬱結《うつけつ》す。渧《なみだ》を拭《のご》ふ袖《そで》、何《なに》を以《もち》てか能《よ》く旱《ほ》さむ。因《よ》りて悲歌《ひか》二首を作り、式《もち》て莫忘《ばくばう》の志《こころざし》を遺《のこ》す。その詞《ことば》に曰《いは》く、

4248 あらたまの年《とし》の緒《を》長く相見《あひみ》てしその心引《こころび》き忘《わす》らえめやも

4246 沖の波も岸の波も立つな。わが君の船が漕ぎ帰ってきて、港に停泊するまでは。

▽第二句の諸本の原文は「辺波莫越」。広瀬本のみ、その「越」を「起」とする。元暦校本・類聚古集が「越」の本文を取りつつ「へなみなたちそ」と訓んでいるのは、古い訓を保存するものか。諸本の「越」を「起」の誤りとする万葉考の説に従っておく。

◆阿倍朝臣老人が唐に遣わされた時に、母に差し上げた別れを悲しむ歌一首

4247 天雲のたなびく果てのようにいつまでもと私が思うあなたに、お別れする日が近くなりました。

◇右の一連の歌は、伝え誦んだのは、越中大目高安倉人種麻呂である。但し作歌年月の前後は、歌を聞いた時のままに載せた。

▽上二句は、既出(一八〇一)、「天雲のそくへの極み」(四二〇・五五三)とも。空間の無限の遠さを言うその語を、いつまでもという限りない時間の表現に用いること、「天地の寄り合ひの極み玉の緒の絶えじと思ふ妹があたり見つ」(二七八七)に似る。第四句の「君に別れむ」は、動詞「別る」が格助詞ニを受ける万葉集に唯一の例。普通はヲ。「悔しく妹を別れ来にけり」(三五九四)など。また「と別る」の例は、原文「与交遊別」(六八〇題詞)を「交遊と別る」と訓読する他は、歌語には見えない。「天地と別れし時ゆ」(三〇〇五)の例は、天と地とが別れた時以来の意。

左注の「右の件の歌」は、四二四〇から四二四七までの八首の歌と考えられる。

◆七月十七日に少納言に転任した。そこで別れを悲しむ歌を作り、朝集使掾久米朝臣広縄の館に贈って残した二首

4248 すでに六年の任期を過ごし、いつのまにか転任の時に至りました。旧友に別れる悲しみは心中にわだかまって解けません。涙を拭う袖は乾かしようもありません。そこで悲しみの歌二首を作って、忘れることはないという気持を書き残します。その言葉に言うには、

(あらたまの)年久しく見てきたあなたのその温かいお心を、忘れることはできましょうか。

▽家持が少納言に転任したことは続日本紀には記載が漏れている。題詞の「贈り貽しし」は、都へ出発する前日の「八月四日」(次歌左注)、折しも上京中の久米広縄に別れを告げる歌を留守居の者に預け置いたことを言う。ただし、ここに「朝集使」とあるのは誤り。久米広縄は正税帳使として二月に上京しており(→四二三八左注)、四二五二題詞にも「正税帳使掾久米朝臣広縄」と見える。朝集使の入京期限は十一月一日(延喜式〔→三一〇頁〕)なので、季節も異なる。「六載」は六年。この七年後の天平宝字二年(七五八)十月に、国司の任期は、それまで四年

4249 石瀬野《いはせの》に秋萩しのぎ馬並《な》めて初鳥狩《はつとがり》だにせずや別れむ

右は、八月四日に贈《おく》りしものなり。

便《すなは》ち大帳使《だいちやうし》に附《つ》き、八月五日を取りて応《まさ》に京師《みやこ》に入《い》るべし。これに因《よ》りて四日を以《もち》て国厨《こくちう》の饌《せん》を介《すけ》内蔵伊美吉縄麻呂《くらのいみきなはまろ》の館《むろつみ》に設《まう》けて餞《せん》しき。時に大伴宿祢家持《おほとものすくねやかもち》の作りし歌一首

4250 しなざかる越《こし》に五年《いつとせ》住み住みて立ち別れまく惜しき夕《よひ》かも

五日の平旦《へいたん》に上道《じやうだう》しき。仍《すなは》ち国司《こくし》の次官已下《じくわんいか》の諸僚皆共《しよれうみなとも》に視送《しそう》しき。時に、射水郡《いみづのこほり》の大領《だいりやう》安努君広島《あののきみひろしま》、門前《もんぜん》の林《はやし》の中《うち》に預《あらかじ》め餞饌《せんせん》の宴《えん》を設《まう》けたり。ここに大帳使大伴宿祢家持《だいちやうしおほとものすくねやかもち》の、内蔵伊美吉縄麻呂《くらのいみきなはまろ》の盞《さかづき》を捧《ささ》げし歌に和《わ》せし一首

4251 玉桙《たまほこ》の道に出《い》で立ち行《ゆ》く我《われ》は君が事跡《ことと》を負《お》ひてし行かむ

正税帳使掾《しやうぜいちやうしじよう》久米朝臣広縄《くめのあそみひろなは》、事《こと》畢《を》はり任《にん》より退《しりぞ》き、適《たまたま》越前国《ゑちぜんのくにの》

を限りとしていたのを六年に改めるという詔が出ているから、当時は四年(→八〇注)。「六載の期」には不審がある。家持は天平十八年(七四六)六月に越中守に任官している(続日本紀)。まる五年、あしかけ六年在任したことになる。当時は厳密な意味の任期の概念は必ずしもなく、四年の期限がきても、自動的に解任されたのではない。「遷替」は交替させること。「涕(なみだ)を拭(のご)ふ袖、何を以てか能く早(ほ)さむ」は、「白たへの衣手(ころもで)干さず、嘆きつつ我が泣く涙」(四六〇)などの歌の表現を漢文にしたもの。「莫忘の志」は、歌の内容から見て、あなたを忘れないという気持の意と解される。しかし漢語「莫忘」は、「情を吐きて君に寄す君忘るること莫かれ」(梁・沈約「秋日白紵曲」・玉台新詠九)のように、本来は相手に忘れるなと願う語である。歌の第四句の「心引き」は、ここは「俗語の贔屓(ひいき)」、今語の同情」(新考)の意であろう。

4249 石瀬野に秋萩を押しなびかせ馬を並べて初鷹狩をする、それさえなしにお別れすることになるのだろうか。

▽「石瀬野」は前に「白き大鷹を詠みし歌」で「秋づけば萩咲きにほふ、石瀬野に馬だき行きて、をちこちに鳥踏み立て」(四一五四)とも詠まれており、家持以下の国司が鷹狩に興じた野であった。「初鳥狩」は、秋冬に行われた鷹狩の最初の猟を言う。

◆まもなく大帳使となり、八月五日を都に上る日と定めた。そこで、四日に国衙(こくが)の厨房で作った馳走を介内蔵伊美吉縄麻呂の家に用意して餞別をした。その時に、大伴宿祢家持が作った歌一首

4250 (しなざかる)越の国に五年住みつづけて、立ち別れることの惜しい今宵よ。

▽題詞の「大帳使に附き」は、次歌の題詞に「大帳使大伴宿祢家持」とあるから、大帳使に就任したことを言うのであろう。ただし、漢語の「附」に役職につくという意味はない。同じツクの訓をもつ「就」字との混同があったか。→三九六一左注。「八月五日を取りて」の「取」は月日を選び取るの意。既出(三九二七題詞)。「京師に入る」は、ここは上京の旅に出るの意。既出(三九九〇左注など)。「国厨」は国衙の厨房。歌の「五年」は、家持が越中に在任した実際の年月でもあるが、筑前守山上憶良の「天離る鄙(ひな)に五年住まひつつ都のてぶり忘らえにけり」(八八〇)をも意識する語であろう。

◆五日の暁方に出発した。国司の次官以下の諸僚がそろって見送った。その時、射水郡の大領安努君広島は、門前の林の中にあらかじめ餞別の馳走の宴席を用意していた。そこで大帳使大伴宿祢家持が、内蔵伊美吉縄麻呂の盞を捧げての詠に和した一首

掾《じよう》大伴宿祢《おほとものすくね》池主《いけぬし》の館《むろつみ》に遇《あ》ひ、仍《すなは》ち共《とも》に飲楽《いんらく》しき。時に、久米朝
臣広縄の、芽子《はぎ》の花を矚《み》て作りし歌一首

4252 君が家に植《う》ゑたる萩《はぎ》の初花《はつはな》を折りてかざさな旅別《たびわか》るどち

大伴宿祢《おほとものすくね》家持《やかもち》の和《わ》せし歌一首

4253 立ちて居《ゐ》て待てど待ちかね出《い》でて来《こ》し君にここに逢《あ》ひかざしつる萩

京《みやこ》に向《む》かふ路上《ろじやう》、興《きよう》に依《よ》りて預《あらかじ》め作りし侍宴応詔《じえんおうせう》の歌一首 短歌を
幷《あは》せたり

4254 あきづ島 大和《やまと》の国を 天雲《あまくも》に 磐船《いはふね》浮かべ 艫《とも》に舳《へ》に ま櫂《かい》しじ貫《ぬ》き
い漕《こ》ぎつつ 国見《くにみ》しせして 天降《あも》りまし 払ひ平《たひ》らげ 千代《ちよ》重《かさ》ね いやつ
ぎつぎに 知らし来《け》る 天《あま》の日継《ひつぎ》と 神《かむ》ながら わが大君《おほきみ》の 天《あめ》の下《した》 治《をさ》
めたまへば もののふの 八十伴《やそとも》の男《を》を 撫《な》でたまひ 整《ととの》へたまひ 食《を》す

4251 (玉桙の)道にいでたって行く私は、あなたのご功績を負って参りましょう。

▽題詞の「平旦」は暁。「平旦《とら》の時を取りて警蹕《みさきおひ》既に動きぬ」(日本書紀・天武天皇七年〔六七八〕四月)。その古訓トラは、「平旦」が寅《とら》の刻(午前四時頃)に当たるので言う。「饌餞」は餞別の馳走。「盞を捧げ」は盃を客人に奉ること。歌の下二句は、内蔵縄麻呂の役人としての功績(事跡)を、都に報告すべき義務として背負って行こうと言う。「ことと」の「事跡」は原文の文字。令義解(考課)に「事跡分明なる者は、尤も是れ撫育すること方《みち》有る者なり」とある漢語の訓読「ことあと」の縮約形であろう。山上憶良は、帰任する大宰帥大伴旅人の餞別の宴で「私懐」を述べ、「我《あ》が主のみ霊《たま》賜ひて春さらば奈良の都に召上《めさ》げたまはね」(八八二)と詠ったが、縄麻呂の送別の歌に同様の思いをくみ取った家持がそれに応えたのだろう。

*****

◆正税帳使掾久米朝臣広縄が仕事を終えて任より退いた後、たまたま越前国掾大伴宿祢池主の邸で逢い、そこで一緒に飲んで楽しんだ。その時に、久米朝臣広縄が萩の花を見て作った歌一首

4252 あなたの家に植えてある萩の初花を折って髪に挿そうよ、旅で別れ別れになる私たちは。

▽題詞の「事畢はり任より退き」は、広縄が正税帳使の任を終えて都を離れたことを言う。題詞には家持の名がないが、越前の池主の邸で、上京する家持、越中に帰任する広縄が出会ったのである。歌の初句の「君」は池主を指す。萩をかざしにすることは一五五九・二一〇五・二一〇六に既出。また家持も、自らが因幡守に任ぜられた時の送別の宴で「秋風の末《すゑ》吹きなびく萩の花ともにかざさず相《あひ》か別れむ」(四五一五)と詠った。

◆大伴宿祢家持が答えた歌一首

4253 立ったり座ったり、そわそわ待ったあげくに待ちきれずに出発してきたが、そのあなたにここで出逢えて髪に挿した萩だ。

▽上二句は、広縄が越中に還るのを待ったが、待ちきれずに上京の途についたことを言う(→四二四八題詞)。名詞「萩」で止める歌、既出(四二三四)。

◆都に向かう道すがら、感興を覚えてあらかじめ作った侍宴応詔の歌一首と短歌

4254 (あきづ島)大和の国を、天雲のあたりに磐船を浮かべて、艫にも舳先にも櫂をいっぱいに貫いて、船を漕ぎながら国見をなさり、天から降《くだ》ってこられて地上の悪しきものどもを平定し、千代を重ねて次々に、世を治めてこられた日の神の世継ぎとして、神の御心のままに我が大君が天下をお治めになるので、たくさんの官吏たちを慈し

国の　四方《よも》の人をも　あぶさはず　恵《めぐ》みたまへば　古《いにしへ》ゆ　なかりし瑞《しるし》　度《たび》まねく　申《まを》したまひぬ　手抱《たむだ》きて　事なき御代《みよ》と　天地《あめつち》　日月《ひつき》と共に　万《よろづ》代《よ》に　記《しる》し継《つ》がむそ　やすみしし　わが大君　秋の花　しが色々に　見《め》したまひ　明《あき》らめたまひ　酒《さか》みづき　栄《さか》ゆる今日の　あやに貴《たふと》さ

反歌一首

4255 秋の花種々《くさぐさ》にあれど色ごとに見《め》し明《あき》らむる今日の貴《たふと》さ

左大臣《さだいじん》橘《たちばな》卿《きやう》を寿《ことほ》く為《ため》に、預《あらかじ》め作りし歌一首

4256 古《いにしへ》に君の三代《みよ》経て仕《つか》へけり我《あ》が大主《おほぬし》は七代《ななよ》申《まを》さね

十月二十二日、左大弁《さだいべん》紀飯麻呂《きのいひまろ》朝臣《あそみ》の家に於《おき》て宴《えん》せし歌三首

4257 手束弓《たつかゆみ》手に取り持ちて朝狩《あさがり》に君は立たしぬ棚倉《たなくら》の野に

右の一首は、治部卿《ぢぶのきやう》船王《ふねのおほきみ》の伝《つた》へ誦《よ》みし久迩《くに》の京都《みやこ》の時の歌。未《いま》だ作主《さくしゅ》

んで正しく統率なさり、支配する国のくまぐまの人民をも誰一人欠けることもなく可愛がられるので、昔からなかった瑞祥も、繰り返して奏上した。無為にして無事な御代と、天地日月とともに、万代の後の世まで記録し続けることであろう。（やすみしし）我が大君が、秋の花を、その色ごとにご覧になって心をお晴らしになり、酒を酌んで楽しく栄える今日の、まことに貴いことよ。

▽題詞の「侍宴応詔」は、天皇の宴に侍して作歌の勅命に応えること。「預作」はあらかじめ作ること。「儲作」(四二三〇題詞)に同じ。「磐船」は神々が高天原から地上に降りるのに用いた堅牢な船。日本書紀・神武天皇には饒速日命(にぎはやひのみこと)が「天の磐船」に乗って天より降ったとある。「国見しせして」の「国見」は名詞。シは強意の助詞。「せし」はサ変動詞「す」の敬語「せす」の連用形。第十三句「知らし来(け)る」の原文は「所知来流」。「来る」は「来(き)ある」の約。第二十五句の動詞「あぶさふ」は、捨て置く、のけものにする意の「あぶす」の継続態。「遺 アフス」(名義抄)。「瑞」は瑞祥。「申したまひぬ」は、臣下が奏上したの意。「金(くがね)ありと申したまへれ」(四〇九四)。「手抱きて」は、中国の聖王は「垂拱」、つまり手を組んで何もしないまま世を治めるという思想に基づく表現。「しが色々に」の「し」は代名詞。「しが」は、上の「秋の花」を承けて、その花の、の意。「明らめたまひ」の「明らむ」は心を晴らすこと。「酒みづき」は酒を酌みかわすこと。

4255 秋の花はさまざまにあるけれども、その色ごとにご覧になって心をお晴らしになる、今日この日の貴さよ。

▽長歌の結びの部分を短歌とする。

◆左大臣橘卿を祝賀するために、あらかじめ作った歌一首

4256 これまで三代にわたって朝廷にお仕えなさいました。我が主は、さらに七代に政を奏上なさいませ。

▽題詞の「橘卿」は橘諸兄。上三句は三代の君に仕えた人について言うが、誰を指すのか未詳。古代の名臣の武内宿祢、諸兄の母の県犬養宿祢、あるいは諸兄自身とする説がある。今は、「仕へけり」のケリが、さかのぼって想到し、思い当たることの可能な過去の回想に用いられる助動詞である(→二五注)ことから、諸兄自身の履歴を言う表現と解する。諸兄は元明、元正、聖武の三代に仕えた。前半生の回想に「いにしへ」の語を用いること、竹取翁の歌(三七九一)に例がある。第四句の「大主」は、相手を尊敬してよぶ「主」(八八二・四一三二)に尊称の「おほ」を加えた語。三代にお仕えなさってきた我が主は、さらに今上帝より七代の政を奏上されよとその長寿を祝う。「七」は多数の意であろう。

を詳《つまび》らかにせず。

4258 明日香《あすか》川《がは》川門《かはと》を清《きよ》み後《おく》れ居《ゐ》て恋ふれば都いや遠《とほ》そきぬ

右の一首は、左中弁中臣朝臣清麻呂《さちうべんなかとみのあそみきよまろ》の伝《つた》へ誦《よ》みし古《ふる》き京《みやこ》の時の歌なり。

4259 十月《かみなづき》しぐれの常《つね》か我《わ》が背子《せこ》がやどの黄葉《もみちば》散りぬべく見ゆ

右の一首は、少納言大伴宿祢家持《せうなふごんおほとものすくねやかもち》の、時に当《あ》たりて梨《なし》の黄葉《もみち》を矚《み》てこの歌を作りしものなり。

壬申《じんしん》の年の乱《らん》の平定《へいてい》して以後《のち》の歌二首

4260 大君《おほきみ》は神にしいませば赤駒《あかごま》の腹這《はらば》ふ田居《たゐ》を都と成《な》しつ

右の一首は、大将軍贈右大臣大伴卿《だいしやうぐんぞううだいじんおほともきやう》の作なり。

4261 大君《おほきみ》は神にしいませば水鳥《みづとり》のすだく水沼《みぬま》を都と成しつ　作者未《いま》だ詳《つまび》らかならず

4257
◆十月二十二日に、左大弁紀飯麻呂朝臣の家で宴会した歌三首

手束弓を手に取り持って、朝狩をしに君はお発ちになった、棚倉の野に。

◇右の一首は、治部卿船王が伝誦した久迩の都の時の歌である。作者は分からない。

▽以下三首は、平城京の官吏、紀飯麻呂宅における宴会の歌。飯麻呂が左大弁になるのは六年後の天平宝字元年(七五七)。当時は右大弁。「手束弓」は、手に握る部分が大きくて目立つ弓を言うか。「棚倉」は、京田辺市田辺か木津川市山城町か未詳。

4258
明日香川の渡り場の水が清らかなので、一人残って恋しく思っていると、都はいよいよ遠ざかってしまった。

◇右の一首は、左中弁中臣朝臣清麻呂が伝誦した古い都の時の歌である。

▽「川門」は川への下り口。渡り場や水汲み場。明日香の清らかな川辺を立ち去りかねて、藤原の都に移住していった人を恋慕している間に、都がさらに遠く平城に遷ったことを悲しむ。平城京時代の作であるのに、左注の「古き京の時の歌」は不審。

4259
十月に降る時雨のいつもの習いなのかなあ、あなたのお宅の黄葉が今にも散りそうに見える。

◇右の一首は、少納言大伴宿祢家持がたまたま梨の黄葉に目をとめてこの歌を作った。

▽時雨は黄葉を散らすものであった。→一五八三。梨の木の黄葉は既出(二一八九)。「しぐれの常か」の助詞カは詠嘆。下に掛からない。「散りぬべく」の原文は「可落」。助動詞ヌを読みそえる。

4260
◆壬申の年の兵乱が鎮まった後の歌二首

大君は神でいらっしゃるので、赤駒が腹ばいになる田んぼを都となさった。

▽「壬申の年の乱」は、天智天皇十年(六七一)十二月の天皇の崩御のあと、翌年六月、天皇の弟大海人皇子(天武)が、天皇の子の大友皇子の近江朝方と争って勝利を収めた内乱(→一九九注)。左注の「大将軍贈右大臣大伴卿」は天武方の将軍として功のあった大伴御行。家持の祖父安麻呂の兄に当たる。

歌の上二句は大君讃歌の定型句。柿本人麻呂の「大君は神にしいませば天雲の雷(いかづち)の上に廬(いほ)りせるかも」(二三五)、「大君は神にしいませば真木(まき)の立つ荒山中に海をなすかも」(二四一)などより古い例。第三句の「赤駒」は、天智天皇崩御の後の童謡「赤駒のい行き憚(はばか)る真葛原なにの伝言(つてこと)直(ただ)にし良(え)けむ」(日本書紀・天智天皇十年十二月)にも見えた。「腹這ふ」は、右の童謡の「い行き憚る」と同様に、赤駒が泥深い田に足を取られて歩みかねるさまを言うのだろう。「都と成しつ」は、飛鳥浄御原宮を造営したことを言う。

右の件《くだり》の二首は、天平勝宝四年二月二日に聞きて、即《すなは》ちここに載《の》するものなり。

閏《うるふ》三月に、衛門督《ゑもんのかみ》大伴古慈悲宿祢《おほとものこじひすくね》の家に於《おき》て、入唐副使《にふたうふくし》同胡麻《どうこま》呂宿祢等《ろすくねら》を餞《せん》せし歌二首

4262 唐国《からくに》に行《ゆ》き足《た》らはして帰り来《こ》むますら健男《たけを》に御酒《みき》たてまつる

右の一首は、多治比真人鷹主《たぢひのまひとたかぬし》の、副使《ふくし》大伴胡麻呂宿祢《おほとものこまろすくね》を寿《ことほ》きしものなり。

4263 櫛《くし》も見《み》じ屋内《やぬち》も掃《は》かじ草枕《くさまくら》旅行く君を斎《いは》ふと思《も》ひて　作者未《いま》だ詳《つまび》らかならず

右の件《くだり》の歌は、伝《つた》へ誦《よ》みしは、大伴宿祢村上《おほとものすくねむらかみ》、同清継《どうきよつぐ》等これなり。

従四位《じゆしゐ》上《じやう》高麗朝臣福信《こまのあそみふくしん》に勅《ちよく》して難波《なには》に遣《つかは》し、酒肴《しゆかう》を入唐使《にふたうし》藤原《ふぢはらの》朝臣清河《あそみきよかは》等に賜《たま》ひし御歌《みうた》一首　短歌を并《あは》せたり

4261 大君は神でいらっしゃるので水鳥の集まる沼を都となさった〈作者は分からない〉。

◇以上の二首は、天平勝宝四年(七五二)二月二日に聞いて、そのままここに載せた。

▽上二句と結句は前歌と同じ。第四句の「すだく」は、鳥などが群れること。既出(一一七六など)。前歌の「赤駒の腹這ふ田居」も、この「水鳥のすだく水沼」も、都にはとてもできそうもない土地。それを都に造営した天皇への讃歌。左注の「聞き」「載す」の主語が示されていないが、大伴家持であろう。家持は、聞き伝えた二首の同じ初句の原文を「皇者」と「大王者」とに、また結句を「京師跡奈之都」と「皇都常成通」とに書き分けている。

この二首以下は天平勝宝四年。

◆閏三月に、衛門督大伴古慈悲宿祢の家で入唐副使大伴胡麻呂宿祢らを餞別した歌二首

4262 唐の国に行って役目を十分に果たしてご帰国になるりっぱな方に、御酒を差し上げます。

◇右の一首は、多治比真人鷹主が副使大伴胡麻呂宿祢を祝ったものである。

▽天平勝宝二年九月に大使藤原清河・副使大伴古(胡)麻呂以下が任命された遣唐使に関係する歌は、この前にも五首まとめられていた(四二四〇-四二四四)。同三年に吉備真備が副使に追加され、翌四年三月に遣唐使拝朝。そしてこの歌は、閏三月に副使以上に節刀が授けられた頃の作。

第二句の「足らはす」は「足らふ」の他動詞。満たすこと、十分にすること。既出(三二五八)。

左注の「寿」は、人に酒杯を奉ってその長寿を祈ること。既出(四二三六題詞)。作者の多治比真人鷹主は、この五年後の天平宝字元年(七五七)、大伴古慈悲・古麻呂、また一族の犢養(ことしかい)・国人らと共に橘奈良麻呂の謀議に加わった(続日本紀)。

4263 櫛も見るまい、家の中も掃くまい。(草枕)旅行くあなたの無事を祈って潔斎すると思って〈作者は分からない〉。

◇以上の歌は、大伴宿祢村上と同清継とが聞き伝えて詠みあげたものである。

▽上二句について、仙覚の万葉集註釈は、人が旅立ったあと、三日間は家の庭を掃かず、使う櫛も見ないことを言うものだと説く。鎌倉時代に類似の俗信があったのであろう。魏志倭人伝にも、「その行来・渡海、中国に詣(いた)るには、恒(つね)に一人をして頭を梳(くしけづ)らず、蟣蝨(きしつ)を去らず、衣服垢汚、肉を食はず、婦人を近づけず、喪人の如くせしむ。これを名づけて持衰(じさい)と為す」とある。結句の「斎ふ」は斎戒して旅人の無事を神に祈ること。天平五年(七三三)の遣唐使の餞別の歌にも、「留(とど)まれる我は幣(ぬさ)引き、斎(いは)ひつつ君をば待たむ、早帰りませ」(一四五三)とあった。

4264 そらみつ　大和《やまと》の国は　水の上《うへ》は　地《つち》行くごとく　船の上《うへ》は　床《とこ》に居《を》るごと　大神《おほかみ》の　斎《いは》へる国そ　四《よ》つの船　船舳《ふなのへ》並べ　平《たひ》らけく　はや渡り来て　返り言《こと》　奏《まを》さむ日に　相飲《あひの》まむ酒《き》そ　この豊御酒《とよみき》は

反歌一首

4265 四《よ》つの船はや帰り来《こ》としらか付け朕《わ》が裳《も》の裾《すそ》に斎《いは》ひて待たむ

右は、勅使《ちよくし》を発遣《はつけん》し、幷《あは》せて酒を賜《たま》ひて楽宴《らくえん》せし日月、未《いま》だ詳審《つまび》らかにすること得《え》ず。

詔《みことのり》に応《こた》へむ為《ため》に儲《まう》け作りし歌一首　短歌を幷《あは》せたり

4266 あしひきの　八《や》つ峰《を》の上《うへ》の　つがの木の　いやつぎつぎに　松が根の　絶ゆることなく　あをによし　奈良の都に　万代《よろづよ》に　国知らさむと　やすみしし　わが大君《おほきみ》の　神《かむ》ながら　思ほしめして　豊《とよ》の宴《あかり》　見《め》す今日の日は

◆従四位上高麗朝臣福信に仰せて難波に遣し、酒肴を入唐使藤原朝臣清河らに下賜なさった御歌一首と短歌

4264 （そらみつ）大和の国は、水の上は大地を走るように、船の上は床に座っているようにと、大神が護っておられる国です。四つの船の、船の舳先を並べ、無事に早く渡海して帰って来て、返り言を奏上しようという日に、ともに飲む酒です、この豊御酒は。

▽孝謙天皇の御製。天皇は聖武天皇と光明皇后の間の第一皇女。時に三十五歳。三年前の天平勝宝元年(七四九)に即位していた。「高麗朝臣福信」は、当時、中衛少将に紫微少弼(紫微中台の次官)を兼ねていた。この歌の原文は、初句の「虚見都」、第二句の「山跡乃国波」など、句末の活用語尾や助詞の表記の「都」「波」などが、多くの諸本で右寄せの小字で記されている。御製歌なので、天皇の言葉を記す宣命の表記にならったものであろう。

歌の冒頭の「そらみつ大和の国は」は、山上憶良の「好去好来歌」(八九四)にも見えた。「大和の国」は日本国の意。「水の上は…船の上は…」の対句は、大神の守護のおかげで船が順風を受けてやすやすと渡海することの譬え。これも「好去好来歌」に「また更に大御神たち、船舳(ふなのへ)に御手うち掛けて、墨縄を延(は)へたるごとく」とあった。「四つの船」は遣唐使が分乗する四船。この時の遣唐使の帰国時は、第一船に大使の藤原清河・留学生阿倍仲麻呂ら、第二船に副使大伴古麻呂・僧鑑真ら、第三船に副使吉備真備ら、第四船に判官布勢人主らが乗船したと伝える。そのうち第一船は暴風のために帰国できなかった(→四二四一注)。歌の末尾は、節度使に下賜された聖武天皇の御製の結び、「帰り来む日に相飲まむ酒そ、この豊御酒は」(九七三)に学ぶものであろう。

4265 四つの船よ早く帰って来いと、しらかを付けて私の裳の裾に祈りをこめて待ちましょう。

◇右は、勅使を送り、酒を下賜なさって宴会した月日は未詳である。

▽第三句の「しらか」は語義未詳。祭祀のための白い幣(ぬさ)か。そのような幣を自らの裳の裾につけて入唐使らの無事を神に祈ったのであろう。左注の「日月」は漢語としては「月日」が普通。「年月未詳」などの例が多いが、ここは天平勝宝四年の、何月何日かが未詳の意。

◆詔に応えるためにあらかじめ作った歌一首と短歌

4266 （あしひきの）峰々の上のつがの木のようにいよいよ次々に、松の根のように絶えることもなく、（あをによし）奈良の都で、永遠に国を支配なさろうと、（やすみしし）我が大君が、神の御心のまま

もののふの　八十伴《やそとも》の男《を》の　島山《しまやま》に　あかる橘《たちばな》　うずに刺《さ》し　紐解《ひもと》き放《さ》けて　千年寿《ちとせほ》き　寿《ほ》きとよもし　ゑらゑらに　仕《つか》へ奉《まつ》るを　見るが貴《たふと》さ

反歌一首

4267 天皇《すめろき》の御代《みよ》万代《よろづよ》にかくしこそ見《め》し明《あき》らめめ立つ年のはに

右の二首は、大伴宿祢家持《おほとものすくねやかもち》の作りしものなり。

天皇《てんわう》、太后共《たいこうとも》に大納言藤原《だいなふごんふぢはら》の家に幸《みゆき》したまひし日に、黄葉《もみち》せる沢《たく》蘭《らん》一株を抜《ぬ》き取《と》り、内侍佐々貴山君《ないじささきやまのきみ》に持《も》たしめ、大納言藤原卿《ふぢはらきやう》と陪従《ばいじゆう》の大夫《だいぶ》等《ら》に遣《つか》はし賜《たま》ひし御歌《みうた》一首

命婦《みやうぶ》誦みて曰《いは》く

4268 この里は継《つ》ぎて霜や置く夏の野に我《わ》が見し草はもみちたりけり

十一月八日、左大臣《さだいじん》橘朝臣《たちばなのあそみ》の宅《いへ》に在りて肆宴《しえん》したまひし歌四首

にお考えになって、御宴をお開きになる今日の日は、たくさんの官人たちが、庭の築山に明るく照り映える橘を髪飾りに挿し、衣の紐を解き放ち、君の千年を祝って、祝うその声はあたりに響き渡り、笑いながらお仕えするのを見るのはありがたいことだ。

▽題詞の「儲け作」るは、あらかじめ歌を作ること。既出(四〇九八題詞・四一二〇題詞)。次歌の左注によれば、家持の作。歌は新年の祝宴に披露されるにふさわしい。あくる天平勝宝五年(七五三)の新年御宴に賀歌を奉れという詔があることを予想して作っておいたが、実際にはそれがなかったのであろう。

第三・四句は「つがの木のいやつぎつぎに、天の下知らしめししを」(二九)に既出。「いやつぎつぎに」と「絶ゆることなく」は、共に「国知らさむ」に掛かる。「豊の宴」は御宴。天皇が宴に出座することを「見《め》す」という。「天皇、豊明《とよのあかり》聞し見《め》しし日に」(古事記・中〔応神〕)。「うずに刺し」は「うず」として刺しての意。「うず」は、花や葉などを髪や冠に刺すもの。「平群《へぐり》の山の熊白檮《くまかし》が葉をうずに刺せその子」(古事記・中〔景行〕)。「紐解き放けて」は、衣の紐を解いてくつろぐさま。「古へ禁中にても、宴楽の時は紐をはなち、袒《たかぎぬ》などせしさまに思はる」(略解)。「嬉しみと紐の緒解きて、家のごと解けてそ遊ぶ」(一七五三)。「千年寿き」は、君が代の千代を祝うこと。「寿きとよもし」は、祝福の声を響かせること。「ゑらゑら」は笑うさま。動詞「ゑらく」は賜宴の宣命に常用される。結句の類例、「あるが苦しさ」(一〇〇七)など。

4267　天皇の御代はいついつまでもこのように宴を開いて心をお晴らし下さい、毎年毎年。

▽「見し明らむ」は、何かをご覧になって心を晴らすこと。ここは天皇が宴に臨んで楽しむことを言う。結句の類例、「いや年のはに」(一八八一・三六七)。ここに「立つ年のはに」と言うのは、新年を祝賀する御宴の歌にふさわしい表現としたのであろう。

◆天皇(孝謙)と太后(光明)とが一緒に大納言藤原家に行幸なさった日に、色づいたサワヒヨドリをひと株抜き取って内侍の佐々貴山君に持たせ、大納言藤原卿と陪従の大夫たちにお与えになった御歌一首

命婦が吟詠した

4268　この里はひっきりなしに霜がおりるのでしょうか、夏の野で私が見た草は色づいていますよ。

▽「天皇」は孝謙天皇。「太后」は天皇の母の光明皇后。「大納言」は藤原仲麻呂。光明皇后の甥にあたる仲麻呂は、皇后のための役所、紫微中台の長官であった。「沢蘭」はキク科の多年草のサワヒヨドリ。「内侍」は天皇の側近くに仕えた女官。「佐々

4269 よそのみに見ればありしを今日見ては年に忘れず思ほえむかも
右の一首は、太上天皇《だいじやうてんわう》の御歌《みうた》。

4270 むぐら延《は》ふ賤《いや》しきやども大君《おほきみ》しまさむと知らば玉敷《たまし》かましを
右の一首は、左大臣《さだいじん》橘卿《たちばなきやう》。

4271 松陰《まつかげ》の清き浜辺《はまへ》に玉敷かば君来まさむか清《きよ》き浜辺に
右の一首は、右大弁《うだいべん》藤原《ふぢはらの》八束《やつか》朝臣《あそみ》。

4272 天地《あめつち》に足《た》らはし照りて我《わ》が大君敷きませばかも楽しき小里《をさと》
右の一首は、少納言《せうなふごん》大伴宿祢《おほとものすくね》家持《やかもち》。未《いま》だ奏《そう》せず。

二十五日、新嘗会《しんじやうゑ》の肆宴《しえん》にして詔《みことのり》に応《こた》へし歌六首

4273 天地と相栄《あひさか》えむと大宮を仕《つか》へ奉《まつ》れば貴《たふと》く嬉《うれ》しき
右の一首は、大納言《だいなふごん》巨勢《こせの》朝臣《あそみ》。

貴山君」は伝未詳。「命婦」は五位以上の婦人(内命婦)と、五位以上の官人の嫡妻(外命婦)。ここは内侍佐々貴山君を言うのだろう。歌は、「夏野に御覧じたる沢蘭の、程もなく思召すにかくもみぢしたるは、此里には打継て霜や置らむと遊ばせたるなり」(代匠記〔精撰本〕)の意であろう。「見し」は過ぎし夏の行幸の日に見たことか。その草が早くも色づいたのは、絶えることのないこの里(藤原家)の霜ゆえかと讃えて詠う。

*****

◆十一月八日に、左大臣橘朝臣の家で御宴をなさった歌四首

4269 関わりのないものとばかりに見ていたので今までは平気でいたけれども、今日見てしまったからには、毎年忘れずに思われるだろう。

▽太上天皇、すなわち主賓にあたる聖武天皇の歌。訪れて、なまじ目に見たばかりに、これからは忘れられずに思い続けるだろうと、まるで相聞歌のように詠って、諸兄の家を讃嘆する。「なかなかになにか知りけむ我が山に燃ゆる火(ほ)の気(け)の外(そよ)に見ましを」(三〇二三)は相聞歌。「年に」は毎年の意。類例、「年にしのはめ」(四一八八)。

4270 むぐらの広がるみすぼらしい家でも、大君がお出でになると分かっていたら、玉をお敷きいたしましたのに。

▽主人の橘諸兄の歌。上二句は自宅を謙遜して言う。「むぐらふの汚きやどに」(七五九)。類歌、一〇一三。また「思ふ人来むと知りせば八重むぐら覆(おほ)へる庭に玉敷かましを」(二八二四)。また「堀江には玉敷かましを」(四〇五六)は諸兄自身の作。第三句の原文は「大皇之」。「大君の」と訓むことが多いが、助詞ノと終止形「まさむ」の呼応を異例として「大君し」と改訓する説に従う。「大君しよしと聞こさば独り居りとも」(古事記・下〔仁徳〕・歌謡)。

4271 松陰の清らかな浜辺に玉を敷いたら、大君はお出でになるでしょうか、清らかな浜辺に。

▽作者は藤原房前の第三子(→三九八題詞)。「浜辺」は諸兄邸の庭の池の岸辺を言う。草壁皇子の宮の庭を「み立たしの島の荒磯(ありそ)」(一八一)と言った例があった。第二句を結句に繰り返すのは古い歌謡の形式(→五五注)。

4272 天地に充ち充ちて照り輝き、我が大君がご来臨下さるからか、楽しい里です。

▽家持の歌。あらかじめ作っておいたのに、奏上せずに終わった歌なのだろう。結句の「楽し」は、万葉集では「酒宴」の文脈に使用されることが多い(→一二六三注・三三四八注)。「小里」は里の歌語。既出、「小里なる花橘」(三五七四)。「楽しき小里」は、宴会に賑わう広大な諸兄邸を誇張して言うか。この前にも藤原家を「この里」(四二六八)と称していた。

4274 天《あめ》にはも五百《いほ》つ綱延《つなは》ふ万代《よろづよ》に国知らさむと五百つ綱延ふ　古歌に似たれども未《いま》だ詳《つまび》らかならず

右の一首は、式部卿《しきぶのきやう》石川年足《いしかはのとしたり》朝臣《あそみ》。

4275 天地《あめつち》と久しきまでに万代に仕《つか》へ奉《まつ》らむ黒酒《くろき》白酒《しろき》を

右の一首は、従三位《じゆさんゐ》文室智努真人《ふむやのちぬまひと》。

4276 島山《しまやま》に照《て》れる橘《たちばな》うずに刺《さ》し仕《つか》へ奉《まつ》るは卿大夫《まへつきみ》たち

右の一首は、右大弁《うだいべん》藤原《ふぢはらの》八束《やつか》朝臣《あそみ》。

4277 袖垂《た》れていざ我《わ》が園《その》にうぐひすの木伝《こづた》ひ散らす梅の花見《み》に

右の一首は、大和国守《やまとのくにのかみ》藤原《ふぢはらの》永手《ながて》朝臣《あそみ》。

4278 あしひきの山下《やました》ひかげかづらける上《うへ》にや更《さら》に梅をしのはむ

右の一首は、少納言《せうなふごん》大伴宿祢《おほとものすくね》家持《やかもち》。

◆二十五日に、新嘗会の御宴で詔に応えた歌六首

4273 天地とともに久しくお栄えになるようにと、大宮をお造り申し上げると、ありがたくも嬉しいことです。

▽「新嘗会」は、天皇がその年の新穀を神々に奉り、天皇自らも食する祭儀。平安時代には、十一月の、卯の日が二度ある場合は後の卯の日(下卯)に行い、卯の日が三度ある場合は下卯を待たずに中卯の日に行った(令義解)。また貞観儀式によると、新嘗会のあとの豊明節会(とよのあかりのせちえ)は翌日の辰の日にあったと言う。それに対して、この天平勝宝四年(七五二)十一月二十五日は三度目の卯の日(丁卯)で、またその日のうちに宴が催されている。平安時代の通例とは異なったらしい。

歌の第三句の「大宮」は、天皇が神事を行う宮。「大宮を仕へ奉」るとは、その宮を造営すること。このような神殿は毎年新たに造営されたらしい。結句の「嬉しき」は連体形止め。

左注の「大納言巨勢朝臣」は、巨勢奈弖麻呂(→三九二六左注)。大伴旅人の母方の叔父、家持には大叔父にあたる人。この翌年、八十四歳で没。ここに名前を記さないのは、「左大臣橘卿」(四二七〇左注)と同様に、敬意をこめた表記。

*****

4274 天上には、たくさんの綱を張り渡してある。永遠に国をお治めになるようにと、たくさんの綱を張り渡してある〈古歌のようでもあるが、未詳である〉。

▽新嘗の神殿を讃える歌であろう。日本書紀・顕宗即位前紀の室寿(むろほき)の祝言に「取り結(ゆ)へる縄葛(つなかづら)はこの家長(いへのきみ)の御寿(みいのち)の堅(かたまり)なり」とあるように、張り渡した長い綱が天皇の長寿を象徴すると祝う。第二句を結句に反復する古歌謡の形式(→五五注)なので、「古歌に似」ると注する。作者は式部省の長官。時に六十五歳。

4275 天地とともに久しい将来まで、永遠に造って奉りましょう黒酒白酒を。

▽「黒酒白酒」は、称徳天皇の詔(続日本紀・天平神護元年〔七六五〕十一月)にも豊明の御酒として、また延喜式・造酒司にも「新嘗会白黒二酒料」の項に見える。作者は天武天皇の孫の智努王。この年の九月に文室真人の姓を賜わって臣籍に降った。

4276 庭園に照り映える橘を髪飾りとして挿して、ご奉仕するのは卿大夫たちだ。

▽「島山」は庭の築山。上三句は、家持の長歌の一節、「島山にあかる橘、うずに刺し」(四二六六)に似る。作者の藤原八束は既出(四二七一左注)。

4277 袖を垂らしてさあ我が庭に降り立ちましょう、鶯が木を伝って散らす梅の花を見に。

二十七日、林王《はやしのおほきみ》の宅《いへ》に、但馬按察使《たぢまのあんせつし》橘奈良麻呂朝臣《たちばなのならまろあそみ》を餞《せん》し
て宴《えん》せし歌三首

4279 能登川《のとがは》の後《のち》には逢はむしましくも別《わか》るといへば悲しくもあるか

右の一首は、治部卿《ぢぶのきやう》船王《ふねのおほきみ》。

4280 立ち別れ君がいまさば磯城島《しきしま》の人は我《われ》じく斎《いは》ひて待たむ

右の一首は、右京少進《うきやうのせうしん》大伴宿祢《おほとものすくね》黒麻呂《くろまろ》。

4281 白雪《しらゆき》の降り敷く山を越《こ》え行《ゆ》かむ君をそもとな息《いき》の緒《を》に思《おも》ふ

左大臣《さだいじん》、尾《び》を換《か》へて云《いは》く、「息の緒にする」といふ。然《しか》れども猶《なほ》し喩《さと》して
曰《いは》く、「前《さき》の如《ごと》くこれを誦《よ》め」といふ。

右の一首は、少納言《せうなふごん》大伴宿祢《おほとものすくね》家持《やかもち》。

五年正月四日、治部少輔《ぢぶのせうふ》石上朝臣《いそのかみのあそみ》宅嗣《やかつぐ》の家に於《お》きて宴《えん》せし歌三首

▽初句は、朝服の袖を垂らしてゆっくり歩むさま。十一月の新嘗会は、梅の花が咲くには早すぎる。梅の造花が飾られたのだろう(江家次第・新嘗会装束条)。その梅から花を散らす鶯を想像した。作者は藤原房前の第三子。八束の兄。時に三十九歳。

4278 (あしひきの)ヒカゲノカズラをかずらにしている上に、さらに梅を挿頭にして愛でるのですか。

▽家持の歌。「ひかげ」は、ヒカゲノカズラ。シダ植物で、日陰に自生する。山のふもとに見られるので「山下ひかげ」と言った。大嘗会などの儀式に、冠の飾りとして用いられた。その「ひかげ」を冠に付けている上に、梅もまた挿頭として髪に挿してよいものかという軽い戸惑いを詠う。

＊＊＊＊＊

◆二十七日に、林王の家で、但馬按察使橘奈良麻呂朝臣を餞別した宴の歌三首

4279 (能登川の)後にはお逢いしましょう。しかししばらくでもお別れするといえば、何とも悲しいことです。

▽「林王」は系譜未詳。当時、従五位下、図書頭。「橘奈良麻呂」は諸兄の子。「按察使」は養老三年(七一九)に新たに置かれた官職。数か国をまとめて、その行政を監察する。天平の頃は都の高官が兼務した。橘奈良麻呂も、この十一月三日に、参議に在職のままで但馬と因幡の按察使となった。但馬への出発を前に餞別したのだろう。

「能登川」は、奈良の春日山から流れて佐保川に合流する川。林王の家がその近くにあったのかも知れない。ノトの音からノチを導く枕詞。

4280 旅立ち別れてあなたが行ってしまわれたら、大和の国の人はまるで我がことのように、神に祈ってお待ちするでしょう。

▽大和国の枕詞「磯城島の」(三二四八など)から、「磯城島」だけで大和を指した。「我じく」は、「時じくそ雪は降るといふ」(二六)の「時じく」が、その時でもないのにと解されたように、我がことでもないのに、我がことのようにの意であろう。作者は伝未詳。「右京少進」は右京職の三等官。

4281 白雪が降り敷いている山を越えて行くあなたを、こんなにひどく死ぬほどに思っています。

◇左大臣は、結句を「息の緒にする」と作りかえた。しかしその後、「やはり前の通りに詠みなさい」と指図なさった。

右の一首は、少納言大伴宿祢家持。

▽雪中に山を越えてゆく旅人を思いやる歌。↓七八六。左注の「尾」は「尾句」(三八三左注)とも。左大臣橘諸兄は、家持のこの歌の結句をいったん改めたが、後にまた元に戻すように指示したという。「もとな」は「思ふ」「恋ふ」に掛かることの多い語であり、「もとな息の緒に思ふ」のほうが自然だろう。

4282 言繁《ことしげ》み相問《あひと》はなくに梅の花雪にしをれてうつろはむかも

右の一首は、主人《あろじ》石上朝臣《いそのかみのあそみ》宅嗣《やかつぐ》。

4283 梅の花咲けるが中《なか》に含《ふふ》めるは恋ひや隠《こも》れる雪を待つとか

右の一首は、中務《なかづかさの》大輔《だいふ》茨田王《まむだのおほきみ》。

4284 新《あらた》しき年の初めに思ふどちい群《む》れて居《を》れば嬉しくもあるか

右の一首は、大膳大夫《だいぜんのだいぶ》道祖王《ふなどのおほきみ》。

十一日、大雪《おほゆき》落《ふ》り積《つ》もること尺有二《しやくいうに》寸《すん》。因《よ》りて拙懐《せつくわい》を述《の》べし歌三首

4285 大宮《おほみや》の内《うち》にも外《と》にもめづらしく降れる大雪な踏《ふ》みそね惜《を》し

4286 み園生《そのふ》の竹の林にうぐひすはしば鳴きにしを雪は降りつつ

4287 うぐひすの鳴きし垣内《かきつ》ににほへりし梅この雪にうつろふらむか

◆五年正月四日に、治部少輔石上朝臣宅嗣の家で宴会をした歌三首

4282 噂がうるさくてお訪ねのない間に、梅の花は雪のために萎れて散ってしまうのではないでしょうか。

▽宴の主人の歌。上二句は、「言繁み君は来まさず」（一四九九）などの恋の歌をまねた表現。「相問はなくに」の主語は、その一四九九の例と同様に、君、すなわち客人たち。皆さんが噂を気にして来て下さらないうちに、我が家の梅が雪に降られて散ってしまうのではないかと心配ですと詠った。

作者の石上朝臣宅嗣は当時二十五歳。治部省の次官。後には文人として知られ、その邸宅の一隅に本邦図書館のさきがけと言われる芸亭（うんてい）を作った。経国集（→三二〇頁）に詩二首が収められる。

4283 開いた梅の花にまじって蕾のままでいるのは、恋して引き籠もっているのだろうか、雪を待ち兼ねているのだろうか。

▽花が蕾の状態であることを恋をしている様子と見ることは、「昼は咲き夜は恋ひ寝（ぬ）る合歓木（ねぶ）の花」（一四六一）とあった。ここは、梅の蕾を、そのような恋、それも雪を待つ恋心を表に出せずに籠もっているのかと詠った。梅が雪を待つという発想は、「梅花寒くして雪を待つ」（初唐・沈佺期「同李舎人冬日集安楽公主山池」）などに学ぶものか。「含めりと言ひし梅が枝今朝降りし沫雪（あわゆき）にあひて咲きぬらむかも」（一四三六）ともあった。「梅と雪とは友に似たれば、あるじのまらうどをまたれたる心にたとへたり」（代匠記〔初稿本〕）。作者の茨田王は系譜未詳。万葉集にこの歌のみ。

4284 新しい年の初めに仲間たちが集まっているとなんとも嬉しいことだ。

▽第四句のイは接頭語。「群れて居れば」は漢語「群居」の訓読語か。「孟春の月、群居する者将（さま）に散らんとす」（漢書・食貨志）の「群居」は、正月を楽しんで集まってくつろぐこと。結句の類例、「悲しくもあるか」（四五九）など。作者の道祖王は、新田部皇子の子。天武天皇の孫。三年後の天平勝宝八年（七五六）に皇太子となったが、翌年廃され、さらに橘奈良麻呂の乱に捕らえられて拷問死した。

◆十一日に、大雪が降って一尺二寸積もった。そこで愚懐を述べた歌三首

4285 大宮の内にも外にも、めずらしくも降った大雪だ。踏んではいけないよ、惜しいから。

▽題詞の「拙懐」は家持自身の類例「拙詠」（三九七六の前文）とともに漢籍に用例未見。後出（四三二〇左注・四三六〇題詞）。家持が自らの思いを謙遜して言った語。作者名がないことと共に、少なくともこの巻が家持の編纂になることを証拠づける語である。上二句は、同じ家持の、新年の大雪の日の肆宴の歌に

十二日、内裏《だいり》に侍《じ》して千鳥《ちどり》の喧《な》くを聞きて作りし歌一首

4288 川渚《かはす》にも雪は降れれし宮《みや》の内《うち》に千鳥鳴くらし居《ゐ》む所なみ

二月十九日、左大臣橘《さだいじんたちばな》の家に於《お》きて宴《えん》して、柳《やなぎ》の条《えだ》を攀《よ》ぢ折《を》るを見し歌一首

4289 青柳《あをやぎ》のほつ枝《え》攀《よ》ぢ取りかづらくは君がやどにし千年《ちとせ》寿《ほ》くとそ

二十三日、興《きよう》に依《よ》りて作りし歌二首

4290 春の野に霞《かすみ》たなびきうら悲《がな》しこの夕影《ゆふかげ》にうぐひす鳴くも

4291 我《わ》がやどのいささ群竹《むらたけ》吹く風の音《おと》のかそけきこの夕《ゆふへ》かも

二十五日に作りし歌一首

4292 うらうらに照れる春日《はるひ》にひばり上《あ》がり心悲《こころがな》しもひとりし思《おも》へば

春日遅々《しゆんじつちち》として鶬鶊《うぐひす》正《まさ》に啼《な》く。悽惆《せいちう》の意《こころ》、歌に非《あらざ》れば撥《はら》ひ難《がた》きのみ。仍《すなは》

既出(三九二六)。また全体に三形沙弥の長歌(四二二七)を学ぶ。結句の「ナ踏ミソネで切れて、惜シと添えたのは珍しい形である」(全註釈)。

4286
御苑の竹の林に鶯はしばしば鳴いたけれども雪は降り続いている。

▽竹林に来て鳴く鶯を詠う(→八二四)。鶯が鳴き、雪が降るという季節の食い違いは、「山のまにうぐひす鳴きてうちなびく春と思へど雪降りしきぬ」(一八三七)とも詠われた。

4287
鶯が鳴いた宮の垣根の内に美しく咲いていた梅は、この雪に散っているだろうか。

▽「垣内」は垣根の内。既出(四二〇七)。第四句の「梅この雪に」は、「少し急迫の調をなしてゐる」(全釈)。前々歌の「な踏みそね惜し」とともに、「変わつた形であつて、作者が何らかの変化を求めつつあつたことが窺われる。ようやく平板の調に飽いて来たのであろう」(全註釈)。

＊＊＊＊＊

◆十二日に、内裏に伺候して千鳥の鳴き声を聞いて作った歌一首

4288
川の中洲にも雪は降っているので、宮中で千鳥が鳴くようだ、川に居る場所がないので。

▽第二句の「降れれ」は、「降れり」の已然形。已然形で言い放つ語法か。強意の助詞シが付いた。結句は、「川渚」に居ようとしても居られないので、の意。その「居る」は、「早川の瀬に居る鳥の」(七六一)の例のように、川洲にとどまっていること。千鳥は川瀬を移動しながら鳴くものだが、積雪でそれができずに居場所がないことを言うのであろう。

◆二月十九日に、左大臣橘家で宴会をして、柳の枝を引いて折るのを見た歌一首

4289
青柳の枝先を折り取ってかずらにするのは、あなたのお宅で千年の栄えをお祝いしようとしてのことです。

▽題詞の「攀ぢ折る」は、引っぱって折ること。既出(四一四三題詞)。第二句の「ほつ枝」の原文は「保都枝」。他には「最末枝」(一七四七)、「末枝」(三三三〇)などと表記した。類歌、「あしひきの山の木末《こぬれ》のほよ取りてかざしつらくは千年寿くとぞ」(四一三六)。

◆二十三日に、興のままに作った歌二首

4290
春の野に霞がたなびいていてもの悲しい。この夕方の光の中で鶯が鳴いているよ。

▽「霞」は、「春日山霞たなびき心ぐく」(七三五)の例のように、ぼうっと視界が開けないことから心の晴れない意を導くことがあり、家持作の「朝明《あさけ》の霞見れば悲しも」(四一四九)も霞の悲しい印象を捉えた表現であった。この第二・三句も、たなびく霞を見て心悲しくなることを言う。「うら悲し」を第四句の「この夕影」に掛かる連体格とする解釈もあるが、夕方を悲しい時とするのは、「夕暮は

ちこの歌を作り、式《もち》て締緒《ていしょ》を展《の》べき。但《ただ》し、この巻《まき》の中《うち》に作者《さくしゃ》の名字《めいじ》を称《い》はず、徒《ただ》に年月、所処《しょしょ》、縁起《えんぎ》のみを録《しる》せるは、皆大伴宿祢《みなおほとものすくね》家持《やかもち》の裁作《つく》りし歌詞なり。

萬葉集巻第十九

ものぞ悲しき」(和泉式部集)など、平安時代以降の歌の発想であろう。三句切れと見る。

4291 我が家のささやかな竹林を吹く風の音がかすかに聞こえるこの夕方だ。

▽竹を吹く風の音の表現は万葉集には他にない。漢語「風竹」「竹風」や、詩に「夜の条《えだ》に風析析《せきせき》たり」(梁・江洪「和新浦侯斎前竹」・芸文類聚・竹)などの表現があるのと関係するか。竹の風は詩では多く夜の風として詠われる。「涼夜自《おのづか》ら凄《さむ》く、風篁《くわう》韻を成す」(南朝宋・謝荘「月賦」・文選十三)。その李善注に「篁は竹の叢生なり。風篁は風の篁を吹くことなり」と言う。第二句の「いささ」を「斎笹」、神聖な笹の意とする説もある。

◆二十五日に作った歌一首

4292 のどかに照っている春の日中にヒバリが舞い上がり、心が悲しい。一人で思っていると。

◇春の日はのどかに、鶯は今まさに囀っている。悲しみの情は、歌なしにどうして払いのけられようか。そこでこの歌を作って憂鬱を晴らすのである。ところで、この巻の中で作者の名字を記さず、年月と場所と事情とだけを記しているのは、いずれも大伴宿祢家持が作った歌である。

▽初句の「うららに」は、日が長く、のどかなさま。「遅々 ウラ〳〵」(名義抄)。詩経(→三四頁)の二か所に「春日遅々」の句がある。家持はそれを「うららに照れる春日に」と翻訳したのであろう。ヒバリは後出、「朝《あさ》な朝《さ》な上がるひばりに」(四四三三)、「ひばり上がる」(四四三四)。左注の「鶬鶊」は鶯であって「ひばり」ではない。この左注は四二九〇以下の三首全体にわたる記事であり、「鶬鶊」は春景の代表として挙げられていて、「ひばり」とは直接には関わらない。

「春日遅々として鶬鶊正に啼く」は、「春日載《すなは》ち陽に、鳴く倉庚《さうかう》有り…春日遅遅、蘩《よもぎ》を采《と》ること祁々《きき》、女の心傷悲す、殆《はじ》めて公子に同じく帰《とつ》がん」(詩経・豳風・七月)に基づく表現であろう。ただし、この詩経・七月の悲しみの情は、「春の女は思ひ、秋の士は悲しむ」(淮南子〔→三四頁〕・繆称訓)に通じる女性の春思だが、家持の「悽惆の意」は、男女を問わない春愁となっている。

「締緒」は漢籍に用例未見。「因りて三首の短歌を作り、以て鬱結の緒《こころ》を散らさまくのみ」(三九二題詞)の「鬱結の緒」に当たる。「所処」は場所。「縁起」はもと仏教語。ここは事情の意。

萬《まん》葉《えふ》集《しふ》 巻第二十

天平勝宝五年(七五三)五月から天平宝字三年(七五九)正月までの歌を収める。長歌六首、短歌二百十八首の計二百二十四首。

この巻は先の太上天皇と舎人親王《とねりのみこ》との戯笑的即興の唱和歌に始まる。万葉集を閉じるべき巻の巻頭にふさわしい古歌として、伝誦されてきた歌を載せたものか。以下は大伴家《おおとものやか》持《もち》歌を中心に折々の宴席歌が続く。

天平勝宝七年(七五五)二月、前年兵部少輔《ひょうぶのしょうふ》となった家持は難波《なにわ》に赴き、交替して筑紫《つくし》に向かう防人《さきもり》たちを監督する傍ら、その歌八十四首(うち長歌一首)を集めた。それに家持が防人の心情を代弁して詠んだ歌などが二十首、「昔年《せきねん》の防人の歌」九首も含めて全百十三首の防人関係歌が収載される(四四三六まで)。家持は部領使《ぶりょうし》を通じて集めた防人歌からおよそ半数の拙劣歌を除いて収載したと記す。

この後は大原真人今城《おおはらのまひといまき》による伝誦歌や、今城と家持とで詠み交わした宴席歌など、二人の親しい関係を思わせる歌が多い。この頃権勢は橘諸兄《たちばなのもろえ》から藤原仲麻呂《ふじわらのなかまろ》に傾きつつあり、家持は大伴氏の保全を願い「族《やから》を喩《さと》しし歌」(四四六五―四四六七)を詠んでいる。その後仲麻呂は橘諸兄の死や橘奈良麻呂《ならまろ》の変の鎮圧によって実権を握った。家持は兵部大輔《だいふ》、右中弁《うちゅうべん》と昇進するが、天平宝字二年(七五八)六月に事実上の降格となる因幡守《いなばのかみ》に任じられ、翌年正月、因幡国庁で祝言の宴歌(四五一六)を詠んだ。万葉集はそこで終わる。

山村《やまむら》に幸行《いでま》しし時の歌二首

先太上天皇《さきのだいじやうてんわう》、陪従《ばいじゆう》の王臣《わうしん》に詔《みことのり》して曰《のたまは》く、「それ諸王卿《しよわうきやう》等、宜《よろ》しく和《わ》する歌を賦《ふ》して奏《そう》すべし」とのたまひて、即《すなは》ち御口号《うた》ひたまひて曰《いは》く

4293 あしひきの山行《ゆ》きしかば山人《やまびと》の朕《われ》に得《え》しめし山づとそこれ

舎人親王《とねりのみこ》の、詔《みことのり》に応《こた》へて和《わ》し奉《たてまつ》りし歌一首

4294 あしひきの山に行きけむ山人《やまびと》の心も知らず山人や誰《たれ》

右は、天平勝宝《てんぴやうしようほう》五年五月に、大納言藤原朝臣《だいなふごんふぢはらのあそみ》の家に在《あ》りし時に、事《こと》を奏《そう》するに依《よ》りて請問《せいもん》せし間《あひだ》に、少主鈴山田史土麻呂《せうしゆれいやまだのふひとひぢまろ》の、少納言大伴宿祢《せうなふごんおほとものすくね》家持《やかもち》に語《かた》りて曰《いは》く、「昔《むかし》この言《こと》を聞《き》きたり」といひて、即《すなは》ちこの歌を誦《うた》ひ

◆山村にお出ましになった時の歌二首

先の太上天皇(元正)が、付き従っていた廷臣に「諸王卿よ、これに和する歌を作って奏上しなさい」と仰せられて、自らお口ずさみになった歌に言う

4293
(あしひきの)山を通っていったら、山人が私にくれた山のみやげですよ、これは。

▽題詞の「山村」は平城京の東南の奈良市山町。帯解寺の東方一帯。「先太上天皇」は、この天平勝宝五年(七五三)当時の太上天皇(聖武)の前の太上天皇の意で、元正天皇を指すのだろう。神亀元年(七二四)に聖武に譲位し、天平二十年(七四八)に崩御していた。草壁皇子の娘、聖武の伯母、次歌の作者の舎人親王の姪に当たる。

　第二句は、「山行き」で「山に行き」ではないので、山村の山を過ぎ行くと、の意。ただし山村は平坦な地なので、その地名による修辞であろう。「行きしかば」で偶然の出会いを表現する例は既出(二八四・一八八六)。宮に帰って土産の品を示して詠んだ歌か。この「山づと」は何か、諸説あるが特定しがたい。山人からもらった物を喜ぶ神楽歌「採物(とりもの)」に、「逢坂を今朝こえくれば山人の我にくれたる山杖(やまづゑ)ぞこれ」、「すべ神の深山(みやま)の杖と山人の千歳を祈り切れる御杖ぞ」があるので、この歌の「山づと」も、花か紅葉の枝と見る説がある。

◆舎人親王が仰せに答えて奉った歌一首

4294
(あしひきの)山に行ったという山人の心もわかりません。その山人は誰なのでしょうか。

◇右の歌は、天平勝宝五年五月、大納言藤原朝臣の家にいた時、奏上することがあってお尋ねしたおり、少主鈴の山田史土麻呂が、少納言大伴宿祢家持に「昔こんなことを聞いたのですよ」と言って、その場でこの歌を吟じてくれたのである。

▽「舎人親王」は天武天皇の皇子。天平七年(七三五)薨。平安時代中期には上皇(太上天皇)の御所を「仙洞」と称したが、この時代にも同様だったか。それなら仙洞の住人すなわち上皇も山人となる。「山人」は「仙」の字謎(じなぞ)かも知れない。→一六八二注。舎人親王はこの行幸には従幸せず、土産の品を見て、山に行ったという山人(元正)のお気持も分かりません、その山人が出会ったという山人とは誰のことですかと戯れて詠ったのであろう。

　左注の「藤原朝臣」は藤原仲麻呂。その家は田村第と呼ばれた。→四二四二注。「在り」「事を奏する」の主語は大伴家持。「事を奏する」は天子に申し上げること。「請問」は質問すること。「少主鈴」は中務省に属し、「少納言」は太政官の部署であるが、ともに官人の公務出張に授与する駅鈴の出納を司るので山田土麻呂は大伴家持の下僚に当たった。

しものなり。

八月十二日、二三《にさん》の大夫《だいぶ》等《ら》の、各《おのおのこ》壺酒《しゆ》を提《と》りて高円《たかまと》の野《の》に登《のぼ》り、
聊《いささ》かに所心《しよしん》を述《の》べて作りし歌三首

4295 高円《たかまと》の尾花《をばな》吹き越す秋風に紐解《ひもと》き開《あ》けな直《ただ》ならずとも
右の一首は、左京少進大伴宿祢池主《さきやうのせうしんおほとものすくねいけぬし》。

4296 天雲《あまくも》に雁《かり》そ鳴くなる高円《たかまと》の萩《はぎ》の下葉《したば》はもみちあへむかも
右の一首は、左中弁中臣清麻呂朝臣《さちうべんなかとみのきよまろあそみ》。

4297 をみなへし秋萩しのぎさ雄鹿《をしか》の露分《つゆわ》け鳴かむ高円《たかまと》の野そ
右の一首は、少納言大伴宿祢家持《せうなふごんおほとものすくねやかもち》。

六年正月四日、氏族《しぞく》の人等《ひとら》の、少納言大伴宿祢家持の宅《いへ》に賀集《がしふ》し
て宴飲《えんいん》せし歌三首

◆八月十二日、二、三の大夫がそれぞれ酒壺を提げて高円の野に登り、いささか思いを述べて作った歌三首

4295 高円の花すすきを吹き越えてくる秋風に、着物の紐をゆるめようよ、じかに触れるわけではないけれど。

▽西本願寺本などの仙覚文永本以後の写本には題詞の冒頭に「天平勝宝五年」の六字があるが、非仙覚本にないのに従う。前歌左注にその年号が見えるので、ここでは省いたものか。

養老令の仮寧条によると、都で勤務する官人の休暇は、毎月の六の倍数の日と晦日に定められていたらしい。「十二日」の休暇に、平城京の東郊の「高円の野」に登って行楽したのであろう。

歌の第四句の「紐解く」は、家持が豊明《とよのあかり》の御宴のために作った長歌の「島山にあかる橘、うずに刺し紐解き放《さ》けて」(四二六六)のように宴会でくつろぐことを言う。しかし同時に、万葉集の多くの歌で「紐解く」は男女が共寝のために紐を解くことを言うので、その意味を重ねて、「直ならずとも」、すなわち直接に肌を合わせるわけではないけれどもという句を連ねたのだろう。

左注の「左京少進」は左京職の三等官の次席。正七位上相当官。大伴池主は家持が天平十八年(七四六)七月に越中守として赴任して以来、その下僚の三等官の掾《じょう》として仕え、また歌や詩を親しく詠みかわしていたが、その後は越前掾に、またこの頃は京官に転じていたらしい。

4296 空の雲に雁の鳴く声が聞こえる。高円の萩の下葉はちゃんと色づくだろうか。

▽第二句のナルは音声を表す動詞につく助動詞の連体形。その姿は目にしていないのだろう。補助動詞「あふ」が歌末に「～あへむかも」の形で用いられた歌は、「すっかり～する」「終わりまで～する」ことができるかという不安を表す(→三〇二・四〇八三など)。北からの来雁の頃に萩の黄葉が見られることが詠われる(→一五七五)。今年も高円の野の萩は雁の声に遅れずに黄葉できるだろうか、と案じる気持であろう。この年の「八月十二日」は太陽暦では九月十七日。萩の黄葉にはまだ早い。作者は中臣清麻呂。左中弁は太政官で正五位上相当。次歌の少納言大伴家持のすぐ上の上司である。

4297 女郎花や秋萩を押し伏せ、牡鹿が露を分けて鳴くのだろう、この高円の野には。

▽「をみなへし秋萩交じる蘆城《あしき》の野」(一五三〇)と同じく、この「秋萩」も萩の花を指すのだろう。「しのぐ」は、草木や波を分けて進むことに多く言う。現に高円の野にいる作者が「鳴かむ」と推量するのは、秋たけた頃や夜間の鹿を思いやるか。または広い野のどこかではと想像するか。

4298 霜《しも》の上に霰《あられ》たばしりいや増《ま》しに我《あれ》は参《ま》ゐ来《こ》む年の緒《を》長く　古《こ》今《こん》未《いま》だ詳《つまび》らかならず

右の一首は、左兵衛督《さひやうゑのかみ》大伴宿祢《おほとものすくね》千室《ちむろ》。

4299 年月《としつき》は新《あら》た新たに相見《あひみ》れど我《あ》が思《も》ふ君は飽《あ》き足《だ》らぬかも　古《こ》今《こん》未《いま》だ詳《つまび》らかならず

右の一首は、民部少丞《みんぶのせうじやう》大伴宿祢《おほとものすくね》村上《むらかみ》。

4300 霞立《かすみた》つ春の初めを今日《けふ》のごと見むと思《おも》へば楽しとぞ思《も》ふ

右の一首は、左京少進《さきやうのせうしん》大伴宿祢《おほとものすくね》池主《いけぬし》。

七日、天皇《てんわう》と太上天皇《だいじやうてんわう》と皇大后《わうたいごう》と、東《ひむがし》の常宮《つねのみや》の南大殿《みなみのおほとの》に在《あ》りて肆宴《しえん》したまひし歌一首

4301 印南野《いなみの》の赤《あか》ら柏《がしは》は時はあれど君を我《あ》が思《も》ふ時はさねなし

◆（天平勝宝）六年（七五四）正月四日、一族の人々が少納言大伴宿祢家持宅に集まって年賀の宴を開いた時の歌三首

4298 霜の上にあられが飛び散るように、さらにしばしば私は参上しよう、末ながく〈古今は詳らかでない〉。

▽大伴氏の氏上（うじのかみ）たる家持を讃美する歌三首。作者三人と家持との血縁関係は明らかではない。家持はこの三年前に少納言に昇進している。その宅は「佐保の宅」（一四七左注）であろう。

　平安時代の歌書にも引かれて愛誦された歌。「霰たばしる」は既出（三二二）。上二句は譬喩によって「いや増し」を導く序詞となる。「年の緒」は年月の長く続くことを「緒」に譬えた表現。万葉集には十七例を見る。歌の下の注記は、この歌が宴で朗誦された古歌か、またはこの時に作られた新歌か未詳だと言うのだろう。作者は伝未詳。「左兵衛督」は左兵衛府の長官。従五位上相当。

4299 年月は毎年改まりつつ新たに君にお目にかかるけれど、私の思う君はいつまでも見飽きることがありません〈古今は詳らかでない〉。

▽新年ごとに、その宴のたびにお目にかかるけれども、慕わしい君はますます見飽きることがない、と氏上（うじのかみ）の家持を祝するのであろう。第三句の「相見れど」を、年月を擬人化して、その年月に逢うけれどもの意とする解釈があるが、取らない。「見れど飽かぬ君」（三一八五）のような常套表現が第三句と結句とに分離していると見る。「民部少丞」は民部省三等官の次席。従六位上相当。

4300 霞立つ春の初めを、今日のように会えると思えば、楽しいことだと思います。

▽「思ふ」が二回用いられていて分かりにくい。第二句は第四句に掛かるとする説もあるが、結句に掛かるとする説による。第四句の「見む」は、前歌を受けて、家持に逢うことの意。

◆七日、天皇（孝謙）と太上天皇（聖武）と皇大后（光明）が東の常宮の南大殿で御宴を催された歌一首

4301 印南野の赤ら柏は旬の時節が決まっていますが、君を私が思うことには定まった時がありません。

◇右の一首は、播磨国守安宿王が奏上した〈古今は詳らかでない〉。

▽題詞の「東の常宮」は天皇の常の御在所。昭和四十二年、平城宮の東の張り出し部分に東院庭園の遺構が発見されて、復元が成った。

「印南野」は兵庫県南部の野。誦詠者の播磨国守安宿王が自らの任国の歌を詠じたものか。または古歌の地名をそれに換えて誦したか。「赤ら柏」は食品を盛るのに用いた柏の葉。延喜式・造酒司の供奉料条に「播磨柏」とある。播磨の名産品だった

右の一首は、播磨国守安宿王《はりまのくにのかみあすかべのおほきみ》の奏《そう》せしものなり。古《こ》今《こん》未《いま》だ詳《つまび》らかならず。

三月十九日、家持《やかもち》の庄《しやう》の門《もん》の槻樹《つきのき》の下《もと》に宴飲《えんいん》せし歌二首

4302
山吹《やまぶき》は撫《な》でつつ生《お》ほさむありつつも君来《き》ましつつかざしたりけり

右の一首は、置始連長谷《おきそめのむらじはつせ》。

4303
わが背子《せこ》がやどの山吹咲《さ》きてあらば止《や》まず通《かよ》はむいや年のはに

右の一首は、長谷《はつせ》、花《はな》を攀《よ》ぢ壺《つぼ》を提《と》りて到来《きた》りぬ。これに因《よ》りて大伴宿《おほとものすく》祢家持《ねやかもち》の、この歌を作りて和せしものなり。

同じ月の二十五日、左大臣橘卿《さだいじんたちばなきやう》の、山田御《やまだのみ》母《おも》の宅《いへ》に宴《えん》せし歌一首

4304
山吹の花の盛《さか》りにかくのごと君を見まくは千歳《ちとせ》にもがも

右の一首は、少納言大伴宿祢《せうなふごんおほとものすくね》家持《やかもち》の、時の花を矚《み》て作りしものなり。但《ただ》

のだろう。大炊寮の宴会雑給条の「葉椀(くぼて)」について、「五月五日青柏、七月廿五日荷葉(はちすば)、余節干柏(ほしがしは)」とする。「赤ら柏」は未詳だが、それを用いる時節が定まっていたか。「時はあれど」は既出(三五九一・三八九二)。用法は一様でないが、ここは、決まった時を言う三八九一の例に近い。結句のサネは、打消の語と呼応して「決して〜ない」の意を表す副詞。既出(一七五四など)。「君」は列席した孝謙天皇を指す。

◆三月十九日、家持の庄の門のケヤキの木の下で宴飲した時の歌二首

4302 山吹は撫でいつくしんで育てましょう。変わることなく君がおいでになって髪にかざしておられますよ。

▽第二句は漢語「撫育」「撫養」からの発想か。「生ほす」は、「生ふ」に対応する他動詞。第三句の「ありつつ」は、ここでは次の句の「来まし」という事態が継続し反復されること。「つつ」が三度も反復されてぎこちない。作者は既出(一五九四左注)。次歌の左注によれば、この庄園の近所に住んでいたのだろう。大伴家の所領は跡見(→七二三題詞)、竹田(→七六〇題詞)が知られている。「家持の庄」は未詳。

4303 あなたの庭の山吹が咲いているかぎり、必ずかよって来ましょう。毎年毎年。

◇右の一首は、長谷が花を折り、酒壺を提げてやって来た。そこで大伴宿祢家持がこの歌を作って応じたのである。

▽「やど」の原文は「夜度」。他に「屋前」(四二一〇)、「屋外」(一四三三)とも表記される、屋敷やその周囲の庭などを言う語。「山吹」を類音の「止まず」で受けることは既出、「山吹をやどに植ゑては見るごとに思ひは止まず恋こそまされ」(四一八六)。「年のはに」も既出(四一六八)。左注の「花を攀ぢ」は、花の枝を引き寄せること、また折ること。ここは後者。

◆同月二十五日、左大臣橘卿が山田御母の宅で宴会を行った時の歌一首

4304 山吹の花の盛りにこのように君を見ることは、千年も続いて欲しい。

◇右の一首は、少納言大伴宿祢家持が、ちょうど咲いている花を見て作った。但し、まだ披露しないうちに大臣が宴会を終えたので、朗誦しなかった。

▽題詞の「山田御母」は続日本紀・天平勝宝元年(七四九)七月三日に、山田史(ふみひと)日女島(ひめしま)と竹首(おびと)乙女に従五位下を授けたことを記し、「並に天皇(孝謙)の乳母(めのと)なればなり」と言う。「母(おも)」は乳母のこと。天皇の乳母なので「御」を冠称する。第四句の「君」は橘諸兄を指す。「見まく」は「見む」のク語法。左注の「時の花」は季節の花。既出(四一六六題詞)。「宴を罷め(罷宴)」も既出(三三七題詞)。

し未《いま》だ出《い》ださざる間《あひだ》に、大臣宴《だいじんえん》を罷《や》めて挙《あ》げ誦《よ》まざるのみ。

霍公鳥《ほととぎす》を詠《よ》みし歌一首

4305 木《こ》の暗《くれ》の繁《しげ》き峰《を》の上《へ》をほととぎす鳴きて越《こ》ゆなり今し来《く》らしも

右の一首は、四月に大伴宿祢《おほとものすくね》家持《やかもち》の作りしものなり。

七夕《たなばた》の歌八首

4306 初秋風《はつあきかぜ》涼しき夕解《ゆふへと》かむとぞ紐《ひも》は結びし妹《いも》に逢はむため

4307 秋と言へば心ぞ痛《いた》きうたて異《け》に花になそへて見まく欲《ほ》りかも

4308 初尾花《はつをばな》花に見むとし天《あま》の川隔《がはへな》りにけらし年の緒《を》長く

4309 秋風になびく川《かは》びのにこ草《ぐさ》のにこよかにしも思ほゆるかも

4310 秋されば霧《きり》立ち渡る天の川石《いし》なみ置かば継《つ》ぎて見むかも

4311 秋風に今《いま》か今かと紐解《ひもと》きてうら待ち居《を》るに月傾《かたぶ》きぬ

◆ホトトギスを詠んだ歌一首

4305 木が暗く茂る峰のあたりをホトトギスが鳴いて越えるのが聞こえる。今まさに来るらしい。

▽「木の暗の茂き」は、「木の暗茂」(二五七)に基づく表現で、家持の作に既出(四一九二)。結句は、作者の住む里、すなわち大伴家のある佐保の里に来ると言うのであろう。左注には、家持が「四月」に作ったとある。→「卯の花の咲く月立ちぬほととぎす来鳴きとよめよ含《ふふ》みたりとも」(四〇六六)。

◆七夕の歌八首

4306 初めて秋風が吹く涼しい宵に解こうとして紐は結んだのです。あなたに逢うために。

▽以下八首、家持の独詠の作(→四三一三左注)。「初秋風」は万葉集に唯一の例。家持の造語か。「方《さま》に須《ま》つ涼風の発《こお》るを」(南朝宋・顔延之「為織女贈牽牛」・玉台新詠四)。→一五二三注。「紐」は下着の紐。紐を互いに結んで別れた前年の七夕の翌朝を回想する。「妹」は織女。彦星の立場の歌。

4307 秋というと心が痛む。わけもなくむしょうに、花を見るようにあなたを見たいからだろうか。

▽「うたて異に」は、ますますひどくの意。既出(二九四九)。「なそふ」は、なぞらえる、見立てる意。織女を美しい花のように見たいという焦燥を詠う。

4308 (初尾花)花のように見ようと、天の川を隔てているのに違いない。長い月日の間。

▽「初尾花」は既出の二例(二二七七・三六九一)とは異なり、ここでは同音の「花」に掛かる枕詞と見てよいか。「隔る」は、何かを隔てにして離れていること。ここは、二星が自らの意志で天の川を隔てて住むと詠んだのだろう。第三者の立場の歌。

4309 秋風になびく川のめぐりのにこ草のように、にこにこと嬉しく思われるなあ。

▽上三句は「にこよか」の序詞。類想、二七六二。「川び」のビは、湾曲した地形を言うミの子音の交替形。「にこ草」は柔らかい草の総称か、特定の草の名か未詳。下二句は、すぐに逢えると思えばつい微笑んでしまう、という気持。彦星の立場の歌か。

4310 秋になると霧が立ちわたる天の川、飛び石を置いたら続けて逢えるだろうか。

▽「石なみ」は、柿本人麻呂の歌に「石橋」の異伝として二回用いられている(一九六)。石橋よりも小規模で、手頃な石を水中に飛び飛びに置いただけのものを言うのであろう。彦星の立場の歌か。

4311 秋風の中、今か今かと、紐を解いて心待ちにしているうちに月が傾いてしまった。

▽七日の月は、日暮れには中天に出ている。それが傾いたとは、夜が更けたことを意味し、逢瀬の時間が乏しくなることを嘆くのであろう。彦星の来訪を待ちかねる織女の立場の詠。

4312 秋草《あきくさ》に置《お》く白露《しらつゆ》の飽《あ》かずのみ相見《あひみ》るものを月をし待たむ

4313 青波《あをなみ》に袖さへ濡《ぬ》れて漕《こ》ぐ舟のかし振るほとにさ夜《よ》ふけなむか

右は、大伴宿祢家持《おほとものすくねやかもち》の、独《ひと》り天漢《あまのがは》を仰《あふ》ぎて作りしものなり。

4314 八千種《やちくさ》に草木《くさき》を植《う》ゑて時ごとに咲かむ花をし見つつしのはな

右の一首は、同じ月の二十八日に、大伴宿祢家持《おほとものすくねやかもち》の作りしものなり。

4315 宮人《みやひと》の袖付け衣《ごろも》秋萩《あきはぎ》ににほひよろしき高円《たかまと》の宮《みや》

4316 高円《たかまと》の宮《みや》の裾廻《すそみ》の野づかさに今咲けるらむをみなへしはも

4317 秋野《あきの》には今こそ行《ゆ》かめもののふの男女《をとこをみな》の花にほひ見に

4318 秋の野に露負《つゆお》へる萩を手折《たを》らずてあたら盛《さか》りを過《す》ぐしてむとか

4319 高円《たかまと》の秋野の上《うへ》の朝霧《あさぎり》に妻《つま》呼ぶ雄鹿《をしか》出で立つらむか

4320 ますらをの呼び立てしかばさ雄鹿《をしか》の胸分《むなわ》け行《ゆ》かむ秋野萩原《はぎはら》

4312 秋草に置く白露のように、満ち足りない思いで逢うものなのに、月の出を待つとしよう。

▽上二句は、玉のような白露の美しさは、いくら見ても飽きないの意で「飽かず」の序詞。結句は難解。来年の七月を待とうという解釈が多いが疑問。七日の上弦の月は夕方には空高く上っているので、月の出を待つこともない。ここは、通常の相聞歌の発想(→一〇七二)で、彦星の通う道を照らす月の出を待とうと詠ったか。二星共通の思い。

4313 青波に袖まで濡らして漕ぐ船の、かしを振り立てる間に夜が更けてしまうだろうか。

▽左注は四三〇六以下の八首が家持独詠の作であることを言う。「かし」は船を繋ぎ留めるための杭。既出(二一九〇)。自分の動作で衣服を濡らすことを、万葉歌では一般に自動詞「濡る」で表現し、他動詞「濡らす」を用いることは少ない。「ほと」は現代語の「ほど」。彦星の不安な思いを詠む歌であろう。

4314 さまざまに草木を植えて、時節ごとに咲く花を見て楽しもう。

▽家持が七月二十八日に作った歌。「八千種」は万葉集に四例、すべて家持の草木、花の歌に見える。

4315 大宮人の袖付け衣が秋萩に染まって美しい高円の宮だよ。

▽以下六首、秋の野を思いやる家持の歌(→四三二〇左注)。「高円」は平城京の東郊、聖武天皇の代に高円離宮が営まれた地。→四二九五・四五〇六。「袖付け衣」は、腕より裄(ゆき)が相当長い朝服のことか。その袖で萩の咲く場所を通れば花に触れて花の色に染まると言うのだろう。類想歌、一五三二。

4316 高円の宮の麓をめぐる野の高みに、今ごろは咲いているだろうなあ、女郎花は。

▽「野づかさ」は既出(三九一五)。「つかさ」は高み。

4317 秋の野には今こそ出かけよう。朝廷の男も女も花の色に染まっているのを見るために。

▽第二句は「こそ〜已然形」の係り結びだが、本来の逆接的な意味は見られず、新しい用法と思われる。「もののふ」は、朝廷に仕える官人の意。「花にほひ」は他に家持の四三九七に例があるだけの語。四三一五を受けて、花の色に衣が染まることを言うか。

4318 秋の野で露を負うている萩を手折らないで、せっかくの盛りを過ぎさせてしまうというのか。

▽「あたら」は、その物の持つ価値に相当する扱いを受けないことを惜しむ意の副詞。

4319 高円の秋の野にただよう朝霧の中に、妻を呼ぶ雄鹿が現れて立っているだろうか。

▽朝霧の中の鹿を詠む歌は他に一例、「このころの秋の朝明(あさけ)に霧隠(こも)り妻呼ぶ鹿の声のさやけさ」(二一四一)。平安和歌にも稀な表現である。

4320 ますらおたちが呼び立てたので、雄鹿は胸で分けて進むだろう、秋野の萩原を。

右の歌六首は、兵部少輔《ひやうぶのせうふ》大伴宿祢家持《おほとものすくねやかもち》の、独《ひと》り秋《あき》の野《の》を憶《おも》ひて、聊《いささ》かに
拙懐《せつくわい》を述《の》べて作りしものなり。

天平勝宝七歳乙未《てんぴやうしようほうしちさいいつぴ》の二月に、相替《あひか》はりて筑紫《つくし》に遣《つか》はされし諸国《しよこく》
の防人《さきもり》等の歌

4321 恐《かしこ》きや命被《みことかがふ》り明日《あす》ゆりや萱《かえ》がむた寝《ね》む妹《いむ》なしにして
右の一首は、国造《こくざう》の丁《ちやう》長下郡《ながたのしものこほり》の物部秋持《もののべのあきもち》。

4322 わが妻《つま》はいたく恋《こ》ひらし飲む水に影《かご》さへ見えてよに忘られず
右の一首は、主帳《しゆちやう》の丁《ちやう》麁玉郡《あらたまのこほり》の若倭部身麻呂《わかやまとべのみまろ》。

4323 時々《ときどき》の花は咲けども何《なに》すれそ母《はは》とふ花の咲き出来《でこ》ずけむ
右の一首は、防人山名郡《さきもりやまなのこほり》の丈部真麻呂《はせつかべのままろ》。

4324 遠江《とへたほみ》志《し》留《る》波《は》の磯《いそ》と尓閇《にへ》の浦《うら》と合ひてしあらば言《こと》も通《かゆ》はむ

▽左注は四三一五以下の六首が、独り秋の野を思った家持の拙い歌であることを述べる。「拙懐」は家持が自らの思いを謙遜して言う。既出(四二八五題詞)。「呼び立て」は、狩する男たちが追い立てるのであろうか。「胸分け」は、動物が繁みなどを胸で押し分ける意の動詞の連用形。

◆天平勝宝七歳(七五五)二月、交替して筑紫に派遣された諸国の防人たちの歌

4321 恐れ多いご命令を受けて、明日から萱と一緒に寝るのだろうか、あなたはなしに。

▽この題詞は、四四三五までの防人関係の歌を一括した総題。防人は「崎守(さきもり)」(三八六六)の意。唐・新羅の侵略に備え、九州北辺の守備に当てられた。主として東国人の兵士約三千、任期は三年。毎年千人ずつが難波で軍団を編成して筑紫に向かった。

以下七首、遠江国の防人の歌(→四三二七左注)。歌の第三句のユリは起点を示す助詞。ヨリの古形か。第四句の「萱(かえ)がむた」は、萱原で寝ることを言うか。カエはカヤの転。「むた」は「〜と共に」「〜のまま」の意の副詞句を作る形式名詞。既出、「波のむた」(一三一)。結句の「いむ」は「いも」の転。左注の「国造」は世襲の地方官で、その地の豪族の家。「丁」は正丁の意で、当時は二十一歳以上の男子。

4322 私の妻はひどく恋しがっているらしい。飲む水に影になってまで見えて、とても忘れられない。

▽人を夢に見るのは、その人が自分を思うせいだと考えた(→四九〇・六〇三など)ように、妻の面影を水鏡の上に見たことから、妻が自分を思っていると推測したのだろう。「恋ひらし」は「恋ふらし」の転。第四句の「かご」は「かげ」の転。左注の「主帳の丁」は、郡の書記役(主帳)の家から出た兵士であろう。

4323 時節ごとの花は咲くのに、どうして母という花は咲き出さなかったのだろう。

▽道中、時節を追って次々に咲く花を見てきたが、母という花はついに咲かなかったと、母恋いの心を詠う。類想歌、「本毎(もとごと)に花は咲けども何とかも愛(うつ)し妹がまた咲き出(で)来(こ)ぬ」(日本書紀〔孝徳紀〕・大化五年(六四九))など。

4324 遠江の志留波の磯と尓閇の浦が隣り合っていたら、言葉を通わせられるのだが。

▽初句の原文は「等倍多保美」。トホタフミ(遠江)の音転であろう。遠江には「白羽(しろは)」という地名がいくつかあるので、「志留波」はその一つの音転かとも考えられるが、「尓閇」とともに所在未詳。この二つの地は遠江国内の防人の郷里とその集結地であろうか。「かゆはむ」は「かよはむ」の転。遠江国を出発する前、集結地に集められた兵士の望郷の思いを詠ったものか。

右の一首は、同じ郡《こほり》の丈部川相《はせつかべのかはひ》。

4325 父母《ちちはは》も花にもがもや草枕《くさまくら》旅は行《ゆ》くとも捧《ささ》ごて行かむ

右の一首は、佐野郡《さやのこほり》の丈部黒当《はせつかべのくろまさ》。

4326 父母が殿《との》の後方《しりへ》のももよ草百代《ぐさももよ》いでませ我《わ》が来《き》たるまで

右の一首は、同《おな》じ郡《こほり》の生壬部足国《みぶべのたるくに》。

4327 わが妻《つま》も絵《ゑ》に描《か》き取らむ暇《いづま》もが旅行《ゆ》く我《あれ》は見つつ偲《しの》はむ

右の一首は、長下郡《ながたのしものこほり》の物部古麻呂《もののべのこまろ》。

二月六日、防人《さきもり》の部領使《ことりづかひ》遠江国《とほつあふみのくに》史生《ししやう》坂本朝臣人上《さかもとのあそみひとかみ》。進《たてまつ》りし歌の数《かず》は十八首。但《ただ》し拙劣《せつれつ》の歌十一首有るはこれを取《と》り載《の》せず。

4328 大君《おほきみ》の命《みこと》恐《かしこ》み磯に触《ふ》り海原《うのはら》渡る父母を置きて

右の一首は、助丁《じよちやう》丈部造人麻呂《はせつかべのみやつこひとまろ》。

4325 父母が花であったらなあ。(草枕)旅行くにしても捧げて行こうものを。

▽父母が花なら身に離さず持っていけるのにという思いは、下野国の防人の歌、「母刀自(あもとじ)も玉にもがもや戴(いただ)きてみづらの中に合(あ)へ巻かまくも」(四三七七)や、家持が妻大嬢に贈った恋歌、「なでしこがその花にもが朝(さあ)な朝(さ)な手に取り持ちて恋ひぬ日なけむ」(四〇八)などにも共通する。初句のモは、願望・希求の表現に伴って用いられる助詞。「風も吹かぬか」(一二三三)など。第二句のニモガモは、断定の助動詞ナリの連用形ニに願望の助詞モガモが付いた形。「旅は行く」は、複合動詞「旅行く」に係助詞ハが入ったもの。「旅」による複合動詞はほとんどが「旅ゆく」「旅いぬ」の形。「たび」が、元来は通行の許しを「賜(た)ぶ(いただく)」という動詞の連用形に発するからであろう。

4326 父母の屋敷の背戸のももよ草のように、百代も長生きしてください。私が帰って来るまで。

▽「殿」は家の美称。「ももよ草」は未詳。ここまで同音で「百代」を導く序詞。「百代いでませ」と呼びかける相手は初句の「父母」である。左注の「生壬部」は「壬生部」に同じ。

4327 私の妻を絵にかきとる時間が欲しい。旅して行く私はそれを見ながらしのぶことにしよう。

◇二月六日、防人の部領使、遠江国の史生、坂本朝臣人上。進上した歌の数は十八首。但し、拙劣な歌十一首は載せていない。

▽妻の絵をながめて離別の悲しみを慰めるという発想は、画家の敬君が、斉王から九重台の装飾のために召されて帰家できない愁いを、自ら描いた妻の絵に向かって慰めたという話(「説苑」・芸文類聚・閨情)や、また民話の「絵姿女房」にも通じる。「いづま」は原文「伊豆麻」。「いとま」の転。

左注の「防人の部領使」は防人を難波港まで送り届ける役人。岩崎本の日本書紀・推古天皇十九年(六一一)条の「前部領」に、サキノコトリとある。コトリは「事執」の訓コトトリの約音か。「但し」以下、家持が歌の体をなさぬ作を削除したことを言う。

4328 大君のご命令を恐れ慎んで、岩にぶつかっては海原を渡ってゆくのだ。父母を残して。

▽以下三首は相模国の防人の歌(→四三三〇左注)。上二句は万葉集に三十例近くある慣用句。「磯に触り」は「磯に触れ」の転。「大船を漕ぎのまにまに岩に触れ覆(かへ)らば覆れ妹によりては」(五五七)。「うのはら」は「うなはら」に同義か。万葉集に唯一の例。故郷に父母を残して行くことを詠んでいるが、続く二首も難波に着いてからの歌なので、これからの航海を予想した歌であろう。「助丁」は「国造の丁」(四三二一左注)を補佐する地位の防人か。

4329 八十国《やそくに》は難波《なには》に集《つど》ひ船飾《ふなかざ》り我《あ》がせむ日《ひ》ろを見《み》も人もがも

右の一首は、足　下郡《あしがらのしものこほり》の上丁《じやうちやう》丹比部国人《たぢひべのくにひと》。

4330 難波《なには》津《つ》に装《よそ》ひ装ひて今日の日や出《い》でて罷《まか》らむ見る母《はは》なしに

右の一首は、鎌倉郡《かまくらのこほり》の上丁《じやうちやう》丸子連多麻呂《まろこのむらじたまろ》。

二月七日、相模国《さがむのくに》の防人《さきもり》の部領使《ことりづかひ》守《かみ》従五位下《じゆごゐげ》藤原朝臣宿奈麻呂《ふぢはらのあそみすくなまろ》。進《たてまつ》りし歌の数《かず》は八首。但《ただ》し拙劣《せつれつ》の歌五首はこれを取《と》り載《の》せず。

防人《さきもり》の悲別《ひべつ》の心《こころ》を追《お》ひ痛《いた》みて作りし歌一首　短歌を幷《あは》せたり

4331 大君《おほきみ》の　遠《とほ》の朝廷《みかど》と　しらぬひ　筑紫《つくし》の国は　賊《あた》守る　おさへの城《き》そと
聞こし食《を》す　四方《よも》の国には　人さはに　満ちてはあれど　鶏《とり》が鳴く　東《あづま》
男《をのこ》は　出《い》で向かひ　顧《かへり》みせずて　勇《いさ》みたる　猛《たけ》き軍士《いくさ》と　ねぎたまひ　任《ま》
けのまにまに　たらちねの　母《はは》が目離《か》れて　若草《わかくさ》の　妻《つま》をもまかず　あら

4329 諸国の防人が難波に集結して船飾りする、それを私がする日々を見てくれる人がいたらなあ。

▽「八十国」は、多くの国々の防人の意。第三句には、難波に集まって出発の船飾りをする、その船飾りを私もする、の二つの文脈を重ねている。「船飾り」は、船の装備を調え、出航の準備をすること。「日ろ」のロは接尾語。結句の「見も」は「見む」の転。「人」は、故郷の父母や妻を指すのであろう。「足下郡」は足柄下郡。「上丁」は一般兵士の称。

4330 難波港で日々船の支度をして、今日この日に出発して下ってゆくのか。見てくれる母もなしに。

◇二月七日、相模国の防人の部領使、守従五位下藤原朝臣宿奈麻呂。進上した歌の数は八首。但し、拙劣な歌五首は載せていない。

▽見送りの家族が難波港にいないことを悲しむ。「装ひ装ひ」は、出航の準備に多くの日を費したことを言う。第三句のヤは疑問の気持を含む詠嘆。

◆防人が別れを悲しむ心を後に痛んで作った歌一首と短歌

4331 天皇の遠方の朝廷として(しらぬひ)筑紫の国は、外敵を監視する防備の城だとして、お治めになる四方の国には人がたくさん満ちてはいるけれど、(鶏が鳴く)東国男子は、立ち向かい、後ろを振り返ることをせず勇ましい強い兵士だと、ねぎらって派遣なさるままに、(たらちねの)母のもとを離れて、(若草の)妻と寝ることもなく、(あらたまの)月日を数えつつ、(葦が散る)難波の港で、大船に櫂《かい》をたくさん取り付け、朝凪に水夫を指揮し、夕潮に櫂も折れんばかりに、号令して漕いで行く君は、波の間を掻き分け進み、無事に早く到着して、大君の命令のままに、ますらおの心をもって任地を経めぐり、任務が終わったら元気で帰っておいでなさいと、斎瓮を床のあたりに据えて、(白たへの)袖を折り返し、(ぬばたまの)黒髪を敷いて、長い日々を待ち恋うているだろうか、いとしい妻は。

▽二月六日・七日と続けて提出された、遠江・相模両国の防人たちの歌を憐れんで、翌八日に大伴家持が作った歌(→四三三三左注)。家持は兵部少輔(兵部省の次官)として難波に赴き、防人を監察したが、その時に防人たちの詠歌を諸国の部領使を通じて収集していたのである。

第二句の「遠の朝廷」は、都から遠く離れた政庁の意で、ここは大宰府を指す。「しらぬひ」は「筑紫」の枕詞。「賊守る」は、天智天皇二年(六六三)に白村江の戦いで敗北した後、その来寇が恐れられていた唐や新羅の水軍を見張ること。「鶏が鳴く」は、「東」の枕詞。「顧みせずて」は勇猛果敢なさま。「顧みはせじ」(四〇九四)。ことに東国人の勇ましさを

たまの　月日数《よ》みつつ　葦《あし》が散る　難波《なには》の御津《みつ》に　大船《おほぶね》に　ま櫂《かい》しじ貫《ぬ》き
朝なぎに　水手《かこ》整《ととの》へ　夕潮《ゆふしほ》に　梶《かぢ》引き折《を》り　率《あども》ひて　漕《こ》ぎ行《ゆ》く君は　波の
間《ま》を　い行《ゆ》きさぐくみ　ま幸《さき》くも　早く至《いた》りて　大君《おほきみ》の　命《みこと》のまにま　ま
すらをの　心を持ちて　あり巡《めぐ》り　事し終はらば　障《つつ》まはず　帰り来《き》ませ
と　斎瓮《いはひへ》を　床辺《とこへ》にすゑて　白たへの　袖折り返し　ぬばたまの　黒髪敷
きて　長き日《け》を　待ちかも恋ひむ　愛《は》しき妻《つま》らは

4332 ますらをの　靫取《ゆきと》り負《お》ひて　出《い》でて行《い》けば　別れを惜《を》しみ　嘆《なげ》きけむ妻

4333 鶏《とり》が鳴く　東男《あづまをとこ》の　妻別れ　悲しくありけむ　年の緒《を》長み

右は、二月八日、兵部使少輔《ひやうぶしのせうふ》大伴宿祢家持《おほとものすくねやかもち》。

4334 海原《うなはら》を　遠く渡りて　年経《ふ》とも　児《こ》らが結べる　紐解《ひもと》くなゆめ

4335 今替《か》はる　新防人《にひさきもり》が　船出《ふなで》する　海原《うなはら》の　上《うへ》に　波な咲きそね

言う類例は四三七二にも見え、続日本紀・神護景雲三年(七六九)十月の宣命第四十五詔の「東人(あづまひと)は常に云はく「額(ひたひ)には箭(や)は立つとも、背には箭は立たじ」と」の語にも通ずる。「ねぎたまひ」は、天皇が臣下に優しい言葉をかけ、慰労すること。既出(九七三)。「葦が散る」は「難波」の枕詞。葦の穂が散るのは晩秋のことだから、二月のこの日の実景ではない。「ま櫂(かい)しじ貫き」は既出(四二五四)。「ま梶(かぢ)しじ貫き」と詠むのが普通(三六八・一三八六・三三三三)で、四句あとには「梶引き折り」と「梶」を用いている。「かい」も「かぢ」も水をかいて船を進める道具。「梶引き折り」は、櫂も折れるほどに強く引いての意。既出(三三〇)。「率ひて」の「率ふ」は既出(一九九・四七八・一七五九)。声をかけあって共同の動作をすること。「漕ぎ行く君は」は、作者家持が防人の妻の立場になって「君」と称したのであろう。「い行きさぐくみ」は既出(五〇九)。波を分けて進む意か。「障まはず」は、障害に遭う意の「つつむ」の継続形の打消。「帰り来ませと」は、ここまで故郷の妻の祈りの言葉として詠まれているが、その始まりをどこからとは見定めがたい。「斎瓮」は、神事・祭事用の土器。留守の家族などが旅にある人の安全を祈って祭る。既出(三七九・三二八四・三九二七など)。「白たへの袖折り返し」は、思う人と夢の中で逢うためにするまじない。既出(二九三七・三九七三)。

4332 ますらおが靫を背負って出て行くと、別れを惜しんで嘆いたであろう妻よ。

▽「靫」は矢を入れる道具。背負って携帯する。

4333 (鶏が鳴く)東男が妻と別れるのは悲しかっただろうなあ。長い年月なので。

▽「東をとこ」は、長歌では「東をのこ」と詠まれていた。「をとこ」は若い男性、「をのこ」は男性一般を指した語だが、この頃はその区別が曖昧で、作者は変化を付けるために用いたか。「妻別れ」は「妻を別る」の名詞形。妻と別れること。家持は四三九八にも用いている。「年の緒」は、時間を長い緒に譬えた慣用表現。防人の任期は三年(軍防令)。東国から筑紫までの往来にも長い月日を要した。

4334 海原遠く渡って行って年が経っても、いとしい人が結んだ下紐を解くな、決して。

▽以下三首は、二月九日の家持の作(→四三三六左注)。「紐」は、別れの日に妻が結んだものだが、「結びし」ではなく「結べる」とある。確かに今も結んである、といった気持の表現か。歌末の「ゆめ」は、禁止の表現に、決して、の意を添える副詞。

4335 今交替しようとする新しい防人が船出して行く海の上に、波よ立たないでくれ。

▽「新防人」は既出(一二六五)。波が白く立つのを「咲く」と表現することは既出(九三一・三五二一)。「波立つなゆめ」(二四六など)が普通の表現。歌末のネは懇願。

4336 防人《さきもり》の堀江《ほりえ》漕《こ》ぎ出《づ》る伊豆手舟《いづてぶね》梶《かぢ》取る間《ま》なく恋は繁《しげ》けむ

右は、九日に大伴宿祢《おほとものすくね》家持《やかもち》の作りしものなり。

4337 水鳥《みづとり》の立《た》ちの急《いそ》ぎに父母《ちちはは》に物言《は》ず来《け》にて今ぞ悔《くや》しき

右の一首は、上丁《じやうちやう》有度部《うとべの》牛麻呂《うしまろ》。

4338 畳薦《たたみけめ》牟良自《むらじ》が磯《いそ》の離磯《はなりそ》の母《はは》を離れて行《ゆ》くが悲しさ

右の一首は、助丁《じよちやう》生部《みぶべの》道麻呂《みちまろ》。

4339 国巡《めぐ》るあとりかまけり行《ゆ》き巡《めぐ》り帰《かひ》り来《く》までに斎《いは》ひて待たね

右の一首は、刑部《おさかべの》虫麻呂《むしまろ》。

4340 父母《とちはは》え斎《いは》ひて待たね筑紫《つくし》なる水漬《みづ》く白玉《しらたま》取りて来《く》までに

右の一首は、川原《かはらの》虫麻呂《むしまろ》。

4341 橘《たちばな》の美袁利《みをり》の里に父《ちち》を置きて道の長道《ながち》は行《ゆ》きかてぬかも

4336　防人が堀江を漕いで出て行く伊豆手舟の櫓をとるように、絶え間なく恋しさは募るだろう。

▽冒頭から「梶取る」まで、実景を詠みながら譬喩によって「間なく」を導く序詞。「伊豆手舟」の「手」は「〜風の」の意か。→四四六〇。船には製造地による特徴があった。「梶取る間なく」は既出(三一七三・三六六一・四〇二七)。櫓を絶えず操って休む間がないこと。防人の心情を推し量っての家持の作である。

4337　(水鳥の)出で立ちの準備のために、父母に言葉もかけずに来てしまって、今は悔しい。

▽以下十首、駿河国の防人の歌(→四三四六左注)。この国では、防人の出身地を記さない。

類想歌、「玉衣《たまぎぬ》のさゐさゐしづみ家の妹に物言はず来にて思ひかねつも」(五〇三)、三四八一・三五二八。「水鳥の」は水鳥が飛び立つことから「立つ」の枕詞。「急ぎ」は準備をすること。第四句の「ものはず」は「ものいはず」の約音。「けにて」は「きにて」の転。中央語のイ列甲類音が東国語のエ列甲類音と対応する例は、「かなしけ」(三五三三)、「さけ(幸)く」(四三六八)などがある。

4338　(畳薦)牟良自が磯の離磯のように、母から離れて行くことの悲しさよ。

▽初句は「たたみこも」(二七七七・二九九五)の転。「牟良自が磯」の枕詞であろう。「牟良自が磯」は未詳。「はなりそ」は「離れ磯」の約。岸から少し離れた岩礁。上三句は郷里の風景を詠んで、譬喩による序詞とした。作者名の「生部」は「壬生部」の省略表記。

4339　国々を渡るアトリ・カマ・ケリのように任地を回って帰って来るまで、斎戒して待っていてくれ。

▽第二句の「あとり」は、秋に北から渡来するスズメ目アトリ科の小鳥。「かま」は「鴨」の東国語形であろう。「けり」はチドリ科の水鳥ケリ。以上三種の鳥はいずれも渡り鳥で「行き巡り」の序詞になる。「かひり」は「かへり」、「くまで」は「来るまで」の東国語形。「斎ふ」は、旅人の無事を祈って家人が行動を慎み、忌みを守って過ごすこと。→四二六三注。そうして待っていてくれと願う。作者名に身分を書かないのは、一般の兵士なのであろう。

4340　父母よ、身を慎んで待っていてください。筑紫の海に沈んでいる真珠を取って来るまで。

▽初句の「とちはは」は父母の転。エは呼びかけの助詞ヨの転。第二句は前歌の結句に同じ。「水漬く白玉」は、潜水して採る真珠を言う。

4341　橘の美袁利の里に父を残して、長い道のりはとても行きかねるよ。

▽「橘の」は地名か枕詞か未詳。枕詞とすると、「橘の実」の意で続くのであろう。「美袁利の里」も未詳。防人の歌に父親だけを詠むことは珍しいので、父一人、子一人の暮らしが思い浮かべられる。

右の一首は、丈部足麻呂《はせつかべのたりまろ》。

4342 真《ま》木柱《けばしら》ほめて造《つく》れる殿《との》のごといませ母刀自《ははとじ》面変《おめが》はりせず

右の一首は、坂田《さかた》部首麻呂《べのおびとまろ》。

4343 我《わ》ろ旅は旅と思《おめ》ほど家《いひ》にして子持《こめ》ち痩《や》すらむ我《わ》が妻《み》かなしも

右の一首は、玉作部広目《たまつくりべのひろめ》。

4344 忘らむて野行《ゆ》き山行き我来《われく》れど我《わ》が父母《ちちはは》は忘れせぬかも

右の一首は、商長首麻呂《あきのをさのおびとまろ》。

4345 我妹子《わぎめこ》と二人我《わ》が見しうち寄《え》する駿河《するが》の嶺《ね》らは恋《くふ》しくめあるか

右の一首は、春日部麻呂《かすかべのまろ》。

4346 父母《ちちはは》が頭《かしら》かき撫《な》で幸《さく》あれて言ひし言葉《けとば》ぜ忘れかねつる

右の一首は、丈部稲麻呂《はせつかべのいなまろ》。

4342　真木柱を誉めて造った屋敷のように、丈夫でいてください母上、面変わりせずに。
▽初句の「まけばしら」は「まきばしら」の転。檜などの良材を使った柱。第二句は、柱などを組み立てた上棟の祝いに、めでたい言葉を唱えて、建物の長久を祈ったことを言うのであろう。「刀自」は主婦を敬って呼ぶ語。「おめ変はり」は「おも変はり」(三二七)の転。モがメ乙類に対応する例が、次歌に見るように駿河国の防人の歌には多い。

4343　私の旅は、これが旅なのだと思ってがまんするが、家にいて子どもを抱えて痩せているに違いない妻がかわいそうだ。
▽「わろ」は「われ」の転か、「わ」に「児ろ」(三五二)、「日ろ」(四三九)など、特に東国語に多い接尾語ロの付いた語か未詳。「吾子(こあ)」「吾兄(せあ)」「吾妻(まあづ)」など、古くは代名詞が連体助詞を介せずに名詞と複合することがあった。この「あ」の位置に「わろ」が立った表現か。現代東北方言では「わえ(我家)」「おらほう(俺方)」などと言う。第二句の「おめほど」は「おもへど」の転。「子めち」は「子もち」の意。結句の「わがみ」は「わがめ」の転。結句の類想、「来むと待つらむ妻(まつ)しかなしも」(三四二)。

4344　忘れようと野を行き山を越えて私は来たけれど、父母のことは忘れることがない。
▽「忘らむて」のテは引用の助詞トの転。初句の「忘ら」は四段活用、結句の「忘れ」は下二段活用。「忘る」には、意識して忘れようとする意の四段動詞と、自然に忘れていく意の下二段動詞があったとする説があるが、この歌ではそれが当てはまる。

4345　いとしい妻と二人で一緒に見た、(うち寄する)駿河の峰は恋しいなあ。
▽初句の「わぎめこ」は「わぎもこ」の転。メ乙類とモとの対応は既出(四三八・四三四二・四三四三)。「二人我が見し」の類句は、既出、「我が二人見し」(二〇)。「うちえする」は「うちよする」の転。エ列音とオ列乙類音との対応は既出、「とちはは(父母)え」(四三四〇)。「駿河の嶺ら」は富士山を指すか。「くふしくめ」は「こほしくも」の転であろう。形容詞「こほし」は、日本書紀および古事記の歌謡などに見える形で、「こひし」より古い形と考えられる。

4346　父母が頭を撫でながら、無事でな、と言った言葉が忘れられない。
◇二月七日、駿河国の防人の部領使、守従五位下布勢朝臣人主。実際に進上したのは九日。歌の数は二十首。但し、拙劣なものは載せなかった。
▽「かしら」は頭髪や頭部全体を指し、「あたま」は頭の前頂部を指した。頭を撫でてねぎらうことは、節度使に対する聖武天皇の歌に「かき撫でそねぎたまふ、うち撫でそねぎたまふ」(九七三)とある。

二月七日、駿河国《するがのくに》の防人《さきもり》の部領使《ことりづかひ》守従五位下《かみじゆごゐげ》布勢朝臣人主《ふせのあそみひとぬし》。実《まこと》に進《たてまつ》りしは九日。歌の数《かず》は二十首。但《ただ》し拙劣《せつれつ》の歌はこれを取《と》り載《の》せず。

4347 家《いへ》にして恋ひつつあらずは汝《な》が佩《は》ける大刀《たち》になりても斎《いは》ひてしかも

右の一首は、国造《こくざう》の丁《ちやう》日下部使主三中《くさかべのおみみなか》の父の歌。

4348 たらちねの母《はは》を別れてまこと我《われ》旅の仮廬《かりほ》に安く寝《ね》むかも

右の一首は、国造の丁日下部使主三中。

4349 百隈《ももくま》の道は来《き》にしをまた更に八十島《やそしま》過ぎて別れか行《ゆ》かむ

右の一首は、助丁《じよちやう》刑部直三野《おさかべのあたひみの》。

4350 庭中《にはなか》の阿須波《あすは》の神に小柴《こしば》さし我《あれ》は斎《いは》はむ帰り来《く》までに

右の一首は、主帳《しゆちやう》の丁《ちやう》若麻続部諸人《わかをみべのもろひと》。

4351 旅衣《たびころも》八重《やへ》着《き》重《かさ》ねて寝《い》ぬれどもなほ肌寒《はださむ》し妹《いも》にしあらねば

「さく」は一般に副詞「幸《さき》く」の意と解されるが、常陸国の防人の歌に「さけく」(四三六八・四三七二)の形が見えるうえに、「き」が省かれる理由が説明できない。この「さく」は、「命《みこと》の幸《さき》」(四〇九四)の、詔書の光栄を意味した名詞「さき」の転で、幸福なこと、無事であることとの意か。その「さき」から「さいわい」の古形「さきはひ」が派生した。「あれて」は「あれと」の、また「けとば」は「ことば」の転。
　左注の日付「七日」と「九日」のずれの意味は未詳。日付は七日だったが、実際の提出は九日になったか。

4347　家にいて恋しく思っているくらいなら、いっそお前が帯びている大刀にでもなって守ってやりたいものだ。
▽以下十三首、上総国の防人の歌(→四三五九左注)。
　これは防人の父親の作。「〜ずは」の語法→八六注。「汝」は二人称代名詞。親しい者や目下の者に対して用いる。動詞「佩く」は大刀を腰に着けること。結句の動詞「斎ふ」は、普通は、家で潔斎して旅人の無事を祈ることを言う(→四三三九)。ここは、旅の我が子の身辺にあって守護する意となろう。

4348　(たらちねの)母と別れて、ほんとうに私は旅先の仮の庵で安らかに眠れるだろうか。
▽動詞「別る」が格助詞ヲを受ける例→四八一・三五九四。

4349　曲がり曲がった道を通って来たのに、さらに多くの島々を通り過ぎて、別れて行くのだろうか。
▽「百隈の」は、多くの曲がり角。故郷上総から難波の津までの道程である。第三句以下は、瀬戸内海を多くの島伝いに進み、故郷の家族といよいよ遠く別れて行くと言うのだろう。島を過ぎて別れ行くという表現は、妻の立場の長歌に「白波の高き荒海《あるみ》を、島伝ひい別れ行かば、留《とど》まれる我は幣《ぬさ》引き」(一四五三)とあった。

4350　庭の中に祭った阿須波の神に小柴を刺して、私は潔斎しよう。帰って来るまで。
▽「庭」は特に区画された場所あるいは労働の場。「阿須波の神」は、古事記や祝詞(祈年祭・月次祭)などに見えるが、名義未詳。「小柴」は神が寄りつく幣串《へいぐし》として刺すものであろう。下二句は、常陸国の防人の長歌、「馬《むま》の爪《つめ》筑紫の崎に、留《ち》まり居て我《あれ》は斎はむ、諸《もろもろ》は幸《さけ》くと申す、帰り来《く》までに」(四三七二)と同様に、筑紫で身を慎んで家人の無事を祈ろうと言うのか。逆に、家族が潔斎する意で、作者名の下にあった「妻」や「父」「母」の文字が誤脱したものとも考えうる。

4351　旅衣を何枚も重ねて寝るけれど、やっぱり肌が冷たい。妻ではないので。
▽類想、「蒸し衾《ぶすま》なごやが下に臥せれども妹とし寝ねば肌し寒しも」(五二四)。

右の一首は、望陀郡《まぐたのこほり》の上丁《じやうちやう》玉作部国忍《たまつくりべのくにおし》。

4352 道の辺《へ》の茨《うまら》の末《うれ》に延《は》ほ豆のからまる君をはがれか行かむ

右の一首は、天羽郡《あまはのこほり》の上丁《じやうちやう》丈部鳥《はせつかべのとり》。

4353 家風《いへかぜ》は日《ひ》に日《ひ》に吹けど我妹子《わぎもこ》が家言《いへごと》持ちて来《く》る人もなし

右の一首は、朝夷郡《あさひなのこほり》の上丁《じやうちやう》丸子連大歳《まろこのむらじおほとし》。

4354 立ち鴨《こも》の立《た》ちの騒《さわ》きに相見《あひみ》てし妹《いも》が心は忘れせぬかも

右の一首は、長狭郡《ながさのこほり》の上丁《じやうちやう》丈部与呂麻呂《はせつかべのよろまろ》。

4355 よそにのみ見てや渡らも難波《なには》潟雲居《がたくもゐ》に見ゆる島ならなくに

右の一首は、武射郡《むざのこほり》の上丁《じやうちやう》丈部山代《はせつかべのやましろ》。

4356 わが母《はは》の袖もち撫《な》でて我《わ》が故《から》に泣きし心を忘らえぬかも

右の一首は、山辺郡《やまのへのこほり》の上丁《じやうちやう》物部乎刀良《もののべのをとら》。

4352 道のほとりの茨の枝先にからみつく豆の蔓のように、まとわりつく君なのに、引き離されて行くのだろうか。
▽第二句の「うまら」は「うばら」(三八三二)に同じ。棘のある低木、イバラ。「延ほ」は「延ふ」の転。「からまる」は「からむ」から派生した語で、ともに自動詞。「普通の意味の外に足手纏(あしでまとい)の意に常用す」(大里武八郎・鹿角方言考)。結句は難解。「赤駒を山野にはがし」(四四一七)の、他動詞「はがす」(「はなす」の転か)に対応する受動的な自動詞「はがる」を想定する説に拠る。作者に絡(から)むようにして出発させまいとする「君」は妻を言うか。または主家の若君などを指すか。

4353 家の方からの風は毎日吹くけれど、我が妻の家からの言伝てを持って来る人もいない。
▽類想歌、「風雲(かぜくも)は二つの岸に通へども我が遠妻(とほづま)の言そ通はぬ」(一五二一)。風は人の消息を運ぶものとも想像された。「家風」「家言」はともに他に例を見ない語である。

4354 (立ち鴨の)出で立ちの騒ぎの中で逢うことができたあの人の心が忘れられない。
▽初句の「たちこもの(多知許毛乃)」は、「水鳥の立たむ装ひ」(三五二八)、「水鳥の立ちの急ぎ」(四三三七)の例により、「立ち鴨の」で、「立ちの騒き」の枕詞と解する。第三句の「見てし」のテは助動詞ツの連用形。ちらっと見ただけという含意があろう。「忘れせぬかも」は既出(四三四四)。まだ密かな関係にあった女性が見送りに来てくれたのだろう。

4355 難波潟を遠く縁のないものとだけ見て筑紫に渡って行くのだろうか。雲の向こうに見える島でもないのに。
▽雲のかなたの遠い島でもないのに、難波の美景をよそにして、どうしてこれから筑紫に渡ってゆかねばならないのかと嘆く。出港の準備に追われて、噂に聞いた難波潟の風物を楽しめなかったのだろう。類歌の「我妹子をよそのみや見む越(こし)の海の子難(こがた)の海の島ならなくに」(三一六六)の下三句が譬喩であるのとは異なる。「島」は、水辺に臨んだ陸地。難波は古く「八十島」と呼ばれ、現在も都島、堂島、中之島など「島」の付く地名を多く残している。第二句の「渡らも」のモは助動詞ムの転。

4356 母親が袖で撫でて、私ゆえに泣いてくれた心が忘れられない。
▽初句に「母の」とあるのは、「母の命(みこと)」(四四〇八)などの例を除き、父母など身内の者には助詞ガを用いる慣例に合わない。歌詠に不慣れなゆえか。旅立つ人を「撫づ」と言う例は、「父母が頭(かしら)かき撫で幸(さく)あれて」(四三四六)など。第三句の「故(から)」は、原因・理由を表す名詞。「わがから」は他に例のない表現。一般には「わがゆゑ」と言う。

4357 葦垣《あしかき》の隈処《くまと》に立ちて我妹子《わぎもこ》が袖もしほほに泣きしそ思《も》はゆ

右の一首は、市原郡《いちはらのこほり》の上丁《じやうちやう》刑部直《おさかべのあたひ》千《ち》国《くに》。

4358 大君《おほきみ》の命《みこと》恐《かしこ》み出《い》で来《く》れば我《わ》ぬ取り付きて言ひし児《こ》なはも

右の一首は、種淮郡《すゑのこほり》の上丁《じやうちやう》物部竜《もののべのたつ》。

4359 筑紫辺《つくしへ》に舳《へ》向《む》かる船のいつしかも仕《つか》へ奉《まつ》りて国に舳《へ》向《む》かも

右の一首は、長柄郡《ながらのこほり》の上丁《じやうちやう》若麻続部羊《わかをみべのひつじ》。

二月九日、上総国《かみつふさのくに》の防人《さきもり》の部領使《ことりづかひ》少目《せうさくわん》従七位下《じゆしちゐげ》茨田連《まむだのむらじ》沙弥麻呂《さみまろ》。進《たてまつ》りし歌の数《かず》は十九首。但《ただ》し拙劣《せつれつ》の歌はこれを取《と》り載《の》せず。

私《わたくし》の拙懐《せつくわい》を陳《の》べし一首 短歌を并《あは》せたり

4360 皇祖《すめろき》の 遠き御代《みよ》にも おしてる 難波《なには》の国に 天《あめ》の下 知らしめしきと
今のをに 絶えず言ひつつ かけまくも あやに恐《かしこ》し 神《かむ》ながら わご大《おほ》

4357 葦垣の陰に立って、我が妻が袖を濡らして泣いたことが思い出される。
▽「葦垣」は屋敷の葦の垣根であろう。「隈処」は曲がっていて人目に付かない所。「しほほ」は他に例がないが、「御鼻の色づくまでしほたれ給ふ」(源氏物語・若菜下)の動詞「しほたる」、現代語の副詞「しっぽり」などに見える、濡れた状態を表す「しほ」による語。結句は「泣きしそおもはゆる」となるべきだが、約音と係り結びの破格による形。

4358 天皇のお言葉の畏れ多さに出かけて来ると、私に取りすがって言ったあの子はなあ。
▽「わぬ」は「わに」の転か。「児な」は「児ら」の転で年若い妻なのであろう。結句の「言ひし」の内容が明らかでない。「若草の妻取り付き、平らけく我は斎はむ、ま幸くて早帰り来と」(四三九八)の妻は旅の無事を祈り、「後(おく)るがへ妹が言ひしを置きて悲しも」(四三二九)の妹は取り残されることを怨んだ。

4359 筑紫の方に舳先を向けている船は、いつになったら、任務を果たして国の方に向かうだろうか。
◇二月九日、上総国の防人の部領使、少目従七位下、茨田連沙弥麻呂。進上した歌の数は十九首。但し、拙劣な歌は載せなかった。
▽第二句の「舳」は舳先の意。「向かる」は「向ける」の転であろう。既出、「降らる」「乾さる」(三三五一)の類。「仕へ奉り」は、天皇の命令に従って奉仕すること。「国に舳向かも」は、故郷の方に船首が向くだろうか、の意。モは助動詞ムの転。作者の名は「羊」。この国の人名には動物による名が、「鳥」(四三五二)、「竜」(四三五八)と多い。「乎刀良(をとら)」(四三五六)も「小寅」と見られる。生れ年の干支による名か。

◆わたくしの拙懐を述べた一首と短歌

4360 皇祖の遠い御代にも、(おしてる)難波の国で天下をお治めになったと、現在まで絶えず伝えてきて、言葉にかけて言うこともまことに恐れ多い、神としての我が天皇が、(うちなびく)春の初めは色々に花が美しく咲き、山を見ると心ひかれ、川を見るとすがすがしく、物みな栄える時だとご覧になって心を満たし、治めていらっしゃる難波の宮では、支配なさる四方の国から奉る貢ぎ物を運ぶ船は、堀江に水脈を引いて、朝凪に楫(かい)を引いて上り、夕潮に棹をさして下り、(あぢ群の)しきりに騒ぐように競って、浜に出て海を見ると、白波の折り重なる上に海人の船が点々と浮かんで、天皇のお食事に捧げようと、遠く近く漁をしている。あんなにも広大であるよ、これほどにも豊かであるよ。この光景を見ると、なるほど難波の宮を神代から始めたのは当然のことだなあ。
▽次の二首とともに家持の歌(→四三六二左注)。
上六句は、難波を皇居とした仁徳天皇などを言

君《きみ》の　うちなびく　春の初めは　八千種《やちくさ》に　花咲きにほひ　山見れば　見のともしく　川見れば　見のさやけく　ものごとに　栄《さか》ゆる時と　見《め》したまひ　明《あき》らめたまひ　敷きませる　難波《なには》の宮は　聞こしをす　四方《よも》の国より　奉《たてまつ》る　御調《みつき》の船は　堀江《ほりえ》より　水脈引《みをび》きしつつ　朝なぎに　梶引《かぢひ》き上《のぼ》り　夕潮《ゆふしほ》に　棹《さを》さし下《くだ》り　あぢ群《むら》の　騒き競《きほ》ひて　浜に出《い》でて　海原《うなはら》見れば　白波《しらなみ》の　八重折《やへを》るが上《うへ》に　海人小舟《あまをぶね》　はららに浮きて　大御食《おほみけ》に　仕《つか》へ奉《まつ》ると　をちこちに　いざり釣りけり　そきだくも　おぎろなきかも　こきばくも　ゆたけきかも　ここ見れば　うべし神代《かみよ》ゆ　始めけらしも

4361 桜花《さくらばな》今さかりなり難波《なには》の海おしてる宮に聞こしめすなへ

4362 海原《うなはら》のゆたけき見つつ葦《あし》が散る難波《なには》に年は経《へ》ぬべく思《おも》ほゆ

右は、二月十三日、兵部少輔《ひやうぶのせうふ》大伴宿祢《おほとものすくね》家持《やかもち》。

うか。第七句「今のをに」は類例のない表現。次句に「絶えず」とあるので、「を」は「緒」の意と推察される。「今の世」が普通であろうが、「年の緒(を)」(→四三八六注)などと同様に「今」を緒に譬えた家持独自の表現か。「見のともしく」と「見のさやけく」は、見て心ひかれる、目にさやかであるの意。家持の類例「聞きのかなしも」(四〇八九)は、柿本人麻呂の「聞きの恐(かしこ)く」(一九九)に学んだものか。動詞の連用形名詞の「見」「聞き」などが、助詞ノを介して形容詞述語に掛かるのは珍しい形。古い語法の残存か。「見したまひ明らめたまひ」は、天皇が難波の景色を見て心をお晴らしになること。この時に天皇の難波行幸があったわけではなく、「食(を)す国を見(め)したまはむと、みあらかは高知らさむと」(五〇)のように、この「見す」は国を支配することを言う。「聞こしをす」の「をす」は食する意の尊敬語。これも国を支配することを言う。反歌では同義の「聞こしめす」を用いた。「はらら」は、現代語のバラバラに当たる擬態語由来の副詞。「そきだく」と「こきばく」は、ともに程度の著しいことを言う語。指示語「そ」「こ」を語頭にもつように、「あんなに」「こんなに」に当たる。「おぎろなき」は広大なさま。日本書紀・欽明天皇六年(五三七)の「丈六の仏を造りたてまつる功徳甚大なり」の「甚大」、知恩院本大唐三蔵法師伝の「曠」「浩汗」、伊呂波字類抄(→三二頁)の「曠」にそれぞれ見える訓の「オキロ」と同源か。それならば、「おぎろなし」のナシは、否定辞ではなく、形容詞を作る接尾辞。「おほつかなし」(一九五二)、「いらなし」(三九六九)などのナシであろう。「ここ」は、場所指示ではなく文脈指示の用法で、この事の意。「うべし」は、道理だ、当然だ、の意の副詞「うべ」に、強意の助詞シが付いたもの。類想句、「うべし神代ゆ定めけらしも」(九〇七)。

4361 桜花が今さかりだ。難波の海の照り輝く宮でお治めになるので。

▽第四句の「おしてる」は、普通は難波の枕詞であり、長歌でもそのように用いられているが、ここは難波の「宮」の修飾語に転用している。歌末のナへは、二つの事態があい伴って進むことを意味する接続助詞。天皇が難波で世を治めることによって桜が満開になるという含意である。

4362 海原の豊かなさまを見ながら、(葦が散る)難波できっと年を過ごすことになると思われる。

▽第三句「葦が散る」は、秋に葦の穂花が散ること。ここは難波の枕詞。結句の助動詞ベシは、当然そうなのだ、という気持。長歌の結びの部分を受けて、神代以来、難波宮に仕えた人々がそうしてきたように自分もこの地で、というのであろう。聖武天皇の「大の浦のその長浜に寄する波ゆたけく君を思ふこのころ」(一六一五)を意識したか。

4363 難波津《なにはつ》にみ船下《ふねお》ろすゑ八十梶《やそか》貫《ぬ》き今は漕《こ》ぎぬと妹《いも》に告げこそ

4364 防人《さきむり》に立たむ騒《さわ》きに家の妹《いむ》が業《な》るべきことを言はず来《き》ぬかも

右の二首は、茨城郡《うばらきのこほり》の若舎人部広足《わかとねりべのひろたり》。

4365 おしてるや難波《なには》の津《つ》ゆり船装《ふなよそ》ひ我《あれ》は漕《こ》ぎぬと妹《いも》に告《つ》ぎこそ

4366 常陸《ひたち》さし行《ゆ》かむ雁《かり》もが我《あ》が恋を記《しる》して付けて妹《いも》に知らせむ

右の二首は、信太郡《しだのこほり》の物部道足《もののべのみちたり》。

4367 我《あ》が面《もて》の忘れもしだは筑波嶺《つくはね》を振《ふ》り放《さ》け見つつ妹《いも》は偲《しぬ》はね

右の一首は、茨城郡《うばらきのこほり》の占部小《うらべのを》竜《たつ》。

4368 久慈川《くじがは》は幸《さけ》くあり待て潮舟《しほぶね》にま梶《かぢ》しじ貫《ぬ》き我《わ》は帰り来《こ》む

右の一首は、久慈郡《くじのこほり》の丸子《まろこ》部佐壮《べのすけを》。

4369 筑波嶺《つくはね》のさ百合《ゆる》の花の夜床《ゆとこ》にもかなしけ妹《いも》そ昼《ひる》もかなしけ

4363 難波の港に御船を新たに浮かべ、楫（かい）をたくさん取り付け今まさに漕ぎ出して行ったと、妻に告げてくれ。

▽以下十首、常陸国の防人の歌（→四三七二左注）。「下ろすゑ」は「下ろしすゑ」の約音か。新造船あるいは修理し終えた船を難波の港で進水させることと解する。「漕ぎぬ」は「漕ぎ去（い）ぬ」の約。

4364 防人に出発する騒ぎに、家の妻に仕事の段取りについて話さずに来てしまった。

▽「さきむり」「いむ」は、モがムに転じたもの。同じ作者の前歌には「いも」とある。「業る」は、生計を立てること。既出（一三五七）。歌末は「来ぬるかも」となるべきだが、字余りを避けて破格を選んだか。「来ぬかむ」（四四〇三）の例もある。類想歌、五〇三・三四八一・三五二八・四三三七。

4365 （おしてるや）難波の津から、船装いをして、私は漕ぎ出したと妻に告げてくれ。

▽第二句は第四句に掛かる。「船装ひ」は動詞。船出の準備をすること。歌は四三六三とよく似る。

4366 常陸を指して飛んで行く雁でもいてくれないかなあ。私の恋の思いを記して付けて妻に知らせようものを。

▽北に帰る春の雁に手紙を結びつけて常陸国の妻に届けたいと詠う。「天子、上林中に射て雁を得（う）。足に帛書を係（か）くる有り」（漢書・蘇武伝）の雁信の故事による。その故事は一六一四・一七〇八・三六七六にも用いられたが、雁に手紙を「付け」ると言うのはこれだけ。東国にも漢学の知識が伝わっていたか。

4367 私の顔を忘れそうな時は、筑波の峰を振り仰ぎ見て、妻よ、偲んでおくれ。

▽類想歌、「嶺（ね）に立つ雲を見つつ偲はせ」（三五一五）などは、雲を見て私を偲べと詠う。これも「筑波嶺（の雲）」を見てという気持か。「あがもて」は「あがおもて」の約音。「忘れも」は「忘れむ」の転。「しだ」は時。東国の歌（三五一五・四四〇七など）と肥前国風土記（→三〇九頁）・松浦郡の歌謡に見える。「しぬはね」は「しのはね」の転。「しぬふ」「しのふ」は、中央語においても両形があったらしい（→八〇二）。

4368 久慈川よ、無事で待っていてくれ。潮船に楫（かい）をたくさん付けて私は帰って来よう。

▽「久慈川」は、福島県東白川郡に発し、茨城県久慈郡を通って東流、鹿島灘に注ぐ川。「さけく」は「さきく」の転。「潮舟」は海を行く舟であろう。既出（三四五〇・三五五六）。類想歌、「白崎は幸くあり待て大船にま梶しじ貫きまたかへり見む」（一六六八）。

4369 筑波山の百合の花のように、旅寝の夜の床でいとしい妻は昼もいとしい。

▽上二句は同音で「夜（ゆ）」を導く序詞であろう。「さゆる」は「さゆり」の転。サは接頭語。「かなしけ」は「かなしき」の転。既出（三五一七）。

4370 あられ降り鹿島《かしま》の神を祈りつつ皇御軍士《すめらみくさ》に我《われ》は来《き》にしを

右の二首は、那賀郡《なかのこほり》の上丁《じやうちやう》大舎人部千文《おほとねりべのちふみ》。

4371 橘《たちばな》の下《した》吹く風のかぐはしき筑波《つくは》の山を恋ひずあらめかも

右の一首は、助丁占部広方《じよちやううらべのひろかた》。

4372 足柄《あしがら》の 御坂賜《みさかたま》はり 顧《かへり》みず 我《あれ》は越《く》え行《ゆ》く 荒《あら》し男《を》も 立《た》しやはばかる
不破《ふは》の関《せき》 越《く》えて我《わ》は行《ゆ》く 馬《むま》の爪《つめ》 筑紫《つくし》の崎《さき》に 留《ち》まり居《ゐ》て 我《あれ》は斎《いは》は
む 諸《もろもろ》は 幸《さけ》くと申《まを》す 帰り来《く》までに

右の一首は、倭文部可良麻呂《しとりべのからまろ》。

二月十四日、常陸国《ひたちのくに》の部領防人使《さきもりのことりづかひ》大目《だいさくわん》正七位上《しやうしちゐじやう》息長真人国島《おきながのまひとくにしま》。進《たてまつ》りし歌の数《かず》は十七首。但《ただ》し拙劣《せつれつ》の歌はこれを取《と》り載《の》せず。

4373 今日《けふ》よりは顧《かへり》みなくて大君《おほきみ》の醜《しこ》の御楯《みたて》と出《い》で立つ我《われ》は

4370 （あられ降り）鹿島の神を祈りながら、天皇の兵士として私は来たのだが。
▽「あられ降り」は、霰の降る音がかしましい（やかましい）ので、同音で「鹿島」の枕詞。既出（一一七四）。「鹿島の神」は鹿島神宮。祭神は武勇の神のタケミカヅチと伝える。万葉集では現代語のように「神に祈り」とは言わず「神を」とする。第四句の「すめら」は天皇を誉めたたえる意で用いる語。「みくさ」は「みいくさ」の約。「いくさ」は武人。

4371 橘の木の下を吹き渡る風のかぐわしい筑波の山を恋しく思わずにいられようか。
▽動詞「恋ふ」は格助詞ニを受けるのが通例。ここは珍しい例である。→一八四二注。結句の「めかも」は反語表現。東歌に既出（三四三〇・三四三七・三五五九）。中央語では「めやも」が普通（→四〇五二など）。

4372 足柄の御坂を通していただいて、うしろを振り返らずに私は越えて行く。荒くれ男も進みかねる不破の関を越えて私は行く。（馬の爪）筑紫の崎にとどまって私は身を慎もう。みなさまよ御無事でと申しあげます、私が帰って来るまで。
◇二月十四日、常陸国の防人の部領使、大目正七位上、息長真人国島。提出した歌の数は十七首。但し、拙劣な歌は載せなかった。
▽防人の歌で唯一の長歌。冒頭二句は、交通の難所に通行を妨げる神がいると考えて、その許しを得るとする表現。第四句の「くえ」は「こえ」の転。第六句の「立し」は「立ち」の転。チがシに転ずるのは東国語の一特徴。「立しやはばかる」のヤは間投助詞。「はばかる」は障害に進みかねること。「不破の関」は、近江と美濃の国境の伊吹山の南麓にある。古事記・中（景行）に、倭建命（やまとたけるのみこと）が伊服岐（いぶき）山で遭難する話を載せる。「馬の爪」は既出（四一二二）。ここでは馬の蹄を尽くすの同音で「筑紫」に掛かる枕詞。「馬」の原文は「牟麻」。マ・メ・モの前のウをムの仮名で書くのは平安時代には一般的だが、奈良時代の例はこれだけである。「ちまり」は「とまり」の転。「もろもろ」は、遊仙窟（真福寺本）「衆人」の訓にモロモロとある。歌では仏足石歌の「努めもろもろ」の例があるが、多く、祝詞および宣命に用いられた。ここは、神に申し上げる祈願の言葉の意識があったか。

4373 今日からは後ろをふり返ることをせず、天皇の至らぬ守備兵として出発するのだ、私は。
▽以下十一首、下野国の防人の歌（→四三八三左注）。天皇の兵士としての覚悟を詠う。「顧み」は名詞。「醜（こし）」は、既出（一一七・一五〇七・四〇一一など）の例は罵りの言葉。ここは卑下の気持を表す。「みたて」は、天皇をお守りする楯の意。左注の「火長」は、軍防令に「兵士は十人を一火とす」とあるものの長。

右の一首は、火長《くわちやう》今奉部与曾布《いままつりべのよそふ》。

4374
天地《あめつち》の神を祈りてさつ矢貫《やぬ》き筑紫《つくし》の島をさして行《い》く我《われ》は

右の一首は、火長《くわちやう》大田部荒耳《おほたべのあらみみ》。

4375
松の木《け》の並《な》みたる見れば家人《いはびと》の我《われ》を見送ると立たりしもころ

右の一首は、火長《くわちやう》物部真島《もののべのましま》。

4376
旅行《たびゆ》きに行《ゆ》くと知らずて母父《あもしし》に言申《ことまを》さずて今ぞ悔《くや》しけ

右の一首は、寒川郡《さむかはのこほり》の上丁《じやうちやう》川上臣老《かはかみのおみおゆ》。

4377
母刀自《あもとじ》も玉にもがもや戴《いただ》きてみづらの中《なか》に合《あ》へ巻《ま》かまくも

右の一首は、津守宿祢小黒栖《つもりのすくねをぐろす》。

4378
月日《つくひ》やは過《す》ぐは行《ゆ》けども母父《あもしし》が玉の姿は忘れせなふも

右の一首は、都賀郡《つがのこほり》の上丁《じやうちやう》中臣部足国《なかとみべのたるくに》。

4374 天地の神を祈って、矢を胡籙(やなぐい)に刺して、筑紫の島を目指して行くのだ、私は。

▽「さつ矢」は、本来は狩猟用の矢(→六一・九二七)、戦闘用の矢は「そや(征箭)」と呼ばれた(→四三六八注)。ここは区別せずに言う。軍防令によると、兵士一人につき、「征箭五十隻(しゃく)、胡籙(やなぐひ)一具」を自分で備える規定であった。動詞「貫く」は、ここは胡籙に刺すこと。筑紫を「島」と言うのは古事記・上に例があるが、万葉集ではここだけ。

4375 松の木が並んでいるのを見ると、家人が私を見送って立っていた様子そっくりだ。

▽松の木を人に見立てること、「岩屋戸(いはやど)に立てる松の木汝(な)を見れば昔の人を相見るごとし」(三〇九)ともあった。「木(け)」は「木(き)」の転。既出(四三四二)。並ぶことは、多くの物は「並(な)む」と、二つの物は「並(なら)ぶ」と区別して言う傾向がある。「いはびと」は「いへびと」の、「立たりし」は「立てりし」の転。「もころ」は、よく似ているさまを言う語。既出、「立たせば玉藻のもころ」(一九六)。

4376 旅に行くとも知らず、母と父にきちんと挨拶しなくて、今は後悔している。

▽上二句、防人として筑紫に赴くと知らずに家を出て来たのでの意。実情は不明だが、誇張があろうか。「あも」は「母(おも)」(四四三・四三八六)の転か。用例はこの下野国の防人の歌の四首に限られる。「しし」は「父(ちち)」の転。東国語でチがシに転ずる例は既出(四三七二)。「悔しけ」は「悔しき」の転。

4377 母上が玉であったらなあ。頭に載せて、みずらの中に巻き入れようものを。

▽上二句の類想は、「父母(ちちはは)も花にもがもや」(四三二五)。「みづら」は、成年男子の髪型。左右に分けた髪を輪にして結び束ねた。「巻かまく」は「巻かむ」のク語法。「いなだきにきすめる玉は」(四二二〇)ともあった。母親が玉であったら一緒に行けるのだがと、先ず前提となる願望を「〜もが(も)」と述べ、それによって実現できる願望を「〜まくも」で納める形式が、東歌と防人の歌にのみ見える(三五五四・四四〇六)。作者に出身地も職名も記していないのは、前歌に同じゆえか。

4378 月日はまあ過ぎてはいくが、母と父の玉のような姿を忘れることはない。

▽初句は難解。原文「都久比夜波」の「夜」を訓字と見て、月・日・夜(よ)は、と解することも可能。しかし、筆録した部領使の癖か、当国の防人の歌の「夜」字の他の三例はいずれもヤの音仮名。ここも「夜」をヤと訓み、詠嘆の助詞ヤハと解しておく。「つく(月)」「すぐ(過)」は、ともにイ列乙類音のウ列音への転。「玉の姿」の類例、「白玉の見が欲し御面(みおも)わ」(四一六九)。結句のナフは打消の助動詞で東歌に十二例あるが、防人の歌はこの例のみ。

4379 白波《しらなみ》の寄《よ》そる浜辺《はまへ》に別れなばいともすべなみ八度《やたび》袖振《ふ》る

右の一首は、足利郡《あしかがのこほり》の上丁《じやうちやう》大舎人部祢麻呂《おほとねりべのねまろ》。

4380 難波津《なにはと》を漕《こ》ぎ出《で》て見れば神《かみ》さぶる生駒高嶺《いこまたかね》に雲そたなびく

右の一首は、梁田郡《やなだのこほり》の上丁《じやうちやう》大田部三成《おほたべのみなり》。

4381 国々《くにぐに》の防人《さきもり》集《つど》ひ船乗《ふなの》りて別《わか》るを見ればいともすべなし

右の一首は、河内郡《かふちのこほり》の上丁《じやうちやう》神麻続部島麻呂《かむをみべのしままろ》。

4382 ふたほがみ悪《あ》しけ人なりあたゆまひ我《わ》がする時に防人《さきもり》に差《さ》す

右の一首は、那須郡《なすのこほり》の上丁《じやうちやう》大伴部広成《おほともべのひろなり》。

4383 摂津《つ》の国の海の渚《なぎさ》に船装《ふなよそ》ひ立《た》し出《で》も時に母《あも》が目もがも

右の一首は、塩屋郡《しほのやのこほり》の上丁《じやうちやう》丈部足人《はせつかべのたるひと》。

二月十四日、下野国《しもつけのくに》の防人《さきもり》の部領使《ことりづかひ》正六位《しやうろくゐ》上《じやう》田口朝臣大戸《たぐちのあそみおほへ》。進《たてまつ》りし歌

4379　白波の寄せる浜辺で別れたらどうしようもないので、何度も袖を振るのだ。

▽下野国には海がないので、上二句の浜辺は難波の津を指す。故郷はすでに遠いが、それでも地続きの難波から海に漕ぎ出すことを、家族との決定的な別れと感じるのであろう。故郷を出る時、難波の津を船出する時の思いを先取りして詠んだものか。「寄そる」は「寄する」の転。「いと」は、甚しくの意の「いた」の母音交替形。「いたもすべなみ」は慣用句。既出(四五六・三三三五・三三三九など)。

4380　難波の津を漕ぎ出して見ると、神々しい生駒山の高い峰に雲がたなびいている。

▽生駒山の遥かかなたの故郷を思うのであろう。初句の「と(津)」は「つ」の転。「神さぶる」のカミは、中央語ではカムが通例(→四〇四六)。前歌と同様、難波の津を出港する時の思いを予想したものか。

4381　諸国の防人が集まって船に乗り、別れて行くのを見ると、何ともやりきれず悲しい。

▽「船乗り」は動詞「船乗る」の連用形。「船に乗る」が複合するさい、フネがフナに転じて助詞ニが略された(→解説3)。「船装ひ」(四三八三)も類似の構造。「別る」は、連体形「別るる」とあるべきもの。「別る今夜(こよひ)ゆ」(五〇八)と同様に終止形で代用させたか。→四二五三。ただし、「別る」が古くは四段活用で、連体形も「別る」であったなごりと見る説もある。

4382　「ふたほがみ」は性悪な人だ。私が急病にかかっているときに防人に指名したのだ。

▽初句「ふたほがみ」は未詳の語。「ほがみ」は、伊呂波字類抄の「小腹　ホカミ」に関係するか。「あたゆまひ」も未詳。倭名抄に「疝　阿太波良(あたはら)、一云、之良太美(しらたみ)、腹の急痛なり」とあるほか、西日本・南島の方言で「あた」を急性の意に用いるので、「あたやまひ」の転で急病を言うとするのが通説。ア列音がウ列音に転じることは、「息づくしかば」(四四二一)が「息づかしけば」の転と解されるだけの珍しい例だが、今はその通説に拠る。

4383　摂津の国の海の渚で船を装備して、出港する時にはせめて母の顔が見たいなあ。

◇二月十四日、下野国の防人の部領使、正六位上田口朝臣大戸。進上した歌の数は十八首。但し、拙劣な歌は載せなかった。

▽「船装ひ」は、「ふねをよそふ」が複合した動詞「ふなよそふ」の連用形。「立し出も」は、「立ち出む」の転。「母(あも)」は、日本書紀の歌謡にも用例があるが、万葉集では下野国の防人歌にだけ見られる。→四三七六注。モガモは願望の表現。結句の類例、大伴熊凝の臨終の歌に「たらちしの母が目見ずて」(八八七)とある。この部領使には官名が見えないが、軍防令によると難波の津まで出身地の官人が引率する規定なので、ここは官名を脱したものか。

の数《かず》は十八首。但《ただ》し拙劣《せつれつ》の歌はこれを取《と》り載《の》せず。

4384 暁《あかとき》のかはたれ時《どき》に島陰《しまかぎ》を漕《こ》ぎにし船のたづき知らずも

右の一首は、助丁海上郡《じよちやううなかみのこほり》の海上国造他田日奉直得大理《うなかみのこくざうをさたのひまつりのあたひとこたり》。

4385 行《ゆ》こ先《さき》に波なとゑらひ後方《しるへ》には子《こ》をと妻《つま》をと置《お》きてとも来《き》ぬ

右の一首は、葛飾郡《かつしかのこほり》の私部石島《きさきべのいはしま》。

4386 わが門《かづ》の五本柳《いつもとやなぎ》いつもいつも母《おも》が恋すす業《な》りましつしも

右の一首は、結城郡《ゆふきのこほり》の矢作部真長《やはぎべのまなが》。

4387 千葉《ちば》の野《ぬ》の児手柏《このてかしは》の含《ほほ》まれどあやにかなしみおきてたかきぬ

右の一首は、千葉郡《ちばのこほり》の大田部足人《おほたべのたるひと》。

4388 旅とへど真旅《またび》になりぬ家の妹《も》が着《き》せし衣《ころも》に垢《あか》つきにかり

右の一首は、占部虫麻呂《うらべのむしまろ》。

4384 暁のまだ薄暗い時分に島陰を漕いで行った船の行方が気がかりだ。

▽以下十一首、下総国の防人の歌(→四三九四左注)。「かはたれ時」は、「たそがれ時」が「誰(た)そ彼(かれ)時」で夕方を言うのに対して、「彼(か)は誰(たれ)時」で明け方の薄明。「かぎ(陰)」は「かげ」の転。「漕ぎにし」は「漕ぎ去(い)にし」の約。「たづき」は「たどき」とも。手段の意であることもあるが(→四四二〇)、ここは状態の意(→三八五〇)。他の舟の行方を思いやること、「眉(まよ)のごと雲居に見ゆる阿波の山かけて漕ぐ舟泊り知らずも」(九九八)などがあった。

4385 行く先に波よ高く立たないでくれ。あとには子どもと妻とを置いて来たのだ。

▽「行こ」は「行く」の転。第二句の「な」は禁止の副詞。「とゐらひ」は、大きくたわむ意の動詞「とをらふ」(一七四〇)の連用形「とをらひ」の転であろう。関連する語には「とゐ波」(二二〇)、「とをよる」(二一七)などがある。「しるへ」は「しりへ」の転で、背後の意。第四句「子をと妻をと」は未詳。「汝をと我を」(六六〇)、「病をと」(八九七)の例によって、二つのヲトは助詞ヲ・トと見ておく。結句の「置きてとも」も未詳。トは係助詞ソの転で「出でてと我(あ)が来(く)る」(四四三〇)のトに同じとする説がある。

4386 私の家の門の五本(いつもと)柳のように、いつも母上は恋しいと思いながら仕事をなさり「つしも」。

▽上二句は同音で「いつも」を導く序詞。「かづ」は「かど」の転。第四句の「おも」は母の古語(→四四三・三三六)。「すす」は動詞「す(為)」の反復。既出(三四八七・三五六四)。結句の「なり」は仕事をする意の動詞「業る」、「まし」は尊敬語だろうが、「つしも」は未詳。

4387 千葉の野の児手柏のようにまだ蕾だけれど、どうにもかわいくて「おきてたかきぬ」。

▽「千葉の野」は、千葉市、習志野市一帯の野。「児手柏」は未詳。既出(三八三六)。上二句は、譬喩で「ほほまれど」を導く序詞。「ほほまれど」は「ふふめれど」の転。「ふふむ」は開いていない状態。既出(三五七二・四〇六六)。結句は語義未詳。「たかきぬ」を、「いや高に山も越え来ぬ」(一三一)の二句を縮めた形の「高来ぬ」と解し、手を触れずに遠くやって来たと解釈する説があるが、「あやにかなしみ」の順接を受ける表現としては不自然であろう。

4388 旅と言うけれど、本当に長い旅になった。家の妻が着せてくれた着物に垢がついてきたよ。

▽類想歌、「わが旅は久しくあらしこの我(あ)が着(け)る妹が衣の垢つく見れば」(三六六七)。初句は、一口に旅とは言うけれど、という気持なのであろう。初句の「とへど」は「といへど」の、第三句の「家のも」は「家のいも」の、ともに語頭の単独母音イの約音。「真旅」の「真」は、本物・完全の意。結句のカリは助動詞ケリの転。

4389 潮舟《しほふね》の舳《へ》越《こ》そ白波《しらなみ》にはしくも負《お》ふせ給《たま》ほか思はへなくに

右の一首は、印波郡《いにはのこほり》の丈部直大麻呂《はせつかべのあたひおほまろ》。

4390 群玉《むらたま》のくるにくぎ刺《さ》し堅《かた》めとし妹《いも》が心は動《あよ》くなめかも

右の一首は、猨島郡《さしまのこほり》の刑部志加麻呂《おさかべのしかまろ》。

4391 国々《くにぐに》の社《やしろ》の神に幣奉《ぬさまつ》り我《あ》が恋すなむ妹《いも》がかなしさ

右の一首は、結城郡《ゆふきのこほり》の忍海部五百麻呂《おしぬみべのいほまろ》。

4392 天地《あめつし》のいづれの神を祈らばか愛《うつく》し母《はは》にまた言問《ことと》はむ

右の一首は、埴生郡《はにふのこほり》の大伴部麻与佐《おほともべのまよさ》。

4393 大君《おほきみ》の命《みこと》にされば父母《ちちはは》を斎瓮《いはひへ》と置《お》きて参《ま》ゐ出来《でき》にしを

右の一首は、結城郡《ゆふきのこほり》の雀部広島《さざきべのひろしま》。

4394 大君の命恐《みことかしこ》み弓《ゆみ》のみたさ寝《ね》かわたらむ長《なが》けこの夜《よ》を

4389 潮舟の舳先を越える白波のように、突然に指名なさったものだ、予想もしなかったのに。

▽「越そ」は「越す」の転。上二句は譬喩で「にはしく」を導く序詞。「にはしく」は未詳だが、「にはか」の意の形容詞「にはし」の連用形か。防人への指名が思いがけず突然にあったことを言うのだろう。「負ふせ給ほか」は「負ほせ給ふか」の転か。カは詠嘆の助詞。「思はへなくに」は、「問ひたまふかも思ひあへなくに」(九六二)の下句の約音形であろう。「思ひ敢へず」のク語法による詠嘆表現で、思いも寄らなかったのに、の意。

4390 (群玉の)くるるに釘を刺すように堅く約束した、あの子の心はふらつかないだろうよ。

▽初句「群玉の」は、たくさんの玉がくるくる回転するの意で「くる」の枕詞となるか。「くるる」は、戸の片端の上下に突起を作り、固定した凹み(とぼそ)に入れて戸を回して開閉させる装置。後世の「くるる」に当たる。「くるる」に釘を刺して施錠するように、堅く言い交わしたというのである。「堅めとし」は「堅めてし」の転か。「あよく」は動揺する意。出雲国風土記・大原郡阿用郷の地名起源説話に、「男、「動動」といひき。故、阿欲(あよ)といふ」と見える「動」の訓がその例。ナメはラメの転。推量の助動詞。ラ行音がナ行音に転ずる例は、東国語、特に東歌に多い。カモはヤモに同じ意かと思われる反語表現。既出(四三七一)。

4391 国々の社の神に幣を捧げて祈るたびに、私への恋に苦しんでいるに違いない妻がいとしい。

▽上三句の主体は「我」か。難波への道すがら、諸国の神に祈るたびに、故郷で同じように祈っているに違いない妻の哀れさを思うという気持であろう。第四句の「我(あ)が恋」は「我に対する恋」の意。ナムは推量の助動詞ラムの転。

4392 天地のどの神様に祈ったら、恋しい母にまた言葉をかけられるだろうか。

▽初句の「つし」は「つち」の転。第四句の「うつくし」は肉親や小さなものへの愛情を表す。壮年の防人が年老いた母親を思う歌であろうか。類想歌、「いかにあらむ名に負ふ神に手向(たむ)けせば我(あ)が思(も)ふ妹を夢(いめ)にだに見む」(二四一八)。

4393 天皇のお言葉なので、父母を斎瓮のように大事に残して参じて来たのだが。

▽第二句の「されば」は「しあれば」の約。第四句の「と置きて」のトは、斎瓮とともに、とも解釈できるが、今は「斎瓮のように大切に」の意と解したい。

4394 天皇のお言葉が恐れ多くて、弓を抱いて寝つづけるのだろうか。長いこの夜を。

◇二月十六日、下総国の防人の部領使、少目従七位下県犬養宿祢浄人。進上した歌の数は二十二首。但し、拙劣な歌は載せなかった。

右の一首は、相馬郡《さうまのこほり》の大伴部子羊《おほともべのこひつじ》。

二月十六日、下総国《しもつふさのくに》の防人《さきもり》の部領使少目《ことりづかひせうさくわん》従七位下《じゆしちゐげ》県犬養宿祢浄人《あがたのいぬかひのすくねきよひと》。

進《たてまつ》りし歌の数《かず》は二十二首。但《ただ》し拙劣《せつれつ》の歌はこれを取《と》り載《の》せず。

独《ひと》り竜田山《たつたやま》の桜《さくら》の花を惜《を》しみし歌一首

4395 竜田山見つつ越え来《こ》し桜花《さくらばな》散りか過ぎなむ我《わ》が帰るとに

独《ひと》り江水《かうすい》に浮《う》かび漂《ただよ》ふ糞《あくた》を見《み》、貝《かひ》の玉《たま》の依《よ》らざることを怨恨《うら》みて作りし歌一首

4396 堀江《ほりえ》より朝潮《あさしほ》満ちに寄るこつみ貝にありせばつとにせましを

館《むろつみ》の門《かど》に在《あ》りて江南《かうなん》の美女《びぢよ》を見て作りし歌一首

4397 見渡せば向《むか》つ峰《を》の上《へ》の花にほひ照りて立てるは愛《は》しき誰《た》が妻《つま》

右の三首は、二月十七日に兵部少輔《ひやうぶのせうふ》大伴家持《おほとものやかもち》の作りしものなり。

▽第三句の「みた」は「むた」の転か。「～とともに」の意。第四句の「わたる」は、補助動詞としての用法。「～し続ける」の意。今夜の長さはもちろん、これから難波の港まで、あるいは任地の筑紫においても、の含意を読み取るべきであろう。

◆一人で竜田山の桜の花を惜しんだ歌一首

4395 竜田山を越える時に見て来た桜の花は散ってしまうだろうか。私が帰る頃に。

▽以下三首は、二月十七日、大伴家持が防人を送迎する業務のために滞在していた難波で作った歌(→四三九七左注)。太陽暦では四月七日に当たる。この四日前には、満開の難波の桜が詠われている(→四三六一)。平城京を出て、竜田山を越える時につぼみだった桜の花(→四三九五)は、帰京する頃にはもう散っているだろうと惜しむ。

上三句は「竜田山越え来つつ見し桜花」とでもある方が自然である。「つのさはふ磐余(いはれ)の道を、朝去らず行きけむ人の、思ひつつ通ひけまくは」(四二三)と同様に、「越える」「通う」という行動が、「見る」「思う」状態を伴って行われたことを表現したいのだろう。結句のトニは、「～する頃に」の意。トニは一般には「夜のふけぬとに」(一八二二)などのように打消表現を受けるが、ここは例外。

◆一人で堀江の水に浮き漂う芥を見て、貝の玉が寄って来ないことを恨んで作った歌一首

4396 堀江に朝の潮が満ちるにつれて寄って来る木屑、これが貝だったら家へのみやげにしようものを。

▽題詞の「糞」は、名義抄に「糞 クソ・アクタ」とある。「朝潮満ち」は朝の満潮。他に用例のない語。「こつみ」は木の屑。「寄る」ものとして詠われる。既出(一一三七・二七二四・四二一七)。題詞の「貝の玉」によると、「貝」は真珠貝を指すのであろう。

◆館の門から江南の美女を見て作った歌一首

4397 見渡すと、向かいの岡の上の花が咲いて、それに照り映えて立っているのは誰の愛妻だろう。

◇右の三首は、二月十七日に兵部少輔大伴家持が作った。

▽題詞の「館の門」は兵部使難波公館の門であろう。「江南」は難波堀江の南の意であるが、中国詩の江南を連想しているか。江南は、夫の帰りを待つ女性の住む土地と描かれることがあった。「君は北海の陽に居り、妾は江南の陰に在り」(晋・張華「情詩」・芸文類聚・閨情)。歌の第二句の「向つ峰」は、向こうに見える丘。難波宮のある上町台地を言うのだろう。「花にほひ」は、既出(四三一七)の例は名詞。ここは動詞で、花が咲くこと、花の色に染まることを重ねて言う。岡の上に咲く花に映えて、そばに輝くように立っているのは、どなたの妻かと羨んで詠う。結句は「誰が愛しき妻そ」の意。

防人《さきもり》の情《こころ》と為《な》りて思《おも》ひを陳《の》べて作りし歌一首 短歌を并《あは》せたり

4398 大君《おほきみ》の 命恐《みことかしこ》み 妻別《つまわか》れ 悲しくはあれど ますらをの 心振り起こし 取り装《よそ》ひ 門出《かどで》をすれば たらちねの 母《はは》かき撫《な》で 若草《わかくさ》の 妻《つま》取り付き 平《たひ》らけく 我《われ》は斎《いは》はむ ま幸《さき》くて 早《はや》帰り来《こ》と ま袖もち 涙《なみだ》を拭《のご》ひ むせひつつ 言問《ことど》ひすれば 群鳥《むらとり》の 出で立ちかてに 滞《とどこほ》り 顧《かへり》みしつつ いや遠《とほ》に 国を来離《きはな》れ いや高《たか》に 山を越え過ぎ 葦《あし》が散る 難波《なには》に来居《きゐ》て 夕潮《ゆふしほ》に 船を浮けすゑ 朝なぎに 舳《へ》向け漕《こ》がむと さもらふと 我《わ》が居《を》る時に 春霞《はるかすみ》 島廻《しまみ》に立ちて 鶴《たづ》がねの 悲しく鳴けば はろばろに 家を思ひ出《で》 負《お》ひ征箭《そや》の そよと鳴るまで 嘆《なげ》きつるかも

4399 海原《うなはら》に霞《かすみ》たなびき鶴《たづ》が音《ね》の悲しき夕《よひ》は国辺《くにへ》し思ほゆ

4400 家思《おも》ふと眠《い》を寝《ね》ず居《を》れば鶴《たづ》が鳴く葦辺《あしへ》も見えず春の霞《かすみ》に

◆防人の心になって思いを述べて作った歌一首と短歌

4398 天皇のご命令が恐れ多くて、妻との別れは悲しいけれど、ますらおの心を奮い立たせ、支度を整えて門出をすると、(たらちねの)母は頭を撫で、(若草の)妻は私に取りすがって、「元気でいて私たちは身を慎んでいます、ご無事で早く帰って来て」と、両袖で涙を拭い、むせびながら話しかけるので、(群鳥の)出発しにくくて、足どりも滞りがちに振り返りつつ、次第に遠く国を離れて、いよいよ高く山を越えて来、(葦が散る)難波に到着して、夕方の潮に船を浮かべて据え、朝凪に舳先を向けて漕ぎ出そうと、私が待機しているときに、春霞が島の周りに立って、鶴が悲しい声で鳴くと、はるばると家を思い出し、負うている矢がカサと鳴るほど嘆いたのだった。

▽家持が防人たちになりかわって作った長歌と反歌二首。第三句の「妻別れ」は妻との別れ。家持の作に既出(四三三一)。「ますらをの心振り起こし」も家持作(四七八・三九六二)に見える。「母かき撫で」「妻取り付き」は、ともに七音句なのに字足らず。この巻の家持の長歌には、同様の字足らずの対句が、「朝なぎに水手(かこ)整へ、夕潮に梶引き折り」(四三三一)、「山見れば見のともしく、川見れば見のさやけく」(四三六〇)とある。あえて定型の単調さを避けたのだろう。「母かき撫で」は、「父母が頭かき撫で」(四三四六)を踏まえるか。「平らけく」は、旅のあなたの無事を祈るためにこそ、自分たちは「平らけく」いて斎戒しようという気持。越中に旅立つ家持が弟に贈った歌には、逆に「ま幸くて我(あれ)帰り来む、平らけく斎ひて待てと」(三九五七)とあった。「出で立ちかてに」の「かてに」は、可能の意の補助動詞「かつ」の連用形に、打消の助動詞ズの古い連用形ニが接したもの。既出(一五三など)。「舳向け」は、船の舳先を進行方向に向ける、すなわち出港すること。「征箭」は戦闘用の矢。→四三七四注。「そよ」は擬声語。防人の悲しみの感情が、背に負う矢に移入したということであろう。「征箭(そや)」だから「そよ」と鳴ったという気持かも知れない。

4399 海上に霞がたなびいて、鶴の声が悲しい夜は故郷が思い出される。

▽長歌の「鶴(たづ)がね」は鶴の意で用いているが、ここでは鶴の鳴き声の意。霞の中で鳴く鳥の声を悲しく聞くことは、家持はこの五年前にも「あしひきの八つ峰(を)の雉(きぎし)鳴きとよむ朝明(あさけ)の霞見れば悲しも」(四一四九)と詠っていた。

4400 家族を思って眠れずにいると、鶴が鳴く葦の辺りも見えない。春霞のせいで。

▽「家」は、家屋だけではなく、家に住む人をも含んで言うことが多い(→六六・四二六・九四〇・一二三八・一六九六)。

右は、十九日に兵部少輔《ひやうぶのせうふ》大伴宿祢《おほとものすくね》家持《やかもち》の作りしものなり。

4401 韓衣《からころむ》裾《すそ》に取りつき泣く子らを置《お》きて来《き》ぬや母《おも》なしにして

右の一首は、国造《こくざう》小県郡《ちひさがたのこほり》の他田舎人《をさたのとねり》大島《おほしま》。

4402 ちはやふる神のみ坂《さか》に幣《ぬさ》奉《まつ》り斎《いは》ふ命《いのち》は母父《おもちち》がため

右の一首は、主帳《しゆちやう》埴科郡《はにしなのこほり》の神人部子《みわひとべのこ》忍男《おしを》。

4403 大君《おほきみ》の命《みこと》恐《かしこ》み青雲《あをくむ》のとのびく山を越《こ》よて来《き》ぬかむ

右の一首は、小長谷部笠麻呂《をはつせべのかさまろ》。

二月二十二日、信濃国《しなののくに》の防人《さきもり》の部領使《ことりづかひ》、上道《じやうだう》して病《やまひ》を得《え》て来《き》たらず。進《たてまつ》りし歌の数《かず》十二首。但《ただ》し拙劣《せつれつ》の歌はこれを取《と》り載《の》せず。

4404 難波道《なにはぢ》を行《ゆ》きて来《く》までと我妹子《わぎもこ》が付《つ》けし紐《ひも》が緒《を》絶《た》えにけるかも

右の一首は、助丁《じよちやう》上毛野牛甘《かみつけののうしかひ》。

4401 韓衣の裾に取り付いて泣く子らを残して来たのだ。母親もないのに。
▽以下三首、信濃国の防人の歌(→四四〇三左注)。妻を亡くして、自ら子供を育てていた男の歌か。「からころむ」は「からころも」の転。大陸ふうの服。防人としての官給の服であろう。「置きてそ来ぬや」は詠嘆の表現。係り結びの「そ来ぬる」になっていない。結句の「母(おも)」は子らの母親。「国造」とだけあるのは「丁」を省いたか(→四三二一左注)。

4402 (ちはやふる)神の御坂に手向けをして、命の無事を祈るのは母と父のためである。
▽「ちはやふる」は「神」の枕詞。チ(勢い)が早振ル(盛んな)の意か。万葉集では「千磐破」(一〇二)などと表記されて「ちはやぶる」と濁音ブが普通だが、ここの原文は「知波夜布留」。「布」は清音の仮名である。平安時代には「ちはやふる」が一般的になるらしい。「神のみ坂」は、既出(一八〇〇)の例は足柄峠だが、ここは、信濃から美濃に入る東山道の神坂峠を言う。続日本紀の和銅六年(七一三)七月七日条に「美濃・信濃の二国の堺、径道険隘にして、往還艱難なり。仍(より)て吉蘇(きそ)路を通す」とある。「斎ふ」は忌み慎んで吉事を祈ること。愛する人との再会のために自らの無事を祈る歌は少なくない。「斎(いは)ふ命は妹がためこそ」(二四〇三)、「贖(あか)ふ命も誰がために汝(なれ)」(四〇三二)など。

4403 天皇のご命令が恐れ多いので、青雲のたなびく山を越えて来たのだ。
◇二月二十二日、信濃国の防人の部領使は出発したが病気になったので到着しなかった。進上した歌の数は十二首。但し、拙劣な歌は載せなかった。
▽第三句の「くむ」は「くも」の転。「青雲」は色の薄い灰色の雲を言うのであろう。既出(三三一九・三五一九・三八三)。「とのびく」は「たなびく」の母音が交替したもの。トヲとタワ、ソヨとサヤの関係に同じ。結句の、「こよ」は「こえ」の、「かむ」は「かも」の転。「来ぬるかむ」とあるべきだが、字余りを避けたのか、四三六四と同じく破格になっている。「二月二十二日」は歌が提出された日。「上道」は出発すること。既出(四四六題詞他)。当国の収載率は二割五分、諸国の防人の歌中の最低である。

4404 難波への道を行って帰って来るまで、と我が妻が付けてくれた紐の緒が切れてしまった。
▽以下四首、上野国の防人の歌(→四四〇七左注)。第二句の「来まで」の下に「切れるな」「解くな」などにあたる語句が省かれている。難波から筑紫へは船旅なので、陸路の難波までを特に意識して難波道と言ったものか。「助丁」は既出(四三二八左注)。「国造の丁」を補佐する地位の防人を言うか。

4405 わが妹子《いもこ》が偲《しぬ》ひにせよと付けし紐《ひも》糸になるとも我《わ》は解《と》かじとよ

右の一首は、朝倉益人《あさくらのますひと》。

4406 わが家《いは》ろに行《ゆ》かも人もが草枕《くさまくら》旅は苦《くる》しと告《つ》げ遣《や》らまくも

右の一首は、大伴部節麻呂《おほともべのふしまろ》。

4407 ひなくもり碓氷《うすひ》の坂を越《こ》えしだに妹《いも》が恋ひしく忘らえぬかも

右の一首は、他田部子磐前《をさたべのこいはさき》。

二月二十三日、上野国《かみつけののくに》の防人《さきもり》の部領使《ことりづかひ》大目《だいさくわん》正六位《しやうろくゐ》下《げ》上毛野君駿河《かみつけののきみするが》。進《たてまつ》りし歌の数《かず》は十二首。但《ただ》し拙劣《せつれつ》の歌はこれを取《と》り載《の》せず。

防人《さきもり》の悲別《ひべつ》の情《こころ》を陳《の》べし歌一首 短歌を并《あは》せたり

4408 大君《おほきみ》の 任《ま》けのまにまに 島守《しまもり》に 我《わ》が立ち来《く》れば ははそ葉《ば》の 母の命《みこと》は み裳《も》の裾《すそ》 捻《つ》み上《あ》げ掻《か》き撫《な》で ちちの実《み》の 父《ちち》の命《みこと》は たくづのの

4405 我が妻が偲ぶよすがにしてと付けてくれた紐は、糸になっても私は解かないよ。

▽旅立ちの時に男女が紐を結びあって、再会する時まで解かないことを誓いあった。「我妹子《わぎもこ》が結ひてし紐を解かめやも絶えば絶ゆとも直《ただ》に逢ふまでに」(二七八九)など。初句の「わがいもこ」は、「わぎもこ」と熟合しない万葉集で唯一の仮名書の例。「しぬひ」は「しのひ」の転。第三・四句の類想、「綾席《あやむしろ》緒になるまでに」(二五三八)。

4406 私の家の方へ行く人があったらなあ。(草枕)旅は苦しいと告げてやりたいのだ。

▽旅を苦しいと詠うこと、三六七四・三七六三に見えた。「いはろ」は「いへ」の転の「いは」に、接尾語ロの付いた形(→四四一九注)。「行かも」は「行かむ」の転。「やらまく」は「やらむ」のク語法。「もが(も)〜まくも」の願望表現は既出(三五五四・四三七七)。

4407 (ひなくもり)碓氷峠を越えるとき、妻を恋しく思ったことが忘れられない。

◇二月二十三日、上野国の防人の部領使、大目正六位下、上毛野君駿河。進上した歌の数は十二首。但し、拙劣な歌は載せなかった。

▽「ひなくもり」は、「日の曇り」の意で、「薄日《うすひ》」の意から「碓氷《うすひ》」に掛かるのだろう。東歌には、「日の暮れに碓氷の山」(三四〇二)とあった。東歌「越えしだに」の「しだ」は、東国特有の「時」の意の名詞(三四六一・三五一五・四三六七など)。坂を越える折にの意。第四句の「恋ひしく」を形容詞の連用形とする解釈が多いが、「恋ひしくに痛き我が身そ」(三八一一)ほかと同じく、「恋ひき」のク語法であろう。「我《あ》が恋すなむ妹がかなしさ」(四三九一)の「我が恋」が私への恋であったように、「妹が恋ひしく」は、妻を恋しく思ったこと、の意。「朝霞たなびく山を越えて去なば我《あ》は恋ひむな逢はむ日までに」(三一八八)のように、旅人は山を越える時に、いよいよこれで家の妻と別れなければならないと恋の思いを痛切にする。碓氷峠を越える時に妻を恋しく思ったことが、今に忘れられないと詠うのである。

◆防人が別れを悲しむ心を述べた歌一首と短歌

4408 天皇の仰せのままに、島守に私が出発して来ると、(ははそ葉の)母上はお召し物の裾をつまんで私を撫で、(ちちの実の)父上は(たくづのの)白ひげの上から涙を垂らして嘆いておっしゃった、「(鹿子じもの)たった一人で朝戸をあけて出発するいとしい我が子、(あらたまの)長年会えなかったら恋しいに違いない、せめて今日だけでも話をしよう」と、惜しみながら悲しんでおられると、(若草の)妻も子たちもあちこちに大勢身を寄せ取り囲んで座り、(春鳥の)声はむせび、(白たへの)

白《しら》ひげの上《うへ》ゆ　涙垂《なみだた》り　嘆きのたばく　鹿子《かこ》じもの　ただひとりして　朝《あさ》戸出《とで》の　かなしき我《あ》が子　あらたまの　年の緒《を》長く　相見《あひみ》ずは　恋しくあるべし　今日だにも　言問《ことど》ひせむと　惜しみつつ　悲しびませば　若草《わかくさ》の　妻《つま》も子どもも　をちこちに　さはに囲《かく》み居《ゐ》　春鳥《はるとり》の　声《こゑ》の吟《さまよ》ひ　白たへの　袖泣き濡《ぬ》らし　携《たづさ》はり　別れかてにと　引き留《とど》め　慕《した》ひしものを　大君の　命恐《みことかしこ》み　玉桙《たまほこ》の　道に出《い》で立ち　岡《をか》の先《さき》　い廻《た》むるごとに　万度《よろづたび》　顧《かへり》みしつつ　はろはろに　別れし来《く》れば　思ふそら　安くもあらず　恋ふるそら　苦しきものを　うつせみの　世の人なれば　たまきはる　命《いのち》も知らず　海原《うなはら》の　恐《かしこ》き道を　島伝《しまづた》ひ　い漕《こ》ぎ渡りて　あり巡《めぐ》り　我《わ》が来るまでに　平《たひ》らけく　親はいまさね　つつみなく　妻は待たせと　住吉《すみのえ》の　我《あ》が皇神《すめかみ》に　幣奉《ぬさまつ》り　祈り申《まう》して　難波津《なにはつ》に　船を浮けすゑ　八十梶貫《やそかぬ》き　水手《かこ》

袖を泣き濡らし、手を取り合って別れかね、引き止めようと付いて来るのだが、天皇のご命令の恐れ多さに(玉桙の)旅路について、岡の先を回るたびに何回も振り返りながら、はるばると別れて来たので、思う心も安らかでなく、恋うる心も苦しいのに、現実の世の人間なので、(たまきはる)寿命も知らず、海上の恐ろしい道を島伝いに漕ぎ渡って、任地を経めぐって私が帰って来るまで、ご無事で両親はいらしてください、病気せずに妻はお待ちなさいと、住吉の大神に捧げ物をしてお祈り申し上げ、難波の津に船を浮かべ据え、たくさんの楫(かい)を通し、水夫を指揮して、朝の海に私は漕ぎ出したと、家の者にお伝えください。

▽大伴家持の作。次の四首の反歌とともに、四三九八-四四〇〇の「防人の情と為りて思ひを陳べて作りし歌」に同じく、防人たちの心を思いやって詠んだ。

第三句の原文は「嶋守尓」。「さきもり」と訓むことも可能だが(→一三六五注)、「筑紫の島」(四三七四)の例のように、シマは海中の島だけではなく古くは水に面した地をも意味した。筑紫の海岸線の守備に当たる人の意。「ははそ葉の」「ちちの実の」はそれぞれ母・父の枕詞。既出(四一六四)。母親の仕草の、「み裳の裾捻み上げ」は、裾をつまみ上げること、「掻き撫で」はその裾で子の頭を撫でることを言うのだろう。裾に子の魂を留め籠める呪術か。「白たへの我が衣手に斎(いは)ひとどめむ」(七〇八)、また四二六五。「たくづのの」は、栲領巾(たくひれ)などの材料の楮(こうぞ)の繊維タクの白さから「白ひげ」の枕詞。既出(四六〇)。「のたばく」は「のたまふ」の縮約形のク語法。おっしゃることには、の意。「鹿子じものただひとりして」は、一度の出産で一頭の子しか産まない鹿の子のように独り子でいて、の意。「秋萩を妻どふ鹿(か)こそ、独(ひと)り子に子持てりといへ」(一七九〇)。「言問ひせむ」までが父の言葉として詠まれている。「惜しみつつ」は、出発までの僅かな時間を惜しんで、という気持か。「さはに囲み居」の「さはに」は、たくさん、大勢で、の意。「声の吟ひ」の「さまよひ」は、悲しみにうめくこと。「別れかてに」のカテニは、不可能の意の上二段動詞の接尾語。「い廻むる」は、回る意の上二段動詞「廻む」の連体形に接頭語イの付いた形。「はろはろに」は、先に同じ家持の「はろばろに」(四三九八)が見えた。清濁二つの語形があったか。「あり巡り」は、任地を巡っての意。既出(四三三一)。「住吉の我が皇神」は、航海の神として尊崇された住吉大社の神。「祈り申して」の「まうし」は、類聚古集や広瀬本の「麻宇之」の本文による。西本願寺本などの「麻乎之(まをし)」の方が古い語形。「難波津に」以下は、「難波津にみ船下ろすゑ八十梶貫き今は漕ぎぬと妹に告げこそ」(四三六三)や四三六五を踏まえて詠んだか。

整《ととの》へて　朝開《あさびら》き　我《わ》は漕《こ》ぎ出《で》ぬと　家《いへ》に告《つ》げこそ

4409 家人《いへびと》の斎《いは》へにかあらむ平《たひ》らけく船出《ふなで》はしぬと親に申《まう》さね

4410 み空《そら》行《ゆ》く雲も使《つか》ひと人は言へど家づと遣《や》らむたづき知らずも

4411 家づとに貝そ拾《ひり》へる浜波《はまなみ》はいやしくしくに高く寄すれど

4412 島陰《しまかげ》に我《わ》が船泊《は》てて告げやらむ使ひをなみや恋ひつつ行《ゆ》かむ

二月二十三日、兵部少輔《ひやうぶのせうふ》大伴宿祢《おほとものすくね》家持《やかもち》。

4413 枕大刀《まくらたし》腰に取り佩《は》きまかなしき背《せ》ろがめき来《こ》む月《つく》の知らなく

右の一首は、上丁《じやうちやう》那珂郡《なかのこほり》の檜前舎人石前《ひのくまのとねりいはさき》の妻《つま》、大伴部真足女《おほともべのまたりめ》。

4414 大君《おほきみ》の命《みこと》恐《かしこ》み愛《うつく》しけ真子《まこ》が手離《はな》り島伝《しまづた》ひ行《ゆ》く

右の一首は、助丁《じよちやう》秩父郡《ちちぶのこほり》の大伴部《おほともべ》小歳《をとし》。

4415 白玉《しらたま》を手に取り持《も》して見るのすも家《いへ》なる妹《いも》をまた見てももや

4409　家人が潔斎してくれたからだろうか。無事に船出ができたと親に申しあげてくれ。
▽家族の斎戒のおかげで旅が無事になると詠うこと、「真幸(まさき)くて妹が斎はば沖つ波千重(ちへ)に立つとも障(さは)りあらめやも」(三五八三)ともあった。

4410　大空を行く雲も使者になると人は言うけれど、家へのみやげを託する方法が分からない。
▽「雲」が使者になること、「風雲に言は通へど」(四二三四)、「今風雲を勒(ろく)して徴使を発遣す」(四一二八前文・大伴池主)などとも言う。詩文の発想か。

4411　家へのみやげに貝を拾った。浜の波はいよいよしきりに高く寄せて来るけれど。
▽家族へのみやげにしようと、波に濡れてまで貝を拾ったと詠う。「妹がため貝を拾ふと千沼(ちぬ)の海に濡れにし袖は干(ほ)せど乾かず」(一一四五)など。

4412　島陰に我々の船を停泊させても、便りを託してやる使いがないので、そのまま恋しく思いながら行くことだろうか。
▽第二句は半ば中止の形であるが、「泊てぬとも」という気持であろう。第三句は連体形。故郷に便りを届ける方法なしに、望郷の思いを晴らすこともできないまま旅を続けることだと嘆く。

4413　枕に置いた大刀を腰に着けて、いとしい夫の「めき」来る月は分からない。
▽以下十二首、武蔵国の防人の歌(→四四二四左注)。そのうち、防人の妻の歌が六首ある。
妻の歌。初句の「たし」は「大刀(たち)」の転。大刀を枕元に置いて寝たこと、古事記・中(景行)の倭建命(やまとたけるのみこと)の歌に「をとめの床の辺に我が置きし剣の大刀その大刀はや」と見える。第四句の「めき」は原文「馬伎」。「まき」と訓む説もあるが、未詳。下二句は、帰国の時は知り難いの意であろう。

4414　天皇の仰せを慎み承って、かわいい妻の手を離れて島伝いに行く。
▽「愛しけ」は「愛しき」の転。「真子」は既出(四一六六)の例は子供を言う。ここでは、妻をいつくしんでそう呼んだのだろう。「離(はな)り」は四段活用の連用形にあたる。「離る」は一般には下二段活用である。古い活用が東国に残ったものと思われる。

4415　真珠を手に取って見るように、家にいる妻をもう一度見たいものだ。
▽家の妻を真珠のように手に持ちたい、妻が玉であればなあと願う。類例、「母刀自(あもとじ)も玉にもがもや」(四三七七)。「持して」は「持ちて」の転。第三句の「のす」は「なす」の転で東歌に多い(→三四二三・三四二四・三五五二)。結句の「見ても」は「見てむ」の転。テは助動詞ツの未然形。推量の助動詞に上接して意味を強める。ムがモに転じた例も東国には多い(→三四一八・四三六七・四四〇六など)。歌末のモヤは詠嘆の助詞。

右の一首は、主帳荏原郡《しゆちやうえばらのこほり》の物部歳徳《もののべのとしとこ》。

4416 草枕《くさまくら》旅行《ゆ》く背《せ》なが丸寝《まるね》せば家《いは》なる我《われ》は紐解《ひもと》かず寝む

右の一首は、妻椋椅部刀自売《つまくらはしべのとじめ》。

4417 赤駒《あかごま》を山野《やまの》にはがし捕《と》りかにて多摩《たま》の横山《よこやま》徒歩《かし》ゆか遣《や》らむ

右の一首は、豊島郡《としまのこほり》の上丁《じやうちやう》椋椅部荒虫《くらはしべのあらむし》の妻《つま》、宇遅部黒女《うぢべのくろめ》。

4418 我《わ》が門《かど》の片山椿《かたやまつばき》まこと汝《なれ》我《わ》が手触《ふ》れなな地《つち》に落ちもかも

右の一首は、荏原郡《えばらのこほり》の上丁《じやうちやう》物部広足《もののべのひろたり》。

4419 家《いは》ろには葦火《あしふ》焚《た》けども住み良《よ》けを筑紫《つくし》に至りて恋《こふ》しけもはも

右の一首は、橘樹郡《たちばなのこほり》の上丁《じやうちやう》物部真根《もののべのまね》。

4420 草枕《くさまくら》旅の丸寝《まるね》の紐《ひも》絶《た》えば我《あ》が手《て》と付《つ》けろこれの針《はる》持《も》し

右の一首は、妻椋椅部弟女《つまくらはしべのおとめ》。

4416 (草枕)旅をして行く夫が衣を着たまま寝るなら、家にいる私も紐を解かずに寝よう。
▽「背な」は夫。ナは親愛の意を表す接尾語。東国の歌に多く見える。「まろね」(四四一三)とも。「いは」は「いへ」の転。前の歌の作者、物部歳徳の妻の歌で、夫の歌の「家(いへ)なる妹」に「家(いは)なる我」と応じている。

4417 赤駒を山や野に放って捕まえかね、多摩の横山を徒歩で行かせるのか。
▽馬を失ったせいで、防人への旅に徒歩で出で立つ夫を憐れむ。「つぎねふ山背道(やましろぢ)を、他夫(ひとづま)の馬より行くに、己夫(おのづま)し徒歩(かち)より行けば、見るごとに音(ね)のみし泣かゆ」(三三一四)という長歌に似た気持である。「赤駒」は赤毛の馬。「山野」は既出(三九七三)。古代語の「野山」(一三四七)では「野」に重きがあるのに対して、山と野が並立的な関係の語であった。「はがし」は未詳だが、「放(なは)し」(三四二〇)の転であろう。古代のガ行音はナ行音と紛れやすかったか。「はがれか行かむ」(四三五二)。その「放し」は中央語「放ち」の転でもある。→三四二〇注。「かにて」は「かねて」の転。結句の「かし」は「かち」の転。ユは手段を示す助詞。軍防令には、防人が牛馬で行くことを許している。

4418 門前の片山の椿よ、ほんとうにお前は、私が手を触れないうちに土に落ちてしまうだろうか。
▽意中の女性を得られぬままに出征する男の嘆きであろう。椿は花びらを散らすのではなく、花全体がぽたりと落ちる。自分が触れもしなかった女性が、椿の花のように人の手中に落ちてしまうことを心配するのであろう。「片山」は、一方が山、他方が開けている地形。第四句のナナは、「～しないで」の意の東国語。既出(三四〇八・三四三六・三五五七など)、後出(四四三二)。「落ちも」は「落ちむ」の転。

4419 家では葦火を焚くけれども住みよいことを、筑紫に着いて恋しく思うだろうなあ。
▽「いは」は「いへ」の転(→四四一六)。ロは接尾語。「あしふ」は「あしひ」(二六五二)の転。葦を屋内で燃料にする貧しい生活である。「住み良け」は「住み良き」の転か。結句は、「こほしくおもはむ」の転か。あるいは「こふしけも」に詠嘆の助詞ハモが付いた形とする説もある。今は仮に前者による。

4420 (草枕)旅先で丸寝して紐が切れたら、私の手のつもりで付けてください、この針を持って。
▽旅立つ夫の衣に妻が偲び草として紐を付ける。「難波道を行きて来までと我妹子が付けし紐が緒絶えにけるかも」(四四〇四)。それが切れたら、私が付けていると思って、この針で付け直してくださいと願う。「我が手と」には、ご自分の手でとする解も行われるが、「あ」は、万葉集では話し手自身にしか用いない。ここは妻みずからを指す。

4421 我《わ》が行《ゆ》きの息《いき》づくしかば足柄《あしがら》の峰《みね》這《は》ほ雲を見《み》とと偲《しの》はね

右の一首は、都筑郡《つつくのこほり》の上丁《じやうちやう》服部於由《はとりべのおゆ》。

4422 わが背《せ》なを筑紫《つくし》へ遣《や》りて愛《うつく》しみ帯《おび》は解《と》かななあやにかも寝《ね》も

右の一首は、妻服部呰女《つまはとりべのあざめ》。

4423 足柄《あしがら》の御坂《みさか》に立《た》して袖振らば家《いは》なる妹《いも》はさやに見もかも

右の一首は、埼玉郡《さきたまのこほり》の上丁《じやうちやう》藤原部等母麻呂《ふぢはらべのともまろ》。

4424 色深《ぶか》く背《せ》なが衣《ころも》は染《そ》めましを御坂《みさか》賜《たば》らばまさやかに見む

右の一首は、妻物部刀自売《つまもののべのとじめ》。

二月二十日、武蔵国《むざしのくに》の部領防人使《さきもりのことりづかひ》掾《じよう》正六位上《しやうろくゐじやう》安曇宿祢《あづみのすくね》三国《みくに》。進《たてまつ》りし歌の数《かず》は二十首。但《ただ》し拙劣《せつれつ》の歌はこれを取《と》り載《の》せず。

4425 防人《さきもり》に行《ゆ》くは誰《た》が背《せ》と問ふ人を見るがともしさ物思《ものも》ひもせず

4421　私の旅が気がかりでならない時は、足柄の峰をはう雲を見ながら偲んでください。
▽雲を見て人を偲ぶという類歌は少なくない。「我(あ)が面(おも)の忘れむしだは国溢(はふ)り嶺(ね)に立つ雲を見つつ偲はせ」(三五一五)、三五など。初句の「行き」は旅。「君が行き日(け)長くなりぬ」(九〇)など。「息づくしかば」は、動詞「息づく」から派生した形容詞の仮定条件「息づかしけば」の転であろう。自然と嘆かれる状態を言う。「這ほ」は「這ふ」の転。雲が山肌をゆっくり移るのだろう。「見とと」は「見つつ」の転。

4422　私の夫を筑紫へ送り出してせつないので、帯は解かずにそのまま寝ようかなあ。
▽防人の妻の立場の歌。四一六・四二八にも似る。伝承歌の語句を少し変えて詠じたものであろう。旅の宿で丸寝している夫を思って、自分も帯を解かずに寝ようと言う。第四句のナナは「～しないで」の意。既出(四一八)。「あやに」は、奇妙に、むしょうに、の意。丸寝が普段通りでないことを言う。「寝も」は「寝む」の転。
西本願寺本以下の古写本の行間に、或る本はこの歌で集の終わりとする旨の書き入れがある。袖中抄(→三二頁)十七にも「万葉集第二十巻の和歌九十余首を欠くは偽本也」とある。以下の九十四首を欠く万葉集の伝本が存在したのであろう。

4423　足柄山の峠に立って袖を振ったら、家にいる妻ははっきりと見てくれるだろうか。
▽「坂」は「境」と同源の語。「御坂」は既出(四三七二)。「立して」は「立ちて」の転。「さや」は感覚的に明確である意を表す語(→三四〇二・四四三四)。東歌「日の暮(ぐ)れに碓氷(うすひ)の山を越ゆる日は背なのが袖もさやに振らしつ」(三四〇二)は、女の立場からの歌。

4424　夫の服は濃い色に染めればよかったなあ。御坂を通していただいた時、はっきり見えるように。
◇二月二十日、武蔵国の防人の部領使、掾正六位上安曇宿祢三国。進上した歌の数は二十首。但し、拙劣な歌は載せなかった。
▽前歌の夫の歌に対応する。「染めましを」は、事実に反する仮定の表現。実際は濃い色には染めなかったので、夫の振る袖が見えないかも知れないと悔いる。「賜らば」は、境界の通行を許されたら、の意。→四三七二注。諸本には進上日が「二月廿日」とあり、信濃国の「廿二日」(四四〇三左注)、上野国の「廿三日」(四四〇七左注)と配列順が逆になっている。

4425　防人として行くのは誰の旦那さんですか、と尋ねる人を見ると羨ましい。物思いもせずに。
▽以下八首、昔の防人の歌(→四三三左注)。「誰が背」と他人事に問う女は別れの悲しみを知らないと羨む。第四句の類例、「行くが悲しさ」(四三八)。

4426 天地《あめつし》の神に幣《ぬさ》置き斎《いは》ひつついませ我《わ》が背《せ》な我《あれ》をし思《も》はば

4427 家《いは》の妹《いも》ろ我《わ》を偲《しの》ふらし真結《まゆす》ひに結《ゆす》ひし紐《ひも》の解《と》くらく思《も》へば

4428 わが背《せ》なを筑紫《つくし》は遣《や》りて愛《うつく》しみ結《えひ》は解《と》かななあやにかも寝《ね》む

4429 馬屋《うまや》なる縄断《なはた》つ駒《こま》の後《おく》るがへ妹《いも》が言ひしを置きて悲しも

4430 荒《あら》し男《を》のいをさだはさみ向かひ立ちかなるましづみ出《い》でてと我《あ》が来《く》る

4431 笹《ささ》が葉のさやぐ霜夜《しもよ》に七重《ななへ》着《か》る衣《ころも》にませる児《こ》ろが肌《はだ》はも

4432 障《さ》へなへぬ命《みこと》にあればかなし妹《いも》が手枕《たまくら》離れあやに悲しも

右の八首は、昔年《せきねん》の防人《さきもり》の歌なり。主典《さくわん》刑部少録《ぎやうぶのせうろく》正七位上《しやうしちみじやう》磐余伊美吉《いはれのいみき》諸君《もろきみ》の抄写《せうしや》し、兵部少輔《ひやうぶのせうふ》大伴宿祢家持《おほとものすくねやかもち》に贈《おく》りしものなり。

三月三日、防人《さきもり》を撿挍《けんかう》せしときに、勅使《ちよくし》と兵部《ひやうぶ》の使人等《しじんら》と、同《おな》じく集《つど》ひて飲宴《いんえん》して作りし歌三首

4426 天地の神に幣を捧げて、身を慎んでお行きなさい、あなた。私を思ってくださるなら。
▽帰りを待つ私のためにも、潔斎して無事でいてくださいという妻の願い。旅の夫の歌の「みそぎして斎ふ命は妹がためこそ」(三四〇三)と逆の立場である。初句の「つし」は「つち」の転。既出(四三九二)。

4427 家の妻が私を恋しく思っているに違いない。堅結びに結んだ紐の解けることを思うと。
▽相手に思われると下紐が解けるという俗信は既出(二四〇九・二四一三・二五五八など)。類想歌、「我妹子し我を偲ふらし草枕旅の丸寝に下紐解けぬ」(三一四五)。「ゆすひ」は他に例を見ない語で、「むすび」の転とする解が行われるが、そのような音転の類例はない。むしろ「ゆひ」と「むすび」の混交した語と解したい。「真」は完全であることを言う語。

4428 私の夫を筑紫へやってせつないので、紐は解かずにそのまま寝ようかなあ。
▽四四二三の異伝歌。「筑紫は」は「筑紫へ」の転。「えひ」は、結び目の意の「ゆひ」の転か。「えひ」の原文は「叡比」。「叡」はヤ行のエなのでユに転じうる。

4429 馬屋で縄を断ち切る駒のように、あとに残されるものかと妻が言うのを残して来て悲しい。
▽「縄断つ」は、縄を断ち切ろうと暴れることであろう。「後るがへ」の「後る」はあとに残る意。ガヘは、反語の助詞カハの転。既出、「我(わ)は離(かさ)るがへ」(三四二〇・三五〇二)。「後るがへ」の下に助詞トが省かれている。→三五六三注・四〇五七注。

4430 荒くれ男が「いをさだはさみ」向かって立つように、「かなるましづみ」私は出発して来た。
▽難解な歌。「荒し男」は既出(三九六二・四三七二)。第二句は未詳。上二句は譬喩による序詞なのであろう。第四句も既出(三三六一)だが、未詳。結句の「出でてと」は「出でてそ」の転か。

4431 笹の葉がさやさや鳴って霜の降りる夜、七枚も重ね着した着物に勝るあの子の肌は、ああ。
▽「着(か)る」は「着(き)有(あ)る」の約音形「ける」の転。「この我(あ)が着(け)る」(三六六七)。「まさる」は「ませる」の転。類想歌、「蒸し衾(ぶすま)なごやが下に臥せれども妹とし寝ねば肌し寒しも」(五二四)、四三五一。

4432 拒むことのできないご命令なので、いとしい妻の手枕を離れてむしょうに悲しい。
◇右の八首は、昔の防人の歌である。主典刑部少録正七位上磐余伊美吉諸君が抜き写して、兵部少輔大伴宿祢家持に贈った。
▽「障へなへぬ」は「障へに敢(あ)へぬ」の約と見る。「かなし妹」は既出(三四八〇など)。左注の「主典」は四等官。刑部少録が本務で、兵部省の主典を兼務して難波に来たか。防人関係の記録から歌だけを抜き写して家持に見せたのだろう。

4433 朝《あさ》な朝《さ》な上《あ》がるひばりになりてしか都《みやこ》に行《ゆ》きてはや帰り来《こ》む

右の一首は、勅使《ちよくし》紫微大弼《しびのだいひつ》安倍《あべの》沙美麻呂《さみまろ》朝臣《あそみ》。

4434 ひばり上《あ》がる春へとさやになりぬれば都も見えず霞《かすみ》たなびく

4435 含《ふふ》めりし花の初めに来《こ》し我《われ》や散りなむ後《のち》に都へ行《ゆ》かむ

右の二首は、兵部使少輔《ひやうぶしのせうふ》大伴宿祢家持《おほとものすくねやかもち》。

昔年《せきねん》に相替《あひか》はりし防人《さきもり》の歌一首

4436 闇《やみ》の夜《よ》の行《ゆ》く先《さき》知らず行《ゆ》く我《われ》を何時《いつ》来《き》まさむと問ひし児《こ》らはも

先太上天皇《さきのだいじやうてんわう》の御製《ぎよせい》の霍公鳥《ほととぎす》の歌一首　日本根子《やまとねこ》高瑞日《たかみづひ》清足姫《きよたらしひめ》天皇《すめらみこと》なり

4437 ほととぎす猶《なほ》も鳴かなむ本《もと》つ人かけつつもとな我《あ》を音《ね》し泣くも

薩妙観《さつのめうくわん》の、詔《みことのり》に応《こた》へて和《わ》し奉《たてまつ》りし歌一首

◆三月三日、防人の点検をした時に、勅使と兵部の役人たちが寄り合って宴会をして作った歌三首

4433 毎朝、空高く上がるヒバリになりたいものだ。都に行ってすぐに帰って来ようものを。

▽最後に到着した武蔵国の防人が出航して、三月初めに業務が終了したのか、おりしも上巳の節句(→三九七二注)に慰労の宴があった。最初に勅使の歌。第三句のテシカは願望の助詞。なおしばらく難波に残る必要のあった一同の共通の思いを詠う。左注の「紫微大弼」は、天平勝宝元年(七四九)、皇后宮職を改めて設置した紫微中台の上席の次官。

4434 ヒバリが空に舞い上がる春にはっきりなったので、都も見えず霞がたなびいている。

▽前歌にこたえる家持の歌。「春へ」のへは接尾語。季節では春に付いた例しかない。空間を表す語に付く「辺」と同じか。「さやに」は既出(四四二三)。

4435 まだつぼみだった花の初めに来た私は、散ってしまったあとで都に帰るのだろうか。

▽「含めり」は、つぼみのままであること。二月六日から始まった防人の歌の進上以前に難波に来た家持は、二月十三日に「桜花今さかりなり難波の海」(四三六一)、十七日に「竜田山見つつ越え来し桜花散りか過ぎなむ我が帰るとに」(四三九五)と詠んでいた。この年の三月三日は、太陽暦では四月二十二日。都の桜はすでに散り果てていただろう。

◆むかし交替した防人の歌一首

4436 (闇の夜の)行き先を知らずに行く私なのに、いつお帰りですかと問うたあの子は、ああ。

▽以下四首、大原真人今城の伝誦歌(→四四三九左注)。初句は、暗闇の中で先が見えないので、「行く先知らず」の枕詞。筑紫まで行った後の任務地は知らされていなかったのだろう。類想歌、三六九七。

◆先の太上天皇の御製のホトトギスの歌一首
〈元正天皇である〉

4437 ホトトギスよ、もっと鳴いてくれ。昔の人の名前を声にして、私をむやみに泣かせるよ。

▽「先太上天皇」は元正天皇。→四二九三題詞。題詞下の細注は天平二十年(七四八)に崩じた元正天皇の和風諡号だが、続日本紀巻七冒頭(霊亀元年〔七一五〕九月)には「日本根子高瑞浄足姫天皇」とある。
第三句の「本つ人」は懐かしい人、昔なじみの人。既出(一九六二・三〇〇九)。「かけつつ」は、ここでは鳴き声にかける、すなわち亡き人の名を声に出すこと。鳴き声を聞いて、作者にゆかりの人の名に聞きなすのである。亡き人の名を聞くと悲しくて泣けるのだが、それでも懐かしくて聞き続けたいという気持だろう。結句の「泣く」は下二段活用の使役動詞。「我を音し泣く」は東歌に既出(三三六二・三四七二)。

4438 ほととぎすここに近くを来鳴《きな》きてよ過ぎなむ後《のち》に験《しるし》あらめやも

冬の日に靫負《ゆけひ》の御井《みゐ》に幸《みゆき》したまひし時に、内命婦《ないみやうぶ》石川朝臣《いしかはのあそみ》の、詔《みことのり》に応《こた》へて雪を賦《ふ》せし歌一首 諱《いみな》を邑婆《おほば》と曰《い》ふ

4439 松が枝《え》の地《つち》に着《つ》くまで降る雪を見ずてや妹《いも》が隠《こも》り居《を》るらむ

時に、水主内親王《みぬしのひめみこ》寝膳安《しんぜんやす》からずして累日参《るいじつまゐ》らず。因《よ》りてこの日を以《もち》て、太《だい》上天皇《じやうてんわう》、侍嬬《じじゆ》等に勅《ちよく》して曰《のりたま》はく、「水主内親王に遣《つか》はさむが為《ため》に、雪《ゆき》を賦《ふ》して歌を作り奉献《たてまつ》れ」とのりたまふ。ここに諸命婦《しよみやうぶら》等歌を作るに堪《た》へずして、この石川命婦《いしかはのみやうぶ》のみ独《ひと》りこの歌を作りて奏《そう》しき。

右の件《くだり》の四首は、上総国《かみつふさのくに》の大掾《だいじよう》正六位上《しやうろくゐじやう》大原真人《おほはらのまひと》今城《いまき》伝《つた》へ誦《よ》みきと云尓《いふことしかり》。 年月未《いま》だ詳《つまび》らかならず。

上総国《かみつふさのくに》の朝集使《てうしふし》大掾《だいじよう》大原真人《おほはらのまひと》今城《いまき》の、京《みやこ》に向《む》かひし時に、郡《ぐん》司《じ》の妻女《さいぢよら》等の餞《せん》せし歌二首

4438 ◆薩妙観が詔に応じて答えた歌一首
ホトトギスよ、ここ近くに来て鳴いておくれ。時が過ぎてから鳴いたとて、何のかいもないでしょうに。
▽作者は五位以上の女官の内命婦。→四四五五題詞。「近くを」のヲは間投助詞。テヨは助動詞ツの命令形。何が「過ぎ」るのか表現されていない。先太上天皇が「猶も鳴かなむ」と求めているこの今であることは明らかなので、省いたか。結句は反語。

4439 ◆冬の日、靫負の御井に行幸なさった時、内命婦石川朝臣が詔に応えて雪を詠んだ歌一首〈名は邑婆と言う〉
松の枝が地面に付くほど降った雪を見ることもなく、どうしてあなたは籠もっているのですか。
◇その頃、水主内親王は、安眠もできず食事も進まない状態で、長らく参内していなかった。そこでこの日、太上天皇(元正)は宮女たちに「水主内親王を見舞うために雪を詠んで歌を作って出しなさい」とお命じになった。ところが、命婦たちはいずれも歌が作れなくて、この石川命婦だけがこの歌を作って奏上したのである。
右の一連の四首は、上総国の大掾、正六位上大原真人今城が伝誦したものである〈年月未詳〉。

▽題詞の「靫負」は衛門府の古名なので、その御井は宮中にあったのであろう。古代の井戸は多く傍らに樹木を植えたらしく、藤井・柳井・桜井などの名が残った。歌の初句の「松」も「御井」のそばにあったのだろう。「賦」は、詩を作ること。石川命婦は既出(四六一左注・六六七左注)。「諱」(生前の本名)の「邑婆」は祖母の意。長寿を願って付けられた名であろう。「御野国味蜂間郡春部里戸籍」に見える「山代意伎奈《おきな》　年十四　小子」の類である。
歌の上二句は、雪の重みで松の枝が垂れて、地面に付きそうになったことを言う。「妹」は水主内親王への呼びかけ。松は長寿の木、雪は豊作のしるし(→三九二五注)でもある。

左注の水主内親王は天智天皇の皇女。生年未詳、天平九年(七三七)薨。おそらく、この時は六十歳を越える年齢だったと思われるが、親しんで「妹」と呼んでいる。「寝膳」は、睡眠と食事。この歌が伝誦・採録された時の太上天皇は聖武であるが、出来事の時点における称によって太上天皇を元正のこととして記している。「大掾」は大国の三等官上席。正七位下相当。大原真人今城は既出(一六〇四題詞)。本巻ではこれが初出。以下、頻繁に登場する。「云尓」は文を結ぶ辞。既出(三九七二の次の七言詩の序)。末尾の小字の注記は、その四首の歌の詠まれた時期が明らかでない、ということ。

4440 足柄《あしがら》の八重《やへ》山《やま》越えていましなば誰《たれ》をか君と見つつ偲《しの》はむ

4441 立ちしなふ君が姿を忘れずは世の限りにや恋ひわたりなむ

五月九日、兵部少輔《ひやうぶのせうふ》大伴宿祢《おほとものすくね》家持《やかもち》の宅《いへ》に集飲《しふいん》せし歌四首

4442 我《わ》が背子《せこ》がやどのなでしこ日並《ひなら》べて雨は降れども色も変はらず

右の一首は、大原真人今城《おほはらのまひといまき》。

4443 ひさかたの雨は降りしくなでしこがいや初花《はつはな》に恋《こひ》しき我《わ》が背《せ》

右の一首は、大伴宿祢家持《おほとものすくねやかもち》。

4444 我《わ》が背子《せこ》がやどなる萩《はぎ》の花咲かむ秋の夕《ゆふへ》は我《われ》を偲《しの》はせ

右の一首は、大原真人今城《おほはらのまひといまき》。

即《すなは》ち鶯《うぐひす》の哢《な》くを聞きて作りし歌一首

4445 うぐひすの声は過ぎぬと思へども染《し》みにし心なほ恋ひにけり

◆上総国の朝集使、大掾大原真人今城が都に向かった時、郡司の妻女たちが贈った歌二首

4440 足柄の八重の山を越えて行ってしまわれたら、誰をあなたと見て偲んだらいいでしょう。

▽題詞の「朝集使」は国政の報告書の朝集帳を都に届ける使い。四度使の一。既出(四一一六題詞ほか)。七道の朝集使は十一月一日までに太政官に参集する規定である。上総から都までは十五日の行程(延喜式・主計上)。十月はじめの壮行会での作であろう。「かけて偲ひつ逢ふ人ごとに」(二九八二)のように、恋しい人の面影を他人の上に見て偲ぶ例はあるが、ここは、あなたがあまりにすばらしいので、あなたを偲ばせるに足る人はいないと言う。「誰といふ人も君にはまさじ」(二六二八)。

4441 しなやかなあなたの姿が忘れられなかったら、命のかぎり恋しく思い続けるでしょうか。

▽「立ちしなふ」のタチは接頭語で強意。「しなふ」は草木が茂ってたわむような動き、人間のしなやかな動きを言う。第三句の「忘れずは」は、忘れられなかったらという仮定。恋に苦しむよりむしろ相手を忘れたいと願う恋歌、たとえば「いかにして忘るるものそ我妹子に恋はまされど忘らえなくに」(二五九七)などの発想を踏まえて、君の姿が忘れられなければ、生涯辛い恋に苦しみ続けることになるだろうと、惜別の情を詠う。

◆五月九日、兵部少輔大伴宿祢家持の家に集まって宴会をした時の歌四首

4442 あなたのお屋敷のなでしこは、幾日も続いて雨が降ったのに、色も変わっていませんね。

▽朝集使の任を終えた後も都に留まっていた大原真人今城が上総に帰任する時の送別会であろう。まず主賓の今城の挨拶。「我が背子」は、宴会の主催者の家持を指す。「やど」は屋敷の庭や周り。「なでしこ」は家持が特別な思いを寄せた花(→四四六四・一四四八・四一一三)。「日並べて」は幾日か続けての意。この日は太陽暦の六月二十六日。長雨の頃である。

4443 (ひさかたの)雨が降りしきっている。なでしこのいっそう初々しい花のように恋しいあなた。

▽主人の返礼の歌。「いや照りに」(四〇六三)、「いや高に」(四三九八など)が、照ること、高いことの程度が進むことを言うように、「いや初花に」は、最初に開く花のような新しさ、珍しさが極まっての意。

4444 あなたのお屋敷の萩が咲き出す秋の夕べには、私のことを思い出してください。

▽秋萩が咲く頃、今城は任国上総にいる。萩を見て人を偲ぶ歌、「高円(たかまと)の野辺の秋萩な散りそね君が形見に見つつ偲(しぬ)はむ」(二二三三)とあった。

◆ふと鶯のさえずりを聞いて作った歌一首

4445 鶯の鳴く季節は過ぎたと思うけれど、染みついた心はやはり恋しく思っています。

右の一首は、大伴宿祢《おほとものすくね》家持《やかもち》。

同じ月の十一日、左大臣《さだいじん》橘卿《たちばなきやう》の、右大弁《うだいべん》丹比国人《たぢひのくにひと》真人《まひと》の宅《いへ》に宴《えん》せし歌三首

4446 我《わ》がやどに咲けるなでしこ賂《まひ》はせむゆめ花散るないやをちに咲け

右の一首は、丹比国人《たぢひのくにひと》真人《まひと》の、左大臣《さだいじん》を寿《ことほ》きし歌。

4447 賂《まひ》しつつ君が生《お》ほせるなでしこが花のみ訪《と》はむ君ならなくに

右の一首は、左大臣の和《わ》せし歌。

4448 あぢさゐの八重《やへ》咲くごとく八《や》つ代《よ》にをいませ我《わ》が背子《せこ》見つつしのはむ

右の一首は、左大臣《さだいじん》の、味狭藍《あぢさゐ》の花に寄せて詠《よ》みしものなり。

十八日、左大臣《さだいじん》の、兵部卿《ひやうぶのきやう》橘《たちばなの》奈良麻呂《ならまろ》朝臣《あそみ》の宅《いへ》に宴《えん》せし歌三首

▽題詞の「即ち」は、予期していなかった鶯の声が突然聞こえたという気持であろう。上二句は、鶯は夏にも鳴くが、春のさえずりが特に珍重される鳥なのでこう詠む。「染みにし」は、鶯の声が耳に染みついたように、今城の友情が自分の心に染みついたことを言う。鶯の季節が過ぎることに、今城が都を去ることを重ねたのであろう。

◆同じ月の十一日、左大臣橘卿が右大弁丹比国人真人邸で宴会をした時の歌三首

4446 私の庭に咲いているなでしこよ、礼をしよう、決して散らずいっそう若返って咲け。

◇右の一首は、丹比国人真人が左大臣をことほいだ歌である。

▽題詞の「同じ月」は五月。「右大弁」は太政官の職名。大臣、大・中納言の下。丹比国人は左大臣橘諸兄の直属の下僚。実際には、国人が自宅での宴会に上司を招待したのだが、上司の橘諸兄が開いたように記したのだろう。国人は、この二年後の天平宝字元年(七五七)六月末に発覚した橘奈良麻呂の変では、その与党の一人として伊豆国に配流されている。この宴席での家持の歌はない。

第三句の「略はせむ」は既出、「天(あめ)にます月読(つくよみ)をとこ略はせむ」(九八五)、一七五五。「いやをちに」の「をち」は、若返る意の動詞「をつ」の名詞形。ますます若くの意。左大臣の長寿を祈る意をこめる。

4447 褒美をやって君が育てているなでしこの花だけをめあてにお訪ねするような、あなたのお宅ではありません。

▽なでしこの花でもてなしたいという主人の歌に応えて、花はなくともお訪ねしたいお宅だと挨拶する左大臣の返歌。下二句の類例、「垣穂なす人は言へども高麗錦(こまにしき)紐解き開(あ)けし君ならなくに」(二四〇五)。その歌は、(噂が高いけれども)共寝したあなたではないのにと詠うものだが、この歌は、花だけを訪ねるあなたの家ではないのにの意。「君」は、ここでは君の家の意。

4448 アジサイが幾重にも重なって咲くように、いよいよ久しい代までもお元気でいてください、我が君よ。見てはほめたたえましょう。

◇右の一首は、左大臣がアジサイに寄せて詠んだ歌である。

▽「あぢさゐ」は既出(七七三)。「八重」は、アジサイの花の群がり咲く様子を八重と見た表現。同音の「八つ代」に続ける。「八つ代」は数多くの天皇の代を言う。既出(四〇五八)。ヲは間投助詞。ここでは音調を整える機能を負う。結句は、君を見て讃美しようの意。「寄する白波見つつしのはむ」(一一五〇)。

◆十八日、左大臣が兵部卿橘奈良麻呂朝臣の邸宅で宴会を開いた時の歌三首

4449 なでしこが花取り持ちてうつらうつら見まくの欲《ほ》しき君にもあるかも

右の一首は、治部卿船王《ぢぶのきやうふねのおほきみ》。

4450 我《わ》が背子《せこ》がやどのなでしこ散らめやもいや初花《はつはな》に咲きは増《ま》すとも

4451 愛《うるは》しみ我《あ》が思《も》ふ君はなでしこが花になそへて見れど飽《あ》かぬかも

右の二首は、兵部少輔《ひやうぶのせうふ》大伴宿祢家持《おほとものすくねやかもち》の追《お》ひて作りしものなり。

八月十三日、内《うち》の南安殿《みなみのやすみどの》に在《あ》りて肆宴《しえん》したまひし歌二首

4452 をとめらが玉裳《たまも》裾引《すそび》くこの庭に秋風吹きて花は散りつつ

右の一首は、内匠頭兼播磨守《たくみのかみけんはりまのかみ》正四位下《しやうしゐげ》安宿王《あすかべのおほきみ》の奏《そう》せしものなり。

4453 秋風の吹き扱《こ》き敷《し》ける花の庭清《きよ》き月夜《つくよ》に見れど飽《あ》かぬかも

右の一首は、兵部少輔従五位上《ひやうぶのせうふじゆごゐじやう》大伴宿祢家持《おほとものすくねやかもち》。未《いま》だ奏《そう》せず。

十一月二十八日、左大臣《さだいじん》の、兵部卿橘奈良麻呂朝臣《ひやうぶのきやうたちばなのならまろあそみ》の宅《いへ》に集《つど》

4449　なでしこの花を手に取り持って見るように、つくづくと見たい君でありますよ。

▽「十八日」は、前の歌に同じく五月であろう。「左大臣」は橘諸兄。兵部省の長官であった長男の奈良麻呂の家で宴会を開いたのである。奈良麻呂邸の所在地は未詳。作者は治部省の長官であった船王。舎人皇子の子。二年後の橘奈良麻呂の変では、その与党を厳しく糾問する立場に立った。

上二句は第三句を導く序詞。「なでしこが花」のガは親愛の意をこめた助詞。既出(四四四三)。「うつらうつら」は、現実の意の「うつ」に接尾語ラの付いた「うつら」の反復形。現実に、はっきりと。意識のはっきりしない状態に言う現代語の用法は室町時代以後に生じた。「君」は諸兄を指すとも見られるが、「なでしこ」に譬えられるのはその子、当時三十代の奈良麻呂がふさわしいであろう。

4450　あなたのお屋敷のなでしこは散ることがありましょうか。いっそう初々しい花の勢いで咲きつのることはあっても。

▽大伴家持が後に和して作った歌二首(→四四五一左注)。兵部少輔の家持は奈良麻呂の下僚。奈良麻呂から宴会のことを聞いて追和したものであろう。「我が背子」は奈良麻呂を指す。「いや初花に」の表現は、この九日前の作(四四四三)にも見られる。橘家の繁栄を祝する歌である。

4451　ご立派な方だと私が思うあなたは、なでしこの花になぞらえて見ても飽きることがない。

▽第四句の「なそふ」は、同等のものとして見ること。平安時代以降、「なぞらふ」の語形になった。

◆八月十三日、内裏の南安殿で御宴を催された時の歌二首

4452　おとめたちが玉裳の裾を引いて歩むこの庭に、秋風が吹いて花がしきりに散っている。

▽宮中の南安殿(大安殿)で肆宴を催した主体は、天皇(孝謙)ということになろう。「をとめら」は宴席に従う官女だろう。女性の裳裾は繰り返し歌われた(→四〇・一〇〇一・一六七二)。散る花は特定できないが、時期から見て、萩と考えてよいか。作者の安宿王は長屋王の子。既出(四三〇一左注)。後に橘奈良麻呂の謀議に加わり、捕らえられて妻子とともに佐渡に流された。「内匠頭」は内匠寮(うちのたくみのつかさ)の長官。

4453　秋風が枝からしごいて敷いた花の庭は、清らかな月光に見ても飽きることがない。

▽「扱き敷く」は、庭一面に散り敷いている花を、秋風がしごいて散らしたと表現する。家持自作歌に位階が明記されている唯一の例。前の安宿王にも位階が記されている。奏上に備えたものか。

◆十一月二十八日、左大臣が兵部卿橘奈良麻

ひて宴《えん》せし歌三首

4454 高山の巌《いはほ》に生《お》ふる菅《すが》の根《ね》のねもころごろに降《ふ》り置《お》く白雪《しらゆき》

右の一首は、左大臣《さだいじん》の作。

天平《てんぴやう》元年の班田《はんでん》の時に、使《し》葛城王《かづらきのおほきみ》の、山背国《やましろのくに》より薩妙観《さつのめうくわん》命《みやう》婦等《ぶら》の所《ところ》に贈《おく》りし歌一首 芹子《せり》の裹《つと》に副《そ》へたり

4455 あかねさす昼は田賜《た》びてぬばたまの夜《よる》の暇《いとま》に摘《つ》める芹《せり》これ

薩妙観命婦《さつのめうくわんみやうぶ》の報贈《ほうぞう》せし歌一首

4456 ますらをと思へるものを大刀《たち》佩《は》きて可尓《かに》波《は》の田居《たゐ》に芹《せり》そ摘《つ》みける

右の二首は、左大臣《さだいじん》これを読《よ》みきと云尓《いふことしかり》。 左大臣はこれ葛城王《かづらきのおほきみ》。後《のち》に橘《たちばな》の姓《せい》を賜《たま》はりしなり。

天平《てんぴやう》勝宝《しようほう》八歳丙申《へいしん》の二月朔《ついたち》乙酉《いついう》の二十四日戊申《ぼしん》、太上天皇《だいじやうてんわう》

4454　呂朝臣の邸宅で宴会を催した時の歌三首
高い山の岩の上に生えている菅の根の、ねんごろに至らぬ所なく降りつもった白雪だ。
▽先の五月十八日の宴の半年後に、同様に左大臣橘諸兄が子の奈良麻呂の家で開いた宴会の歌。題詞の「三首」は、仙覚本系統の諸本には「一首」とあるが、非仙覚本系の古本に拠る。宴会における以下の三首をまとめた総題であろう。
　第一首は諸兄の作。上三句は、同音で「ねもころ」を導く序詞。「ねもころごろに」は「ねもころ」の後半部を繰り返したもの。既出(二八五七・三〇五四・三二八四)。万葉集に二十九例見える「ねもころ」は、「恋ふ」「思ふ」「見まく欲し」など心情を表す語に掛かるのが一般で、それ以外は「照る日」(二八五七)とこの例のみ。降雪を瑞兆として吉事を期待する心をこめた表現か。続日本紀によると、この年(天平勝宝七歳(七五五))十月二十一日、太上天皇(聖武)の病気平癒のために大赦が行われていた。

◆天平元年(七二九)の班田の時、使いの葛城王が山背国から薩妙観命婦らのもとに贈った歌一首〈芹の包みに添えて〉

4455　(あかねさす)昼間は田を分け与え、(ぬばたまの)夜の暇をみて摘んだ芹ですよ、これは。
▽題詞の「班田」は口分田を分かち授けること。地方では国司が、五畿内では班田司が事に当たった。この天平元年に左大弁に任命されていた葛城王(後の橘諸兄)は、山背国の班田司の長官であったと考えられる。第二句の「田賜び」は、班田は天皇の意志として田を国民に下賜することなのでこう言う。この年の班田の実務は多忙を極め、摂津の班田史生丈部竜麻呂が自殺するという事件まであった(→四四三-四四五)。「夜の暇に」は、そのような繁忙の中でやっと暇を得てという気持で言う。

◆薩妙観命婦が答えて贈った歌一首

4456　ますらおだと思っていたあなたなのに、大刀を腰に着けて、可尓波の田で芹を摘んだのですね。
◇右の二首は、左大臣が誦詠したという〈左大臣は葛城王。後に橘姓を賜わった〉。
▽「ますらを」は意味の幅が大きいが、ここは立派な官吏の意であろう。「大刀佩き」とあるのは、公務の服装のままでということ。「可尓波」は、木津川東岸、京都府木津川市山城町綺田《かばた》の地。その北に橘諸兄の別邸があった(→一五七四注)。この二首、酔って上機嫌になった橘諸兄が、二十六年前の若き日の逸話として披露したものか。「薩妙観命婦」は女官。既出(四四三八題詞)。「葛城王」は、橘諸兄が天平八年(七三六)に臣籍に下る前の名である。

◆天平勝宝八歳(七五六)二月二十四日、太上天皇(聖武)と天皇(孝謙)と大后(光明子)が河内の離宮に行幸し、二泊の後、二十八日に難波

と天皇《てんわう》と大后《たいこう》と、河内《かふち》の離宮《りきう》に幸行《いでま》し、経信《けいしん》して壬子《じんし》を以《もち》て難波《なにはの》宮《みや》に伝幸《でんかう》したまひき。三月七日、河内国伎人郷《かふちのくにくれのさと》の馬国人《うまのくにひと》の家に於《お》きて宴《えん》せし歌三首

4457
住吉《すみのえ》の浜松が根の下延《したば》へて我《わ》が見る小野の草な刈《か》りそね

右の一首は、兵部少輔《ひやうぶのせうふ》大伴宿祢家持《おほとものすくねやかもち》。

4458
にほ鳥《どり》の息長川《おきながかは》は絶《た》えぬとも君に語らむ言尽《ことつ》きめやも　古新未《いま》だ詳《つまび》らかならず

右の一首は、主人散位寮《あろじさんゐれう》の散位《さんゐ》馬史国人《うまのふひとくにひと》。

4459
葦刈《あしか》りに堀江《ほりえ》漕《こ》ぐなる梶《かぢ》の音《おと》は大宮人《おほみやひと》の皆《みな》聞くまでに

右の一首は、式部少丞大伴宿祢池主《しきぶのせうじやうおほとものすくねいけぬし》これを読《よ》みき。即《すなは》ち云《いは》く、「兵部大《ひやうぶのだい》丞大原真人今城《じようおほはらのまひといまき》の、先《さき》の日に、他《あた》し所《ところ》に読みし歌なり」といふ。

の宮にお還りになった。三月七日、河内国伎人郷の馬国人の家で宴会を開いた時の歌三首

4457 住吉の浜松の根のように心ひそかに思い続けてきて、いま目の当たりにしている小野の草を、どうぞ刈らないで下さい。

▽前年十月以来の病の小康を得た聖武と、孝謙、光明子の親子三人うち揃っての難波行幸は、河内国の智識寺(大阪府柏原市)の南の行宮《かりみや》に宿した二月二十四日に始まり、四月十七日の平城京還幸に終わった。七年前の天平勝宝元年(七四九)十二月の聖武天皇の詔(第十五詔)に、天平十二年(七四〇)河内国智識寺の盧舎那仏を拝んで大仏造営を決心したとある。行宮に宿した一行は、翌二十五日、智識寺ほか諸寺に礼仏している。東大寺大仏建立を報告したのだろう。「経信」の「信」は二夜宿ること。「壬子」(二十八日)の難波宮還幸までこの河内行宮に四泊した事実と合わない。三月七日の馬国人宅行幸の記事は続日本紀にはない。家持ら従幸の官人だけが赴いた私的な宴会だったのだろう。「河内国伎人郷」は大阪市平野区喜連《きれ》の地。

歌は家持の作。上二句は、このたびの行幸に供奉して見た光景を踏まえ、譬喩によって「下延へて」を導く序詞。「下延ふ」は、心中ひそかに思う意。既出(一八〇九・四一二五)。宿の主も「小野の草」同様に変わらずにいて欲しいという挨拶の歌。

4458 (にほ鳥の)息長川は絶えることがあっても、君に語る言葉の尽きることはあり得ないでしょう〈新古については分からない〉。

▽主人の応答歌。遠来の客人との歓談は尽きることがないと言う。「にほ鳥」は水鳥のカイツブリ。長く水に潜るので「息長」の枕詞となる。「息長川」は琵琶湖の東を流れる天野川。河内国での歌に出る川の名とは考えられない。「古新…」の細注は古歌かと疑うのだろう。「散位寮」は式部省の役所で、位はあるが官職のない者を管理する。

4459 葦を刈るために難波堀江を漕いでいるらしい楫《かい》の音は、大宮人がみんな聞くほどだ。

◇右の一首は、式部少丞大伴宿祢池主が朗誦した。これは、「兵部大丞大原真人今城が以前に別の所で朗誦した歌だ」という。

▽第二句のナルは聴覚の表現。舟の姿は見ていない。「葦刈り」は晩秋。この行幸時の作ではない。

*****

4460 堀江を漕ぐ伊豆手舟の梶つくめのきしる音が頻りに聞こえる。水脈の流れが速いせいだろうか。

▽「伊豆手の舟」は「伊豆手舟」で既出(四三三六)。「つくめ」は、音が頻繁に出るというのだから、楫を舷に取り付けるための突起だろう。既出(一五四六)。「しば」は「しばしば」の語基。接頭語のようにはたらいて動詞を修飾している。結句は既出(一二四三)。

4460 堀江《ほりえ》漕《こ》ぐ伊豆手《いづて》の舟の梶《かぢ》つくめ音《おと》しば立ちぬ水脈《みを》速《はや》みかも

4461 堀江より水脈《みを》泝《さかのぼ》る梶《かぢ》の音《おと》の間《ま》なくそ奈良は恋しかりける

4462 舟競《ふなぎほ》ふ堀江の川の水際《みなきは》に来居《きゐ》つつ鳴くは都鳥《みやこどり》かも

右の三首は、江《かは》の辺《ほとり》にして作りしものなり。

4463 ほととぎすまづ鳴く朝明《あさけ》いかにせば我《わ》が門《かど》過ぎじ語《かた》り継《つ》ぐまで

4464 ほととぎすかけつつ君が松陰《まつかげ》に紐解《ひもと》き放《さ》くる月近《ちか》づきぬ

右の二首は、二十日に大伴宿祢《おほとものすくね》家持《やかもち》の興《きよう》に依《よ》りて作りしものなり。

族《やから》を喩《さと》しし歌一首 短歌を并《あは》せたり

4465 ひさかたの 天《あま》の門《と》開き 高千穂《たかちほ》の 岳《たけ》に天降《あも》りし 皇祖《すめろき》の 神の御代《みよ》よ
り はじ弓を 手握《たにぎ》り持たし 真鹿児矢《まかごや》を 手挟《たばさ》み添へて 大久米《おほくめ》の ま
すら健男《たけを》を 先に立て 靫《ゆき》取り負《お》ほせ 山川《やまかは》を 岩根《いはね》さくみて 踏み通り

4461 堀江の航路をさかのぼる舟の櫓の音のように、絶え間もなしに奈良の都が恋しいなあ。
▽上三句は序詞。「梶取る間なく都し思ほゆ」(四〇二七)。「水脈」は水の流れの筋で、航路となる。

4462 競うように舟を漕いでいる堀江の川の水際に飛んで来て鳴いているのは都鳥だろうか。
▽「舟競ふ」は舟を競って漕ぐこと。既出(三六)。「都鳥」は、ユリカモメか千鳥の類か、未詳。その鳥の名に都恋しさを託している。以上の三首、作者名も詠作日もないのはこの巻では異例である。左注に堀江のそばで作ったとある。四四五九の歌に触発されて堀江の景を詠った家持の作であろう。

4463 ホトトギスが初めて鳴く日の明け方、どうしたら我が家の門前を素通りせずに鳴くだろうか。後々までの語りぐさになるほどに。
▽次歌の左注は「二十日」「興に依りて」作ったという。四四五七題詞の「三月七日」に続く日付なので、三月二十日であろう。「興に依りて」は、家持の作の題詞・左注にのみ九例見られる。実際の見聞に基づくことではなく、何らかの物や事を想像して得られた感興に依ることとの意。この歌も、実際にホトトギスの声を聞いての作ではなく、その初声を聞く気持を想像して詠われたものであろう。ホトトギスの初音を聞くことを語り継ぐべき慶事とすること、すでに三九一四にも詠われていた。

4464 ホトトギスを心に懸けてあなたが待つ、松の木陰で紐を解き放つ季節がやってきた。
▽「君」は同僚の誰かであろう。「紐解き放くる」は行楽の様子。高橋虫麻呂歌集の大伴卿が筑波山に登った時の歌に、「嬉しみと紐の緒解きて、家のごと解けてそ遊ぶ」(一七五三)とあった。左注の「二首」を、元暦校本のみ「五首」とする。作者名のない前の三首(四四六〇-四四六二)を含むのであろう。
なお、西本願寺本などには、この歌と左注の間に、この歌までが「聖武天皇御在生の時の歌」であり、天皇の叡覧によって万葉集はこの歌で終わるべきものかという趣旨の朱書きがある。

◆族を喩した歌一首と短歌

4465 (ひさかたの)天の岩戸を開いて、高千穂の峰に天降った、皇祖たる神の御代以来、梔弓(はじゆみ)を手にお持ちになり、真鹿児矢を手に挟んで添えて、大久米のますらおたちを先に立てて靫を負わせ、山川を岩根踏み分け通って国を求め、荒ぶる神を降伏させ、従わぬ人をも軟化させて掃討しお仕えもうして、(あきづ島)大和の国の橿原の畝傍の宮に、宮柱を太く立てて天の下をお治めになった皇祖たる天つ神の後継者だと、受け継いで来た大君の御代ごとに、隠れなき忠誠心を皇室に示し尽くして仕えて来た、その先祖以来の役目であるぞと

国求《くにま》ぎしつつ　ちはやぶる　神を言向《ことむ》け　まつろへぬ　人をも和《やは》し　掃《は》き清《きよ》め　仕《つか》へ奉《まつ》りて　あきづ島　大和《やまと》の国の　橿原《かしはら》の　畝傍《うねび》の宮に　宮柱《みやばしら》太知《ふとし》り立てて　天《あめ》の下《した》　知らしめしける　皇祖《すめろき》の　天《あま》の日継《ひつぎ》と　継《つ》ぎて来《く》る　君の御代御代《みよみよ》　隠《かく》さはぬ　明《あか》き心を　皇辺《すめらへ》に　極《きは》め尽《つ》くして　仕《つか》へ来《く》る　祖《おや》の職《つかさ》と　言立《ことだ》てて　授《さづ》けたまへる　子孫《うみのこ》の　いやつぎつぎに　見る人の　語《かた》り次《つ》てて　聞く人の　鑑《かがみ》にせむを　あたらしき　清《きよ》きその名そ　おぼろかに　心思ひて　空言《むなこと》も　祖《おや》の名絶《た》つな　大伴《おほとも》の　氏《うぢ》と名に負《お》へる　ますらをの伴《とも》

4466 磯城島《しきしま》の大和《やまと》の国に明《あき》らけき名に負《お》ふ伴《とも》の男《を》心努《つと》めよ

4467 剣大刀《つるぎたち》いよよ研《と》ぐべし古《いにしへ》ゆさやけく負《お》ひて来《き》にしその名そ

右は、淡海真《あふみのま》人《ひと》三《み》船《ふね》の讒言《ざんげん》に縁《よ》りて、出雲守《いづものかみ》大伴《おほとも》古慈斐《こじひ》宿祢《すくね》、任《にん》を解《と》か

天皇が明言して授け給うた、その子孫たちが次々と伝えて、見る人が語り継ぎ、聞く人が模範にするだろうに、貴重で高潔なその名であるぞ。いい加減に考えて、かりそめにも先祖の名を絶つな。大伴氏の名を負うているますらおたちよ。

▽前歌の三か月後、六月十七日の作（→四四七〇左注）。五月二日、聖武天皇崩御。その八日後、四四六七左注に記すように、淡海真人三船の讒言により、同族の古慈斐が出雲守を解任された。ただし、続日本紀には、古慈斐と三船の二人が朝廷を誹謗し、人臣の礼なきにより拘禁されたという。その事件の後、家持が氏人たちを教え諭すべく作った歌。

歌の冒頭から、天孫降臨の際に、大伴氏遠祖の天忍日命（あまのおしひのみこと）が久米氏の祖の天津久米命（あまつくめのみこと）を先に立てて皇孫を導いたことを述べる。

「皇祖の神」は、天降った天孫、ニニギノミコト。「はじ弓」「真鹿児矢」は、天忍日命と天津久米命が携えた武器。「はじ弓」は、ウルシ科のハジの木で作った弓。「持たし」は敬語。家持から先祖への敬意の表現。「真鹿児矢」は未詳。鹿の角などを鏃（やじり）にした矢か。「岩根さくみて」の動詞「さくむ」は踏み分けること。既出（二一〇）。「国求ぎ」は、住むべき国を探し求めること。「言向け」は言葉でもって帰順させること。下の「和し」「掃き清め」「仕へ奉り」とともに、その主格は大伴氏の祖先。「まつろへぬ」は「まつろはぬ」が普通の語形。「へ」の原文は「倍」。「橿原の畝傍の宮」は神武天皇の宮。「皇祖の天の日継」は、初代の神武天皇以来の皇位継承者。その代々の天皇に、大伴氏の代々が誠実に仕えてきたことを次に語る。「言立てて授けたまへる」は、大伴氏が受け継いで来た官職だと、天皇が明言して御授けになったの意。「いやつぎつぎに」は、「見る人の」から「清きその名そ」までをはさんで、下の「祖の名絶つな」に掛かる気持か。「語り次てて」は順序よく語っての意。「空言」は嘘、でたらめ。大伴氏の名を持つからは、負っているその家名を決して裏切るなと励まして結ぶ。

4466　（磯城島の）大和の国に知られた名を負うている一族の人たちよ、心して努めよ。

▽「磯城島の」は「大和」の枕詞。→一七八七注。「明らけき」は、「明らか」の形容詞化した語「明らけし」の連体形。ここでは、顕著である意。「伴の男」は、律令制以前、大和朝廷に仕えた豪族集団。

4467　（剣大刀）いっそう研ぎ澄ますべきだ。昔から高潔な一族として負うて来た大伴の名であるぞ。

◇右は、淡海真人三船の讒言によって、出雲守大伴古慈斐宿祢が解任された。そこで家持がこの歌を作ったのである。

▽「剣大刀」は刀剣を研ぐの意で「研ぐ」の枕詞。→三三二六。「研ぐ」の対象は結句の「名」である。

る。ここを以《もち》て家持《やかもち》この歌を作りしものなり。

病《やまひ》に臥《ふ》して無常《むじやう》を悲《かな》しみ、道《みち》を修《をさ》めむことを欲《ねが》ひて作りし歌二首

4468 うつせみは数《かず》なき身《み》なり山川《やまかは》のさやけき見つつ道を尋《たづ》ねな

4469 渡《わた》る日のかげに競《きほ》ひて尋《たづ》ねてな清《きよ》きその道またも会はむため

寿《いのちなが》きを願《ねが》ひて作りし歌一首

4470 水《み》沫《つぼ》なす仮《か》れる身そとは知れれどもなほし願ひつ千歳《ちとせ》の命《いのち》を

以前《いぜん》の歌六首は、六月十七日に、大伴宿祢《おほとものすくね》家持《やかもち》の作りしものなり。

冬十一月五日の夜、小雷起《せうらいお》こりて鳴《な》り、雪落《ゆきふ》りて庭《には》を覆《おほ》ひき。忽《たちま》ちに感憐《かんれん》を懐《いだ》き、聊《いささ》かに作りし短歌一首

4471 消残《けのこ》りの雪にあへ照るあしひきの山橘《やまたちばな》をつとに摘《つ》み来《こ》な

右の一首は、兵部少輔《ひやうぶのせうふ》大伴宿祢《おほとものすくね》家持《やかもち》。

◆病に臥して無常を悲しみ、仏道を修めようと願って作った歌二首

4468　現世の人間ははかないものだ。山や川の清らかな景色を見ながら仏道を尋ねたい。

▽「数なき」は、多くないことから、寿命が久しくないことの意。題詞の「無常」に当たる。同じ家持の重病の時の歌に「世の中は数なきものか」(三九六三)とある。「身」は命ある身体を言う(→七六五・八六五)。

4469　空を渡って行く日の光と競って尋ねて行きたいなあ、清いその道を。また会うために。

▽初句の「渡る」は、西に向かう意。第二句の「かげ」は光。「渡る日の影も隠らひ」(三一七)。「競（ほき）ふ」は格助詞ニを取り、万葉歌ではいずれも自然現象「月」「雪」「しぐれ」などが対象。既出(三〇二・一六四九・二七三・三二四)。「清きその道」は題詞の「道」に当たり、仏道を指す。結句「またも会はむ」の対象は何か、難解で諸説がある。聖武天皇の御代、西方極楽浄土に転生した聖武天皇自身などと考えられる。

◆長命を願って作った歌一首

4470　水沫のような仮の身だと知ってはいるが、やはり願ってしまうのだ、千年の寿命を。

◇これより前の六首は、六月十七日に、大伴宿祢家持が作ったものである。

▽題詞の「寿」は、長寿の意。「寿　イノチナガシ」(名義抄)。初句の「みつぼ」は、「みつぶ・みつび(水粒)」の転か。泡粒のことであろう。「泡　アハ・ミツホ・ミナツホ」(名義抄)。類想歌、「水沫（みなわ）なすもろき命も栲縄（たくなは）の千尋（ちひろ）にもがと願ひ暮らしつ」(九〇二)。この六首のうち、前の三首は政治に身を置いた立場の歌、後の三首は政治に背を向けた歌で、同じ人物が一日に詠んだ歌としては振幅が甚だ大きい。「以前」の語は複数の前件をまとめて指す文書語(→五六七左注・一五九一左注)。六月十七日は、聖武天皇崩御(五月二日)の四十四日後、古慈斐の事件(五月十日)から三十六日後である。

◆冬十一月五日の夜、小さな雷があり、雪が降って庭を覆った。ふと感を催し、何ということもなく作った短歌一首

4471　消え残った雪と張り合って輝いている(あしひきの)山橘をみやげに摘んで来たいなあ。

▽家持の歌。天平勝宝八歳(七五六)の十一月五日は二十四節気の「大雪（だいせつ）」の前日。家持は越中時代にも雪中の山橘を詠んでいる(→四二二六)。第二句の「あへ」は、対抗する、張り合う意で、主に補助動詞として用いられる「敢ふ」を本動詞として用いたものであろう。庭を覆うほどに降った雪なら、山中ではなお多いはず。それに負けじと赤く輝く山橘の実を摘んでみやげに持って帰りたいと詠う。「山橘」はヤブコウジの古名。既出(六六九・一三四〇)。前歌との間に四か月半の空白がある。

八日、讃岐守《さぬきのかみ》安宿王《あすかべのおほきみ》等《ら》の、出雲掾《いづものじよう》安宿奈杼麻呂《あすかべのなどまろ》の家に集《つど》ひて宴《えん》せし歌二首

4472 大君《おほきみ》の命《みこと》恐《かしこ》み於保《おほ》の浦《うら》をそがひに見つつ都《みやこ》へ上《のぼ》る

右は、掾安宿奈杼麻呂。

4473 うちひさす都《みやこ》の人に告《つ》げまくは見し日のごとくありと告《つ》げこそ

右の一首は、守山背王《かみやましろのおほきみ》の歌なり。主人安宿奈杼麻呂《あろじあすかべのなどまろ》語《かた》りて云《いは》く、「奈杼麻呂、朝集使《てうしふし》に差《さ》されて京師《みやこ》に入《い》らむとす。これに因《よ》りて餞《せん》せし日に、各《おのおの》歌を作りて聊《いささ》かに所心《しよしん》を陳《の》べしものなり」といふ。

4474 群鳥《むらとり》の朝立《あさだ》ち去《い》にし君が上《うへ》はさやかに聞きつ思ひしごとく　一に云ふ、「思ひしものを」

右の一首は、兵部少輔《ひやうぶのせうふ》大伴宿祢家持《おほとものすくねやかもち》の、後《のち》の日に出雲守山背王《いづものかみやましろのおほきみ》の歌に

◆八日に、讃岐守安宿王らが出雲掾安宿奈杼麻呂の家に集まって宴会をした時の歌二首

4472 天皇の仰せが恐れ多いので、於保の浦を背後に見ながら都へ上ります。

▽前歌と同じ十一月である。題詞の「安宿王」は既出(四三〇一左注・四四五二左注)。その名前から安宿氏の乳母に育てられたものと推測され、「出雲掾安宿奈杼麻呂」とは親しい関係にあったのだろう。奈杼麻呂は、次歌の左注に記されるように、出雲国の朝集使として上京した。奈杼麻呂が都の自宅に落ち着いた頃、安宿王がその家を訪れて歓迎の宴を開いたのであろう。朝集使は既出(四四四〇題詞)。十一月一日までに上京する決まりであった。

　この歌は、奈杼麻呂が出発前の送別の宴で詠った歌を披露したもの。「於保の浦」は、同音の地名が遠江国の海浜「大の浦」(一六一五)として見えるが、ここは出雲国の浦のはずであり、場所は未詳。島根県の中海《なかうみ》、「飫宇《おう》の海」(三七一・五三六)との混同とする説がある。

4473 (うちひさす)都の人に告げたいことは、以前のままに変わりなくしていると告げてください。

◇右の一首は、出雲守山背王の歌である。主人安宿奈杼麻呂が語って言うには、「私が朝集使に選ばれて都に上ることになった時に送別会があり、その日、それぞれ歌を作って思いを述べたのです」と。

▽作者の山背王は長屋王の子。安宿王の弟。自分が元気でいることを都の人たちに伝えてくれという歌であり、それを奈杼麻呂が暗誦したのである。「見し日のごとく」の「見し」の主語は都の人々。兄の安宿王らを指す。歌末のコソは希求の助詞。翌年六月末、山背王は橘奈良麻呂らの謀議を密告し、それに加わっていた兄安宿王は佐渡に配流。もう一人の兄黄文王は拷問死した。

4474 (群鳥の)朝立ちして行ってしまったあなたの消息を、はっきりと聞きました。思っていたとおりに〈一本に「案じておりましたが」と言う〉。

◇右の一首は、兵部少輔大伴宿祢家持が、後日、出雲守山背王の歌に和して作った。

▽家持が、安宿王から山背王の歌を伝え聞いて、「都の人」の一人として和したのであろう。「群鳥の」は、鳥が群れて一斉に飛び立つので、「朝立つ」の枕詞。山背王が急に出雲に旅立った様子の譬喩ともなっている。続日本紀には記載がないが、山背王の出雲守任命は大伴古慈斐解任(→四四六七左注)を受けたものであり、慌ただしく赴任したのであろう。下二句は、お元気だろうと思ってはいたが、果たして「見し日のごとくあり」と聞いて安心したという意。異伝によれば、不安に思っていたが、無事と聞いたということになる。

追和《ついわ》して作りしものなり。

二十三日、式部少丞《しきぶのせうじよう》大伴《おほとも》宿祢《すくね》池主《いけぬし》の宅《いへ》に集《つど》ひて飲宴《いんえん》せし歌二首

4475 初雪《はつゆき》は千重《ちへ》に降りしけ恋ひしくの多かる我《われ》は見つつ偲《しの》はむ

4476 奥山《おくやま》のしきみが花の名のごとやしくしく君に恋ひわたりなむ

右の二首は、兵部大丞《ひやうぶのだいじよう》大原真人《おほはらのまひと》今城《いまき》。

智努女王《ちぬのおほきみ》の卒《しゆつ》せし後《のち》に、円方女王《まとかたのおほきみ》の悲傷《ひしやう》して作りし歌一首

4477 夕霧《ゆふぎり》に千鳥《ちどり》の鳴きし佐保道《さほぢ》をば荒《あら》しやしてむ見るよしをなみ

大原桜井真人《おほはらのさくらゐまひと》の、佐保川《さほがは》の辺《ほとり》を行《ゆ》きし時に作りし歌一首

4478 佐保川に凍《こほ》り渡れる薄《うす》ら氷《び》の薄き心を我《わ》が思《おも》はなくに

藤原夫人《ふぢはらぶにん》の歌一首　浄御原宮《きよみはらのみや》に宇御《あめのしたをさ》めたまひし天皇《すめらみこと》の夫人《ぶにん》なり。字《あざな》を氷《ひ》上大刀自《かみのおほとじ》と曰《い》ふ

4475 ◆二十三日、式部少丞大伴宿祢池主の屋敷に集まって宴会をした時の歌二首

初雪は幾重にも降り積もれ。恋しい思いのつのる私は、それを見ながら偲ぶことにしよう。

▽以下の二首は兵部大丞大原真人今城の作。恋の思いを詠うが、池主の元の、今城の現在の上役である家持への恋であろうか。類歌、「沫雪(あわゆき)は千重に降りしけ恋ひしくの日(け)長き我は見つつ偲はむ」(二三三四)。「恋ひしく」は「恋ひき」のク語法。恋したことの意。

4476 奥山のしきみの花のその名のように、しきりにあなたに恋い続けることでしょうか。

▽上三句は「しきみ」のシキから、類音によって「しくしく」を導く序詞。「しきみ」は仏事、神事に用いる香木。早春に淡黄色の花をつける。

◆智努女王が亡くなって後、円方女王が悲しんで作った歌一首

4477 夕霧の中に千鳥が鳴いていた佐保への道を、荒らしたままにしてしまうのでしょうか。見るおりもなくて。

▽以下四首は兵部大丞大原今城が伝誦した歌(→四四八〇左注)。十一月二十三日の池主邸での宴席(→四四七五題詞)で朗誦したのだろう。題詞の「智努女王」は系譜未詳。続日本紀によると、神亀元年(七二四)に従三位。喪葬令は、三位以上は薨、五位以上は卒と称すると定める。題詞に「卒」とあるのは、同名異人か、または何らかの誤りがあったか。円方女王は長屋王の娘。二人の関係は未詳。

佐保川の千鳥は万葉歌によく詠まれた(→五二八・一一二三など)。下三句は、智努女王邸に行く佐保への道は生前によく通ったが、これからはその機会がないままに荒廃させてしまうのだろうかと嘆く。類想、三三二など。「なみ」は「なし」のミ語法。

◆大原桜井真人が佐保川のほとりを通った時に作った歌一首

4478 佐保川一面に凍りわたっている薄氷のように薄情な心を私はもっていないのに。

▽上三句は、実景を踏まえた譬喩の序詞。「薄氷」は万葉集で唯一の例。後世には「うすらひ」。下二句は「安積山影さへ見ゆる山の井の浅き心を我が思はなくに」(三八〇七)に学んだのだろう。作者はかつて風流侍従と称せられた桜井王。→一六一四注。

◆藤原夫人の歌一首〈天武天皇の夫人である。通称を氷上大刀自と言う〉

4479 朝夕声を上げて泣くばかりなので、(焼き大刀の)しっかりした心を私はもてないでいます。

▽「夫人(ぶにん)」は、天皇の妻妾のうち、皇族以外の出身者の最高位。定員は三人。「氷上大刀自」は藤原鎌足の娘。妹の五百重娘(→一〇三注)と共に天武の夫人となった。この歌は、挽歌とも相聞歌とも

4479 朝夕《あさよひ》に音《ね》のみし泣けば焼《や》き大刀《たち》の利心《とごころ》も我《あれ》は思ひかねつも
4480 恐《かしこ》きや天《あめ》の御門《みかど》をかけつれば音《ね》のみし泣かゆ朝夕《あさよひ》にして　作者未《いま》だ詳《つまび》らかならず

右の件《くだり》の四首は、伝《つた》へ読《よ》みしは兵部大丞大原今城《ひやうぶのだいじようおほはらのいまき》。

三月四日、兵部大丞大原真人今城《ひやうぶのだいじようおほはらのまひといまき》の宅《いへ》に於《おき》て宴《えん》せし歌一首

4481 あしひきの八《や》つ峰《を》の椿《つばき》つらつらに見とも飽《あ》かめや植《う》ゑてける君

右は、兵部少輔大伴家持《ひやうぶのせうふおほとものやかもち》の、植《う》ゑたる椿《つばき》に属《つ》けて作りしものなり。

4482 堀江《ほりえ》越え遠《とほ》き里まで送り来《け》る君が心は忘《わす》らゆまじ

右の一首は、播磨介藤原朝臣執弓《はりまのすけふぢはらのあそみとりゆみ》の、任《にん》に赴《おもむ》きて別《わか》れを悲《かな》しみしものなり。主人大原今城《あろじおほはらのいまき》伝《つた》へ読《よ》みきと云尓《いふことしかり》。

勝宝九歳《しようほうきうさい》六月二十三日、大監物三形王《だいけんもつみかたのおほきみ》の宅《いへ》に於《おき》て宴《えん》せし歌一首

解されるが、作者は天武天皇十一年、天皇より先に薨じた。少なくとも天皇の挽歌ではない。「利心」は他に二例(二四〇〇・二六九四)。ともに相聞歌。

4480 恐れ多い天皇を思い浮かべると、声を上げて泣けてくるのです、朝も夜も〈作者は未詳〉。

◇右の一連の四首を伝えて朗誦したのは、兵部大丞大原今城である。

▽「恐きや」は、神や天皇を修飾する常用句。「天の御門」は、直接には天皇の宮殿。天皇を婉曲に指す。作者の名も、どの天皇かも未詳。挽歌、相聞歌の別も未詳。左注の「伝読」は、「読」の訓「よむ」を、声に出して歌を詠ずる意に用いた和習的用法。「伝誦」と同意。四四五九左注の「読」も同じ。

◆三月四日、兵部大丞大原真人今城宅で宴会をした時の歌一首

4481 (あしひきの)峰々の椿のようにつらつら、じっくり見たとて、飽きることがあるものですか、これを植えたあなたを。

◇右は、兵部少輔大伴家持が植木の椿に目をつけて作った。

▽題詞には年紀がないが、四四八三題詞の「勝宝九歳」はここにあるべきであろう。前年十一月二十三日の池主宅での歌(四四七五・四四七六)との間に百日間の空白がある。「椿」は「つらつら椿」(五四・五六)と表現され、同音の「つらつらに」を導く序詞。

4482 堀江を渡って遠い里まで送って来てくれたあなたの心は忘れられないだろう。

◇右の一首は、播磨介藤原朝臣執弓が赴任した時に別れを悲しんだものである。主人の大原今城が伝えて朗誦した。

▽藤原執弓の年月未詳の歌。難波堀江を渡って遠くまで送ってくれた「君」の情を忘れまいと詠う。「君」は今城か。執弓は仲麻呂の次男。

◆天平勝宝九歳(七五七)六月二十三日、大監物三形王宅で宴会をした時の歌一首

4483 移りゆく季節の様子を見るたびに、心が痛くなるほどに昔の人が思い出される。

▽家持の歌。「三形王」は系譜未詳。歌の「時」は、季節の変化を言うが、時勢の推移の意も重ねるだろう。前年五月二日に聖武天皇が崩御。十日には大伴古慈斐が朝廷誹謗のかどで拘禁された。明けてこの年の一月六日には橘諸兄が薨じ、三月に道祖(ふなと)王の廃太子、四月に大炊(おおい)王の立太子があった。五月二十日に藤原仲麻呂が紫微(びし)内相に任命され、同日養老律令が施行。この歌は、橘奈良麻呂・大伴古麻呂らの陰謀が山背王(→四四七三左注)によって密告される五日前の詠。家持も同族者の加わったこの企てを察知していたか。「昔の人」は、昔の大宮人・大伴氏の祖先を指すのだろう。家持はこの七日前に、兵部大輔に昇任している。

4483 移り行《ゆ》く時見るごとに心痛《こころいた》く昔の人し思ほゆるかも

右は、兵部大輔《ひやうぶのだいふ》大伴宿祢《おほとものすくね》家持《やかもち》の作りしものなり。

4484 咲く花は移《うつ》ろふ時ありあしひきの山菅《やますが》の根し長くはありけり

右の一首は、大伴宿祢家持の、物色《ぶつしよく》の変化《へんくわ》を悲怜《かなし》みて作りしものなり。

4485 時の花いやめづらしもかくしこそ見《め》し明《あき》らめめ秋立つごとに

右は、大伴宿祢《おほとものすくね》家持《やかもち》の作りしものなり。

天平宝字《てんぴやうほうじ》元年十一月十八日、内裏《だいり》に於《おき》て肆宴《しえん》したまひし歌二首

4486 天地《あめつち》を照らす日月《ひつき》の極《きは》みなくあるべきものを何をか思《おも》はむ

右の一首は、皇太子《わうたいし》の御歌《みうた》。

4487 いざ子ども狂《たは》わざなせそ天地《あめつち》の堅《かた》めし国そ大和島根《やまとしまね》は

右の一首は、内相藤原朝臣《ないしやうふぢはらのあそみ》の奏《そう》せしものなり。

4484 咲く花には散る時がある。だが、(あしひきの)山菅の根は長いものなのだ。

◇右の一首は、大伴宿祢家持が物色の変化を悲しみ憐れんで作った。

▽以下二首には題詞がないが、目録には「大伴宿祢家持の歌二首」とある。秋七月に入ってからの作か。「移ろふ」は、花・もみじ・色などが、時とともに褪せたり散ったりすることを言う。「山菅」はカヤツリグサ科のスゲ属の総称。しっかりと根が張って長く延びている。「山菅の根」は、「ねもころ」を導く序詞にも用いられた(→三〇五一・三〇五三・三二九一)。左注の「物色」は、季節おりおりの景物。

4485 時の花がいよいよ愛らしい。こうしてご覧になって心をお晴らしください。秋が立つごとに。

▽「時の花」は時節に応じて咲く花。「見(め)す」は「見る」の尊敬語。「見し」「明らめ」の語は、先に大君を主語とする例(→四二五四・四二五五・四二六七)があった。孝謙天皇の御前で詠むような気持で試作したものか。第三句のコソを受けて第四句末の助動詞ムの已然形メで結ぶ。勧誘の意を表す(四二六七)。

◆天平宝字元年(七五七)十一月十八日、内裏で御宴をなさった時の歌二首

4486 天地を照らす日月のように、限りなくある世なのだから、何を思い煩う必要があろうか。

▽皇太子の歌。時の皇太子は、三月に廃された道祖(ふなと)王に代わって四月に立太子した大炊(おおい)王、後に即位して淳仁天皇。藤原仲麻呂の私邸内の田村宮に住んでいた。その田村宮を襲って仲麻呂を殺し、この皇太子を退け、孝謙天皇を廃することを謀議していた橘奈良麻呂らが処罰された五か月後の歌である。

天平勝宝九歳八月十八日、「天平宝字」と改元。この年は、十一月十七日辛卯に新嘗祭、翌日の十八日に豊明節会(とよのあかりのせちえ)が行われたらしい。→四二七三注。その節会の宴における詠である。同月二十八日の勅にも「皇帝・皇太后は、日月の照り臨むが如く」の文言がある。上二句は譬喩によって「極みなく」を導く序詞。日月とともに永遠にこの皇統は続くと祝い、臣下を諭す気持の歌。

4487 さあ、みんな、たわけたことをするな。天地の神が固めた国であるぞ、大和の国は。

▽作者の「内相」は、この五月に就任した紫微内相、藤原仲麻呂。「いざ子ども」は、同席の者に呼びかける慣用句。既出(六三・二八〇など)。「狂わざ」は、たわけた行動。「たは」は、愚かな、ばかげたの意。「たはこと」の例もある(→四二〇・一四〇八・三九五七など)。橘奈良麻呂らの陰謀が発覚した三日後の七月二日の第十六詔には「狂(たぶ)れ迷(まと)へる頑(かたくな)なる奴(やっこ)」と見える。この歌の「天地」は天神地祇の意。新政権への批判、反抗を封じる意図の歌である。

十二月十八日、大監物三形王《だいけんもつみかたのおほきみ》の宅《いへ》に於《お》て宴《えん》せし歌三首

4488 み雪降《ふ》る冬は今日《けふ》のみうぐひすの鳴かむ春へは明日《あす》にしあるらし

右の一首は、主人《あろじ》三形王《みかたのおほきみ》。

4489 うちなびく春を近みかぬばたまの今夜《こよひ》の月夜《つくよ》霞《かす》みたるらむ

右の一首は、大蔵大輔《おほくらのだいふ》甘南備伊香真人《かむなびのいかごまひと》。

4490 あらたまの年行《ゆ》き反《がへ》り春立たばまづ我《わ》がやどにうぐひすは鳴け

右の一首は、右中弁《うちうべん》大伴宿祢家持《おほとものすくねやかもち》。

4491 大《おほ》き海の水底《みなそこ》深く思ひつつ裳《も》引《び》き平《なら》しし菅原《すがはら》の里《さと》

右の一首は、藤原宿奈麻呂朝臣《ふぢはらのすくなまろあそみ》の妻石川女郎《つまいしかはのいらつめ》の、薄愛《はくあい》にして離別《りべつ》せられ、悲《かな》しみ恨《うら》みて作りし歌なり。年月未《いま》だ詳《つまび》らかならず。

二十三日、治部少輔《ぢぶのせうふ》大原今城真人《おほはらのいまきまひと》の宅《いへ》に於《お》て宴《えん》せし歌一首

◆十二月十八日、大監物三形王宅で宴会をした時の歌三首

4488 雪の降る冬は今日だけだ。鶯の鳴く春は明日なのだ。

▽三形王宅での宴会はこの半年前にもあった(→四四八三題詞)。天平宝字元年の立春は十二月十九日。いわゆる年内立春である。その前日の主人の詠。

4489 (うちなびく)春が近いせいで、(ぬばたまの)今夜の月が霞んでいるのでしょうか。

▽「月夜(つくよ)」は、ここでは月の意。それが「霞む」と詠まれたのは万葉集ではこれだけ。類想歌、「うぐひすの春になるらし春日山霞たなびく夜目に見れども」(一八四五)。作者はもと伊香王(系譜未詳)。天平勝宝元年(七四九)に甘南備真人の姓を賜わった。「大蔵大輔」は大蔵省の上席の次官。

4490 (あらたまの)年が改まって春が立ったら、まず私の屋敷で、鶯よ鳴け。

▽家持の歌。「あらたまの年行き反り」は既出(三九七八・四一一六)。「行き反る」は古い年が行って新しい年が代わりに来る意で、ガは濁音仮名「我」で記されている。家持が右中弁になったことは続日本紀に見えない。右中弁は太政官の役職。正五位上相当官。この年の六月に兵部大輔(正五位下相当官)に昇任した(→四四八三注)のに続く昇進を果たしていたことになる。

4491 大海の水底のように深く思いながら、裳を引いて地面を平らにした菅原の里よ。

◇右の一首は、藤原宿奈麻呂朝臣の妻石川女郎が、愛薄らいで離別され、悲しみ恨んで作った歌である〈年月は未詳〉。

▽題詞がないが、目録には「年月未だ詳らかならざる歌一首」とある。藤原宿奈麻呂は、防人の部領使として家持と接点がある(→四三三〇左注)。左注の細注は、詠作年月が未詳であることを言う。

「水底」まで、譬喩によって「深く」を導く序詞。「裳引き」(二八九七など)は、石川女郎の姿。「平しし」は、行き来する裳裾で地面を平らにするほどだったことを言う。それほど長かった結婚生活を思い返して夫の薄情を恨むのである。「菅原の里」は奈良市の西部で、西大寺の南方、二条大路の北。

◆二十三日、治部少輔大原今城真人宅で宴会をした時の歌一首

4492 月を数えてみるとまだ冬です。それなのに霞がたなびいている。春が立ったのでしょうか。

▽大原今城宅の宴会における家持の歌。家持と今城の親しい交遊は、四四四一・四四四四などの歌にも見えた。立春の四日後(→四四八八注)に、十二月は冬なのに、霞がなびくのは春が立ったからかと詠う。古今集以降、年内立春の歌が一般化するが、その先駆的な作である。「しかすがに」は逆接の接続詞。

4492 月数《よ》めばいまだ冬なりしかすがに霞《かすみ》たなびく春立ちぬとか

右の一首は、右《う》中弁《ちうべん》大伴宿祢《おほとものすくね》家持《やかもち》の作りしものなり。

二年の春正月三日、侍従《じじゆう》、竪子《じゆし》、王臣《わうしん》等《ら》を召《め》して内裏《だいり》の東屋《とうをく》の垣《かき》の下《もと》に侍《じ》せしめ、即《すなは》ち玉箒《たまばはき》を賜《たま》ひて肆宴《しえん》したまひき。時に内相《ないしやう》藤原朝臣《ふぢはらのあそみ》の、勅《みことのり》を奉《たてまつ》りて宣《のりたま》はく、「諸王卿《しよわうきやう》等《ら》、堪《た》ふるに随《したが》ひ意《こころ》に任《まか》せ、歌を作り、并《あは》せて詩を賦《ふ》せ」とのりたまひき。仍《すなは》ち詔《みことのり》の旨《むね》に応《こた》へて各《おのおの》心緒《しんしよ》を陳《の》べて歌を作り、詩を賦《ふ》しき。未《いま》だ諸人《しよじん》の賦《ふ》詩と作歌《さくか》とを得《え》ざるなり

4493 初春《はつはる》の初子《はつね》の今日の玉箒《たまばはき》手に取るからにゆらく玉《たま》の緒《を》

右の一首は、右《う》中弁《ちうべん》大伴宿祢《おほとものすくね》家持《やかもち》の作なり。但《ただ》し、大蔵《おほくら》の政《まつりごと》に依《よ》りてこれを奏《そう》するに堪《た》へざるなり。

4494 水鳥《みづとり》の鴨《かも》の羽色《はいろ》の青馬《あをうま》を今日見る人は限《かぎ》りなしといふ

◆二年(七五八)春正月三日、天皇は侍従・竪子・王臣らを召して内裏の東の対屋の垣下の陪席の座に侍らせ、玉箒をお与えになり、宴をお開きになった。その時、内相藤原朝臣(仲麻呂)が承った勅語には、「諸王卿よ、歌でも詩でも自分に詠作できるものを自由に作れ」とあった。そこで詔の趣旨に応えて、それぞれ思いを述べて歌を詠み詩を作った〈人々の詩と歌はまだ手に入れていない〉。

4493 初春の初子の今日の玉箒は、手にとるだけで揺れて音がする玉飾りの緒だ。

◇右の一首は、右中弁大伴宿祢家持が作った。但し、大蔵の仕事のために奏上できなかった。

▽女帝孝謙の治世が十年めに入ったこの年の正月三日は丙子。年の初めの子(ね)の日、天皇は親しく農耕に携わる意を示すために辛鋤(からすき)を、皇后は養蚕に携わる意を示すために箒を飾って、宴を催すことになっていた。箒は蚕の床を掃く道具である。「侍従」は、中務省の官人で天皇に常侍する役。定員八人。既出(九四九左注)。「竪子」は、天皇の周辺にいて雑用をつとめた令外(りょうげ)の官。日本では成人男子を中心とした。既出(一六五〇左注)。

初句の「初春(はつはる)」は、家持にもう一例(四五一六)あるだけの語。第四句のカラニは、軽い原因が重い結果をもたらす場合に用いる助詞。既出、「道に逢ひて笑(ゑ)まししからに降る雪の消(け)なば消ぬがに恋ふといふ我妹」(六二四)。「ゆらく」は揺れて音を発すること。「玉の緒」は、玉を通した緒で玉箒を飾ったものと想像して言うのだろうか。正倉院南倉に「子日手辛鋤(ねのひのてからすき)」と「子日目利箒(ねのひのめとぎぼうき)」が今に伝えられ、鋤の柄には「東大寺　子日献天平宝字二年正月」と記され、箒の枝には色とりどりの小さなガラス玉が嵌め込まれている。

家持はこの日のために歌を準備はしたものの、公用のために参加できなかったのだろう。職員令によると、右弁官は兵部・刑部・大蔵・宮内を管する。「大蔵の政」は右中弁家持の所管事項であった。なお、この歌は俊頼髄脳などに見られる後代の説話において、京極御息所に恋慕した志賀寺の老上人が、その手を賜わって額におしいただいて詠んだ歌とされて有名になった。

4494 水鳥の鴨の羽色の青馬を今日見る人は、寿命に限りがないと言う。

◇右の一首は、七日の侍宴のために右中弁大伴宿祢家持があらかじめこの歌を作ったものである。但し、仁王会のことによって、その前の六日に内裏で諸王卿らを召して酒を賜い、御宴を催し、禄を賜うた。それで奏上しなかったものである。

▽「青馬」は灰色の馬(↓一三六注)。正月七日の宮廷

右の一首は、七日の侍宴《じえん》の為《ため》に、右中弁《うちうべん》大伴宿祢《おほとものすくね》家持《やかもち》の預《あらかじ》めこの歌を作りしものなり。但《ただ》し、仁王会《にんわうゑ》の事《こと》に依《よ》りて、却《かへ》りて六日を以《もち》て、内裏《だいり》に於《おき》て諸王卿等《しよわうきやうら》を召《め》し、酒《さけ》を賜《たま》ひて肆宴《しえん》し禄《ろく》を給《たま》ひき。これに因《よ》りて奏《そう》せざるなり。

六日、内庭《ないてい》に仮《かり》に樹木《じゆもく》を植《う》ゑ、以《もち》て林帷《りんゐ》と作《な》して、肆宴《しえん》を為《な》したまひし歌

4495
うちなびく春とも著《しる》くうぐひすは植木《うゑき》の木間《こま》を鳴き渡らなむ

右の一首は、右中弁《うちうべん》大伴宿祢《おほとものすくね》家持《やかもち》。奏《そう》せず。

二月、式部大輔《しきぶのだいふ》中臣清麻呂朝臣《なかとみのきよまろあそみ》の宅《いへ》に於《おき》て宴《えん》せし歌十五首

4496
恨めしく君はもあるかやどの梅の散《ち》り過《す》ぐるまで見《み》しめずありける

右の一首は、治部少輔《ぢぶのせうふ》大原今城《おほはらのいまき》真人《まひと》。

行事として「青馬」を見て一年中の邪気を払う人日(じんじつ)の節句があった。日本書紀に景行天皇五十一年、推古天皇二十年(六一二)の正月七日の「宴」が見える。平安時代には「白馬(あおうま)の節会」と言う。「今日」は一月七日。一と七は陽の数、青は陽の色である。左注の「仁王会」は、仁王経を講ずる儀式。日本書紀の斉明天皇六年(六六〇)五月に初出。その仁王会のために人日の宴会のみが六日に行われ、青馬を見る行事がなくなったので、「青馬を今日見る」という歌を奏上できなかったのだろう。

◆六日、内裏の庭に仮に樹木を植え、幕代わりにして御宴をなさった時の歌

4495 (うちなびく)春とはっきり分かるように、鶯よ、
植木の間を鳴き渡ってくれ。

▽人日の宴の家持の作。題詞の「林帷」は、「淄帷(しい)の林」(荘子・漁父)が、繁った森を黒い帳(とばり)に譬えるのと関係するか。木々を幕がわりにした。
初句の「うちなびく」は、草葉のなびく季節の意で「春」の枕詞。「しるく」は顕著なさま、はっきりした状態。「うぐひすは」は呼びかけの句。命令文の相手が歌に詠まれるとき、「は」で呈示されることがある。「木間(まこ)」は万葉集唯一の例。仮名書の三例を含む十例がコノマ。結句のナムは希求の助詞。ウグイスに向かって鳴き渡れと願う。
左注下の注記「奏せず」は、家持がこの人日の御宴に出席できなかったことを意味するか。

◆二月、式部大輔中臣清麻呂朝臣宅で宴会をした時の歌十五首

4496 あなたは恨めしい人ですね。お屋敷の梅が散っ
てしまうまで見せてくれないのだもの。

▽「式部大輔」は式部省の上席の次官。「中臣清麻呂」は既出(四二九六左注)。「十五首」は、元暦校本・広瀬本に拠る。他本が「十首」とするのは、同じ宴の歌のうち、別の歌群である四五〇六以下の五首を別の題詞と見なして合算しなかったもの。さらに、この宴のもう一つの歌群である四五一二からの三首は、どの系統の本も数えていない。家持の歌日記には珍しく、日付が「二月」とだけで不完全である。
第二句末のカは、上のモと呼応する詠嘆の助詞。「悲しくもあるか」(四五九)。こんなに見事な梅を持っているのに、どうして散りがたになった今まで見せて下さらなかったのですかと、宴会の主人への諧謔を含んだ挨拶の歌。詠歌のある出席者の中で最も官位の低い今城が、少々ぶしつけな歌を最初に詠んでいることになる。

4497 見たいとおっしゃったら嫌だと申しましょうか。
梅の花が散るまであなたがお出でにならなかったのですよ。

▽前歌の「散り過ぐ」を用いて応じているのは、応答歌の技法。前歌の「見しめずありける」に、同じ

4497 見《み》むと言はば否《いな》と言はめや梅の花散《ち》り過《す》ぐるまで君が来《き》まさぬ

右の一首は、主人中臣清麻呂朝臣《あろじなかとみのきよまろあそみ》。

4498 はしきよし今日の主人《あろじ》は磯松《いそまつ》の常《つね》にいまさね今も見るごと

右の一首は、右中弁大伴宿祢家持《うちうべんおほとものすくねやかもち》。

4499 わが背子《せこ》しかくし聞《き》こさば天地《あめつち》の神を乞《こ》ひ禱《の》み長くとそ思《おも》ふ

右の一首は、主人中臣清麻呂朝臣。

4500 梅の花香《か》をかぐはしみ遠けども心もしのに君をしそ思《おも》ふ

右の一首は、治部大輔市原王《ぢぶのだいふいちはらのおほきみ》。

4501 八千種《やちくさ》の花は移《うつ》ろふ常磐《ときは》なる松のさ枝《えだ》を我《われ》は結ばな

右の一首は、右中弁大伴宿祢家持。

4502 梅の花咲き散る春の長き日《ひ》を見れども飽《あ》かぬ磯《いそ》にもあるかも

連体止めの「来まさぬ」で応じたのも意識的なのだろう。主人も負けずにやり返したのである。

4498 親愛なる今日の主人よ、磯松のようにいつも変わらずにいてください。今見ているように。

▽もと上司(→四二九六注)の主人の長寿を祈る家持の歌。「はしきよし」を男性どうしで用いた例は長歌に既出(四〇〇六・四二一四など)。「あろじ」の原文は「安路自」。万葉集に唯一の例。「あるじ」の古形か。ウ列音とオ列甲類音の交替は例が多い。「磯」は岩のある水辺。ここの庭園の岩に年古りた松が生えていたのだろう。「磯松」は、「磯の上に生ふる小松」(二八六一)を一語にしたような珍しい語形。作者の造語か。「今も見るごと」は既出(八四・三五九一など)。

4499 あなたがそのようにおっしゃってくださるなら、天地の神に祈って長生きしようと思います。

▽前歌に応える主人清麻呂の歌。「聞こす」は、「言ふ」の尊敬語で四段活用。「乞ひ禱み」は既出(四四三)。右大臣で致仕して延暦七年(七八八)に八十七歳で薨じた清麻呂は、この年五十七歳。

4500 梅の花の香りがよいので、遠くにいても心も萎えるばかりにあなたのことを思っています。

▽「香をかぐはしみ」は、梅の芳香に寄せて主人清麻呂の人柄を称えた句。「遠け」は「遠けれ」の古形。「心もしのに」は既出(二六六)。遠くにいても梅の芳香を知るように、主人の人徳は遠くまで伝わって、お慕いしていると言う。万葉集で梅の香りを詠んだ唯一の例。中国の詩文の影響を受ける表現か。梅の香りが遠く伝わることは「香り風に随ひて遠く度(たわ)る」(梁・簡文帝「梅花賦」・芸文類聚・梅)とある。また梅香は政治の清廉さの譬えともなりうる。後の資料だが、唐の貞元五年(七八九)の墓誌に「政(まつりごと)を粛(つつ)しみ能を推し、歴(ふ)るに梅香の任有り」(唐故朗州武陵県主簿桑公墓誌銘序)と見える。作者の市原王は写経所長官、玄蕃頭などを歴任した知識人であった。既出(四一二題詞など)。

4501 諸々の花は色あせ散ってゆきます。常緑樹である松の枝を私たちは結びましょう。

▽家持がふたたび松を詠んだ。「八千種」→四三一四注。「ときは」は「とこいは」の約。永遠不変の岩の意で、いつまでもその状態を保つ岩の意で、いつまでもその状態を保つ意を表す。「我は」は、この宴に加わる我々はという気持であろう。常緑樹である松の枝を結んで幸いを祈る習俗は既出、「岩代の浜松が枝を引き結びま幸くあらばまたかへりみむ」(一四一)、また一〇四三。

4502 梅の花が咲いては散る春の長い日、ずっと見ていても飽きない池の磯ですよ。

▽「日を」のヲは、経過する場所や時間を示す用法。「長き夜をひとりや寝むと君が言へば」(四六三)の「夜を」のヲも同じ。作者の「甘南備伊香真人」は既出(四四八九左注)。

右の一首は、大蔵大輔《おほくらのだいふ》甘南備伊香真人《かむなびのいかごまひと》。

4503 君が家《いへ》の池の白波磯《しらなみいそ》に寄せしばしば見《み》とも飽《あ》かむ君かも

右の一首は、右中弁大伴宿祢家持《うちうべんおほとものすくねやかもち》。

4504 愛《うるは》しと我《あ》が思《も》ふ君はいや日異《ひけ》に来ませ我《わ》が背子《せこ》絶《た》ゆる日なしに

右の一首は、主人中臣清麻呂朝臣《あろじなかとみのきよまろあそみ》。

4505 磯《いそ》の裏《うら》に常《つね》よ引《ひ》き住む鴛鴦《をしどり》の惜《を》しき我《あ》が身は君がまにまに

右の一首は、治部少輔大原今城真人《ぢぶのせうふおほはらのいまきまひと》。

興《きよう》に依《よ》りて各《おのおの》高円《たかまと》の離宮《りきう》の処《ところ》を思ひて作りし歌五首

4506 高円《たかまと》の野の上《うへ》の宮は荒《あ》れにけり立たしし君の御代《みよ》遠《とほ》そけば

右の一首は、右中弁大伴宿祢家持。

4507 高円《たかまと》の峰《を》の上《うへ》の宮は荒れぬとも立たしし君の御名《みな》忘れめや

4503　お宅の池の白波が磯に寄せるように、しばしば見ても飽きるようなあなたではありません。
▽この宴の家持の作は三首目である。上三句は譬喩によって「しばしば」を導く序詞。「見とも」は逆接の仮定条件。既出(九二二・四四八一など)。

4504　立派な人だと私が思っているあなた、毎日でもおいでください、あなた、絶える日なしに。
▽主人の清麻呂の歌も三首目。「いや日異に」は既出(四七五・四七八・二七〇二)。日増しに、日ごとにの意は結句と重複する。「君」「我が背子」も二重の表現。

「来ませ我が背子」は既出(四九一・一九三一・三四五五)。相聞の体裁で詠み、しかも表現がややくどいのは、主人いささか酩酊ぎみなのか。私注には呂律(ろれつ)が回らなくなっていると評する。

4505　磯のかげに日ごろからつがいで住み着いているオシドリのように、惜しい我が身ですが、仰せのとおりにします。
▽大原今城の二首目の歌。上三句は、庭園の景物を詠みながら、同音で「惜し」を導く序詞。第二句の原文は「都祢欲比伎須牟」。「常夜日来住む」「常呼び来棲む」などと訓まれることもある。今は、原文の「欲」がヨ甲類の仮名なので、助詞ヨと解する。現在、「ふだん」を「ふだんから」、「日ごろ」を「日ごろから」と言うように、時間名詞に本来は余分な助詞カラを付けることがあるので、「常」に余分な助詞ヨの付いた表現が成立したと解したい。「引き住む」は、雌雄いずれかのオシドリが、相手を引き寄せて住み着いていることか。第四句の「惜しき我が身は」は珍しい表現。「身も惜しからず妹に逢はざれば」(七六五)などとあるのが普通だが、ここは、惜しい我が身もあなたの仰せのままに従いますと言う。相聞歌の「我(あ)が身一つは君がまにまに」(二六九一)に似た気持である。

◆興のままに各人が高円の離宮の跡を思って作った歌五首

4506　高円の野の上の宮は荒れてしまった。お立ちになった君の御代が遠くなって。
▽家持の歌。「高円の離宮」は聖武天皇の離宮。↓四三一五。天皇は二年前の天平勝宝八歳(七五六)五月に崩御。宮も荒廃していたのだろう。「五首」とあるが、四四九六題詞の「十五首」に含まれる。「立たしし君」は聖武天皇。「御代遠そけば」とあるが、聖武天皇譲位から九年、崩御から一年八か月である。

4507　高円の丘の上の宮は荒れてしまっても、お立ちになった大君の御名は忘れることがあろうか。
▽大原今城が家持の前歌を承けて詠む。「峰の上の宮」とは、離宮が高円山の高みにあったからそう言うのだろう。下二句の類例、明日香皇女挽歌に「我が大君の御名忘れせぬ」(一九六)とあった。

右の一首は、治部少輔《ぢぶのせうふ》大原今城真人《おほはらのいまきまひと》。

4508
高円《たかまと》の野辺《のへ》延《は》ふ葛《くず》の末《すゑ》つひに千代《ちよ》に忘れむ我《わ》が大君《おほきみ》かも

右の一首は、主人中臣清麻呂朝臣《あろじなかとみのきよまろあそみ》。

4509
延《は》ふ葛《くず》の絶《た》えず偲《しの》はむ大君《おほきみ》の見《め》しし野辺《のへ》には標結《しめゆ》ふべしも

右の一首は、右中弁大伴宿祢家持《うちうべんおほとものすくねやかもち》。

4510
大君《おほきみ》の継《つ》ぎて見《め》すらし高円《たかまと》の野辺《のへ》見《み》るごとに音《ね》のみし泣《な》かゆ

右の一首は、大蔵大輔甘南備伊香真人《おほくらのだいふかむなびのいかごまひと》。

山斎《しま》を属目《しよくもく》して作りし歌三首

4511
鴛鴦《をし》の住む君がこの山斎《しま》今日見ればあしびの花も咲きにけるかも

右の一首は、大監物御方王《だいけんもつみかたのおほきみ》。

4512
池水《いけみづ》に影さへ見えて咲きにほふあしびの花を袖に扱入《こき》れな

4508 高円の野辺を延う葛のように、世の末の千代には忘れることのできる我が大君であろうか。

▽主人の清麻呂の歌。上二句は、高円の野の風物を踏まえ、葛の長く伸び広がった蔓の譬喩によって第三句の「末」を導く序詞。この歌も第三・四句が重複ぎみである。歌末のカモは反語(→三二〇)。忘れられるような聖武天皇ではない、と言う。

4509 (延ふ葛の)絶えることなく偲ぼうと思う大君がご覧になった野辺には標縄を張るべきだよ。

▽前歌の「延ふ葛の」を承けて、それを「絶えず」の枕詞に用いた。今は上二句を「大君」の修飾語と解したが、第二句の「偲はむ」で句切れと見ることも可能。「君を思ふこと蔓草の如く、連延して窮むべからず」(梁・范雲「擬古詩」・芸文類聚・閨情)に似た発想である。標縄を張ってみだりに入ることを禁ずるのは、故天皇を敬慕する人以外の立ち入りを忌避したい心情なのであろう。結句のベシモは、憶良の「日本挽歌」の第一反歌(七九五)と、家持が憶良の作歌に追和した「勇士の名を振るふことを慕(ねが)ひし歌」(四一六四)にしか見えない。

4510 大君が続けてきっとご覧になっている高円の、野辺を見るたび声を上げて泣けてしまうのだ。

▽上二句は、聖武天皇の御魂が今なお通ってご覧になっているに違いない、の意で「高円の野辺」にかかる。ラシは確信的な気持を表わす。天皇の御魂が生前愛した景色を見に通うという発想は、天武天皇挽歌の「やすみしし我が大君の、夕されば見(め)したまふらし、明け来れば問ひたまふらし、神岳(かみをか)の山の黄葉(もみち)を」(一五九)にもあった。

◆庭園を見て作った歌三首

4511 オシドリの住むあなたの庭園は、今日見ると、馬酔木(あしび)の花も咲いているのですね。

▽題詞の「山斎」は、漢語としては山中の居室を言うが、庭園の意の「しま」の表記として既出(四四五二など)。ここも庭のこと。「属目」は既出(四〇二九左注)。「あしび」は後にアセビとも言う。桜より少し早く、壺形の白い小花を房状に垂らして咲く。歌の配列と内容から推して、前の十五首と同じく、清麻呂邸の宴会で詠まれた作か。宴の歌の第三部である。「あしびの花も」とは、盛りは過ぎたが、梅の花(→四四九六など)がなお見られたのでそう言うか。作者の「御方王」は「三形王」(四四八八題詞)に同じ。

4512 池の水に影まで美しく映して咲いている馬酔木の花を、こき取って袖に入れよう。

▽「影さへ」は、本体の花はもちろん、ということ。「影さへ見ゆる」は既出(三三二五・三八〇七)。「こきれな」は「こきいれな」の約。馬酔木は、大豆ほどの大きさの花が連なって咲くので、まさに「こく」、こそげ落とすと言うにふさわしい。

右の一首は、右中弁《うちうべん》大伴宿祢《おほとものすくね》家持《やかもち》。

4513 磯影《いそかげ》の見ゆる池水《いけみづ》照るまでに咲けるあしびの散らまく惜しも

右の一首は、大蔵大輔《おほくらのだいふ》甘南備伊香真人《かむなびのいかごまひと》。

二月十日、内相《ないしやう》の宅《いへ》に於《お》て、渤海大使《ぼつかいたいし》小野田守朝臣《をののたもりあそみ》等を餞《せん》して宴《えん》せし歌一首

4514 青海原《あをうなはら》風波《かぜなみ》なびき行《ゆ》くさ来《く》さつつむことなく船は早《はや》けむ

右の一首は、右中弁大伴宿祢家持。未《いま》だこれを誦《よ》まず。

七月五日、治部少輔《ぢぶのせうふ》大原今城真人《おほはらのいまきまひと》の宅《いへ》に於《お》て、因幡守《いなばのかみ》大伴宿祢《おほとものすくね》家持《やかもち》を餞《せん》して宴《えん》せし歌一首

4515 秋風の末《すゑ》吹きなびく萩《はぎ》の花ともにかざさず相《あひ》か別れむ

右の一首は、大伴宿祢家持の作りしものなり。

4513 磯の影が映って見える池の水が、照り輝くほど咲いている馬酔木が散るのは惜しい。

▽「磯影」は水辺の岩の影。平安和歌にも例のない語。「散らまく」は「散らむ」のク語法。三首とも第四句に「あしび」を詠むのは申し合わせたものか。

◆二月十日、内相宅で渤海大使小野田守朝臣たちを送別した時の宴会の歌一首

4514 青海原に風は順調、波も静かで、行きも帰りも障りなく、船は早いことでしょう。

◇右の一首は、右中弁大伴宿祢家持〈誦み上げなかった〉。

▽「内相」は「紫微内相」のこと。続日本紀・天平勝宝九歳(七五七)五月二十日条に、「大納言従二位藤原朝臣仲麻呂を紫微内相とす」と見える。仲麻呂(↓四四八七左注)の邸宅は、左京四条二坊にあって田村第と呼ばれた。「渤海」は、七世紀末から十世紀初頭まで、中国東北地方東部、沿海州、朝鮮半島北部を支配した国。日本との関係は、神亀四年(七二七)十二月二十日、使者八人の入京が初見。以来、度重なる使節の往来があった。第三次遣渤海大使小野田守発遣のことは続日本紀に見えないが、そのはなむけの宴会である。帰国の記事は、続日本紀・天平宝字二年(七五八)九月十八日条に見える。初句の「青海原」は万葉集に唯一の例。懐風藻(→三〇九頁)の新羅使関係の詩に「滄波」「青海」などの詩語が見えるのと関係があるだろう。「行くさ来さ」は既出(三八二)。「つつむ」は妨げられること。名義抄の「障」に「サハリ・サマタク・ツ、ム」などの訓がある。「早けむ」は「早からむ」の古形。航海の安全を予祝する歌である。類想歌、一七八四・四二四三。

左注下の注記は、歌を用意はしたが、その宴席で披露しなかったということ。

◆七月五日、治部少輔大原今城真人宅で、因幡守大伴宿祢家持を送別した宴の歌一首

4515 秋風が葉末を吹き靡かせる萩の花を、ともにかざすことなくお別れするのだなあ。

▽家持の歌。続日本紀によると、家持は天平宝字二年六月十六日に因幡守に任命されている。この送別の宴はそれから約二十日後だから、赴任の日は近かったのであろう。因幡守は従五位下相当官で、右中弁は正五位上相当官なので、三階級の降格である。第二句の「なびく」は使役的他動詞で下二段活用。「秋風の吹き扱《こ》き敷ける花の庭」(四四五三)の「敷ける」と同様に連体形「なびくる」とあるべきだが、音数律の関係で終止形を用いたのだろう。↓四一五六注。都では間もなく萩の季節を迎えるのに、共に萩をかざしにして遊ぶことなく別れることを惜しむ。類想歌、「秋萩は盛り過ぐるをいたづらにかざしに挿《さ》さず帰りなむとや」(一五五九)。

三年の春正月一日、因幡《いなば》の国庁《こくちやう》に於《おき》て、饗《きやう》を国郡《こくぐん》の司等《つかさら》に賜《たま》ひて宴《えん》せし歌一首

4516 新《あらた》しき年の初めの初春《はつはる》の今日降《ふ》る雪のいやしけ吉事《よごと》

右の一首は、守大伴宿祢《かみおほとものすくね》家持《やかもち》の作りしものなり。

萬葉集巻第二十

◆三年(七五九)春正月一日、因幡の国庁で国や郡の役人たちを饗応した宴の歌一首

4516 新しい年の初めの正月の今日降る雪のように、ますます重なってくれ、良いことが。

▽天平宝字三年の正月の家持の歌。家持の生年は明らかでないが、仮に養老二年(七一八)とすれば、この年は四十二歳。因幡国庁は鳥取県鳥取市国府町付近にあった。

　この饗宴は、規定による公的な行事であった。儀制令に「凡(およ)そ元日には、国司皆僚属郡司等を率(ひき)ゐて、庁に向ひて朝拝せよ。訖(をは)りなば長官、賀受けよ。宴設くることは聴(ゆる)せ」とあり、飲食にも公の物を用いたので、天皇の意思の実現として題詞にも「賜ひ」と表現したのであろう。

　「新しき年の初め」「初春」と重複した表現がなされているのは、この年は元旦が立春に当たったからであろう。「いやしけ」の「いや」は、ここでは動詞「しく」を修飾する程度副詞。「しく」は上からは「降り敷く」意で、下へは「頻く」意で用いられている。「吉事」は、万葉集にはこの例のみ。古事記・下(雄略)に「吾(あ)は悪事(まがこと)も一言、善事(よごと)も一言、言ひ離(はな)つ神、葛城(かづらき)の一言主(ひとことぬし)の大神ぞ」がある。これからも推定されるように、同音の「吉事」と「吉言」は同じ語に発するのであろう。「吉詞」「寿詞」をヨゴトと訓む例が、祝詞・風土記・令集解(→三一〇頁)などに見える。

　新年の降雪を豊年の瑞祥として詠むことは既出(三九二五・四二二九)。巻一の雄略・舒明天皇歌に始まり、瑞兆を喜ぶこの歌で終わることについて、契沖は「そもそも此集、はじめに雄略・舒明両帝の、民をめぐませたまひ、世のをさまれることを、よろこびおぼしめす歌より次第に載(のせ)て、今此歌をもて一部をととのへたることは、此集をすべていはひて、いくひさしくつたはりて、よをさめ民をみちびく、たすけとなれとなるべし」(代匠記〔初稿本〕)と説く。この歌集の祝言性をそこに読み取るべきであろう。

用語解説

雑歌《ぞうか》　相聞・挽歌とともに三大部立《ぶたて》の一。特定の内容を持たない、様々(雑多)な内容の歌の意。『文選』(後出。漢籍と仏典の項)では歌謡体の作を「雑歌」と称するが、それとは異なる。行幸・遊覧・宴席などの晴れの場の歌が含まれ、天皇御製歌や君臣酬和の歌も数多い。

相聞《そうもん》　三大部立の一。親しい者どうしが心のうちを述べあう歌。多くは男女が贈答する恋の歌となっている。漢語「相聞」は互いに消息を尋ねあう、便りをしあう意。漢籍中の書簡などには例が散見する。「相問」も同義。

挽歌《ばんか》　三大部立の一。葬送・葬儀の作に限らず、死を悼み、故人を追想する場での作など、広く死に関わる歌を含んでいる。漢語「挽歌」はもともと葬送の時に柩《ひつぎ》を挽《ひ》く者の歌う歌謡の意。

譬喩歌《ひゆか》　部立の一。譬喩(比喩)は、それと明示せず、常に何らかの媒体を介して表現すること。その媒体のあり方、表現技法(表現様式)において、おおむね隠喩(媒体に関する表現だけが提示されて主意は暗示される形式)の歌である。

正述心緒《せいじゅつしんしょ》　相聞歌の表現方法による分類の一。心の有様《ありさま》(心緒)をそのまま素直に表現する

（正述）もの。

寄物陳思《きぶつちんし》　相聞歌の表現方法による分類の一。他の何かの媒材に寄せて（寄物という方法。多くは譬喩の序詞を用いる）思いを述べる（陳思）もの。万葉集では正述心緒とともに、巻十一、十二の主たる分類基準となっている。

問答《もんどう》　歌の配列による分類。二首一組の贈答歌。巻十一の二か所に計二十九首、巻十二には二か所に計三十六首、巻十三には長短歌を詠み交わす形の十八首を収める。

長歌　完成期で言えば、五七音句を繰り返し、末尾を五七七で終える形式の歌体。万葉初期では一句の音数は定まらず、末尾も異なる。口誦されてきた歌謡の記載段階での変容、統合、整形という転換から生まれたものか。柿本人麻呂から大伴家持まで、二百六十首余りを数えるが、平安朝の訓読を伝える古写本では、ほとんど訓まれていない。

反歌　長歌の次に一首から数首付けられた短歌を指す（三三三番歌のみ旋頭歌）。長歌の内容を短歌形式に要約したもの、長歌末尾の反復とも言うべきもの、長歌と同じ内容を異なる視点から詠んだものなど、様々な性格を持つ。長歌と合わせた一形式として柿本人麻呂の作品群が完成期を示す。

旋頭歌《せどうか》　五七七五七七の六句からなる歌体。五七七の片歌《かたうた》による問答形式に由来するか。万葉集に六十二首。うち柿本人麻呂歌集歌が三十五首。また同形式の歌が古事記に一首、日本書紀に二首ある。

仏足石歌《ぶっそくせきか》　五七五七七七の六句からなる歌体。薬師寺の仏足石歌碑に一字一音の万葉仮名で刻まれている二十一首による名称。仏足石を賛嘆する十七首と、現世の煩悩に迷う心を戒め、悟道を勧める四首。文室真人智努《ふむやのまひとちぬ》が夫人の冥福を祈って造顕したもの。同じ歌体が古事記・万葉集・播磨国風土記に各一首ある。

目録　各巻の前にあって、その巻の内容を箇条書きにしるしたもの。今日の目次に当たる。ほぼ各歌の題詞を並べたものと見てよいが、細部の違いも小さくない。また目録の有無によって、全巻にある本、巻十五まである本、まったくない本の三種に諸本が分類される。この点から、目録はもともと全巻に付いていたものではなく、各巻がいったん編纂された後に、段階的に整備されていったものと推定されている。

題詞《だいし》　歌の前にあって、作者や成立年月日、作歌事情などを編者の立場から漢文体で記す。作品の前に置かれるものとして、形の上で漢詩では詩題に、平安朝以降の和歌では詞書《ことばがき》に相当する。

左注《さちゅう》　歌の左側に題詞を補って作者や作歌事情などを漢文体で記した文。歌の資料性について編者の私案が述べられることもある。

高橋虫麻呂歌集《たかはしのむしまろかしゅう》　万葉集編纂の資料となった歌集の一。逸書。高橋虫麻呂の歌集。左注において「右〇首高橋虫麻呂之歌集(中)出」と記されており、巻三に三首、巻八に一首、巻九に三十首見える。またこれとは別に、「高橋虫麻呂作歌」と記名された歌も巻六に二首ある。

田辺福麻呂歌集《たなべのさきまろかしゅう》　万葉集編纂の資料となった歌集の一。逸書。田辺福麻呂の歌集。左注において「右○首田辺福麻呂之歌集(中)出」の形で示され、巻六に二十一首、巻九に十首見える。

（山崎福之）

文献解説

日本古文献

風土記《ふどき》　和銅六年(七一三)五月に発せられた官命により撰進された地誌。諸国の産物・動植物・土地の肥沃度・山川原野の名前の由来・古老の伝承する旧聞などを記したもの。広く上代語の資料であることのほかに、記紀に洩れた伝承や地名の考証に資する点でも貴重な文献である。ただし、古写本で全文が揃うのは常陸《ひたち》・播磨《はりま》・出雲《いずも》・豊後《ぶんご》・肥前《ひぜん》の五か国だけであり、他の諸国については、後世の文献に断片的に引用される逸文が知られるにすぎない。逸文は江戸時代から探求と蒐集が進められ、多寡はあるがほぼすべての国のものが認められている。ただ、引用が正確とは限らず、また後世の補入もあるなど、すべてがそのまま奈良時代当時のものかどうかには注意を要する。

懐風藻《かいふうそう》　近江朝以降の作者六十四人、百二十篇の詩(作者略伝も付す)をまとめた最古の漢詩文集。天平勝宝三年(七五一)成立。撰者未詳。大津皇子や大伴淡等(旅人)など、万葉歌人の作も多い。六朝《りくちょう》・初唐詩文の語句の利用が顕著で、佳作は乏しいが、当時の漢籍受容の実態を窺《うかが》う資料となるもの。

日本霊異記《りょういき》(日本国現報善悪霊異記)　平安時代初期、弘仁十三年(八二二)以後に成立した、我が国最古の仏教説話集。薬師寺の僧景戒《きょうかい》の撰。変体漢文体で書かれ、大部分は各説話本文末尾に訓釈が付く。訓釈は本文中の難語についての音注・訓注であり、訓は上代特殊仮名遣のコ・への別を残すなど、八世紀までの国語資料としての価値を有する。

経国集《けいこくしゅう》　『凌雲集《りょううんしゅう》』(八一四年)、『文華秀麗集《ぶんかしゅうれいしゅう》』(八一八年)に続く第三の勅撰漢詩文集。良岑安世《よしみねのやすよ》らが淳和《じゅんな》天皇の勅によって撰進した。平安初期の天長四年(八二七)成立。命名は魏の文帝「典論」(論文)中の「文章は経国の大業にして不朽の盛事なり」(『文選』巻五十二)による。二十巻だが、現存は六巻のみ。前二集の脱漏を補足し、詩(九百十七首)のほかに賦(十七首)、序(五十一首)、対策(三十八首)を収める。六朝期から中唐期に及ぶ詩風を学ぶもの。

令集解《りょうのしゅうげ》　養老二年(七一八)に編纂され、天平宝字元年(七五七)に施行された養老令の注釈を集成した書。九世紀後半、貞観年中(八五九—八七七)の成立か。天長十年(八三三)に公的な注解として撰進された『令義解《りょうのぎげ》』や『古記』などの注釈を集めている。

延喜式　唐代及び奈良朝の令式により、朝廷の儀式、諸官庁の作法や事務の諸例、公家制度の詳細を定めた書。平安時代初期、醍醐天皇の延喜五年(九〇五)八月に編纂を始め、延長五年(九二七)に完成した。奈良時代から平安時代にかけての諸制度、法令などの研究のための基本文献。『祝詞《のりと》』も収められている。

俊頼髄脳《としよりずいのう》　源俊頼の著した歌学書。永久三年(一一一五)頃成立か。万葉集や三代集をはじめとするさまざまな古歌を引いて、和歌の歌体・修辞・歌病・和歌題・節などの各論を説き、説話や故事を述べながら古歌の解釈を行う。万葉集から六十九首におよぶ歌(語句)を訓の形で引き、次点本諸本の訓や訓のみを伝える歌集・歌書に見える形との関係を考察する上で重要である。

袖中抄《しゅうちゅうしょう》　六条家の藤原顕昭《けんしょう》の著した歌学書。三巻の『顕秘抄《けんぴしょう》』を増補改編して二十巻とし、文治二、三年(一一八六、七)頃に成立させたもの。万葉集、古今集、後撰集、拾遺集以下の歌集に見える三百項目におよぶ歌語の注釈であり、特に万葉集の歌語の注釈は大幅に増補され、注釈の半ば近くを占める。注釈の中には、前代までに著された、歌学書、史書、散佚した歌書が幅広く引用されている。

辞　書

新撰字鏡《しんせんじきょう》　僧昌住《しょうじゅう》撰の部首分類体の漢和字書。平安初期の昌泰年間(八九八―九〇一)に成立。唐の玄応《げんのう》撰『一切経音義《いっさいきょうおんぎ》』に基づく原撰本を、『玉篇《ぎょくへん》』(梁の顧野王《こやおう》の編纂した、部首分類体の字書。〔一〕―〔三〕の文献解説参照)や『切韻《せついん》』(隋の陸法言《りくほうげん》の撰述した音韻字書)によって増補したといわれる。見出し漢字には反切、四声、類音による音注、意義注、そしてすべてではないが、万葉仮名による和訓が掲げられる。

倭名抄《わみょうしょう》**(倭名類聚抄**《るいじゅうしょう》**)**　源　順《みなもとのしたごう》(九一一―九八三)の撰述した漢和辞書。十巻本と二十巻本とがある。承平四年(九三四)成立。天地・人倫・形体・装束・調度・飲食・牛馬・草木などに意義分類して挙げた漢語に、出典・音注・釈文・万葉仮名による和語(和名)を掲げる。二十巻本には国郡郷名を収める。『兼名苑《けんめいえん》』・『唐韻《とういん》』(唐の孫愐《そんめん》の撰。『切韻』を訂正増補した書)などの中国書や日本の逸書も引かれる。漢字で書かれたもの全般を読解するための百科事典でもある。

名義抄《みょうぎしょう》(類聚《るいじゅう》名義抄)　部首分類体の漢和辞書。十二世紀初期成立。撰者未詳。『玉篇』によって分類し、僧空海撰の漢字字書『篆隷万象名義《てんれいばんしょうみょうぎ》』と『倭名抄』に倣って漢字の字義・字体・字音・和訓などを注記する。平安末期写の図《ず》書寮《しょりょう》本(書陵部本ともいう)は原撰本の体裁(見出し字の訓詁《くんこ》の出典明記・概ね万葉仮名表記の和訓)を留め、鎌倉中期までに増補改編された諸本(和訓は片仮名表記)のうち、観智《かんち》院《いん》本は唯一の完本。アクセントを示す声点《しょうてん》が付くなど、平安朝の訓読語を知る重要資料。

字類抄《じるいしょう》(色葉《いろは》字類抄)　橘忠兼《ただかね》撰の国語辞書。平安末期に使用された漢字表記の語を集めて語頭音のイロハ順に分類し、さらに天象・地儀・植物・動物・人倫・人体・方角・諸社・諸寺などの意義、また辞字・畳字・重点などの形態によって二十一部に分けている。十二世紀中頃に二巻本が、さらに後半に三巻本が成立し、鎌倉初期には十巻本(『伊呂波字類抄』)に増補された。広く平安時代語の資料であるとともに、奈良時代にまで遡りうる要素に富む。

注釈書

万葉集註釈(万葉集抄・仙覚抄《せんがくしょう》)　鎌倉中期の学僧仙覚の著。文永六年(一二六九)成立。万葉集全巻から長歌を含む九百首余りに注釈を施す。風土記などの貴重な散佚文献を引用しながら、典拠の指摘と分析的注解を旨とする。国文学研究資料館本・仁和寺本・龍谷大学本・冷泉家時雨亭文庫本などの諸本の間で異同も多い。

代匠記《だいしょうき》(万葉代匠記)　江戸時代前期の学僧契沖《けいちゅう》の著。師匠とも仰いだ下河辺長流《しもこうべながる》に代わって注釈を完成させ、徳川光圀《みつくに》に献じたとされる。初稿本は貞享年間(一六八四―一六八八)、諸本の比校を加えた精撰本は元禄三年(一六九〇)の成立。和書・漢籍・仏典・悉曇《しったん》(サンスクリット)文献にわたる知識を駆使した、初の実証的な訓詁《くんこ》注釈の書で、以後の注釈に多大な影響を与えた。

万葉考(万葉集考)　遠江浜松の国学者賀茂真淵《かものまぶち》の著。生前明和六年(一七六九)までに、真淵が巻序を改めた巻六まで(現行の巻一・二・十三・十一・十二・十四)を刊行し、残りは門弟が草稿を整理補訂した稿本で伝わった。多くの創見に富み、門流県居《あがたい》派を中心に、後代に及ぼした影響は大きい。ややもすれば根拠を示さずに本文や訓を改めるなど、直感に頼って独断に陥る傾向も見られる。

略解《りゃくげ》(万葉集略解)　江戸の町与力で歌人、国学者であった加藤(橘)千蔭《ちかげ》の著。師である真淵の説を基としつつ、書簡などを通じて本居宣長の所説を数多く取り入れている。寛政八年(一七九六)の稿で、文化九年(一八一二)までに刊行。平明な解説で知られ、広く流布して、近世後期の万葉集理解の基礎となった。千蔭は書家としても知られる。

古義(万葉集古義) 土佐の儒学者、国学者であった鹿持雅澄《かもちまさずみ》の著。天保二年(一八三一)に全巻の書写を終えた後も、安政五年(一八五八)に没するまで修訂を繰り返した。近世万葉集注釈の集大成と言える書。

漢籍と仏典

詩経 五経の一。元は単に詩と言い、漢代初めに毛亨《もうこう》の伝えた『毛詩』として今に残る。最古の詩の総集で、周代初めから春秋時代中頃までの詩を収める。諸国の民謡の「風《ふう》」、宮廷歌の「雅《が》」、宗廟祭祀の楽歌の「頌《しょう》」に分かれる。大学寮で教授すべき典籍を定めた『養老令』の学令に、周易《しゅうえき》・礼記・論語・春秋左氏伝などとともに見える。後漢の鄭玄《じょうげん》の注(鄭箋《ていせん》)によって読解することと定められていた。

淮南子《えなんじ》 漢の高祖の孫、淮南王劉安《わいなんおうりゅうあん》の撰。諸子百家の思想の概略をまとめたもので「雑家」に分類されるが、道家思想が主たるもの。後漢の許慎《きょしん》と高誘《こうゆう》の注が行われた。

世説新語《せせつしんご》 六朝宋代の劉義慶《りゅうぎけい》の撰。後漢から東晋までの逸話集。徳行・言語・文学・捷悟・方正などの門に分類してある。文章に白話(口語)的表現が見られる。捷悟門にある、魏の曹操《そうそう》の幕下にあった楊修《ようしゅう》が「黄絹幼婦外孫齏臼《こうけんようふがいそんさいきゅう》」という隠語のなぞを「絶(黄絹)妙(幼婦)好(外孫)辞(齏臼)」と解いた話(『蒙求《もうぎゅう》』「楊修捷対」・『三国志演義』第七十一回にも所見)は、漢字を偏旁などの構成要素に分解して理解するという万葉集に見られる発想にも通じる。それら著名な人物の故事は広く知られた。

千字文《せんじもん》　六朝梁代の周興嗣《しゅうこうし》撰。武帝は王子たちに書を習わせるために、殷鉄石《いんてつせき》に王羲之《おうぎし》の筆跡から重複しない千字を選ばせ、憶えやすくするため韻文とするよう周興嗣に命じた。周興嗣は一晩で四言二百五十句の韻文を作り上げたが、その苦心のため髪は真っ白になったという逸話がある。聖徳太子の作成した憲法十七条第一条の「上和下睦」(推古紀十二年)もその一句であり、平城京木簡にも習書の例が散見するなど、文字修得の教科書として広く用いられた。

文選《もんぜん》　六朝梁代までの詩文を精選し、類別して編纂した総集。梁の昭明太子蕭統《しょうとう》(五〇一―五三一)の撰。日本にはもとの三十巻本に続いて、六十巻本となった李善《りぜん》注本が舶載されたと見られる。李善注本は唐代の高宗の顕慶三年(六五八)に撰上された本で、先行する注を生かしつつ典拠と用例を示す注を主としている。『養老令』の学令では経書に準ずる扱いを受け、選叙令・考課令によれば、その読習は進士試験の必須科目でもあった。平城宮跡出土木簡からも、李善注本を学習していたことが知られる。

玉台新詠《ぎょくだいしんえい》(玉台新詠集)　六朝陳代の徐陵《じょりょう》撰による詩の総集。陳の前代である梁の、中大通六年(五三四)頃の成立か。「玉台」とは後宮のこと。梁の簡文帝《かんぶんてい》が皇太子の頃に宮中で流行した、男女相愛の情を詠む艶麗な詩風を「宮体」(中心であった徐陵や庾信《ゆしん》の風体によって「徐庾体《じょゆたい》」ともいう)と称しており、主としてそれらを収める。『文選』の詩と共通する作もある。

芸文類聚《げいもんるいじゅう》　唐代初期に成った類書の一。太宗の武徳七年(六二四)欧陽詢《おうようじゅん》などの撰。唐代までの諸書から天・歳時・山・水・帝王・人・楽・居処・食物・内典・菓・木・花・獣・祥瑞などの項目ごとに故事を含む文章を抜き出し、詩賦を中心に各種の文を引いている。先行すると見られる『北堂書鈔《ほくどうしょしょう》』に比べると、詩文制作のための便宜が図られている。早くに招来されて、日本書紀の撰述や類聚書の編纂に影響を与えたと見られる。なお、およそ百年後の盛唐期の『初学記《しょがくき》』はこの書を簡略化した上で初唐の詩文を加えている。

遊仙窟《ゆうせんくつ》　唐代伝奇小説の一。七〇〇年前後の成立といわれる。早くに日本に舶載されて、特に万葉集後期の作品に多大な影響を与えた。山上憶良の「沈痾自哀文《ちんあじあいぶん》」(万葉集巻五)に引用され、「松浦河《まつらがわ》に遊びし序」(同)とその歌群には趣向が取り入れられ、また大伴家持の歌などにも利用された痕跡が著しい。中国では散佚し、日本にだけ残存するが、金剛寺本、醍醐寺本、真福寺本以下の古写本はすべて十四世紀、室町時代初期以降の書写。古訓は平安朝の訓読を伝える貴重なものである。

書儀《しょぎ》・尺牘《せきとく》類　書儀とは書簡の模範文例集のこと。十二か月の折々にかなった書簡を集めた

「月儀」と、吉礼や弔問の書簡を集めた「吉凶書儀」、及びそれらに属さない具体的な事例に則した書儀（『杜家立成《とかりっせい》』――〔一〕〔二〕〔四〕の文献解説参照――など）に大別される。それぞれ六朝時代からの作が知られ、敦煌文書中にも多くの例が見られる。一方、尺牘とは書簡のこと。もと幅一尺の方板（牘《とく》）に書き付けたための称で、後に手短な書簡、また書簡そのものを指した。王羲之・王献之《おうけんし》父子など著名な書家の書簡は、書の手本となる法帖として残されている。

仏典（漢訳仏典）・仏書　聖武天皇の天平年間（七二九―七四九）における写経関係の文書によって、当時の写経所の実態が知られている。東大寺ばかりではなく、上級貴族の私邸でも写経所が設けられていた。また宮中では『金光明最勝王経《こんこうみょうさいしょうおうきょう》』、『仁王経《にんのうきょう》』、『法華経《ほけきょう》』の講経や転読が行われており、維摩会《ゆいまえ》も開かれていた。主要な経典はすでに伝来していたと推定され、『大般涅槃経《だいはつねはんきょう》』などが日頃親しむ機会の多い経典であったと見られる。また六朝の梁代の『弘明集《ぐみょうしゅう》』や唐代の『広弘明集《こうぐみょうしゅう》』などの仏教関係の論や詩文などを集めた総集も、広く読まれていた。

（山崎福之）

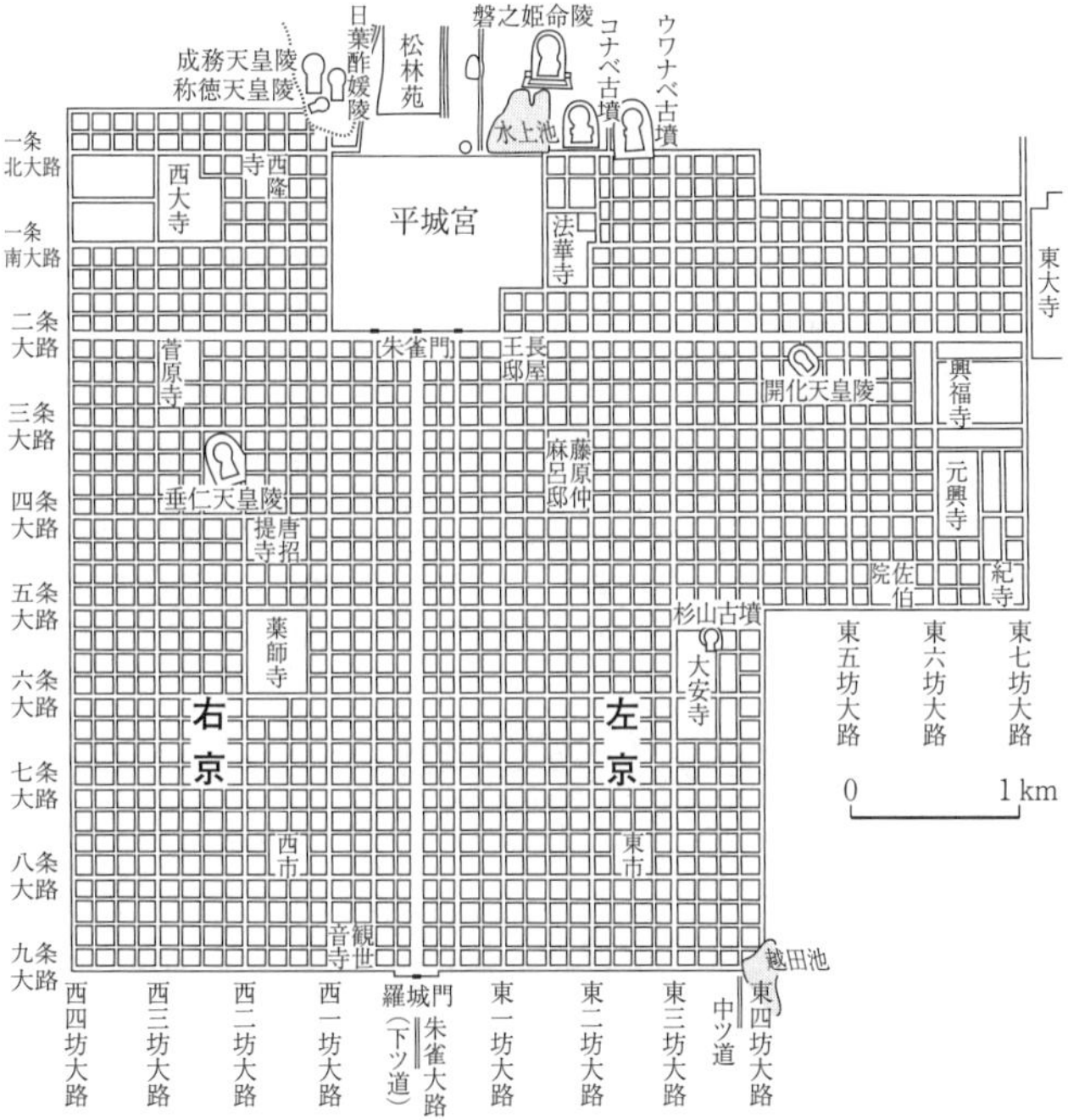
成務天皇陵
称徳天皇陵
日葉酢媛陵
松林苑
磐之姫命陵
コナベ古墳
ウワナベ古墳
水上池
一条北大路
一条南大路
二条大路
三条大路
四条大路
五条大路
六条大路
七条大路
八条大路
九条大路
西隆寺
西大寺
平城宮
法華寺
東大寺
朱雀門
長屋王邸
菅原寺
開化天皇陵
興福寺
藤原仲麻呂邸
垂仁天皇陵
元興寺
唐招提寺
佐伯院
紀寺
杉山古墳
薬師寺
大安寺
右京
左京
東五坊大路
東六坊大路
東七坊大路
0
1 km
西市
東市
観世音寺
越田池
西四坊大路
西三坊大路
西二坊大路
西一坊大路
羅城門
(下ツ道)
朱雀大路
東一坊大路
東二坊大路
東三坊大路
中ツ道
東四坊大路

平城京図

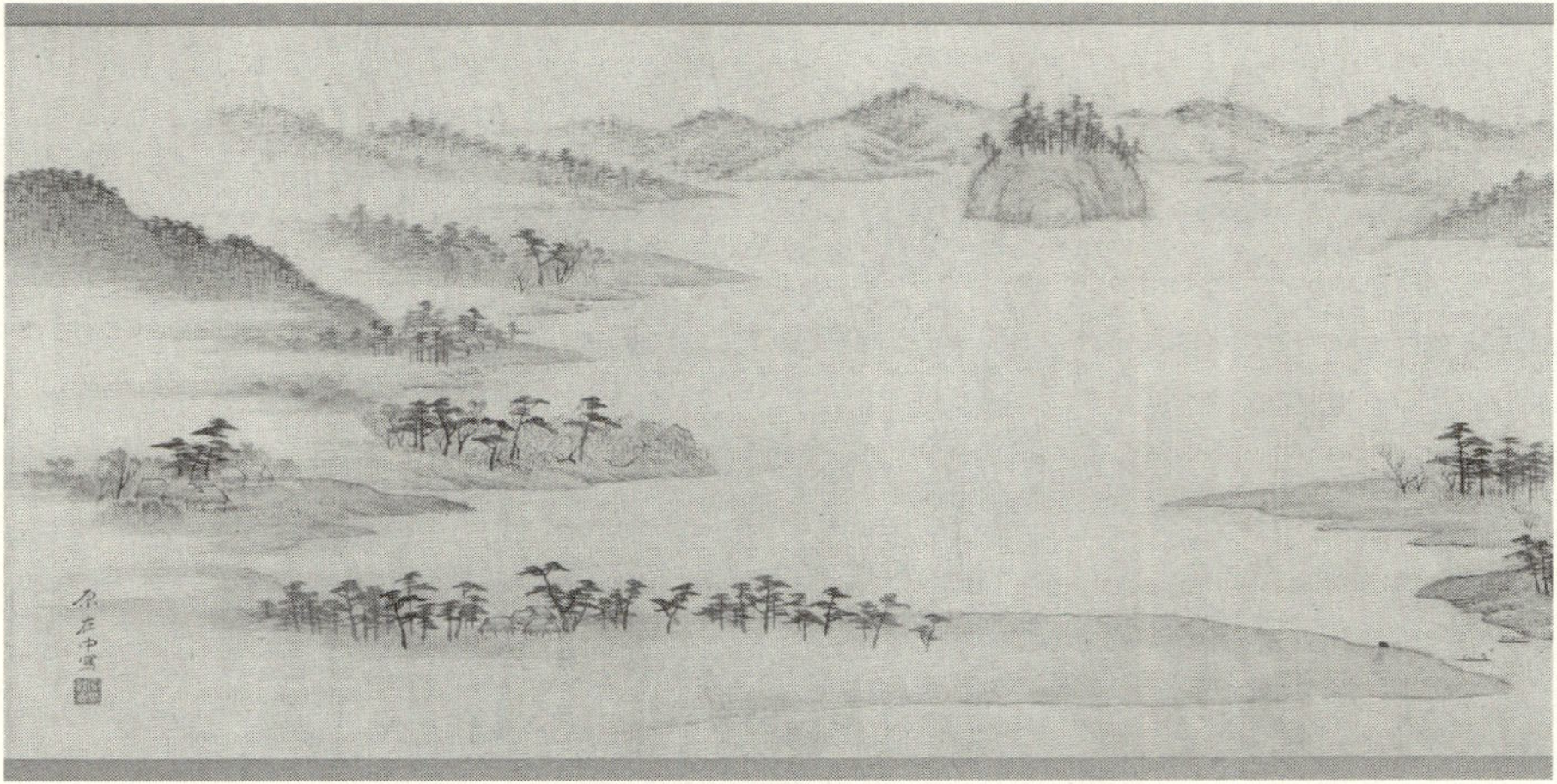

「布施湖八勝」(享和三年)より布施水海図

原在中画. 勝興寺蔵. 画面左端の山は二上山. その右下, 湖中に突き出ているのが「乎《を》布《ふ》の崎漕ぎたもとほり」(4037)と詠われた岬であろう. 「垂姫《たるひめ》の浦」「多祜《たこ》の崎」もその周辺か. 越中国府は画面の左下の方向にあった. 大伴家持らは, そこから「渋谿《しぶたに》の崎の荒磯」(3986), 「松田江《まつだえ》の長浜」(3991)を経て, 布施水海に遊んだ. 画面下の長い砂浜が「松田江」.

万葉集年表

一、天平二十年から天平宝字三年春までの記事と、関連する万葉集の作品(おおむね、巻十七から二十まで)を年代順に並べた。天平二十年春以前の年表は第一分冊に記載した。
一、記載した作品と記事は、時期を推定しえたものに限り、時期や作者に諸説がある場合は、本書の解釈に従った。
一、人名や作歌状況などは、適宜略述した。
一、記事は万葉集の題詞・左注などに基づき、関連事項は原則として、持統天皇十一年までは日本書紀、文武天皇元年からは続日本紀による。
一、時期が推定による記事は、冒頭に記号を付した。＊はその頃を、→はそれ以前を、←はそれ以後を示す。日付が未詳の場合、—で示した。西暦の年紀は推古天皇以降を記した。

(工藤力男)

西暦	和暦	天皇	万葉集作品・記事	関連事項
七四八	天平20 戊子	(聖武)	→三国五百国が伝誦した高市黒人の歌(四〇一六) 正月29日、大伴家持の歌(四〇一七-四〇二〇) *大伴家持が春の出挙に諸郡を巡行して作った歌(四〇二一-四〇二九) *大伴家持が鶯の鳴くのが遅いことを恨んだ歌(四〇三〇) *大伴家持が作った酒造りの歌(四〇三一) 3月23日、左大臣橘家の使者田辺福麻呂を大伴家持の館で饗した時、新作や古詠で思いを述べた福麻呂の歌(四〇三二-四〇三五) 24日の宴で、翌日の布勢水海遊覧への思いを述べて田辺福麻呂・大伴家持が作った歌(四〇三六-四〇四三) 25日、布勢水海への道中の馬上で誦した歌と、水海に遊覧して作った、田辺福麻呂・遊行女婦土師・大伴家持・久米広縄の歌(四〇四四-四〇五一) 26日、掾久米広縄の館で田辺福麻呂を饗した時、田辺福麻呂・久米広縄・大伴家持の歌(四〇五二-四〇五五) →元正上皇が難波に行幸したときの遊宴の席で、	3・22 藤原豊成、大納言を拝する。

上皇・橘諸兄・河内女王・粟田女王が作ったとして、田辺福麻呂が伝誦した歌(四〇五六-四〇六二)
*田辺福麻呂が伝誦した橘卿宅の御宴の歌に追和した大伴家持の歌(四〇六三-四〇六四)
→射水郡の駅館の柱に書き付けてあった山上臣の歌(四〇六五)
4月1日、掾久米広縄の館の宴で、大伴家持・遊行女婦土師・羽咋郡の擬主帳能登乙美が作った歌(四〇六六-四〇六九)
*国師の従僧清見が京に発つに際して饗宴した時、大伴家持が庭のなでしこを詠んで酒を送った歌(四〇七〇)
*郡司以下、その子弟が集まった会で大伴家持が作った歌(四〇七一)
*月光がゆったりして風がのどかな夜に大伴家持が作った歌(四〇七二)

4・21　元正太上天皇崩御。
6・4　藤原夫人薨去。

七四九
己丑 21

3月15日、越前国掾大伴池主から贈って来た歌(四〇七三-四〇七五)
同16日、大伴家持が報贈した歌(四〇七六-四〇七九)
*大伴坂上郎女から大伴家持に贈られた歌(四〇八〇-四〇八一)
4月4日、大伴家持が京に返した歌と所心(四〇八

2・2　大僧正行基没。
4・1　聖武天皇、東大寺に幸し、盧舎那仏に黄金の産出を報告。その宣命中に、「海行かばみづく屍、山行かば

(七四九)

天平感宝元

(聖武)

二-四〇八四)
5月5日、東大寺の占墾地使の僧平栄の饗宴で大伴家持が酒を送った歌(四〇八五)
同9日、少目秦石竹の館の宴で主人の作った百合の花縵を詠んだ、大伴家持・内蔵縄麻呂の歌(四〇八六-四〇八八)
同10日、大伴家持が独り室内でほととぎすの声を聞いて作った歌(四〇八九-四〇九二)
*大伴家持が英遠の浦に行った日に作った歌(四〇九三)
同12日、産金の詔書を賀して大伴家持が作った歌(四〇九四-四〇九七)
同14日、芳野離宮行幸の日のために大伴家持が予作した歌(四〇九八-四一〇〇)
同日、大伴家持が京の家に贈るために真珠を願った歌(四一〇一-四一〇五)
同15日、守大伴家持が史生尾張少咋を教え諭した歌(四一〇六-四一〇九)

草むす屍、王のへにこそ死なめ、のどには死なじ」の七句あり。従五位下大伴家持を従五位上に叙する。
4・14 黄金産出を賀して改元。藤原豊成、右大臣を拝する。

天平勝宝元

孝謙

同17日、少咋の妻が自ら来た時、大伴家持が作った歌(四一一〇)
閏5月23日、大伴家持が作った橘の歌(四一一一-四一一二)
同26日、大伴家持が作った庭の中の花の歌(四一一三-四一一五)
同27日、朝集使から帰任した久米広縄のために守の館で饗して大伴家持が作った歌(四一一六-四一一八)
*ほととぎすの声を聞いて大伴家持が作った歌(四一一九)
閏5月28日、上京して貴人美人と飲宴する日のために大伴家持が予作した歌(四一二〇-四一二一)
日照りが続いたのち、6月1日夕方、雨雲の気を見て大伴家持が作った歌(四一二二-四一二三)
同4日、降雨を喜んで大伴家持が作った歌(四一二四)
7月7日、大伴家持が作った七夕の歌(四一二五-四一二七)
11月12日、越前国掾大伴池主が贈って来た戯歌(四一二八-四一三一)
12月15日、大伴池主が更に贈って来た歌(四一三二-

7・2　聖武天皇が譲位し、皇太子阿倍内親王が即位(孝謙天皇)。この日改元。藤原仲麻呂を大納言とする。

(七四九)		(孝謙)	四一三三) 12月―、大伴家持が宴席で作った雪月梅花の歌(四一三四) *少目秦石竹の館の宴で大伴家持が作った歌(四一三五)	9・7 紫微中台の官位を定める。
七五〇	天平勝宝2 庚寅		正月2日、国庁で諸郡司等に饗を賜うた時、大伴家持が作った歌(四一三六) 同5日、判官久米広縄の館の宴で大伴家持が作った歌(四一三七) 2月18日、墾田地を視察して礪波郡の主帳多治比部北里の家に泊まった時、大伴家持が作った歌(四一三八) 3月1日夕方、大伴家持が庭の桃李の花を眺めて作った歌(四一三九-四一四〇)、飛び翔る鴫を見て作った歌(四一四一) 同2日、大伴家持が柳の枝を手にとって京を思った歌(四一四二) *大伴家持が堅香子草の花を引き折った歌(四一四三)、大伴家持が帰る雁を見た歌(四一四四-四一四五)、大伴家持が夜に千鳥の声を聞いた歌(四一四六-四一四七)、大伴家持が暁に雉の声を聞いた歌(四一四八-四一四九)、大伴家持が川を遡る船人の歌を遠く聞い	1・10 吉備真備を左降して筑前守とする。 2・4 出雲国造、神賀事を奏上。

た歌(四一五〇)
3月3日、大伴家持が自分の館の宴で詠んだ歌(四一五一-四一五三)
同8日、大伴家持が白い大鷹を詠んだ歌(四一五四-四一五五)
*大伴家持が鵜飼をした歌(四一五六-四一五八)
同9日、大伴家持が出挙の政務で旧江村に行き、途上の景色を見て作った歌と興を覚えて作った歌
　渋谿崎の巌上の樹を見て作った歌(四一五九)
　世の無常を悲しんだ歌(四一六〇-四一六二)
　予作した七夕の歌(四一六三)
　山上憶良の歌に追和して勇士の名を振るうことを願った歌(四一六四-四一六五)
同20日、大伴家持がほととぎすと時の花を詠んだ予作歌(四一六六-四一六八)
*妻が京の母に贈るため、大伴家持が頼まれて作った歌(四一六九-四一七〇)
立夏の節前日の23日、大伴家持がほととぎすの声を思って作った歌(四一七一-四一七二)
*大伴家持が京の丹比の家に贈った歌(四一七三)
3月27日、大宰の時の春苑の梅の歌に大伴家持

(七五〇) (天平勝宝2) (孝謙)

が追和した歌(四一七四)
*大伴家持がほととぎすを詠んだ歌(四一七五-四一七六)
*4月3日、大伴家持が大伴池主に贈った、ほととぎすを詠んだ歌と、感旧の思いを述べた歌(四一七七-四一七九)
*大伴家持がほととぎすを思う心を述べた歌(四一八〇-四一八三)
同5日、京の留女の女郎が贈って来た歌(四一八四)
*山吹の花を詠んだ歌(四一八五-四一八六)
同6日、大伴家持が布勢水海に遊覧して作った歌(四一八七-四一八八)
同9日、大伴家持が大伴池主に鵜を贈った歌(四一八九-四一九一)
同日、大伴家持がほととぎすと藤の花を詠んだ歌(四一九二-四一九三)、更にほととぎすの鳴くのが遅いことを怨んだ歌(四一九四-四一九六)
*妻が京にいる妹の留女の女郎に贈るために、大伴家持が頼まれて作った歌(四一九七-四一九八)
同12日、布勢水海に遊覧して多祜湾に船を泊め、藤の花を見て、大伴家持・内蔵縄麻呂・久米広縄・久米継麻呂が各々思いを述べて作った歌(四

一九九-四二〇二)、ほととぎすの鳴かないことを怨んだ久米広縄の歌(四二〇三)、折った朴柏の葉を見た僧恵行と大伴家持の歌(四二〇四-四二〇五)、帰途、浜に出た月を仰ぎ見た大伴家持の歌(四二〇六)

同22日、大伴家持が久米広縄に贈った、ほととぎすへの怨みの歌(四二〇七-四二〇八)

同23日、久米広縄が和した歌(四二〇九-四二一〇)

5月6日、家持が興によって処女の墓の歌に追和した歌(四二一一-四二一二)

*大伴家持が京の丹比の家に贈った歌(四二一三)

同27日、右大臣家藤原二郎の慈母の喪を弔った大伴家持の挽歌(四二一四-四二一六)

5月―、大伴家持が長雨の晴れた日に作った歌(四二一七)

同月、漁り火を見た歌(四二一八)

6月15日、大伴家持が萩の初花を見て作った歌(四二一九)

*京の大伴坂上郎女から大嬢に贈って来た歌(四二二〇-四二二一)

9月3日の宴で久米広縄・大伴家持が作った歌(四二二二-四二二三)

→10月5日に河辺東人が伝誦した、芳野宮に行

5・8　諸国に仁王経を講じさせる。

9・1　中納言石上乙麻呂薨去。

9・24　遣唐使を任じ、

(七五〇)		(孝謙)	幸した時に藤原皇后が作った年月未詳歌(四二二四) 10月16日、朝集使秦石竹にはなむけした時、大伴家持が作った歌(四二二五) 12月、雪の日に大伴家持が作った歌(四二二六) →藤原北卿の言葉をうけて三形沙弥が作ったものを伝え聞いて、久米広縄が誦した歌(四二二七-四二二八)	藤原清河を大使、大伴古麻呂を副使とする。
七五一	天平勝宝3 辛卯		正月2日、守の館の宴で大伴家持が作った歌(四二二九) 同3日、介内蔵縄麻呂の館で集宴した時、大伴家持・久米広縄・遊行女婦蒲生娘子・内蔵縄麻呂の歌(四二三〇-四二三四) →県犬養命婦が天皇に奉ったものを久米広縄が伝誦した歌(四二三五) →死んだ妻を悼んだ作者未詳歌を遊行女婦蒲生が伝誦した歌(四二三六-四二三七) 2月2日、国守の館で正税帳使久米広縄にはなむけする宴で大伴家持が作った歌(四二三八) 4月16日、大伴家持がほととぎすを詠んだ歌(四二三九) →越中大目高安倉人種麻呂が伝誦した歌 春日の神を祭った日、藤原太后が作って入	1・25 多紀内親王薨去。 2・22 出雲国造、神賀事を奏上。 4・4 遣唐使のため諸社に奉幣。 7・17 大伴家持、少納言に任ぜられる。

唐大使藤原清河に賜うた歌(四二四〇)、大使藤原清河の歌(四二四一)、藤原大納言の家で入唐使らに宴した日、主人藤原卿の作った歌、多治比土作、大使藤原清河の歌(四二四二-四二四四)、阿倍老人が唐に遣わされた時、母に奉った悲別の歌(四二四七)
8月4日、少納言に遷任された大伴家持が朝集使掾久米広縄に残した歌(四二四八-四二四九)
同日、介内蔵縄麻呂の館で餞別の宴が設けられた時、大伴家持が作った歌(四二五〇)
同5日、上京の途に就き、射水郡の大領安努広島の門前ではなむけの席が設けられた時、大伴家持が作った歌(四二五一)
*正税帳使から帰任する掾久米広縄と越前国の掾大伴池主の館で会って飲宴した時、久米広縄が萩の初花を見て作った歌、大伴家持が和した歌(四二五二-四二五三)
*京への途上で大伴家持が興を得て予作した侍宴応詔歌(四二五四-四二五五)
*左大臣橘卿をことほいで大伴家持が予作した歌(四二五六)
10月22日、左大弁紀飯麻呂の家で宴をした時、

10・23 聖武上皇の病により大赦。新薬師寺に続命法を修させる。

(七五一)	七五二
	天平勝宝4 壬辰
(孝謙)	
船王が伝誦した久迩京の時の作者未詳の歌(四二五七)、中臣清麻呂が伝誦した古京の時の歌(四二五八)、大伴家持が梨の黄葉を詠んだ歌(四二五九)	閏3月—、大伴古慈悲の家で入唐使等にはなむけして、多治比鷹主が副使大伴胡麻呂をことほいだ歌(四二六二)、大伴村上らが伝誦した作者未詳歌(四二六三) *勅して使を難波に遣し、入唐使藤原清河等に酒肴を賜うた歌(四二六四-四二六五) *詔に応ずるために大伴家持が予作した歌(四二六六-四二六七) *天皇・太后が大納言藤原家に行幸した時、命婦が誦した歌(四二六八) 11月8日、橘朝臣宅で宴をした時、太上天皇・左大臣・藤原八束・大伴家持の歌(四二六九-四二七二) 同25日、新嘗会の宴の時、巨勢朝臣・石川年足・文室智努・藤原八束・藤原永手・大伴家持の歌(四二七三-四二七八) 同27日、林王宅で但馬按察使橘奈良麻呂にはなむけした時、船王・大伴黒麻呂・大伴家持の歌(四二七九-四二八一)
11・7 吉備真備を入唐副使とする。 11・— 懐風藻、成る。	1・25 山口人麻呂を遣新羅使とする。 閏3・9 遣唐使に節刀を給い、大使以下に叙位。 4・9 東大寺盧舎那大仏が成って開眼供養。 6・14 新羅使、国書を呈上。 11・3 越後国との併合を解き、再び佐渡国を置く。

七五三	5 癸巳	正月4日、石上宅嗣家で宴会した時、石上宅嗣・茨田王・道祖王の歌(四二八二-四二八四) 同11日、大雪の日に大伴家持が思いを述べた歌(四二八五-四二八七) 同12日、内裏で千鳥の声を聞いて大伴家持が作った歌(四二八八) 2月19日、左大臣橘家の宴会で、折り取った柳の枝を大伴家持が見た歌(四二八九) 同23日、大伴家持が興によって作った歌(四二九〇-四二九一) 同25日、大伴家持が作った歌(四二九二) 5月―、大伴家持が山田土麻呂から聞いた、元正天皇が山村行幸の際に詠んだ歌と、それに和した舎人親王の歌(四二九三-四二九四) 8月12日、二三の大夫が壺酒を提げて高円野に登り、思いを述べて作った、大伴池主・中臣清麻呂・大伴家持の歌(四二九五-四二九七)	2・9 小野田守を遣新羅大使とする。 5・25 渤海使、拝朝。 7・27 薬師寺の仏足石成る。
七五四	6 甲午	正月4日、大伴氏族の人たちが家持宅に集まって宴をした時、大伴千室・大伴村上・大伴池主の歌(四二九八-四三〇〇) 同7日、天皇・太上天皇・皇大后が東の常宮の南大殿で宴をした時、安宿王が奏した歌(四三〇一)	1・16 唐僧鑑真ら八人、入唐副使大伴古麻呂に随って来日。

(七五四)		(孝謙)	3月19日、家持の庄の槻の樹の下で宴をした時、置始長谷と大伴家持の歌(四三〇二-四三〇三) 同25日、左大臣橘卿が山田御母宅で宴をした時、大伴家持が作った歌(四三〇四) 4月—、大伴家持がほととぎすを詠んだ歌(四三〇五) 7月—、大伴家持が天の川を仰いで作った七夕の歌(四三〇六-四三一三) 7月28日、大伴家持が作った歌(四三一四) *大伴家持が秋の野を思って作った歌(四三一五-四三二〇) *大原今城が朝集使として上総国から上京する時、郡司の妻女等がはなむけした歌(四四四〇-四四四一)	4・5 聖武上皇、光明皇太后、孝謙天皇、東大寺の盧舎那仏の前で鑑真によって受戒。大伴家持を兵部少輔に任ずる。 7・19 太皇太后藤原宮子、崩御。 11・1 大伴家持を山陰道巡察使に任ずる。
七五五	天平勝宝7 乙未		2月に交替して筑紫に遣わされた諸国の防人等の歌 6日、遠江国の防人の部領使が提出した歌(四三二一-四三二七) 7日、相模国の防人の部領使が提出した歌(四三二八-四三三〇) 8日、防人の悲別の心を痛んで大伴家持が作った歌(四三三一-四三三三)	1・4 勅によって七年を改めて七歳とする。

9日、大伴家持が作った歌(四三三四-四三三六)
同日、駿河国の防人の部領使が提出した歌(四三三七-四三四六)
同日、上総国の防人の部領使が提出した歌(四三四七-四三五九)
13日、大伴家持が拙懐を述べた歌(四三六〇-四三六二)
14日、常陸国の防人の部領使が提出した歌(四三六三-四三七二)
同日、下野国の防人の部領使が提出した歌(四三七三-四三八三)
16日、下総国の防人の部領使が提出した歌(四三八四-四三九四)
19日、大伴家持が防人の心になって作った歌(四三九八-四四〇〇)
20日、武蔵国の防人の部領使が提出した歌(四四一三-四四二四)
22日、信濃国から提出された歌(四四〇一-四四〇三)
23日、上野国の防人の部領使が提出した歌(四四〇四-四四〇七)
同日、防人の悲別の情を述べて大伴家持が作った歌(四四〇八-四四一二)

(七五五)		(孝謙)	*昔の防人の歌(四四二五-四四三二) 2月17日、大伴家持が作った歌(四三九五-四三九七) 3月3日、防人の検校を終えて勅使等と宴飲し、勅使安倍沙美麻呂・大伴家持が作った歌(四四三三-四四三五) *大原今城が伝誦した年月未詳歌 昔交替した防人の歌、先太上天皇のほととぎすの歌、薩妙観が詔に和した歌、内命婦石川朝臣が太上天皇の詔に応じて雪を詠んだ歌(四四三六-四四三九) 5月9日、大伴家持宅の宴で大原今城・大伴家持が作った歌(四四四二-四四四五) 同11日、左大臣橘卿が丹比国人宅で宴をした時、丹比国人と左大臣の歌(四四四六-四四四八) 同18日、左大臣が橘奈良麻呂宅で宴をした時、船王と大伴家持の歌(四四四九-四四五一) 8月13日、内の南安殿で宴をした時、安宿王と大伴家持の歌(四四五二-四四五三) 11月28日、左大臣が橘奈良麻呂宅で宴をして作った歌(四四五四)	9・— 東大寺戒壇院を建立。 10・21 聖武太上天皇の病によって大赦。合わせて殺生禁断の令。
七五六	天平勝宝8 丙申		3月7日、聖武太上天皇・孝謙天皇・光明皇太后が河内離宮への行幸の途次、河内国伎人郷の	2・2 左大臣橘諸兄致仕する。

西暦	干支・年	万葉集	事項
		馬国人の家で宴をした時、大伴家持と馬国人の歌(四四五七-四四五八) →大伴池主が朗誦した大原今城の歌(四四五九) *大伴家持が難波江の畔で作った歌(四四六〇-四四六二) 3月20日、大伴家持が興によって作った歌(四四六三-四四六四) 6月17日、大伴家持が族を諭した歌、病に臥して無常を悲しんで修道を願った歌、寿を願って作った歌(四四六五-四四七〇) 11月5日、夜、小雷して雪が庭を覆ったことに感じて大伴家持が作った歌(四四七一) 同8日、安宿王等が出雲掾安宿奈杼麻呂の家で宴をした時、奈杼麻呂と山背王の歌(四四七二-四四七三)、後日大伴家持が追和した歌(四四七四) 同23日、大伴池主宅の宴の時、大原今城の歌(四四七五-四四七六) →大原今城が伝誦した、智努女王の死を悲傷する円方女王の歌(四四七七)、大原桜井が佐保川の辺を行く時に作った歌(四四七八)、藤原夫人の歌(四四七九)、作者未詳の歌(四四八〇)	2・24 難波に行幸。この日、河内国智識寺の南の行宮に至る。 3・1 聖武太上天皇、堀江のほとりに行幸。 5・2 聖武太上天皇崩御。遺詔により道祖王を皇太子とする。 5・10 大伴古慈斐、淡海三船、朝廷を誹謗し、左右衛士府に拘禁される。 5・24 鑑真・良弁を大僧都に任ずる。
七五七	丁酉 9	3月4日、大原今城宅の宴で大伴家持が作った歌(四四八一)、大原今城が伝誦した、藤原執弓が播	1・6 橘諸兄薨去。 3・29 道祖王、廃太子。

(七五七)		天平宝字元	(孝謙)	磨介として赴く時に詠んだ歌(四四八二) 6月23日、大監物三形王宅の宴で大伴家持が作った歌(四四八三) *大伴家持が物色の変化を悲しんで作った歌(四四八四) *大伴家持が作った歌(四四八五) 11月18日、内裏で宴をした時、皇太子と内相藤原朝臣の歌(四四八六-四四八七) 12月18日、大監物三形王宅で宴をした時、三形王・甘南備伊香・大伴家持の歌(四四八八-四四九〇) →年月未詳の石川女郎の歌(四四九一) 同23日、大原今城宅の宴で大伴家持が作った歌(四四九二)	4・4 大炊王(後の淳仁天皇)、立太子。 5・20 藤原仲麻呂を紫微内相とする。養老律令施行を命ずる。 6・16 大伴家持を兵部大輔に任ずる。 6・28 橘奈良麻呂の変発覚。 7・12 右大臣藤原豊成を大宰員外帥に左降する。 8・18 この日、改元。天平勝宝九歳を天平宝字元年とする。
七五八	2 戊戌			正月3日、内裏の宴で諸王卿が歌を詠んだ時、大伴家持が作った歌(四四九三) *七日の侍宴のために大伴家持が予作した歌(四四	

西暦	干支・年	天皇	万葉集	事項
			九四) 正月6日、内庭に仮に樹木を植えて帷にした宴で、大伴家持が作った歌(四四九五) 2月—、中臣清麻呂宅で宴した大原今城・中臣清麻呂・大伴家持・市原王・甘南備伊香・御方王の歌(四四九六-四五一三) 同10日、内相宅で渤海大使小野田守等のはなむけの宴をした時、大伴家持が作った歌(四五一四) 7月5日、大原今城宅で因幡国守大伴家持のはなむけの宴をした時、家持が作った歌(四五一五)	2・20 みだりに飲酒・集会することを禁ずる。 6・16 大伴家持を因幡国司とする。 8・1 孝謙天皇譲位。皇太子大炊王即位(淳仁天皇)。 8・25 藤原仲麻呂を大保に任じ、恵美押勝の名を賜う。 12・24 渤海使入京。
七五九	己亥 3	淳仁	正月1日、因幡国庁で国の郡司等に饗した時、大伴家持が作った歌(四五一六)	1・1 渤海使、参列して朝賀する。

［解説5］
万葉集の歌を学ぶ人々

山崎福之

一　万葉集を学ぶ

奈良時代末期にまとめられたと考えられる万葉集は、平安時代前期の十世紀半ばに短歌体を中心に訓み解かれ始め、ようやくその内容が広く知られるようになっていった。それ以来、万葉集は様々に試みられた訓読を伴う写本の形で伝来するとともに、個々の万葉集歌は勅撰集、人麻呂集・赤人集・家持集などの私家集、古今和歌六帖などの私撰集、また源氏物語などの物語や平安後期以降に著された数々の歌論書などに引用されて幅広く流布し、和歌を学ぶ人々の間に深く浸透していった。和歌を引く古文献において、万葉集への言及、万葉集歌（一部の語句を含めて）の引用が全くないものはないだろう。そう言えるほどに、万葉集は日本文学の中に深く根付いていったと考えられる。

ここでは江戸時代までの古典文学史において、実際に万葉集（写本、版本、または注釈書）を手にとって読んだか、あるいは万葉集歌を古文献を通して見たか、そのいずれかに拘わらず、そこから学び取った知識と歌のあり方を自らの作品の糧とした人々の足跡の一部を概観して、万葉集が読み継がれ学ばれていった歴史の一端を記すこととしたい。

二　万葉集における古歌と追和　大伴家持

[解説2]で述べたように、万葉集はおよそ百三十年間に詠まれた歌の集成と言ってよいものである。したがって、万葉集内部で以前に詠まれた歌を「古歌」として認識していたであろうことが予想され、それは実際に確かめられる。本冊に収録した巻第十八の冒頭にある「古詠」がそれに当たる(四〇三五番歌が一九五五番歌であり、四〇四一番歌が一九〇〇番歌でもあることなど)。過去の歌が記録と記憶、両様の形で継承されており、それを「古歌」として朗誦する場があったのである。第四冊に収めた巻第十五の遣新羅《しらき》使一行の歌の中に、同じく瀬戸内海航行の折の作と見られる柿本人麻呂《かきのもとのひとまろ》の歌が朗誦された古歌として載せられていることも、その一例である。

そうした「古歌」の継承を、単に朗誦するというに留まらず、自覚的に自らの歌作に取り入れていた歌人の代表が大伴家持《おおとものやかもち》であったと言えるだろう。追和という形で過去の歌に和することは、山上憶良《やまのうえのおくら》の結び松の歌(一四五)などしばしば見られるが、父旅人《たびと》の主催した梅花宴の歌(八一五-八四六)への追和(四一七四)、山上憶良の立名の歌(九七八)への追和(四一六四-四一六五)、高橋虫麻呂《たかはしのむしまろ》の菟原処女《うないおとめ》の墓の歌(一八〇九-一八一一)への追同(四二一一-四二一二)など、家持は折に触れて(興に依りて)いくつもそうした歌作をなしている。

また追和とはしていないものの、例えば越中《えっちゅう》での二上山《ふたがみやま》賦(三九八五-三九八七)や立山《たちやま》賦(四〇〇〇-四〇〇二)には、明らかに山部赤人《やまべのあかひと》や高橋虫麻呂の富士山歌(三一七-三一八・三一九-三二一)が意識されている。また数々の長大な長歌を詠んだことも柿本人麻呂の行幸歌群・挽歌群に倣うものであったろう。家持自身、歌は「山柿《さんし》の門」に学ぶべきものと考えていたようである(三九六九前文)。「山柿」、すなわち柿本人麻呂と山部赤人(あるいは山上憶良か)の歌を代表的なものとしつつ、前代の歌の集積が家持の手許にあって、それらの歌からの学びが行われていたであろうことは容易に想像できることである。家持こそは、まさしく「万葉集を学んだ最初の歌人」であったと言っても過言ではない。このように学んだ人であったこともまた万葉集の編纂者と目されるゆえんでもある。

三　平安時代の読み解きと流布　源順と源氏物語

十世紀半ば、編纂時からおよそ百数十年後に、源順《みなもとのしたごう》を筆頭とする梨壺《なしつぼ》(和歌所)の五人によって、万葉集に初めて訓みが施されたことは、[解説1]で述べた。そしてその時に付けられた訓を古点と呼ぶものの、それを伝える写本は知られていないことを第二冊の「諸本解説」で述べた。その後の平安後期の次点、鎌倉期の新点を経て、現代に至るまでの千年に及ぶ試行錯誤の末の、一つの見解が本文庫の訓であることもすでに説明してきた。源順たちの訓は、万葉集に最も近い時代の考証の成果とはいえ、すでに平安時代までの言語変化を受けた末での考察であったがために、詳しく数え上げてはいないが、現在は顧みられなくなってしまっている訓も多くあると見られる。

では源順らは結局万葉集を読めなかったのかというと、そうとも言い切れない。彼らは確かに万葉集の読者であった。訓を付ける作業を続けながら、彼らはその歌のあり方と自らの歌人としての詠み方との関係を絶えず意識していたに違いない。源順には次のような連作がある(源順集)。

古万葉集の中に沙弥《さみ》満誓《まんぜい》がよめる歌の中に、世の中をなににたとへんといへることをとりて、かしらにおきてよめる歌十首

世の中を何にたとへんあかねさす朝日さすまの萩の上の露(以下九首略)

これは万葉集巻第三の沙弥満誓の作(万葉集歌に＊を付す。以下同じ)、

＊世の中を何に譬《たと》へむ朝開《びら》き漕《こ》ぎ去《い》にし船の跡《あと》なきごとし(三五一)

を踏まえたものである。この沙弥満誓歌は世の無常を象徴する歌として後々も広く流布したと見られ、古今和歌六帖・拾遺和歌集・和漢朗詠集・三宝絵などに収められた。鴨《かもの》長明《ちょうめい》も方丈記の中で、自らの隠遁生活の風情を叙するに際して、この歌の表現を巧みに活用して描写している。ただそれらの結句は「跡の白波」となっており、原文「跡無如」を誤読した万葉集写本、もしくは原文を載せず訓のみを記す文献からの引用であったろう。その誤読が源順らの古点であった可能性もある。しかしいずれにせよ、源順が沙弥満誓歌を読み、その無常観の表現を受け入れて、自らの感情の発露としたことは疑いない。この連作が生まれた応和元年(九六一)、源順は相次いで子を失い無常の涙にく

れていたのである。源順がこの上ない悲しみの中で繰り返し世の無常を嘆いたのは、沙弥満誓の歌によってであり、その表現を用いることは彼らが読み解いた万葉集から得られた学びを生かそうとする意思の顕れでもあったのではないだろうか。

冒頭でも触れたように、後に編まれた歌集をはじめとするさまざまな古文献に万葉集から多くの歌句が引用されることとなった。そのために、万葉集の歌やその特徴を示す語句が見られても、万葉集から直接採られたとは限らない。その個々の事例ごとに歌の広がりのあり方を想定しながら推測していくことになるのであり、そのあり方こそがそれぞれの時代における万葉集享受の実態を反映していると考えることができる。しかしながら、その実態は極めて複雑であり、その細部までをここで明らかにすることはできない。ここでは万葉集の歌や語句がいかに後世の作品の表現に援用されているかを見るという視点で指摘するに留めることとする。

万葉集歌を利用する物語の一例として源氏物語を見てみよう。

光源氏はわずか十歳の姫君若紫への思いを籠め和歌を添えた文を祖母の尼君に送り、これに尼君が応える。源氏が「あさか山という名のように浅くはその人(紫の上)を思いもせぬに、どうして山の井に映る影のように、かけ離れていることであろう」と問いかけると、尼君は「汲んでみて後悔したと聞いた山の井が浅いように、浅い心のままでどうして影を見る(紫の上に会う)ことができるのか、本気の妻問いなのですか」と怪しむ(新日本古典文学大系所収本の注による)。

御文にもいとねむごろに書い給ひて、例の中に「かの御放ち書なむ、なほ見給へまほしき」とて、

(源氏)　あさか山あさくも人を思はぬになど山の井のかけ離るらむ

御かへし、

(尼君)　汲みそめてくやしと聞きし山の井の浅きながらや影を見るべき(若紫巻)

光源氏が北山で若紫を見初めるという、よく知られた場面である。妻問いの場での男女の贈答歌の定型とも言えるやりとりが見られる。光源氏の「あさか山」の歌が、

*安積山《あさかやま》影さへ見ゆる山の井《ゐ》の浅き心を我《わ》が思《おも》はなくに(三八〇七)

に拠っていることは明白である。ただ、この歌は古今集仮名序において「難波津《なにわづ》の歌」とともに歌の父母として並称される著名な歌でもある。つまり万葉集と古今集、どちらに拠ったかが明確にはならない。一方、尼君の返歌の方は古今和歌六帖(二 山の井)の次の歌に基づいて詠まれている。

くやしくぞ汲みそめてける浅ければ袖のみ濡るる山の井の水

そしてその古今和歌六帖の同じ項(二 山の井)に「あさか山」の歌も採録されていたのである。つまり源氏物語には直接万葉集や古今集からではなく古今和歌六帖から引かれた、と推測することができる。十世紀後期において万葉・古今・後撰という三歌集の歌を中心に主題別に編まれた古今和歌六帖が、以後の古歌利用のための至便の手引きとして大きな役割を果たしたであろうことの一端を示す例と言ってよかろう。そのことは作者ばかりではなく、作者が想定する読者にとっても当然のこととして認識されていたと考えられる。

また歌一首ではなく一語句を示すだけで、その歌全体を想起させる効果を発揮している例もあり、それはここで想定している万葉集歌の広がりを示すものでもある。

一例を挙げてみよう。藤壺との密会と若宮の誕生という、この上なく心に深く重くわだかまる物思いの慰めにと、若紫のいる西の対に源氏が足を運ぶ場面である。源氏は若紫の可愛らしい寝姿に心和むのだが、宮中から戻ってすぐに訪ねなかったことに少しすねている様子で、おいでと呼んでも起きずに「入《い》りぬる磯の」と口ずさんで口を袖で押さえた、その様子がとても可愛らしいというのである。

愛敬《あいぎやう》こぼるるやうにて、おはしながら疾《と》くも渡り給はぬ、なまうらめしかりければ、例ならず背き給へるなるべし、端の方につい居て、こちや、と宣へどおどろかず、入りぬる磯の、と口すさびて、口おほひしたまへるさま、いみじうざれてうつくし。（紅葉賀巻）

「入りぬる磯の」とは、次の歌の第二句である。

＊潮満《み》てば入りぬる磯の草なれや見らく少なく恋ふらくの多き(一三九四)

「草なれや」以下は知っていてもわざと口を覆って言わず、その思いを暗に訴えかけたのである。「お会いできるのはわずかで、恋しい時が多い」、そんな男の訪れを待つ女の心境を吐露した歌を、まだ少女の若紫が口ずさんだ、それが光源氏の心にどれほどの喜びをもたらしたことか。少女の恥じらいを古歌の巧みな活用によって表したと言ってよい。この歌も万葉集のみならず、古今和歌六帖、拾遺集にも見えている。前述の「あさか山」の歌と同様に世に広く浸透していたと推測されるが、一句だけを示すことによる表現効果の大きさは、この歌がいかに人口に膾炙していたかを端的に物語っている。

また別に、万葉集への意識がより強く認められる歌がある。故桐壺院《きりつぼいん》在世の頃を偲んで麗景殿女御《れいけいでんのにょうご》と懐旧談にふける源氏は、古歌を口ずさみつつ、橘《たちばな》の香にひたり、ほととぎすの声を聞いて詠みかける。

いかに知りてか、など、忍びやかにうち誦《ずん》じ給ふ、
　橘の香をなつかしみほととぎす花散《はなち》る里をたづねてぞとふ(花散里巻)

「いかに知りてか」は、これも古今和歌六帖(五　物がたり)に見える、

　いにしへの事語らへばほととぎすいかに知りてか古声のする

を引いて、昔の訪れをなつかしむ心を示すもの。それに続く「橘の香」の歌は、古今集の、

五月《さつき》待つ花橘の香をかげば昔の人の袖の香ぞする

に拠るとされている。しかし、麗景殿女御の名であると同時に巻名ともなった「花散里」という語の由来は、万葉集に求められるのである。

＊橘の花散る里のほととぎす片恋しつつ鳴く日しそ多き(一四七三)

大伴家持の父である大伴旅人が大宰帥《だざいのそち》在任中に妻を亡くした時に詠んだ歌である。橘の花を亡妻に、自らをほととぎすに譬えて、亡妻を偲ぶ心を「片恋に鳴く(泣く)」と表現したもの。これもまた古今和歌六帖(六　ほととぎす)に収載されていた。ただ、そこには旅人の歌であることも記されており、元は万葉集であることは明らかであったと考えられる。古今和歌六帖の「ほととぎす」の項に収められた歌の中からこの歌を選び取り、

昔をなつかしみ、ゆかりの人を訪ねる光源氏の心を表すための歌として、「花散里」の語を生かそうとした紫式部《むらさきしきぶ》の表現意図を想定することもできるだろう。

源氏物語に関しては古今和歌六帖に重点を置いて推測した。一方、紫式部が万葉集の写本を直接目にしていたことも考えられている。それは零落した末摘花《すえつむはな》の暮らしぶりの描写(末摘花巻)に、後世の古文献には引かれていない山上憶良の「貧窮問答歌」(八九二・八九三)の表現を利用していることが推定されるからである(小川靖彦『万葉集と日本人』角川選書)。源氏物語では万葉集と平安諸歌集との間を往き来しつつ自在な表現が試みられたことを確認しておきたい。

四　鎌倉・室町時代の展開　源実朝と藤原定家、謡曲の役割

世の中は常にもがもな渚《なぎさ》漕ぐ海士《あま》の小舟《をぶね》の綱手《つなで》かなしも

百人一首に収められ世に知られた歌である。作者は鎌倉右大臣、源実朝《みなもとのさねとも》。百人一首の他の歌と比べてみると、「常にもがもな」や「かなしも」の表現に特徴があり、平安時代の歌とは違う古風な印象を受ける。そのやや古めかしい表現が目立つことを以て、

実朝の歌を評して俗に「万葉調」とも言われることがある。実朝の家集である金槐《きんかい》和歌集を見ると、同様の「万葉調」の歌がいくつも載せられているのがわかる。

木のもとに宿りはすべし桜花散らまく惜しみ旅ならなくに
あをによし奈良の山なる呼子《よぶこ》鳥《どり》いたくな鳴きそ君も来なくに

また明らかに万葉集歌を本歌として詠んだ歌も多い。

大海の磯《いそ》もとどろに寄する波割れて砕けて裂けて散るかも
*伊勢《いせ》の海の磯もとどろに寄する波畏《かしこ》き人に恋ひわたるかも（六〇〇）
夕《ゆふ》されば霧立ち来らし小倉山《をぐらやま》やまのとかげに鹿ぞ鳴くなる
*夕されば小倉の山に鳴く鹿は今夜《こよひ》は鳴かず寝《い》ねにけらしも（一五一一）
天の川霧立ちわたる彦星《ひこほし》の妻迎《むか》へ船《ぶね》はやも漕がなむ
*彦星し妻迎へ船漕ぎ出《づ》らし天の川原《かはら》に霧の立てるは（一五二七）
君に恋ひうらぶれをれば秋風になびく浅茅《あさぢ》の露ぞ消《け》ぬべき
*君に恋ひうらぶれ居《を》れば敷《しき》の野の秋萩《あきはぎ》しのぎさ雄《を》鹿鳴くも（二一四三）

鎌倉時代の歴史書である吾妻鏡《あずまかがみ》の建暦三年(一二一三)十一月条によれば、実朝は和歌の師匠であった藤原定家《ふじわらのていか》に万葉集の写本の贈与を願い、定家がこれに応えて一本を贈ったことが知られる。それは鎌倉右大臣家本と称せられ、近年確認された写本である広瀬本がその系統に連なる本であることが明らかとなっている。鎌倉右大臣家本そのものが実朝の死後どのように継承されたかは明らかではないが、鎌倉中期に仙覚《せんがく》の行った校訂の影響を受けないままに書写を経たと見られ、広瀬本はいわゆる新点が見られない写本、すなわち平安時代までの訓みを伝える写本であり、しかもほぼ完本であるという、非常に貴重な存在であると言えるのである。そうした経緯を考えてみれば、実朝が万葉集を自らの詠作の範としたことが、貴重な写本の現存に大いに貢献したことにもなる(第二冊「諸本解説」参照)。

実朝は定家を師としながらも、古今調、新古今調ばかりではなく、万葉調の歌を多く詠んだ。定家もまた、「世の中は」の歌を自らが撰者となった新勅撰集に選び入れ、かつ百人一首にも実朝の代表歌として採り、さらには自らもこの歌を本歌として一首を詠んでいる。

綱手引くちかの塩竈《しほがま》繰り返しかなしき世をぞ恨み果てつる（名号七字十題和歌）

定家は万葉集、三代集、後拾遺集の歌の語句を抜粋した書『五代簡要』を編み、それに幾度も手を入れるなど、万葉集にも大きな関心を払っていたことが知られている。新古今和歌集の編纂という、平安和歌からの脱却を図って新たな美意識の創造を志す事業を進める過程にあった定家の、万葉集への評価がどのようなものであったかを考えていく上で、実朝の万葉集理解の様相を検証していくことも意義あることと考えられるのである。

中世における万葉集を含む古典和歌の受容を考える時に、能（謡曲）を措くことはできないであろう。万葉集をそのまま取り入れたり、多少改変して取り込んだりする例がいくつも知られる。本文庫の注釈に示した例を含めていくつか挙げよう。

乱れ心か恋草《こひぐさ》の　力車《ちからぐるま》に七車《ななくるま》　積むとも尽きじ　重くとも引けや（百万）

*恋草を力車に七車積みて恋ふらく我が心から（六九四）

名にし負ふ難波津の　歌にも大宮の　内まで聞こゆ網引《あび》きすと　網子《あご》とととのふる

海士《あま》の呼声と詠みおける　古歌をも引く網の（芦刈）
＊大宮の内まで聞こゆ網引すと網子《あご》ととのふる海人の呼び声（二三八）
東路《あづまぢ》の　佐野の船橋《ふなはし》取り放し　親し離《さ》くれば　妹に逢はぬかも（船橋）
＊上野《かみつけの》佐野の船橋取り放し親は離くれど我《わ》は離《さか》るがへ（三四二〇）
奈良坂の　児手柏《このてがしは》の　二面《ふたおもて》　とにもかくにも　ねぢけ人の（百万）
＊奈良山の児手柏の両面《ふたおも》にかにもかくにも佞人《ねいじん》が伴《とも》（三八三六）
げにや船ぎほふ　堀江の川の水際《みなぎは》に　来居《きゐ》つつ鳴くは　都鳥《みやこどり》（隅田川）
＊舟競《ふなぎほ》ふ堀江の川の水際に来居つつ鳴くは都鳥かも（四四六二）

万葉集に詠われた多くの地名が歌枕として浸透し、掛詞に利用されることも珍しくない。

名のみはいはしろ〈言はじ・岩代〉の　まつ〈松・待つ〉の言の葉取り置き（錦木）
あさまには何といはしろの　まつことありや有明の（右近）
＊岩代の浜松《はままつ》が枝《え》を引き結《むす》びま幸《さき》くあらばまたかへりみむ（一四一）

「岩代の松」がこの有間皇子《ありまのみこ》歌を通して技巧の定型となって用いられているのである。

そもそも謡曲の詞章が古典和歌の語彙を自在に取り入れて構成されていることを考えれば、一々の典拠を挙げるまでもないとも言える。もとより万葉集歌も謡曲作者が直接万葉集を繙《ひもと》いて取り入れたものではなく、先に挙げたような様々な文献に引かれた形を見て詞章を成した結果に過ぎない。しかし、原拠に遡れば確かに万葉集に行き着く語句がいくつも見られるのである。また歌一首の形を離れて、万葉集歌の句を多彩に変化させ、文脈に即して入れ替え組み替えて遅滞なく構成していく技巧を見出すこともできる。

一葉万里《ばんり》の船の道　ただ一帆《いっぱん》の風に任す　夕べの空の雲の波　月の行方に立ち消えて　霞《かすみ》に浮かむ松原の（屋島）

*天《あめ》の海《うみ》に雲の波立ち月の船星《ほし》の林《はやし》に漕ぎ隠《かく》る見ゆ（一〇六八）

ここでそのまま重なる語句は「雲の波」だけではあるが、「船・月・立ち」をちりばめて海上の春景色の情景描写を構成し、「漕ぎ隠る」を「立ち消えて」に言い換える形で万葉集歌の趣を取り入れることに成功していると言えよう。

ここでは謡曲の多彩な受容の一端を紹介したに過ぎないが、中世以降の幅広い階層への流行を顧みれば、万葉集以来の古典和歌の流布と浸透において、謡曲の果たした役割は極めて大きいものであった。

五　江戸時代の地方歌人　良寛、平賀元義、橘曙覧

近世、国学の発展とそれを支えた一因でもある出版事業の急速な発達が古典文学の受容にもたらした影響は計り知れない。それにより万葉集への理解が広がるとともに、万葉集の影響を強く受けて、その詠みぶりを自己の作歌に反映させた人々が地方にも輩出した。そのことはそれまでの時代とは異なった大きな特色と言えよう。その人々は万葉集歌を諸書における引歌として読んでいたのではない。明らかに版本や注釈書を通して直接万葉集そのものを読んでいたことが何よりも重要である。ここでは地方においてそれぞれ万葉集の受容を通して独自の作歌活動を行った三人の歌人、越後《えちご》出雲《いずも》崎《ざき》の禅僧良寛《りょうかん》（一七五八―一八三一）、備前《びぜん》岡山藩の人平賀《ひらが》元義《もとよし》（一八〇〇―六五）、越前《えちぜん》福井藩の人橘　曙覧《たちばなのあけみ》（一八一二―六八）の詠歌を概観してみよう。

良寛ほど親しまれた禅僧は少ないであろう。代々の名主兼神職の家の長子に生まれな

がら十八歳で出家、二十二歳で故郷を出て備中《びっちゅう》玉島の円通寺で修行、その後三十代後半には越後に帰って国上山《くがみやま》中腹の五合庵に居住、後に山麓の乙子《おとご》神社境内に、さらに近郊の島崎の木村家に移った後に示寂《じじゃく》した。次の良寛の歌は児童書にも載せられ広く知られた。

霞《かすみ》立つ長き春日に子どもらと手まりつきつつこの日暮らしつ
　この里に手まりつきつつ子どもらと遊ぶ春日は暮れずともよし

伸びやかで穏やか、平易でありながら情景を浮かび上がらせる表現は、良寛の人柄そのままのものとして、受け止められている。万葉集に親しんだ目で見れば、これらの歌が、

*春の野に心延《の》べむと思ふどち来《こ》し今日《けふ》の日は暮れずもあらぬか(一八八二)
*我が背子《せこ》と二人し居《を》れば山高《やまたか》み里には月は照らずともよし(一〇三九)

などの表現を学んだものと感じられよう。良寛は五合庵時代から万葉集への傾倒を深めたことが知られており、晩年に至ってますますその傾向を強めたことが、残された書簡

や周辺の人々の記録などから明らかとなっている。中でも十八世紀末以降の歌人たちにとっての万葉集読解の基本となった『万葉集略解《りゃくげ》』(文献解説・注釈書の項を参照)を手にとって、それを万葉集を学ぶ基礎としていたのである。

今に残る良寛の歌の数々を見ると、それらのすべてが万葉集の語句に拠るものではなく、古今集以下の八代集や西行《さいぎょう》の山家集《さんかしゅう》にも類似の表現は散見している。『傘松道詠《さんしょうどうえい》』(道元《どうげん》)もまた宗祖の詠歌として当然学んでいたはずである。しかし、万葉集を髣髴とさせる歌が抜きん出て多いことも事実である。初めに挙げた「手まりの歌」と同様に、良寛歌と万葉集歌を見比べてみれば、表現と語句を取り入れた歌をいくつも容易に挙げうるであろう。

かからむとかねて知りせば玉鉾《たまほこ》の道行き人に言づてましを
*かからむとかねて知りせば大御《おほみ》船《ふね》泊《は》てし泊《とま》りに標結《しめゆ》はましを(一五一)
いにしへにありけむ人もわが如やものの悲しき世を思ふとて
*古《いにしへ》にありけむ人も我《わ》がごとか妹《いも》に恋ひつつ寝《い》ねかてずけむ(四九七)
月読《つくよ》みの光を待ちて帰りませ山路《やまぢ》は栗のいがの繁きに
*月読《つくよみ》の光に来《き》ませあしひきの山き隔《へな》りて遠からなくに(六七〇)

「かからむと」は亡き人を追悼する歌、「いにしへに」は無常と世の転変を詠い、「月読みの」は月夜に友人を送る歌で、それぞれ万葉集の歌意を襲って詠んだものである。

また長歌を数多く残していることも万葉集に親しんだ証《あか》しと言ってよい。全句を挙げることは煩雑なために省略するが、柿本人麻呂や山上憶良の作に倣うところが顕著である。

風まじり　雪は降りきぬ　雪まじり　風は吹ききぬ　このゆふべ　起きゐて聞けば
かりがねも　天つみそらを　なづみつつゆく（雪の雁）

鉢の子は　はしきものかも　今日よそに　おきてしくれば　立つらくの　たづきも
しらず　居《を》るらくの　すべをもしらず　夏草の　思ひしなえて……（鉢の子）

最も長大な作は釈迦本生譚の一つとして名高い「月の兎」の説話を詠んだ二首である。この説話は今昔物語集（巻五）の「三獣行《ジ》二菩薩《ノ》道《ヲ》一、兎焼《ケル》レ身《ヲ》語《コト》第十三」にも見えており、仏教者にはよく知られていたと思われる。その内の一首「月の兎を詠める」の一部を挙げると、

猿《まし》と兎《をさぎ》と　狐《きつに》とが　言《こと》をかはして……兎うからを(兎は仲間を)　たまくらく(いっわって言うには)　猿は柴を　折りて来よ　狐はそれを　焚《た》きてたべ　(猿と狐が兎の)任《ま》けのまにまに　なしつれば　(兎は)炎に投げて　あたら身を　旅人の贄《にへ》と　なしにけり……(旅人は)元の姿に　身をなして　(兎の)骸《から》をかかへて　ひさかたの　天つみ空を　かき分けて　月の宮にぞ　葬《はふ》りける

旅の老人に与える食物を三獣の中で兎だけが得られず、自分の肉を与えようと自ら火に身を投げた(捨身の行となった)こと、そしてその旅の老人は実は帝釈天《たいしゃくてん》の化身であり、兎の亡骸を月世界に連れていったこと。釈迦の前世(兎)での逸話のままになめらかに、万葉集の語句(任けのまにまに、など)や古語をちりばめつつ、巧みに五七調から七五調へと変調し、物語を平易に説く長歌を詠み上げたものである。良寛が万葉集をよく学びえたことを示す好例と言ってもよいであろう。

また「答山上憶良令反惑情歌」と題する長歌は、憶良の「或《まど》へる情《こころ》を反《かへ》さしめし歌」(八〇〇)に答える形で、出家脱俗の禅僧としての立場から憶良に反論した歌である。その末尾は「ことわりなれや　否をかも　いかにやいかに　山の上の憶良」とあって、反論とは言いながら、戯れの気分も読みとれる。脱俗の僧良寛の面目躍如たる歌である。

こうした歌作の習熟の末に詠み得たと言われる歌を最後に挙げておこう。

やまかげの岩間をつたふ苔水《こけみづ》のかすかにわれはすみわたるかも

山里での隠棲生活の楽しみを問われて答えたという。西行の「山陰の岩根の清水立ち寄れば心の内を人や汲むらむ」や、「とくとくと落つる岩間の苔清水汲み干すほどもなき住居《すまひ》かな」に倣っているが、万葉集の寄物陳思歌に多い、第三句までを序詞とする形を生かし、かつその序詞自体を自らの生き方の象徴ともして詠んだ歌であり、禅僧としての良寛の代表作と言われている。

平賀元義は備前岡山藩の中老池田家の家臣平尾家の出であるが、家督を弟に譲り、他家の養いを受けながら、文武の諸道を学び、古書の書写や閲覧、そして作歌にいそしんでいた。生来、天衣無縫とも狷介奇矯《けんかいききょう》とも言われる人であったようである。数々の歌には、その些事《さじ》に囚《とら》われない性格が色濃く反映していると言えよう。存命中は世に知られず、没後に知られるに及んで「吾妹子《わぎもこ》歌人」と呼ばれるほどに、多くの歌に妻のこと、遊女のことを「吾妹子」と詠み込んでいることも、その性格の一つの現れと言ってよい。

三十三歳にして藩籍を脱して岡山を去り、中国地方を放浪して古学の学びを続け作歌を重ねた。賀茂《かもの》真淵《まぶち》を追慕しながらも師事せず、独学で古学を修めた。自らは歌作を余技としていたようであるが、折々の歌数百首が知られている。その特徴は、万葉集の語彙を巧みに取り込んだ表現に尽きると言ってもよい。幅広く古典和歌を見てということではなく、ほぼ万葉集歌に倣《なら》った表現に終始していると言え、万葉仮名で表記された歌も散見する。

妹《いも》と二人 暁 露《あかときつゆ》に立ち濡れて向峰《むかつを》の上《へ》の月を見るかも
*わが背子《せこ》を大和《やまと》へ遣《や》るとさ夜《よ》ふけて暁露に我が立ち濡れし（一〇五）
あれはもや早花得たり水鳥の鴨山越えて早花得たり
*われはもや安見児《やすみこ》得たり皆人《みなひと》の得がてにすといふ安見児得たり（九五）
吾妹子《わぎもこ》破都婆那《はつばな》乎《を》許多《ここだ》食鶏良詩《くひけらし》昔見《むかしみ》四《し》従肥坐二鶏林《よりこえましにけり》
（吾妹子は茅花をここだ食ひけらし昔見しより肥え益しにけり）
*我妹子《わぎもこ》は常世《とこよ》の国に住みけらし昔見しよりをちましにけり（六五〇）
*戯奴《わけ》がため我《あ》が手もすまに春の野に抜ける茅花《つばな》そ召《め》して肥えませ（一四六〇）

淑人《よきひと》のよしとよく見て住みよしと云ひし吉野《よしの》に住めるよき人
＊よき人のよしとよく見てよしと言ひし吉野よく見よよき人よく見（二七）

三首目「吾妹子破」は久しぶりに再会した女性への挨拶の歌、四首目「淑人の」は美作《みまさか》の吉野郷の住人、福島政氏宅に投宿した時の歌で、どちらにも戯れの気分が横溢する。これら以外にも、外聞を憚《はばか》らぬ、意気軒昂たる人柄を髣髴とさせる作も目を引く。

萬成坂《まなりざか》岩根さくみてなづみ来しこの風流士《みやびを》に宿かせ吾妹《わぎも》
＊みやびをと我《われ》は聞けるをやど貸《か》さず我を帰せりおそのみやびを（一二六）
＊みやびをに我はありけりやど貸さず帰しし我そみやびをにはある（一二七）

平素自らを丈夫とも風流士とも自認していたという元義が、長剣を帯び娼家の門前に立ってこの歌の下句を詠み上げたという逸話も伝わる。

元義の歌作は確かに余技というほどのものであった。学ぶべきは真淵の称揚した古学であり、その過程で自ずから知り得た万葉集歌の気息とも言えるものを、折々に披瀝《ひれき》したのが元義の和歌なのであった。人柄そのままに飾らず、これという技巧を用いることもほとんどない、直情の歌と評することができる。当時備後《びんご》福山藩に招かれていた国学者の野々口《ののぐち》(大国《おおくに》)隆正《たかまさ》の著述に自らの学説を紹介された際に「平賀翁云」とあったことを見て喜ばず、慷慨して詠んだという長歌が残る。

皆人は　あを老翁といふ　此人は　あを翁といふ　よしゑやし　老翁ともいへ　よ
しゑやし　翁ともいへ　黒髪は　いまだしらけず　白き歯は　黒くもならず　足す
らも　いまだなへず　口すらも　やまずものいふ……事しあらば　火にも水にも
大君の　為にぞ死なむ　年は老いぬとも

「よしゑやし」の対句は柿本人麻呂の石見《いわみ》相聞歌(一三一)に、「黒髪はいまだしらけず」は沙弥満誓の相聞歌(五七三)に、「事しあらば火にも水にも」は安倍女郎《あべのいらつめ》の相聞歌(五〇六)にそれぞれ倣う。嘉永元年(一八四八)の作であり、元義四十八歳。当時の感覚では翁と称されることもあろうし、元より翁が敬称でもあることは自明ながら、自負心のなせる歌作であり、よく元義の人となりを伝えるものであった。

橘曙覧は紙筆墨商を営む正玄《しょうげん》家の嫡子であり、名を五三郎、後に尚事《なおこと》を通称とした。

四十三歳の時に大病からの平癒を機に、橘諸兄《たちばなのもろえ》三十九世の末裔であることを以て橘姓を名乗り、名も曙覧と改めた。橘の赤い実にちなんだ名なのである。

家産を異母弟に譲って出仕もせず、福井城下に清貧風雅の生涯を送った人である。隠棲した草庵の名「志濃夫廼舎《しのぶのや》」は、藩侯松平春嶽《しゅんがく》(慶永《よしなが》)から賜わったという。二十代から和歌、漢学、書、俳諧と諸学をたしなみ、中でも和歌と書には特に優れたと言われる。本居宣長《もとおりのりなが》の学問を慕い、三十三歳の時にはその高弟の一人で飛騨《ひだ》高山に在住した田中大秀《おおひで》を師として国学を学んだ。歌は率直清新な気風そのままに、日常語や漢語までも巧みに取り込んで独特の歌風を成しており、長文の詞書を持つ物語風の作もあれば、「たのしみは」を初句とする「独楽吟」のような連作もある。橘諸兄の末裔という自負もあり、古学の学びが自ずから万葉集への親近を深めたと見られ、その詠み込みからも自在な表現を生み出している。

おちかかる山辺の月ををしみ余り暁露に立ちぞぬれける
*わが背子を大和へ遣るとさ夜ふけて暁露に我が立ち濡れし(一〇五)
たをやめの袖吹きかへす夕風に湯の香つたふる山中の里
*采女《うねめ》の袖吹きかへす明日香《あすか》風京《かぜみやこ》を遠《とほ》みいたづらに吹く(五一)

老いが手にえとらへかねてはねめぐる藻伏束鮒《もふしつかふな》見ぞおどろきし

*沖辺《おきへ》行き辺《へ》を行き今や妹がためわが漁《すなど》れる藻伏束鮒(六二五)

曙覧の万葉集志向は、数々の長歌にも現れている。そこには万葉集の長歌に見られる定型表現や対句技法、また広く万葉集の語彙が取り入れられており、さらにはその多くが漢字表記の形でも残されていることは大きな特徴と言えよう。

例えば「乞雨歌」と題する長歌は、大伴家持が越中において旱《ひでり》に際して雨雲の気を見て詠んだ雨乞いの長歌(四一二三)を、大いに参看して詠んだものであったと考えられる。ここでは両者の共通性が見られる箇所を抜き出しておく(一部漢字表記を示す)。

惶《かしこ》きや　天つ日嗣《ひつぎ》の　日の御子の　朝夕べの　長御食《みけ》の　遠御食と　御調《みつき》来る　御調司《つかさ》……御貢《みつき》には　何を奉《まつ》らむ　父母は　飢ゑかも死なむ　妻子どもは　養育《はぐく》みえじと　にほ鳥の　嘆き息衝《いきづ》き……天つ水　待ちぞ侘《わ》ぶなる　如此《かく》ばかり　憂き瀬に沈む　天の下　人草の上を　八百万《やほよろづ》　神は悲しとも　思ほしたらず　天雲の(天雲能)　よそに打ち捨てて(与曾耳打捨弖)　奈何《いか》なるか(奈何有加)　一滴《ひとつゆ》だも(一滴陀毛)　雨は給《た》ばらぬ(雨波給良怒)

＊天皇《すめろき》の　敷《し》きます国の　天《あめ》の下《した》　四方《よも》の道には　馬の爪《つめ》　い尽《つ》くす極《きは》み　船舳《ふなのへ》の
い泊《は》つるまでに　古《いにしへ》よ　今の現《をつつ》に　万調《よろづつき》　奉《まつ》るつかさと……みどり子《こ》の　乳《ち》乞《こ》ふ
がごとく　天《あま》つ水　仰《あふ》ぎてそ待つ……この見ゆる　天《あま》の白雲《しらくも》　わたつみの　沖つ
宮辺《みやへ》に　立ち渡り　との曇《ぐも》りあひて　雨も賜はね(四一二三)

旱を嘆いて、田畑の収穫を奉るべき御調の窮乏を憂い、雨を「天つ水」と称してひたすらに待ち望む。家持は雲をはるかに見つつ雨を賜わりたいと神の恩寵を冀《こいねが》って詠い、一方曙覧は、なぜに神は遠くの雲のように気に懸けて下さらず、一滴も雨を下さらぬのかと恨みいぶかしむ。国守としての家持と市井の一歌人たる曙覧との立場の違いもあろうが、民の憂い苦しむ様を詳細に描き出した上に、歌の末尾を巧みに言い換えて、いっそう強く神への訴えを表現している。曙覧は七月二十六日にこの歌を詠み、翌二十七日未明に沐浴して郊外の足羽《あすわ》山に登り、継体《けいたい》天皇を祀る足羽神社の神前で、三度高声にこの歌を朗誦したという。万葉集の学びを実践の形に表した一事であったと言えよう。

ここで採り上げた三人は、万葉集を直接的に享受したことが明らかであった。また上方や江戸ではない、地方での作歌活動でもあった。そうした点に着目し、また近年は歌人として論評される機会もそれほど多くない人物であると見て、紹介の意図をも籠めて概観した。もっとも三人の歌の志向がなぜに万葉集に及んだかと考えてみれば、それぞれに事情は異なっていよう。良寛は若年から身につけた幅広い古典の教養の中から、自らの性向と隠棲の生涯に最もよく適応するものとして万葉集を選び取ったと見ておきたい。橘曙覧には祖先への憧憬があり、平賀元義には独特の性格が素地にあったであろうが、両人には幕末という時代にあって、国学の運動が自ずから展開していった復古思想、ペリー来航以来の尊皇攘夷思想の影響を当然考えておかなくてはならないであろう。

六　結びとして

ここで述べてきたことは、千年を超える万葉集の享受と展開という膨大な事象の表層、しかもその一部に過ぎない。後世の各時代(奈良時代を含めた)における享受史(受容史)のそれぞれの一例を述べるに留まる。論じるべきものとして想定される主要な問題を挙げてみれば、平安時代の諸歌集・諸歌論書・物語等に見られる万葉集歌の訓みと古写本との関係や、柿本人麻呂を和歌の神として祀る「人麻呂影供《えいく》」をはじめとする人麻呂関連の問題、源俊頼《みなもとのとしより》の万葉集理解と平安後期における歌風の変容の問題、また鎌倉中期に万葉集の本格的な校訂を行って、以後の万葉集写本研究の基を築いたと言える仙覚の業績、その周辺の人々を含めた中世における東国での古典研究、さらに近世ではここに採り上げた三人を万葉集に導いたと言える国学者たち（北村季吟《きたむらきぎん》、僧契沖《けいちゅう》、賀茂真淵、本居宣長、加藤千蔭《かとうちかげ》ら）の業績、そして最後に一言だけ触れた思想史上の問題などがある。それら述べるべくして述べ得なかった事柄があまりにも多大であるが、それらを詳細に論じていくことは、必然的に古典文学史の通史を記すことにつながるほどの課題であると考えられる。読者諸賢には、そうした課題についてはそれぞれ考究した諸文献に当たられるよう切望して、今は拙い解説の筆を置く。

初句索引

1）この索引は，万葉集巻1から巻20までに収められる和歌本文を，各句に分けて巻数と歌番号（イは一本・或本・異伝）を示したものである.
2）配列は歴史的仮名遣いによる五十音順である.
3）同一の句が2句以上ある場合は次句を示す.

あ

あがおもの ⑭3515
あかきぬの ⑫2972
あがきみに ⑧1462
あがきみは ④552
あがこころ ⑫2842
あがこころ
　やくもわれなり ⑬3271
　ゆたにたゆたに ⑦1352
あがこひし ⑪2543
あがこひは
　ちびきのいはを ④743
　なぐさめかねつ ⑪2814
　まさかもかなし ⑭3403
　よるひるわかず ⑫2902
あがこひを ⑩1998
あがこふる
　いもはあはさず ⑨1692
　にのほのおもわ ⑩2003
あかごまが
　あがきはやけば ⑪2510
　かどでをしつつ ⑭3534
あかごまの
　いゆきはばかる ⑫3069
　こゆるうませの ④530
あかごまを
　うちてさをびき ⑭3536
　うまやにたて ⑬3278
　やまのにはがし ⑳4417
あがころも
　いろどりそめむ ⑦1094
　かたみにまつる ④636
　きみにきせよと ⑩1961
　すれるにはあらず ⑩2101
　ひとになきせそ ④577
あかしがた ⑥941
あがためと ⑩2027
あかときと
　かけはなくなり ⑪2800
　よがらすなけど ⑦1263
あかときに ⑱4084
あかときの
　あさぎりごもり ⑫3035
　いへごひしきに ⑮3641
　いめにみえつつ ⑨1729

かはたれどきに　⑳4384
めさましぐさと　⑫3061
あがぬしの　⑤882
あかねさす
ひならべなくに　⑥916
ひのくれゆけば　⑫2901
ひはてらせれど　②169
ひるはたたびて　⑳4455
ひるはものもひ　⑮3732
むらさきのゆき　①20
あがまちし
あきはぎさきぬ　⑩2014
あきはきたりぬ　⑩2036
あきはきたりぬ　⑩2123
あがみこそ　⑮3757
あかみやま　⑭3479
あがもての　⑳4367
あからひく
いろぐはしこを　⑩1999
はだもふれずて　⑪2399
あきかしは　⑪2478
あきかぜに
いまかいまかと　⑳4311
かはなみたちぬ　⑩2046
なびくかはびの　⑳4309
やまとびこゆる　⑩2136
やまとへこゆる　⑩2128
やまぶきのせの　⑨1700
あきかぜの
きよきゆふへに　⑩2043
さむきあさけを　③361
さむきこのころ　⑧1626
さむくふくなへ　⑩2158
すゑふきなびく　⑳4515
ちえのうらみの　⑪2724
ひにけにふけば　⑩2193
ひにけにふけば　⑩2204
ふきこきしける　⑳4453
ふきただよはす　⑩2041
ふきにしひより　⑧1523
ふきにしひより　⑩2083
あきかぜは
すずしくなりぬ　⑩2103
つぎてなふきそ　⑦1327
とくとくふきこ　⑩2108
ひにけにふきぬ　⑩2121
ひにけにふきぬ　⑮3659
あきかへし　⑯3809
あきくさに　⑳4312
あきさらば
あひみむものを　⑮3581
いまもみるごと　①84
いもにみせむと　⑩2127
うつしもせむと　⑦1362
みつつしのへと　③464
わがふねはてむ　⑮3629
あきされば
おくしらつゆに　⑩2186
おくつゆしもに　⑮3699
かすがのやまの　⑧1604
かはぎりたてる　⑩2030
かりとびこゆる　⑩2294
きりたちわたる　⑳4310
こひしみいもを　⑮3714
あきたかる
かりいほつくり　⑩2248

かりほのやどり　⑩2100
かりほもいまだ　⑧1556
かりほをつくり　⑩2174
たびのいほりに　⑩2235
とまでうごくなり　⑩2176
あきたちて　⑧1555
あきつかみ　⑥1050
あきづけば
みくさのはなの　⑩2272
をばながうへに　⑧1564
あきづしま
やまとのくには　⑬3250
やまとのくにを　⑲4254
あきづのに　⑦1406
あきづのの　⑩2292
あきづのを　⑦1405
あきつはに　⑩2304
あきづはの　③376
あきといへば　⑳4307
あきのあめに　⑧1573
あきのたの
ほだのかりばか　④512
ほだをかりがね　⑧1539
ほのうへにおける　⑩2246
ほのうへにきらふ　②88
ほむきのよれる　②114
ほむきのよれる　⑩2247
ほむきみがてり　⑰3943
わがかりばかの　⑩2133
あきのつゆは　⑧1543
あきのには　⑳4317
あきののに
さきたるはなを　⑧1537
さけるあきはぎ　⑧1597
つゆおへるはぎを　⑳4318
やどるたびひと　①46
あきののの
みくさかりふき　①7
をばながうれに　⑩2167
をばながうれの　⑩2242
をばながうれを　⑧1577
あきののを
あさゆくしかの　⑧1613
にほはすはぎは　⑮3677
あきのはな　⑲4255
あきのほを　⑩2256
あきのよの
きりたちわたり　⑩2241
つきかもきみは　⑩2299
あきのよは　⑰3945
あきのよを
ながしといへど　⑩2303
ながみにかあらむ　⑮3684
あきはぎに
おきたるつゆの　⑧1617
おけるしらつゆ　⑩2168
こひつくさじと　⑩2120
にほへるわがも　⑮3656
あきはぎの
うへにおきたる　⑧1608
うへにおきたる　⑩2254
うへにしらつゆ　⑩2259
えだもとををに　⑧1595
えだもとををに　⑩2170
えだもとををに　⑩2258
こひもつきねば　⑩2145

さきたるのへの　⑩2155
さきたるのへは　⑩2153
さきちるのへの　⑩2252
したばのもみち　⑩2209
したばもみちぬ　⑩2205
ちりすぎゆかば　⑩2152
ちりのまがひに　⑧1550
ちりゆくみれば　⑩2150
はなののすすき　⑩2285
あきはぎは
かりにあはじと　⑩2126
さかりすぐるを　⑧1559
さきぬべからし　⑧1514
あきはぎを
ちらすながめの　⑩2262
ちりすぎぬべみ　⑩2290
つまどふかこそ　⑨1790
あきやまに
おつるもみちば　②137
しもふりおほひ　⑩2243
もみつこのはの　⑧1516
あきやまの
このしたがくり　②92
このはもいまだ　⑩2232
したひがしたに　⑩2239
したへるいも　②217
もみちあはれと　⑦1409
もみちをかざし　⑮3707
もみちをしげみ　②208
あきやまを　⑩2184
あけぐれの　⑩2129
あけぬべく　⑪2807
あごのうみの　⑬3244
あごのうらに　⑮3610
あごのやま　④662
あさかげに
あがみはなりぬ　⑪2394
あがみはなりぬ　⑪2619
あがみはなりぬ　⑫3085
あさかしは　⑪2754
あさがすみ
かひやがしたに　⑩2265
かひやがしたの　⑯3818
たなびくのへに　⑩1940
たなびくやまを　⑫3188
はるひのくれば　⑩1876
やまずたなびく　⑦1181
あさがほは　⑩2104
あさかみの　④724
あさかやま　⑯3807
あさがらす　⑫3095
あさぎりに
しののにぬれて　⑩1831
ぬれにしころも　⑨1666
あさぎりの
おほにあひみし　④599
たなびくたゐに　⑲4224
たなびくをのの　⑩2118
やへやまこえて　⑩1941
やへやまこえて　⑩1945
あさぐもり　②188
あさごちに　⑪2717
あさごとに　⑧1616
あさごろも　⑦1195
あさされば　⑮3627
あさしもの

けなばけぬべく　⑪2458
けぬべくのみや　⑫3045
けやすきいのち　⑦1375
あさぢはら
かりしめさして　⑪2755
ちふにあしふみ　⑫3057
つばらつばらに　③333
をのにしめゆふ　⑪2466
をのにしめゆふ　⑫3063
あさづきの　⑪2500
あさづくひ　⑦1294
あさつゆに
さきすさびたる　⑩2281
にほひそめたる　⑩2179
あさつゆの
けやすきあがみ　⑤885
けやすきあがみ　⑪2689
あさとあけて　⑧1579
あさとこに　⑲4150
あさとでの
きみがあゆひを　⑪2357
きみがすがたを　⑩1925
あさとりの　③483
あさとを　⑪2555
あさなぎに
かぢのおときこゆ　⑥934
きよるしらなみ　⑦1391
まかぢこぎでて　⑦1185
あさなさな
あがるひばりに　⑳4433
くさのうへしろく　⑫3041
つくしのかたを　⑫3218
わがみるやなぎ　⑩1850
あさにけに
いろづくやまの　④668
みまくほりする　③403
あさねがみ　⑪2578
あさはのに　⑫2863
あさひかげ　④495
あさひさし　⑰4003
あさひさす　⑫3042
あさひてる
さだのをかへに　②177
さだのをかへに　②192
しまのみかどに　②189
あさびらき
いりえこぐなる　⑱4065
こぎでてくれば　⑮3595
こぎでてわれは　⑨1670
あさみどり　⑩1847
あさもよし
きひとともしも　①55
きへゆくきみが　⑨1680
あさよひに
ねのみしなけば　⑳4479
みむときさへや　④745
あさりすと
いそにすむたづ　⑦1198
いそにわがみし　⑦1167
あさりする
あまのこどもと　⑤853
あまをとめらが　⑦1186
ひととをみませ　⑨1727
あさゐでに　⑩1823
あさをらを　⑭3484
あしかきの

くまとにたちて　⑳4357
すゑかきわけて　⑬3279
なかのにこぐさ　⑪2762
ほかにもきみが　⑰3977
あしがもの　⑪2833
あしがらの
はこねとびこえ　⑦1175
はこねのやまに　⑭3364
みさかかしこみ　⑭3371
みさかたまはり　⑳4372
みさかにたして　⑳4423
やへやまこえて　⑳4440
をてもこのもに　⑭3361
あしかりに　⑳4459
あしがりの
あきなのやまに　⑭3431
とひのかふちに　⑭3368
はこねのねろの　⑭3370
ままのこすげの　⑭3369
わをかけやまの　⑭3432
あしきたの　③246
あしきやま　⑫3155
あしたいにて　⑫2893
あしたさき　⑩2291
あしたづの　⑪2768
あしたには　⑥954
あしだまも　⑩2065
あしのねの　⑦1324
あしのはに　⑭3570
あしのやの
うなひをとめの　⑨1809
うなひをとめの　⑨1810
あしはらの
みづほのくにに　⑬3227
みづほのくには　⑬3253
みづほのくにを　⑱4094
あしひきの
あらやまなかに　⑨1806
いはねこごしみ　③414
かたやまきぎし　⑫3210
このまたちくく　⑧1495
なにおふやますげ　⑪2477
みやまもさやに　⑥920
やつをのうへの　⑲4266
やつをのきぎし　⑲4149
やつをのつばき　⑳4481
やまかづらかげ　⑭3573
やまかづらのこ　⑯3789
やまかづらのこ　⑯3790
やまがはのせの　⑦1088
やまがはみづの　⑫3017
やまかもたかき　⑩2313
やまきへなりて　⑰3981
やまさかこえて　⑲4154
やまざくらとを　⑪2617
やまさくらばな　⑧1425
やまさくらばな　⑰3970
やまさなかづら　⑩2296
やまさはびとの　⑭3462
やまさはゑぐを　⑪2760
やまさへひかり　③477
やましたとよみ　⑪2704
やましたとよめ　⑧1611
やましたひかげ　⑲4278
やましたひかる　⑮3700
やますがのねの　⑫3051

やますがのねの　⑫3053
やまたちばなの　④669
やまたちばなの　⑪2767
やまだつくるこ　⑩2219
やまたにこえて　⑰3915
やまだもるをぢが　⑪2649
やまぢこえむと　⑮3723
やまぢはゆかむ　⑬3338
やまぢもしらず　⑩2315
やまつばきさく　⑦1262
やまとびこゆる　⑮3687
やまどりのをの　⑪2694
やまどりのをの　⑪2802左注
やまにおひたる　④580
やまにしろきは　⑩2324
やまにしをれば　④721
やまにものにも　⑥927
やまにゆきけむ　⑳4294
やまのあらしは　⑩2350
やまのこぬれの　⑱4136
やまのしづくに　②107
やまのとかげに　⑩2156
やまのまてらす　⑩1864
やまのもみちに　⑲4225
やまのもみちば　⑧1587
やまはなくもが　⑱4076
やまはももへに　⑫3189
やまへにをりて　⑧1632
やまへにをれば　⑰3911
やまほととぎす　⑧1469
やまもちかきを　⑰3983
やまゆきくらし　⑦1242
やまゆきしかば　⑳4293
　やまよりいづる　⑫3002
　やまよりきせば　⑩2148
　やまをこだかみ　⑫3008
あしびなす　⑦1128
あしへなる　⑩2134
あしへには　③352
あしへゆく
　かものはおとの　⑫3090
　かものはがひに　①64
　かりのつばさを　⑬3345
あしへより　④617
あすかがは
　あすさへみむと　②198ィ
　あすだにみむと　②198
　あすもわたらむ　⑪2701
　いまもかもとな　③356ィ
　かはとをきよみ　⑲4258
　かはよどさらず　③325
　しがらみわたし　②197
　したにごれるを　⑭3544
　せくとしりせば　⑭3545
　せぜにたまもは　⑦1380
　せぜのたまもの　⑬3267
　なづさひわたり　⑫2859
　ななせのよどに　⑦1366
　みづゆきまさり　⑪2702
　もみちばながる　⑩2210
　ゆきみるをかの　⑧1557
　ゆくせをはやみ　⑪2713
あすかの　②162
あずのうへに　⑭3539
あすのひの　⑱4043
あすのひは　⑫2948

あすのよひ
　あはざらめやも　⑨1762
　てらむつくよは　⑦1072
あずへから　⑭3541
あすよりは
　あれはこひむな　⑨1778
　いなむのかはの　⑫3198
　こひつつゆかむ　⑫3119
　つぎてきこえむ　⑱4069
　はるなつまむと　⑧1427
　わがたまどこを　⑩2050
あせかがた　⑭3503
あぜといへか　⑭3461
あそぶうちの　⑰3905
あだたらの　⑭3428
あだひとの　⑪2699
あたひなき　③345
あだへゆく　⑦1214
あぢかまの
　かけのみなとに　⑭3553
　かたにさくなみ　⑭3551
　しほつをさして　⑪2747
あぢさはふ
　いもがめかれて　⑥942
　めはあかざらね　⑫2934
あぢさゐの　⑳4448
あぢのすむ
　すさのいりえの　⑪2751
　すさのいりえの　⑭3547
あぢまのに　⑮3770
あぢむらの　⑦1299
あづきなく　⑪2582
あづさゆみ
　すゑにたままき　⑭3487
　すゑのたづきは　⑫2985左注
　すゑのなかころ　⑫2988
　すゑのはらのに　⑪2638
　すゑはししらず　⑫2985
　すゑはしらねど　⑫3149
　すゑはよりねむ　⑭3490
　つまびくよおとの　④531
　つらをとりはけ　②99
　てにとりもちて　②230
　はるやまちかく　⑩1829
　ひかばまにまに　②98
　ひきつのへなる　⑦1279
　ひきつのへなる　⑩1930
　ひきてゆるさず　⑪2505
　ひきてゆるへぬ　⑫2987
　ひきとよくにの　③311
　ひきみゆるへみ　⑪2640
　ひきみゆるへみ　⑫2986
　ゆづかまきかへ　⑪2830
　よらのやまへの　⑭3489
あづまぢの
　てごのよびさか　⑭3442
　てごのよびさか　⑭3477
あづまひとの　②100
あてすぎて　⑦1212
あどもひて　⑨1718
あどもへか　⑭3572
あなしがは　⑦1087
あなみにく　③344
あにもあらぬ　⑯3799
あのおとせず　⑭3387
あはしまに　⑦1207

あはしまの　⑮3633
あはずして
　こひわたるとも　⑫2882
　ゆかばをしけむ　⑭3558
あはずとも　⑪2629
あはぢしま　⑰3894
あはぢの　③251
あはなくに　⑪2625
あはなくは
　けながきものを　⑩2038
　しかもありなむ　⑫3103
あはなくも　⑫2872
あはむとは　⑫3104
あはむひの　⑮3753
あはむひを　⑮3742
あはむよは　④730
あはをろの　⑭3501
あひおもはず
　あるものをかも　⑫3054
　あるらむきみを　⑱4075
　あるらむこゆゑ　⑩1936
　きみはあるらし　⑪2589
　きみはまさめど　⑫2933
あひおもはぬ
　いもをやもとな　⑩1934
　ひとのゆゑにか　⑪2534
　ひとをおもはく　⑪2709ィ
　ひとをおもふは　④608
　ひとをやもとな　④614
あひかたき　⑩1947
あびきする　⑦1187
あひだなく　④621
あひづねの　⑭3426
あひみずて　④648
あひみずは　④586
あひみては
　いくかもへぬを　④751
　いくびささにも　⑪2583
　おもかくさるる　⑪2554
　こひなぐさむと　⑪2567
　ちとせやいぬる　⑪2539
　ちとせやいぬる　⑭3470
　つきもへなくに　④654
あひみてば　④753
あひみぬは　④666
あひみまく　⑫3106
あひみらく　⑩2022
あふさかを　⑬3238
あふみぢの　④487
あふみのうみ
　おきこぐふねの　⑪2440
　おきつしまやま　⑪2439
　おきつしまやま　⑪2728
　おきつしらなみ　⑪2435
　しづくしらたま　⑪2445
　とまりやそあり　⑬3239
　なみかしこみと　⑦1390
　へたはひとしる　⑫3027
　みなとはやそち　⑦1169
　ゆふなみちどり　③266
あふみのや　⑦1350
あふよしの　⑫2995
あぶらひの　⑱4086
あぶりほす
　ひともあれやも　⑨1688
　ひともあれやも　⑨1698

あへのしま　③359
あへらくは　⑭3358左注
あほやまの　⑩1867
あまぎらし　⑧1643
あまぎらひ
　ひかたふくらし　⑦1231
　ふりくるゆきの　⑩2345
あまくもに
　かりそなくなる　⑳4296
　ちかくひかりて　⑦1369
　はねうちつけて　⑪2490
あまくもの
　かげさへみゆる　⑬3225
　そきへのきはみ　⑲4247
　そくへのきはみ　④553
　たなびくやまの　⑦1304
　たゆたひくれば　⑮3716
　たゆたひやすき　⑫3031
　むかぶすくにの　③443
　やへくもがくり　⑪2658
　ゆきかへりなむ　⑲4242
　よそにかりがね　⑩2132
　よそにみしより　④547
　よりあひとほみ　⑪2451
あまくもを　⑲4235
あまごもり
　こころいぶせみ　⑧1568
　ものもふときに　⑮3782
あまごもる　⑥980
あまざかる
　ひなともしるく　⑰4019
　ひなにあるわれを　⑰3949
　ひなにいつとせ　⑤880
　ひなにしあれば　⑲4189
　ひなにつきへぬ　⑰3948
　ひなになかかす　⑰4000
　ひなにもつきは　⑮3698
　ひなのあらのに　②227
　ひなのながちゆ　③255
　ひなのながちを　⑮3608
　ひなのやつこに　⑱4082
　ひなをさめにと　⑰3957
あまたあらぬ　⑪2723
あまづつみ　④519
あまでらす　⑱4125
あまとぶや
　かりのつばさの　⑩2238
　かりをつかひに　⑮3676
　かるのみちは　②207
　かるのやしろの　⑪2656
　とりにもがもや　⑤876
あまのがは
　あひむきたちて　⑧1518
　いとかはなみは　⑧1524
　いむかひたちて　⑩2011
　うきつのなみおと　⑧1529
　うちはしわたせ　⑩2056
　かぢのおときこゆ　⑩2029
　かはとにたちて　⑩2048
　かはとにをりて　⑩2049
　かはとやそあり　⑩2082
　かはにむかひて　⑧1518イ
　かはにむきたち　⑩2048イ
　かはのおときよし　⑩2047
　きりたちのぼる　⑩2063
　きりたちわたり　⑩2044

きりたちわたる　⑨1765
こぞのわたりぜ　⑩2084
こぞのわたりで　⑩2018
しらなみたかし　⑩2061
せごとにぬさを　⑩2069
せぜにしらなみ　⑩2085
せをはやみかも　⑩2076
たなはしわたせ　⑩2081
とほきわたりは　⑩2055
なづさひわたる　⑩2071
なみはたつとも　⑩2059
はしわたせらば　⑱4126
みづかげくさの　⑩2013
みづさへにてる　⑩1996
やすのかはらに　⑩2033
やすのわたりに　⑩2000
やそせきらへり　⑩2053
よふねをこぎて　⑩2020
わたりぜごとに　⑩2074
わたりぜふかみ　⑩2067
あまのはら
くもなきよひに　⑨1712
ふじのしばやま　⑭3355
ふりさけみれば　②147
ふりさけみれば　③289
ふりさけみれば　⑩2068
ふりさけみれば　⑮3662
ゆきていてむと　⑩2051
あまはしも　⑬3245
あまばれの　⑩1959
あままあけて　⑩1971
あまをとめ
いざりたくひの　⑰3899
かづきとるといふ　⑫3084
たななしをぶね　⑥930
たまもとむらし　⑥1003
あまをぶね
はつせのやまに　⑩2347
ほかもはれると　⑦1182
あみのうらに　①40, ⑮3610左注
あめつしの
いづれのかみを　⑳4392
かみにぬさおき　⑳4426
あめつちと
あひさかえむと　⑲4273
いふなのたえて　⑪2419
ともにひさしく　④578
ともにもがもと　⑮3691
ともにをへむと　②176
ひさしきまでに　⑲4275
わかれしときゆ　⑩2005
わかれしときゆ　⑩2092
あめつちに
すこしいたらぬ　⑫2875
たらはしてりて　⑲4272
あめつちの
かみなきものに　⑮3740
かみのことわり　④605
かみはなかれや　⑲4236
かみもたすけよ　④549
かみをいのりて　⑬3287
かみをいのりて　⑳4374
かみをこひつつ　⑮3682
かみをもあれは　⑬3308
そこひのうらに　⑮3750
とほきがごとく　⑥933

とほきはじめよ　⑲4160
ともにひさしく　⑤814
はじめのときの　②167
はじめのときゆ　⑩2089
はじめのときゆ　⑲4214
よりあひのきはみ　⑪2787
わかれしときゆ　③317
あめつちを
うれへこひのみ　⑬3241
てらすひつきの　⑳4486
あめなる
ひとつたなはし　⑪2361
ひめすがはらの　⑦1277
あめなるや
ささらのをのに　⑯3887
つきひのごとく　⑬3246
あめにはも　⑲4274
あめにます　⑥985
あめのうみに
くものなみたち　⑦1068
つきのふねうけ　⑩2223
あめのした　⑰3923
あめはふる　⑦1154
あめはれて　⑧1569
あめふらず　③370
あめふらば　③374
あめふれば　⑩2308
あめもふる　⑫3124
あもとじも　⑳4377
あもりつく
あめのかぐやま　③257
かみのかぐやま　③260
あゆちがた　⑦1163
あゆのかぜ　⑰4017
あゆをいたみ　⑲4213
あらかじめ
きみきまさむと　⑥1013
ひとごとしげし　④659
あらきだの　⑯3848
あらくまの　⑪2696
あらしをの　⑳4430
あらそへば　⑪2659
あらたしき
としのはじめに　⑰3925
としのはじめに　⑲4284
としのはじめの　⑳4516
としのはじめは　⑲4229
あらたへの
ぬのきぬをだに　⑤901
ふぢえのうらに
③252, ⑮3607左注
あらたまの
いつとせふれど　⑪2385
きへがたかがき　⑪2530
きへのはやしに　⑭3353
つきたつまでに　⑧1620
としかへるまで　⑰3979
としつきかねて　⑫2956
としのへゆけば　④590
としのへゆけば　⑩2140
としのをながく　⑫2891
としのをながく　⑫2935
としのをながく　⑫3207
としのをながく　⑮3775
としのをながく　⑲4244
としのをながく　⑲4248

とししはきゆきて　⑬3258
とししははつれど　⑪2410
としゆきかはり　⑲4156
としゆきがへり　⑳4490
あらつのうみ
しほひしほみち　⑰3891
われぬさまつり　⑫3217
あらなみに　②226
あらのらに　⑥929
あらひきぬ　⑫3019
あられうつ　①65
あられふり
いたやかぜふき　⑩2338
かしまのかみを　⑳4370
かしまのさきを　⑦1174
きしみがたけを　③385
とほつあふみの　⑦1293
とほつおほうらに　⑪2729
あらをらが　⑯3863
あらをらは　⑯3865
あらをらを　⑯3861
ありありて　⑫3113
ありがよふ　⑥1063
ありきぬの　⑭3481
ありさりて　⑰3933
ありそこし　⑪2434
ありそこす
なみはかしこし　⑦1397
なみをかしこみ　⑦1180
ありそへに　⑨1689
ありそやに　⑭3562
ありそゆも　⑦1202
ありちがた　⑫3161
ありつつも
きみをばまたむ　②87
めしたまはむそ　⑲4228
ありねよし　①62
あるひとの　⑩2302
あれなしと　⑰3997
あれのみそ　④656
あれのみや　⑩1986
あれゆのち　⑪2375
あわゆきか　⑧1420
あわゆきに　⑧1641
あわゆきの
けぬべきものを　⑧1662
このころつぎて　⑧1651
にはにふりしき　⑧1663
ほどろほどろに　⑧1639
あわゆきは
けふはなふりそ　⑩2321
ちへにふりしけ　⑩2334
あをうなはら　⑳4514
あをこまが　②136
あをなみに　⑳4313
あをによし
ならにあるいもが　⑱4107
ならのおほちは　⑮3728
ならのみやこに　⑮3602
ならのみやこに　⑮3612
ならのみやこは　③328
ならのみやこは　⑰3919
ならのみやには　①80
ならのやまなる　⑧1638
ならひとみむと　⑲4223
ならやますぎて　⑬3237

ならをきはなれ　⑰4008
あをねろに　⑭3511
あをのうらに　⑱4093
あをはたの　②148
あをまつと　②108
あをみづら　⑦1287
あをやぎの
いとのくはしさ　⑩1851
えだきりおろし　⑮3603
はらろかはとに　⑭3546
ほつえよぢとり　⑲4289
あをやなぎ　⑤821
あをやまの
いはかきぬまの　⑪2707
みねのしらくも　③377
あをやまを　④688

い

いかごやま　⑧1533
いかといかと　⑧1507
いかならむ　④759
いかにあらむ
なにおふかみに　⑪2418
ひのときにかも　⑤810
ひのときにかも　⑫2897
いかにある　⑱4036
いかにして
こひばかいもに　⑭3376左注
こひやむものぞ　⑬3306
わするるものそ　⑪2597
いかばかり　④633
いかほかぜ　⑭3422
いかほせよ　⑭3419
いかほねに　⑭3421
いかほろに　⑭3409
いかほろの
そひのはりはら　⑭3410
そひのはりはら　⑭3435
やさかのゐでに　⑭3414
いかるがの　⑫3020
いきしにの　⑯3849
いきてあらば　④581
いきのをに
あがいきづきし　⑫3115
あがもふきみは　⑫3194
いもをしおもへば　⑪2536
おもへばくるし　⑪2788
おもへるわれを　⑦1360
われはおもへど　⑪2359
いぐしたて　⑬3229
いくばくも
いけらじいのちを　⑫2905
ふらぬあめゆゑ　⑪2840
いけがみの　⑯3831
いけのへの
まつのうらばに　⑧1650
をつきがもとの　⑦1276
いけみづに　⑳4512
いけるよに
あれはいまだみず　④746
こひといふものを　⑫2930
いざこども
かしひのかたに　⑥957
たはわざなせそ　⑳4487
はやくやまとへ　①63
やまとへはやく　③280

いささかに　⑲4201
いさなとり
　あふみのうみを　②153
　うみやしにする　⑯3852
　はまへをきよみ　⑥931
いざりする　⑫3174
いしばしの　⑩2288
いしまろに　⑯3853
いせのあまの　⑪2798
いせのうみの
　あまのしまづが　⑦1322
　いそもとどろに　④600
　おきつしらなみ　③306
いせのうみゆ　⑪2805
いそかげの　⑳4513
いそごとに　⑰3892
いそにたち　⑦1227
いそのうへに
　おふるあしびを　②166
　おふるこまつの　⑫2861
　たてるむろのき　⑪2488
　つまぎをりたき　⑦1203
　ねばふむろのき　③448
いそのうへの　⑲4159
いそのうらに
　きよるしらなみ　⑦1389
　つねよひきすむ　⑳4505
いそのかみ
　ふるともあめに　④664
　ふるのかむすぎ　⑩1927
　ふるのかむすぎ　⑪2417
　ふるのたかはし　⑫2997
　ふるのみことは　⑥1019
　ふるのやまなる　③422
　ふるのわさだの　⑨1768
　ふるのわさだを　⑦1353
いそのさき　③273
いそのまゆ　⑮3619
いたぶきの　④779
いちしろく　⑩2197
いちにのめ　⑯3827
いづくそ　⑯3843
いづくにか
　ふなのりしけむ　⑦1172
　ふなはてすらむ　①58
　わがやどりせむ　③275
いづくには　⑧1488
いつしかと　③445
いつしかも
　このよのあけむ　⑩1873
　みむとおもひし　⑮3631
いづのうみに
　たつしらくもの　⑭3360左注
　たつしらなみの　⑭3360
いつのまも　③259
いつはしも
　こひずありとは　⑫2877
　こひぬときとは　⑪2373
いつはりも
　につきてそする　④771
　につきてそする　⑪2572
いつまでに　⑫2913
いづみがは
　ゆくせのみづの　⑥1054
　わたりぜふかみ　⑬3315
いであがこま　⑫3154

いでたたむ　⑰3972
いでていなば　⑩2266
いでていなむ　④585
いでてゆきし　⑤890
いでてゆく　③468
いでなぞあが　⑫2889
いでなにか　⑪2400
いでみれば　⑩1893
いとこ　⑯3885
いとのきて　⑫2903
いとまあらば
　なづさひわたり　⑨1750
　ひりひにゆかむ　⑦1147
いとまなく　④562
いとまなみ
　きまさぬきみに　⑧1498
　さつきをすらに　⑧1504
いなだきに　③412
いなといはば　④679
いなといへど
　かたれかたれと　③237
　しふるしひのが　③236
いなびのも　③253
いなみのの
　あからがしはは　⑳4301
　あさぢおしなべ　⑥940
いなみのは　⑦1178
いなもをも　⑯3796
いにしへに
　ありけむひとの　③431
　ありけむひとの　⑦1166
　ありけむひとも　④497
　ありけむひとも　⑦1118
　ありけるわざの　⑲4211
　いもとわがみし　⑨1798
　おりてしはたを　⑩2064
　きみのみよへて　⑲4256
　こふらむとりは　②112
　こふるとりかも　②111
　やなうつひとの　③387
いにしへの
　かみのときより　⑬3290
　ことはしらぬを　⑦1096
　さおりのおびを　⑪2628左注
　さかしきひとの　⑨1725
　しつはたおびを　⑪2628
　しのだをとこの　⑨1802
　ななのさかしき　③340
　ひとにわれあれや　①32
　ひとのうゑけむ　⑩1814
　ふるきつつみは　③378
　ますらをとこの　⑨1801
いにしへも　⑦1111
いにしへゆ
　あげてしはたも　⑩2019
　いひつぎけらく　⑬3255
　ひとのいひける　⑥1034
いにしへよ　⑱4119
いにしへを　⑱4099
いぬかみの　⑪2710
いねつけば　⑭3459
いのちあらば　⑮3745
いのちをし
　さきくよけむと　⑦1142
　まさきくもがも　⑨1779
　またくしあらば　⑮3741

いはがねの
　こごしきやまに　⑦1332
　こごしきやまを　③301
いはきやま　⑫3195
いはくらの　⑦1368
いはしろの
　きしのまつがえ　②143
　のなかにたてる　②144
　はままつがえを　②141
いはせのに　⑲4249
いはそそき　⑦1388
いはそそく　⑧1418
いはたたみ　⑦1331
いはたのに　⑮3689
いはつなの　⑥1046
いはとわる　③419
いはねふみ　⑪2590
いはねふむ　⑪2422
いはのいもろ　⑳4427
いはのうへに　⑫2861左注
いはのへに　⑭3518
いはばしり　⑥991
いはばしる
　たきもとどろに　⑮3617
　たるみのみづの　⑫3025
いはほすら　⑪2386
いはほろの　⑭3495
いはみなる　②134
いはみのうみ
　うつたのやまの　②139
　つのうらをなみ　②138
　つののうらみを　②131
いはみのや　②132
いはむすべ　③342
いはやどに　③309
いはろには　⑳4419
いひつつも　⑤878
いひはめど　⑯3857
いふことの　④683
いへおもふと
　いをねずをれば　⑳4400
　こころすすむな　③381
いへかぜは　⑳4353
いへざかり
　いますわぎもを　③471
　たびにしあれば　⑦1161
いへしまは　⑮3718
いへづとに
　かひそひりへる　⑳4411
　かひをひりふと　⑮3709
いへならば　③415
いへにありし　⑯3816
いへにありて　⑤889
いへにあれば　②142
いへにきて　②216
いへにして
　あれはこひむな　⑦1179
　こひつつあらずは　⑳4347
　みれどあかぬを　④634
　ゆひてしひもを　⑰3950
いへにても　⑰3896
いへにゆきて
　いかにかあがせむ　⑤795
　なにをかたらむ　⑲4203
いへびとに　④696
いへびとの

いはへにかあらむ　⑳4409
つかひにあらし　⑨1697
まつらむものを　⑬3341
いへびとは
かへりはやこと　⑮3636
みちもしみみに　⑪2529
いほはらの　③296
いまかはる　⑳4335
いまさらに
いもにあはめやと　④611
きみがたまくら　⑪2611
きみはいゆかじ　⑩1916
こふともきみに　⑬3283
なにをかおもはむ　④505
なにをかおもはむ　⑫2989
ねめやわがせこ　⑫3120
ゆきふらめやも　⑩1835
いましくは　⑦1103
いましはし　④732
いましらす　④768
いまだにも　⑪2577
いまつくる
くにのみやこに　⑧1631
くにのみやこは　⑥1037
まだらのころも　⑦1296
いまのごと
こころをつねに　⑧1653
こひしくきみが　⑰3928
いまのみの　④498
いまはあは
しなむよわがせ　④684
しなむよわがせ　⑫2936
しなむよわぎも　⑫2869
わびそしにける　④644
いまもかも　⑧1474
いまゆきて　⑩1878
いまよりは
あきかぜさむく　③462
あきづきぬらし　⑮3655
あはじとすれや　⑫2954
きやまのみちは　④576
こふともいもに　⑫2957
いみづかは　⑰3985
いめかと　⑫2955
いめたてて　⑧1549
いめにだに
なにかもみえぬ　⑪2595
みえばこそあらめ　④749
みえむとわれは　④772
みざりしものを　②175
いめにみて　⑫3112
いめのあひは　④741
いめのごと
おもほゆるかも　④787
きみをあひみて　⑩2342
いめのみに
つぎてみえつつ　⑦1236
みてすらここだ　⑪2553
いめのわだ　⑦1132
いもがあたり
あはそでふらむ　⑦1085
いまそわがゆく　⑦1211
しげきかりがね　⑨1702
つぎてもみむに　②91ィ
とほくもみれば　⑪2402
いもがいへぢ　⑮3635

いもがいへに
　いくりのもりの　⑰3952
　さきたるうめの　③398
　さきたるはなの　③399
いもがいへの　⑧1596
いもがいへも　②91
いもがかど
　いでいりのかはの　⑦1191
　いやとほそきぬ　⑭3389
　いりいづみがはの　⑨1695
　ゆきすぎかねつ　⑪2685
　ゆきすぎかねて　⑫3056
いもがかみ　⑪2652
いもがそで
　まききのやまの　⑩2187
　わかれしひより　⑪2608
　わかれてひさに　⑮3604
　われまくらかむ　⑲4163
いもがため
　いのちのこせり　⑪2764
　かひをひりふと　⑦1145
　すがのみつみに　⑦1250
　たまをひりふと　⑦1220
　ほつえのうめを　⑩2330
　われたまひりふ　⑨1665
　われたまもとむ　⑨1667
いもがてを
　とりてひきよぢ　⑨1683
　とろしのいけの　⑩2166
いもがなに　⑯3787
いもがなは　②228
いもがなも　⑪2697
いもがぬる　⑭3554
いもがひも
　とくとむすびて　⑩2211
　ゆふやかふちを　⑦1115
いもがへに　⑤844
いもがみし
　あふちのはなは　⑤798
　やどにはなさき　③469
いもがみて　⑧1509
いもがめの　⑪2666
いもがめを
　はつみのさきの　⑧1560
　みまくほりえの　⑫3024
いもがりと
　うまにくらおきて　⑩2201
　わがゆくみちの　⑧1546
いもとありし　⑮3591
いもといはば　⑫2915
いもとこし　③449
いもとして　③452
いもなろが　⑭3446
いもにあはず
　あらばすべなみ　⑮3590
　ひさしくなりぬ　⑰4028
いもにあふ　⑩2093
いもにこひ
　あがこえゆけば　⑦1208
　あがなくなみた　⑪2549
　あがのまつばら　⑥1030
　いねぬあさけに　⑪2491
　いねぬあしたに　⑫2858
いもににる　⑲4197
いもねずに　⑬3277
いもまつと　⑫3066

いももあれも
　きよみのかはの　③437
　こころはおやじ　⑰3978
　ひとつなれかも　③276
いもらがり
　いまきのみねに　⑨1795
　わがゆくみちの　⑦1121
いもをおもひ
　いのねらえぬに　⑮3665
　いのねらえぬに　⑮3678
いもをこそ　⑭3531
いもをみず　⑲4173
いやひこ
　あなにかむさび　⑯3883ィ
　おのれかむさび　⑯3883
　かみのふもとに　⑯3884
いゆきあひの　⑨1752
いゆししを　⑯3874
いりまぢの　⑭3378
いろづかふ　⑩2253
いろにいでて　⑪2566
いろぶかく　⑳4424

う

うかねらふ　⑩2346
うかはたち　⑲4191
うぐひすの
　おときくなへに　⑤841
　かひごのなかに　⑨1755
　かよふかきねの　⑩1988
　きなくやまぶき　⑰3968
　こづたふうめの　⑩1854
　こゑはすぎぬと　⑳4445
　なきしかきつに　⑲4287
　なきちらすらむ　⑰3966
　なくくらたにに　⑰3941
　はるになるらし　⑩1845
　まちかてにせし　⑤845
うぐひすは　⑰4030
うさかがは　⑰4022
うしまどの　⑪2731
うたがたも　⑫2896
うたてけに　⑫2949
うだののの　⑧1609
うぢかはに　⑦1136
うぢかはの
　せぜのしきなみ　⑪2427
　みなあわさかまき　⑪2430
うぢかはは　⑦1135
うぢかはを　⑦1138
うちきらし　⑧1441
うちそを　①23
うちなびく
　はるきたるらし　⑧1422
　はるさりくらし　⑩1865
　はるさりくれば　⑩1830
　はるさりくれば　⑩1832
　はるたちぬらし　⑩1819
　はるともしるく　⑳4495
　はるのやなぎと　⑤826
　はるをちかみか　⑳4489
うちのぼる　⑧1433
うちはなひ　⑪2637
うちはぶき　⑲4233
うちはへて　⑬3272
うちひさす

みやこのひとに　⑳4473
みやぢにあひし　⑪2365
みやぢをひとは　⑪2382
みやぢをゆくに　⑦1280
みやにはあれど　⑫3058
みやにゆくこを　④532
みやのわがせは　⑭3457
うちひさず　⑤886
うちひさつ
みやけのはらゆ　⑬3295
みやのせがはの　⑭3505
うぢひとの　⑦1137
うぢまやま　①75
うちわたす　④760
うつくしき　③438
うつくしと
あがもふいもは　⑪2355
あがもふいもを　⑫2843
あがもふこころ　④687
おもふわぎもを　⑫2914
おもへりけらし　⑪2558
うつせみし　②150
うつせみと　②210
うつせみの
いのちをながく　⑬3292
いのちををしみ　①24
うつしごころも　⑫2960
つねなきみれば　⑲4162
つねのことばと　⑫2961
ひとめしげくは　⑫3108
ひとめをしげみ　④597
ひとめをしげみ　⑫3107
やそことのへは　⑭3456
よのことなれば　③482
よのひとなれば　⑨1787
よはつねなしと　③465
よやもふたゆく　④733
うつせみは
かずなきみなり　⑳4468
こひをしげみと　⑲4185
うつそみと
おもひしときに　②210ィ
おもひしときに　②213
うつそみの　②165
うつたに　⑪2476
うつたへに
とりははまねど　⑩1858
まがきのすがた　④778
うつつにか　⑫2917
うつつにと　⑲4237
うつつには
あふよしもなし　⑤807
あふよしもなし　⑪2544
うべもあはなく　⑫2848ィ
こともたえたり　⑫2959
さらにもえいはじ　④784
ただにはあはず　⑫2850
うつつにも
いまもみてしか　⑫2880
いめにもわれは　⑪2601
うづらなく
ふりにしさとの　⑧1558
ふりにしさとゆ　④775
ふるしとひとは　⑰3920
うつりゆく　⑳4483
うなはらに

うきねせむよは ⑮3592
かすみたなびき ⑳4399
うなはらの
おきつなはのり ⑪2779
おきへにともし ⑮3648
おきゆくふねを ⑤874
とほきわたりを ⑥1016
ねやはらこすげ ⑭3498
みちとほみかも ⑦1075
みちにのりてや ⑪2367
ゆたけきみつつ ⑳4362
うなはらを
とほくわたりて ⑳4334
やそしまがくり ⑮3613
うねめの ①51
うのはなの
さきちるをかゆ ⑩1976
さくつきたちぬ ⑱4066
さくとはなしに ⑩1989
すぎばをしみか ⑧1491
ちらまくをしみ ⑩1957
ともにしなけば ⑱4091
うのはなも ⑧1477
うのはなを ⑲4217
うはへなき
いもにもあるかも ④692
ものかもひとは ④631
うべこなは ⑭3476
うまいひを ⑯3810
うまかはば ⑬3317
うまぐたの
ねろにかくりゐ ⑭3383
ねろのささばの ⑭3382
うまこり ⑥913
うまさけ
みわのやしろの ⑧1517
みわのやま ①17
うまさけの ⑪2512
うまさけを ④712
うませごし ⑭3537左注
うまないたく ③263
うまなめて
いざうちゆかな ⑰3954
うちむれこえき ⑨1720
けふわがみつる ⑦1148
たかのやまへを ⑩1859
みよしのがはを ⑦1104
うまのあゆみ ⑥1002
うまのおとの ⑪2653
うまやぢに ⑪2749
うまやなる ⑳4429
うまるれば ③349
うみつぢの ⑨1781
うみやまも ④689
うめがえに ⑩1840
うめのはな
いつはをらじと ⑰3904
いまさかりなり ⑤820
いまさかりなり ⑤834
いまさけるごと ⑤816
いめにかたらく ⑤852
えだにかちると ⑧1647
かをかぐはしみ ⑳4500
さきたるそのの ⑤817
さきたるそのの ⑤825
さきちりすぎぬ ⑩1834

さきちるそのに　⑩1900
さきちるそのに　⑱4041
さきちるはるの　⑳4502
さきてちりなば　⑤829
さきてちりなば　⑩1922
さきてちりぬと　③400
さけるがなかに　⑲4283
さけるをかへに　⑩1820
しだりやなぎに　⑩1904
それともみえず　⑩2344
たをりかざして　⑤836
ちらくはいづく　⑤823
ちらすあらしの　⑧1660
ちらすはるさめ　⑩1918
ちらまくをしみ　⑤824
ちりまがひたる　⑤838
とりもちみれば　⑩1853
ふりおほふゆきを　⑩1833
まづさくえだを　⑩2326
みやまとしみに　⑰3902
われはちらさじ　⑩1906
をりかざしつつ　⑤843
をりてかざせる　⑤832
をりもをらずも　⑧1652
うめやなぎ　⑥949
うらうらに　⑲4292
うらごひし　⑰4010
うらさぶる　①82
うらなみの　⑬3343
うらぶちに　⑬3342
うらぶれて
かれにしそでを　⑫2927
ものなおもひそ　⑪2816
ものはおもはじ　⑪2817
うらへをも　⑯3812
うらみこぐ　⑫3172
うらみより　⑮3646
うらめしく　⑳4496
うらめしと　⑪2522
うらもなく
いにしきみゆゑ　⑫3180
わがゆくみちに　⑭3443
うらわかみ　④788
うりはめば　⑤802
うるはしと
あがもふいもを　⑮3729
あがもふいもを　⑮3755
あがもふきみは　⑳4504
おもひしおもはば　⑮3766
うるはしみ　⑳4451
うれたきや　⑩1951
うゑだけの　⑭3474

え

えはやしに　⑦1292

お

おうのうみの
かはらのちどり　③371
しほひのかたの　④536
おきつかぜ　⑮3616
おきつかぢ　⑦1205
おきつくに　⑯3888
おきつしま
ありそのたまも　⑥918
いゆきわたりて　⑱4103

おきつとり
　かもといふふねの　⑯3866
　かもといふふねは　⑯3867
おきつなみ
　きよるありそを　②222
　たかくたつひに　⑮3675
　へつもまきもち　⑦1206
　へなみしくしく　⑦1206ィ
　へなみしづけみ　⑥939
　へなみたつとも　③247
　へなみなたちそ　⑲4246
　へなみのきよる　⑪2732
　へなみのきよる　⑫3160
　よするありその　⑦1395
おきつもを　⑪2437
おきていかば　⑭3567
おきてゆかば　④493
おきにすも　⑭3527
おきへゆき　④625
おきへより
　しほみちくらし　⑮3642
　ふなびとのぼる　⑮3643
　みちくるしほの　⑱4045
おきゆくや　⑯3868
おくまへて　⑥1025
おくやまに　⑩2098
おくやまの
　いはかげにおふる　④791
　いはにこけむし　⑥962
　いはにこけむし　⑦1334
　いはもとすげの　⑪2761
　いはもとすげを　③397
　このはがくりて　⑪2711
　しきみがはなの　⑳4476
　すがのはしのぎ　③299
　まきのいたとを　⑪2519
　まきのいたとを　⑪2616
　まきのいたどを　⑭3467
　まきのはしのぎ　⑥1010
　やつをのつばき　⑲4152
おくらゝは　③337
おくれにし　⑥1031
おくれゐて
　あがこひをれば　⑨1681
　あれはやこひむ　⑨1771
　あれはやこひむ　⑨1772
　こひつつあらずは　②115
　こひつつあらずは　④544
　こひつつあらずは　⑫3205
　こひばくるしも　⑭3568
　ながこひせずは　⑤864
おしていなと　⑭3550
おしてる
　なにはすがかさ　⑪2819
　なにはのくには　⑥928
　なにはのさきに　⑬3300
　なにはのすげの　④619
　なにはほりえの　⑩2135
　なにはをすぎて　⑧1428
おしてるや
　なにはのつゆり　⑳4365
　なにはのをえに　⑯3886
おそはやも
　きみをしまたむ　⑭3493左注
　なをこそまため　⑭3493
おちたぎち　⑨1714

おちたぎつ
　かたかひがはの　⑰4005
　はしりゐみづの　⑦1127
おとにきき
　めにはいまだみず　⑤883
　めにはいまだみぬ　⑦1105
おとのみに　⑱4039
おとのみを　⑪2810
おのがじし　⑫2928
おのがをを　⑭3535
おのづまに　⑩2004
おのづまを　⑭3571
おのれゆゑ　⑫3098
おふしもと　⑭3488
おほかたは　⑫2918
おほきうみに
　あらしなふきそ　⑦1189
　しまもあらなくに　⑦1089
　たつらむなみは　⑪2741
おほきうみの
　ありそのすどり　⑪2801
　いそもとゆすり　⑦1239
　おくかもしらず　⑰3897
　そこをふかめて　⑫3028
　なみはかしこし　⑦1232
　みなそこてらし　⑦1319
　みなそことよみ　⑦1201
　みなそこふかく　⑳4491
おほきうみを　⑦1308
おほきみの
　さかひたまふと　⑥950
　しほやくあまの　⑫2971
　つかはさなくに　⑯3860
　つぎてめすらし　⑳4510
　とほのみかどぞ　⑰4011
　とほのみかどと　③304
　とほのみかどと　⑤794
　とほのみかどと　⑮3668
　とほのみかどと　⑱4113
　とほのみかどと　⑳4331
　にきたまあへや　③417
　まきのまにまに　⑱4116
　まけのまにまに　⑰3962
　まけのまにまに　⑰3969
　まけのまにまに　⑳4408
　みかさにぬへる　⑪2757
　みかさのやまの　⑦1102
　みかさのやまの　⑧1554
　みことかしこみ　①79
　みことかしこみ　③441
　みことかしこみ　⑥1020(1021)
　みことかしこみ　⑬3240
　みことかしこみ　⑬3333
　みことかしこみ　⑭3480
　みことかしこみ　⑮3644
　みことかしこみ　⑰3973
　みことかしこみ　⑳4328
　みことかしこみ　⑳4358
　みことかしこみ　⑳4394
　みことかしこみ　⑳4398
　みことかしこみ　⑳4403
　みことかしこみ　⑳4414
　みことかしこみ　⑳4472
　みことにされば　⑳4393
　みゆきのまにま　④543
　みゆきのまにま　⑥1032

おほきみは
かみにしいませば　②205
かみにしいませば　③235
かみにしいませば　③235左注
かみにしいませば　③241
かみにしいませば　⑲4260
かみにしいませば　⑲4261
ちとせにまさむ　③243
ときはにまさむ　⑱4064
おほくちの　⑧1636
おほくらの　⑨1699
おほさかを　⑩2185
おほさきの
ありそのわたり　⑫3072
かみのをばまは　⑥1023
おほぞらゆ　⑩2001
おほたきを　⑨1737
おほつちは　⑪2442
おほとのの　⑲4227
おほともの
たかしのはまの　①66
とほつかむおやの　⑱4096
なにおふゆきおびて　③480
みつとはいはじ　④565
みつにふなのり　⑮3593
みつのしらなみ　⑪2737
みつのとまりに　⑮3722
みつのはまなる　①68
みつのはまへを　⑦1151
みつのまつばら　⑤895
おほなこを　②110
おほなむち
すくなびこなの　③355
すくなびこなの　⑥963
すくなびこなの　⑱4106
すくなみかみの　⑦1247
おほならば
かもかもせむを　⑥965
たがみむとかも　⑪2532
おほのうらの　⑧1615
おほのぢは　⑯3881
おほのやま　⑤799
おほのらに
こさめふりしく　⑪2457
たどきもしらず　⑪2481
おほはしの　⑨1743
おほばやま
かすみたなびき　⑦1224
かすみたなびき　⑨1732
おほはらの
このいちしばの　④513
ふりにしさとに　⑪2587
おほぶねに
あしにかりつみ　⑪2748
いものるものに　⑮3579
かしふりたてて　⑮3632
かぢしもあらなむ　⑦1254
まかぢしじぬき　③368
まかぢしじぬき　⑦1386
まかぢしじぬき　⑪2494
まかぢしじぬき　⑮3611
まかぢしじぬき　⑮3679
まかぢしじぬき　⑲4240
をぶねひきそへ　⑯3869
おほぶねの
うへにしをれば　⑰3898

おもひたのみし　④550
おもひたのみて　⑬3288
おもひたのめる　⑬3251
かとりのうみに　⑪2436
たゆたふうみに　⑪2738
つもりがうらに　②109
ともにもへにも　⑪2740
はつるとまりの　②122
おほぶねを
あるみにいだし　⑮3582
あるみにこぎいで　⑦1266
こぎのまにまに　④557
へゆもともゆも　⑭3559
おほほしく　⑩1921
おほみふね　⑦1171
おほみやの
うちにもとにも　⑰3926
うちにもとにも　⑲4285
うちまできこゆ　③238
おほろかに
あれしおもはば　⑫2909
われしおもはば　⑦1312
われしおもはば　⑪2568
おほろかの　⑪2535
おみのめの　④509
おもかたの
わするさあらば　⑪2580
わすれむしだは　⑭3520
おもしろき　⑭3452
おもちちも
つまもこどもも　⑬3337
つまもこどもも　⑬3340
おもはじと　④657
おもはずも　⑮3735
おもはぬに
いたらばいもが　⑪2546
いもがゑまひを　④718
しぐれのあめは　⑩2227
おもはぬを
おもふといはば　④561
おもふといはば　④655
おもふといはば　⑫3100
おもひあまり　⑦1335
おもひいづる
ときはすべなみ　⑩2341
ときはすべなみ　⑫3036
おもひいでて
すべなきときは　⑫3030
ねにはなくとも　⑪2604
おもひたえ　④750
おもひつつ
くれどきかねて　⑨1733
ぬればかもとな　⑮3738
をればくるしも　⑫2931
おもひにし
あまりにしかば　⑪2492
あまりにしかば　⑪2551
あまりにしかば　⑫2947
しにするものに　④603
おもひやる
すべのしらねば　④707
すべのたづきも　⑬3261
すべのたどきも　⑫2892
たどきもわれは　⑫2941
おもひより　⑪2404
おもふこが　⑩1965

おもふどち ⑲4187
おもふひと ⑪2824
おもふらむ
　そのひとなれや ⑪2569
　ひとにあらなくに ④682
おもふゑに ⑮3731
おもへども
　おもひもかねつ ⑪2802
　しるしもなしと ④658
おもほえず ⑥1004
おもわすれ
　いかなるひとの ⑪2533
　だにもえすやと ⑪2574
およづれの ③421
おろかにそ ⑱4049

か

かうぬれる ⑯3828
かがみなす ⑦1404
かからむと
　かねてしりせば ②151
　かねてしりせば ⑰3959
かきかぞふ ⑰4006
かききらし ⑨1756
かきごしに ⑦1289
かきつはた
　きぬにすりつけ ⑰3921
　さきさはにおふる ⑫3052
　さきぬのすげを ⑪2818
　につらふきみを ⑪2521
かきほなす
　ひとごとききて ④713
　ひとのよこごと ⑨1793
　ひとはいへども ⑪2405
かくこひむ
　ものとしりせば ⑫3038
　ものとしりせば ⑫3143
かくしあらば ⑩1907
かくしたる ⑩2088
かくしつつ
　あがまつしるし ⑪2585
　あそびのみこそ ⑥995
　あらくをよみぞ ⑥975
　ありなぐさめて ⑪2826
かくしてそ ⑫3075
かくしても ⑱4118
かくしてや
　なほやおいなむ ⑦1349
　なほやまからむ ④700
　なほやまもらむ ⑪2839
かくだにも
　あれはこひなむ ⑪2548
　いもをまちなむ ⑪2820
かくのみし
　あひおもはざらば ⑬3259
　こひしわたれば ⑨1769
　こひばしぬべし ⑪2570
　こひやわたらむ ④693
　こひやわたらむ ⑪2374
かくのみに
　ありけるきみを ⑫2964
　ありけるものを ③455
　ありけるものを ③470
　ありけるものを ⑯3804
かくのみや
　あがこひをらむ ⑰3938

いきづきをらむ　⑤881
かくばかり
あめのふらくに　⑩1963
おもかげのみに　④752
こひしくしあらば　⑲4221
こひつつあらずは　②86
こひつつあらずは　④722
こひつつあらずは　⑪2693
こひむとかねて　⑮3739
こひむものそと　⑪2372
こひむものそと　⑪2547
こひむものそと　⑫2867
かぐはしき　⑩1967
かぐやまと　①14
かぐやまに　⑪2449
かぐやまは　①13
かくゆゑに　③305
かげくさの　⑩2159
かけまくは　⑤813
かけまくも
あやにかしこし　③475
あやにかしこし　③478
あやにかしこし　⑬3324
あやにかしこし　⑱4111
ゆゆしきかも　②199
ゆゆしけれども　②199ィ
かさなみと　⑪2684
かざはやの
はまのしらなみ　⑨1673
みほのうらみの　③434
みほのうらみを　⑦1228
かざまじり
あめふるよの　⑤892
ゆきはふりつつ　⑩1836
ゆきはふるとも　⑧1445
かしこきや
あめのみかどを　⑳4480
みことかがふり　⑳4321
かしこみと　⑮3730
かしふえに　⑮3654
かしまねの　⑯3880
かしまより　⑰4027
かすがなる
はがひのやまゆ　⑩1827
みかさのやまに　⑦1295
みかさのやまに　⑩1887
みかさのやまに　⑫3209
かすがのに
あさぢしめゆひ　⑫3050
あさゐるくもの　④698
あはまけりせば　③405
いつくみもろの　⑲4241
けぶりたつみゆ　⑩1879
さきたるはぎは　⑦1363
しぐれふるみゆ　⑧1571
てれるゆふひの　⑫3001
かすがのの
あさぢがうへに　⑩1880
あさぢがはらに　⑫3196
はぎはちりなば　⑩2125
ふぢはちりにて　⑩1974
やまへのみちを　④518
かすがやま
あさたつくもの　④584
あさゐるくもの　④677
おしててらせる　⑦1074

かすみたなびき　④735
くもゐがくりて　⑪2454
やまたかからし　⑦1373
かすみたつ
あまのかはらに　⑧1528
かすがのさとの　⑧1437
かすがのさとの　⑧1438
ながきはるひの　①5
ながきはるひを　⑤846
ののうへのかたに　⑧1443
はるのながひを　⑩1894
はるのながひを　⑫3150
はるのはじめを　⑳4300
かすみゐる　⑭3357
かぜくもは　⑧1521
かぜたかく　④782
かぜにちる　⑩1966
かぜのとの　⑭3453
かぜのむた　⑮3661
かせのやま　⑥1057
かぜふかぬ　⑪2726
かぜふきて
うみこそあるれ　⑦1309
かはなみたちぬ　⑩2054
かぜふけば
おきつしらなみ　⑮3673
なみかたたむと　⑥945
もみちちりつつ　⑩2198
かぜをいたみ
いたぶるなみの　⑪2736
おきつしらなみ　③294
かぜをだに
こふるはともし　④489
こふるはともし　⑧1607
かたいともち　⑪2791
かたおもひを　⑱4081
かたかひの　⑰4002
かたよりに　⑩1987
かたりつぐ　⑨1803
かたをかの　⑦1099
かぢのおとそ　⑦1152
かづきする　⑦1303
かつしかの
ままのいりえに　③433
ままのゐみれば　⑨1808
かづしかの
ままのうらみを　⑭3349
ままのてごなが　⑭3385
ままのてごなを　⑭3384
かつまたの　⑯3835
かづらきの
そつびこまゆみ　⑪2639
たかまのかやの　⑦1337
かどたてて
とはさしたれど　⑫3118
ともさしたるを　⑫3117
かどにゐし　⑬3322
かなしいもを
いづちゆかめと　⑭3577
ゆづかなべまき　⑭3486
かなとだを　⑭3561
かなとにし　⑨1739
かにかくに
ひとはいふとも　④737
ひとはいふとも　⑦1298
ものはおもはじ　⑪2648

ものはおもはじ　⑪2691
かのころと　⑭3565
かはかぜの　③425
かはかみに　⑪2838
かはかみの　⑭3497
かはぐちの　⑥1029
かはすにも　⑲4288
かはちどり　⑪2680
かはづなく
　かむなびかはに　⑧1435
　きよきかはらを　⑦1106
　むつたのかはの　⑨1723
　よしののかはの　⑩1868
かはのせの
　いしふみわたり　⑬3313
　そそきをみれば　⑨1685
かはのへの
　いつものはなの　④491
　いつものはなの　⑩1931
　つらつらつばき　①56
　ゆついはむらに　①22
かふちめの　⑦1316
かへらまに　⑪2823
かへりきて　⑮3681
かへりける　⑮3772
かへりにし　⑬3269
かへるさに　⑮3614
かへるべく　③439
かへるみの　⑱4055
かほとりの　⑩1898
かほよきは　⑯3821
かまくらの　⑭3365
かみつけの
　あそのまそむら　⑭3404
　あそやまつづら　⑭3434
　いかほのぬまに　⑭3415
　いかほのねろに　⑭3423
　いならのぬまの　⑭3417
　かほやがぬまの　⑭3416
　くろほのねろの　⑭3412
　さのだのなへの　⑭3418
　さののくくたち　⑭3406
　さののふなはし　⑭3420
　まぐはしまとに　⑭3407
　をどのたどりが　⑭3405
　をののたどりが　⑭3405左注
かみつせに　⑩2165
かみとけの　⑬3223
かみなづき
　あままもおかず　⑫3214
　しぐれのあめに　⑫3213
　しぐれのあめふり　⑩2263ィ
　しぐれのつねか　⑲4259
かみのごと　⑫3015
かみよより
　あれつぎくれば　④485
　いひつてくらく　⑤894
　よしののみやに　⑥1006
かむかぜの
　いせのうみの　⑬3301
　いせのくににも　②163
　いせのはまをぎ　④500
かむからか　⑥910
かむきにも　④517
かむさびて　⑫3047
かむさぶと

いなぶにはあらず　④762
　いなぶにはあらず　⑧1612
かむさぶる
　あらつのさきに　⑮3660
　いはねこごしき　⑦1130
　たるひめのさき　⑱4046
かむなづき　⑧1590
かむなびに　⑪2657
かむなびの
　あさじのはらの　⑪2774
　いはせのもりの　⑧1419
　いはせのもりの　⑧1466
　うちみのさきの　⑪2715
　かみよりいたに　⑨1773
　みもろのやまに　⑬3228
　やましたとよみ　⑩2162
かもがはの　⑪2431
かもじもの　⑮3649
かもすらも　⑫3091
かもとりの　④711
かもやまの　②223
からくにに　⑲4262
からころむ　⑳4401
からころも
　きならのさとの　⑥952
　きみにうちきせ　⑪2682
　すそのうちかひ　⑭3482左注
　すそのうちかへ　⑭3482
からすとふ　⑭3521
からたちの　⑯3832
からとまり　⑮3670
からひとの　④569
からひとも　⑲4153
かりがねの
　きなかむひまで　⑩2097
　きなきしなへに　⑩2194
　こゑきくなへに　⑩2195
　さむきあさけの　⑩2181
　さむくなきしゆ　⑩2208
　さわきにしより　⑩2212
　はつこゑききて　⑩2276
かりがねは
　いまはきなきぬ　⑩2183
　つかひにこむと　⑰3953
かりがねを　⑩2191
かりこもの　⑪2520
かりたかの　⑥981
かりはきぬ　⑩2144
かるうすは　⑯3817
かるのいけの　③390

き

きかずして　⑬3304
ききしごと　③245
きぎしなく　⑩1866
ききしより　⑫2894
ききつやと
　いもがとはせる　⑧1563
　きみがとはせる　⑩1977
きそこそば　⑭3522
きたやまに　②161
きぢにこそ　⑦1098
きてみべき　⑩2328
きのうみの　⑪2730
きのくにに　⑨1679
きのくにの

あくらのはまの　⑪2795
さひかのうらに　⑦1194
はまによるといふ　⑬3257左注
はまによるといふ　⑬3318
むかしゆみをの　⑨1678
むろのえのへに　⑬3302
きのふけふ　⑮3777
きのふこそ
きみはありしか　③444
としははてしか　⑩1843
ふなではせしか　⑰3893
きのふみて　⑪2559
きはつくの　⑭3444
きはまりて　⑫3114
きへひとの　⑭3354
きみがあたり　⑫3032
きみがいへに
うゑたるはぎの　⑲4252
わがすみさかの　④504
きみがいへの
いけのしらなみ　⑳4503
はなたちばなは　⑧1492
もみちばはやく　⑩2217
きみがきる　⑪2675
きみがため
うきぬのいけの　⑦1249
かみしまちさけ　④555
たぢからつとめ　⑦1281
やまだのさはに　⑩1839
きみがなも　⑪2697左注
きみがふね　⑩2045
きみがむた　⑮3773
きみがめの　⑪2381
きみがゆき
けながくなりぬ　②85
けながくなりぬ　②90
けながくなりぬ　⑤867
もしひさにあらば　⑲4238
きみがゆく
うみへのやどに　⑮3580
みちのながてを　⑮3724
きみがよも　①10
きみこずは　⑪2484
きみなくは　⑨1777
きみにあはず
ひさしきときゆ　⑩2028
ひさしくなりぬ　⑫3082
きみにこひ
あがなくなみた　⑫2953
いたもすべなみ　③456
いたもすべなみ　④593
いねぬあさけに　⑪2654
うらぶれをれば　⑩2143
うらぶれをれば　⑪2409
しなえうらぶれ　⑩2298
きみににる　⑦1347
きみにより
ことのしげきを　④626
わがなはすでに　⑰3931
きみはこず　⑫3026
きみまつと
あがこひをれば　④488
あがこひをれば　⑧1606
にはにしをれば　⑫3044
きみをおもひ　⑮3683
きみをまつ　⑤865

きよきせに　⑦1125
きりめやま　⑫3037

く

くさかえの　④575
くさかげの
　あのなゆかむと　⑭3447
　あらゐのさきの　⑫3192
くさふかみ　⑩2271
くさまくら
　このたびのけに　⑬3347
　たびいにしきみが　⑰3937
　たびにしばしば　⑰3936
　たびにしをれば　⑫3176
　たびにはつまは　④635
　たびにひさしく　④622
　たびにひさしく　⑮3719
　たびにものもひ　⑩2163
　たびのうれへを　⑨1757
　たびのおきなと　⑱4128
　たびのかなしく　⑫3141
　たびのけにして　⑬3347イ
　たびのころもの　⑫3146
　たびのひもとく　⑫3147
　たびのまるねの　⑳4420
　たびのやどりに　③426
　たびゆくきみと　①69
　たびゆくきみを　④566
　たびゆくきみを　⑫3184
　たびゆくきみを　⑫3216
　たびゆくきみを　⑰3927
　たびゆくせなが　⑳4416
　たびゆくひとも　⑧1532
　たびゆくひとを　⑮3637
　たびをくるしみ　⑮3674
くじがはは　⑳4368
くしもみじ　⑲4263
くしろつく　①41
くたみやま　⑪2674
くだらのの　⑧1431
くにぐにの
　さきもりつどひ　⑳4381
　やしろのかみに　⑳4391
くにすらが　⑩1919
くにとほき　⑤884
くにとほみ
　おもひなわびそ　⑫3178
　ただにはあはず　⑫3142
くにめぐる　⑳4339
くへごしに
　むぎはむこうまの　⑭3537
　むぎはむこまの　⑫3096
くもがくり
　かりなくときは　⑨1703
　なくなるかりの　⑧1567
　ゆくへをなみと　⑥984
くもがくる　⑦1310
くもだにも　⑪2452
くもにとぶ　⑤848
くものうへに
　なきつるかりの　⑧1575
　なくなるかりの　⑧1574
くもまより　⑪2450
くもりよの　⑫3186
くもゐなる　⑫3190
くやしかも　⑤797

くやしくも
おいにけるかも ⑫2926
みちぬるしほか ⑦1144
くらはしの
やまをたかみか ③290
やまをたかみか ⑨1763
くるしくも
くれゆくひかも ⑨1721
ふりくるあめか ③265
くるみちは ⑪2421
くれなゐに
ころもそめまく ⑦1297
そめてしころも ⑯3877
ふかくしみにし ⑥1044
くれなゐの
あさはののらに ⑪2763
うすぞめごろも ⑫2966
ころもにほはし ⑲4157
すそつくかはを ⑪2655ィ
すそびくみちを ⑪2655
はなにしあらば ⑪2827
ふかそめのきぬ ⑦1313
ふかそめのきぬ ⑪2624
ふかそめのきぬを ⑪2828
やしほのころも ⑪2623
くれなゐは ⑱4109
くろうしがた ⑨1672
くろうしのうみ ⑦1218
くろかみに ④563
くろかみの ⑪2602
くろきとり ④780
くわそなしに ⑮3754

け

けころもを ②191
けさなきて ⑧1578
けさのあさけ
あきかぜさむし ⑰3947
かりがねききつ ⑧1513
かりがねさむく ⑧1540
けさゆきて ⑩1817
けだしくも ④680
けならべば ⑪2387
けのこりの ⑳4471
けひのうみの ③256, ⑮3609左注
けひのうらに ⑫3200
けふけふと ②224
けふなれば ⑪2809
けふのためと ⑲4151
けふのひに ⑨1754
けふふりし ⑧1649
けふもかも
あすかのかはの ③356
おきつたまもは ⑦1168
みやこなりせば ⑮3776
けふよりは ⑳4373

こ

こいまろび ⑩2274
ここにありて
かすがやいづち ⑧1570
つくしやいづち ④574
ここにして
いへやもいづち ③287
そがひにみゆる ⑲4207

こころぐき　⑧1450
こころぐく　④789
こころさへ　⑪2573
こころなき
　あきのつくよの　⑩2226
　あめにもあるか　⑫3122
　とりにそありける　⑮3784
こころには
　おもひわたれど　④714
　ちへにおもへど　⑪2371
　ちへにしくしく　⑪2552
　ちへにももへに　⑫2910
　もえておもへど　⑫2932
　ゆるふことなく　⑰4015
　わするるひなく　④647
　わすれぬものを　④653
こころゆも
　あれはおもはずき　④601
　あれはおもはずき　④609
こころをし
　きみにまつると　⑪2603
　むがうのさとに　⑯3851
こしのうみの
　しなののはまを　⑰4020
　たゆひがうらを　③367
　つのがのはまゆ　③366
こすげろの　⑭3564
こせやまの　①54
こぞさきし　⑩1863
こぞのあき　⑱4117
こぞのはる
　あへりしきみに　⑧1430
　いこじてうゑし　⑧1423
こぞみてし
　あきのつくよは　②211
　あきのつくよは　②214
こだかくは　⑩1946
こたへぬに　⑩1828
こちたくは　⑦1343
こちでしは　④776
こときよく　④537
ことさけば　⑦1402
ことさけを　⑯3875
ことさらに　⑩2107
ことしあらば　⑯3806
ことしげき
　くににあらずは　⑧1515ィ
　さとにすまずは　⑧1515
ことしげみ
　あひとはなくに　⑲4282
　きみはきまさず　⑧1499
ことしゆく　⑦1265
ことだまの　⑪2506
こととくは　⑪2712
こととはぬ
　きすらあぢさゐ　④773
　きすらいもとせと　⑥1007
　きすらはるさき　⑲4161
　きにはありとも　⑤811
　きにもありとも　⑤812
こととれば　⑦1129
ことにいでて
　いはばゆゆしみ　⑩2275
　いはばゆゆしみ　⑪2432
ことにいへば　⑪2581
ことのみを　④740

ことひうしの　⑨1780
ことふらば　⑩2317
こともなく　④559
このかはに　⑭3440
このかはゆ　⑦1307
このくれに　⑱4053
このくれの
　しげきをのへを　⑳4305
　ゆふやみなるに　⑩1948
　ゆふやみなれば　⑩1948ィ
このことを　⑪2811
このころの
　あがこひぢから　⑯3858
　あがこひぢから　⑯3859
　あかときつゆに　⑩2182
　あかときつゆに　⑩2213
　あきかぜさむし　⑩2175
　あきのあさけに　⑩2141
　あさけにきけば　⑧1603
　いのねらえぬは　⑫2844
　こひのしげけく　⑩1984
このころは
　きみをおもふと　⑮3768
　こひつつもあらむ　⑮3726
　ちとせやゆきも　④686
このさとは　⑲4268
このしぐれ　⑲4222
このつきの　⑦1078
このつきは　⑬3344
このはなの
　ひとよのうちに　⑧1456
　ひとよのうちは　⑧1457
このまより　⑪2821
このみゆる　⑱4123
このやまの
　みねにちかしと　⑪2672
　もみちのしたの　⑦1306
このゆきの　⑲4226
このゆふへ
　あきかぜふきぬ　⑩2102
　つみのさえだの　③386
　ふりくるあめは　⑩2052
このよにし　③348
このよには　④541
このよらは　⑩2224
このをかに
　くさかるわらは　⑦1291
　をしかふみおこし　⑧1576
このをがは　⑦1113
こひぐさを　④694
こひこひて
　あひたるものを　④667
　あへるときだに　④661
　のちもあはむと　⑫2904
こひごろも　⑫3088
こひしくは
　かたみにせよと　⑩2119
　けながきものを　⑩2017
こひしけく　⑩2039
こひしけば
　かたみにせむと　⑧1471
　きませわがせこ　⑭3455
　そでもふらむを　⑭3376
こひしげみ　⑮3620
こひしなば
　こひもしねとや　⑪2370

こひもしねとや　⑪2401
　こひもしねとや　⑮3780
こひしなむ
　そこもおなじそ　④748
　のちはなにせむ　④560
　のちはなにせむ　⑪2592
こひするに　⑪2390
こひつつも
　いなばかきわけ　⑩2230
　けふはあらめど　⑫2884
　けふはくらしつ　⑩1914
　のちもあはむと　⑫2868
　をらむとすれど　⑭3475
こひといへば　⑫2939
こひにもそ　④598
こひはいまは　④695
こふといふは　⑱4078
こふること
　なぐさめかねて　⑪2414
　まされるいまは　⑫3083
こふるひの　⑩2278
こふるひは　⑩2079
こほろぎの
　あがとこのへに　⑩2310
　まちよろこぶる　⑩2264
こまつくる　⑯3845
こまつるぎ　⑫2983
こまにしき
　ひもときあけて　⑪2406
　ひもときかはし　⑩2090
　ひもときさけて　⑭3465
　ひものかたへぞ　⑪2356
　ひものむすびも　⑫2975
こまひとの　⑪2496
こまやまに　⑥1058
こむといふも　④527
こもちやま　⑭3494
こもまくら　⑦1414
こもよ　①1
こもりくの
　とよはつせぢは　⑪2511
　はつせのかはの　⑬3263
　はつせのかはの　⑬3299左注
　はつせのかはの　⑬3330
　はつせのくにに　⑬3310
　はつせのやま　⑬3331
　はつせのやまに　⑦1270
　はつせのやまに　⑦1407
　はつせのやまの　③428
　はつせのやまは　⑧1593
　はつせをぐにに　⑬3311
　はつせをぐにに　⑬3312
　はつせをとめが　③424
こもりづの　⑪2794
こもりどの　⑪2443
こもりには　⑪2784
こもりぬの
　したにこふれば　⑪2719
　したゆこひあまり　⑫3023
　したゆこひあまり　⑰3935
　したゆこふれば　⑪2441
　したゆはこひむ　⑫3021
こもりのみ
　こふればくるし　⑩1992
　こふればくるし　⑯3803
　をればいぶせみ　⑧1479

こよひの
　あかときぐたち　⑩2269
　ありあけのつくよ　⑪2671
　おほつかなきに　⑩1952
　はやくあけなば　④548
こらがいへぢ　③302
こらがてを
　まきむくやまに　⑩1815
　まきむくやまは　⑦1268
こらがなに　⑩1818
こらしあらば　⑥1000
これやこの
　なにおふなるとの　⑮3638
　やまとにしては　①35
ころもしも　⑪2829
ころもで
　あしげのうまの　⑬3328
　ひたちのくにの　⑨1753
ころもでに
　あらしのふきて　⑬3282
　とりとどこほり　④492
　みしぶつくまで　⑧1634
ころもでの
　なきのかはへを　⑨1696
　まわかのうらの　⑫3168
　わかるこよひゆ　④508
ころもでを　④589

さ

さうけふに　⑯3855
さかこえて　⑭3523
さかしみと　③341
さかづきに　⑧1656
さがむぢの　⑭3372
さがむねの　⑭3362
さきたまの
　つにをるふねの　⑭3380
　をさきのぬまに　⑨1744
さきでたる　⑩2335
さきはひの　⑦1411
さきむりに　⑳4364
さきもりに
　たちしあさけの　⑭3569
　ゆくはたがせと　⑳4425
さきもりの　⑳4336
さくはなの　⑥1061
さくはなは
　うつろふときあり　⑳4484
　すぐるときあれど　⑪2785
さくはなも　⑧1548
さくらあさの
　をふのしたくさ　⑪2687
　をふのしたくさ　⑫3049
さくらだへ　③271
さくらばな
　いまさかりなり　⑳4361
　いまそさかりと　⑱4074
　さきかもちると　⑫3129
　ときはすぎねど　⑩1855
さけのなを　③339
さけりとも
　しらずしあらば　⑩2293
　しらずしあらば　⑰3976
さごろもの　⑭3394
ささがはの　⑳4431
ささなみの

おほやまもりは　②154
くにつみかみの　①33
しがさざれなみ　②206
しがつのあまは　⑦1253
しがつのうらの　⑦1398
しがつのこらが　②218
しがのおほわだ　①31
しがのからさき　①30
しがのつのこが　②218ィ
なみくらやまに　⑦1170
なみこすあざに　⑫3046
ひらのおほわだ　①31ィ
ひらやまかぜの　⑨1715
ささのはに　⑩2337
ささのはは　②133
さざれいしに　⑭3542
さざれなみ
いそこしぢなる　③314
うきてながるる　⑬3226
さしなべに　⑯3824
さしやかむ　⑬3270
さすたけの
おほみやひとの　⑥955
よごもりてあれ　⑪2773
さすだけの　⑮3758
さだのうらに　⑫3029
さつきの　⑧1502
さつきやま
うのはなづくよ　⑩1953
はなたちばなに　⑩1980
さとさかり　⑫3134
さとちかく
いへやをるべき　⑫2876
きみがなりなば　⑰3939
さとどほみ
こひうらぶれぬ　⑪2501
こひわびにけり　⑪2634
さととよめ　⑪2803ィ
さとなかに　⑪2803
さとびとの
ことよせつまを　⑪2562
みるめはづかし　⑱4108
われにつぐらく　⑬3303
さとびとも　⑫2873
さとゆけに　⑩2203
さなつらの　⑭3451
さにつらふ
いもをおもふと　⑩1911
いろにはいでず　⑪2523
きみがみことと　⑯3811
さぬかたの　⑩2106
さぬがには　⑪2782
さぬらくは　⑭3358
さぬるよは　⑮3760
さねかづら　⑪2479
さねそめて　⑩2023
さねぬよは　⑪2528
さのかたは
みにならずとも　⑩1928
みになりにしを　⑩1929
さのやまに　⑭3473
さひのくま
ひのくまがはに　⑫3097
ひのくまがはの　⑦1109
さぶるこが　⑱4110
さへきやま　⑦1259

さへなへぬ　⑳4432
さほがはに
　こほりわたれる　⑳4478
　さわけるちどり　⑦1124
　なくなるちどり　⑦1251
さほがはの
　かはなみたたず　⑫3010
　きしのつかさの　④529
　きよきかはらに　⑦1123
　こいしふみわたり　④525
　みづをせきあげて　⑧1635
さほすぎて　③300
さほのうちゆ　⑪2677
さほやまに　③473
さほやまを　⑦1333
さほわたり　④663
さゆりばな
　ゆりもあはむと　⑱4088
　ゆりもあはむと　⑱4115
さよなかと　⑨1701
さよなかに　④618
さよふけて
　あかときづきに　⑲4181
　いまはあけぬと　⑬3321
　いもをおもひで　⑫2885
　しぐれなふりそ　⑩2215
　ほりえこぐなる　⑦1143
　よなかのかたに　⑦1225
さよふけば　⑩2332
さわたりの　⑭3540
さをしかの
　あさたつのへの　⑧1598
　あさふすをのの　⑩2267
　いりののすすき　⑩2277
　きたちなくのの　⑧1580
　こころあひおもふ　⑩2094
　つまととのふと　⑩2142
　つまどふときに　⑩2131
　つまよぶやまの　⑩2220
　なくなるやまを　⑥953
　はぎにぬきおける　⑧1547
　ふすやくさむら　⑭3530
　むなわけにかも　⑧1599
　をののくさぶし　⑩2268

し

しかとあらぬ　⑧1592
しかのあまの
　いそにかりほす　⑫3177
　しほやきころも　⑪2622
　しほやくけぶり　⑦1246
　つりしともせる　⑫3170
　つりぶねのつな　⑦1245
　ひとひもおちず　⑮3652
　ほけやきたてて　⑪2742
しかのあまは　③278
しかのうらに
　いざりするあま　⑮3653
　いざりするあま　⑮3664
しかのやま　⑯3862
しかまえは　⑦1178ィ
しかれこそ　⑬3307
しきしまの
　やまとのくにに　⑬3248
　やまとのくにに　⑬3249
　やまとのくにに　⑬3326

やまとのくにに　⑳4466
やまとのくには　⑬3254
しきたへの
ころもでかれて　⑪2483
ころもでかれて　⑪2607
そでかへしきみ　②195
たまくらまかず　④535
まくらうごきて　⑪2515
まくらうごきて　⑪2593
まくらはひとに　⑪2516
まくらゆくくる　④507
まくらをまきて　⑪2615
しくしくに　⑬3256
しくらがは　⑲4190
しぐれのあめ
まなくしふれば　⑧1553
まなくしふれば　⑩2196
まなくなふりそ　⑧1594
しぐれふる　⑩2306
しげをかに　⑥990
しだのうらを　⑭3430
しづけくも　⑦1237
しつたまき
かずにもあらぬ　④672
かずにもあらぬ　⑤903
しながとり
あはにつぎたる　⑨1738
ゐなのうらみを　⑦1140ィ
ゐなのをくれば　⑦1140
ゐなやまとよに　⑪2708
しなざかる
こしにいつとせ　⑲4250
こしのきみらと　⑱4071
しなたつ　⑬3323
しなてる　⑨1742
しなのぢは　⑭3399
しなのなる
すがのあらのに　⑭3352
ちぐまのかはの　⑭3400
しなばこそ　⑯3792
しなむいのち　⑫2920
しにもいきも　⑯3797
しののうへに　⑫3093
しばしばも　⑩2042
しはすには　⑧1648
しばつきの　⑭3508
しはつやま　③272
しびつくと　⑲4218
しぶたにの
さきのありそに　⑰3986
ふたがみやまに　⑯3882
しぶたにを　⑲4206
しほかれの　③293
しほけたつ　⑨1797
しほさゐに　①42
しほつやま　③365
しほはやみ　⑦1234
しほひなば
たまもかりつめ　③360
またもわれこむ　⑮3710
しほふねの　⑳4389
しほぶねの　⑭3556
しほふれば
あしへにさわく　⑥1064
ともにかたにいで　⑦1164
しほまつと　⑮3594

しほみたば　⑦1216
しほみてば
　いりぬるいその　⑦1394
　みなわにうかぶ　⑪2734
しまがくり　⑥944
しまかげに　⑳4412
しましくも
　ひとりありうる　⑮3601
　みねばこひしき　⑪2397
　ゆきてみてしか　⑥969
しまづたひ　③389
しまづたふ　⑦1400
しまのみや
　かみのいけなる　②172
　まがりのいけの　②170
しまみすと　⑦1117
しまやまに　⑲4276
しまやまを　⑨1751
しまらくは　⑭3471
しめゆひて　③394
しもがれの　⑩1846
しもくもり　⑦1083
しもつけの
　あそのかはらよ　⑭3425
　みかものやまの　⑭3424
しものうへに　⑳4298
しもゆきも　⑧1434
しらかおふる　④628
しらかつく　⑫2996
しらきへか　⑮3696
しらくもの
　いほへにかくり　⑩2026
　たえにしいもを　⑭3517
　たつたのやまの　⑥971
　たつたのやまの　⑨1747
　たつたのやまを　⑨1749
　たなびくくにの　⑬3329
　たなびくやまの　④758
しらさきは　⑨1668
しらすげの
　まののはりはら　③281
　まののはりはら　⑦1354
しらたまの
　あひだあけつつ　⑪2448
　いほつつどひを　⑩2012
　いほつつどひを　⑱4105
　ひとのそのなを　⑨1792
　みがほしきみを　⑲4170
　をだえはまこと　⑯3815
しらたまは
　ひとにしらえず　⑥1018
　をだえしにきと　⑯3814
しらたまを
　つつみてやらば　⑱4102
　てにとりもして　⑳4415
　てにはまかずに　⑦1325
　てにまきしより　⑪2447
　まきてもちたり　⑪2446
しらつゆと　⑩2171
しらつゆに　⑩2116
しらつゆの　⑩2099
しらつゆを
　たまになしたる　⑩2229
　とらばけぬべし　⑩2173
しらとほふ　⑭3436
しらとりの

さぎさかやまの　⑨1687
とばやままつの　④588
しらなみの
きよするしまの　⑪2733
ちへにきよする　⑥932
はままつがえの　①34
はままつのきの　⑨1716
よするいそみを　⑰3961
よせくるたまも　⑰3994
よそるはまへに　⑳4379
しらぬひ　③336
しらまなご　⑪2725
しらまゆみ
いそべのやまの　⑪2444
いまはるやまに　⑩1923
ひだのほそえの　⑫3092
しらゆきの
つねしくふゆは　⑩1888
ふりしくやまを　⑲4281
しるしなき
こひをもするか　⑪2599
ものをおもはずは　③338
しろかねも　⑤803
しろかみし　⑯3793
しろたへに　⑦1192
しろたへの
あがころもでを　⑮3778
あがしたごろも　⑮3751
きみがしたびも　⑫3181
ころものそでを　⑭3449
そでさしかへて　③481
そでときかへて　④510
そでなめずてぬる　⑫2962
そでのわかれは　⑫3182
そでのわかれを　⑫3215
そではまゆひぬ　⑪2609
そでふれにしよ　⑪2612
そでわかるべき　④645
そでをはつはつ　⑪2411
そでをりかへし　⑫2937
たもとゆたけく　⑫2963
ふぢえのうらに
③252左注，⑮3607
わがころもでに　⑪2690
わがひものをの　⑫2854
しをぢから　⑰4025

す

すがしまの　⑪2727
すがのねの
ねもころいもに　⑪2758
ねもころきみが　⑪2473
ねもころごろに　⑫2857
ねもころごろに　⑬3284
すぎののに　⑲4148
すごもしき　⑯3825
すずかがは　⑫3156
すずがねの　⑭3439
すずきとる　⑪2744
すずのあまの　⑱4101
すずのうみに　⑰4029
すはにある　④567
すべもなき　⑫3111
すべもなく　⑤899
すまのあまの
しほやききぬの　③413

しほやききぬの　⑥947
すまひとの　⑰3932
すみのえに
いつくはふりが　⑲4243
ゆくといふみちに　⑦1149
すみのえの
あささはをのの　⑦1361
いでみのはまの　⑦1274
えなつにたちて　③283
おきつしらなみ　⑦1158
きしにいへもが　⑦1150
きしにむかへる　⑫3197
きしのうらみに　⑪2735
きしのはりに　⑯3801
きしのまつがね　⑦1159
きしをたにはり　⑩2244
こはまのしじみ　⑥997
さとゆきしかば　⑩1886
しきつのうらの　⑫3076
つもりあびきの　⑪2646
とほさとをのの　⑦1156
なごのはまへに　⑦1153
のきのまつばら　③295
はづまのきみが　⑦1273
はまによるといふ　⑪2797
はままつがねの　⑳4457
をだをからすこ　⑦1275
をつめにいでて　⑯3808
すめろきの
かみのみかどを　⑪2508
かみのみことの　③322
かみのみやひと　⑦1133
しきますくにの　⑱4122
とほきみよにも　⑳4360
とほのみかどと　⑮3688
とほみよみよは　⑲4205
みよさかえむと　⑱4097
みよよろづよに　⑲4267
すりころも　⑪2621
するがのうみ　⑭3359

せ

せきなくは　⑥1036
せのやまに
ただにむかへる　⑦1193
もみちつねしく　⑨1676
せむすべの　⑬3274
せをはやみ　⑩2164

そ

そきいたもち　⑪2650
そこきよみ　⑦1318
そでたれて　⑲4277
そでふらば
みつべきかぎり　⑪2485
みもかはしつべく　⑧1525
そらかぞふ　②219
そらみつ
やまとのくに　⑬3236
やまとのくに　⑲4245
やまとのくには　⑲4264

た

たえずゆく　⑦1379
たかきねに　⑭3514
たかくらの　③373

たかしきの
　うへかたやまは　⑮3703
　うらみのもみち　⑮3702
　たまもなびかし　⑮3705
　もみちをみれば　⑮3701
たかしまの
　あどかはなみは　⑨1690
　あどしらなみは　⑦1238
　あどのみなとを　⑨1734
たかせなる　⑫3018
たがそのの
　うめにかありけむ　⑩2327
　うめのはなそも　⑩2325
たがはのに　⑫2863ィ
たかひかる
　わがひのみこの　②171
　わがひのみこの　②173
たかまつの　⑩2233
たかまとの
　あきののうへの　⑧1610
　あきののうへの　⑳4319
　ののうへのみやは　⑳4506
　のへのあきはぎ　②231
　のへのあきはぎ　②233
　のへのあきはぎ　⑧1605
　のへのかほばな　⑧1630
　のへはふくずの　⑳4508
　みやのすそみの　⑳4316
　をのうへのみやは　⑳4507
　をばなふきこす　⑳4295
たかみくら
　あまのひつぎと　⑱4089
　あまのひつぎと　⑱4098
たかやまと　⑬3332
たかやまに　⑪2804
たかやまの
　いはほにおふる　⑳4454
　いはもとたきち　⑪2718
　すがのはしのぎ　⑧1655
　みねゆくししの　⑪2493
たかやまゆ　⑪2716
たきぎこる　⑭3433
たきのうへの
　みふねのやまに　③242
　みふねのやまに　⑥907
　みふねのやまは　⑥914
　みふねのやまゆ　⑨1713
たくづのの　③460
たくなはの　④704
たくひれの
　かけまくほしき　③285
　さぎさかやまの　⑨1694
　しらはまなみの　⑪2822
たくぶすま
　しらきへいます　⑮3587
　しらやまかぜの　⑭3509
たけばぬれ　②123
たこのうらの　⑲4200
たごのうらゆ　③318
たこのさき　⑱4051
たごのねに　⑭3411
たしかなる　⑫2874
たそかれと
　とはばこたへむ　⑪2545
　われをなとひそ　⑩2240
ただけふも　⑫2923

ただこえの　⑥977
ただこよひ　⑩2060
たたさにも　⑱4132
たたなづく　⑫3187
たたなめて　⑰3908
ただにあはず
あらくもおほく　⑤809
あるはうべなり　⑫2848
ただにあひて　④678
ただにいかず　⑬3320
ただにこず　⑬3257
ただのあひは　②225
ただひとよ　④638
ただひとり　⑫3123
たたみけめ　⑳4338
たたみこも　⑪2777
たちかはり
つきかさなりて　⑨1794
ふるきみやこと　⑥1048
たちかへり　⑮3759
たちこもの　⑳4354
たちしなふ　⑳4441
たちておもひ　⑪2550
たちてゐて
すべのたどきも　⑫2881
たどきもしらず　⑪2388
たどきもしらず　⑫2887
まてどまちかね　⑲4253
たちのしり
さやにいりのに　⑦1272
たままきたゐに　⑩2245
たちばなの
かげふむみちの　②125
こばのはなりが　⑭3496
したでるにはに　⑱4059
したふくかぜの　⑳4371
しまにしをれば　⑦1315
しまのみやには　②179
てらのながやに　⑯3822
てれるながやに　⑯3823
とをのたちばな　⑱4058
にほへるかかも　⑰3916
にほへるそのに　⑰3918
はなちるさとに　⑩1978
はなちるさとの　⑧1473
はやしをうゑむ　⑩1958
みをりのさとに　⑳4341
もとにみちふむ　⑥1027
もとにわがたち　⑪2489
たちばなは
とこはなにもが　⑰3909
はなにもみにも　⑱4112
みさへはなさへ　⑥1009
たちばなを
もりへのさとの　⑩2251
やどにうゑおほし　③410
たちやまに
ふりおけるゆきの　⑰4004
ふりおけるゆきを　⑰4001
たちやまの　⑰4024
たちわかれ　⑲4280
たづがなき　⑮3626
たづがねの
きこゆるたゐに　⑩2249
けさなくなへに　⑩2138
たつかゆみ　⑲4257

たつたやま　⑳4395
たつといはば　④641
たつのまも　⑤806
たつのまを　⑤808
たてもなく　⑧1512
たどかはの　⑥1035
たなぎらひ　⑧1642
たなばたし　⑰3900
たなばたの
　いほはたたてて　⑩2034
　こよひあひなば　⑩2080
　そでつぐよひの　⑧1545
たにせばみ
　みねにはひたる　⑭3507
　みねへにはへる　⑫3067
たにちかく　⑲4209
たにはぢの　⑫3071
たはことか
　およづれことか　⑦1408
　ひとのいひつる　⑬3334
たびころも　⑳4351
たびといへば
　ことにそやすき　⑮3743
　ことにそやすき　⑮3763
たびとへど　⑳4388
たびなれば
　おもひたえても　⑮3686
　よなかにわきて　⑨1691
たびにありて
　こふればくるし　⑫3136
　ものをそおもふ　⑫3158
たびにあれど　⑮3669
たびにいにし　⑰3929
たびにして
　いもにこふれば　⑮3783
　いもをおもひで　⑫3133
　つまごひすらし　⑩1938
　ものこひしきに　③270
　ものもふときに　⑮3781
　物恋之鳴毛　①67
たびにすら　⑩2305
たびにても　⑮3717
たびのよの　⑫3144
たびひとの　⑨1791
たびゆきに　⑳4376
たぶてにも　⑧1522
たまあはば　⑫3000
たまかぎる
　いはかきふちの　⑪2700
　きのふのゆふへ　⑪2391
　ほのかにみえて　⑧1526
　ゆふさりくれば　⑩1816
たまかつま
　あはむといふは　⑫2916
　あへしまやまの　⑫3152
　しまくまやまの　⑫3193
たまかづら
　かけぬときなく　⑫2994
　さきくいまさね　⑫3204
　たえぬものから　⑩2078
　はなのみさきて　②102
　みならぬきには　②101
たまがはに　⑭3373
たまぎぬの　④503
たまきはる
　いのちにむかひ　⑧1455

いのちはしらず　⑥1043
うちのおほのに　①4
うちのかぎりは　⑤897
わがやまのうへに　⑩1912
たまくしげ
あけまくをしき　⑨1693
あしきのかはを　⑧1531
いつしかあけむ　⑱4038
おほふをやすみ　②93
ふたがみやまに　⑰3987
みむろとやまの　②94ィ
みもろとやまを　⑦1240
みもろのやまの　②94
たまくしろ
まきぬるいもも　⑫2865
まきねしいもを　⑫3148
たまくせの　⑪2403
たまさかに　⑪2396
たましかず　⑱4057
たましきて　⑥1015
たましける
いへもなにせむ　⑪2825
きよきなぎさを　⑮3706
たましひは　⑮3767
たましまの　⑤854
たまだすき
うねびのやまの　①29
かけぬときなく　⑧1453
かけぬときなく　⑬3286
かけぬときなく　⑬3297
かけぬときなし　⑩2236
かけねばくるし　⑫2992
たまだれの
をすのすけきに　⑪2364
をすのたれすを　⑪2556
をすのまとほし　⑦1073
たまぢはふ　⑪2661
たまづさの
いもはたまかも　⑦1415
いもははなかも　⑦1416
きみがつかひの　⑩2111
きみがつかひを　⑫2945
たまつしま
いそのうらみの　⑨1799
みてしよけくも　⑦1217
みれどもあかず　⑦1222
よくみていませ　⑦1215
たまならば　④729
たまにぬき　⑧1618
たまにぬく
あふちをいへに　⑰3910
はなたちばなを　⑰3984
たまのうらの　⑮3628
たまのをの
あひだもおかず　⑪2793
うつしごころや　⑪2792
うつしごころや　⑫3211
くくりよせつつ　⑪2790
たえたるこひの　⑪2789
たまのをを
あわをによりて　④763
かたをによりて　⑫3081
たまばはき　⑯3830
たまはやす　⑰3895
たまほこの
みちにいでたち　⑫3139

みちにいでたち　⑬3339
みちにいでたち　⑰3995
みちにいでたち　⑲4251
みちにゆきあひて　⑫2946
みちのかみたち　⑰4009
みちはとほけど　⑧1619
みちゆかずあらば　⑪2393
みちゆきうらに　⑪2507
みちゆきつかれ　⑪2643
みちゆきびとは　⑬3335
みちゆきぶりに　⑪2605
たまもかる
あまをとめども　⑥936
おきへはこがじ　①72
からにのしまに　⑥943
みぬめをすぎて　③250
ゐでのしがらみ　⑪2721
をとめをすぎて　⑮3606
たまもよし　②220
たまもりに　④652
たもとほり　⑪2541
たゆひがた　⑭3549
たゆらきの　⑨1776
たらしひめ
かみのみことの　⑤869
みふねはてけむ　⑮3685
たらちしの　⑤887
たらちねの
にひぐはまよの　⑭3350左注
ははがかふこの　⑫2991
ははがそのなる　⑦1357
ははがてはなれ　⑪2368
ははがよぶなを　⑫3102
ははにさはらば　⑪2517
ははにしらえず　⑪2537
ははにまをさば　⑪2557
ははにものらず　⑬3285
ははのみことの　⑨1774
ははをわかれて　⑳4348
たらつねの　⑪2495
たるひめの
うらをこぎつつ　⑱4047
うらをこぐふね　⑱4048
たれききつ　⑧1562
たれそこの
やのとおそぶる　⑭3460
わがやどきよぶ　⑪2527
たわやめは　⑫2921
たをらずて　⑧1581
だんをちや　⑯3847

ち

ちかくあれば
なのみもききて　⑫3135
みねどもあるを　④610
ちちぎみに　⑥1022
ちちのみの　⑲4164
ちちははが
かしらかきなで　⑳4346
とののしりへの　⑳4326
なしのまにまに　⑨1804
ちちははに　⑬3296
ちちははも　⑳4325
ちちははを　⑤800
ちどりなく
さほのかはせの　④526

さほのかはとの　④528
さほのかはとの　④715
みよしのがはの　⑥915
ちぬのうみの
しほひのこまつ　⑪2486左注
はまへのこまつ　⑪2486
ちぬみより　⑥999
ちばのぬの　⑳4387
ちはやひと
うぢかはなみを　⑦1139
うぢのわたりの　⑪2428
ちはやふる　⑳4402
ちはやぶる
かねのみさきを　⑦1230
かみのいかきも　⑪2663
かみのもたせる　⑪2416
かみのやしろし　③404
かみのやしろに　④558
ちよろづの　⑥972
ちりひぢの　⑮3727

つ

つかさこそ　⑯3864
つかさにも　⑧1657
つきかさね　⑩2057
つきかへて　⑫3131
つきくさに
ころもいろどり　⑦1339
ころもそそむる　⑦1255
ころもはすらむ　⑦1351
つきくさの
うつろひやすく　④583
かれるいのちに　⑪2756
つきしあれば　⑪2665
つきたちし　⑲4196
つきたちて　⑥993
つぎねふ　⑬3314
つきひえらひ　⑩2066
つきまちて　⑱4060
つきみれば
おなじくになり　⑱4073
くにはおなじそ　⑪2420
つきもひも　⑬3231
つきよめば　⑳4492
つくしぢの
ありそのたまも　⑫3206
かだのおほしま　⑮3634
つくしなる　⑭3427
つくしぶね　④556
つくしへに　⑳4359
つくはねに
かかなくわしの　⑭3390
そがひにみゆる　⑭3391
ゆきかもふらる　⑭3351
わがゆけりせば　⑧1497
つくはねの
いはもとどろに　⑭3392
さゆるのはなの　⑳4369
すそみのたゐに　⑨1758
にひぐはまよの　⑭3350
ねろにかすみゐ　⑭3388
をてもこのもに　⑭3393
つくはねを　③383
つくひやは　⑳4378
つくまのに　③395
つくよには　④736

つくよみの
　ひかりにきませ　④670
　ひかりはきよく　④671
　ひかりをきよみ　⑮3599
　ひかりをきよみ　⑮3622
つくよよし　④571
つくよよみ
　いもにあはむと　⑪2618
　かどにいでたち　⑫3006
　なくほととぎす　⑩1943
つしまのねは　⑭3516
つとにゆく　⑩2137
つともがと　⑦1196
つねかくし　⑫2908
つねしらぬ　⑤888
つねならぬ　⑦1345
つねのこひ　⑱4083
つねはさね　⑦1069
つねひとの　⑱4080
つねひとも　⑲4171
つねやまず　④542
つのくにの　⑳4383
つのさはふ
　いはみのうみの　②135
　いはれのみちを　③423
　いはれのやまに　⑬3325
　いはれもすぎず　③282
つのしまの　⑯3871
つばきちの　⑫2951
つばさなす　②145
つばなぬく　⑧1449
つばめくる　⑲4144
つまごひに　⑧1600
つまごもる　⑩2178
つまもあらば　②221
つむがのに　⑭3438
つゆしもに
　あへるもみちを　⑧1589
　ころもでぬれて　⑩2257
つゆしもの
　けやすきあがみ　⑫3043
　さむきゆふへの　⑩2189
つるぎたち
　いよよとぐべし　⑳4467
　なのをしけくも　④616
　なのをしけくも　⑫2984
　みにそふいもを　⑭3485
　みにとりそふと　④604
　みにはきそふる　⑪2635
　もろはのうへに　⑪2636
　もろはのときに　⑪2498
つるはみの
　あはせのころも　⑫2965
　きぬときあらひ　⑫3009
　きぬはひとみな　⑦1311
　ときあらひきぬの　⑦1314
　ひとへのころも　⑫2968
つれもなき　②187
つれもなく
　あるらむひとを　④717
　かれにしものと　⑲4198
つゑつきも　⑬3319

て

てうさんの　⑱4121
てにとるが　⑦1197

てにとれば　⑩2115
てもすまに
　うゑしはぎにや　⑧1633
　うゑしもしるく　⑩2113
てらてらの　⑯3840
てりさづが　⑦1326
てるつきを
　くもなかくしそ　⑨1719
　やみにみなして　④690

と

とききぬの
　おもひみだれて　⑪2620
　おもひみだれて　⑫2969
　こひみだれつつ　⑪2504
ときごとに
　いやめづらしく　⑲4166
　いやめづらしく　⑲4167
ときつかぜ
　ふかまくしらず　⑦1157
　ふくべくなりぬ　⑥958
　ふけひのはまに　⑫3201
ときどきの　⑳4323
ときならず　⑩1975
ときならぬ　⑦1260
ときのはな　⑳4485
ときはいま　⑧1439
ときはしも　③467
ときはなす
　いはやはいまも　③308
　かくしもがもと　⑤805
ときまちて　⑧1551
ときもりの　⑪2641
とぐらたて　②182
としへに　⑨1682
とこよにと　④723
とこよへに　⑨1741
とこよもの　⑱4063
としきはる　⑪2398
としつきは　⑳4299
としつきも　⑦1126
としにありて
　いまかまくらむ　⑩2035
　ひとよいもにあふ　⑮3657
としにおそふ　⑩2058
としのこひ　⑩2037
としのはに
　あゆしはしらば　⑲4158
　うめはさけども　⑩1857
　かくもみてしか　⑥908
　きなくものゆゑ　⑲4168
　はるのきたらば　⑤833
としのへば　⑫2967
としもへず　⑫3138
としわたる　⑬3264
とちははえ　⑳4340
とどめえぬ　③461
とねがはの　⑭3413
とのぐもり　⑫3012
とぶさたて
　あしがらやまに　③391
　ふなぎきるといふ　⑰4026
とぶとりの
　あすかのかはの　②194
　あすかのかはの　②196
　あすかのさとを　①78

とへたほみ　⑳4324
とほおとにも　⑲4215
とほきいもが　⑪2460
とほきやま　⑮3734
とほくあらば　④757
とほくありて　⑦1271
とほくあれど　⑪2598
とほくあれば
　すがたはみえね　⑫3137
　ひとひひとよも　⑮3736
とほくして　⑭3441左注
とほしとふ　⑭3478
とほつあふみ　⑭3429
とほつひと
　かりぢのいけに　⑫3089
　まつらさよひめ　⑤871
　まつらのかはに　⑤857
とほづまし　⑨1746
とほづまと　⑩2021
とほづまの　④534
とほながく　③457
とほやまに　⑪2426
とほるべく　⑦1091
とまりにし　⑫3179
とみひとの　⑤900
ともしびの
　あかしおほとに　③254
　かげにかがよふ　⑪2642
　ひかりにみゆる　⑱4087
とものうらの　③447
とやののに　⑭3529
とよくにの
　かがみのやまの　③418
　かはるはわぎへ　⑨1767
　きくのいけなる　⑯3876
　きくのたかはま　⑫3220
　きくのながはま　⑫3219
　きくのはまへの　⑦1393
　きくのはままつ　⑫3130
とらにのり　⑯3833
とりがなく
　あづまのくにに　③382
　あづまのくにに　⑨1807
　あづまをさして　⑱4131
　あづまをとこの　⑳4333
とりがねの　⑬3336
とりじもの　⑦1184

な

なおもひと　②140
ながきよを
　きみにこひつつ　⑩2282
　ひとりやねむと　③463
ながこふる　⑩2009
ながつきの
　ありあけのつくよ　⑩2300
　しぐれのあめに　⑩2180
　しぐれのあめの　⑩2263
　しらつゆおひて　⑩2200
　そのはつかりの　⑧1614
ながとなる　⑥1024
なかとみの　⑰4031
なかなかに
　きみにこひずは　⑪2743
　きみにこひずは　⑪2743左注
　しなばやすけむ　⑫2940

しなばやすけむ　⑰3934
たつとしいはば　④681
なにかしりけむ　⑫3033
ひととあらずは　③343
ひととあらずは　⑫3086
みざりしよりも　⑪2392
もだもあらましを　④612
もだもあらましを　⑫2899
ながははに　⑭3519
ながらふる　①59
なきさはの　②202
なきすみの　⑥935
なくかけは　⑲4234
なぐさむる　⑤898
なぐさめて　⑨1728
なぐさもる　⑪2596
なぐさやま　⑦1213
なぐはしき　③303
なげきせば　⑦1383
なげきつつ　②118
なごのあまの　⑰3956
なごのうみに
しほのはやひば　⑱4034
ふねしましかせ　⑱4032
なごのうみの
あさけのなごり　⑦1155
おきつしらなみ　⑰3989
なごのうみを　⑦1417
なしなつめ　⑯3834
なせのこや　⑭3458
なぞしかの　⑩2154
なつかげの　⑦1278
なつきにし　⑥1049
なつくさの　⑩1994
なつくずの　④649
なつそびく
うなかみがたの　⑦1176
うなかみがたの　⑭3348
うなひをさして　⑭3381
なつのの　⑧1500
なつのゆく　④502
なつのよは　⑱4062
なつまけて　⑧1485
なつやまの　⑧1494
なでしこが
そのはなにもが　③408
はなとりもちて　⑳4449
はなみるごとに　⑱4114
なでしこは
あきさくものを　⑲4231
さきてちりぬと　⑧1510
なにしかも　⑧1475
なにすと　⑯3798
なにすとか
きみをいとはむ　⑩2273
つかひのきぬる　④629
なにせむに
いのちつぎけむ　⑪2377
いのちをもとな　⑪2358
なにはがた
こぎづるふねの　⑫3171
しほひなありそね　②229
しほひにいでて　⑨1726
しほひにたちて　⑦1160
しほひのなごり　④533
しほひのなごり　⑥976

なにはぢを ⑳4404
なにはつに
　みふねおろすゑ ⑳4363
　みふねはてぬと ⑤896
　よそひよそひて ⑳4330
なにはとを ⑳4380
なにはひと ⑪2651
なにはへに ⑧1442
なにゆゑか ⑫2977
なはしろの ⑭3576
なはのうらに ③354
なはのうらゆ ③357
なまよみの ③319
なみたかし ⑦1235
なみたてば ⑱4033
なみのうへに ⑮3639
なみのうへゆ ⑧1454
なみのまゆ
　くもゐにみゆる ⑫3167
　みゆるこしまの ⑪2753
なみのむた ⑫3078
なやましけ ⑭3557
なゆきそと ⑫3132
なゆたけの ③420
ならやまの
　このてかしはの ⑯3836
　こまつがうれの ⑪2487
　みねなほきらふ ⑩2316
　みねのもみちば ⑧1585
ならやまを ⑧1588
なるかみの
　おとのみききし ⑦1092
　しましとよもし ⑪2513
　しましとよもし ⑪2514
なるせろに ⑭3548
なをとあを ④660

に

にきたつに
　ふなのりせむと ①8
　ふなのりせむと ⑫3202
にしのいちに ⑦1264
にはきよみ ⑪2746
にはくさに ⑩2160
にはつとり ⑦1413
にはなかの ⑳4350
にはにたつ
　あさでかりほし ④521
　あさでこぶすま ⑭3454
にはにふる ⑰3960
にひたやま ⑭3408
にひばりの ⑫2855
にひむろの
　かべくさかりに ⑪2351
　こどきにいたれば ⑭3506
にひむろを ⑪2352
にふのかは ②130
にほどりの
　おきながかはは ⑳4458
　かづくいけみづ ④725
　かづしかわせを ⑭3386

ぬ

ぬながはの ⑬3247
ぬばたまの
　いねてしよひの ⑫2878

いめにはもとな　⑰3980
いもがくろかみ　⑪2564
いもがほすべく　⑮3712
きぞはかへしつ　④781
くろかみかはり　④573
くろかみしきて　⑪2631
くろかみぬれて　⑯3805
くろかみやまの　⑪2456
くろかみやまを　⑦1241
このよなあけそ　⑪2389
こよひのゆきに　⑧1646
そのいめにだに　⑫2849
そのよのうめを　③392
そのよのつくよ　④702
つきにむかひて　⑰3988
ひだのおほぐろ　⑯3844
よあかしもふねは　⑮3721
よぎりにこもり　⑩2008
よぎりのたちて　⑥982
よぎりはたちぬ　⑨1706
よのふけゆけば　⑥925
よはあけぬらし　⑮3598
よはふけぬらし　⑰3955
よるさりくれば　⑦1101
よるみしきみを　⑮3769
よわたるかりは　⑩2139
よわたるつきに　⑮3671
よわたるつきの　⑪2673
よわたるつきの　⑫3007
よわたるつきは　⑮3651
よわたるつきを　⑦1077
よわたるつきを　⑦1081
よわたるつきを　⑱4072
　よをながみかも　⑫2890
　わがくろかみに　⑦1116
　わがくろかみを　⑪2610
ぬまふたつ　⑭3526

ね

ねもころに
　おもふわぎもを　⑫3109
　かたもひすれか　⑪2525
　ものをおもへば　⑧1629

の

のこりたる　⑤849
のちせやま　④739
のちつひに　⑫3040
のちみむと　②146
のちもあはむ　⑫2847
のとがはの
　のちにはあはむ　⑲4279
　みなそこさへに　⑩1861
のとのうみに　⑫3169
のへみれば　⑩1972

は

はかのうへの　⑨1811
はぎのはな
　さきたるのへに　⑩2231
　さきのををりを　⑩2228
　さけるをみれば　⑩2280
　をばなくずはな　⑧1538
はしきかも　③479
はしきやし
　あはぬきみゆゑ　⑪2705

あはぬこゆゑに ⑪2429
おきなのうたに ⑯3794
さかえしきみの ③454
しかあるこひにも ⑫3140
たがさふれかも ⑪2380
ふかぬかぜゆゑ ⑪2678
まちかきさとの ⑥986
わぎへのけもも ⑦1358
はしきよし
いもがすがたを ⑱4121ィ
かくのみからに ⑤796
けふのあろじは ⑳4498
はしけやし
つまもこどもも ⑮3692
まちかきさとを ④640
はしたての
くまきさかやに ⑯3879
くまきのやらに ⑯3878
くらはしがはの ⑦1283
くらはしがはの ⑦1284
くらはしやまに ⑦1282
はじめより ④620
はたこらが ②193
はだすすき
くめのわくごが ③307
ほにはさきでぬ ⑩2311
ほにはないでと ⑯3800
をばなさかふき ⑧1637
はたものの ⑩2062
はぢしのび ⑯3795
はちすばは ⑯3826
はつあきかぜ ⑳4306
はつせかぜ ⑩2261
はつせがは
しらゆふはなに ⑦1107
ながるみなわの ⑦1382
ながるるみをの ⑦1108
はやみはやせを ⑪2706
ゆふわたりきて ⑨1775
はつせの ⑪2353
はつせめの ⑥912
はつはつに ④701
はつはなの ④630
はつはるの ⑳4493
はつゆきは ⑳4475
はつをばな ⑳4308
はなぐはし ⑪2565
はなさきて ⑩1860
はなぢらふ ⑭3448
はなはだも
ふらぬあめゆゑ ⑦1370
ふらぬゆきゆゑ ⑩2322
よふけてなゆき ⑩2336
はなれそに ⑮3600
はにやすの ②201
はねかづら
いますするいもが ⑪2627
いまするいもは ④706
いまするいもを ④705
いまするいもを ⑦1112
はねずいろの ⑫3074
はふくずの ⑳4509
はふりらが
いはふみもろの ⑫2981
いはふやしろの ⑩2309
はまきよみ

いそにあがをれば　⑦1204
うらうるはしみ　⑥1067
はまへより　⑱4044
はやかはの　④761
はやきても　③277
はやひとの
さつまのせとを　③248
せとのいはほも　⑥960
なにおふよごゑ　⑪2497
はやゆきて　⑪2579
ばらもんの　⑯3856
はりはあれど　⑫2982
はりぶくろ
おびつつけながら　⑱4130
これはたばりぬ　⑱4133
とりあげまへにおき　⑱4129
はるかすみ
かすがのさとの　③407
たちにしひより　⑩1910
たつかすがのを　⑩1881
たなびくけふの　⑩1874
たなびくたゐに　⑩2250
たなびくやまの　⑧1464
ながるるなへに　⑩1821
やまにたなびき　⑩1909
ゐのへゆただに　⑦1256
はるかぜの　④790
はるくさの　⑩1920
はるくさは　⑥988
はるくさを　⑨1708
はるさめに
あらそひかねて　⑩1869
ころもはいたく　⑩1917
もえしやなぎか　⑰3903
はるさめの
しくしくふるに　⑧1440
やまずふるふる　⑩1932
はるさめは　⑩1870
はるさめを　④792
はるさらば
あはむともひし　⑤835
かざしにせむと　⑯3786
はるされば
うのはなぐたし　⑩1899
かすみがくりて　⑩2105
かへるこのかり　⑲4145ィ
きのこのくれの　⑩1875
こぬれがくりて　⑤827
このくれおほみ　⑩1875ィ
しだりやなぎの　⑩1896
すがるなすのの　⑩1979
ちらまくをしき　⑩1871
つまをもとむと　⑩1826
はなさきををり　⑬3266
まづさきくさの　⑩1895
まづさくやどの　⑤818
まづなくとりの　⑩1935
みくさのうへに　⑩1908
もずのかやぐき　⑩1897
わぎへのさとの　⑤859
ををりにををり　⑥1012
はるすぎて
なつきたるらし　①28
なつきむかへば　⑲4180
はるなれば　⑤831
はるのあめに　⑩1877

はるのあめは　④786
はるのうちの　⑲4174
はるのその　⑲4139
はるののに
　あさるきぎしの　⑧1446
　かすみたなびき　⑩1902
　かすみたなびき　⑲4290
　きりたちわたり　⑤839
　くさはむこまの　⑭3532
　こころのべむと　⑩1882
　すみれつみにと　⑧1424
　なくやうぐひす　⑤837
はるののの　⑯3802
はるのはな　⑰3965
はるのひに　⑲4142
はるのひの
　うらがなしきに　⑮3752
　かすめるときに　⑨1740
はるはなの　⑰3982
はるはもえ　⑩2177
はるひすら　⑦1285
はるひを　③372
はるへさく　⑭3504
はるまけて
　かくかへるとも　⑲4145
　ものがなしきに　⑲4141
はるやなぎ
　かづらきやまに　⑪2453
　かづらにをりし　⑤840
はるやまの
　あしびのはなの　⑩1926
　きりにまとへる　⑩1892
　さきのををりに　⑧1421
　ともうぐひすの　⑩1890
はるやまは　⑨1684
はろはろに
　おもほゆるかも　⑤866
　おもほゆるかも　⑮3588

ひ

ひきよぢて　⑧1644
ひくまのに　①57
ひぐらしの　⑰3951
ひぐらしは　⑩1982
ひこかみに　⑨1760
ひこほしし　⑧1527
ひこほしと　⑩2040
ひこほしの
　おもひますらむ　⑧1544
　かざしのたまし　⑨1686
　かはせをわたる　⑩2091
　つまよぶふねの　⑩2086
ひこほしは
　たなばたつめと　⑧1520
　なげかすつまに　⑩2006
ひさかたの
　あまぢはとほし　⑤801
　あまつしるしと　⑩2007
　あまつみそらに　⑫3004
　あまてるつきの　⑪2463
　あまてるつきは　⑦1080
　あまてるつきは　⑮3650
　あまとぶくもに　⑪2676
　あまのかはせに　⑧1519
　あまのかはづに　⑩2070
　あまのがはに　⑨1764

あまのかはらに　⑩1997
あまのさぐめが　③292
あまのとひらき　⑳4465
あまのはらより　③379
あままもおかず　⑧1566
あまゆくつきを　③240
あめしらしぬる　②200
あめにはきぬを　⑦1371
あめのかぐやま　⑩1812
あめのつゆしも　④651
あめのふるひを　④769
あめのふるひを　⑫3125
あめはふりしく　⑳4443
あめはふりしけ　⑥1040
あめみるごとく　②168
あめもふらぬか　④520
あめもふらぬか　⑯3837
つきはてりたり　⑮3672
つくよをきよみ　⑧1661
みやこをおきて　⑬3252
ひさにあらむ　⑫3208
ひざにふす　⑦1328
ひしほすに　⑯3829
ひたがたの　⑭3563
ひたちさし　⑳4366
ひたちなる　⑭3397
ひだひとの　⑦1173
ひとくにに
きみをいませて　⑮3749
よばひにゆきて　⑫2906
ひとくには　⑮3748
ひとこがず　③258
ひとこそば　⑦1252
ひとごとに　⑤828
ひとごとの
しげきこのころ　③436
しげきときには　⑫2852
しげきによりて　⑭3464
しげきまもりて　⑪2561
しげきまもると　⑪2591
しげくしあらば　⑫3110
よこしをききて　⑫2871
ひとごとは
しましそわぎも　⑪2438
なつののくさの　⑩1983
まことこちたく　⑫2886
ひとごとを
しげみこちたみ　②116
しげみこちたみ　④538
しげみこちたみ　⑫2895
しげみこちたみ　⑫2938
しげみといもに　⑫2944
しげみときみに　⑪2586
しげみときみを　⑪2799
しげみやきみが　④685
ひとさへや
みつがずあらむ　⑩2075
みつつあるらむ　⑩2075ィ
ひとせには　④699
ひとだまの　⑯3889
ひとつまつ　⑥1042
ひとづまと　⑭3472
ひとづまに　⑫2866
ひととせに
なぬかのよのみ　⑩2032
ふたたびゆかぬ　⑩2218

ひととなる　⑨1785
ひとならば　⑦1209
ひとねろに　⑭3512
ひとのううる　⑮3746
ひとのおやの　⑪2360
ひとのこの　⑭3533
ひとのぬる　⑪2369
ひとのみて
　ことゝがめせぬ　⑫2912
　ことゝがめせぬ　⑫2958
ひとのみる　⑫2851
ひとはよし　②149
ひとひこそ　④484
ひとひには
　ちたびまゐりし　②186
　ちへしくしくに　⑩2234
　ちへなみしきに　③409
ひとへのみ　④742
ひとへやま　④765
ひとまもり　⑪2576
ひとみずは　③269
ひとみなの
　いのちもわれも　⑥922
　かさにぬふといふ　⑫3064
　ことはたゆとも　⑭3398
　みらむまつらの　⑤862
ひとみなは
　いまはながしと　②124
　はぎをあきといふ　⑩2110
ひとめおほみ
　あはなくのみそ　④770
　ただにあはずて　⑫3105
　ただにはあはず　⑫2958ィ
　つねかくのみし　⑪2606
　めこそしのぶれ　⑫2911
ひとめみし　⑩2340
ひとめもる　⑪2563
ひともとの　⑱4070
ひともなき
　くにもあらぬか　④728
　ふりにしさとに　⑪2560
　むなしきいへは　③451
ひともねの　⑤877
ひとよには　⑤891
ひとよりは　⑮3737
ひとりぬと　⑪2538
ひとりぬる　⑬3275
ひとりねて　④515
ひとりのみ
　きけばさぶしも　⑲4178
　きぬるころもの　⑮3715
　みればこひしみ　⑬3224
ひとりゐて
　こふればくるし　⑫2898
　ものもふよひに　⑧1476
ひなくもり　⑳4407
ひなみしの　①49
ひのぐれに　⑭3402
ひばりあがる　⑳4434
ひむがしの
　いちのうゑきの　③310
　たぎのみかどに　②184
　のらにけぶりの　①48
ひもかがみ　⑪2424
ひるとけば　⑭3483
ひるはさき　⑧1461

ひるみれど　③297
ひろせがは　⑦1381
ひろはしを　⑭3538

ふ

ふさたをり　⑨1704
ふしこえゆ　⑦1387
ふじのねに　③320
ふじのねの　⑭3356
ふじのねを　③321
ふすまぢを
　ひきでのやまに　②212
　ひきでのやまに　②215
ふせおきて　⑤906
ふせのうみの　⑰3992
ふせのうらを　⑱4040
ふたがみに　⑪2668
ふたがみの
　やまにこもれる　⑱4067
　をてもこのもに　⑰4013
　をのうへのしげに　⑲4239
ふたぎやま　⑥1055
ふたつなき　⑬3273
ふたほがみ　⑳4382
ふたりして　⑫2919
ふたりゆけど　②106
ふぢしろの　⑨1675
ふぢなみの
　かげなすうみの　⑲4199
　さきゆくみれば　⑱4042
　さくはるののに　⑩1901
　しげりはすぎぬ　⑲4210
　ちらまくをしみ　⑩1944
　はなのさかりに　⑲4188
　はなはさかりに　③330
ふぢなみは　⑰3993
ふぢなみを　⑲4202
ふぢはらの
　おほみやつかへ　①53
　ふりにしさとの　⑩2289
ふなぎほふ　⑳4462
ふねはてて　⑦1190
ふふめりし　⑳4435
ふふめりと　⑧1436
ふゆごもり
　はるさくはなを　⑩1891
　はるさりくれば　①16
　はるさりくれば　⑩1824
　はるさりくれば　⑬3221
　はるのおほのを　⑦1336
　はるへをこひて　⑨1705
ふゆすぎて
　はるきたるらし　⑩1844
　はるのきたれば　⑩1884
ふりさけて　⑥994
ふりにし　②129
ふりわけの　⑪2540
ふるころも　⑪2626
ふるさとの
　あすかはあれど　⑥992
　ならしのをかの　⑧1506
　はつもみちばを　⑩2216
ふるさとは　⑥1038
ふるひとの　④554
ふるやまゆ　⑨1788
ふるゆきの

しろかみまでに ⑰3922
そらにけぬべく ⑩2333
ふるゆきは ②203
ふるゆきを ⑲4230

へ

へそかたの ①19

ほ

ほとけつくる ⑯3841
ほととぎす
あひだしましおけ ⑮3785
あふちのえだに ⑰3913
いたくななきそ ⑧1465
いたくななきそ ⑧1484
いとねたけくは ⑱4092
いとふときなし ⑩1955
いとふときなし ⑱4035
いまきなきそむ ⑲4175
いましきなかば ⑰3914
いまなかずして ⑱4052
おもはずありき ⑧1487
かけつつきみが ⑳4464
かひとほせらば ⑲4183
きけどもあかず ⑲4182
きなきとよめば ⑲4172
きなきとよもす ⑧1472
きなきとよもす ⑩1968
きなきとよもす ⑩1991
きなくさつきに ⑲4169
きなくさつきの ⑩1981
きゐもなかぬか ⑩1954
けさのあさけに ⑩1949
ここにちかくを ⑳4438
こよなきわたれ ⑱4054
こゑきくをのの ⑧1468
とばたのうらに ⑫3165
ながはつこゑは ⑩1939
なかるくににも ⑧1467
なきしすなはち ⑧1505
なきてすぎにし ⑰3946
なきわたりぬと ⑲4194
なくこゑきくや ⑩1942
なくはぶれにも ⑲4193
なくをのうへの ⑧1501
なにのこころそ ⑰3912
なほもなかなむ ⑳4437
はなたちばなの ⑩1950
ふせのうらみの ⑱4043ィ
まづなくあさけ ⑳4463
まてどきなかず ⑧1490
よごゑなつかし ⑰3917
よなきをしつつ ⑲4179
ほふしらが ⑯3846
ほりえこえ ⑳4482
ほりえこぐ ⑳4460
ほりえには ⑱4056
ほりえより
あさしほみちに ⑳4396
みをさかのぼる ⑳4461
みをびきしつつ ⑱4061

ま

まかぢぬき ⑮3630
まかなしみ
さねにわはゆく ⑭3366

ぬらくしけらく　⑭3358左注
ぬればことにづ　⑭3466
まかなもち　⑦1385
まかねふく　⑭3560
まきのうへに　⑧1659
まきのはの　③291
まきばしら
つくるそまびと　⑦1355
ふときこころは　②190
まきむくの
あなしのかはゆ　⑦1100
あなしのやまに　⑫3126
ひばらにたてる　⑩1813
ひばらもいまだ　⑩2314
やまへとよみて　⑦1269
まくさかる　①47
まくずはふ
かすがのやまは　⑥948
なつののしげく　⑩1985
をののあさぢを　⑪2835
まくずはら　⑩2096
まくらがの　⑭3555
まくらたし　⑳4413
まけながく
いめにもみえず　⑪2815
かはにむきたち　⑩2073
こふるこころゆ　⑩2016
まけばしら　⑳4342
まこもかる　⑪2703
まさきくて
いもがいははば　⑮3583
またかへりみむ　⑦1183
まさきくと　⑰3958
ますげよし　⑫3087
ますらをと
おもへるあれを　⑪2584
おもへるものを　⑳4456
おもへるわれや　⑥968
おもへるわれを　④719
ますらをの
いでたちむかふ　⑩1937
うつしごころも　⑪2376
おもひたけびて　⑪2354ィ
おもひみだれて　⑪2354
おもひわびつつ　④646
こころおもほゆ　⑱4095
こころはなくて　⑩2122
さつやたばさみ　①61
さときこころも　⑫2907
たかまとやまに　⑥1028
とものおとすなり　①76
ふしゐなげきて　⑩1924
ゆきとりおひて　⑳4332
ゆくといふみちそ　⑥974
ゆずゑふりおこし　③364
ゆずゑふりおこし　⑦1070
よびたてしかば　⑳4320
ますらをは
とものさわきに　⑪2571
なをしたつべし　⑲4165
みかりにたたし　⑥1001
ますらをも　④582
ますらをや　②117
まそかがみ
かけてしぬへと　⑮3765
きよきつくよの　⑪2670

ただにしいもを　⑪2632
ただめにきみを　⑫2979
てにとりもちて　⑪2502
てにとりもちて　⑪2633
てにとりもちて　⑫3185
てるべきつきを　⑦1079
とぎしこころを　④673
みあかぬいもに　⑫2980
みあかぬきみに　④572
みしかとおもふ　⑪2366
みともいはめや　⑪2509
みなぶちやまは　⑩2206
みぬめのうらは　⑥1066
みませわがせこ　⑫2978
もてれどわれは　⑬3316
まそでもち　⑪2667
またまつく
をちこちかねて　④674
をちこちかねて　⑫2973
をちのすがはら　⑦1341
をちをしかねて　⑫2853
またもあはむ　④708
まちかてに　⑥987
まちかねて　⑪2688
まつがうらに　⑭3552
まつがえの　⑳4439
まつかげの
あさぢがうへの　⑧1654
きよきはまへに　⑲4271
まつがへり
しひてあれやは　⑨1783
しひにてあれかも　⑰4014
まつちやま　③298
まつのけの　⑳4375
まつのはな　⑰3942
まつのはに　④623
まつらがた　⑤868
まつらがは
かはのせはやみ　⑤861
かはのせひかり　⑤855
たましまのうらに　⑤863
ななせのよどは　⑤860
まつらなる　⑤856
まつらぶね　⑫3173
まつらむに　⑪2526
まとかたの　⑦1162
まどごしに　⑪2679
まとほくの
くもゐにみゆる　⑭3441
のにもあはなむ　⑭3463
まとりすむ　⑦1344
まののいけの　⑪2772
まののうらの　④490
まひしつつ　⑳4447
まよねかき
したいふかしみ　⑪2614
したいふかしみ　⑪2614左注
たれをかみむと　⑪2614左注
はなひひもとけ　⑪2408
はなひひもとけ　⑪2808
まよのごと　⑥998
まをごもの　⑭3524

み

みえずとも　③393
みかさやま

のへゆくみちは　②232
のへゆゆくみち　②234
みかづきの　⑪2464
みかのはら
くにのみやこは　⑥1059
くにのみやこは　⑥1060
たびのやどりに　④546
ふたぎののへを　⑥1051
みかはの　③276左注
みかりする　⑫3048
みくくのに　⑭3525
みくにやま　⑦1367
みくまのの　④496
みけつくに　⑥1033
みけむかふ
あはぢのしまに　⑥946
みなぶちやまの　⑨1709
みこしぢの　⑨1786
みこもかる
しなぬのまゆみ　②96
しなぬのまゆみ　②97
みごもりに　⑦1384
みさきみの　④568
みさごゐる
ありそにおふる　③363
ありそにおふる　⑫3077
いそみにおふる　③362
おきつありそに　⑪2739
すにゐるふねの　⑪2831
すにゐるふねの　⑫3203
みしまえの
いりえのこもを　⑪2766
たまえのこもを　⑦1348
みしますげ　⑪2836
みしまのに　⑱4079
みそのふの
たけのはやしに　⑲4286
ももきのうめの　⑰3906
みそらゆく
くもにもがもな　⑭3510
くももつかひと　⑳4410
つきのひかりに　④710
つくよみをとこ　⑦1372
なのをしけくも　⑫2879
みたたしの
しまのありそを　②181
しまをみるとき　②178
しまをもいへと　②180
みたみわれ　⑥996
みちとほみ　④766
みちにあひて　④624
みちのくの
あだたらまゆみ　⑦1329
あだたらまゆみ　⑭3437
まののかやはら　③396
みちのしり　⑪2423
みちのなか　⑰3930
みちのへの
いちしのはなの　⑪2480
いつしばはらの　⑪2770
うまらのうれに　⑳4352
くさぶかゆりの　⑦1257
くさぶかゆりの　⑪2467
くさをふゆのに　⑪2776
をばながしたの　⑩2270
みづかきの　⑬3262

みつがのに　⑭3438左注
みつかはの　⑨1717
みづくきの　⑫3068
みつぐりの　⑨1745
みづとりの
　かものすむいけの　⑪2720
　かものはいろの　⑧1451
　かものはいろの　⑳4494
　たたむよそひに　⑭3528
　たちのいそぎに　⑳4337
みづのうへに　⑪2433
みつのさき　③249
みつぼなす　⑳4470
みつみつし　③435
みづをおほみ　⑫2999
みてぐらを　⑬3230
みどりこの
　ためこそおもは　⑫2925
　はひたもとほり　③458
　わきこがみには　⑯3791
みなぎらふ　⑦1401
みなくくる　⑪2796
みなそこに
　おふるたまもの　⑪2482
　おふるたまもの　⑪2778
　しづくしらたま　⑦1320
みなそこの　⑦1082
みなづきの　⑩1995
みなつたふ　②185
みなとあしに　⑪2468
みなといりに　⑫2998左注
みなといりの
　あしわけをぶね　⑪2745
　あしわけをぶね　⑫2998
みなとかぜ　⑰4018
みなとに　⑪2470
みなとの
　あしがなかなる　⑭3445
　あしのうらばを　⑦1288
みなとみに　⑫3159
みなひとの
　こふるみよしの　⑦1131
　まちしうのはな　⑧1482
みなひとを　④607
みなぶちの　⑦1330
みなべのうら　⑨1669
みなわなす　⑤902
みぬさとり　⑦1403
みはかしを　⑬3289
みふゆつぎ　⑰3901
みほしきは　⑬3346
みまくほり
　あがするきみも　②164
　あがまちこひし　⑩2124
　おもひしなへに　⑱4120
　こしくもしるく　⑨1724
　こひつつまちし　⑦1364
みまつりて　④579
みみなしの　⑯3788
みむといはば　⑳4497
みもろつく　⑦1095
みもろの
　かみのおばせる　⑨1770
　かむなびやまに　③324
　かむなびやまに　⑨1761
　かむなびやまゆ　⑬3268

そのやまなみに　⑦1093
　みわのかむすぎ　②156
みもろは　⑬3222
みやぎひく　⑪2645
みやこぢを　④767
みやこなる　③440
みやこへに
　きみはいにしを　⑫3183
　たつひちかづく　⑰3999
　ゆかむふねもが　⑮3640
みやじろの　⑭3575
みやひとの
　そでつけごろも　⑳4315
　やすいもねずて　⑮3771
みやびをと　②126
みやびをに　②127
みゆきふる
　こしのおほやま　⑫3153
　ふゆはけふのみ　⑳4488
　よしののたけに　⑬3294
みよしのの
　あきづのかはの　⑥911
　あきづのをのに　⑫3065
　あらしのかぜの　①74
　あをねがみねの　⑦1120
　いはもとさらず　⑩2161
　きさやまのまの　⑥924
　たかきのやまに　③353
　たきのしらなみ　③313
　たきもとどろに　⑬3233
　たままつがえは　②113
　まきたつやまに　⑬3291
　みかねのたけに　⑬3293
　みぐまがすげを　⑪2837
　みふねのやまに　③244
　みみがのみねに　①25
　みみがのやまに　①26
　よしののみやは　③315
みれどあかず　③459
みれどあかぬ
　ひとくにやまの　⑦1305
　よしののかはの　①37
みわたしに　⑬3299
みわたしの
　みむろのやまの　⑪2472
　みもろのやまの　⑪2472ィ
みわたせば
　あかしのうらに　③326
　かすがののへに　⑩1872
　かすがののへに　⑩1913
　ちかきさとみを　⑦1243
　ちかきものから　⑥951
　ちかきわたりを　⑪2379
　むかつをのへの　⑳4397
　むかひののへの　⑩1970
みわのさき　⑦1226
みわやまの
　やましたとよみ　⑫3014
　やまへまそゆふ　②157
みわやまを　①18
みをつくし　⑫3162

む

むかしこそ
　なにはゐなかと　③312
　よそにもみしか　③474

むかしみし　③316
むかしより　⑮3695
むかつをに　⑦1356
むかつをの　⑦1359
むかひゐて
　ひとひもおちず　⑮3756
　みれどもあかぬ　④665
むぐらはふ　⑲4270
むこがはの　⑦1141
むこのうみ　③256左注
むこのうみの　⑮3609
むこのうらの　⑮3578
むこのうらを　③358
むささびは　③267
むざしねの　⑭3362左注
むざしのに　⑭3374
むざしのの
　くさはもろむき　⑭3377
　をぐきがきぎし　⑭3375
むしぶすま　④524
むつきたち　⑤815
むつきたつ　⑱4137
むらきもの　④720
むらさきの
　いとをそあがよる　⑦1340
　おびのむすびも　⑫2974
　こがたのうみに　⑯3870
　なだかのうらの　⑦1392
　なだかのうらの　⑦1396
　なだかのうらの　⑪2780
　にほへるいもを　①21
　ねばふよこのの　⑩1825
　まだらのかづら　⑫2993
　わがしたびもの　⑫2976
むらさきは
　ねをかもをふる　⑭3500
　はひさすものそ　⑫3101
むらさきを　⑫3099
むらたまの　⑳4390
むらとりの　⑳4474
むろがやの　⑭3543
むろのうらの　⑫3164

め

めづらしき
　きみがいへなる　⑧1601
　きみがきまさば　⑱4050
　きみをみむとこそ　⑪2575
　ひとにみせむと　⑧1582
　ひとをわぎへに　⑦1146
めづらしと　⑧1584
めにはみて　④632
めひがはの　⑰4023
めひのののの　⑰4016

も

もかりぶね　⑦1199
もだあらじと　⑦1258
もだもあらむ　⑩1964
もだをりて　③350
もちぐたち　⑧1508
もちのひに　⑫3005
もとつひと　⑩1962
もののふの
　いはせのもりの　⑧1470
　おみのをとこは　③369

やそうぢかはの ③264
やそうぢかはの ⑪2714
やそうぢひとも ⑱4100
やそとものをの ⑰3991
やそをとめらが ⑲4143
ものみなは ⑩1885
ものもはず
みちゆくゆくも ⑬3305
みちゆくゆくも ⑬3309
ものもふと
いねずおきたる ⑫3094
いねぬあさけに ⑩1960
こもらひをりて ⑩2199
ひとにはみえじ ⑮3708
ひとにみえじと ④613
もみちする ⑩2202
もみちばに ⑩2307
もみちばの
すぎかてぬこを ⑩2297
すぎにしこらと ⑨1796
すぎまくをしみ ⑧1591
ちらふやまへゆ ⑮3704
ちりなむやまに ⑮3693
ちりゆくなへに ②209
にほひはしげし ⑩2188
もみちばは ⑮3713
もみちばを
ちらすしぐれに ⑧1583
ちらすしぐれの ⑩2237
ちらまくをしみ ⑧1586
ももかしも ⑤870
ももきね ⑬3242
ももくまの ⑳4349
ももさかの ⑪2407
ももしきの
おほみやひとの ③323
おほみやひとの ⑦1076
おほみやひとの ⑦1267
おほみやひとの ⑩1852
おほみやひとは ④691
おほみやひとは ⑥1026
おほみやひとは ⑩1883
ももしのの ⑬3327
ももそめの ⑫2970
ももたらず
やそくまさかに ③427
やまだのみちを ⑬3276
ももちたび ④774
ももつしま ⑭3367
ももづたふ
いはれのいけに ③416
やそのしまみを ⑦1399
やそのしまみを ⑨1711
ももとせに ④764
ももにちに ⑫3059
もものはな ⑲4192
ももふねの ⑮3697
ももへにも ④499
ももよしも ⑪2600
もゆるひも ②160

や

やかたをの
たかをてにすゑ ⑰4012
ましろのたかを ⑲4155
やきたちの

かどうちはなち ⑥989
やきたちを ⑱4085
やきづへに ③284
やくもさす ③430
やすのかは ⑱4127
やすみしし
わがおほきみ ①38
わがおほきみ ①45
わがおほきみ ①50
わがおほきみ ②204
わがおほきみ ③239
わがおほきみ ③261
わがおほきみの ①3
わがおほきみの ①36
わがおほきみの ②159
わがおほきみの ③329
わがおほきみの ⑥938
わがおほきみの ⑥956
わがおほきみの ⑥1005
わがおほきみの ⑥1047
わがおほきみの ⑥1062
わごおほきみ ①52
わごおほきみ ⑬3234
わごおほきみの ②152
わごおほきみの ②155
わごおほきみの ⑥917
わごおほきみの ⑥923
わごおほきみは ⑥926
やすやすも ⑯3854
やそかかけ ⑫3212
やそくには ⑳4329
やたののの ⑩2331
やちくさに ⑳4314
やちくさの ⑳4501
やちほこの
かみのみよより ⑥1065
かみのみよより ⑩2002
やつりがは
みなそこたえず ⑫2860
みをもたえせず ⑫2860ィ
やつりやま ③262
やどにある ⑧1458
やなぎこそ ⑭3491
やぶなみの ⑱4138
やほかゆく ④596
やまがはに ⑪2832
やまかはの ⑰3964
やまがはの
きよきかはせに ⑮3618
たきにまされる ⑫3016
みづかげにおふる ⑫2862
やまかはも ①39
やまかはを ⑮3764
やまがひに ⑰3967
やまこえて ⑦1188
やまごしの ①6
やましなの
いはたのもりに ⑨1731
いはたのをのの ⑨1730
こはたのやまを ⑪2425
やましろの
いづみのこすげ ⑪2471
いはたのもりに ⑫2856
くせのさぎさか ⑨1707
くせのやしろの ⑦1286
くせのわくごが ⑪2362

くにのみやこは　⑰3907
やますげの
みだれこひのみ　⑪2474
みならぬことを　④564
やまずてきみを　⑫3055
やまたかく　⑥1052
やまたかみ
しらゆふはなに　⑥909
しらゆふはなに　⑨1736
ふりくるゆきを　⑩1841
やまだかみ
たにへにはへる　⑪2775
ゆふひかくりぬ　⑦1342
やまちかく　⑩2146
やまぢさの　⑪2469
やまとこひ　①71
やまとぢの
きびのこしまを　⑥967
しまのうらみに　④551
やまとぢは　⑥966
やまとには
きこえもゆくか　⑨1677
なきてかくらむ　①70
なきてかくらむ　⑩1956
むらやまあれど　①2
やまとの
うだのまはにの　⑦1376
むろふのけもも　⑪2834
やまとへに　④570
やまとほき　⑩2151
やまどりの　⑭3468
やまのかひ　⑰3924
やまのなと　⑤872
やまのはに
あぢむらさわき　④486
いさよふつきの　⑥1008
いさよふつきを　⑦1071
いさよふつきを　⑦1084
つきかたぶけば　⑮3623
やまのはの　⑥983
やまのはを　⑪2461
やまのへに　⑩2147
やまのへの
いしのみゐは　⑬3235
みゐをみがてり　①81
やまのまに
うぐひすなきて　⑩1837
ゆきはふりつつ　⑩1848
わたるあきさの　⑦1122
やまのまの　⑩1849
やまのまゆ　③429
やまびこの　⑧1602
やまぶきの
さきたるのへの　⑧1444
しげみとびくく　⑰3971
たちよそひたる　②158
にほへるいもが　⑪2786
はなとりもちて　⑲4184
はなのさかりに　⑳4304
やまぶきは
なでつつおほさむ　⑳4302
ひにひにさきぬ　⑰3974
やまぶきを　⑲4186
やまへには　⑩2149
やまもりの
ありけるしらに　③401

さとへかよひし　⑦1261
やまもりは　③402
やみならば　⑧1452
やみのよに　④592
やみのよの　⑳4436
やみのよは　⑦1374

ゆ

ゆかぬあれを　⑪2594
ゆきかくる　⑦1086
ゆきかへり　⑥959
ゆきこそは　⑨1782
ゆきさむみ　⑩2329
ゆきてみて　⑪2698
ゆきのいろを　⑤850
ゆきのうへに　⑱4134
ゆきのしま　⑲4232
ゆきみれば　⑩1862
ゆきめぐり　⑥937
ゆきゆきて　⑪2395
ゆきをおきて　⑩1842
ゆくかはの　⑦1119
ゆくさには　③450
ゆくふねを　⑤875
ゆくへなく　⑱4090
ゆくへなみ　⑫3022
ゆくりなく　⑩2284
ゆこさきに　⑳4385
ゆだねまく　⑦1110
ゆのはらに　⑥961
ゆひしひも　⑪2630
ゆふかけて
　いはふこのもり　⑦1378
　まつるみもろの　⑦1377
ゆふかげに　⑩2157
ゆふぎりに　⑳4477
ゆふけとふ　⑪2686
ゆふけにも
　うらにものれる　⑪2613
　こよひとのらろ　⑭3469
ゆふこりの　⑪2692
ゆふさらず　⑩2222
ゆふさらば
　きみにあはむと　⑫2922
　しほみちきなむ　②121
　やどあけまけて　④744
ゆふされば
　あきかぜさむし　⑮3666
　あしへにさわき　⑮3625
　かぢのおとすなり　⑦1152ィ
　かりのこえゆく　⑩2214
　きみきまさむと　⑪2588
　ころもでさむし　⑩2319
　とこのへさらぬ　⑪2503
　のへのあきはぎ　⑩2095
　ひぐらしきなく　⑮3589
　みやまをさらぬ　⑭3513
　ものもひまさる　④602
　をぐらのやまに　⑧1511
　をぐらのやまに　⑨1664
ゆふたたみ
　しらつきやまの　⑫3073ィ
　たなかみやまの　⑫3070
　たむけのやまを　⑥1017
　てにとりもちて　③380
ゆふだちの

あめうちふれば　⑩2169ィ
あめうちふれば　⑯3819
あめふるごとに　⑩2169
ゆふづくひ　⑯3820
ゆふづくよ
あかときやみの　⑪2664
あかときやみの　⑫3003
かげたちよりあひ　⑮3658
こころもしのに　⑧1552
ゆふづつみ　⑫3073
ゆふつづも　⑩2010
ゆふなぎに　⑦1165
ゆふへおきて　⑫3039
ゆふやみは　④709
ゆらのさき　⑨1671
ゆゑもなく　⑪2413

よ

よきひとの　①27
よくたちて　⑲4147
よぐたちに　⑲4146
よくわたる　④523
よしのがは
いはとかしはと　⑦1134
かはなみたかみ　⑨1722
ゆくせのはやみ　②119
よしのなる　③375
よしゑやし
きまさぬきみを　⑪2378
こひじとすれど　⑩2301
こひじとすれど　⑫3191
しなむよわぎも　⑬3298
ただならずとも　⑩2031
よそにのみ　⑳4355
よそにみし　②174
よそにゐて
こひつつあらずは　④726
こふればくるし　④756
よそのみに
きみをあひみて　⑫3151
みつつこひなむ　⑩1993
みればありしを　⑲4269
よそめにも　⑫2883
よつのふね　⑲4265
よなばりの
のぎにふりおほふ　⑩2339
ゐかひのやまに　⑧1561
よならべて　⑪2660
よのつねに　⑧1447
よのなかし
くるしきものに　④738
つねかくのみと　③472
よのなかに　⑫2924
よのなかの
あそびのみちに　③347
しげきかりほに　⑯3850
すべなきものは　⑤804
つねなきことは　⑲4216
つねのことわり　⑮3761
ひとのことばと　⑫2888
をみなにしあらば　④643
よのなかは
かずなきものか　⑰3963
こひしげしゑや　⑤819
つねかくのみか　⑦1321
つねかくのみと　⑪2383

つねかくのみと ⑮3690
まことふたよは ⑦1410
むなしきものと ③442
むなしきものと ⑤793
よのなかも ⑧1459
よのなかを
うしとおもひて ⑬3265
うしとやさしと ⑤893
つねなきものと ⑥1045
なににたとへむ ③351
よのひとの ⑤904
よのほどろ
いでつつくらく ④755
わがいでてくれば ④754
よひにあひて
あしたおもなみ ①60
あしたおもなみ ⑧1536
よひよひに ⑫2929
よるひかる ③346
よるひると ④716
よるもねず ⑫2846
よろしなへ ③286
よろづよに
いましたまひて ⑤879
かたりつげとし ⑤873
こころはとけて ⑰3940
たづさはりゐて ⑩2024
てるべきつきも ⑩2025
としはきふとも ⑤830
みともあかめや ⑥921
よをさむみ ⑩2318
よをながみ ⑮3680

わ

わがいのちし ③288
わがいのちの
ながくほしけく ⑫2943
またけむかぎり ④595
わがいのちは ⑯3813
わがいのちも ③332
わがいのちを ⑮3621
わがいはろに ⑳4406
わがいもこが ⑳4405
わがおほきみ
あめしらさむと ③476
かみのみことの ⑥1053
ものなおもほし ①77
わがおもひ ④734
わがおもひを ④591
わがかざす ⑩1856
わがかたみ ④587
わがかづの ⑳4386
わがかどに
ちとりしばなく ⑯3873
もるたをみれば ⑩2221
わがかどの
あさぢいろづく ⑩2190
えのみもりはむ ⑯3872
かたやまつばき ⑳4418
わがかどゆ ⑲4176
わがききし ②128
わがききに ④697
わかくさの ⑪2542
わかければ ⑤905
わがここだ

しのはくしらに　⑲4195
　まてどきなかぬ　⑲4208
わがさかり
　いたくくたちぬ　⑤847
　またをちめやも　③331
わがさとに
　いまさくはなの　⑩2279
　おほゆきふれり　②103
わかさなる　⑦1177
わがせこが
　あさけのすがた　⑫2841
　あとふみもとめ　④545
　かくこふれこそ　④639
　かざしのはぎに　⑩2225
　かたみのころも　④637
　かへりきまさむ　⑮3774
　くにへましなば　⑰3996
　けせるころもの　④514
　けるきぬうすし　⑥979
　ことうるはしみ　⑩2343
　こととるなへに　⑱4135
　こむとかたりし　⑫2870
　ささげてもてる　⑲4204
　しろたへころも　⑩2192
　そでかへすよの　⑪2813
　そのなのらじと　⑪2531
　たふさきにする　⑯3839
　つかひこむかと　⑨1674
　つかひをまつと　⑪2681
　つかひをまつと　⑫3121
　はまゆくかぜの　⑪2459
　ふりさけみつつ　⑪2669
　ふるきかきつの　⑱4077
　ふるへのさとの　③268
　みらむさほぢの　⑧1432
　やどなるはぎの　⑳4444
　やどのたちばな　⑧1483
　やどのなでしこ　⑳4442
　やどのなでしこ　⑳4450
　やどのやまぶき　⑳4303
わがせこし
　かくしきこさば　⑳4499
　けだしまからば　⑮3725
　とげむといはば　④539
わがせこと
　てたづさはりて　⑲4177
　ふたりしをれば　⑥1039
　ふたりみませば　⑧1658
わがせこに
　あがこひをれば　⑪2465
　あがこふらくは　⑩1903
　あがこふらくは　⑪2769
　うらごひをれば　⑩2015
　こひすべながり　⑰3975
　こひてすべなみ　⑩1915
　こふとにしあらし　⑫2942
　こふればくるし　⑥964
　ただにあはばこそ　⑪2524
　またはあはじかと　④540
　みせむとおもひし　⑧1426
わがせこは
　あひおもはずとも　④615
　いづくゆくらむ　①43
　いづくゆくらむ　④511
　かりいほつくらす　①11
　さきくいますと　⑪2384

たまにもがもな ⑰3990
たまにもがもな ⑰4007
まてどきまさず ⑬3280
まてどきまさず ⑬3281
ものなおもひそ ④506
わがせこを
あがまつばらよ ⑰3890
あどかもいはむ ⑭3379
あひみしそのひ ④703
いつそいまかと ⑧1535
いづちゆかめと ⑦1412
いまかいまかと ⑩2323
いまかいまかと ⑫2864
こちこせやまと ⑦1097
なこしのやまの ⑩1822
やまとへやりて ⑭3363
やまとへやると ②105
わがせなを
つくしはやりて ⑳4428
つくしへやりて ⑳4422
わがそでに
あられたばしる ⑩2312
ふりつるゆきも ⑩2320
わがそでは ⑮3711
わがそのに ⑤822
わがそのの ⑲4140
わがたたみ ⑨1735
わがたびは ⑮3667
わがたもと ④627
わがつまは ⑳4322
わがつまも ⑳4327
わがとしの ⑫2952
わがなはも ④731
わがなれる ⑧1624
わかのうらに
しほみちくれば ⑥919
しらなみたちて ⑦1219
そでさへぬれて ⑫3175
わがははの ⑳4356
わがひもを ⑦1114
わがふねの ⑦1221
わがふねは
あかしのみとに ⑦1229
おきゆなさかり ⑦1200
ひらのみなとに ③274
わがほりし
あめはふりきぬ ⑱4124
こしまはみしを ①12ィ
のしまはみせつ ①12
わがまつる ③406
わがみかど ②183
わがめづま ⑭3502
わがもてる ④516
わがやどに
うゑおほしたる ⑩2114
おふるつちはり ⑦1338
からあゐまきおほし ③384
さかりにさける ⑤851
さきしあきはぎ ⑩2286
さきたるうめを ⑩2349
さけるあきはぎ ⑩2112
さけるなでしこ ⑳4446
つきおしてれり ⑧1480
なきしかりがね ⑩2130
はなそさきたる ③466
まきしなでしこ ⑧1448

もみつかへるて　⑧1623
わがやどの
あきのはぎさく　⑧1622
あきはぎのうへに　⑩2255
あさぢいろづく　⑩2207
いささむらたけ　⑲4291
うめさきたりと　⑥1011
うめのしづえに　⑤842
きみまつのきに　⑥1041
くさのうへしろく　④785
くずはひにけに　⑩2295
けもものしたに　⑩1889
ときじきふぢの　⑧1627
なでしこのはな　⑧1496
はぎさきにけり　⑩2287
はぎさきにけり　⑲4219
はぎのうれながし　⑩2109
はぎのしたばは　⑧1628
はぎはなさけり　⑧1621
はなたちばなに　⑧1481
はなたちばなの　⑧1478
はなたちばなは　⑧1489
はなたちばなは　⑩1969
はなたちばなは　⑮3779
はなたちばなを　⑧1486
はなたちばなを　⑧1493
はなたちばなを　⑰3998
ひとむらはぎを　⑧1565
ふゆきのうへに　⑧1645
ほたでふるから　⑪2759
まつのはみつつ　⑮3747
ゆふかげくさの　④594
をばなおしなべ　⑩2172
をばながうへの　⑧1572
わがやどは　⑪2475
わがゆきの　⑳4421
わがゆきは
なぬかはすぎじ　⑨1748
ひさにはあらじ　③335
わかゆつる　⑤858
わがゆゑに
いたくなわびそ　⑫3116
いはれしいもは　⑪2455
いもなげくらし　⑮3615
おもひなやせそ　⑮3586
わかれても　⑨1805
わかれなば　⑮3584
わがをかに
さかりにさける　⑧1640
さをしかきなく　⑧1541
わがをかの
あきはぎのはな　⑧1542
おかみにいひて　②104
わぎめこと　⑳4345
わぎもこが
あかものすその　⑦1090
あかもひづちて　⑨1710
いかにおもへか　⑮3647
いへのかきつの　⑧1503
うゑしうめのき　③453
かさのかりての　⑪2722
かたみにみむを　⑮3596
かたみのころも　④747
かたみのころも　⑮3733
かたみのねぶは　⑧1463
こころなぐさに　⑱4104

したにもきよと　⑮3585
そでをたのみて　⑪2771
なにともわれを　⑪2783
なりとつくれる　⑧1625
ひたひにおふる　⑯3838
みしとものうらの　③446
やどのあきはぎ　⑦1365
やどのたちばな　③411
やどのまがきを　④777
ゆひてしひもを　⑨1789
よとでのすがた　⑫2950
われをおくると　⑪2518
ゑまひまよびき　⑫2900
わぎもこし
あをしのふらし　⑫3145
われをおもはば　⑪2462
わぎもこと　⑦1248
わぎもこに
あがこひしなば　⑭3566
あがこひゆけば　⑦1210
あがこふらくは　⑪2709
あはずひさしも　⑪2750
あふさかやまの　⑩2283
あふさかやまを　⑮3762
あふちのはなは　⑩1973
あふよしをなみ　⑪2695
こひしわたれば　⑪2499
こひすべながり　⑫3034
こひつつあらずは　②120
こひつつあらずは　⑪2765
こひつつをれば　⑩1933
こひてすべなみ　⑪2412
こひてすべなみ　⑪2812
こひてみだれば　④642
こふるにあれは　⑮3744
こふれにかあらむ　⑪2806
ころもかすがの　⑫3011
ふるとはなしに　⑫3163
またもあはむと　⑪2662
またもあふみの　⑫3157
ゐなのはみせつ　③279
わぎもこは
くしろにあらなむ　⑨1766
ころもにあらなむ　⑩2260
とこよのくにに　④650
はやもこぬかと　⑮3645
わぎもこや　⑫3013
わぎもこを
あひしらしめし　④494
いざみのやまを　①44
いまもみてしか　⑫2880ィ
いめにみえこと　⑫3128
ききつがのへの　⑪2752
はやみはまかぜ　①73
ゆきてはやみむ　⑮3720
よそのみやみむ　⑫3166
わけがため　⑧1460
わざみの　⑩2348
わしのすむ　⑨1759
わすらむて　⑳4344
わするやと　⑫2845
わすれぐさ
かきもしみみに　⑫3062
わがしたびもに　④727
わがひもにつく　③334
わがひもにつく　⑫3060

わたつみの
いづれのかみを　⑨1784
うみにいでたる　⑮3605
おきつしらなみ　⑮3597
おきつたまもの　⑫3079
おきつなはのり　⑮3663
おきにおひたる　⑫3080
おきにもちゆきて　③327
かしこきみちを　⑮3694
かみのみことの　⑲4220
てにまきもてる　⑦1301
とよはたくもに　①15
もてるしらたま　⑦1302
わたつみは　③388
わたのそこ
おきこぐふねを　⑦1223
おきつしらたま　⑦1323
おきつしらなみ　①83
おきつたまもの　⑦1290
おきはかしこし　⑫3199
おきをふかめて　④676
おきをふかめて　⑪2781
しづくしらたま　⑦1317
わたらひの　⑫3127
わたりもり
ふなでしいでむ　⑩2087
ふねはやわたせ　⑩2077
ふねわたせをと　⑩2072
わたるひの　⑳4469
わらはども　⑯3842
われこそは　⑩1990
われのみや　⑮3624
われはもや　②95
われもおもふ　④606
われもみつ　③432
わろたびは　⑳4343

を

をかきつの　⑨1800
をかによせ　⑭3499
をかのさき　⑪2363
をかみがは　⑰4021
をくさをと　⑭3450
をさとなる　⑭3574
をしのすむ　⑳4511
をすくにの　⑥973
をちかたの　⑪2683
をちこちの　⑦1300
をづくはの
しげきこのまよ　⑭3396
ねろにつくたし　⑭3395
をとつひも　⑥1014
をととしの　④783
をとめらが
うみをかくといふ　⑥1056
うみをのたたり　⑫2990
おるはたのうへを　⑦1233
かざしのために　⑧1429
そでふるやまの　④501
たまくしげなる　④522
たまもすそびく　⑳4452
のちのしるしと　⑲4212
はなりのかみを　⑦1244
をけにたれたる　⑬3243
をとめらに　⑩2117
をとめらを　⑪2415

をのうへに　⑩1838
をのこやも　⑥978
をのとりて　⑬3232
をばやしに　⑭3538左注
をはりだの
　あゆぢのみづを　⑬3260
　いただのはしの　⑪2644
をふのさき　⑱4037
をみなへし
　あきはぎしのぎ　⑳4297
　あきはぎまじる　⑧1530
　あきはぎをれれ　⑧1534
　さきさはにおふる　④675
　さきさはのへの　⑦1346
　さきたるのへを　⑰3944
　さきのにおふる　⑩1905
をやまだの　⑭3492
をりあかして　②89
をりあかしも　⑱4068

難訓

莫囂円隣之　①9
指進乃　⑥970
東細布　⑪2647
中麻奈に　⑭3401

人名索引

1）この索引は，万葉集巻1から巻20までに現れた人名について，簡潔に解説をほどこしたものである．人名には，神名や伝承上の人物名等をも適宜含めている．ただし，漢籍，仏典から引いたものは除く．
2）配列は現代仮名遣いによる五十音順である．
3）当該人物の作とされる歌の巻(丸数字)と歌番号を，項目の末尾に示した．それ以外の形で言及されている時は，◇印を付してその箇所(標目・題詞・歌中・左注)を示し，また その人物の歌集に出ると注記された歌は，「歌集」と頭書して該当する歌番号を示した．なお，(　)内に示したものは或本歌によるものや推定によるものを示す．
4）同名の人物については，(1)(2)で区別した．
5）同一人物の異なる呼称には，→印を付して主たる項目を示した．

（山田英雄・山崎福之）

あ

県犬養娘子《あがたのいぬかいのおとめ》　伝未詳．⑧1653

県犬養宿祢浄人《あがたのいぬかいのすくねきよひと》　天平勝宝7年(755)2月下総国の防人部領使．◇⑳4394左注

県犬養宿祢人上《あがたのいぬかいのすくねひとかみ》　天平3年(731)7月に内礼正．③459

県犬養宿祢三千代《あがたのいぬかいのすくねみちよ》　初め三野王に嫁し，葛城王(橘諸兄)・佐為王・牟漏女王を生み，離婚して藤原不比等の室となり，光明子を生んだ．持統朝から高級女官として重きをなしていた．⑲4235

県犬養宿祢持男《あがたのいぬかいのすくねもちお》　伝未詳．⑧1586

県犬養宿祢吉男《あがたのいぬかいのすくねよしお》　天平10年(738)10月内舎人と見え，天平宝字8年(764)10月伊予介となる．⑧1585

県犬養命婦《あがたのいぬかいのみょうぶ》　→県犬養宿祢三千代《あがたのいぬかいのすくねみちよ》

安貴王《あきのおおきみ》　続日本紀は阿貴，阿紀につくる．春日王の子．市原王の父．紀女郎を妻とする．天平17年(745)正月従五位上となる．二条大路木簡に阿貴王と見える．③306，④534，535，⑧1555　◇④643題詞注，⑥

988題詞

商長首麻呂《あきのおさのおびとまろ》　天平勝宝 7 年(755) 2 月駿河国の防人．⑳4344

安積皇子《あさかのみこ》　聖武天皇の皇子．母は夫人県犬養宿祢広刀自．天平 16 年(744)閏正月 13 日薨じた．年 17．光明皇后の生んだ皇太子基皇子は夭折し，ただ一人の皇子であったが，藤原氏の血脈ではなく，阿閇内親王が皇太子となる中，微妙な立場にあった．毒殺説もある．◇③475題詞，⑥1040題詞

朝倉益人《あさくらのますひと》　天平勝宝 7 年(755) 2 月上野国の防人．⑳4405

麻田連陽春《あさだのむらじやす》　もと答本陽春と称し，神亀元年(724) 5 月，麻田連の姓を賜わった．天平 11 年(739)正月外従五位下となり，石見守，年 56 で終わった．懐風藻に五言詩 1 首がある．④569, 570, ⑤884, 885

阿氏奥島《あじのおきしま》　伝未詳．⑤824

葦屋処女《あしのやのおとめ》　摂津国菟原郡葦屋の妻争い伝説上の人．菟原処女(うないおとめ)，菟名日処女とも．田辺福麻呂歌集，高橋虫麻呂歌集，大伴家持の歌にも見える．◇⑨1801題詞・歌，1802歌，1809題詞・歌，1810歌，⑲4211題詞・歌，4212歌

飛鳥岡本宮御宇天皇《あすかのおかもとのみやにあめのしたおさめたまいしすめらみこと》　→舒明天皇《じょめいてんのう》

明日香川原宮御宇天皇《あすかのかわらのみやにあめのしたおさめたまいしすめらみこと》　→斉明天皇《さいめいてんのう》

明日香清御原宮御宇天皇《あすかのきよみはらのみやにあめのしたおさめたまいしすめらみこと》　→天武天皇《てんむてんのう》

明日香清御原宮天皇《あすかのきよみはらのみやのすめらみこと》　→天武天皇《てんむてんのう》

明日香皇女《あすかのひめみこ》　飛鳥とも．天智天皇の皇女．文武 4 年(700) 4 月薨じた．柿本人麻呂の挽歌がある．◇②196題詞

明日香宮御宇天皇《あすかのみやにあめのしたおさめたまいしすめらみこと》　→天武天皇《てんむてんのう》

安宿王《あすかべのおおきみ》　長屋王の子．山背王の兄．天平元年(729) 2 月長屋王の変の時，母が藤原不比等の娘なので死を免れた．同 9 年 9 月無位より従五位下．天平勝宝 3 年(751)正月正四位下．同 5 年 4 月播磨守．同 6 年 2 月唐僧鑑真を迎える勅使となる．天平宝字元年(757) 7 月橘奈良麻呂の変に加わり，捕えられて妻子とともに佐渡に流された．宝亀 4 年(773) 10 月姓高階真人を賜わった．⑳4301, 4452 ◇⑳4472題詞

安宿公奈杼麻呂《あすかべのきみなどまろ》　百済安宿公奈登麻呂とも．天平神護元年(765)正月正六位上より外従五位下．⑳4472 ◇⑳4473左注

安曇外命婦《あずみのげみょうぶ》　安倍朝臣虫麻呂の母．大伴坂上郎女の母石川内命婦

とは同居の姉妹. ◇④667左注

安曇宿祢三国《あずみのすくねみくに》　天平勝宝 7 年(755) 2 月武蔵国の部領防人使. ◇⑳4424左注

厚見王《あつみのおおきみ》　系譜未詳. 天平宝字元年(757) 5 月従五位上. ④668, ⑧1435, 1458

安都宿祢年足《あとのすくねとしたり》　伝未詳. ④663

安都扉娘子《あとのとびらおとめ》　伝未詳. ④710

安努君広島《あののきみひろしま》　越中国射水郡大領. 伝未詳. ◇⑲4251題詞

阿倍大夫《あべだいぶ》　→安倍朝臣広庭《あべのあそみひろにわ》

阿倍朝臣《あべのあそみ》　賀茂女王の母. 長屋王の妻. ◇⑧1613題詞注

安倍朝臣奥道《あべのあそみおきみち》　息道とも. 左兵衛督などを歴任. 宝亀 5 年(774)卒した. 時に但馬守, 従四位下. ⑧1642

安倍朝臣子祖父《あべのあそみこおおじ》　養老 3 年(719) 10 月舎人皇子が賜わった大舎人4 人の中の 1 人か. ⑯3838, 3839

安倍朝臣沙美麻呂《あべのあそみさみまろ》　阿倍, 佐美麻呂とも. 天平宝字元年(757) 5月正四位下. 同 8 月参議. 同 2 年 4 月卒. 時に中務卿. ⑳4433

安倍朝臣豊継《あべのあそみとよつぐ》　天平 9 年(737) 2 月外従五位下より従五位下. ⑥1002

安倍朝臣広庭《あべのあそみひろにわ》　阿倍(続日本紀), 阿部(本朝月令)とも. 御主人(みうし)の子. 神亀元年(724) 7 月従三位とあり, 同 4 年 10 月中納言. 天平4 年(732) 2 月薨じた. 時に中納言従三位兼催造宮長官・知河内和泉等国事. 懐風藻には五言詩 2 首を載せ, 年 74 とある. ③302, 370, ⑥975, ⑧1423, ⑨1772

安倍朝臣虫麻呂《あべのあそみむしまろ》　阿倍, 虫満とも. 安曇外命婦の子. 天平勝宝 4年(752) 3 月卒した. 時に中務大輔, 従四位下. 母安曇外命婦は大伴坂上郎女の母石川内命婦と同居の姉妹で, 虫麻呂は坂上郎女と戯歌を交わしている. ④665, 672, ⑥980, ⑧1577, 1578 ◇④667左注, ⑥1041題詞, ⑧1650左注

阿倍朝臣老人《あべのあそみおゆひと》　伝未詳. 年次不明の遣唐使の一員. ⑲4247

阿倍朝臣継麻呂《あべのあそみつぎまろ》　天平 8 年(736) 2 月遣新羅大使. 同 9 年正月帰国の途中, 対馬で卒した. ⑮3656, 3668, 3700, 3706, 3708 ◇⑮3659左注

安倍女郎《あべのいらつめ》　伝未詳. 阿倍とも. 中臣東人, 大伴家持との贈答歌が

ある．③269, ④505, 506, 514, 516 ◇④515題詞, ⑧1631題詞

阿閇皇女《あべのひめみこ》　→元明天皇《げんめいてんのう》

天照日女之命《あまてらすひるめのみこと》　天照大神．古事記では伊耶那岐神の禊で出生．日本書紀正文では伊奘諾・伊奘冉二神の子．◇②167歌, ⑱4125歌

海犬養宿祢岡麻呂《あまのいぬかいのすくねおかまろ》　伝未詳．⑥996

天之探女《あまのさぐめ》　古事記上巻，日本書紀巻二神代下に見える．天稚彦(あめわかひこ)に天からの使者の雉を射殺すよう進言した．◇③292歌

天渟中原瀛真人天皇《あまのぬなはらおきのまひとのすめらみこと》　→天武天皇《てんむてんのう》

天豊財重日足姫天皇《あめとよたからいかしひたらしひめのすめらみこと》　→斉明天皇《さいめいてんのう》

天命開別天皇《あめみことひらかすわけのすめらみこと》　→天智天皇《てんちてんのう》

荒雄《あらお》　筑前国滓屋郡志賀村の白水郎(漁夫)．神亀年中対馬へ防人の食料を運ぶ途中に遭難した．◇⑯3860-3865歌, 3869歌・左注

有間皇子《ありまのみこ》　孝徳天皇の皇子．母は妃小足媛．斉明3年(657)9月皇子は病と偽って牟婁温泉に行き，その地を激賞したので，斉明天皇は翌4年10月紀温泉に行幸した．同11月留守官の蘇我赤兄は当代の失政3か条をあげて非難した．皇子は喜んで来年初めに挙兵しようと赤兄の家で謀をめぐらそうとしたが，脇息が折れたので失敗の前兆として計画を中止した．その夜赤兄は皇子の家を囲み，駅使により天皇に皇子の謀反を知らせた．皇子らは捕えられて紀温泉に送られた．皇太子中大兄が謀反の理由を問うと，有間皇子は「天と赤兄のみが知る，吾は知らない」と答えている．中大兄は皇子を藤白坂で絞殺させた．年19．日本書紀には異説をも記している．②141, 142

主人《あろじ》　→大伴宿祢旅人《おおとものすくねたびと》

粟田大夫《あわただいぶ》　→粟田朝臣人《あわたのあそみひと》，粟田朝臣人上《あわたのあそみひとかみ》

粟田朝臣人《あわたのあそみひと》　必登とも．神亀元年(724)2月従五位上となる．(⑤817)

粟田朝臣人上《あわたのあそみひとかみ》　天平10年(738)6月卒した．時に武蔵守，従四位下．(⑤817)

粟田女王《あわたのおおきみ》　天平宝字5年(761)正三位．同8年5月薨じた．⑱4060

粟田女娘子《あわためのおとめ》　伝未詳．④707, 708

奄君諸立《あんのきみもろたち》　伝未詳．⑧1483

い

池田朝臣《いけだのあそみ》　真枚，足継にあてる説があるが，確証はない．⑯3840 ◇⑯3841歌

池辺王《いけべのおおきみ》　大友皇子の孫．葛野王の子．淡海三船の父．天平9年(737) 12月内匠頭となる．◇④623題詞

石川卿《いしかわきょう》　伝未詳．⑨1728

石川大夫《いしかわだいぶ》　→石川朝臣君子《いしかわのあそみきみこ》

石川朝臣老夫《いしかわのあそみおきな》　伝未詳．⑧1534

石川朝臣君子《いしかわのあそみきみこ》　若子，吉美侯とも．号を少郎子という．養老5年(721) 6月侍従，神亀元年(724) 2月正五位下，同3年正月従四位下．家伝下に，神亀年中，風流侍従の一人であったという．万葉集には神亀年中に大宰少弐となったことを記している．③278, (⑪2742) ◇③247左注, ⑨1776題詞

石川朝臣足人《いしかわのあそみたるひと》　神亀元年(724) 2月従五位上，その後大宰少弐となり，同5年には遷任した．⑥955 ◇④549題詞

石川朝臣年足《いしかわのあそみとしたり》　石川連子(むらじこ)の曾孫．石足の長子．初め少判事．大宰帥，中納言などを経て，天平宝字2年(758) 8月正三位，同月以前に式部卿(この時以後，文部卿と改称)．同4年正月御史大夫．同6年9月薨じた．年75．その墓誌が大阪府高槻市真上町より出土した．⑲4274

石川朝臣広成《いしかわのあそみひろなり》　天平宝字5年(761)頃但馬介．④696, ⑧1600, 1601

石川朝臣水通《いしかわのあそみみみち》　伝未詳．⑰3998

石川朝臣宮麻呂《いしかわのあそみみやまろ》　宮守とも．連子の第五子．和銅6年(713)正月従三位．同12月薨じた．◇③247左注

石川女郎《いしかわのいらつめ》　(1) 大津皇子が密かに婚したが，津守連通に暴露された．◇②109題詞

(2) 日並皇子，即ち草壁皇子から歌を贈られた．字は大名児．(1)と(2)は同一人といわれている．◇②110題詞・歌

(3) 大伴宿祢田主と戯歌を贈答し，田主の足疾を見舞う歌を贈っている．②126, 128

(4) 大津皇子の宮侍(まかだち)．字を山田郎女という．②129

(5) 藤原朝臣宿奈麻呂の妻．薄愛で離別され，悲しみ恨む歌を作った．⑳4491

石川郎女《いしかわのいらつめ》　(1) 久米禅師に求婚され，歌を贈答した．②97, 98 ◇②96題詞

(2) 大津皇子と歌を贈答した．②108 ◇②107題詞

(3) 石川(内)命婦，内命婦石川朝臣，大家石川命婦，佐保大伴大家とも．大伴安麻呂の妻．大伴坂上郎女の母．諱は邑婆(おおば)．安倍朝臣虫麻呂の母，安曇外命婦と同居の姉妹．④518, ⑳4439 ◇③461左注，④667左注

石川賀係女郎《いしかわのかけのいらつめ》　伝未詳．⑧1612

石川内命婦《いしかわのないみょうぶ》　→石川郎女《いしかわのいらつめ》(3)

石川命婦《いしかわのみょうぶ》　→石川郎女《いしかわのいらつめ》(3)

石川夫人《いしかわぶにん》　天智天皇挽歌があるが，天智に夫人はいない．嬪であった蘇我赤兄の娘の常陸娘か．長屋王家木簡に見える．②154

出雲娘子《いずものおとめ》　伝未詳．◇③429題詞

石上卿《いそのかみきょう》　名を欠く．③287

石上大夫《いそのかみだいぶ》　→石上朝臣乙麻呂《いそのかみのあそみおとまろ》

石上朝臣乙麻呂《いそのかみのあそみおとまろ》　左大臣麻呂の第三子，宅嗣の父．神亀元年(724) 2 月正六位上より従五位下，天平 11 年(739) 3 月久米若売を姦した罪により土佐国に流された．この時の作を含め懐風藻に五言詩 4 首があり，また銜悲藻(かんびそう) 2 巻を作った．同 12 年 6 月の大赦から外されたが，のち許され，天平勝宝元年(749) 7 月中納言．同 2 年 9 月薨じた．③368, 374, ⑥1019-1023

石上朝臣堅魚《いそのかみのあそみかつお》　天平 8 年(736) 正月正五位上．⑧1472

石上朝臣麻呂《いそのかみのあそみまろ》　宇麻呂の子．乙麻呂の父．もと物部連．壬申の乱では大友皇子に最後まで随従した．天武 5 年(676) 10 月遣新羅大使，時に大乙上．同 6 年 2 月帰朝，大納言を経て，和銅元年(708) 正月正二位，同 3 月左大臣，同 7 月穂積親王とともに勅を賜わり，同 3 年 3 月平城京遷都に際して留守司となり，養老元年(717) 3 月薨じた．年 78．①44

石上朝臣宅嗣《いそのかみのあそみやかつぐ》　中納言乙麻呂の子．天平勝宝 3 年(751)正月正

六位上より従五位下．同5年正月治部少輔と見え，式部卿などを歴任．宝亀元年(770) 8月称徳天皇崩じ，藤原永手等とともに光仁天皇を擁立し，大納言となって，天応元年(781) 4月正三位．同6月薨じた．年53．聡明で風采もよく，経史に通じて文を好み，書に巧みであった．天平宝字より以後淡海三船とともに文人の首と称せられ，その邸を寺とし，その一隅に外典の院である芸亭《うんてい》を作り，好学の徒の閲覧に供した．経国集にその詩2首がある．⑲4282

石上大臣《いそのかみのだいじん》　→石上朝臣麻呂《いそのかみのあそみまろ》

板茂連安麻呂《いたもちのむらじやすまろ》　神亀2年(725) 3月の太政官処分に書生と見える．⑤831

市原王《いちはらのおおきみ》　安貴王の子．大安寺造仏所長官，摂津大夫などを経て，天平宝字7年(763) 4月造東大寺長官，同5月御執経所の長と見える．③412, ④662, ⑥988, 1007, 1042, ⑧1546, 1551, ⑳4500　◇⑧1594左注

稲置娘子《いなきおとめ》　伝未詳．◇⑯3791歌

因幡八上采女《いなばのやかみのうねめ》　因幡国八上郡出身の采女．安貴王に娶られたが，勅断により不敬罪として本郷に退けられた．◇④535左注

井戸王《いのへのおおきみ》　伝未詳．①19　◇①17題詞

伊保麻呂《いほまろ》　伝未詳．⑨1735

今城王《いまきのおおきみ》　一条三坊の戸主．母は大伴女郎．天平11年(739) 4月大原真人の姓を賜わった．天平宝字元年(757) 6月治部少輔となり，以後大原今城真人とある．宝亀2年(771)閏3月無位より本位従五位上に復し，同7月兵部少輔，同3年9月駿河守となった．⑧1604, ⑳4442, 4444, 4459, 4475, 4476, 4496, 4505, 4507　◇④519題詞注, 537題詞, ⑳4439左注, 4440題詞, 4480左注, 4481題詞, 4482左注, 4492題詞, 4515題詞

今奉部与曾布《いままつりべのよそふ》　天平勝宝7年(755)2月下野国の防人の火長．⑳4373

忌部首《いむべのおびと》　名を欠く．⑯3832

忌部首黒麻呂《いむべのおびとくろまろ》　天平宝字6年(762)正月内史局助．⑥1008, ⑧1556, 1647, ⑯3848

石田王《いわたのおおきみ》　忍壁皇子の子．山前王の弟．◇③420題詞, 423題詞, 425左注

磐姫皇后《いわのひめこうごう》　仁徳天皇の皇后．武内宿祢の孫．葛城襲津彦の娘．履中・反正・允恭天皇の母．仁徳2年3月立后，古事記，日本書紀には

嫉妬深い皇后としての天皇との歌物語がある. ②85-89 ◇②90左注

磐余伊美吉諸君《いわれのいみきもろきみ》　天平勝宝7年(755)昔年の防人の歌を抄写して兵部少輔大伴宿祢家持に贈った. ◇⑳4432左注

允恭天皇《いんぎょうてんのう》　雄朝嬬稚子宿祢天皇(おあさづまわくごのすくねのすめらみこと). 仁徳天皇の皇子. 母は磐姫皇后. 皇后は忍坂大中姫. 木梨軽皇子・安康天皇・雄略天皇の父. ◇②90左注

う

宇治若郎子《うじのわきいらつこ》　菟道稚郎子とも. 応神天皇の皇子. 仁徳天皇の弟. 応神41年天皇崩じ, 皇子は異母兄の仁徳と譲り合い, 日本書紀によれば皇子は自殺して仁徳が即位したという. ◇⑨1795題詞

宇遅部黒女《うじべのくろめ》　天平勝宝7年(755) 2月武蔵国の防人, 椋椅部荒虫(くらはしべのあらむし)の妻. ⑳4417

右大臣《うだいじん》　→葛城王《かずらきのおおきみ》

有度部牛麻呂《うとべのうしまろ》　天平勝宝7年(755) 2月駿河国の防人. ⑳4337

菟原処女《うないおとめ》　→葦屋処女《あしのやのおとめ》

海上女王《うなかみのおおきみ》　志貴皇子の娘. 神亀元年(724) 2月従三位. ④531 ◇④530題詞

宇努首男人《うののおびとおひと》　養老4年(720)大隅・日向の隼人の乱に勝利したという将軍. ⑥959

味稲《うましね》　柘枝(つみのえ・しゃし)伝説中の吉野の人. ③385左注

馬史国人《うまのふひとくにひと》　馬比登とも. 平城京東西大溝木簡に天平8年(736) 8月中宮職より兵部省卿(藤原麻呂)宅政所宛に舎人19人の考文銭・成選銭・智識銭を請求しているが, その舎人の中に見える. ⑳4458 ◇⑳4457題詞

浦島子《うらのしまこ》　→水江浦島子《みずのえのうらのしまこ》

占部小竜《うらべのおたつ》　天平勝宝7年(755) 2月常陸国茨城郡の防人. ⑳4367

占部広方《うらべのひろかた》　天平勝宝7年(755) 2月常陸国の防人. ⑳4371

占部虫麻呂《うらべのむしまろ》　天平勝宝7年(755) 2月下総国の防人. ⑳4388

え

恵行《えぎょう》　天平勝宝2年(750) 4月越中国講師の僧. ⑲4204

榎井王《えのいのおおきみ》　志貴皇子の子. ⑥1015

縁達師《えんだちし》　僧か. 伝未詳. ⑧1536

お

雄朝嬬稚子宿祢天皇《おあさづまわくごのすくねのすめらみこと》　→允恭天皇《いんぎょうてんのう》

生石村主真人《おいしのすぐりまひと》　大石とも. 天平勝宝2年(750)正月正六位上より外従五位下. ③355

近江天皇《おうみてんのう》　→天智天皇《てんちてんのう》

近江大津宮御宇天皇《おうみのおおつのみやにあめのしたおさめたまいしすめらみこと》　→天智天皇《てんちてんのう》

淡海真人三船《おうみのまひとみふね》　大友皇子の曾孫. 池辺王の子. もと御船王. 天平勝宝3年(751)正月姓淡海真人を賜わり, 時に無位. 同8年5月朝廷を誹謗し, 人臣の礼を欠く罪に坐し, 出雲守大伴古慈悲とともに左右衛士府に禁固されたが(時に内豎), のちに許された. 大宰少弐などを歴任. 宝亀3年(772)4月大学頭, 文章博士を兼ね, 同8年正月大判事, 同9年2月再び大学頭となる. 同11年2月従四位下. この頃石上宅嗣とともに文人の首と称せられた. 天応元年(781)また大学頭. 延暦3年(784)4月大学頭・因幡守のまま刑部卿. 同4年7月卒した. 年64. 懐風藻, 唐大和上東征伝を撰し, 続日本紀の編集に参加し, 経国集に詩5首がある. ◇⑳4467左注

近江宮御宇天皇《おうみのみやにあめのしたおさめたまいしすめらみこと》　→天智天皇《てんちてんのう》

大網公人主《おおあみのきみひとぬし》　伝未詳. ③413

大石蓑麻呂《おおいしのみのまろ》　天平18年(746)頃東大寺写経所に服仕した. ⑮3617

大伯皇女《おおくのひめみこ》　大来とも. 天武天皇の皇女. 母は天智天皇の皇女, 大田皇女. 大津皇子の同母姉. 斉明7年(661)天皇の新羅遠征の途中, 備前国大伯海で生まれたために命名された. 天武3年(674)10月伊勢斎王. 朱鳥元年(686)11月, 大津皇子の死後伊勢より帰り, 大宝元年(701)12月薨じた. ②105, 106, 163-166

大蔵忌寸麻呂《おおくらのいみきまろ》　伊美吉, 万里とも. 天平8年(736)遣新羅使の少判官. 丹波守などを歴任. 宝亀3年(772)正月正五位下. ⑮3703

大鷦鷯天皇《おおさざきのすめらみこと》　→仁徳天皇《にんとくてんのう》

大田部荒耳《おおたべのあらみみ》　天平勝宝7年(755)2月下野国の防人の火長. ⑳4374

大田部足人《おおたべのたるひと》　天平勝宝 7 年(755) 2 月下総国千葉郡の防人．⑳4387

大田部三成《おおたべのみなり》　天平勝宝 7 年(755) 2 月下野国梁田郡の防人．⑳4380

邑知王《おおちのおおきみ》　大市王とも．後に文室真人大市．長皇子の子．天平勝宝 4 年(752) 4 月大仏開眼会に内楽頭を奉仕し，時に内匠頭．この年姓文室真人を賜わった．中務卿などを歴任．宝亀 11 年(780) 11 月薨じた．時に大納言，正二位．◇⑰3926左注

大津皇子《おおつのみこ》　天武天皇第二皇子．母は大田皇女．大伯皇女の同母弟．朱鳥元年(686) 9 月天武天皇が崩じ，同 10 月新羅僧行心らにそそのかされ謀反を企てるが失敗し，訳語田舎(おさだのいえ)で死を賜わった．年 24．妃山辺皇女は殉死した．日本書紀には，皇子は立ち居振舞が際立ち言葉も人にすぐれて明断であり，天智天皇の寵をうけ，才学があり，文筆を好み，詩賦の興は大津より始まるとある．懐風藻に五言詩「臨終」ほか 3 首があり，その伝に，体つきが立派で，人品も高く，壮に及び武を愛し，多力にしてよく剣を撃ち，性頗る放蕩，法度に拘らず，節を下して士を礼したので人多く皇子に附託したとある．→大伯皇女《おおくのひめみこ》　②107, 109, ③416, ⑧1512　◇②105題詞, 129題詞, 163題詞, 165題詞

大舎人部千文《おおとねりべのちふみ》　天平勝宝 7 年(755) 2 月常陸国那賀郡の防人．⑳4369, 4370

大舎人部祢麻呂《おおとねりべのねまろ》　天平勝宝 7 年(755) 2 月下野国足利郡の防人．⑳4379

大伴卿《おおともきょう》　未詳．◇⑨1753題詞, 1780題詞

大伴卿《おおともきょう》　→大伴宿祢旅人《おおとものすくねたびと》，大伴宿祢御行《おおとものすくねみゆき》，大伴宿祢安麻呂《おおとものすくねやすまろ》

大伴大夫《おおともだいぶ》　→大伴宿祢三依《おおとものすくねみより》

大伴女郎《おおとものいらつめ》　(1) 今城王の母．④519
(2)「留女の女郎」とあり，大伴家持の妹．◇⑲4184左注, 4198左注

大伴郎女《おおとものいらつめ》　(1) 大伴坂上郎女と同じ．④525-528　◇④522題詞
(2) 大宰帥大伴旅人の妻．神亀 5 年(728)大宰府において病没．◇⑧1472左注

大伴君熊凝《おおとものきみくまごり》　肥後国益城郡の人．天平 3 年(731) 6 月相撲使の従人として上京の途中，安芸国佐伯郡高庭駅家で病没した．年 18．◇

⑤884題詞, 886序

大伴坂上郎女《おおとものさかのうえのいらつめ》　大伴宿祢安麻呂の娘．旅人の異母妹．母は石川郎女．初め穂積皇子に嫁し，寵厚く，皇子の霊亀元年(715) 7 月薨後，藤原朝臣麻呂の妻となり，坂上里に住んでいたので坂上郎女という．のち大伴宿奈麻呂に嫁して坂上大嬢，同二嬢を生む．③379, 380, 401, 410, 460, 461, ④525-529, 563, 564, 585, 586, 619, 620, 647, 649, 651, 652, 656-661, 666, 667, 673, 674, 683-689, 721, 723-726, 760, 761, ⑥963, 964, 979, 981-983, 992, 993, 995, 1017, 1028, ⑧1432, 1433, 1445, 1447, 1450, 1474, 1475, 1484, 1498, 1500, 1502, 1548, 1560, 1561, 1592, 1593, 1620, 1651, 1654, 1656, ⑰3927-3930, ⑱4080, 4081, ⑲4220, 4221　◇④522題詞, 759左注, ⑧1619題詞, ⑲4169題詞

大伴坂上二嬢《おおとものさかのうえのじじょう》　大伴宿祢宿奈麻呂の娘．母は大伴坂上郎女．大伴駿河麻呂の妻．大伴坂上大嬢の妹．◇③407題詞

大伴坂上大嬢《おおとものさかのうえのだいじょう》　大伴宿祢宿奈麻呂の娘．母は大伴坂上郎女．大伴家持の妻．大伴坂上二嬢の姉．④581-584, 729-731, 735, 737, 738, ⑧1624　◇③403題詞, 408題詞, ④723題詞, 724左注, 727題詞, 736題詞, 739題詞, 741題詞, 756題詞, 759左注, 760題詞, 765題詞, 767題詞, 770題詞, ⑧1448題詞, 1449題詞, 1464題詞, 1506題詞, 1507題詞, 1622題詞, 1627題詞, 1629題詞, 1632題詞, 1662題詞, ⑲4169題詞, 4198左注, 4221左注

大伴宿祢東人《おおとものすくねあずまひと》　宝亀 5 年(774) 3 月弾正弼．⑥1034

大伴宿祢池主《おおとものすくねいけぬし》　天平 18 年(746)は越中掾．同 20 年 3 月までには越前掾に，また天平勝宝 5 年(753) 8 月までには左京少進に転じた．天平宝字元年(757) 6 月の橘奈良麻呂の変に荷担して捕えられた．⑧1590, ⑰3944-3946, 3949, 3967前文, 3967, 3968, 3973の前の詩文, 3973-3975, 3993, 3994, 4003-4005, 4008-4010, ⑱4073前文, 4073-4075, 4128前文, 4128-4131, 4132前文, 4132, 4133, ⑳4295, 4300　◇⑰3961左注, 3965題詞, 3995題詞, 3998左注, 4007左注, ⑲4177題詞, 4189題詞, 4252題詞, ⑳4459左注, 4475題詞

大伴宿祢稲公《おおとものすくねいなきみ》　安麻呂の子．旅人の異母弟．天平 2 年(730) 6 月大宰帥大伴旅人の遺言を聞くために派遣される．天平宝字元年(757) 8 月従四位下，大和守．⑧1553　◇④567左注, 586題詞, ⑧1549題詞

大伴宿祢牛養《おおとものすくねうしかい》　咋子(くいこ)連の孫．兵部卿などを歴任．天平感宝

元年(749) 4 月正三位，中納言．同閏 5 月薨じた．◇⑰3926左注

大伴宿祢像見《おおとものすくねかたみ》　形見とも．宝亀 3 年(772)正月従五位上．④664, 697-699, ⑧1595

大伴宿祢清継《おおとものすくねきよつぐ》　伝未詳．◇⑲4263左注

大伴宿祢清縄《おおとものすくねきよつな》　伝未詳．⑧1482

大伴宿祢黒麻呂《おおとものすくねくろまろ》　天平勝宝 4 年(752) 11 月右京少進．⑲4280

大伴宿祢古慈悲《おおとものすくねこじひ》　古慈斐・祜信備・祜志備とも．吹負(ふけい)の孫．祖父麻呂(おおじまろ)の子．妻は藤原不比等の娘．天平宝字元年(757) 7 月土佐守在任中橘奈良麻呂の乱に坐して，任国土佐に流された．のち許され，宝亀 6 年(775)正月従三位．同 8 年 8 月薨じた．年 83．大和守．◇⑲4262題詞, ⑳4467左注

大伴宿祢胡麻呂《おおとものすくねこまろ》　古麻呂とも．旅人の甥．宿奈麻呂の子か．継人の父．天平 2 年(730) 6 月治部少丞の時，伯父旅人の病により大宰府に赴く．天平勝宝 2 年(750) 9 月遣唐副使，渡唐後，同 5 年正月の朝賀の際，新羅と席次を争って，新羅の上席に列した．同 12 月帰朝のとき僧鑑真の来朝に尽力した．天平宝字元年(757) 7 月橘奈良麻呂の変に参加し，捕えられて杖下に死んだ．◇④567左注, ⑲4262題詞・左注

大伴宿祢宿奈麻呂《おおとものすくねすくなまろ》　安麻呂の第三子．大伴田村大嬢・大伴坂上大嬢・同二嬢の父．妻は大伴坂上郎女．神亀元年(724) 2 月従四位下．④532, 533　◇②129題詞, ④586題詞注, 759左注

大伴宿祢駿河麻呂《おおとものすくねするがまろ》　高市大卿(大伴御行か)の孫．大伴坂上二嬢に求婚した．天平 15 年(743) 5 月正六位上より従五位下，同 18 年 9 月越前守．天平宝字元年(757) 8 月橘奈良麻呂の変に参加して弾劾された．のち許され，宝亀元年(770) 5 月出雲守，従五位上．同 6 年 9 月参議，同 11 月蝦夷討滅の功により正四位上勲三等．同 7 年 7 月卒し，従三位を贈られた．③400, 402, 407, 409, (411), ④646, 648, 653-655, ⑧1438, 1660　◇④649左注

大伴宿祢田主《おおとものすくねたぬし》　安麻呂の第二子．母は巨勢郎女．字を仲郎という．容姿佳麗，風流秀絶であったという．早逝したか，史書には見えない．②127　◇②126題詞・左注, 128題詞・左注

大伴宿祢旅人《おおとものすくねたびと》　淡等とも．安麻呂の第一子．家持の父．和銅 3 年(710)正月左将軍，正五位上．神亀元年(724) 2 月正三位，同 5 年頃

大宰帥．この頃，妻の大伴郎女病没．天平 2 年(730) 6 月脚に瘡を生じ枕席に苦しむ．同 10 月大納言となり帰京，同 3 年正月従二位．同 7 月薨じた．年 67．懐風藻に五言詩 1 首がある．③315, 316, 331-335, 338-350, 438-440, 446-453, ④555, 574, 575, 577, ⑤793, 806, 807, 810, 811, (815序), 822, (847-852), (853序, 853-860), 861-863, ⑥956, 957, 960, 961, 967-970, ⑧1473, 1541, 1542, 1639, 1640 ◇③454題詞, 459左注, ④553題詞, 567左注, 568題詞, 572題詞, 576題詞, 579題詞, ⑥962左注, 963題詞, 965題詞, 966左注, ⑧1472左注, 1522左注, 1526左注, 1610題詞, ⑰3890題詞

大伴宿祢千室《おおとものすくねちむろ》　天平勝宝 6 年(754)正月左兵衛督．続日本紀には見えない．④693, ⑳4298

大伴宿祢利上《おおとものすくねとしかみ》　伝未詳．⑧1573

大伴宿祢書持《おおとものすくねふみもち》　旅人の子．家持の弟．天平 18 年(746) 9 月没．③463, ⑧1480, 1481, 1587, ⑰3901-3906, 3909, 3910 ◇⑰3913左注, 3957題詞, 3959左注

大伴宿祢道足《おおとものすくねみちたり》　馬来田(まくた)の子．安麻呂の従弟．参議などを歴任．天平 7 年(735) 9 月訴人の事を裁理せざる罪に坐したが許された．⑥962題詞・左注

大伴宿祢三中《おおとものすくねみなか》　天平元年(729)摂津国班田司判官，同 18 年 4 月長門守，従五位下，同 19 年 3 月刑部大判事．③443-445, ⑮3701, 3707

大伴宿祢三林《おおとものすくねみはやし》　伝未詳．⑧1434

大伴宿祢御行《おおとものすくねみゆき》　長徳の子．安麻呂の兄．御依の父．高市大卿か．もと連姓．天武元年(672)壬申の乱の功臣．天武 4 年 3 月兵部大輔，時に小錦上．同 13 年 12 月宿祢の姓となり，大納言を経て大宝元年(701)正月薨じた．正広弐，右大臣を贈られた．⑲4260 ◇④649左注

大伴宿祢三依《おおとものすくねみより》　御依とも．伴氏系図では御行の子．神護 2 年(766) 10 月出雲守，宝亀元年(770) 10 月従四位下．同 5 年 5 月卒した．④552, 578, 650, 690, (⑤819) ◇④556題詞

大伴宿祢村上《おおとものすくねむらかみ》　天平勝宝 6 年(754)正月民部少丞と見える．⑧1436, 1437, 1493, ⑳4299 ◇⑲4263左注

大伴宿祢百代《おおとものすくねももよ》　百世とも．天平初年大宰大監，同 19 年正月正五位下．③392, ④559-562, 566, ⑤823 ◇④567左注, (⑤812後文)

大伴宿祢家持《おおとものすくねやかもち》 旅人の子．書持の兄．母は未詳．神亀5年(728)頃から天平2年(730)10月まで父旅人に従って大宰府に在住し，父の大納言遷任とともに帰京．天平10年10月内舎人，同11年6月妾を失う．同12年10月藤原広嗣の乱に伊勢行幸に随従した．同18年6月越中守．天平勝宝3年(751)7月少納言となり，帰京した．同6年4月兵部少輔，時に従五位上．天平宝字2年(758)6月因幡守，同3年正月因幡国庁の饗宴を最後に万葉集は終了している．以後，薩摩守，大宰少弐，春宮大夫などを歴任．天応元年(781)11月従三位．延暦元年(782)閏正月氷上川継の事件に坐して兼任を解かれ京外に移されたが，詔により許された．中納言を経て，同3年2月持節征東将軍．同4年8月薨じた．死後まもなく藤原種継暗殺事件が起こり，家持も坐して除名され，続日本紀は家持を「死」と記している．その有する越前国加賀郡百余町が没官された．大同元年(806)3月従三位に復した．大伴系図では年68，伴氏系図では57とする．公卿補任の宝亀11年(780)条に天平元年生とするのは誤りで，同書天応元年(781)条に年64，延暦4年(785)条に薨ずとある．③403, 408, 414, 462, 464-480, ④611, 612, 680-682, 691, 692, 700, 705, 714-720, 722, 727, 728, 732-734, 736, 739-755, 764, 765, 767-775, 777-781, 783-790, ⑥994, 1029, 1032, 1033, 1035-1037, 1040, 1043, ⑧1441, 1446, 1448, 1462-1464, 1477-1479, 1485-1491, 1494-1496, 1507-1510, 1554, 1563, 1565-1569, 1572, 1591, 1596-1599, 1602, 1603, 1605, 1619, 1625-1632, 1635, 1649, 1663, ⑯3853, 3854, ⑰3900, 3911-3913, 3916-3921, 3926, 3943, 3947, 3948, 3950, 3953, 3954, 3957-3964, 3965前文, 3965, 3966, 3969前文, 3969-3972, 3976の前の詩文, 3976-3992, 3995, 3997, 3999-4002, 4006, 4007, 4011-4015, 4017-4031, ⑱4037, 4043-4045, 4048, 4051, 4054, 4055, 4063, 4064, 4066, 4068, 4070-4072, 4076-4079, 4082-4086, 4088-4105, 4106前文, 4106-4127, 4134-4138, ⑲4139-4183, 4185-4199, 4205-4208, 4211-4219, 4223, 4225, 4226, 4229, 4230, 4234, 4238, 4239, 4248-4251, 4253-4256, 4259, 4266, 4267, 4272, 4278, 4281, 4285-4292, ⑳4297, 4303-4320, 4331-4336, 4360-4362, 4395-4400, 4408-4412, 4434, 4435, 4443, 4445, 4450, 4451, 4453, 4457, 4460-4471, 4474, 4481, 4483-4485, 4490, 4492-4495, 4498, 4501, 4503, 4506, 4509, 4512, 4514-4516 ◇③395題詞,

④567左注, 579題詞, 581題詞, 587題詞, 613題詞, 618題詞, 675題詞, 701題詞, 707題詞, 729題詞, 735題詞, 737題詞, 762題詞, 776題詞, ⑥979題詞, ⑧1451題詞, 1460題詞, 1505題詞, 1616題詞, 1617題詞, 1624題詞, ⑰3910左注, 3927題詞, 3931題詞, ⑱4032題詞, 4080題詞, ⑳4294左注, 4298題詞, 4302題詞, 4432左注, 4442題詞

大伴宿祢安麻呂《おおとものすくねやすまろ》　長徳の第六子．旅人・田主・宿奈麻呂・坂上郎女らの父．もと連姓．天武元年(672) 6 月壬申の乱に天武側に参加．兵部卿などを歴任．慶雲 2 年(705) 8 月大納言，同 11 月大宰帥を兼ね，和銅元年(708) 3 月正三位と見える．同 7 年 5 月薨じた．時に大納言兼大将軍正三位．従二位を贈られた．②101, ③299, ④517　◇②126題詞注, 129題詞注, ③461左注, ④518題詞注, 528左注, 532題詞注, 649左注

大伴宿祢四綱《おおとものすくねよつな》　天平 17 年(745) 10 月雅楽助，正六位上．二条大路木簡に見える．③329, 330, ④571, 629　◇⑧1499題詞

大伴田村大嬢《おおとものたむらのだいじょう》　大伴宿祢宿奈麻呂の娘，坂上大嬢の異母姉．④756-759, ⑧1449, 1506, 1622, 1623, 1662　◇④586題詞

大伴連佐提比古《おおとものむらじさでひこ》　狭手彦，紗手比古とも．金村の三男．宣化 2 年(537) 10 月新羅が任那を侵したとき，海を渡り任那を鎮めて百済を救ったという．→松浦佐用姫《まつらさよひめ》　◇⑤871序

大伴連長徳《おおとものむらじながとこ》　咋子の子．御行・安麻呂の父．字を馬養(飼)という．大化 5 年(649) 4 月大紫，右大臣．白雉 2 年(651) 7 月薨じた．◇②101題詞注

大伴部小歳《おおともべのおとし》　天平勝宝 7 年(755) 2 月武蔵国秩父郡の防人．⑳4414

大伴部子羊《おおともべのこひつじ》　天平勝宝 7 年(755) 2 月下総国相馬郡の防人．⑳4394

大伴部広成《おおともべのひろなり》　天平勝宝 7 年(755) 2 月下野国那須郡の防人．⑳4382

大伴部節麻呂《おおともべのふしまろ》　天平勝宝 7 年(755) 2 月上野国の防人．⑳4406

大伴部真足女《おおともべのまたりめ》　天平勝宝 7 年(755) 2 月武蔵国那珂郡の防人，檜前舎人石前(ひのくまのとねりいわさき)の妻．⑳4413

大伴部麻与佐《おおともべのまよさ》　天平勝宝 7 年(755) 2 月下総国埴生郡の防人．⑳4392

大汝《おおなむち》　大国主神．八千桙之神・八千戈神とも．古事記には大穴牟遅

神，日本書紀には大己貴神，風土記には大汝神(命)とある．出雲神話の中心の神．少彦名とともに国作りをしたが，天孫降臨により国土を譲った．出雲大社の祭神．またその奇魂(くしみたま)である大物主神は，大神(おおみわ)神社の祭神となる．多くの歌謡を含む説話がある．◇③355歌，⑥963歌，1065歌，⑦1247歌，⑩2002歌，⑱4106歌

太朝臣徳太理《おおのあそみとこたり》　天平18年(746)4月従五位下．◇⑰3926左注

大泊瀬稚武天皇《おおはつせわかたけるのすめらみこと》　→雄略天皇《ゆうりゃくてんのう》

大原真人今城《おおはらのまひといまき》　→今城王《いまきのおおきみ》

大原真人桜井《おおはらのまひとさくらい》　→桜井王《さくらいのおおきみ》

大原真人高安《おおはらのまひとたかやす》　→高安王《たかやすのおおきみ》

大神大夫《おおみわだいぶ》　→三輪朝臣高市麻呂《みわのあそみたけちまろ》

大神朝臣奥守《おおみわのあそみおきもり》　天平宝字8年(764)正月正六位下より従五位下．⑯3841　◇⑯3840題詞・歌

大神女郎《おおみわのいらつめ》　伝未詳．大伴家持との贈答歌がある．④618，⑧1505

大宅女《おおやけめ》　伝未詳．豊前国の娘子．④709，⑥984

崗本天皇《おかもとのてんのう》　舒明天皇か．④485-487，⑧1511，(⑨1664)

置始東人《おきそめのあずまひと》　伝未詳．文武3年(699)7月に薨じた弓削皇子を偲ぶ歌がある．①66，②204-206

置始連長谷《おきそめのむらじはつせ》　伝未詳．⑳4302　◇⑧1594左注，⑳4303左注

息長足日広額天皇《おきながたらしひひろぬかのすめらみこと》　→舒明天皇《じょめいてんのう》

息長足日女《おきながたらしひめ》　→神功皇后《じんぐうこうごう》

息長真人国島《おきながのまひとくにしま》　天平勝宝7年(755)2月常陸大目，部領防人使．◇⑳4372左注

忍坂王《おさかのおおきみ》　伝未詳．◇⑧1594左注

刑部直千国《おさかべのあたいちくに》　天平勝宝7年(755)2月上総国市原郡の防人．⑳4357

刑部直三野《おさかべのあたいみの》　天平勝宝7年(755)2月上総国の防人．⑳4349

忍坂部乙麻呂《おさかべのおとまろ》　伝未詳．文武天皇の難波行幸に従った歌がある．①71

刑部志加麻呂《おさかべのしかまろ》　天平勝宝7年(755)2月下総国猨島郡の防人．⑳4390

刑部垂麻呂《おさかべのたりまろ》　伝未詳．慶雲(704-708)の頃の人．③263，427

忍坂部皇子《おさかべのみこ》　忍壁，刑部親王とも．天武天皇の第九皇子．天武10年(681)3月川島皇子らとともに帝紀及び上古の諸事を確定させて記録し，文武4年(700)6月律令撰定の功により禄を賜わった．大宝3年(703)正月知太政官事となり，慶雲2年(705)5月薨じた．時に三品．◇②194題詞，③235左注，⑨1682題詞

刑部虫麻呂《おさかべのむしまろ》　天平勝宝7年(755)2月駿河国の防人．⑳4339

他田舎人大島《おさたのとねりおおしま》　天平勝宝7年(755)2月信濃国小県郡の防人．信濃国造．⑳4401

他田日奉直得大理《おさたのひまつりのあたいとこたり》　天平勝宝7年(755)2月下総国海上郡の防人．海上国造．⑳4384

他田広津娘子《おさたのひろつのおとめ》　伝未詳．⑧1652, 1659

他田部子磐前《おさたべのこいわさき》　天平勝宝7年(755)2月上野国の防人．⑳4407

忍海部五百麻呂《おしぬみべのいおまろ》　天平勝宝7年(755)2月下総国結城郡の防人．⑳4391

小鯛王《おだいのおおきみ》　置始多久美，置始工とも．神亀の頃，風流の侍従と称せられた(藤氏家伝)．⑯3819, 3820

小田王《おだのおおきみ》　天平勝宝元年(749)11月正五位下．更に正五位上．◇⑰3926左注

小田事《おだのつこう》　伝未詳．③291

小野氏淡理《おのうじのたもり》　→小野朝臣田守《おののあそみたもり》

小野大夫《おのだいぶ》　→小野朝臣老《おののあそみおゆ》

小野朝臣老《おののあそみおゆ》　石根の父．天平9年(737)6月卒した．時に大宰大弐，従四位下．③328，⑤816，⑥958

小野朝臣国堅《おののあそみくにかた》　天平15年(743)10月写経所令史と見える．⑤844

小野朝臣田守《おののあそみたもり》　淡理とも．天平宝字元年(757)7月刑部少輔，ついで遣渤海大使．同2年9月渤海使楊承慶を伴って帰朝し，同10月従五位上．同12月唐の安禄山の乱を報告した．⑤846　◇⑳4514題詞

小野朝臣綱手《おののあそみつなて》　天平18年(746)4月上野守．◇⑰3926左注

小野臣淑奈麻呂《おののおみすくなまろ》　宿奈麻呂とも．天平6年(734)出雲国計会帳に出雲目，正八位下と見える．⑤833

小長谷部笠麻呂《おはつせべのかさまろ》　天平勝宝7年(755)2月信濃国の防人．⑳4403

小治田朝臣東麻呂《おはりだのあそみあずままろ》　伝未詳．⑧1646

小治田朝臣広耳《おはりだのあそみひろみみ》　伝未詳. ⑧1476, 1501

小治田朝臣諸人《おはりだのあそみもろひと》　天平勝宝 6 年(754)正月従五位上. ◇⑰3926左注

小墾田宮御宇天皇《おはりだのみやにあめのしたおさめたまいしすめらみこと》　→推古天皇《すいこてんのう》

麻続王《おみのおおきみ》　麻績王とも. 日本書紀には天武 4 年(675) 4 月罪あって因幡に流されたとある. 時に三位. 常陸国風土記の行方郡板来駅の記事にも見える. ①24 ◇①23題詞・歌

尾張少咋《おわりのおくい》　天平勝宝元年(749) 5 月越中史生. ◇⑱4106題詞, 4110題詞

尾張連《おわりのむらじ》　伝未詳. ⑧1421, 1422

か

鏡王女《かがみのおおきみ》　鏡女王, 鏡姫王とも. 鏡王の娘. 額田王の姉か. 藤原鎌足の嫡室. 天武 12 年(683) 7 月天皇はその病を問うたが, やがて薨じた. ②92, 93, ④489, ⑧1419, 1607 ◇②91題詞, 94題詞

柿本朝臣人麻呂《かきのもとのあそみひとまろ》　伝未詳. 持統・文武朝の宮廷歌人. ①29-31, 36-42, 45-49, ②131-139, 167-170, 194-202, 207-223, ③235, 239-241, 249-256, 261, 262, 264, 266, 303, 304, 426, 428-430, ④496-499, 501-503, (⑨1710, 1711, 1761, 1762), ⑮3611 ◇②140題詞, 224題詞, 226題詞, ③423左注, ④504題詞, ⑪2634左注, 2808左注, ⑮3606-3610左注

歌集 ②146, ③244, ⑦1068, 1087, 1088, 1092-1094, 1100, 1101, 1118, 1119, 1187, 1247-1250, 1268, 1269, 1271-1294, 1296-1310, ⑨1682-1709, 1720-1725, 1773-1775, 1782, 1783, 1795-1799, ⑩1812-1818, 1890-1896, 1996-2033, 2094, 2095, 2178, 2179, 2234, 2239-2243, 2312-2315, 2333, 2334, ⑪2351-2362, 2368-2516, ⑫2841-2863, 2947, 3063, 3127-3130, ⑬3253, 3254, 3309, ⑭3417, 3441, 3470, 3481, 3490

柿本朝臣人麻呂妻《かきのもとのあそみひとまろのつま》　一人は依羅娘子(よさみのおとめ), その他は不明. ②140, 224, 225, ④504, ⑨1783 ◇②131題詞, 207題詞, ⑨1782題詞

笠縫女王《かさぬいのおおきみ》　六人部王(むとべのおおきみ)の娘. 母は田形皇女. ⑧1611, (1613) ◇⑧1613左注

笠朝臣金村《かさのあそみかなむら》　伝未詳. 霊亀年間(715-717)から天平 5 年(733)頃までの歌がある. 宮廷歌人の一人. 歌集もある. ③364-367, ④543-

548, ⑥907-912, 920-922, 928-930, 935-937, ⑧1453-1455, 1532, 1533
歌集・歌中 ②230-234, ③369, ⑥950-953, ⑨1785-1789

笠朝臣子君《かさのあそみこきみ》　伝未詳.　◇⑲4228左注

笠朝臣麻呂《かさのあそみまろ》　→満誓沙弥《まんぜいさみ》

笠女郎《かさのいらつめ》　伝未詳.　③395-397, ④587-610, ⑧1451, 1616

笠沙弥《かさのさみ》　→満誓沙弥《まんぜいさみ》

榎氏鉢麻呂《かじのはちまろ》　榎井か.　伝未詳.　⑤838

膳部王《かしわでのおおきみ》　膳夫王，膳王とも.　長屋王の子.　母は吉備内親王.　天平元年(729) 2 月父長屋王の自尽の時，母とともに自経した.　⑥954 ◇③442題詞

春日王《かすがのおおきみ》　(1) 伝未詳.　文武 3 年(699) 6 月卒した.　時に浄大肆.　③243
(2) 志貴皇子の子.　安貴王の父.　天平 17 年(745) 4 月散位で卒した.　④669

春日蔵首老《かすがのくらのおびとおゆ》　蔵を倉とも.　初め僧弁基(弁紀とも).　大宝元年(701) 3 月還俗して姓を春日倉首，名を老と賜わる.　その娘は藤原房前の室となる.　懐風藻に五言詩 1 首がある.　①56, 62, ③282, 284, 286, 298, ⑨1717, 1719

春日部麻呂《かすかべのまろ》　天平勝宝 7 年(755) 2 月駿河国の防人.　⑳4345

葛城王《かずらきのおおきみ》　橘宿祢諸兄.　栗隈王の孫.　三野王の子.　母は県犬養宿祢三千代.　奈良麻呂の父.　和銅 3 年(710)正月無位より従五位下.　天平 8 年(736) 11 月弟の佐為王らとともに母の県犬養橘宿祢の姓を請い，許された.　右大臣，左大臣を歴任.　天平勝宝元年(749) 4 月正一位.　同 2 年正月姓朝臣を賜わり，同 8 年 2 月致仕し，天平宝字元年(757)正月薨じた.　年 74.　⑥1025, ⑰3922, ⑱4056, ⑲4270, ⑳4447, 4448, 4454, 4455 ◇⑥1009題詞・左注, 1024題詞, 1026左注, ⑧1574題詞, 1591左注, ⑯3807左注, ⑰3926左注, ⑱4032題詞, 4057左注, 4060左注, ⑲4256題詞, 4269題詞, 4281左注, 4289題詞, ⑳4304題詞, 4446題詞・左注, 4449題詞, 4456左注

葛城襲津彦《かずらきのそつびこ》　葛木其津彦とも.　武内宿祢の子.　仁徳天皇の皇后磐姫の父.　◇⑪2639歌

縵児《かずらこ》　伝未詳.　◇⑯3788題詞注

門部王《かどへのおおきみ》　神亀 5 年(728) 5 月従四位下.　この頃風流の侍従と称せら

れ，天平6年(734)2月朱雀門前の歌垣の頭となる．同9年12月右京大夫，同11年4月高安王とともに大原真人の姓を賜わったらしい．同14年4月従四位上．同17年4月卒した．時に大蔵卿．③310, 326, 371, ④536, ⑥1013

門部連石足《かどへのむらじいそたり》　天平2年(730)筑前掾とある．④568, ⑤845

神社忌寸老麻呂《かみこそのいみきおゆまろ》　伝未詳．⑥976, 977

上毛野牛甘《かみつけののうしかい》　天平勝宝7年(755)2月上野国の防人．⑳4404

上毛野君駿河《かみつけののきみするが》　天平勝宝7年(755)2月上野国の防人部領使．上野国大目正六位上．◇⑳4407左注

上総末珠名娘子《かみつふさのすえのたまなおとめ》　伝未詳．◇⑨1738題詞・歌

上道王《かみつみちのおおきみ》　穂積皇子の子．神亀4年(727)4月卒した．時に散位，従四位下．◇④694題詞注

上宮聖徳皇子《かみつみやのしょうとくのみこ》　用明天皇の皇子．母は穴穂部間人皇女．推古天皇のとき皇太子，万機を総摂して天皇の事をおこなった．仏法を興隆．推古11年(603)12月冠位十二階を制定し，同12年4月憲法十七条を作る．また三経義疏を作り，法隆寺等の寺院を建立．推古28年(620)2月，天皇記，国記，臣連伴造国造百八十部幷公民等本記を録す．同29年2月薨じた．③415

上古麻呂《かみのこまろ》　伝未詳．③356

神麻続部島麻呂《かむおみべのしままろ》　天平勝宝7年(755)2月下野国河内郡の防人．⑳4381

巫部麻蘇娘子《かむなぎべのまそおとめ》　伝未詳．④703, 704, ⑧1562, 1621

甘南備真人伊香《かむなびのまひといかご》　もと伊香王．越中守などを歴任．宝亀8年(777)正月正五位上．⑳4489, 4502, 4510, 4513

蒲生娘子《かもうのおとめ》　伝未詳．⑲4232 ◇⑲4237左注

賀茂女王《かものおおきみ》　長屋王の娘．母は阿倍朝臣．④556, 565, ⑧1613

鴨君足人《かものきみたるひと》　伝未詳．③257-260

軽太郎女《かるのおおいらつめ》　軽太娘皇女とも．その身の光が衣を通して輝いていたので，衣通王(そとおりのおおきみ)，また衣通郎女(そとおりのいらつめ)ともいう．允恭天皇の皇女．允恭23年(434)3月同母兄木梨軽皇子に通じ，同24年6月その近親相姦が暴露されて伊予に流された．古事記には，天皇の崩後，百官が軽皇子に叛き，皇子は伊予に流され，太郎女は後をおって伊予に

行き，共に自殺したとある．(②90)

軽太子《かるのたいし》　→木梨軽皇子《きなしのかるのみこ》

軽皇子《かるのみこ》　→文武天皇《もんむてんのう》

川上臣老《かわかみのおみおゆ》　天平勝宝7年(755)2月下野国寒川郡の防人．⑳4376

川島皇子《かわしまのみこ》　天智天皇の第二子．母は宮人色夫古娘．天武10年(681)3月詔により忍壁皇子らとともに帝紀及び上古の諸事を確定させて記録した．持統5年(691)9月薨じた．時に浄大参，年35．懐風藻に五言詩1首があり，その伝に，心ばせ穏やかで度量大きく，大津皇子と親しかったが，その叛を告げたのは朋友としてその情が薄いと批判された．①34，(⑨1716)　◇②195左注

河辺朝臣東人《かわへのあそみあずまひと》　川辺とも．神護景雲元年(767)正月正六位上より従五位下．⑧1440　◇⑥978左注，⑧1594左注，⑲4224左注

河辺宮人《かわへのみやひと》　伝未詳．人名と見ず，河辺の宮に仕える人と解する説もある．②228，229，③434-437

河村王《かわむらのおおきみ》　川村王と同一人か．備後守などを歴任．延暦16年(797)2月内匠頭，従四位下．⑯3817，3818

川原虫麻呂《かわらのむしまろ》　天平勝宝7年(755)2月駿河国の防人．⑳4340

元仁《がんにん》　伝未詳．⑨1720-1722

き

紀卿《ききょう》　→紀朝臣男人《きのあそみおひと》

私部石島《きさきべのいわしま》　天平勝宝7年(755)2月下総国葛飾郡の防人．⑳4385

磯氏法麻呂《きじののりまろ》　磯部か．伝未詳．⑤836

木梨軽皇子《きなしのかるのみこ》　允恭天皇の皇太子．母は忍坂大中姫．允恭23年(434)3月同母妹軽太郎女と通じた．→軽太郎女《かるのおおいらつめ》　⑬3263　◇②90題詞・左注

絹《きぬ》　伝未詳．⑨1723

紀朝臣飯麻呂《きのあそみいいまろ》　大人の孫．古麻呂の子．刑部卿などを歴任．天平宝字6年(762)正月従三位．同7月薨じた．時に散位従三位とある．◇⑲4257題詞

紀朝臣男梶《きのあそみおかじ》　小楫・男楫とも．天平宝字4年(760)正月和泉守．⑰3924

紀朝臣男人《きのあそみおひと》　麻呂の子．右大弁などを歴任．天平 10 年(738) 10 月卒した．時に大宰大弐．年 57．懐風藻に詩 3 首がある．⑤815

紀朝臣鹿人《きのあそみかひと》　紀小鹿(女郎)の父．天平 13 年(741) 8 月大炊頭．⑥990, 991, ⑧1549　◇④643題詞注

紀朝臣清人《きのあそみきよひと》　浄人とも．国益の子．和銅 7 年(714) 2 月三宅藤麻呂とともに国史即ち日本書紀の編纂に参加した．時に従六位上．天平 18 年(746) 5 月武蔵守．天平勝宝 5 年(753) 7 月卒した．時に散位従四位下．⑰3923

紀朝臣豊河《きのあそみとよかわ》　天平 11 年(739)正月正六位上より外従五位下．⑧1503

紀女郎《きのいらつめ》　紀朝臣鹿人の娘．名を小鹿という．安貴王の妻．④643-645, 762, 763, 776, 782, ⑧1452, 1460, 1461, 1648, 1661　◇④769題詞, 775題詞, 777題詞, ⑧1510題詞

紀皇女《きのひめみこ》　天武天皇の皇女．母は蘇我赤兄の娘，大蕤娘(おおぬのおとめ)．③390　◇②119題詞, ③425左注, ⑫3098左注

吉備津采女《きびつのうねめ》　伝未詳．吉備国津郡出身の采女．◇②217題詞

清足姫天皇《きよたらしひめのすめらみこと》　→元正天皇《げんしょうてんのう》

清御原宮御宇天皇《きよみはらのみやにあめのしたおさめたまいしすめらみこと》　→天武天皇《てんむてんのう》

く

日下部使主三中《くさかべのおみみなか》　天平勝宝 7 年(755) 2 月上総国の防人．⑳4348　◇⑳4347左注

日下部使主三中之父《くさかべのおみみなかのちち》　前項三中の父．⑳4347

草壁皇子《くさかべのみこ》　日並皇子(ひなみしのみこ)，日並知皇子尊とも．天武天皇の皇子．母は持統天皇．文武天皇・元正天皇・吉備内親王の父．天智元年(662)の生．妃は元明天皇(阿閇皇女)．天武の崩後即位することなく，持統 3 年(689) 4 月皇太子のまま薨じた．天平宝字 2 年(758)岡宮御宇天皇と追尊された．②110　◇①49歌, ②167題詞, 171題詞

草嬢《くさのおとめ》　カヤノオトメともよむ．伝未詳．④512

久米朝臣継麻呂《くめのあそみつぎまろ》　越中国の官人．⑲4202

久米朝臣広縄《くめのあそみひろなわ》　天平 17 年(745) 4 月従七位上，左馬少允と見え，同 20 年 3 月越中国掾と見える．⑱4050, 4053, ⑲4201, 4203, 4209,

4210, 4222, 4231, 4252 ◇⑱4052題詞, 4066題詞, 4116題詞, 4137題詞, ⑲4207題詞, 4228左注, 4235左注, 4238左注, 4248題詞

久米女郎《くめのいらつめ》　伝未詳. 天平 11 年(739) 3 月石上乙麻呂と罪を犯して流罪となった久米若売と同一人とも. ⑧1459 ◇⑧1458題詞

久米女王《くめのおおきみ》　系譜未詳. 天平 17 年(745)正月無位より従五位下. ⑧1583

久米禅師《くめのぜんじ》　伝未詳. ②96, 99, 100

久米若子《くめのわくご》　伝未詳. ◇③307歌, 435歌

桉作村主益人《くらつくりのすぐりますひと》　伝未詳. ③311, ⑥1004

内蔵忌寸縄麻呂《くらのいみきなわまろ》　伊美吉とも. 天平 19 年(747) 4 月越中介と見え, 以後天平勝宝 3 年(751) 7 月守大伴宿祢家持が少納言に転任するまで越中介. ⑰3996, ⑱4087, ⑲4200, 4233 ◇⑲4230左注, 4250題詞, 4251題詞

椋椅部荒虫《くらはしべのあらむし》　天平勝宝 7 年(755) 2 月武蔵国豊島郡の防人. ◇⑳4417左注

椋椅部荒虫之妻宇遅部黒女《くらはしべのあらむしのつまうじべのくろめ》　前項荒虫の妻. ⑳4417

倉橋部女王《くらはしべのおおきみ》　椋橋部とも. 伝未詳. ③441, (⑧1613)

椋椅部弟女《くらはしべのおとめ》　天平勝宝 7 年(755) 2 月武蔵国橘樹郡の防人, 物部真根の妻. ⑳4420

椋椅部刀自売《くらはしべのとじめ》　天平勝宝 7 年(755) 2 月武蔵国荏原郡の防人主帳, 物部歳徳の妻. ⑳4416

車持娘子《くるまもちのおとめ》　伝未詳. ⑯3811-3813

車持朝臣千年《くるまもちのあそみちとせ》　伝未詳. ⑥913-916, 931, 932, (950-953)

黒人妻《くろひとのつま》　高市連黒人《たけちのむらじくろひと》(　)の妻. ③281

け

玄勝《げんしょう》　僧. ◇⑰3952左注

元正天皇《げんしょうてんのう》　草壁皇子の娘. 母は元明天皇. 文武天皇の姉. 名は氷高(日高)皇女. またの名新家皇女. 霊亀元年(715) 9 月元明天皇の譲りを受けて即位し, 神亀元年(724) 2 月聖武天皇に位を譲った. 天平 20 年(748) 4 月崩じた. 年 69. (⑥973, 974, 1009), ⑧1637, ⑱4057, 4058, ⑳4293, 4437 ◇⑰3922題詞, ⑱4056題詞, ⑳4439左注

元明天皇《げんめいてんのう》　天智天皇の第四皇女. 母は蘇我石川麻呂の娘, 姪娘.

草壁皇子の妃．文武天皇・元正天皇・吉備内親王の母．諱を阿閇(阿陪)皇女という．慶雲4年(707)6月文武天皇崩じ，同7月即位した．在位8年，その間和同開珎を発行し，奈良に遷都，古事記を完成させ，風土記の編纂を命じた．霊亀元年(715)9月元正天皇に位を譲り，養老5年(721)12月崩じた．年61．①35, 76 ◇①22左注, 78題詞注

こ

皇極天皇《こうぎょくてんのう》　→斉明天皇《さいめいてんのう》

孝謙天皇《こうけんてんのう》　聖武天皇の第一皇女．母は光明皇后．諱は阿倍．譲位後，高野姫尊，上台宝字称徳孝謙皇帝と称せられ，重祚(ちょうそ)して称徳天皇という．天平10年(738)正月皇太子．天平勝宝元年(749)7月聖武の譲りをうけて即位した．同8月光明皇后のために紫微中台を設置し，紫微令に藤原仲麻呂を任命した．以後天平宝字4年(760)6月光明の崩までは光明と仲麻呂が権力を握った．天平勝宝4年(752)4月東大寺大仏開眼会を行い，同6年正月遣唐使の帰国とともに唐僧鑑真が来朝した．同8年5月聖武太上天皇が崩じ，その遺詔により道祖王を皇太子としたが，天平宝字元年(757)3月皇太子を廃し，仲麻呂の推す大炊王(淳仁)を皇太子とした．同8年9月仲麻呂の乱が起こり，仲麻呂は敗北．道鏡を大臣禅師とし，同10月淳仁を退位させ，重祚して称徳天皇となった．天平神護2年(766)10月近江の隅寺(すみでら)に舎利が出現したことにより道鏡を法王とし，神護景雲3年(769)9月道鏡を天皇としようとする八幡神託事件が起こったが，実現はしなかった．宝亀元年(770)8月崩じた．年53．⑲4264, 4265, 4268 ◇⑳4301題詞, 4457題詞

高氏海人《こうじのあま》　伝未詳．⑤842

荒氏稲布《こうじのいなしき》　伝未詳．⑤832

高氏老《こうじのおゆ》　→高向村主老《たかむくのすぐりおゆ》

高氏義通《こうじのよしみち》　伝未詳．⑤835

河内王《こうちのおおきみ》　川内王とも．持統3年(689)閏8月筑紫大宰帥，同8年4月没して浄大肆を贈られた．◇③417題詞

河内女王《こうちのおおきみ》　高市皇子の娘．宝亀4年(773)正月無位より本位正三位に復し，同10年12月薨じた．⑱4059

河内百枝娘子《こうちのももえおとめ》　伝未詳. ④701, 702

光明皇后《こうみょうこうごう》　藤原不比等の第三女. 母は県犬養宿祢三千代. 名は安宿媛. 聖武天皇の皇后. 孝謙天皇の母. 大宝元年(701)生. 聖武天皇と同年. 神亀元年(724) 2 月聖武天皇即位. 同 4 年 9 月皇太子基王を生んだが, 基は翌 5 年 9 月薨じた. 天平元年(729) 2 月長屋王の事件が起こり, 同 8 月皇后となる. 興福寺の五重塔・西金堂を建立. 天平勝宝元年(749) 7 月孝謙天皇が即位. 同 8 月皇后宮職を紫微中台に改組し, 藤原仲麻呂以下の優れた官人を集め, 事実上政権を掌握し, 天平宝字 4 年(760) 6 月崩じた. 年 60. 施薬院・悲田院・東大寺・国分寺の創建に尽力したという. ⑧1658, ⑲4224, 4240 ◇⑥1009左注, ⑧1594左注, ⑲4268題詞, ⑳4301題詞, 4457題詞

碁師《ごし》　伝未詳. ⑨1732, 1733

児島《こしま》　→筑紫娘子《つくしのおとめ》

巨勢朝臣宿奈麻呂《こせのあそみすくなまろ》　少麻呂とも. 天平 5 年(733) 3 月従五位上. ⑧1645 ◇⑥1016題詞

巨勢朝臣豊人《こせのあそみとよひと》　字は正月麻呂. 伝未詳. ⑯3845 ◇⑯3844歌

巨勢朝臣奈弖麻呂《こせのあそみなでまろ》　推古朝の小徳大海の孫. 天智朝の中納言大紫比等の子. 中納言などを経て, 天平勝宝元年(749) 4 月従二位, 大納言. 同 5 年 3 月薨じた. 年 84. ⑲4273 ◇⑰3926左注

巨勢郎女《こせのいらつめ》　巨勢朝臣とも. 巨勢臣人の娘. 大伴安麻呂の妻. 田主の母. ②102 ◇②101題詞, 126題詞注

巨勢人《こせのひと》　比等とも. 巨勢臣大海の子. 天武元年(672) 7 月壬申の乱に近江軍の将軍として活動し, 同 8 月乱後の処分により子孫とともに配流された. ◇②102題詞注

巨勢斐太朝臣《こせのひだのあそみ》　巨勢斐太朝臣島村の子. ◇⑯3844歌, 3845左注

巨勢斐太朝臣島村《こせのひだのあそみしまむら》　巨勢朝臣とも. 天平 18 年(746) 5 月従五位下. 同 9 月刑部少輔. ◇⑯3845左注

巨曾倍朝臣対馬《こそべのあそみつしま》　津島とも. 天平 4 年(732) 8 月外従五位下. 時に山陰道節度使判官. ⑥1024, ⑧1576

碁檀越《ごのだんおち》　伝未詳. ◇④500題詞

子部王《こべのおおきみ》　伝未詳. →児部女王《こべのおおきみ》 ◇⑧1515題詞注

児部女王《こべのおおきみ》　系譜未詳. 子部王と同一人か. ⑯3821

高麗朝臣福信《こまのあそみふくしん》　もと背奈公福信．武蔵国高麗郡の人．福徳の孫．行文の甥．天平勝宝2年(750)正月高麗朝臣の姓を賜わり，武蔵守などを歴任．延暦4年(785)2月上表致仕し，同8年10月薨じた．時に散位，従三位．年81．◇⑲4264題詞

軍王《こんきし》　伝未詳．読み方も諸説がある．百済王余豊とも．①5, 6

さ

佐為王《さいのおおきみ》　三野王の子．葛城王(橘宿祢諸兄)の弟．母は県犬養宿祢三千代．天平8年(736)11月葛城王とともに橘の姓を賜わり，同9年2月正四位下．同8月卒した．時に中宮大夫兼右兵衛率．→葛城王《かずらきのおおきみ》　◇⑥1004左注, 1009左注, 1013題詞, 1014左注, ⑯3857左注

斉明天皇《さいめいてんのう》　もと皇極天皇，重祚して斉明天皇となる．宝皇女．天智天皇・天武天皇・間人皇女(孝徳皇后)の母．孝徳天皇の姉．用明天皇の孫，高向王に嫁して漢皇子を生み，のち舒明天皇の皇后となる．舒明13年(641)10月天皇崩じ，皇極元年(642)正月即位，同4年6月蘇我権力が打倒され，天皇は位を孝徳に譲った．白雉5年(654)10月孝徳天皇の崩をうけて再び即位した．在位中土木工事や遊覧が多く，非難されている．唐・新羅の軍が百済を攻撃したので，救援軍を送るため斉明7年(661)正月難波を出発したが，同7月天皇は朝倉宮に崩じた．年68という．◇①7標目・左注, 8標目・左注, 12左注, 15左注, ②141標目, ④487左注, 1665題詞

佐伯直子首《さえきのあたいこおびと》　天平3年(731)4月筑前介，正三(六の誤り)位上，勲五等と見える．⑤830

佐伯宿祢赤麻呂《さえきのすくねあかまろ》　伝未詳．③405, ④628, 630　◇③404題詞, ④627題詞

佐伯宿祢東人《さえきのすくねあずまひと》　天平4年(732)8月西海道節度使判官，外従五位下．④622　◇④621題詞

境部王《さかいべのおおきみ》　坂合部王とも．穂積皇子の子．従四位上，治部卿．年25．懐風藻に五言詩2首がある．⑯3833

境部宿祢老麻呂《さかいべのすくねおゆまろ》　天平13年(741)2月右馬頭と見える．⑰3907, 3908

坂田部首麻呂《さかたべのおびとまろ》　天平勝宝7年(755)2月駿河国の防人．⑳4342

尺度《さかと》　伝未詳．坂門とも．◇⑯3821歌・左注

坂門人足《さかとのひとたり》　伝未詳．①54

坂上家二嬢《さかのうえのいえのじじょう》　→大伴坂上二嬢《おおとものさかのうえのじじょう》

坂上家大嬢《さかのうえのいえのだいじょう》　→大伴坂上大嬢《おおとものさかのうえのだいじょう》

坂上忌寸人長《さかのうえのいみきひとおさ》　伝未詳．（⑨1679）

坂上郎女《さかのうえのいらつめ》　→大伴坂上郎女《おおとものさかのうえのいらつめ》

酒人女王《さかひとのおおきみ》　穂積皇子の孫．伝未詳．④624題詞

坂本朝臣人上《さかもとのあそみひとかみ》　天平勝宝 7 年(755) 2 月遠江国の史生．防人部領使．◇⑳4327左注

桜井王《さくらいのおおきみ》　高安王の弟．本朝皇胤紹運録に長皇子の孫とする．風流の侍従と称せられ，天平 11 年(739) 4 月高安王とともに大原真人の姓を賜わったらしく，以後大原真人とある．同 16 年 2 月大蔵卿，従四位下．⑧1614, ⑳4478

桜児《さくらこ》　伝未詳．◇⑯3786題詞

雀部広島《さざきべのひろしま》　天平勝宝 7 年(755) 2 月下総国結城郡の防人．⑳4393

佐々貴山君《ささきやまのきみ》　天平勝宝 4 年(752)天皇・大后の仲麻呂邸への行幸に随従した．内侍．⑲4268題詞

佐氏子首《さじのこおびと》　→佐伯直子首《さえきのあたいこおびと》

左大臣《さだいじん》　→葛城王《かずらきのおおきみ》，長屋王《ながやのおおきみ》

薩妙観《さつのみょうかん》　薩はセチ・セツともよむ．神亀元年(724) 5 月河上忌寸の姓を賜わり，天平 9 年(737) 2 月正五位下．⑳4438, 4456 ◇⑳4455題詞

狭野弟上娘子《さののおとがみのおとめ》　伝未詳．⑮3723-3726, 3745-3753, 3767-3774, 3777, 3778

佐夫流《さぶる》　伝未詳．◇⑱4106歌, 4108歌, 4110歌

佐保大納言《さほのだいなごん》　→大伴宿祢安麻呂《おおとものすくねやすまろ》

沙弥女王《さみのおおきみ》　伝未詳．⑨1763

沙弥満誓《さみまんぜい》　→満誓沙弥《まんぜいさみ》

佐用姫《さよひめ》　→松浦佐用姫《まつらさよひめ》

山氏若麻呂《さんじのわかまろ》　→山口忌寸若麻呂《やまぐちのいみきわかまろ》

し

志斐嫗《しいのおみな》　伝未詳．新撰姓氏録の左京皇別上に，阿倍志斐連名代(あべのしいの

《むらじなしろ》)が天武朝に楊の花を献じ，辛夷(こぶし・しい)の花と言って固執したので阿倍志斐の姓を賜わったという．③237　◇③236題詞・歌

椎野連長年《しいののむらじながとし》　亡命百済人四比の子孫か．◇⑯3822左注

志賀津児《しがつのこ》　志賀津は志賀の大津か．吉備津采女との関係未詳．諸説がある．◇②218歌

志貴皇子《しきのみこ》　芝基，施基とも．天智天皇の第七皇子．光仁天皇(白壁)・湯原親王・榎井親王・海上王の父．霊亀元年(715)正月二品．続日本紀によれば同2年8月薨じた．宝亀元年(770)光仁天皇即位に伴い，同11月御春日宮天皇と追尊された．天武天皇の皇子磯城(しき)皇子とは別人．①51, 64, ③267, ④513, ⑧1418, 1466　◇①84題詞, ②230題詞, ④531題詞注, 631題詞注, 669題詞注, ⑥1015題詞注

志紀連大道《しきのむらじおおみち》　家伝下に神亀(724-729)の頃暦算に優れていると見える．⑤837

式部大倭《しきぶのやまと》　大倭忌寸小東人，あるいは大倭宿祢長岡か．小東人は諸官を経て神護景雲2年(768)正月賀正の宴に臨み，年80，正四位下に叙せられた．同3年10月卒した．⑨1736

史氏大原《しじのおおはら》　史部か．伝未詳．⑤826

志氏大道《しじのおおみち》　→志紀連大道《しきのむらじおおみち》

持統天皇《じとうてんのう》　天智天皇の第二皇女．母は蘇我遠智娘．天武天皇の皇后．草壁皇子の母．諱は菟野，鸕野，鸕野讃良(うののさらら)，沙羅々皇女．天智10年(671) 10月出家した大海人皇子(天武)に従って吉野に入る．天武元年(672) 6月壬申の乱に天武天皇に従い，東国に赴き，天武を助けた．朱鳥元年(686) 9月天武の崩後，政務を執った．持統3年(689) 4月即位の期待されていた草壁皇太子が薨じ，同4年正月即位した．同8年12月藤原京に遷都し，同11年8月文武天皇に位を譲った．大宝2年(702) 12月崩じた．年58．①28, ②159-161, (162), ③236　◇① 34左注, 39左注, 44左注, 54題詞, 57題詞, 66題詞, 70題詞, ②105標目, 163標目, ③235題詞, ⑨1667題詞

倭文部可良麻呂《しとりべのからまろ》　天平勝宝7年(755) 2月常陸国の防人．⑳4372

島足《しまたり》　伝未詳．⑨1724

淳仁天皇《じゅんにんてんのう》　天武天皇の孫．舎人皇子の子．母は当麻山背．池田王・船王・守部王の兄．諱は大炊王．廃帝・淡路廃帝・淡路公・淡路

親王の号がある．淳仁天皇の号は明治3年(1870)7月の追謚．藤原仲麻呂に推されて皇太子となり，天平宝字2年(758)8月に孝謙天皇から譲られて即位．しかし，孝謙太上天皇・道鏡と仲麻呂が対立し，仲麻呂が敗死するに及んで，同8年10月孝謙太上天皇は天皇を捕えて退位させ，親王の位を賜い，淡路公とし，配所に幽閉した．しかし逃亡しようとして捕えられて薨じた．年33．→孝謙天皇《こうけんてんのう》　⑳4486

消奈行文《しょうなのぎょうもん》　背奈とも．武蔵国高麗郡の人．高麗福信の伯父．養老5年(721)正月に正七位上で明経第二博士．懐風藻に詩2首が見える．⑯3836

少弁《しょうべん》　伝未詳．(③305), (⑨1719), ⑨1734

聖武天皇《しょうむてんのう》　文武天皇の皇子．母は藤原宮子．孝謙天皇(阿倍)・井上内親王・安積皇子の父．諱は首(おびと)．大宝元年(701)生．和銅7年(714)6月皇太子．時に年14．神亀元年(724)2月元正天皇の譲りをうけて即位．天平元年(729)2月長屋王の事件により，王を自尽せしめた．同8月藤原光明子を皇后とした．同9年藤原の4子(房前・麻呂・武智麻呂・宇合)が薨じ，同12年8月藤原広嗣の乱起こり，以後同17年まで伊勢から恭仁京(久迩京)，難波京を転々とした．同13年2月国分寺・国分尼寺建立の詔を発し，天平感宝元年(749＝天平勝宝元年)7月孝謙天皇に位を譲った．天平勝宝4年(752)4月に東大寺大仏の開眼供養を営み，同8年5月崩じた．その遺愛の品は東大寺に献納され，現在正倉院に保存されている．④530, 624, ⑥973, 974, 1009, 1030, ⑧1539, 1540, 1615, 1638, ⑲4269　◇④626題詞, 721題詞, 725題詞, ⑥1028題詞, ⑧1614題詞, 1658題詞, ⑲4235題詞, ⑳4301題詞, 4457題詞

舒明天皇《じょめいてんのう》　敏達天皇の孫．天智天皇・天武天皇・古人大兄・間人皇女の父．諱は田村．皇后は宝皇女(皇極・斉明)．舒明13年(641)10月崩じた．年49．①2　◇①3題詞, 6左注, 8左注, ④487左注

神功皇后《じんぐうこうごう》　仲哀天皇の皇后．応神天皇の母．仲哀天皇2年正月に皇后となる．同8年正月天皇は熊襲を討つために筑紫橿日宮に至った．皇后は神がかりして新羅を討つことを勧めたが，天皇は疑い，同9年2月天皇は崩じた．皇后は喪を秘し，また産期に当たっていたので石を腰に挟み，帰った時に生まれることを祈り，海を渡り新羅を討ち従えた．摂政，皇太后として政をとり，摂政69年4月に崩じた．年

100．日本書紀は巻9全巻を皇后摂政の記事とし，天皇の扱いである．◇⑤813歌・序，869歌，⑮3685歌

す

推古天皇《すいこてんのう》　最初の女帝．欽明天皇の皇女．母は蘇我稲目の娘，堅塩媛．異母兄敏達天皇の皇后．幼名は額田部皇女．諱は豊御食炊屋姫(とよみけかしきやひめ)．崇峻天皇5年(592)11月天皇が蘇我馬子に弑され，群臣の推挙により即位．年39．推古36年2月崩じた．年75．◇③415題詞注

少彦名《すくなびこな》　大国主神の国作りに協力した神．小人で知恵があり，後に粟の茎にはねられて常世の郷に飛びさったという．◇③355歌，⑥963歌，⑦1247歌，⑱4106歌

清江娘子《すみのえのおとめ》　伝未詳．①69

駿河采女《するがのうねめ》　駿河国の采女．④507，⑧1420

せ

清見《せいけん》　天平20年(748)4月越中国の先の国師の従僧．◇⑱4070左注

そ

衣通王《そとおりのおおきみ》　軽太郎女の異名．→軽太郎女《かるのおおいらつめ》　②90題詞

園臣生羽之女《そののおみいくはのむすめ》　苑臣とも．伝未詳．②124　◇②123題詞，⑥1027左注

村氏彼方《そんじのおちかた》　伝未詳．⑤840

た

大后《だいごう》　→持統天皇《じとうてんのう》，倭大后《やまとだいごう》

大行天皇《たいこうてんのう》　→文武天皇《もんむてんのう》

太上天皇《だいじょうてんのう》　→元正天皇《げんしょうてんのう》，元明天皇《げんめいてんのう》，持統天皇《じとうてんのう》，聖武天皇《しょうむてんのう》

大納言《だいなふごん》　→巨勢朝臣奈弖麻呂《こせのあそみなでまろ》，藤原朝臣仲麻呂《ふじわらのあそみなかまろ》

高丘連河内《たかおかのむらじこうち》　もと楽浪河内．天智2年(663)百済より渡来した沙門詠心の子．伯耆守などを歴任．天平勝宝6年(754)正月正五位下．のち大学頭と見える．⑥1038，1039　◇⑰3926左注

高田女王《たかたのおおきみ》　高安王の娘．伝未詳．④537-542, ⑧1444

田形皇女《たがたのひめみこ》　天武天皇の皇女．神亀元年(724) 2 月二品．同 5 年 3 月薨じた．◇⑧1611題詞注

高橋朝臣《たかはしのあそみ》　名を欠く．奉膳の子．③481-483

高橋朝臣国足《たかはしのあそみくにたり》　天平 17 年(745) 4 月造酒正兼内膳奉膳，同 18 年 4 月従五位下．同閏 9 月越後守．◇⑰3926左注

高橋朝臣安麻呂《たかはしのあそみやすまろ》　征夷副将軍の後，天平 10 年(738)正月従四位下．同 12 月大宰大弐．◇⑥1027左注

高橋連虫麻呂《たかはしのむらじむしまろ》　伝未詳．⑥971, 972

歌集 ③319-321, ⑧1497, ⑨1738-1760, 1780, 1781, 1807-1811

高天原広野姫天皇《たかまのはらひろのひめのすめらみこと》　→持統天皇《じとうてんのう》

高宮王《たかみやのおおきみ》　伝未詳．⑯3855, 3856

高向村主老《たかむくのすぐりおゆ》　天平勝宝 2 年(750) 4 月正六位上より外従五位下．⑤841

高安王《たかやすのおおきみ》　衛門督などを歴任．天平 11 年(739) 4 月大原真人の姓を賜わり，同 12 年 11 月正四位下．同 14 年 12 月卒した．二条大路木簡に見える．④625, ⑧1504, ⑰3952 ◇④577題詞, ⑧1444題詞注, ⑫3098左注

高安大島《たかやすのおおしま》　伝未詳．①67, (⑧1504)

高安倉人種麻呂《たかやすのくらひとたねまろ》　天平勝宝 3 年(751)越中国大目．遣唐使関係の歌を伝誦した．◇⑲4247左注

多紀皇女《たきのひめみこ》　託基，当耆とも．天武天皇の皇女．天平感宝元年(749＝天平勝宝元年) 4 月二品より一品．天平勝宝 3 年正月薨じた．◇④669題詞注

当麻真人麻呂《たぎまのまひとまろ》　伝未詳．◇①43題詞, ④511題詞

田口朝臣馬長《たぐちのあそみうまなが》　伝未詳．⑰3914

田口朝臣大戸《たぐちのあそみおおへ》　大万戸とも．天平勝宝 7 年(755) 2 月下野国の防人部領使．天平宝字 8 年(764)正月上野介．宝亀 8 年(777)正月従五位上．◇⑳4383左注

田口朝臣広麻呂《たぐちのあそみひろまろ》　慶雲 2 年(705) 12 月従六位上より従五位下．③427 題詞に「死」とあるのは未詳．◇③427題詞

田口朝臣益人《たぐちのあそみますひと》　霊亀元年(715) 4 月正五位下より正五位上．③296, 297

田口朝臣家守《たぐちのあそみやかもり》　伝未詳．◇⑧1594左注

高市岡本宮御宇天皇《たけちのおかもとのみやにあめのしたおさめたまいしすめらみこと》　→舒明天皇《じょめいてんのう》

高市大卿《たけちのだいきょう》　大伴御行か．◇④649左注

高市古人《たけちのふるひと》　伝未詳．黒人の誤りか．①32, 33

高市皇子《たけちのみこ》　天武天皇の皇子．母は胸形君尼子娘．天武元年(672) 6月壬申の乱に近江より馳せ参じ，軍事を委ねられて勝利に導いた．持統 7 年(693)正月浄広壱．同 10 年 7 月薨じた．年 43．長屋王家木簡に後皇子命宮とあるが，同一人かは未詳．②156-158 ◇②114題詞, 116題詞, 169注, 199題詞, 202左注

高市連黒人《たけちのむらじくろひと》　伝未詳．持統・文武朝の宮廷歌人．①58, 70, ③270-277, 279, 280, 283, 305, ⑨1718, ⑰4016 ◇①32題詞注, ③281題詞

高市連黒人妻《たけちのむらじくろひとのつま》　伝未詳．③281

竹取翁《たけとりのおきな》　伝未詳．⑯3791-3793

建部牛麻呂《たけるべのうしまろ》　伝未詳．◇⑤814左注

丹比大夫《たじひだいぶ》　伝未詳．⑮3625, 3626

丹比県守《たじひのあがたもり》　多治比とも．姓は真人．左大臣島の子．参議などを歴任．天平 4 年(732)正月中納言，同 8 月山陰道節度使，同 6 年正月正三位，同 9 年 6 月薨じた．年 70．◇④555題詞

丹比真人《たじひのまひと》　伝未詳．②226, ⑧1609, ⑨1726

丹比真人乙麻呂《たじひのまひとおとまろ》　多治比とも．屋主の第二子．天平神護元年(765)正月正六位上より従五位下．⑧1443

丹比真人笠麻呂《たじひのまひとかさまろ》　伝未詳．③285, ④509, 510

丹比真人国人《たじひのまひとくにひと》　多治比とも．播磨守などを歴任．天平宝字元年(757) 6 月摂津大夫．同 7 月橘奈良麻呂の変に坐し，遠江守より伊豆国に流された．③382, 383, ⑧1557, ⑳4446

多治比真人鷹主《たじひのまひとたかぬし》　天平宝字元年(757) 6 月橘奈良麻呂の陰謀に荷担した．⑲4262

多治比真人土作《たじひのまひとはにつくり》　左大臣島の孫．宮内卿水守の子．治部卿などを歴任．宝亀元年(770) 7 月参議，従四位上．同 2 年 6 月卒した．⑲4243

丹比真人広成《たじひのまひとひろなり》　多治比とも．島の第五子．遣唐大使，中納言などを歴任．天平 10 年(738)正月に兼式部卿，同 11 年 4 月薨じた．懐

風藻に詩3首がある. ◇⑤896後文

丹比真人屋主《たじひのまひとやぬし》　多治比とも. 乙麻呂の父. 天平勝宝元年(749)閏5月左大舎人頭. ⑥1031, ⑧1442 ◇⑧1443題詞注

多治比部北里《たじひべのきたさと》　天平勝宝2年(750)2月越中国礪波郡の主帳. 同3年6月主政. 大初位下と見える. ◇⑱4138題詞

丹比部国人《たじひべのくにひと》　天平勝宝7年(755)2月相模国足下郡の防人. ⑳4329

但馬皇女《たじまのひめみこ》　天武天皇の皇女. 母は藤原鎌足の娘, 氷上娘. 和銅元年(708)6月薨じた. ②114-116, ⑧1515 ◇②203題詞

田道間守《たじまもり》　天日槍(あめのひぼこ)の子孫. 垂仁天皇の時, 非時香菓(ときじくのかくのみ)を求めて常世の国に遣わされ, それを得て帰国したが, 天皇は既に崩じていたので, その陵に至り哭泣して死んだという. ◇⑱4111歌

橘少卿《たちばなのしょうきょう》　→佐為王《さいのおおきみ》

橘宿祢文成《たちばなのすくねあやなり》　佐為の子. 伝未詳. ⑥1014

橘宿祢佐為《たちばなのすくねさい》　→佐為王《さいのおおきみ》

橘宿祢奈良麻呂《たちばなのすくねならまろ》　諸兄の子. 母は藤原不比等の娘. 参議などを経て, 天平宝字元年(757)6月右大弁. 同7月仲麻呂排除の計画が漏れ, 捕えられて没した. その有する越中国礪波郡の土地は没官され東大寺に施入された. またその家書480巻余も没収された. ⑥1010, ⑧1581, 1582 ◇⑲4279題詞, ⑳4449題詞, 4454題詞

橘宿祢諸兄《たちばなのすくねもろえ》　→葛城王《かずらきのおおきみ》

竜田彦《たつたひこ》　奈良県生駒郡三郷町立野南の竜田大社の祭神. ◇⑨1748歌

田辺秋庭《たなべのあきにわ》　伝未詳. ⑮3638

田辺史福麻呂《たなべのふひとさきまろ》　伝未詳. ⑱4032-4034, (4035), 4036, 4038-4040, (4041), 4042, 4046, 4049, 4052 ◇⑱4062左注
歌集 ⑥1047-1067, ⑨1792-1794, 1800-1806

田辺史真上《たなべのふひとまかみ》　天平17年(745)10月諸陵大允, 従六位上と見える. ⑤839

丹波大女娘子《たにはのおおめのおとめ》　伝未詳. ④711-713

田部忌寸櫟子《たべのいみきいちい》　伝未詳. ④493-495 ◇④492題詞

玉槻《たまつき》　伝未詳. ⑮3704, 3705

玉作部国忍《たまつくりべのくにおし》　天平勝宝7年(755)2月上総国望陀郡の防人. ⑳

4351
玉作部広目《たまつくりべのひろめ》　天平勝宝7年(755)2月駿河国の防人．⑳4343
田村大嬢《たむらのだいじょう》　→大伴田村大嬢《おおとものたむらのだいじょう》
手持女王《たもちのおおきみ》　伝未詳．③417-419
足日女《たらしひめ》　→神功皇后《じんぐうこうごう》
丹氏麻呂《たんじのまろ》　氏は丹比か丹波か，伝未詳．⑤828

ち

智努王《ちぬのおおきみ》　智奴・知奴・珍努とも．天武天皇の孫．長皇子の子．後に文室真人．名を浄三と改めた．大市の兄．与伎・大原の父．治部卿などを歴任．天平宝字8年(764)正月従二位．同9月致仕し，宝亀元年(770)8月称徳天皇の崩後，吉備真備より皇太子に推されたが固辞し，同10月薨じた．年78．⑲4275 ◇⑰3926左注
智努女王《ちぬのおおきみ》　智奴とも．神亀元年(724)2月従三位．◇⑳4477題詞
中衛大将藤原北卿《ちゅうえだいしょうふじわらほくきょう》　→藤原朝臣房前《ふじわらのあそみふささき》
張氏福子《ちょうじのふくし》　→張福子《ちょうふくし》
張福子《ちょうふくし》　家伝下に神亀(724-729)の頃方士と見える．⑤829

つ

通観《つうかん》　僧．伝未詳．③327, 353
調首淡海《つきのおびとおうみ》　天武元年(672)6月壬申の乱に舎人として天皇に従って東国に赴いた．その時の日記の断片がある．養老7年(723)正月正五位上．①55
調使首《つきのおみのおびと》　伝未詳．⑬3339-3343
筑紫娘子《つくしのおとめ》　字は児島．遊行女婦．③381, ⑥965, 966 ◇⑥967歌
角朝臣広弁《つののあそみひろわき》　天平2年(730)12月大和国少掾，正七位上の都濃朝臣光弁と同一人か．⑧1641
角麻呂《つののまろ》　伝未詳．③292-295
津守宿祢小黒栖《つもりのすくねおぐろす》　天平勝宝7年(755)2月下野国の防人．⑳4377
津守連通《つもりのむらじとおる》　通は道とも．和銅7年(714)正月正七位上より従五位下，同10月美作守．◇②109題詞

て

田氏肥人《でんじのこまひと》　氏の名，伝未詳．⑤834

田氏真上《でんじのまかみ》　→田辺史真上《たなべのふひとまかみ》

天智天皇《てんちてんのう》　舒明天皇の皇子．母は宝皇女(斉明天皇)．諱は葛城皇子．開別皇子，中大兄皇子ともいう．皇極4年(645)6月藤原鎌足らとともに蘇我氏を滅ぼした．孝徳天皇即位し，自らは皇太子となり，阿倍内麻呂を左大臣，蘇我倉山田石川麻呂を右大臣，鎌足を内臣として大化の改新を断行したと言われる．白雉5年(654)10月孝徳天皇崩じ，皇極重祚して斉明天皇となり，中大兄は引き続き皇太子として国政をとった．斉明7年(661)7月百済救援のため西征中に斉明天皇が崩じ，中大兄は称制．天智2年(663)3月白村江に日本軍敗戦．同6年8月近江に遷都し，同7年正月ようやく即位した．同10年12月崩じ，間もなく壬申の乱が起こった．①13-15, ②91　◇①16標目・題詞, 20題詞, 21左注, ②147標目・題詞, 148題詞, 149題詞, 150題詞, 151題詞, ④488題詞, ⑧1606題詞

天武天皇《てんむてんのう》　舒明天皇の皇子．母は宝皇女(斉明天皇)．天智天皇の弟．諱は大海人皇子．天智元年(662)東宮となり，同10年(671)10月天皇不豫のとき皇位を授ける命を辞退して出家し，吉野に退いた．同12月天皇崩じ，近江の情勢を知り，天武元年(672)5月吉野を脱出して東国に赴き兵を挙げ，大友皇子を討った(壬申の乱)．同8月都を飛鳥浄御原に移し，同2年2月即位した．同10年2月律令の制定に着手，同3月帝紀及び上古の本辞を確定し記録させ，同13年10月八色の姓を定め，位階の改訂など政治機構を整備した．朱鳥元年(686)9月崩じた．年は56, 65の説がある．①21, 25-27, ②103　◇①22標目・左注, 24左注, ②156標目, 159題詞, 160題詞, 162題詞, ⑧1465題詞注, ⑳4479題詞注

と

藤皇后《とうこうごう》　→光明皇后《こうみょうこうごう》

十市皇女《とおちのひめみこ》　天武天皇と額田王の娘．大友皇子の妃．天武7年(678)4月宮廷でにわかに薨じた．◇①22題詞・左注, ②156題詞, 158左注

土氏百村《とじのももむら》　→土師宿祢百村《はじのすくねももむら》

豊島采女《としまのうねめ》　伝未詳．⑥1026, 1027

舎人娘子《とねりのおとめ》　伝未詳．①61, ②118, ⑧1636

舎人皇子《とねりのみこ》　天武天皇の第三皇子．養老 2 年(718)正月一品．同 4 年 5 月日本紀 30 巻，系図 1 巻を完成，奏上した．天平 7 年(735)11 月薨じた．②117, ⑨1706, ⑳4294　◇⑨1683題詞, 1704題詞, 1774題詞, ⑯3839左注

舎人吉年《とねりのよしとし》　舎人は氏かどうかは不明．吉年はキネ・エトシなどともよむ．伝未詳．②152, ④492

豊御食炊屋姫天皇《とよみけかしきやひめのすめらみこと》　→推古天皇《すいこてんのう》

土理宣令《とりのせんりょう》　刀理とも．養老 5 年(721)正月退朝ののち東宮(後の聖武天皇)に侍せしめられた．③313, ⑧1470

な

内相《ないしょう》　→藤原朝臣仲麻呂《ふじわらのあそみなかまろ》

内大臣《ないだいじん》　→藤原朝臣鎌足《ふじわらのあそみかまたり》

内命婦石川朝臣《ないみょうぶいしかわのあそみ》　→石川郎女《いしかわのいらつめ》(3)

長田王《ながたのおおきみ》　系譜未詳．天平 9 年(737) 6 月卒した．時に散位，正四位下．風流の侍従とある．①81-83, ③245, 246, 248

中皇命《なかつすめらみこと》　間人皇女(はしひとのひめみこ)か．舒明天皇の皇女，天智の妹，天武の姉．母は皇極天皇．天智 4 年(665) 2 月薨じた．①3, 4, 10-12

中臣朝臣東人《なかとみのあそみあずまひと》　意美麻呂の子．天平 4 年(732) 10 月兵部大輔，同 5 年 3 月従四位下．④515

中臣朝臣清麻呂《なかとみのあそみきよまろ》　浄麻呂とも．意美麻呂の子．東人の弟．中納言，右大臣となり，宝亀 3 年(772) 2 月正二位．延暦 7 年(788) 7 月薨じた．年 87．⑳4296, 4497, 4499, 4504, 4508　◇⑲4258左注, ⑳4496題詞

中臣朝臣武良自《なかとみのあそみむらじ》　伝未詳．⑧1439

中臣朝臣宅守《なかとみのあそみやかもり》　東人の子．蔵部の女嬬狭野弟上娘子を娶った時に勅命によって越前国味真野に流罪となった．天平 12 年(740) 6 月の大赦に許されなかった．⑮3727-3744, 3754-3766, 3775, 3776, 3779-3785　◇⑮3723題詞

中臣女郎《なかとみのいらつめ》　伝未詳．④675-679

中臣部足国《なかとみべのたるくに》　天平勝宝 7 年(755) 2 月下野国都賀郡の防人．⑳

4378
長忌寸奥麻呂《ながのいみきおきまろ》　意吉麻呂とも．伝未詳．①57, ②143, 144, ③238, 265, ⑯3824-3831　◇⑨1673左注
長忌寸娘《ながのいみきのおとめ》　伝未詳．⑧1584
中大兄《なかのおおえ》　→天智天皇《てんちてんのう》
長皇子《ながのみこ》　天武天皇の皇子．母は天智天皇の皇女，大江皇女．持統7年(693)正月浄広弐．霊亀元年(715) 6月薨じた．時に一品．①60, 65, 73, 84, ②130　◇①69左注, ③239題詞
長屋王《ながやのおおきみ》　天武天皇の孫．高市皇子の子．室は吉備内親王．神亀元年(724) 2月正二位，左大臣．天平元年(729) 2月誣告(ぶこく)により自尽させられた．年54．懐風藻に五言詩が3首あり，また自邸(長王宅)に新羅使を招いての宴での詩も多い．邸跡から発見された多数の木簡により，その経済組織等が明らかとなった．その木簡に長屋親王とある．①75, ③268, 300, 301, ⑧1517　◇③441題詞, ④556題詞注, ⑧1519左注, 1613題詞注, 1638左注
難波高津宮御宇天皇《なにわのたかつのみやにあめのしたおさめたまいしすめらみこと》　→仁徳天皇《にんとくてんのう》
難波天皇《なにわのてんのう》　仁徳天皇をさす．◇④484題詞
楢原造東人《ならはらのみやつこあずまひと》　神亀のころ宿儒と称せられ，天平宝字元年(757) 5月正五位下．また大学頭兼博士．名儒と号せられた．◇⑰3926左注

に

新田部皇子《にいたべのみこ》　天武天皇の第七皇子．神亀元年(724) 2月一品，同5年7月明一品．時に大将軍．天平3年(731) 11月畿内大惣管．同7年9月薨じた．◇③261題詞, ⑧1465題詞注, ⑯3835題詞・左注
丹生王《にふのおおきみ》　伝未詳．丹生女王と同一人とする説がある．③420-422
丹生女王《にふのおおきみ》　系譜未詳．天平勝宝2年(750) 8月正四位上．④553, 554, ⑧1610
仁徳天皇《にんとくてんのう》　応神天皇の皇子．母は仲姫．応神崩後，弟の太子菟道稚郎子(うじのわきいらつこ)と皇位を譲り合い，日本書紀によれば太子が自殺したため即位した．在位中，課役をやめる等の善政により聖帝と称されたが，女性関係は多く，磐姫皇后との間の多くの歌謡が記紀に伝えられている．仁徳87年正月崩じた．◇②85標目・題詞, 90左注, ④484題詞

ぬ

額田王《ぬかたのおおきみ》　鏡王の娘．十市皇女の母．大海人皇子(天武天皇)の妃，後に天智天皇の妃か．斉明・天智朝の宮廷歌人．①7-9, 16-18, 20, ②112, 113, 151, 155, ④488, ⑧1606　◇②111題詞

抜気大首《ぬきけのおおびと》　伝未詳．⑨1767-1769

の

後岡本宮御宇天皇《のちのおかもとのみやにあめのしたおさめたまいしすめらみこと》　→斉明天皇《さいめいてんのう》

後皇子尊《のちのみこのみこと》　→高市皇子《たけちのみこ》

能登臣乙美《のとのおみおとみ》　越中国羽咋郡の擬主帳．⑱4069

は

博通法師《はくつうほうし》　伝未詳．③307-309

羽栗《はくり》　名未詳．羽栗臣翼か翔であろう．⑮3640

土師《はじ》　ハニシともよむ．伝未詳．⑱4047, 4067

土師稲足《はじのいなたり》　伝未詳．⑮3660

土師宿祢道良《はじのすくねみちよし》　天平18年(746) 8月越中国史生．⑰3955

土師宿祢水通《はじのすくねみみち》　水道，御道とも．字は志婢麻呂．伝未詳．④557, 558, ⑤843, ⑯3844　◇⑯3845歌・左注

土師宿祢百村《はじのすくねももむら》　養老5年(721)正月佐為王，山上憶良らとともに退朝後，東宮(後の聖武天皇)に侍した．⑤825

間人宿祢《はしひとのすくね》　伝未詳．⑨1685, 1686

間人宿祢大浦《はしひとのすくねおおうら》　伝未詳．③289, 290　◇⑨1763左注

間人連老《はしひとのむらじおゆ》　伝未詳．中臣間人連老と同人か．白雉5年(654) 2月遣唐判官として入唐した．◇①3題詞

丈部直大麻呂《はせつかべのあたいおおまろ》　天平勝宝7年(755) 2月下総国印波郡の防人．⑳4389

丈部稲麻呂《はせつかべのいなまろ》　天平勝宝7年(755) 2月駿河国の防人．⑳4346

丈部川相《はせつかべのかわい》　天平勝宝7年(755) 2月遠江国山名郡の防人．⑳4324

丈部黒当《はせつかべのくろまさ》　天平勝宝7年(755) 2月遠江国佐野郡の防人．⑳4325

丈部竜麻呂《はせつかべのたつまろ》　伝未詳．◇③443題詞

丈部足麻呂《はせつかべのたりまろ》　天平勝宝 7 年(755) 2 月駿河国の防人．⑳4341

丈部足人《はせつかべのたるひと》　天平勝宝 7 年(755) 2 月下野国塩屋郡の防人．⑳4383

丈部鳥《はせつかべのとり》　天平勝宝 7 年(755) 2 月上総国天羽郡の防人．⑳4352

丈部真麻呂《はせつかべのままろ》　天平勝宝 7 年(755) 2 月遠江国山名郡の防人．⑳4323

丈部造人麻呂《はせつかべのみやつこひとまろ》　天平勝宝 7 年(755) 2 月相模国の防人．⑳4328

丈部山代《はせつかべのやましろ》　天平勝宝 7 年(755) 2 月上総国武射郡の防人．⑳4355

丈部与呂麻呂《はせつかべのよろまろ》　天平勝宝 7 年(755) 2 月上総国長狭郡の防人．⑳4354

波多朝臣小足《はたのあそみおたり》　伝未詳．③314

秦伊美吉石竹《はたのいみきいわたけ》　秦忌寸伊波太気とも．天平勝宝 2 年(750) 10 月に越中国少目と見える．◇⑱4086題詞, 4135左注, ⑲4225左注

秦忌寸朝元《はたのいみきちょうげん》　僧弁正の子．弁正は大宝年中(701-703)学生としてその子の朝元・朝慶を伴い入唐したが，朝慶とともに病没し，朝元のみが帰朝した．入唐判官，図書頭を経て，天平 18 年(746) 3 月主計頭．◇⑰3926左注

秦忌寸八千島《はたのいみきやちしま》　天平 18 年(746)，同 19 年越中大目．⑰3951, 3956 ◇⑰3989題詞

秦許遍麻呂《はたのこへまろ》　伝未詳．⑧1589

秦田麻呂《はたのたまろ》　伝未詳．⑮3681

秦間満《はたのままろ》　ハシマロともよむ．天平 8 年(736) 6 月の遣新羅使の一人か．⑮3589

泊瀬朝倉宮御宇天皇《はつせのあさくらのみやにあめのしたおさめたまいしすめらみこと》　→雄略天皇《ゆうりゃくてんのう》

泊瀬部皇女《はつせべのひめみこ》　長谷部内親王とも．天武天皇の皇女．天平 13 年(741) 3 月薨じた．◇②194題詞, 195左注

服部呰女《はとりべのあざめ》　天平勝宝 7 年(755) 2 月武蔵国都筑郡の防人，服部於由の妻．⑳4422

服部於由《はとりべのおゆ》　天平勝宝 7 年(755) 2 月武蔵国都筑郡の防人．⑳4421

林王《はやしのおおきみ》　天平宝字 5 年(761)正月従五位上．◇⑰3926左注, ⑲4279題詞

婆羅門《ばらもん》　印度の婆羅門僧．個人の名と見れば，以下の事跡が知られる．諱は菩提僊那．姓は婆羅遲．婆羅門種．南天竺から唐に至り，道俗の崇敬をうけていたが，天平 5 年(733) 4 月入唐した遣唐使多治比

広成等の要請により，仏徹等を伴って，同8年8月に来朝し，勅により大安寺に住した．天平勝宝3年(751)4月僧正となり，同4年4月大仏開眼会の開眼師となる．天平宝字2年(758)8月天皇・皇太后に尊号を奉り，同4年2月遷化した．年57．南天竺婆羅門僧正碑并序，大安寺菩提伝来記がある．◇⑯3856歌

播磨娘子《はりまのおとめ》　伝未詳．⑨1776, 1777

伴氏百代《ばんじのももよ》　→大伴宿祢百代《おおとものすくねももよ》

板氏安麻呂《ばんじのやすまろ》　→板茂連安麻呂《いたもちのむらじやすまろ》

ひ

土形娘子《ひじかたのおとめ》　伝未詳．◇③428題詞

常陸娘子《ひたちのおとめ》　伝未詳．④521

日並皇子《ひなみしのみこ》　→草壁皇子《くさかべのみこ》

檜隈女王《ひのくまのおおきみ》　系譜未詳．天平9年(737)2月従四位上．◇②202左注

檜前舎人石前《ひのくまのとねりいわさき》　天平勝宝7年(755)2月武蔵国那珂郡の防人．◇⑳4413左注

紐児《ひものこ》　伝未詳．◇⑨1767題詞・歌

兵部川原《ひょうぶのかわら》　伝未詳．⑨1737

広河女王《ひろかわのおおきみ》　穂積皇子の孫．上道王の娘．④694, 695

広瀬王《ひろせのおおきみ》　系譜未詳．天武10年(681)3月川島皇子らとともに帝紀及び上古諸事を確定し記録した．養老6年(722)正月卒した．散位，正四位下．⑧1468 ◇①44左注

ふ

葛井大夫《ふじいだいぶ》　→葛井連大成《ふじいのむらじおおなり》

藤井連《ふじいのむらじ》　伝未詳．⑨1779 ◇⑨1778題詞

葛井連大成《ふじいのむらじおおなり》　神亀5年(728)5月正六位上より外従五位下．④576, ⑤820, ⑥1003

葛井連子老《ふじいのむらじこおゆ》　伝未詳．⑮3691-3693

葛井連広成《ふじいのむらじひろなり》　初め白猪史．経国集に対策文がある．養老3年(719)閏7月遣新羅使．時に大外記，従六位下．天平勝宝元年(749)8月中務少輔．神亀の頃文雅の人として知られ，懐風藻に五言詩2首が

ある．⑥962 ◇⑥1011題詞

葛井連諸会《ふじいのむらじもろあい》　和銅4年(711)3月対策文がある．天平宝字元年(757)5月従五位下．⑰3925

藤原卿《ふじわらきょう》　→藤原朝臣房前《ふじわらのあそみふさささき》

藤原皇后《ふじわらこうごう》　→光明皇后《こうみょうこうごう》

藤原朝臣宇合《ふじわらのあそみうまかい》　不比等の第三子．武智麻呂・房前の弟．麻呂の兄．霊亀2年(716)8月遣唐副使，また正六位下より従五位下となる．天平4年(732)8月西海道節度使，同6年正月正三位，同9年8月薨じた．年44．懐風藻に詩6首がある．①72, ③312, ⑧1535, ⑨1729-1731 ◇④521題詞, ⑥971題詞

藤原朝臣鎌足《ふじわらのあそみかまたり》　名を鎌子，仲郎とも．もと中臣氏．中大兄皇子を助けて皇極4年(645)6月蘇我氏を滅亡させ，内臣となり，大化の改新を断行したという．天智8年(669)10月没する前日，大織冠を授けられ，内大臣となり，藤原朝臣の姓を賜わった．年56．②94, 95 ◇①16題詞, 21左注, ②93題詞

藤原朝臣清河《ふじわらのあそみきよかわ》　房前の第四子．鳥養・永手・真楯の弟．天平勝宝元年(749)7月参議．同2年9月遣唐大使．帰国を果たせず，在唐のまま文部卿などとなり，唐で没した．宝亀10年(779)2月追贈従二位．李白ら詩人との交流があった．⑲4241, 4244 ◇⑲4240題詞, 4264題詞

藤原朝臣久須麻呂《ふじわらのあそみくすまろ》　仲麻呂の子．一名浄弁．天平宝字7年(763)4月丹波守を兼ね，同8年9月仲麻呂の乱には父の命により奮戦したが戦死した．④791, 792 ◇④786題詞, 789題詞, (⑲4216左注)

藤原朝臣宿奈麻呂《ふじわらのあそみすくなまろ》　宇合の第二子．母は左大臣石川麻呂の娘．広嗣の弟．天平12年(740)兄広嗣の叛に坐して伊豆に流され，同14年に許されて少判事となる．仲麻呂追討の功により栄進．従二位に至り，宝亀8年(777)正月内大臣．同9月薨じた．年62．◇⑳4330左注, 4491左注

藤原朝臣豊成《ふじわらのあそみとよなり》　武智麻呂の第一子．仲麻呂の同母兄．仲麻呂とは対立した．天平神護元年(765)11月薨じた．時に右大臣，従一位．年62．◇⑰3922題詞, 3926左注

藤原朝臣執弓《ふじわらのあそみとりゆみ》　仲麻呂の第二子．天平宝字6年(762)正月参議．

同12月正四位上，大宰帥．同8年9月仲麻呂の乱に戦い，殺された．⑳4482

藤原朝臣永手《ふじわらのあそみながて》　房前の第二子．宝亀元年(770)6月称徳天皇不豫のため近衛・外衛・左右兵衛の事を司り，同8月天皇の崩後，百川等と図り，白壁王(光仁天皇)を皇太子とした．同10月正一位．同2年2月薨じた．年58．太政大臣を贈られた．⑲4277

藤原朝臣仲麻呂《ふじわらのあそみなかまろ》　武智麻呂の第二子．豊成の弟．天平勝宝元年(749)7月大納言．同8月光明皇后のための紫微中台の紫微令・中衛大将となり，皇后の庇護のもとに権力を伸ばし，同2年正月従二位．天平宝字元年(757)3月皇太子道祖王を廃し，大炊王を推して皇太子とした．同5月紫微内相．内外の諸兵事を司り，同6月橘奈良麻呂の変を克服した．同2年8月大炊王が即位して(淳仁天皇)，大保となり，藤原恵美朝臣の姓，押勝の名を賜わり，同4年正月従一位，大師となり，最高の権力者となった．しかしこの頃から道鏡の存在により孝謙太上天皇との間は円滑を欠き，仲麻呂は危機を感じて同8年9月都督四畿内三関近江丹波播磨等国兵事使となり，兵権の掌握に努めた．11日その逆謀が漏れて挙兵し，近江に逃れたが破れて斬られた．その財産は没収され越前国の地200町は西隆寺に施入された．⑲4242，⑳4487　◇⑰3926左注，⑲4268題詞，⑳4294左注，4493題詞，4514題詞

藤原朝臣広嗣《ふじわらのあそみひろつぐ》　宇合の第一子．天平12年(740)9月玄昉，吉備(下道)真備を除く目的で挙兵したが，失敗し斬られた．⑧1456　◇⑥1029題詞

藤原朝臣房前《ふじわらのあそみふささき》　不比等の第二子．武智麻呂の弟．宇合・麻呂の兄．北家の祖．参議，内臣を経て，天平2年(730)4月中務卿兼中衛大将と見え，同4年8月東海・東山節度使．同9年4月薨じた．年57．懐風藻に詩3首がある．⑤812前文，812，(⑦1194，1195，1218-1222)　◇③398題詞注，⑤811後文，⑨1765左注，⑲4228左注

藤原朝臣不比等《ふじわらのあそみふひと》　鎌足の第二子．武智麻呂・房前・宇合・麻呂・宮子(文武天皇夫人)・光明子(聖武天皇皇后)の父．和銅元年(708)正月正二位，同3月右大臣．養老2年(718)養老律令を撰定し，同4年8月薨じた．年63．懐風藻に詩5首がある．◇③378題詞，⑲4235題詞

藤原朝臣麻呂《ふじわらのあそみまろ》　不比等の第四子．天平9年(737)正月陸奥持節大

使．陸奥出羽間の陸路を開き，同7月薨じた．年43．懐風藻に五言詩5首がある．④522-524 ◇④528左注

藤原朝臣八束《ふじわらのあそみやつか》　房前の第三子．のち名を真楯と改めた．中務卿，大宰帥などを歴任．天平宝字8年(764)9月正三位，天平神護元年(765)正月勲二等，同2年正月大納言．同3月薨じた．年52．③398, 399, ⑥987, ⑧1547, 1570, 1571, ⑲4271, 4276 ◇⑥978左注, 1040題詞

藤原郎女《ふじわらのいらつめ》　伝未詳．④766

藤原太后《ふじわらのおおきさき》　→光明皇后《こうみょうこうごう》

藤原宮御宇天皇《ふじわらのみやにあめのしたおさめたまいしすめらみこと》　→持統天皇《じとうてんのう》

藤原夫人《ふじわらぶにん》　(1)鎌足の娘，五百重娘．天武天皇夫人．②104, ⑧1465 ◇②103題詞

(2)鎌足の娘，五百重娘の姉．天武天皇夫人．⑳4479

藤原部等母麻呂《ふじわらべのともまろ》　天平勝宝7年(755)2月武蔵国埼玉郡の防人．⑳4423

藤原北卿《ふじわらほくきょう》　→藤原朝臣房前《ふじわらのあそみふささき》

布勢朝臣人主《ふせのあそみひとぬし》　天平勝宝6年(754)4月遣唐使判官，正六位上の時唐より帰国した．上総守，出雲守を歴任した．◇⑳4346左注

道祖王《ふなどのおおきみ》　新田部皇子の子．天平勝宝5年(753)正月大膳大夫と見え，同8年5月聖武太上天皇の遺詔により皇太子となる．天平宝字元年(757)3月王は多くの欠陥があるとして廃された．同7月橘奈良麻呂の変に捕えられて，名を麻度比と改められ，杖下に死んだ．⑲4284

船王《ふねのおおきみ》　舎人皇子の子．大宰帥，信部卿などを歴任．天平宝字8年(764)9月仲麻呂の乱に荷担して諸王に下され，隠岐国に流された．⑥998, ⑲4279, ⑳4449 ◇⑰3926左注, ⑲4257左注

吹芡刀自《ふふきのとじ》　フフキは仮りのよみ．伝未詳．①22, ④490, 491

文忌寸馬養《ふみのいみきうまかい》　壬申の乱の功臣祢麻呂の子．天平宝字元年(757)6月鋳銭長官．同2年8月従五位下．⑧1579, 1580

文室真人智努《ふむやのまひとちぬ》　→智努王《ちぬのおおきみ》

振宿祢田向《ふるのすくねたむけ》　伝未詳．⑨1766

へ

平栄《へいえい》　ヒョウヨウともよむ．東大寺の僧．天平19年(747)12月東大

寺知事僧と見え，天平勝宝元年(749) 5 月東大寺野占使として越前国足羽郡の東大寺の野地を占し，また同寺占墾地使僧として越中国にくだり，守大伴宿祢家持の饗を受けた．神護景雲 4 年(770) 5 月正倉院双蔵雑物出用帳に中鎮進守大法師と見える．◇⑱4085題詞

日置少老《へきのおおゆ》　伝未詳．③354

日置長枝娘子《へきのながえおとめ》　伝未詳．⑧1564

平群朝臣《へぐりのあそみ》　広成か．広成は天平 5 年(733)の遣唐使判官．摂津大夫などを歴任し，天平勝宝 5 年(753)正月従四位上で卒した．⑯3842 ◇⑯3843歌

平群氏女郎《へぐりのうじのいらつめ》　伝未詳．⑰3931-3942

平群文屋朝臣益人《へぐりふみやのあそみますひと》　天平 17 年(745) 2 月民部少録と見える．◇⑫3098左注

弁基《べんき》　→春日蔵首老《かすがのくらのおびとおゆ》

ほ

穂積朝臣《ほづみのあそみ》　老(おゆ)，老人(おゆひと)か．⑯3843 ◇⑯3842歌

穂積朝臣老《ほづみのあそみおゆ》　養老 6 年(722)正月佐渡に流されたが，天平 12 年(740) 6 月許されて入京し，同 16 年 2 月大蔵大輔，正五位上と見える．天平勝宝元年(749) 8 月に卒した．③288 ◇⑬3241左注，⑰3926左注

穂積皇子《ほづみのみこ》　天武天皇の第五皇子．慶雲 2 年(705) 9 月知太政官事，霊亀元年(715)正月一品．同 7 月薨じた．②203，⑧1513，1514，⑯3816 ◇②114題詞，115題詞，116題詞，④528左注，624題詞注，694題詞注，⑯3833題詞注

ま

松浦佐用姫《まつらさよひめ》　大伴連佐提比古(おおとものむらじさでひこ)の妾．佐提比古が任那に遣わされた時に別れを嘆き，鏡山(領巾麾嶺)に登って領巾を振ったという．肥前国風土記にもその伝説が見える．◇⑤868歌，871序，871歌-875歌，883題詞・歌

円方女王《まとかたのおおきみ》　長屋王の娘．神護景雲 2 年(768)正月正三位．宝亀 5 年(774) 12 月薨じた．平城宮木簡，長屋王邸木簡に円方若翁が見える．⑳4477

真間娘子《ままのおとめ》　伝未詳．真間の手児名．◇③431題詞・歌, 432歌, 433歌, ⑨1807題詞・歌, 1808歌, ⑭3384歌, 3385歌

真間手児名《ままのてごな》　→真間娘子《ままのおとめ》

茨田王《まむだのおおきみ》　天平宝字元年(757) 12 月越中守．同 3 年 11 月越中国東大寺荘惣券に「従五位上行守　王(朝集使)」とある．⑲4283

茨田連沙弥麻呂《まむだのむらじさみまろ》　天平勝宝 7 年(755) 2 月上総少目．防人部領使．◇⑳4359左注

丸子連大歳《まろこのむらじおおとし》　天平勝宝 7 年(755) 2 月上総国朝夷郡の防人．⑳4353

丸子連多麻呂《まろこのむらじたまろ》　天平勝宝 7 年(755) 2 月相模国鎌倉郡の防人．⑳4330

丸子部佐壮《まろこべのすけお》　天平勝宝 7 年(755) 2 月常陸国久慈郡の防人．⑳4368

満誓沙弥《まんぜいさみ》　もとの名，笠朝臣麻呂．尾張守，右大弁などを歴任．養老 5 年(721) 5 月元明太上天皇の不豫により出家，満誓と号した．同 7 年 2 月造筑紫観世音寺別当．③336, 351, 391, 393, ④572, 573, ⑤821

み

三形王《みかたのおおきみ》　御方王とも．天平宝字 3 年(759) 6 月従四位下．同 7 月木工頭．⑳4488, 4511　◇⑳4483題詞

三形沙弥《みかたのさみ》　三方沙弥とも．伝未詳．②123, 125, ④508, ⑥1027, ⑩2315, ⑲4227, 4228

三国真人五百国《みくにのまひといおくに》　天平 19 年(747)頃越中国の官人か．◇⑰4016左注

三国真人人足《みくにのまひとひとたり》　養老 4 年(720)正月正五位下．⑧1655

三島王《みしまのおおきみ》　舎人皇子の子．⑤883

水江浦島子《みずのえのうらのしまこ》　浦島伝説の主人公．日本書紀雄略 22 年(478) 7 月，丹後国風土記逸文に見える．◇⑨1740題詞・歌

三手代人名《みてしろのひとな》　伝未詳．⑧1588

御名部皇女《みなべのひめみこ》　天智天皇の皇女．高市皇子の室，長屋王の母．①77

水主内親王《みぬしのひめみこ》　水主はモヒトリともよむ．天智天皇の皇女．天平 9 年(737) 2 月三品．同 8 月薨じた．◇⑳4439左注

三野王《みののおおきみ》　美努王とも．栗隈王の子．妃は県犬養宿祢東人の娘，三

千代. 葛城王(橘諸兄), 佐為王(橘佐為), 牟漏女王の父. 天武 10 年(681) 3 月川島皇子とともに帝紀, 上古の諸事を確定させて記録した. 摂津大夫などを歴任. 和銅元年(708) 3 月治部卿. 同 5 月卒した. 時に従四位下. ◇⑬3327歌

三野連石守《みののむらじいそもり》　伝未詳. 大宰帥大伴旅人の従者か. ⑧1644, ⑰3890

三野連岡麻呂《みののむらじおかまろ》　墓誌は美努連岡万につくる. 霊亀 2 年(716)正月正六位上より従五位下, のち主殿頭となり, 神亀 5 年(728) 10 月卒した. 年 67. ◇①62題詞

三原王《みはらのおおきみ》　御原王とも. 舎人皇子の子. 大蔵卿などを歴任. 天平勝宝元年(749) 8 月中宮卿. 同 11 月正三位. 同 4 年 7 月薨じた. ⑧1543 ◇⑰3926左注

壬生使主宇太麻呂《みぶのおみうだまろ》　宇陀麻呂とも. 遣新羅使の大判官などを歴任. 天平勝宝 6 年(754) 7 月玄蕃頭. ⑮3612, 3669, 3674, 3675, 3702

生壬部足国《みぶべのたるくに》　天平勝宝 7 年(755) 2 月遠江国佐野郡の防人. ⑳4326

生部道麻呂《みぶべのみちまろ》　天平勝宝 7 年(755) 2 月駿河国の防人. ⑳4338

三輪朝臣高市麻呂《みわのあそみたけちまろ》　大神朝臣とも. 壬申の乱の功臣. 持統 6 年(692) 2 月伊勢行幸は農事の妨げになると上表直言した. 慶雲 3 年(706) 2 月卒し, 従三位を贈られた. 年 50. 懐風藻に五言詩 1 首がある. ◇①44左注, ⑨1770題詞, 1772題詞

神人部子忍男《みわひとべのこおしお》　天平勝宝 7 年(755) 2 月信濃国埴科郡の防人. ⑳4402

む

六鯖《むさば》　伝未詳. ⑮3694-3696

身人部王《むとべのおおきみ》　六人部王とも. 神亀元年(724) 2 月正四位上. 天平元年(729)正月卒した. 神亀の頃, 風流の侍従と称せられた. ①68 ◇⑧1611題詞注

宗形部津麻呂《むなかたべのつまろ》　伝未詳. ◇⑯3869左注

も

物部秋持《もののべのあきもち》　天平勝宝 7 年(755) 2 月遠江国長下郡の防人. ⑳4321

物部乎刀良《もののべのおとら》　天平勝宝 7 年(755) 2 月上総国山辺郡の防人. ⑳4356

物部古麻呂《もののべのこまろ》　天平勝宝 7 年(755) 2 月遠江国長下郡の防人. ⑳4327
物部竜《もののべのたつ》　天平勝宝 7 年(755) 2 月上総国種淮郡の防人. ⑳4358
物部歳徳《もののべのとしとこ》　天平勝宝 7 年(755) 2 月武蔵国荏原郡の防人. ⑳4415
物部刀自売《もののべのとじめ》　藤原部等母麻呂(ふじわらべのともまろ)の妻. ⑳4424
物部広足《もののべのひろたり》　天平勝宝 7 年(755) 2 月武蔵国荏原郡の防人. ⑳4418
物部真島《もののべのましま》　天平勝宝 7 年(755) 2 月下野国の防人. ⑳4375
物部真根《もののべのまね》　天平勝宝 7 年(755) 2 月武蔵国橘樹郡の防人. ⑳4419
物部道足《もののべのみちたり》　天平勝宝 7 年(755) 2 月常陸国信太郡の防人. ⑳4365, 4366
守部王《もりべのおおきみ》　舎人皇子の子. ⑥999, 1000
門氏石足《もんじのいそたり》　→門部連石足《かどべのむらじいそたり》
文武天皇《もんむてんのう》　天武天皇の孫. 草壁皇子の子. 母は元明天皇. 聖武天皇の父. 諱は軽(珂瑠). 大宝元年(701)正月遣唐使を再興し, 3 月大宝律令を施行した. 慶雲 4 年(707) 6 月崩じた. 年 25. 懐風藻に五言詩 3 首がある. ◇①28標目, 45題詞, 71題詞, 74題詞・左注, ②105標目, 163標目, ⑨1667題詞

や

野氏宿奈麻呂《やじのすくなまろ》　→小野臣淑奈麻呂《おののおみすくなまろ》
八代女王《やしろのおおきみ》　天平 9 年(737) 2 月無位より正五位上. ④626
安見児《やすみこ》　伝未詳. 采女. ◇②95題詞・歌
八田皇女《やたのひめみこ》　矢田皇女とも. 応神天皇の皇女. 仁徳天皇の妃. 磐姫皇后が崩じた後に皇后となった. (④484) ◇②90左注
八千桙神《やちほこのかみ》　大国主神の別名. →大汝《おおなむち》
矢作部真長《やはぎべのまなが》　天平勝宝 7 年(755) 2 月下総国結城郡の防人. ⑳4386
山口忌寸若麻呂《やまぐちのいみきわかまろ》　伝未詳. ④567, ⑤827
山口女王《やまぐちのおおきみ》　伝未詳. ④613-617, ⑧1617
山前王《やまさきのおおきみ》　忍壁皇子の子. 石田王の兄. 養老 7 年(723) 12 月卒した. 懐風藻に五言詩 1 首がある. ③423-425
山背王《やましろのおおきみ》　長屋王の子. 母は不比等の娘. 安宿王の同母弟. 天平元年(729) 2 月長屋王の変に王子は多く自経したが, 王は不比等の娘を母とする故に安宿王とともに死を免れた. 天平宝字 7 年(763) 10 月薨

じた．時に参議，礼部卿．⑳4473 ◇⑳4474左注

山田史君麻呂《やまだのふひときみまろ》　鷹の養吏．◇⑰4014歌，4015左注

山田史土麻呂《やまだのふひとひじまろ》　天平勝宝5年(753)5月少主鈴．◇⑳4294左注

山田御母《やまだのみおも》　比売島(ひめしま)(女)とも．山田史女島．命婦．孝謙天皇の乳母．◇⑳4304題詞

倭大后《やまとだいごう》　倭姫王とも．古人大兄皇子の娘．天智7年(668)2月天智天皇の皇后．②147-149，153

山上臣《やまのうえのおみ》　憶良の男か．⑱4065

山上臣憶良《やまのうえのおみおくら》　山於憶良とも．大宝元年(701)正月遣唐少録．時に無位．慶雲元年(704)7月帰朝．養老5年(721)正月退朝後，東宮(後の聖武天皇)に侍せしめられ，神亀(724-729)末年筑前守．天平4年(732)前後に帰京し，同5年6月年74で没したのであろう．その編になる類聚歌林は万葉集に引用された以外にはない．①(34)，63，②145，③337，⑤794の前の詩文，794-799，800序，800，801，802序，802，803，804序，804，805，813序，813，814，818，868序，868-870，(871序，871-875)，876-882，886序，886-896，沈痾自哀文，897の前の詩文，897-906，⑥978，⑧1518-1529，1537，1538，⑨1716，(⑯3860-3869) ◇①6左注，7左注，8左注，12左注，18左注，②85左注，⑨1673左注，⑱4065左注，⑲4165左注

山上大夫《やまのうえだいぶ》　→山上臣憶良《やまのうえのおみおくら》

山部王《やまべのおおきみ》　伝未詳．⑧1516

山部宿祢赤人《やまべのすくねあかひと》　伝未詳．神亀(724-729)から天平年間(729-749)の人．③317，318，322-325，357-362，(363)，372，373，378，384，431-433，⑥917-919，923-927，933，934，938-947，1001，1005，1006，⑧1424-1427，1431，1471，⑰3915(「明人」に作る)

ゆ

雄略天皇《ゆうりゃくてんのう》　允恭天皇の第五皇子．諱は大泊瀬稚武(おおはつせわかたける)．古事記は大長谷若建．兄安康天皇を殺した眉輪王，安康天皇が後事を託した市辺押磐皇子ら多くの皇子を殺して即位し，大悪天皇と称されたという．稲荷山鉄剣銘，江田船山古墳出土鉄刀銘にもワカタケルの名が見える．雄略23年(479)8月崩じた．年62．倭五王の中の武に擬せられている．①1，⑨1664

雪連宅麻呂《ゆきのむらじやかまろ》　宅満とも．天平 8 年(736) 6 月遣新羅使の一人．新羅への途中壱岐島で病没した．⑮3644 ◇⑮3688題詞

弓削皇子《ゆげのみこ》　天武天皇の第六皇子．持統 7 年(693)正月浄広弐．文武 3 年(699) 7 月薨じた．②111, 119-122, ③242, ⑧1467, 1608 ◇②130題詞, 204題詞, ⑨1701題詞, 1709題詞, 1773題詞

湯原王《ゆはらのおおきみ》　志貴皇子の子．伝未詳．③375-377, ④631, 632, 635, 636, 638, 640, 642, 670, ⑥985, 986, 989, ⑧1544, 1545, 1550, 1552, 1618

よ

誉謝女王《よざのおおきみ》　与射女王とも．慶雲 3 年(706) 6 月卒した．①59

依羅娘子《よさみのおとめ》　柿本朝臣人麻呂の妻．②140, 224, 225

吉田連老《よしだのむらじおゆ》　伝未詳．字は石麻呂．◇⑯3853歌, 3854左注

吉田連宜《よしだのむらじよろし》　吉田はキチダともよむ．百済の渡来僧，恵俊．文武 4 年(700) 8 月その医術を用いるために還俗させられ，姓を吉，名を宜と賜わり，務広肆を授けられた．天平 10 年(738) 閏 7 月典薬頭．神亀の頃方士として名がある．懐風藻に 2 首の詩があり，年 70 とある．⑤ 864の前の書簡, 864-867

余明軍《よのみょうぐん》　大伴旅人の資人．③394, 454-458, ④579, 580

り

理願《りがん》　新羅国の尼．大伴安麻呂の家に寄住し，天平 7 年(735)に病死した．◇③460題詞, 461左注

留女女郎《りゅうじょのいらつめ》　→大伴女郎《おおとものいらつめ》(2)

わ

若麻続部羊《わかおみべのひつじ》　天平勝宝 7 年(755) 2 月上総国長柄郡の防人．⑳4359

若麻続部諸人《わかおみべのもろひと》　天平勝宝 7 年(755) 2 月上総国の防人．⑳4350

若桜部朝臣君足《わかさくらべのあそみきみたり》　伝未詳．⑧1643

若舎人部広足《わかとねりべのひろたり》　天平勝宝 7 年(755) 2 月常陸国茨城郡の防人．⑳4363, 4364

若宮年魚麻呂《わかみやのあゆまろ》　伝未詳．③387 ◇③389左注, ⑧1430左注

若倭部身麻呂《わかやまとべのみまろ》 天平勝宝 7 年(755) 2 月遠江国麁玉郡の防人. ⑳4322

若湯座王《わかゆえのおおきみ》 伝未詳. ③352

万《まん》葉《よう》集《しゅう》（五）〔全5冊〕

2015年3月17日　第1刷発行
2023年4月5日　第6刷発行

校注者　佐竹昭広《さたけあきひろ》　山田英雄《やまだひでお》　工藤力男《くどうりきお》
大谷雅夫《おおたにまさお》　山崎福之《やまざきよしゆき》

発行者　坂本政謙

発行所　株式会社 岩波書店
〒101-8002 東京都千代田区一ツ橋2-5-5
案内 03-5210-4000　営業部 03-5210-4111
文庫編集部 03-5210-4051
https://www.iwanami.co.jp/

印刷・大日本印刷　カバー・精興社　製本・中永製本

ISBN 978-4-00-300058-8　Printed in Japan

読書子に寄す

――岩波文庫発刊に際して――

岩波茂雄

真理は万人によって求められることを自ら欲し、芸術は万人によって愛されることを自ら望む。かつては民を愚昧ならしめるために学芸が最も狭き堂宇に閉鎖されたことがあった。今や知識と美とを特権階級の独占より奪い返すことはつねに進取的なる民衆の切実なる要求である。岩波文庫はこの要求に応じそれに励まされて生まれた。それは生命ある不朽の書を少数者の書斎と研究室とより解放して街頭にくまなく立たしめ民衆に伍せしめるであろう。近時大量生産予約出版の流行を見る。その広告宣伝の狂態はしばらくおくも、後代にのこすと誇称する全集がその編集に万全の用意をなしたるか。千古の典籍の翻訳企図に敬虔の態度を欠かざりしか。さらに分売を許さず読者を繫縛して数十冊を強うるがごとき、はたしてその揚言する学芸解放のゆえんなりや。吾人は天下の名士の声に和してこれを推挙するに躊躇するものである。このときにあたって、岩波書店は自己の責務のいよいよ重大なるを思い、従来の方針の徹底を期するため、すでに十数年以前より志して来た計画を慎重審議この際断然実行することにした。吾人は範をかのレクラム文庫にとり、古今東西にわたって文芸・哲学・社会科学・自然科学等種類のいかんを問わず、いやしくも万人の必読すべき真に古典的価値ある書をきわめて簡易なる形式において逐次刊行し、あらゆる人間に須要なる生活向上の資料、生活批判の原理を提供せんと欲する。この文庫は予約出版の方法を排したるがゆえに、読者は自己の欲する時に自己の欲する書物を各個に自由に選択することができる。携帯に便にして価格の低きを最主とするがゆえに、外観を顧みざるも内容に至っては厳選最も力を尽くし、従来の岩波出版物の特色をますます発揮せしめようとする。この計画たるや世間の一時の投機的なるものと異なり、永遠の事業として吾人は微力を傾倒し、あらゆる犠牲を忍んで今後永久に継続発展せしめ、もって文庫の使命を遺憾なく果たさしめることを期する。芸術を愛し知識を求むる士の自ら進んでこの挙に参加し、希望と忠言とを寄せられることは吾人の熱望するところである。その性質上経済的には最も困難多きこの事業にあえて当たらんとする吾人の志を諒として、その達成のため世の読書子とのうるわしき共同を期待する。

昭和二年七月

《日本文学(古典)》〔黄〕

古事記　倉野憲司校注
日本書紀　全五冊　坂本太郎・家永三郎・井上光貞・大野晋校注
万葉集　全五冊　佐竹昭広・山田英雄・工藤力男・大谷雅夫・山崎福之校注
原文万葉集　全二冊　佐竹昭広・山田英雄・工藤力男・大谷雅夫・山崎福之校注
竹取物語　阪倉篤義校訂
伊勢物語　大津有一校注
玉造小町子壮衰書 —小野小町物語　杤尾武校注
古今和歌集　佐伯梅友校注
土左日記　紀貫之　鈴木知太郎校注
源氏物語　全九冊　柳井滋・室伏信助・大朝雄二・鈴木日出男・藤井貞和・今西祐一郎校注
枕草子　池田亀鑑校訂
更級日記　西下経一校注
今昔物語集　全四冊　池上洵一編
西行全歌集　久保田淳・吉野朋美校注
建礼門院右京大夫集　付 平家公達草紙　久松潜一・久保田淳校注
梅沢本 古本説話集　川口久雄校訂

後拾遺和歌集　久保田淳・平田喜信校注
詞花和歌集　工藤重矩校注
古語拾遺　斎部広成撰　西宮一民校注
王朝漢詩選　小島憲之編
新訂 方丈記　市古貞次校注
新訂 新古今和歌集　佐佐木信綱校訂
新訂 徒然草　西尾実・安良岡康作校注
平家物語　全四冊　梶原正昭・山下宏明校注
神皇正統記　北畠親房　岩佐正校注
御伽草子　全二冊　市古貞次校注
王朝秀歌選　樋口芳麻呂校注
定家八代抄 —続王朝秀歌選　全二冊　樋口芳麻呂・後藤重郎校注
中世なぞなぞ集　鈴木棠三編
謡曲選集　読む能の本　野上豊一郎編
東関紀行・海道記　玉井幸助校訂
おもろさうし　外間守善校注
太平記　全六冊　兵藤裕己校注

好色五人女　井原西鶴　東明雅校註
武道伝来記　井原西鶴　横山重・前田金五郎校注
西鶴文反古　井原西鶴　片岡良一校訂
芭蕉紀行文集　付 嵯峨日記　中村俊定校注
芭蕉 おくのほそ道　付 曾良旅日記・奥細道菅菰抄　萩原恭男校注
芭蕉俳句集　中村俊定校注
芭蕉連句集　中村俊定・萩原恭男校注
芭蕉書簡集　萩原恭男校注
芭蕉文集　潁原退蔵編註
芭蕉俳文集　全二冊　堀切実編注
芭蕉自筆 奥の細道　上野洋三・櫻井武次郎校注
蕪村俳句集　付 春風馬堤曲 他二篇　尾形仂校注
蕪村七部集　伊藤松宇校訂
蕪村文集　藤田真一編注
国性爺合戦・鑓の権三重帷子　近松門左衛門　和田万吉校訂
折たく柴の記　新井白石　松村明校注
近世畸人伝　伴蒿蹊　森銑三校註

排蘆小船・石上私淑言 ―宣長「物のあはれ」歌論　本居宣長　子安宣邦校注

雨月物語　上田秋成　長島弘明校注

宇下人言　修行録　松平定信　松平定光校訂

新訂 一茶俳句集　丸山一彦校注

一茶 父の終焉日記・おらが春 他一篇　矢羽勝幸校注

増補 俳諧歳時記栞草 全二冊　曲亭馬琴編　藍亭青藍補　堀切実校注

北越雪譜　鈴木牧之編撰　京山人百樹刪定　岡田武松校訂

東海道中膝栗毛 全二冊　十返舎一九　麻生磯次校注

浮世床　式亭三馬　和田万吉校訂

梅暦 全二冊　為永春水　古川久校訂

日本民謡集　町田嘉章　浅野建二編

芭蕉臨終記 花屋日記 付 芭蕉翁終焉記・前後日記・行状記　小宮豊隆校訂

醒睡笑 全二冊　安楽庵策伝　鈴木棠三校注

与話情浮名横櫛 切られ与三　瀬川如皐　河竹繁俊校訂

歌舞伎十八番の内 勧進帳　郡司正勝校注

江戸怪談集 全三冊　高田衛編・校注

柳多留名句選　山澤英雄選　粕谷宏紀校注

鬼貫句選・独ごと　復本一郎校注

井月句集　復本一郎編

花見車・元禄百人一句　雲英末雄　佐藤勝明校注

江戸漢詩選 全二冊　揖斐高編訳

《日本思想》〔青〕

風姿花伝（花伝書）　世阿弥／野上豊一郎・西尾実 校訂
五輪書　宮本武蔵／渡辺一郎 校注
葉隠 全三冊　山本常朝／和辻哲郎・古川哲史 校訂
養生訓・和俗童子訓　貝原益軒／石川謙 校訂
貝原益軒 大和俗訓　石川謙 校訂
町人嚢・百姓嚢・長崎夜話草　西川如見／飯島忠夫・西川忠幸 校訂
日本水土考・水土解弁・増補華夷通商考　西川如見／飯島忠夫・西川忠幸 校訂
蘭学事始　杉田玄白／緒方富雄 校註
吉田松陰書簡集　広瀬豊 編
島津斉彬言行録　牧野伸顕 序
塵劫記　吉田光由／大矢真一 校注
兵法家伝書 付 新陰流兵法目録事　柳生宗矩／渡辺一郎 校注
南方録　西山松之助 校注
長崎版 どちりな きりしたん　海老沢有道 校註
仙境異聞・勝五郎再生記聞　平田篤胤／子安宣邦 校注
茶湯一会集・閑夜茶話　井伊直弼／戸田勝久 校注

新訂 海舟座談　巌本善治 編／勝部真長 校注
西郷南洲遺訓 附 手抄言志録及遺文　山田済斎 編
文明論之概略　福沢諭吉／松沢弘陽 校注
新訂 福翁自伝　富田正文 校訂
学問のすゝめ　福沢諭吉
福沢諭吉教育論集　山住正己 編
福沢諭吉家族論集　中村敏子 編
福沢諭吉の手紙　慶應義塾 編
日本道徳論　西村茂樹／吉田熊次 校
新島襄の手紙　同志社 編
新島襄 教育宗教論集　同志社 編
新島襄自伝 ―手記・紀行文・日記　同志社 編
近時政論考　陸羯南
日本の下層社会　横山源之助
中江兆民 三酔人経綸問答　桑原武夫・島田虔次 訳・校注
中江兆民評論集　松永昌三 編
憲法義解　伊藤博文／宮沢俊義 校註

日本開化小史　田口卯吉／嘉治隆一 校訂
新訂 蹇蹇録 ―日清戦争外交秘録　陸奥宗光／中塚明 校注
茶の本　岡倉覚三／村岡博 訳
新撰讃美歌　植村正久・奥野昌綱・松山高吉 編
武士道　新渡戸稲造／矢内原忠雄 訳
キリスト信徒のなぐさめ　内村鑑三
余はいかにしてキリスト信徒となりしか　内村鑑三／鈴木範久 訳
代表的日本人　内村鑑三／鈴木範久 訳
後世への最大遺物・デンマルク国の話　内村鑑三
宗教座談　内村鑑三
ヨブ記講演　内村鑑三
足利尊氏　山路愛山
徳川家康 全二冊　山路愛山
豊臣秀吉 全二冊　山路愛山
妾の半生涯　福田英子
三十三年の夢　宮崎滔天／島田虔次・近藤秀樹 校注
善の研究　西田幾多郎

思索と体験　西田幾多郎
続思索と体験・『続思索と体験』以後　西田幾多郎
西田幾多郎哲学論集 I —場所・私と汝 他六篇　上田閑照編
西田幾多郎哲学論集 II —論理と生命 他四篇　上田閑照編
西田幾多郎哲学論集 III —自覚について 他四篇　上田閑照編
西田幾多郎歌集　上田薫編
西田幾多郎講演集　田中裕編
西田幾多郎書簡集　藤田正勝編
帝国主義　幸徳秋水　山泉進校注
麺麭の略取　クロポトキン　幸徳秋水訳
基督抹殺論　幸徳秋水
日本の労働運動　片山潜
吉野作造評論集　岡義武編
貧乏物語　河上肇　大内兵衛解題
河上肇評論集　杉原四郎編
西欧紀行 祖国を顧みて　河上肇
中国文明論集　宮崎市定　礪波護編

中国史 全二冊　宮崎市定
大杉栄評論集　飛鳥井雅道編
女工哀史　細井和喜蔵
奴隷 —小説・女工哀史1　細井和喜蔵
工場 —小説・女工哀史2　細井和喜蔵
初版 日本資本主義発達史 全二冊　野呂栄太郎
谷中村滅亡史　荒畑寒村
遠野物語・山の人生　柳田国男
木綿以前の事　柳田国男
こども風土記・母の手毬歌　柳田国男
海上の道　柳田国男
蝸牛考　柳田国男
野草雑記・野鳥雑記　柳田国男
孤猿随筆　柳田国男
婚姻の話　柳田国男
都市と農村　柳田国男
十二支考 全二冊　南方熊楠

津田左右吉歴史論集　今井修編
特命全権大使 米欧回覧実記 全五冊　久米邦武編　田中彰校注
日本イデオロギー論　戸坂潤
明治維新史研究　羽仁五郎
古寺巡礼　和辻哲郎
風土 —人間学的考察　和辻哲郎
和辻哲郎随筆集　坂部恵編
倫理学 全四冊　和辻哲郎
人間の学としての倫理学　和辻哲郎
日本倫理思想史 全四冊　和辻哲郎
宗教哲学序論・宗教哲学　波多野精一
「いき」の構造 他二篇　九鬼周造
九鬼周造随筆集　菅野昭正編
偶然性の問題　九鬼周造
時間論 他二篇　九鬼周造　小浜善信編
復讐と法律　穂積陳重
パスカルにおける人間の研究　三木清

《日本文学(現代)》〔緑〕

怪談 牡丹燈籠	三遊亭円朝
真景累ヶ淵	三遊亭円朝
小説神髄	坪内逍遥
当世書生気質	坪内逍遥
ウィタ・セクスアリス	森鷗外
青年	森鷗外
阿部一族 他二篇	森鷗外
山椒大夫・高瀬舟 他四篇	森鷗外
渋江抽斎	森鷗外
舞姫・うたかたの記 他三篇	森鷗外
鷗外随筆集	千葉俊二編
森鷗外 椋鳥通信 全三冊	池内紀編注
浮雲	二葉亭四迷 十川信介校注
野菊の墓 他四篇	伊藤左千夫
吾輩は猫である	夏目漱石
坊っちゃん	夏目漱石
草枕	夏目漱石
虞美人草	夏目漱石
三四郎	夏目漱石
それから	夏目漱石
門	夏目漱石
彼岸過迄	夏目漱石
漱石文芸論集	磯田光一編
行人	夏目漱石
こころ	夏目漱石
硝子戸の中	夏目漱石
道草	夏目漱石
明暗	夏目漱石
思い出す事など 他七篇	夏目漱石
文学評論 全二冊	夏目漱石
夢十夜 他二篇	夏目漱石
漱石文明論集	三好行雄編
倫敦塔・幻影の盾 他五篇	夏目漱石
漱石日記	平岡敏夫編
漱石書簡集	三好行雄編
漱石俳句集	坪内稔典編
漱石・子規往復書簡集	和田茂樹編
文学論 全二冊	夏目漱石
坑夫	夏目漱石
漱石紀行文集	藤井淑禎編
二百十日・野分	夏目漱石
五重塔	幸田露伴
努力論	幸田露伴
渋沢栄一伝	幸田露伴
子規句集	高浜虚子選
病牀六尺	正岡子規
子規歌集	土屋文明編
墨汁一滴	正岡子規
仰臥漫録	正岡子規
歌よみに与ふる書	正岡子規

獺祭書屋俳話・芭蕉雑談　正岡子規
子規紀行文集　復本一郎編
金色夜叉 全二冊　尾崎紅葉
二人比丘尼 色懺悔　尾崎紅葉
不如帰　徳冨蘆花
謀叛論 他六篇 日記　徳冨健次郎 中野好夫編
武蔵野　国木田独歩
愛弟通信　国木田独歩
運命　国木田独歩
蒲団・一兵卒　田山花袋
田舎教師　田山花袋
一兵卒の銃殺　田山花袋
縮図　徳田秋声
あらくれ・新世帯　徳田秋声
藤村詩抄　島崎藤村自選
破戒　島崎藤村
春　島崎藤村

千曲川のスケッチ　島崎藤村
桜の実の熟する時　島崎藤村
新生 全二冊　島崎藤村
夜明け前 全四冊　島崎藤村
藤村文明論集　十川信介編
生ひ立ちの記 他一篇　島崎藤村
にごりえ・たけくらべ　樋口一葉
大つごもり・十三夜 他五篇　樋口一葉
修禅寺物語 正雪の二代目 他四篇　岡本綺堂
高野聖・眉かくしの霊　泉鏡花
歌行燈　泉鏡花
夜叉ケ池・天守物語　泉鏡花
草迷宮　泉鏡花
春昼・春昼後刻　泉鏡花
鏡花短篇集　川村二郎編
日本橋　泉鏡花
外科室・海城発電 他五篇　泉鏡花

湯島詣 他一篇　泉鏡花
鏡花随筆集　吉田昌志編
化鳥・三尺角 他六篇　泉鏡花
鏡花紀行文集　田中励儀編
俳句はかく解しかく味う　高浜虚子
回想 子規・漱石　高浜虚子
有明詩抄　蒲原有明
上田敏全訳詩集　山内義雄 矢野峰人編
宣言　有島武郎
一房の葡萄 他四篇　有島武郎
寺田寅彦随筆集 全五冊　小宮豊隆編
柿の種　寺田寅彦
与謝野晶子歌集　与謝野晶子自選
与謝野晶子評論集　鹿野政直 香内信子編
私の生い立ち　与謝野晶子
入江のほとり 他一篇　正宗白鳥
つゆのあとさき　永井荷風